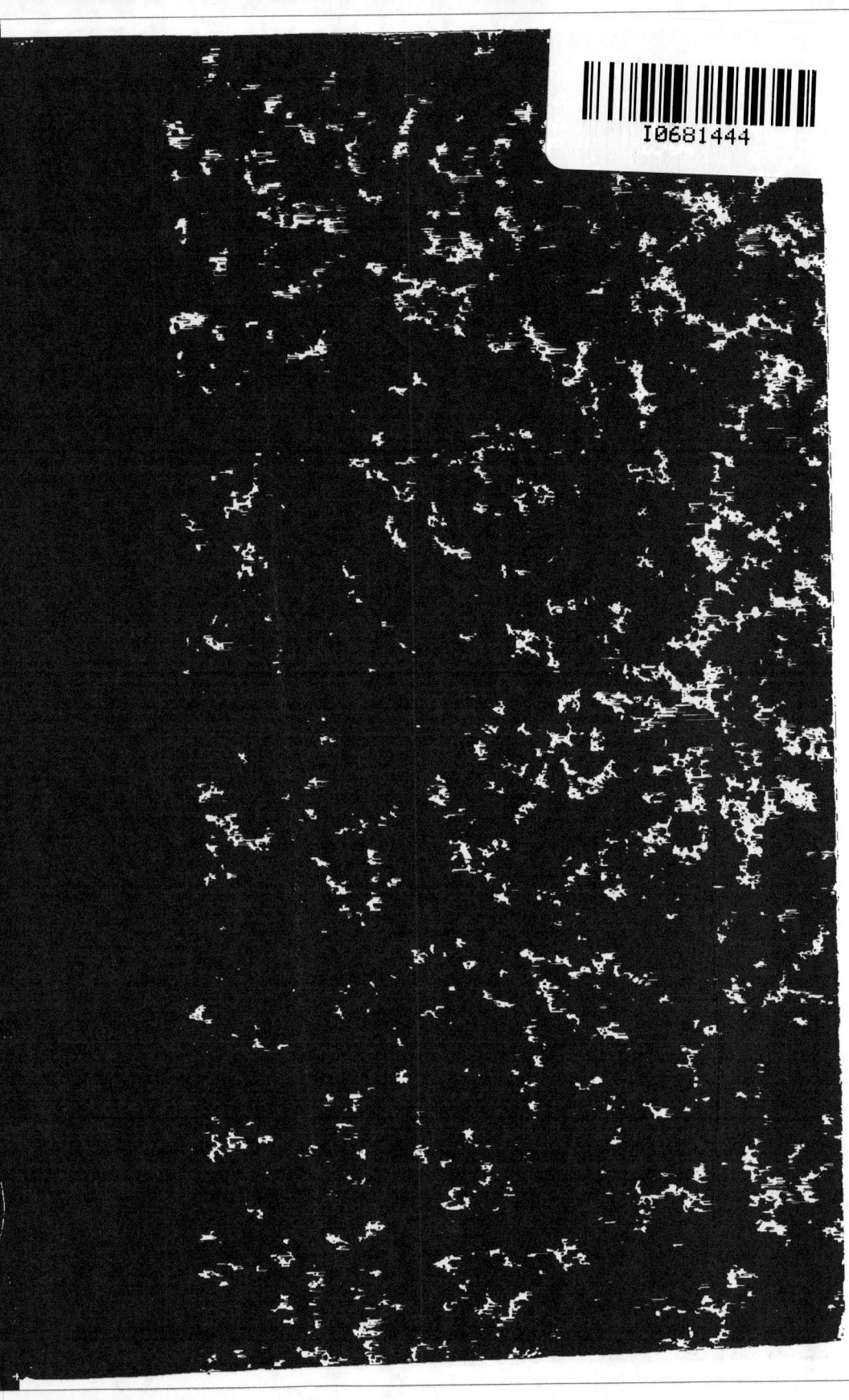

ÉTUDES
PHYSIOLOGIQUES.

Paris. — Imprimé par BÉTHUNE et PLON.

ÉTUDES
PHYSIOLOGIQUES

SUR LES GRANDES MÉTROPOLES
DE L'EUROPE OCCIDENTALE.

PARIS.

— ◦❃◦ --

Par Gaëtan Niépovié.

(Karol Frankowski)

—— ◦❀◦ ———

LIBRAIRIE DE CHARLES GOSSELIN,
RUE SAINT-GERMAIN-DES-PRÉS, 9.
MDCCCXL.

L'empire moral qu'exercent les villes de premier ordre sur les circonférences géographiques qu'elles dominent n'a sans doute jamais été si absolu qu'aujourd'hui. Cela vient de ce que jamais aussi ces métropoles n'ont avivé avec autant d'énergie un des besoins les plus impérieux de l'époque, savoir : celui de faire oublier les amertumes de la vie par les magnifiques stratagèmes de la civilisation, soit que cette civilisation s'adresse à l'esprit ou qu'elle déploie son action sur la matière.

Il y a treize cités-maîtresses disséminées sur le sol classique de l'Europe. Dans ce nombre, il en est qui diffèrent essentiellement de tactique dans les grandes manœuvres qui ont pour but tantôt la conquête de l'esprit, tantôt l'application du butin acquis, aux affaires des hommes. Pour ne mettre présentement en saillie qu'un seul contraste, — observez Londres. Il réfléchit, spécule, et rectifie en silence, — toujours pour lui, toujours chez lui. Observez Paris. Il improvise avec fanfares, propage ses thèses au loin, et adopte aussi les thèses arrivées de loin.

Pour saisir la ressemblance de Londres, on n'a qu'à reposer un moment son regard sur lui ; les contours une fois en portefeuille, le voyageur s'en va chez soi, et à

tête reposée il travaille, sûr que ce Londres qu'il a laissé
dans un moment de majestueuse cadence sera demain
ce qu'il était hier. Mais pour peindre Paris, il faut être
dans lui et constamment avec lui, — sinon, il vous
échappe, — c'est un météore. Si l'on veut en obtenir une
empreinte d'un genre sévère et la moins défectueuse
possible, il faut l'étudier comme un permanent sujet
de science et non comme un modèle passager d'art. Or,
l'étude n'admettant pas de temps d'arrêt, il est du devoir de celui qui veut illustrer Paris, de l'expliquer sans
cesse, de ne s'arrêter jamais. — Est-ce à dire que nous
ayons rempli les conditions essentielles que nous venons
d'établir en principe? Hélas, non! Car au lieu de donner
le fini à nos cartons sans sortir de Paris, nous les avons
achevés à deux reprises, n'importe sous quelle latitude; et
au lieu d'avancer en racontant toujours, nous avons dû,
comme tant d'autres, nous arrêter net, — puisque voilà
bien un livre qui a une fin comme tout autre livre. D'où
il suit, qu'à moins d'impartialité et d'indulgence grandes
de votre part, vous pourriez bien, vous Parisiens, vous
croire en présence d'un Paris-torse, et vous étrangers,
en présence d'un Paris dramatisé à plaisir. Des deux
parts la critique serait blessante et surtout préjudiciable
à nos intérêts de débutant. Mais ce qui serait beaucoup
plus grave, c'est que Paris se fût avisé de changer de
pantomime, d'humeur et d'aspect, avant que notre
manuscrit ait passé de l'état d'œuvre inédite à l'état
d'œuvre publiée; et avec le principe vivace de volatilité
que vous lui connaissez, cette prévision n'est rien moins
qu'illusoire.

Ce n'est ni en quête d'excuses préalables, ni en proie

à des alarmes maternelles pour les destinées de ce livre, notre premier né, que nous jetons en avant ce peu de lignes, c'est plutôt parce que nous avons senti le besoin de soumettre à l'attention du lecteur un projet en germe qui aurait pour but de fournir au public un sujet de curiosités interminables, et en même temps d'arrêter la reproduction de toutes ces redites sur Paris qui encombrent périodiquement les presses étrangères. Si, par cet arrêt, l'étude que nous publions rentre dans la catégorie des redites, c'est qu'elle est le rudiment inséparable d'un thème beaucoup plus large, ce dont justifie d'ailleurs son titre.

Partant donc de cette conviction qu'il n'y aurait rien de si bien venu, pour les esprits contemplateurs, que le spectacle d'un million d'hommes tout absorbés par l'intendance de leurs biens temporels, nous avons pensé que pour mettre l'Europe en demeure de jouir sans interruption de renseignements philosophiques, consciencieux, positifs et toujours frais sur Paris, il faudrait fonder une sorte de bulletin-géant sur les fantaisies d'un jour dans lesquelles la grande cité semble se complaire, et n'en confier la rédaction qu'à un nombre égal de nationaux et d'étrangers; car, au fond, peut-on se fier à la justesse et à l'impartialité du Français dans les comptes-rendus qu'il distribue à l'Europe sur ce qu'il fait, sur ce qu'il pense? — Nous sommes d'avis que non, — attendu que le Français a un travers, qu'on définirait peut-être nettement si on l'appelait la morgue aristocratique de la civilisation. L'habitant de la bonne-ville, surtout, pousse ce travers jusqu'à se targuer de son ignorance envers choses et hommes situés en dehors

de son cadre géographique. Cette insouciance préméditée à ne pas vouloir acquérir des notions au - delà
de son horizon moral, fait que l'échelle comparative
lui manque, et partant que les extrêmes des contrastes,
aussi bien que leurs moyennes, lui échappent. Mais, en
rédigeant conjointement avec des étrangers les éphéméri-
des de la vie de Paris, on établirait une correspondance
d'idées continue et une correction mutuelle d'*épreuves*.
Le collaborateur indigène indiquerait le meilleur point
de vue pour l'observation, initierait son collègue étranger aux secrets domestiques de la famille dont il est
membre, tandis que celui-ci, de son côté, mettrait en
relief les préjugés locaux et ferait palper les aspérités du
caractère national, auxquelles le toucher du Français
est devenu presque insensible par un contact trop fréquent. Les métamorphoses qu'aurait subies dans le
cours du temps le corps social français, se présente-
raient ainsi à l'Europe avec tous les effets de leur réfraction immédiate, et le monde civilisé en aurait les pré-
mices, avec toute la vérité et toute la variété des
teintes premières.

Voilà une motion. — Est-elle logique? est-elle exécu-
table? — L'auteur ne se trompe peut-être pas absolument en avançant que cette question serait digne d'être
débattue en séance de gens sérieux, et qu'elle est, de
plus, susceptible de devenir un leurre nouveau de spéculation industrielle.

PREMIÈRE PARTIE.

DANS LA RUE.

CHAPITRE PREMIER.

UNE GOUACHE DE LA VILLE DE PARIS.

Napoléon disait : « Veiller, c'est vivre. » — D'accord ; — mais si Napoléon , homme d'avenir, économisait sur la vie , c'était pour enrichir l'immortalité, tandis que l'habitant aisé ou riche des villes de jouissances , des villes de pompe, ne prend sur la vie que pour se rendre tributaire l'existence du lendemain, et vous savez que souvent l'Aurore le surprend veillant, que souvent Midi le surprend dormant. — Or, lui veillant, tout veille ; lui dormant, tout dort. — Les valets de ses fantaisies, de quelque condition qu'ils puissent être, ne devancent son lever que d'une couple d'heures. — Il résulte de ces habitudes, jadis familières à Capoue, que les grandes capitales, et principalement Paris, ne songent aux apprêts de leur déjeûner que passé dix heures, ce qui fait qu'avant huit heures l'horizon de Paris est presque libre de fumée.

Il s'agit ici de l'été : saison où le poêle se repose, où le feu ne s'allume que pour le besoin capital du jour, le pot-au-feu. — C'est donc en été et à une heure matinale que l'horizon de Paris est le plus transparent. Plus tard, dans la journée, il se couvre de sa canopée nébuleuse; plus tard encore, on n'y verrait pas clair. — Avez-vous, par aventure, un prodigue rayon de soleil, et désirez-vous contempler Paris étendu à vos pieds, faites choix d'un monument au front élevé, — par exemple, de la colonne napoléonienne, et voyez ce qu'il en est.

Pour ma part, lorsque, par une belle matinée du mois d'août, j'escaladai la colonne, ce ne fut nullement dans le but de faire la levée du plan panoramique que je vous offre ci-joint. Flânant, je traversai la place Vendôme, et déjà un public nombreux d'uniformes et de blouses faisait queue à la base de la colonne. — Il monta, je montai, il descendit, je descendis.

Avant que j'eusse abordé Paris de très-près, je pensai qu'il n'y avait qu'une troupe voyageuse de grues qui pût le surprendre traits et formes, détails et ensemble, tant je me le représentais énorme! — Les yeux de l'imagination ont, comme les microscopes, des prunelles aux propriétés agrandissantes; — aussi, quarante mètres d'élévation me semblaient-ils au niveau de terre pour quiconque eût voulu envelopper l'horizon de Paris dans un rapide coup-d'œil; — mais à peine mon pied avait-il touché le faîte du monument, que je me convainquis de l'à-propos des quarante mètres; — alors, à la hâte, et, pour ainsi dire, sur le genou, je détachai pièce à pièce la configuration de Paris du fond de sa toile bleue, et telle je l'ai enlevée, telle je l'expose.

Si ma mémoire est fidèle, la statue de l'empereur, qu'une vieille rancune politique avait abattue de son piédestal, accusait, par sa pose, par son costume et son expression, des prétentions très-prononcées à la grâce classique. — Cela pouvait être beau comme œuvre d'art, mais n'était pas exact comme signalement à faire passer à la postérité. — Aujourd'hui, le Napoléon de la place Vendôme est bien ce même Bonaparte au petit chapeau, à la capote grise, que connaissent grands et petits, jeunes et vieux, hommes d'ignorance et hommes de science. Il est lui par la mise, il est lui par le maintien, il est bien lui jusque dans son regard qui semble continuer une idée interrompue.

L'individu auquel Paris a donné la consigne de veiller sur ce trophée de la gloire militaire des Français est un vieux troupier de l'ex-garde; — moustaches, jurons, allures, fion, tout y est à l'avenant; — c'est lui qui fait les honneurs du monument à qui ne recule pas devant une montée de cent soixante-treize marches. — Quatre espèces de pélerins risquent plus particulièrement l'ascension : le touriste anglais, pour que pas un des feuillets de son livre de loch ne reste en blanc; le conscrit français pour faire ses premières dévotions de soldat ; le vétéran français pour épancher son cœur au sein d'un tendre souvenir ; le nouveau venu, de quelque nation qu'il soit, pour saluer joyeusement Paris de là-haut, avant de le mettre en coupe réglée de plaisirs.

L'acrotère qui supporte la statue de l'empereur étale un pêle-mêle de noms propres dont la masse croît de jour en jour ; noms gravés, noms à peine tracés, tous inconnus au monde, et figurant tout au plus sur les matricules de la société Lafitte, Caillard et Compagnie. Si de réputation ils sont modestes, — d'intention ils ne le sont peut-être pas ; par le fait de leur présence sur la colonne, je les accuse d'avoir voulu parvenir à l'immortalité *quand même !* — Pauvres noms ! groupés à l'ombre de la grandeur, ils ont l'air de ces polissons des rues qui s'accrochent derrière un somptueux équipage, — et vont où il va !

Et quand, avant de nous mettre en campagne comme Asmodée, nous promenons notre lunette sur les masses imposantes de maçonnerie englobées dans le magnifique bassin de la Seine, les minces coupures qui les traversent en tous sens, le manque de niveau dans leur élévation, tout cet ensemble bizarre figure à nos yeux un de ces terrains d'Irlande furieusement tourmenté, connu des voyageurs sous le nom de *Chaussée des Géans ;* tandis que les innombrables mitres fumifuges de formes variées qui surmontent les tuyaux de briques nous apparaissent comme autant d'hommes habillés de noir et dispersés en groupes plus ou moins pittoresques sur la surface de la toiture de Paris.

D'autres vous ont mille fois répété que Paris a la forme d'un vaisseau. C'est juste : seulement, avec les deux protubérances dont l'une regarde Montmartre et l'autre Gentilly, Paris a plutôt la forme d'un bateau à vapeur. Ces deux irrégularités de conformation simulent, selon nous, les deux boîtes où tournent les *excentriques.*

Éternellement à l'ancre de par la loi physique, Paris chauffe fort et vogue toutes voiles dehors de par la loi morale. — Où va-t-il ce séduisant Aventurier moderne ?..... — Le sais-je ? — Le savez-vous ? — Qui le sait ?

Il n'est point que vous ne sachiez que Londres est ville rouge
et enfumée, que Pétersbourg est ville blanche et correcte, que
Paris est ville contrefaite et bigarrée, que la tuile raboteuse
et la luisante ardoise coiffent ses treize mille maisons, et qu'au
total il ressemble au reste des grandes villes du vieil Occident.
Vénérables monumens de la romantique architecture du moyen
âge, bâtisses solides et bourgeoisement mesquines des cent dernières années, fiers hôtels de hauts et puissans barons du pays,
mêlés aux constructions petites-maîtresses du siècle en marche. —
Si Paris diffère des autres villes de l'Europe, c'est certainement
par ses cheminées efflanquées : — on les voit dispersées sans symétrie aucune aussi loin que la vue peut s'étendre. C'est là une
bien gauche routine d'architecture, il faut en convenir, et la rési-
sidence royale des Tuileries est en ce genre une pièce-modèle de
la force de l'habitude.

Paris, vaisseau, a aussi les habitudes et les priviléges du vaisseau : — il se pavoise, et, par signaux, il parle. Il se pavoise du
symbole par lequel il a vaincu, — du drapeau tricolore ; — il
parle — par les télégraphes. Tout, depuis le château jusqu'à la
tourelle plaquée du marchand de coco, se drape volontiers de
couleurs officielles. Je ne m'en étonne pas ; — cela est dans les
us du pays plutôt que dans l'esprit du pays. — Mais c'est que
les temples sont également assujettis à cette profane mesure, et le
signe de rédemption politique se pose fier à côté du signe de rédemption humaine. Bien plus, et pour le dire en passant, savez-
vous où je les ai encore vues, les trois couleurs? — Non pas
sur, mais *dans* la cathédrale de Metz. — Oui, j'y ai vu le soleil
de l'ostensoir garni rayon par rayon de drapeaux tricolores en
miniature.

Paris est aussi une ville qui se corrige. Rues qui disparaissent,
rues qui naissent, pavés qu'on remue, statues qu'on déplace,
statues qu'on place, quais qu'on prolonge. — Là, des échafaudages ; — ici, des chèvres ; plus loin, des poulies, ou bien d'é-
normes chaudières fumantes, pleines de goudron fossile. — Des
maisons violemment décollées d'autres maisons ; de vilaines et

larges raies noires sur des murailles en ruines, les traces enfumées d'une multitude de cheminées que la pioche a déjà démolies ; — des escaliers se projetant comme des mâchoires déchiquetées ; des balcons tordus qui pendent comme des carcasses de bêtes mortes.

Depuis un certain temps, Paris a changé de manière de vivre, comme il appartenait à une capitale qui s'intitule la reine de la civilisation. Cela se voit. En le comparant au Paris d'il y a cinquante ans, on peut dire sans trop de charge qu'alors il respirait en homme, et qu'aujourd'hui il respire en diable. Gaz, étincelles, fumée, flammes, voilà sa respiration. Gourmandes de matière à l'excès, les sociétés nouvelles ont imposé à dame industrie un travail de possédé. Mécanique à bras d'homme, — misère ! Force motrice d'eau et de chevaux, — bagatelle ! A la fin, vapeur ! Pour le coup, et en attendant mieux, nous y sommes ! C'est avec ce puissant auxiliaire que l'industrie s'acquitte envers Paris, et elle manifeste son violent labeur par la voie de ses usines, dont les longs tuyaux dominent l'horizon de Paris dans toutes les directions, et d'où s'échappe la fumée de la houille, tantôt se tordant, tantôt montant droit, tantôt s'épanouissant en larges tulipiers, ou se déchirant en haillons diaphanes au souffle capricieux du vent.

Quelques gueules fumantes sont à proximité : en voici une formidable sur l'angle saillant du quai d'Orsay ; en voici deux près de l'élégant hôtel *des Subsistances Militaires;* et là, dans le lointain, en aval de la Seine, si on la cotoie jusqu'au pont de Grenelle, il y en a qui pointent encore d'entre les arbres et les maisons, — et le jour elles crachent flammes violettes, et la nuit elles crachent flammes rouges.

Pour peu qu'on décrive d'ici une parabole vers le couchant, on va se trouver en face de Passy, estacadé le long de sa crête et au bas de sa terrasse de blancs petits hôtels, entremêlés de sveltes peupliers, de vertes coupoles d'acacias, de coquets kiosques, de belvédères aériens et de pavillons élancés. Entre Passy et Chaillot, il y a peu ou presque point d'interruption à la bâtisse ; maisons, jardins, tours ; — tours, jardins, maisons — tout d'une haleine ; et la physionomie de ces deux villages agrégés à l'honneur des faubourgs de Paris, ne change pas jusqu'à l'Arc-de-Triomphe de l'Étoile, où la courbe des habitations est interrompue un moment par la sécante de l'avenue de Neuilly et l'arc resplendissant de blancheur.

En faisant un quart de tour vers la droite, et la lunette collée à l'œil, une série de *villa* élégantes, aux vertes persiennes, aux toits gris d'ardoise, posent devant nous. C'est là que croît et prospère gente génération (1) des deux sexes, en faisant le noviciat de la vie dans les conjugaisons, les déclinaisons, dans les fables du bonhomme Lafontaine et dans les contes de l'aimable Berquin.

Plus loin, le cordon des murs habités court en ligne un peu convexe vers le nord, en touchant à Monceaux, en touchant aux Batignolles ; et de cet amas de pierres que la truelle du maçon a agglomérées haut, surnagent comme des îlots quelques bouquets d'arbres, tournoient quelques girouettes, s'arrondissent quelques coupoles, percent quelques flèches.

C'est donc au-dessus du paisible faubourg du Roule que nous naviguons présentement ; — paisible hier, tumultueux aujourd'hui. — Le grand tourbillon de l'industrie, bouillonnant sans cesse sur les flancs dudit faubourg, a pénétré à la fin dans son foyer, et.... il l'entraîne. — Paris l'a résolu ainsi, par le motif que, s'ennuyant un jour, Paris s'avisa de s'écrier.

« Il me faut de la vitesse ! A bas la vie de tortue que je mène ! Je veux un chemin de fer ! »

Et un chemin de fer fut.

— « Je le veux place de l'Europe ! »

Et place de l'Europe fut mise sens-dessus-dessous. — Aussi voyez la locomotive qui s'élance de son tunnel en teignant le ciel de touche grisâtre, et Paris juché sur les wagons qui s'en va à Saint-Germain. — Adieu, mon maître ! amuse-toi bien ou vaque à tes affaires. Tu t'entends à faire l'un et l'autre. — Mais chacun son affaire, chacun son chemin. Nos affaires nous retiennent à Paris, notre chemin va du couchant au nord.

(1) Quartier des pensionnats.

Une vaste plaine de toits s'étend par là. — Rien ne heurte, rien ne coupe la vue, si ce n'est la pointe du clocher de Notre-Dame-de-Lorette, église d'une fraîcheur d'atours, d'un *comme il faut* de salon irréprochable ; et derrière elle, et devant elle, et de côté, les maisons se massent de plus en plus serrées et viennent dans cet ordre raser la semelle de Montmartre.

C'est sur son sommet que fonctionnent alternativement ailes de moulins et bras de télégraphes. Les premières obéissant au souffle des trente-deux vents, les seconds à la haute pression de la dictée gouvernementale ; ceux-là, source de modeste fortune pour le meunier, ceux-ci, mimes tentateurs du haut fonctionnaire de l'État. « Excellence ! jouez à la hausse, jouez à la baisse, » lui disent-ils parfois. Profiter de l'avis, ou ne pas en profiter, n'est ici à proprement parler qu'une question de point d'honneur administratif.

La butte est le Chimboraço de l'hémicycle de hauteurs qui ceignent Paris de ce côté. Elle a son histoire, tout comme chaque rue, place, ruelle, impasse et carrefour de la grande métropole, dont Satan est le panégyriste et Momus le Tacite. Montmartre donc, sans que nous nous égarions dans ses souvenirs reculés, nous donne une page humide encore de l'histoire de Paris. C'est Montmartre défendue par l'adolescence à la journée du 30 mars 1814. C'est l'École Polytechnique, décimée et mutilée, mettant en pratique la théorie d'une science dans un héroïque essai.

De Montmartre, le rebord septentrional du vaisseau s'allonge insensiblement en poupe. Imitant un peu Chaillot, imitant un peu Passy, Paris se donne dans ces parages des airs champêtres ; çà et là les habitations s'isolent, se clôturent et verdissent. Ainsi, s'avançant parallèlement avec la marge de la ville, on n'évite pas la rencontre des abattoirs de Ménilmontant. Au-delà de cette place de Grève des ruminans, et à une bonne portée de mitraille, s'élève le bel hypogée du Père-Lachaise, avec ses terrasses bocagères ombragées de cyprès, parsemées de colonnes, de cippes, de temples païens et de chapelles chrétiennes. Quel site plus gai et plus agreste que cette blanche cité des morts se détachant joyeusement sur le fond vert des terrasses! Quand on a vu la flore de ce lieu de repos, quand on a joui de ses frais ombrages, et admiré la grâce touchante qui, toute modeste, se glisse jusque dans les plus chétives décorations des caveaux de famille, on se surprend presque à sympathiser avec la mort, surtout, dirait un bon vivant, lorsque jeune sang, bon pouls et bon estomac la tiennent en respect. Le Père-Lachaise présente aussi à l'imagination comme la riante physionomie de ces voluptueuses villes de la Sicile antique que le pinceau de l'historien nous a léguée.

Mais voici que la brise devient tout-à-coup mutine. La forêt du cimetière remue ; mille tombeaux sont démasqués soudain.

Tenez! voyez-vous, à travers la lentille de la lunette d'approche, ce temple, le fronton tourné au midi?.... — Il abrite les restes de Foy ; — et sur la même ligne ce grand sarcophage?.... — Ne serait-ce pas la poussière de Masséna qui y repose? — Je pense qu'oui. — Mais brisons-là, ou je vous emporte à travers champs jusqu'à Charonne, jusqu'à Montreuil.

Un mouvement rétrograde est donc de rigueur. Il est fait, — et nous voici de rechef en plein Paris.

Entre les Boulevards et la Seine, entre la rue Notre-Dame-des-Victoires et le canal Saint-Martin, Paris est ville en règle, ville en toute conscience. — Pignons se pressent contre pignons, toits surmontent d'autres toits. — Celui que vous voyez assez près, et qui ressemble au dos d'un éléphant — c'est la salle Ventadour — et plus loin cette aérienne carapace de tortue — c'est la Halle-au-Blé.

Signalons, avant de passer outre, les points cardinaux qui peuvent servir ici de perchoir à la vue.

C'est d'abord : ce télégraphe que vous voyez vivre dans ce moment, et qui trace un Z informe dans les airs. Ce messager muet est établi sur la tour de l'église Saint-Eustache, un des derniers legs qu'ait laissé à la ville de Paris l'élan d'enthousiasme religieux, si poétiquement exprimé par l'architecture gothique.

En biais et à deux cents toises tout au plus de Saint-Eustache, s'élève raide le bloc carré de la tour Saint-Jacques-de-la-Bouche-

ric avec ses griffons aux angles. Jadis des moines studieux (1) se
nichaient à sa base, aujourd'hui des bourgeois et des artisans
de race y croissent et y multiplient.

Haussez maintenant de quelques lignes la lunette, et elle va
peut-être toucher au sommet d'une haute cage en charpente, voisine très-proche du faubourg Saint-Antoine. Ce que nous appelons cage en charpente, est un composé d'échafauds qui indiquent
l'emplacement de la colonne de juillet. Elle est debout, mais non
pas tout-à-fait prête. On la cisèle : qu'on se hâte ! Paris est
plein de lubies ; — demain il est capable de vouloir autre chose
que juillet, — et une journée d'avril, et une journée de juin (2)
peuvent amener sur la scène un dogme politique de plus fraîche
date, et quelques heures suffiront pour déflorer les glorieux souvenirs de juillet.

C'est au pied de la base granitique de ce monument, dont
l'inauguration cache peut-être quelque événement fatal (3) que,
debout, sur ses quatre pilastres se dissout patiemment le modèle
en plâtre du colossal éléphant destiné naguère par Napoléon pour
la place de la Bastille. — Cet immense quadrupède devait l'orner
comme monument non-pareil, et la rafraîchir comme fontaine
publique sans seconde.

Un peu au sud-est du faubourg Saint-Antoine se dessinent dans
la brume de l'éloignement les habitations du très-solitaire et très-
végétatif Picpus. Tranquille et isolé, il se tient patriarcalement
et jusqu'à nouvel ordre en dehors du mouvement progressif qui
emporte Paris, son très-illustre patron.

Mais l'éléphant, la cage et l'historique faubourg Saint-Antoine,
tout cela est déjà loin de nous ; — car, après avoir pris de nouveau notre essor, et après avoir passé au-dessus des chantiers de
l'île Louviers, la forêt morte de Paris, et au-dessus du pont
d'Austerlitz, voilà que nous venons nous poser sur les cimes feuil-

(1) Les Pères Dominicains.
(2) Allusion au mouvement révolutionnaire des 5 et 6 juin 1832, et aux
troubles d'avril 1834.
(3) Comme les conséquences de l'enterrement du général Lamarque.

lues du Jardin-des-Plantes, — livre pratique d'histoire naturelle
qui a donné à l'Europe trois générations d'hommes célèbres dans
la science (1). — De moment en moment, il y a quelque chose
qui scintille très-fort entre les échappées des arbres. — Ah j'y
suis ! — Ce sont les toits vitrés de plusieurs serres-chaudes,
toutes en verre. — Rien de si beau que ces élégans boudoirs,
galamment offerts par la politesse européenne à ces pauvres
émigrés de la zone torride. Une grande pensée (2) a présidé à la
naissance de cet établissement sans rival, un vaste génie (3), disparu à jamais du monde, le dirigeait récemment encore.

La puissante végétation du Jardin-des-Plantes nous dérobe en
partie le rendez-vous des misères humaines, — la Salpétrière.

Les grandes capitales sont trop distraites pour penser à la charité ; mais il y a la sagesse municipale qui y supplée. — Son tact
est infiniment délicat en ce point. — Elle a senti qu'il ne fallait pas
permettre que le monde qui souffre devînt un motif visible de
gêne pour le monde qui jouit ou qui accepte la vie sans jouissance. — L'époque est égoïste, mais, à force d'analyses sociales,
elle est devenue négativement bonne ; et, dans sa part de bonté
raisonnée, Paris a bâti cette ville (4) horriblement originale dont
nous n'apercevons de si loin que l'ombre blanchâtre

Sur l'angle méridional du Jardin-des-Plantes est située la
fameuse prison, du nom de Sainte-Pélagie. Qui n'a pas quelquefois entendu parler de cet ancien purgatoire de la jeunesse
dissipatrice de Paris ? Depuis quelque temps, Sainte-Pélagie a
changé de destination, sans que pour cela le Code civil français
se soit, à l'instar de celui de l'Angleterre, un peu humanisé à
l'égard du débiteur. — Emprunter de l'argent, c'est toujours
devenir, par le fait, vassal de celui qui le prête ; ne pas le lui rendre, c'est devenir son homme de glèbe.

(1) Les Jussieu grand-père, père et fils.
(2) Buffon.
(3) Cuvier.
(4) L'hôpital de la Salpétrière donne asile à six mille femmes indigentes,
ou infirmes, ou aliénées, ou septuagénaires.

Cependant, pour ne plus nous perdre sans nécessité dans les lignes nébuleuses qui fuient sur les bornes de l'horizon, faisons de nouveau une rentrée en ville.

Ah! voilà les deux tours de Notre-Dame de Paris! — Sur l'une, flotte le drapeau de Juillet (je vous l'avais bien dit); sur l'autre une petite guérite, et sur toutes les deux des amateurs de perspective comme nous.

Le Temps tourne et retourne son sablier et s'ennuie; — il ébrèche sa faux, l'aiguise, l'ébrèche encore, mais n'entame pas l'édifice; et ce n'est pas précisément la matière dont celui-ci est pétri qui lui donne cette longévité et cette verdeur peu communes que nous lui connaissons, mais bien l'harmonie de toute l'œuvre. Il n'y a que les passions des hommes qui y ont causé quelques mutilations; mais ces légères ratures que la vieille légende pétrifiée a subies sans sourciller ne sauront empêcher qu'elle ne raconte à nos arrière-petits-neveux bien des choses qui les feront rire, qui les fâcheront, qui les feront pleurer, comme c'est le cas lorsqu'on lit le journal des actes accomplis de la race auguste des grands titulaires de la création.

Comme modèle d'architecture, la grise basilique intéresse l'artiste; comme monument où se sont passés cérémonies religieuses, cérémonies profanes, mariages augustes, ovations et triomphes, c'est un document précieux pour le compilateur moderne d'histoire; comme spectatrice morne des farces humaines qui se sont passées à ses pieds, l'antique cathédrale attire les investigations du philosophe et convie l'imagination du poète à grimper sur ses innombrables dentelures; mais elle n'a été attachante jusqu'ici que comme le squelette d'un homme célèbre; et ne voilà-t-il pas qu'un jour Hugo trempe sa plume dans son encre à lui, et résurrection instantanée s'ensuit. Ne voilà-t-il pas que le sang figé de la Notre-Dame de Paris circule chaudement dans ses veines, que ses sveltes piliers frémissent, que ses rosaces regardent les yeux grands ouverts, que ses mascarons ricanent, que ses vitraux s'allument et flambent, que chaque cube de pierre fait l'important, que chaque ogive se prélasse, que chaque figurine conte ou gesticule. — Aux

parois du grand bourdon j'aperçois Quasimodo collé en haut relief comme un crapaud ; — à chaque gouttière à gueule de dragon
je vois Frollo, le moine, accroché par son froc ; — à chaque
balcon encore, Quasimodo lançant Jehan sur la masse des truands
qui assaillent Notre-Dame. — Quelle église ! — Quelle œuvre !
— Toutefois, pierre est pierre, parole est parole, et, dans la
Notre-Dame de Paris, la parole de Hugo est plus belle que la
pierre de Notre-Dame.

Si les confessionnaux de la vieille cathédrale sont vides, en revanche le Palais-de-Justice, son voisin, ne manque pas de pénitens
que la vigilance du salut public traîne à sa barre ; et voici les tou-
relles aiguës de l'antique Palais ; — elles s'élancent de cet assem-
blage de maisons que l'île de la Cité supporte patiemment depuis
tant de siècles. — Ce doyen de tous les tribunaux de France peut
être considéré comme le rendez-vous commun du romancier et du
dramaturge en sous-ordre, qui y trouvent des canevas à esquisses
toutes tracées pour leurs productions atrabilaires. C'est aussi un
lieu plein de charmes pour les dames à nerfs irritables qui,
obéissant à leur instinct pour la souffrance, y accourent le cœur
sain et joyeux, et en sortent le cœur triste et endolori, mais
prêtes à recevoir encore les secousses délicieuses d'émotions
nouvelles.

Tantôt sur un pic, tantôt sur l'autre, le regard du spectateur
se promène incertain sur la toile animée du panorama de Paris.
Il n'y a que l'embarras du choix ; — les points de repos sont disséminés partout, et celui qui regarde fera probablement asseoir
son rayon visuel sur ce clocher transparent et grêle que l'on voit
très-distinctement là, de l'autre côté de la Seine. La pittoresque
et antique église qu'il tache en partie de son ombre s'appelle
Saint-Étienne-du-Mont. Les cendres de sainte Geneviève y reposent. La douce et charmante bergère protégeait Paris adolescent,
— et le Paris de ce jour, devenu grand enfant, s'est fait pupille
de *Robert-Macaire*, le hideux diable de Frédérick-Lemaître.

De Saint-Étienne au Panthéon il y a la longueur du bras. —
Depuis que Paris est Paris, il n'a jamais possédé d'édifice aussi

colossal que le Panthéon, ni vu de coupole aussi élégante et aussi hardie que sa coupole.

Panthéon! — donc, temple consacré à tous les dieux, et Voltaire y règne, le dieu de tous ces dieux.

En fait de goût, l'Europe a depuis long-temps accordé au Français ses lettres-patentes, et pourtant il arrive, je ne sais comment, que dans certaines occasions il trahit un manque absolu de cette mystérieuse qualité; ce dont vous allez avoir une preuve.

Au caveau des morts illustres se trouve un cercueil qui contient ni plus ni moins que la dépouille mortelle du patriarche de Ferney (puisque patriarche il y a); et, pour qu'on ne s'y trompe pas, on a eu l'idée de clouer aux parois de la bière un bras en bois peint que l'on a théâtralement armé d'un flambeau. Je ne parle pas de l'idée allégorique, que cet emblème d'opéra est censé représenter (elle est fausse, parce que Voltaire, au lieu d'éclairer a incendié); je veux parler du manque de tact classique dans ceux qui ont imaginé cette gasconnade impie :

AUX GRANDS HOMMES LA PATRIE RECONNAISSANTE.

C'est l'inscription, vous la connaissez.
Cette dernière fera-t-elle jamais place à celle qui suit ?

AUX AMIS DES HOMMES LA PATRIE RECONNAISSANTE.

Et pourquoi pas? Je crois que rien n'est impossible à une nation qui sait largement faire et le mal et le bien. — Le principe des transitions réside en elle. — Donc, ou jamais, ou à tantôt ! — Mais aujourd'hui que le résultat de l'esprit domine le résultat du sentiment, Paris repousserait avec ironie tout appel à l'humilité, et peut-être ferait-il prompte et mordante justice des premiers noms historiques qui, dans le sens de l'inscription amendée, se seraient présentés à la candidature d'une place au Panthéon.

Un pas en arrière de ce temple païen, se collent à plat contre le bleu du ciel les quatre pyramidons mauresques de la tour Sainte-Geneviève. La tour existe forte et haute; l'église que la piété des

fidèles avait placée sous l'invocation de cette sainte n'existe plus.
Du temps de l'empire on la voyait encore debout ; et, de son côté,
elle a vu et Clovis et Frédegonde, et Childebert et Clotaire, et
toute cette farouche dynastie germaine qui égorgeait les autres et
s'entr'égorgeait elle-même. Le terrain sur lequel est la tour, sur
lequel est le Panthéon, s'élève en bosse ; Paris y fait amphithéâtre,
et cette bosse est pompeusement décorée du titre de Montagne-
Sainte-Geneviève.

Lorsque, du haut de la lanterne du Panthéon, où plonge la
vue vers le sud-ouest, l'œil rencontre de profil le palais du Luxembourg, — siége législatif des nobles pairs de France, qui, modestes et résignés, attendent dans leurs chaises curules que le sé-
nat de la France bourgeoise vienne placarder un jour sur la porte
dudit palais le procès-verbal de leur décès politique.

Dans le parc régulier du Luxembourg se trouve une allée ; —
un fait historique s'y est passé. Faut-il vous le rappeler, Parisiens? — Un peloton de soldats français y a tué Ney.

Sur le rayon d'ellipse que notre lunette parcourt dans ce moment, et le long de la bande verdoyante des boulevards exté-
rieurs, on rencontre deux groupes de toits voisins l'un de l'autre :
c'est l'hospice des Enfans-Trouvés ; c'est la Maternité ; — la
layette hospitalière à portée du sein maternel. — L'amour du
prochain est formulé dans ce quartier par des faits. Mais, logi-
cienne inexorable, la statistique vient, avec ses chiffres, nous prouver que, partout où la société sévit contre le libertinage dans la
misère, le libertinage est cent fois moins audacieux que là où
l'on dote et où l'on héberge ses œuvres immédiates avec une mu-
nificence irréfléchie. — Donner à la misère n'est pas tout : il faut
qu'on sache la préparer à recevoir.

De ce côté de l'eau aussi bien que de l'autre, l'horizon est hérissé de cheminées, pavé de toits, jalonné de clochers.

Là, à distance grande, faisant face à la colonne, s'allongent
hautes et élancées les deux tours disparates de Saint-Sulpice.
Sur la même longitude, l'abbaye de Saint-Germain-des-Prés
montre son trièdre pointu. — Plus près de la rive gauche de

la Seine, grisonne la croix de Saint-Thomas d'Aquin, église de
haut lieu, où la descendance féodale des chefs francs vient se
plaindre à Dieu des nombreux passe-droits que les Gaules révol-
tées lui ont fait subir depuis 89. Saint-Thomas-d'Aquin me semble être la borne de démarcation entre roture et noblesse. Paris,
d'original, de vieux et de sinistre qu'il était à main gauche de
cette église, devient, à main droite, plus classique, plus moderne, et, si, on peut le dire, plus enjoué. Là sont maisons
pour se loger et vivre, et elles escaladent le ciel. Ici sont hôtels
pour se loger et jouir, et ils se traînent à terre. A gauche, Paris
se gêne; à droite, Paris prend librement ses ébats. Enfin, vers
les barrières de Grenelle et de la Cunette, de plus en plus il a l'air
campagne.

Continuant toujours notre revue de perspective, nous allons
maintenant voler à tire-d'aile sur les maisons du faubourg Saint-
Germain, prendre un moment haleine sur le dôme des Invalides
(le grand chapitre de l'ordre chevaleresque de la Béquille), passer devant la façade de l'École-Militaire, et percer l'espace jusqu'au
pont de Grenelle, le point de départ de notre promenade orbi-
culaire au-dessus des découpures architectoniques de Paris. —
Et dire qu'on est en ce lieu, c'est donner à entendre que le pour-
tour du chapiteau est parcouru, et que la tâche du *cicerone* est
terminée. Ah! que ne sommes-nous *cicerone*. Le métier de cet
index parlant est infiniment plus commode que celui du conteur ;
car le *cicerone* touche l'objet du doigt et l'explique, et le conteur fournit, en l'expliquant, le dessin de l'objet ; — et l'on
prétend que lorsqu'à deux choses on travaille à la fois, il y en a
toujours une qui reste en souffrance. On ne peut donc jurer que
ce que nous avons sous les yeux soit irréprochable, surtout comme
exécution de détail. Du reste, rien de si intelligent que la mémoire des yeux pour conserver l'empreinte de l'expression
physique, et rien d'aussi lourd à concevoir que l'imagination,
lorsqu'il s'agit de retenir les formes que la parole s'évertue à y
faire graver. Par conséquent, il est possible que, tous frais faits,
Paris, vu du haut de la Colonne, se présente au lecteur comme

une charpente informe, semblable à ces jeux bizarres de dessin que les enfans obtiennent d'un pâté d'encre pressé entre les plis d'une feuille de papier.

Avec gens qui n'ont jamais vu Paris de leurs propres yeux, qui ne l'ont jamais entrevu qu'avec les yeux d'autrui ; avec gens pareils, nous espérons être bientôt d'accord ; — en les assurant que la copie fugitive que nous traçons ici représente positivement Paris, et non pas Pékin, nous sommes sûrs d'être cru sur parole. Mais on n'est pas quitte à si bon compte avec gens qui, comme nous, ont vu Paris, la lunette en tournée et à quarante mètres d'élévation : il est permis à ceux-là d'user de leur droit de contrôle. Parmi ces derniers, il s'en trouve d'assez accommodans, mais il s'en rencontre aussi qui sont d'un pédantisme assommant en fait d'exactitude descriptive : — il leur faut le ciel, brumeux ou clair ; la nuée vagabonde, opaque ou transparente ; la silhouette de l'arbre, ou le portrait en pied de l'arbre. Ils exigent aussi qu'on leur mesure les monúmens, qu'on leur compte les feuilles d'a- canthe des colonnes, les oves des corniches, les modillons des entablemens, et bien des choses encore. Serviteur ! — Besogne pareille est du ressort de ce bon enfant de journal qui s'intitule *Magasin Pittoresque*. Celui-là mesure, compte, pèse, explique, discute, et, ce qui mieux est, dessine à la main. Il nous rappelle surtout l'époque poétique de notre enfance où, à force de pen- sums et de férules, on nous communiquait le bienfait de l'étude avec tant de grâce. Quant à l'art de Vitruve, certes, il intéresse au possible ; mais, selon nous, l'expression intelligente des œu- vres de l'architecture, avec l'homme en face d'elles, nous inspire un intérêt plus grand encore. — Écoutez ceci.

Un camarade de diligence m'a conté que, se trouvant à Rome, il vit un jour, à la base de la colonne Trajane, un *Romain* jouant avec un autre Romain à la *more*, et que, lorsque l'un des joueurs perdait, il exposait sa joue aux soufflets de son adver- saire, et de même à chaque coup manqué. L'un s'acquittait en soufflets, et l'autre en bons *bajocchi*. Votre colonne est un chef- d'œuvre ; — le fait est sans replique ; mais mon Romain souffletté aux pieds de ce vénérable monument de la grandeur romaine, je le préfère.

Il serait pourtant à désirer que.......

Oh ! de grâce, épargnez-moi, je vous prie. Et, tenez, afin d'en finir une bonne fois pour toutes sur ce sujet, je me trouve dans la nécessité de vous déclarer que dorénavant nous tirerons notre révérence non-seulement à tous les monumens publics et privés épars dans Paris, mais que nous en agirons de même avec tous les objets d'art qui fourmillent dans les musées. Un bon *Guide* avec plan, cartes, vues, etc., vous en dira tout au long et tout au large pour votre pièce de cent sous.

Cependant Paris est grand, la loquacité d'un voyageur ne l'est pas peu ; et tout bénévole qu'on veuille bien te supposer, lecteur, tu n'en cours pas moins de fameux risques. Mais le vétéran, garde inamovible de la Colonne, y saura remédier à temps en nous envoyant son véto, et cela ne peut se faire attendre, d'autant plus que, sans y penser, c'est un 15 août que nous avons eu la maladresse de choisir pour jeter ces pâles contours sur le papier, et que tout Paris se presse de décorer d'immortelles et d'embaumer de fleurs la base et le chapiteau de la Colonne.

Mais.... ah! écoutons. — Serait-ce déjà le signal de l'ancien?... — Non. — C'est un mugissement sourd causé par l'air qui se promène en spirale dans le creux de la Colonne. — Toujours est-il que peu de minutes nous restent. — Profitons-en.

Jusqu'ici, lunette levée, nous avons regardé ; — à présent, lunette baissée, nous allons regarder.

Voyons ! — Qu'y a-t-il?... Mais il y a que nous ne voyons pas précisément ce que nous voudrions que vous aperçussiez.—Avant tout, il faut être vrai et dire que, pour le coup, les quarante mètres de la Colonne n'y suffisent plus. — La place Vendôme avec les rues adjacentes, une partie de l'avenue de Neuilly, l'aiguille de l'Obélisque, voilà tout ce qui est à peu près à notre portée. — Mais la lame d'eau qui sépare Paris en deux nous est voilée dans les trois quarts de son cours. — Pour obvier à ce petit inconvénient, souffrez que nous vous y transportions de mémoire. Ces licences ne

2.

sont pas tout-à-fait des délits, à plus forte raison des crimes. Dans
tous les cas, on ne se gêne pas pour en prendre tous les jours
et de plus fortes. — Je fais de même et m'élance sur la perspective du fleuve, toujours dans l'air et au niveau de la Colonne.
— C'est comme si je la faisais marcher à travers le jardin des Tuileries pour la planter sur le Pont-Royal.

Donc, en allant contre le courant de la Seine dont les eaux
verdâtres coulent paresseusement, l'œil arpente les douze principaux ponts de Paris, les uns lourds et massifs, les autres légers
et transparens, jetés en travers du fleuve comme de grandes
treilles en fer ; d'autres, enfin, suspendus sur des câbles de fonte
comme des nacelles d'aérostat.

Dans ces grands hôtels à l'ancre vis-à-vis les Tuileries, vis-à-
vis le Louvre, Paris se baigne.

Dans ces buanderies que vous voyez amarrées aux anneaux
des quais, Paris blanchit ses nippes. Les nombreux équipages femelles qui les composent barbottent dans le courant toute la sainte
journée en se relevant les uns les autres.

Faites venir la mer à Paris, faites-en un port, et il deviendra,
à lui tout seul, un royaume. Les bateaux à vapeur l'ont rapproché de l'Océan, les chemins de fer le rendront ville amphibie.
Pour le transport des personnes et des marchandises, il y a une
couple de *pyroscaphes* en fer entre le pont Louis-Philippe et le
pont d'Arcole. J'aperçois d'ici les sommets dentelés de leurs
tuyaux.

Pour nourrir Paris, il faut les moissons de plusieurs provinces,
et, entre les deux ponts cités plus haut, des barques, chargées de
toute espèce de céréales, se croisent, abordent les débarcadères ou
s'allègent.

Pour approvisionner Paris de feu, il faut beaucoup de charbon :
aussi la Seine est-elle toute noire. Des montagnes de charbon
nagent sur ses eaux.

La Seine une fois remontée, il faut la descendre et partir
du pont Louis-Philippe, car, par-delà, on verrait mal ; mais,
audit pont, les objets se prononcent nettement ; par exemple, à

la droite, le long des quais, il y a, entre les toits, comme une large déchirure. — Bien du sang y fut versé, — sang d'innocent, sang de coupable, — je vous parle de la Grève. Aujourd'hui, le bourreau travaille ailleurs ; — bien matin, bien loin, à la barrière Saint-Jacques ; la société se venge en cachette.

En se rapprochant du pont gardé par le roi Vert-Galant, et pourvu qu'on connaisse son plan de Paris par cœur, on ne passe pas sans chercher et sans trouver une statue qui a des ailes d'ange et qui se fait jour à travers l'épaissis des toits. Quiconque connaît les localités sait que nous nous trouvons au-dessus de la place du Châtelet. La statue décore une fontaine, la fontaine donne de la bonne eau ; la place a été, de tout temps, assez présentable; mais elle me paraît plus nette, plus réjouissante à voir depuis que le créancier privé ou le fisc ne viennent plus vendre ici ce qu'ils arrachaient au débiteur de par la loi. Souvent le fisc y venait vendre les hardes du pauvre, ses meubles, ses ustensiles, et on avait hâte d'acheter. C'était naturel ; en donnant peu, on obtenait beaucoup.

Il y a une plaisante et originale comédie à faire sur la circulation de l'avidité humaine en quête du bon marché.

Et puis, toujours en descendant, on est encore arrêté par une percée plus mince que la première, plus mince que la seconde ; c'est entre le Louvre qui attend qu'on songe à l'achever et Saint-Germain-l'Auxerrois qui attend qu'on l'achève. Il y a cinq ans, les soldats de la propagande envoyaient la mort sur la troupe de ligne et sur la garde nationale de chaque rosace, de derrière chaque colonnette, de derrière chaque trèfle de ce vieil édifice découpé à jour.

Jusqu'à la place de la Concorde plus de percée, plus de vide, — tout va d'un trait, — murs, grilles, arbres.

A l'autre rive maintenant, en amont du Pont-Neuf.

Une bonne enjambée va vous porter sur ces trois tours, dont l'une est carrée et fluette, les deux autres grosses et rondes; elles sont faciles à distinguer, particulièrement les deux dernières, à cause de leur toit qui ressemble beaucoup au chapeau de feu

Robinson Crusoé. Toutes les trois font partie du Palais-de-Justice. L'opticien Chevalier, l'oracle barométrique de Paris, s'est logé au pied de la tour carrée ; et, son bonnet de coton sur les oreilles, il s'arroge par le calcul le droit de la divination aussi bien qu'il ne cesse d'améliorer le code des lois sur la vision.

Lorsqu'on longe le quai pour descendre, l'œil rase, dans sa course rapide, le front d'un long bâtiment de construction distinguée. — Voilà qui chauffe fort, là-bas. — On y fait de l'argent. — C'est la Monnaie. — Une des principales arches d'alliance des peuples entre toutes celles que compte l'Europe.—A propos d'argent, où est Tiolier, signataire des louis d'or? Serait-il mal avec le gouvernement de Juillet? On le voyait, sous l'empire, graver l'exergue : *Dieu protège la France*, et, sous la restauration, le *Domine, salvum fac regem*. On le rencontre encore dans le monde cheminant à la postérité sous les effigies des rois ; mais plus de Tiolier sur les louis passé 1830. Serait-il mort, Tiolier (1)?

Cet enfoncement en face le pont des Arts est causé par la rotonde d'un palais qui a porté différens noms. Mazarin l'avait fait bâtir. Aujourd'hui la science, dans ses ramifications les plus glorieuses, y siége.

Au dire des chroniques, un coupe-gorge d'exécrable mémoire s'élevait autrefois sur l'emplacement du palais de l'Institut : c'était la Tour de Nesle.

Plus bas, au pont des Saints-Pères, vous passez au-dessus d'une maison semblable à toute autre maison, mais l'histoire s'en est mêlée, voyez-vous? Voltaire y a logé, Voltaire y est mort confessé, muni du viatique, oint, le tout en guise d'épigramme.

Vis-à-vis la Colonne, vous voyez ce long édifice si fraîchement paré, si mignon, et pourtant d'un aspect imposant; selon les uns, mesquin, selon les autres, classiquement beau ; c'est le palais de la Légion-d'Honneur. Deux rues le séparent du Palais-Bourbon, et dans le temps les Bourbons y menaient vie joyeuse ; — aujourd'hui le tiers-état y vient périodiquement parler affaires,

(1) Pendant plus de trente ans, graveur à l'hôtel de la Monnaie.

et il s'y est si bien pris, et par la puissance de la parole et par le droit du vote, qu'il est parvenu à effacer le nom des Bourbons aînés de la liste des maisons régnantes de l'Europe.

Tout à côté commence l'esplanade des Invalides, d'où le canon gronde lorsqu'on veut faire entendre et comprendre à la nation que quelque chose d'agréable vient de lui arriver, ou lorsque la nation perd quelqu'un qu'elle regrette. Là aussi de nobles et vaillans vieillards tout mutilés, tout caducs, se chauffent au soleil en fumant leur brûle-gueule et quelquefois, hélas! en tricotant. — Pauvres vieillards!

Il faut maintenant traverser la Seine d'un saut, et, la chose faite, on va planer sur la verte chevelure des Champs-Élysées. — Cette profusion de drapeaux et de flammes aux couleurs nationales qui flottent dans la direction de l'Élysée-Bourbon, servent d'enseigne au Cirque d'été de Franconi. — C'est ici que de jeunes et jolies vierges, bien pudibondes et bien braves, font parade de leur métier de casse-cou acquis à bons tours de fouet.

A la lisière des Champs-Élysées, à l'endroit d'où partent les premiers hêtres, aboutit la place de la Concorde. — Paris, reconnu dictateur de la France, grâce au système de centralisation de plus en plus prononcé, a voulu se donner une fantaisie d'empereur romain, — et il a restauré la place de la Concorde. — A elle la palme de la beauté sur toutes les places publiques connues que l'art meuble et décore depuis que la civilisation a appris aux Européens le secret de se loger avec luxe en dehors du seuil domestique. — Pour en croire ses yeux, il faut la voir de ses propres yeux, et non pas écouter ce que nous vous débitons de vive voix et par devoir.

La place de la Concorde s'ouvre à l'œil du spectateur comme une décoration d'opéra-féerie, — avec cette différence, que pierre n'y est pas toile peinte, mais pierre taillée; qu'eau n'y est pas lame d'étain poli, mais eau qu'on boit; que fleur n'y est pas carton découpé, mais fleur odorante. — Mosaïquée en asphalte, c'est Pompéi et ses admirables trottoirs. — Elle est belle, fraîche et lisse comme Pompéi; — mais ajoutez que cette ville, née pour la seconde fois, ne s'éclairait pas au gaz, et que, par conséquent, elle était privée de ces superbes candélabres rivalisant presque de volume avec l'obélisque, et de cette troupe nombreuse de réverbères qui les escortent. Si, par une sombre nuit et à votre premier tour de promenade dans Paris, vous approchiez de cette place, vous pourriez bien crier : « Au secours, braves pompiers ! Paris brûle ! »

Aux angles des quatre parterres tout illuminés de fleurs, se tiennent gravement sur leurs piédestaux les huit grandes villes de France, représentées chacune par une statue. Camérières obéissantes, elles sont accourues, sur un signe de Paris, afin de compléter sa toilette.

Des deux côtés de l'obélisque s'élèvent les deux grands châteaux-d'eau à vasques énormes, aux nombreux tritons et néréides de fonte. Qu'on est impatient de voir jaillir l'eau de leurs conques, de leurs bouches, de les voir folâtrer avec leur élément chéri ! — Lorsqu'on est en présence de ces superbes échantillons d'architecture hydraulique, on a de la peine à en détacher la vue. — Je me figure déjà le soleil inondant de sa vive lumière leurs dômes et leurs corniches mouvans, leurs fleurons et leurs bouquets bouillonnans. — Je me figure une folle bouffée de vent survenant à l'improviste, courbant un panache floconné, brisant un cylindre d'eau ou éparpillant toutes ces gerbes liquides en une poussière de prismes.

Du centre même de la place, au même lieu où se passa, dit-on, l'horrible scène du 21 janvier 1793, s'élève le svelte monolithe égyptien avec sa tradition gravée il y a trente siècles, et que personne n'eût fait parler si Champollion se fût tu.

Que nous reste-t-il à noter ? Oh ! beaucoup ! pourvu que l'homme d'en bas nous le permette. Il est vrai qu'il se tient encore coi. — Voyons, on ne peut savoir ; peut-être aurons-nous assez de temps de reste pour passer en revue l'avenue de Neuilly. — Paris y circule tous les jours, comme si tous les jours il y avait fête. Ainsi raisonnant, je braquai bravement ma lunette et...... Oh ! mal compté, car voici le garde qui nous hèle, nous tous qui avons bravé la chaleur étouffante du fût et sa rude montée.

C'en est fait! On y va, on y va, vieux stentor! — Mais, qu'est-
ce? Je m'aperçois que personne de la petite société présente sur le
balcon ne se met en train d'obéir. — N'obéissons pas pour lors.
Or, je vous disais donc que je braquai ma lunette sur l'avenue de
Neuilly. Quel admirable effet d'optique! Figurez-vous..........
Oh! ce damné grognard! Pour le coup, il ne plaisante pas; —
il nous l'annonce dans son français à lui; — sa sommation s'é-
chappe par trois fois, impatiente et presque courroucée, par la
porte pratiquée dans l'acrotère. — Et, au fond, nous n'en sommes pas sérieusement fâché, car cela nous fournit en quelque
sorte l'excuse plausible de la hâte forcée, et peut servir à pal-
lier, tant bien que mal, les *loucheries* qui ont pu nous échapper
en faisant cet essai d'Icare et dans les airs et dans notre première
narration imprimée.

CHAPITRE II.

MIROIR DE L'INDUSTRIE FRANÇAISE.

BOULEVARDS.

Possédant l'instinct de transmutation des villes à progrès, Paris a cent fois changé d'aspect, change d'aspect tous les jours, et ne cesse de dérouler majestueusement son plan. — Prenez comme échantillon de ce fait physique les boulevards : littéralement, ce mot veut dire rempart ; ainsi cela fut, ainsi cela n'est plus ; car depuis que ce Léviathan de Paris les a avalés, les voilà fondus en rue, et en une belle reine de rue, je vous assure ; — incomparable comme perspective, unique et sans rivale en Europe comme promenade intellectuelle. Paris y vit, Paris y jouit, Paris y pense, y spécule, y fainéante. Il vit dans ce fleuve d'hommes qui écume en deux courans contraires, il jouit par les sens dans les salons dorés de ses cafés ; par l'esprit, dans les salles de ses treize théâtres. — Il pense dans les merveilles de son industrie, il spécule devant le perron de Tortoni, il fainéante devant les pièces curieuses et les magnifiques monstruosités corporelles de ses mendians.

Une ligne diagonale coupe les boulevards à l'est — le système des fossés de la Bastille. — Une magnifique église leur sert de borne milliaire à l'ouest — l'église de la Madeleine. — Voilà pour l'attitude topographique des lieux. Du reste, plan sur table, posez votre index sur l'emplacement de la Bastille, et, de l'est à l'ouest, suivez la narration. Ce qu'on vous a conté diffusément, et d'époque en époque, à l'occasion des boulevards, en vaut la peine, croyez-en leur vieille renommée ; car les boulevards, voyez-vous, c'est la république fédérative de l'industrie, c'est 450 numéros de maisons, c'est 1,000 boutiques et cafés ; et, ce qu'ils représentent, est un actif d'au moins 300 millions. — A cinq pour cent d'intérêt, il y aura de quoi tailler le budget d'un royaume de la Confédération Germanique, et ce royaume, je me propose de l'enclaver dans quelques pages ! On n'en fait pas d'autres aujourd'hui, — peu et vite. — Fatale portée du tempérament de l'époque ! Les hommes de plume, dans les questions soumises à leur maniement, sont tenus de s'y conformer. Quant aux hommes d'*outil*, on leur passe le temps et le volume. — Ne travaillent-ils pas pour les sens ?

Je vais donc décrire les boulevards. — Présomption ! — Et c'est vrai. Mais, quelque vaste que soit une matière, dès qu'on l'aborde dans un discours écrit, il ne reste qu'à brûler ses vaisseaux, et à mener à bout l'entreprise.

Immense est le marché que nous parcourons ! — Quand on regarde, on s'étonne ; quand on réfléchit, on applaudit.

C'est l'inspiration du poète unie à la délibération calme du calculateur, qui s'annoncent tout d'abord aux boulevards, tant dans l'agréable le plus fastueux que dans l'utile le plus modeste. — C'est, à notre sens, la solution absolue du problème suivant : — parvenir à dominer les secrètes envies du désir, et faire de la charité intéressée aux besoins de tous les jours.

L'habitude, cet éternel contrepoids à l'admiration, rend le Parisien insensible aux merveilles que vomissent journellement les ateliers de la France et de Paris. Qu'il les quitte seulement pour deux ans, et, à son retour, il se sentira une légère dose d'ingénuité provinciale, quoi qu'il fasse. — Pour lors, que les exclamations de l'auteur en extase devant quelques aunes d'étoffe ne soient pas matière à critique pour vous ; n'en riez pas trop. D'abord, il n'est pas habitué à en voir tant ni de pareilles ; et puis, lorsqu'il examine quelque objet, ce n'est point l'objet qui le subjugue, c'est l'esprit créateur qui l'a produit à la lumière. — Il se met en communication immédiate, non pas avec l'ouvrier, le manœuvre de l'idée, non pas avec le débitant, l'usurier de l'idée, mais avec l'idée première ; et qui représente-t-elle ? — La jeunesse artiste qui débute. C'est bien elle qui sème ici les fleurs de son imagination pour avoir à dîner. — Dans ses haltes contemplatives, l'auteur se remet aussi à l'esprit la volonté qui donne la vie à l'idée. C'est la réflexion algébrique du mécanicien, le maître, le guide du Procédé.

Mais marchons, — il en est temps ; ces réflexions préliminaires nous retardent, et vous êtes homme à monter dans un omnibus et à filer, ce qui d'ailleurs se trouve bien ; n'en voilà-t-il pas plusieurs qui attendent des passagers en faisant souffler leurs haridelles devant les bureaux de l'entreprise générale des omnibus, établis à la droite du boulevard Beaumarchais ? — Quant à nous, nous sommes à la gauche, le dos tourné à la colonne de Juillet. Il est aisé de s'apercevoir que la ligne des maisons qui part du *Pas de la Mule* présente encore une physionomie tant soit peu faubourienne, et que les cas de solution de continuité y sont assez fréquens. — De l'autre côté du canal, le mercantilisme a l'air tout roturier ; quelques enseignes trahissent encore le goût et le degré de civilisation de la banlieue par leurs devises prétentieuses, le plus souvent en dehors de toute loi grammaticale. — Cet état de choses cesse pourtant de ce côté-ci du canal. Ah ! pardon, je me ravise ; il ne cesse pas tout-à-fait, car, sur une enseigne, je lis : *Orjat*. — En ce pays, les comptoirs de plomb des cabarets sont plus inondés de piquette qu'au cœur de la ville. En ce pays, n'allez pas chercher beaucoup de promeneurs à tailles faites par Blain, gantés en blanc, chaussés par Sakoski. Une affaire vous y conduit-elle, dites alors aux cachemires, aux bournous, aux chapeaux sortis de chez mademoiselle Baudrant, dites : « Au revoir ! » — Y rencontrez-vous un carrosse écussonné avec dames jolies dedans, nègre et chasseur derrière, grooms devant, remerciez-en le cocher, il s'est trompé de rue. — Mais moins ces quelques comètes égarées d'une sphère qui est la vôtre, vous êtes en pays-modèle de maître Téniers.

Les premiers magasins, qui s'enchaînent ici les uns aux autres, appartiennent à des revendeurs d'objets d'occasion et à des marchands d'antiquités, comme ils ont la bonhomie vaniteuse de s'intituler. — La population de ces contrées est-elle capable d'apprécier le contenu de ces cabinets de curiosités? Car, bien que cela n'y paraisse pas, l'amateur y tombe quelquefois sur un trésor d'art dont l'ignorante vieille boutiquière qui le possède ne saurait apprécier la valeur. — Si l'on rassemblait dans quelque bazar immense les capitaux bruts de tous les marchands d'antiquailles épars dans Paris, je le nommerais volontiers le cimetière de l'opulence de l'aristocratie française.

La ligue des antiquaires une fois dépassée, rien n'attire plus l'attention, — tout y est du dernier commun; — on y vend sans prétention ni coquetterie, pas davantage. Dans une petite boutique où l'on débite du fil, il peut vous arriver de lire sur un cordon de montre tressé en perles menues : « Don d'amitié. A toi jusqu'à la mort. »

Cependant, à mesure qu'on descend la pente douce des boulevards, la rude franchise du faubourg disparaît, la ville commence à se respecter, la civilisation monte, et les magasins et les cafés s'essayent déjà à singer la zône élégante du centre de la cité. C'est ainsi qu'insensiblement on passe du passable au mieux, du mieux au joli, le tout au hasard; et ce manque d'aplomb dans le sentiment du bon goût s'étend jusqu'au Café Turc, première notabilité industrielle, situé à notre gauche, et cela continue ainsi jusqu'au Château-d'Eau, première notabilité ornementale et d'utilité publique, situé à notre droite, côté de prédilection des théâtres. Connus par l'harmonie qui règne ordinairement dans le royaume des coulisses, ils vivent comme de bons voisins qui seraient éternellement en procès, porte à porte, caisse à côté de caisse. — Pour l'intelligence du lecteur, je m'en vais les compter sur mes doigts.

Théâtre Lazari, théâtre de madame Saqui, Funambules, Gaîté, Cirque-Olympique. — Ce dernier prend à tâche, ou de rafraîchir les réminiscences patriotiques de son public de blouses en déployant tout le faste des batailles dans une arène de

manége, ou de l'étonner par l'effet de ses machines et par ses
spectacles à métamorphoses vraiment incroyables. — Les Funambules, de leur côté, font tout ce qu'ils peuvent pour provoquer la
ronde et franche hilarité de leurs habitués par les lazzis de leurs
excellens pierrots, gilles, paillasses et autres baladins à gages
fixes qui pleurent peut-être hors des tréteaux, mais qui commencent à rire d'office dès six heures du soir. — Après ces cinq théâtres, viennent ceux des Folies-Dramatiques, de la Porte-Saint-
Martin, de l'Ambigu, puis la salle provisoire du Vaudeville, le
pauvre incendié qui rit toujours comme trente ; enfin, le Gym-
nase-Dramatique, et le Gymnase-Enfantin du passage de l'Opéra.
— Le théâtre de la Porte-Saint-Antoine et celui des Variétés sont
les seuls qui aient décliné la camaraderie de leurs autres confrères
en fixant leur domicile du côté gauche des boulevards, l'un plus
haut, l'autre plus bas. — Dans la seconde partie de ces causeries,
nous tâcherons de vous donner un aperçu général sur la composition
artistique, l'esprit et la tendance morale de ces antidotes efficaces
contre l'ennui qui obsède les peuples de la moderne Europe ; mais,
avant que nous vous fassions entrer dans quelques-uns de ces
entrepôts de plaisir à gradations diverses, où le Parisien de toutes
les classes vient achever sa journée, lorgnons un peu l'habit pailleté de ces boulevards regorgeant de monde à toute heure de la
blanche journée, et à heure indue de la blanche nuit ; et *blanche*
est le mot : les torrens de lumière que verse le gaz sur les ténèbres excusent en partie cette hyperbole un peu hasardée.

Donc, procédons. — Point de départ : Café Turc, boulevard
du Temple, côté gauche, en descendant la pente ; c'est convenu.

Un moment, on n'avance pas. Le Café Turc, c'est de l'histoire,
et, tel qu'il est dans sa forme, il en arrête de plus familiers avec
les choses d'Orient qu'un Ostrogoth de notre façon, qui n'a de sa
vie vu, mais ce qui s'appelle vu, une véritable babouche turque,
bien moins encore une habitation orientale dans les règles. Ce pavillon est somptueux, la façade en est bien posée ; elle imite, dit-on,
à s'y méprendre. — Colonnettes sveltes, plâtrées d'or, parsemées de
diableries en caractères arabes, arcades en forme de cœur, lignes

peintes se brisant, triangles se heurtant, et public barbu, chapeau européen en tête, s'y pressant. Il fait beau, la porte en est
grande ouverte, jetons un coup-d'œil curieux dans l'intérieur. —
Oh! c'est, ma foi, superbe! C'est peut-être plus beau qu'à
Smyrne : de grandes glaces de la manufacture de Saint-Gobin
richement encadrées; un candélabre magnifique; — des patères élégantes qui supportent force parapluies et cannes ; un comptoir en acajou, de forme furieusement occidentale, flanqué de deux
superbes vases en porcelaine Sèvres-Japon; des chaises, des tabou-
rets et des tables à plateaux de marbre en quantité. Mais pas un
bout de divan, pas un lambeau de tapis ou de courtine mystérieuse
derrière laquelle ait brillé l'œil noir d'une odalisque ou la face
d'ébène d'un eunuque noir. Et le *Magasin Pittoresque* nous dit
implicitement que tous ces objets, tant animés qu'inanimés, sont
de toute nécessité dans les mœurs et les coutumes islamiques. —
Si du moins la souveraine de ces lieux était voilée ; mais non, bien
au contraire ; du sommet de la tête jusqu'aux aisselles, tout y
est mis à l'exposition. Le beau turban en mousseline des Indes,
comme en porte une Roxelane ou une Zaïre de la Comédie-
Française ; la *fez* écarlate à houppe de perles, n'emprisonne
pas les cheveux de la dame ; un gentil petit poignard ne brille
pas à sa ceinture ; les grains d'ambre d'un beau chapelet ne coulent pas un à un entre ses doigts. C'est l'ordre composite de
l'architecture de vogue la plus récente qui entre dans l'érection de
sa coiffure — c'est toute la prétintaille d'une toilette éminemment parisienne dont se composent ses atours.

D'humbles esclaves les mains croisées sur la poitrine — pas un;
mais des garçons libres par naissance, libres par la charte, adroits,
lestes et élégans — une cohue. Leurs cheveux sont frisés, leurs
jaquettes bleues, leurs tabliers fins et leur politesse impertinem-
ment intéressée et toujours questionneuse ; — puis force journaux : oh ! quant à cela, ce n'est pas l'embarras à Paris ! mais pas
de vestige du Moniteur ottoman ni du *Tekwimi Vekai*, les deux
gazettes de la Turquie en train de réforme.

Au jardin (il y a un jardin), une presse que c'est une bénédiction! Et tout le monde sablant... le vin, direz-vous? — Excusez — la bierre! Oui, la forte et épaisse bierre d'Allemagne. Des Français? — Ah! que voulez-vous! c'est une passion naissante. Mais gare l'épaississement des cerveaux! Si cela continue, Parisiens, il est à craindre que vous ne deveniez lambins d'esprit comme certain peuple d'Allemagne de certaine contrée que le grand Frédéric comparait méchamment à un paradis terrestre habité par les bêtes.

Huit sous est le prix moyen que les chalands laissent, en bon argent de France, dans ce bienheureux Café Turc. Aussi la dame doit-elle être riche, à en juger par les ondées de menue monnaie qui sans relâche emplissent les cachettes de son comptoir; ce qui nous fait penser à une autre sorte de dragées qui, par un beau jour d'été, il y a tantôt quatre ans, tombaient sur la devanture dudit café, car tout en face est sise la maison n° 50 d'où Fieschi, après avoir mathématiquement calculé son attentat, a lancé la mort sur tant d'hommes, tout en n'en voulant qu'à la vie d'un seul homme. Mais c'est œuvre bien morte que ce fait d'hier; c'est non-seulement une vieillerie pour vous, Parisiens, mais c'en est même une pour nous, hommes du Nord, qui lisons là-haut, et je dirai presque courrier par courrier, les aveux naïfs que vous nous faites de vos sanglantes horreurs domestiques. Dieu! qu'il doit être pénible pour la conscience nationale d'avoir ainsi à rougir sans cesse!

Avec la meilleure volonté d'être modéré, d'être poli, comment ne pas faire des remarques désobligeantes en présence de cette originalité diabolique qui perce dans certains crimes tout-à-fait exceptionnels et depuis peu accomplis en France? Ailleurs, on tue; — en France, on tue et on immole. Aussi, quand le masque d'un scélérat dramatique comme celui d'un Fieschi vient à se placer devant le crayon d'un dessinateur qui se permet de raisonner, force est à l'artiste d'abandonner la besogne courante et de monter en chaire. Pour l'instant c'est bien le cas de nous rappeler nous autres à l'ordre, en nous invitant à descendre sur le trottoir. C'est fait, — nous y sommes; tout yeux, tout bonne volonté, et impatiens de faire ce en quoi Paris excelle — or, vous devinez bien que, par dessus tout, il excelle à faire le badaud !

Connaissez-vous un délassement plus inoffensif ? car que fait le badaud, je vous le demande ? Il nourrit sa curiosité sans consommer un atôme ; — de mal, il ne peut en faire, vu que sa pensée repose, que son cœur dort, et lorsque ces deux agens occultes végètent dans l'homme, il y a état temporaire d'impeccance, ce qui, dans notre siècle d'ardentes satisfactions égoïstes, nous paraît un fait tellement rare que nous ne saurions trop prendre la défense de ce qu'on s'est plu à déconsidérer par le terme railleur de badauderie.

Après cette apologie, nous espérons ne pas trop déroger en devenant badauds, et de ce pas nous allons faire les badauds, — mais en tant toutefois qu'il en résultera un bénéfice apparent pour la curiosité du lecteur.

Ainsi, partout où le grand œuvre de l'industrie ne nous paraîtra que l'effort du calcul manufacturier sans être tout-à-fait l'effort du calcul artistique, nous le laisserons derrière le rideau. Il n'y aura d'exceptions que pour les originalités, que pour les ingénuités industrielles, telles par exemples que ces boutiques en plein vent à proximité du Café-Turc, où l'œil n'embrasse que difficilement la diversité des objets que la corne d'abondance du petit mercantilisme a versés dans son sein. — Innocentes boutiques, innocentes marchandises !

Ce sont des gravures et des lithographies attachées à des ficelles tendues, ou étalées à terre et fixées avec des cailloux dans la juste crainte qu'un polisson de vent ne vienne tout d'un coup faire un épouvantable remue-ménage dans l'Histoire de Napoléon, dans la *Suite de chevaux de Carle Vernet*, dans les *Marines* du père de Carle, dans les *Vues de Paris*, ou qu'il ne fasse tourbillonner comme paille les grands hommes du temps passé ou les grands capitaines de notre temps, que vous voyez affublés d'uniformes de fantaisie et décorés d'ordres de chevalerie, Dieu sait lesquels !

La jouissance gratuite de l'air, c'est de l'économie bien enten-

due, j'espère ; — mais l'atmosphère de Paris, si pleurnicheuse de
son naturel, envie souvent à nos pauvres marchands de lithographies leur chétif petit négoce.

Vis-à-vis d'eux sont quelques échoppes, d'une architecture et
d'une décoration pas trop ruineuses, pleines de règles, de mètres portatifs, d'angloirs, de compas, bref, de toutes choses
sans lesquelles l'ébéniste grand seigneur, qui est au fabricant ce
que le ministre est au surnuméraire, se trouverait fort embarrassé. L'impulsion première de tout rouage visible a, comme
toujours, son petit ressort caché.

En fait d'originalités, nous vous recommandons aussi ces vo-
lières et ces cages de toutes grandeurs, symétriquement étagées,
où frétillent, s'ennuient, se fâchent, s'impatientent ou patien-
tent une foule d'oiseaux tant indigènes qu'exotiques. — Quelle
Babel de ramages ! — Les *prime donne*, les *soprano* charmans,
les *contre-alto* mélodieux de la collection sont assourdis par les
exclamations criardes des perruches, par les gloussemens des
poules, des pintades, par les coqériquis de leurs seigneuries
les coqs et autres candidats de la broche.

Une — quatre — six maisons, dix maisons devant lesquelles
nous passons en y jetant tout au plus un regard distrait, et leurs
enseignes et leur contenu nous laissent des teintes d'arc-en-ciel
dans les yeux ; il y a là de quoi, je vous assure, faire la fortune
de nos villes de province du nord ; mais, arrivé à la onzième, on
ne passe pas outre. — Pourtant ce n'est pas merveille si grande ;
c'est simplement un étalage de marbrier et de poélier-fumiste.
Chez nous, c'est encore un métier qui se cache dans quelques
masures des faubourgs ; mais ici, examinez s'il vous plaît !

Quel assortiment de chambranles en marbre de toutes couleurs, sculptés comme s'il s'agissait d'un concours pour le grand
prix de Rome ! — Quel choix de cheminées simples ou à foyer mobile, doublées en cuivre et brillantes comme l'or d'un ducat de
Hollande ! Des poêles de toutes les dimensions, bien polis, bien lus-
trés, riches, ornés, finis, charmans ; que de tisonniers à manches
d'ébène et d'ivoire ! que de chenets à têtes de sphynx, de griffons,

de dragons ailés et autres monstres apocryphes ! — Que de pin-
cettes fourbies en bleu, damasquinées en or ! que de soufflets
laqué de Chine, et que tout cela est beau, et que tout cela est
engageant, et que tout cela est bon marché !

C'est de droit que le perfectionnement de l'art du poêlier-
fumiste et ce qui en dépend devrait appartenir à nous gens du
Nord, à qui la picotante gelée farde les joues et gerce l'épiderme
une bonne partie de l'année. — Eh bien ! pas du tout ! c'est au
Parisien que cela est dévolu ! — Pourquoi ?

« Parce que, se dit l'industriel de Paris, mon voisin qui exerce
» la même profession que moi a mis du fini dans tel de ses ou-
» vrages ; — j'ai mangé la soupe du voisin, pas plus loin qu'hier,
» j'ai caressé ses enfans, il m'aime, je l'aime, nous sommes
» très-intimes, nous avons été *faisans* à l'école, c'est tout dire.
» Mais une idée heureuse lui passe par la tête, et cette idée re-
» hausse ses productions manuelles ; — alors moi, je me mets
» à la recherche de l'heureuse idée, je mange toujours la soupe
» du voisin, mais à chaque cuillerée, je pense, je rumine com-
» ment lui ravir le surplus de l'aisance qu'il s'est procurée ? et à
» force de piocher je déterre l'idée. Sur ce, j'embrasse plus cor-
» dialement que de coutume mon ami le voisin ; il arrive même
» que je lui emprunte un peu d'argent pour faciliter le dévelop-
» pement de mon idée, et au bout de quelque temps je produis
» un chef-d'œuvre qui paralyse net la prospérité du voisin. »

Ce raisonnement va à la taille de toutes les branches de l'industrie. — L'action elle-même on l'appelle *concurrence*. — Nous
l'appelons le jeu de navette de la consommation du bien-être
entre prochains.

Cette petite digression nous a fait faire du chemin. La porte
Saint-Denis, avec ses sculptures pompeuses, déjà nous regarde
fièrement et le boulevard Bonne-Nouvelle fait place au boulevard
Saint-Denis.

Ce bon boulevard Saint-Denis ! — Il se ressent encore du voisinage de la *positivissime* bourgeoisie de Paris ; car ses cafés,
ses magasins et ses restaurans, pris en bloc, ont l'air de viser

plutôt au solide qu'à l'agréable; mais une fois qu'on pose le pied sur le boulevard Poissonnière, insensiblement la scène change.

Voyez ces milliers de montres dont les horlogers de devant la porte de *Ludovico-Magno* sont si fiers. — Ne sont-elles pas de ce genre particulier pour lequel se passionnent le cocher de fiacre, le laquais et le garçon de café?

Par les motifs ci-dessus, nous n'aurons donc rien de mieux à faire (si toutefois vous n'avez rien de mieux à faire) que de gagner le boulevard Poissonnière d'un trait.

Si, à distance, l'œil ne nous abuse, nous allons encore admirer, comme devant les marbriers, l'art uni à l'œuvre manufacturière dans cette maison bigarrée de fresques éclatantes que nous apercevons de loin, si fraîche, si gaie, si avenante. — Voyons, avons-nous dit, — fresques! quelle idée! — c'est mieux que cela — ce sont des tapis de la manufacture d'Aubusson. — Le fameux Sallandrouze en est l'auteur. — Sallandrouze, vous en avez entendu parler certainement; Sallandrouze donc est un Rubens qui peint des chefs-d'œuvre, en entrelaçant fil de laine avec fil de laine. — Bon gré mal gré, on s'arrête pour examiner ces merveilleuses productions qui se précipitent en cascades de fleurs, en arabesques brillantes et capricieuses et en un labyrinthe de fantaisies rêveuses, le long du magasin d'élite que nous dévorons du regard.

La pensée ordonne, la main exécute, et les fresques tissées dans les ateliers de Sallandrouze témoignent de la mobilité d'imagination d'une tête humaine et des capacités mécaniques de nos dix doigts. — Ces cachemires que les pieds du riche foulent sans remords, descendent du premier au rez-de-chaussée et couvrent quatre croisées de front. — De plus larges et de plus longs, en avez-vous jamais vu? Quant à moi, non, je n'en ai pas vu. Pour rendre ses tapis si délicats et si doux au toucher, Sallandrouze aura probablement trempé ses pinceaux dans du duvet colorié, ou il aura appris son art dans l'exemplaire unique du manuel de quelque poète qui, après le lui avoir cédé, sera mort en disant

adieu au monde et à ses cartons. — C'est ainsi qu'à propos de la
Vestale, on a calomnié Spontini.

Il nous reste maintenant à inventorier rapidement, comme
nous l'avons déjà fait plus haut, les modestes résultats du savoir-
faire de l'artisan qui passe les nuits pour venir se présenter au
jour, armé contre le besoin. — Pendant que sans cesse il travaille, sa femme vient s'abriter sous cette rangée de parasols fi-
chés en terre qui suit la ligne des arbres, et elle y vend des paniers et des cabats joliment tressés en paille ; elle y vend des bâtons de sucre candi, des poupées, des polichinelles, des ustensiles et des meubles de Lilliput, causes immanquables de piaille-
ries pour maint enfant gâté auquel maman refuse ces délices,
causes des premiers essais de vol que risque le gamin, causes enfin de joies ineffables ou de chagrins cuisans pour la marmaille
chez laquelle commencent à bourgeonner les passions. — Toutes
ces boutiques nomades, coupées sur le même patron, forment
une chaîne non interrompue qui, tantôt lâche, tantôt serrée,
traîne jusqu'au-delà du boulevard Italien. — C'est la bourgeoisie
de l'industrie parisienne — comme les dépôts de miroiterie, d'or-
fèvrerie plaquée, de meubles, de porcelaines et de cristaux en
sont la gentilhommerie. Le cachet de riche clinquant, empreint
sur toutes ces productions, nous autorise à les qualifier de la
sorte.

Quant à la haute noblesse, c'est d'abord ce magasin à larges
vitrines de glaces sans tain, où des étoffes de velours épinglé ou
broché sont négligemment déroulées et sur lesquelles des mains
habiles ont versé l'or et l'argent à torrens, sur lesquelles étincellent des rosaces, passent et repassent des filets lumineux, serpentent des drôleries éblouissantes, à faire égarer la vue. — Ad-
mirez, je vous prie, l'imagination féconde de l'artiste qui a
folâtré sur ces satins glacés, dans les mille et mille fleurs de ces
damas magnifiques, dans les capricieux méandres de ces lignes,
de ces contre-lignes, de ces courbes superposées, dans ces triangles, dans ces cubes, dans ces rhombes qui tous s'enchaînent
avec bonheur et sont toujours dans la plus parfaite entente avec

l'ensemble du plan et ses moindres détails. — Mais, faites-moi
le plaisir de toucher à ce velours, à ce satin, à ce damas, et le
bruit d'un frôlement énergique va vous arrêter — et le motif? c'est
que vous venez de toucher à de grossières feuilles de papier.

— C'est donc des tentures de papier?

— Comme vous dites.

Le secret de polir l'acier, dont l'honneur appartient à l'Angleterre, et l'art de transformer le papier en étoffes de luxe,
art que la France possède encore sans rivale, sont peut-être les
dernières bornes de perfectionnement que l'industrie du jour ait
atteintes.

Des boutiques, des boutiques et encore des boutiques, toutes
proprettes et bien mises, s'accoudent les unes aux autres, mais
comme elles ne sont pas boutiques de qualité, il n'est pas nécessaire que nous sachions ce dont elles font parade.

Il serait plus à propos de passer en revue ce royal magasin qui
les clôt toutes. C'est une spécialité : il porte épaulette, bien
qu'une femme en soit le chef; en termes plus clairs, c'est un magasin de passementerie et d'effets militaires. — On y compte par
douzaine d'exemplaires, des armes pour tuer et non pour être
portées; — des pièces de toilettes pour le fantassin, pour le cavalier, pour son destrier, et des armoires pleines d'épaulettes,
depuis celle du sous-lieutenant, le souffre-douleur du métier,
jusqu'à celle du maréchal de France, le souffre-douleur de l'âge,
des blessures ou de la goutte. — Dans ce magasin, chaque grade
trouve son insigne, chaque arme son article d'équipement, et ce
n'est pas particulièrement de l'armée française dont il est question ici, mais de presque toutes les armées du globe. — On y
trouve jusqu'aux échantillons de costumes taillés d'après l'ordonnance de *Nizam-Djedid* (1); à côté, des hausse-cols, des chapeaux et des shakos en usage dans les formidables armées des
formidables républiques américaines de dessous, de dessus et de
l'équateur même; communautés politiques très honorables, tou-

(1) Réglement de l'armée régulière du Padishal-Abdul-Medjid.

tes situées sur un sol d'or et toutes n'ayant jamais le sou. —
Comme une burlesque plaisanterie du hasard, tenez, voici la
sabretache aux trois couronnes du housard suédois accrochée au
pompon du shakos évasé d'un officier de la république Argentine.

Nulle part on ne sait tirer le fil d'argent aussi fin, nulle part
on ne le nuance mieux sur les étoffes ni on ne le tord avec plus
de goût qu'en France.

Quoi qu'il en soit, il usera bien des plumes, il mettra cent
fois au martyre et la mémoire et la phrase, celui qui, s'épre-
nant d'un beau zèle d'artiste, s'obstinerait à faire passer de ses
yeux dans les yeux de son lecteur, toutes les splendeurs industrielles exposées chaque jour à la grande foire des boulevards.
Pour notre part, nous ne reproduisons ici que l'abrégé d'une
table des matières décourageante par sa diversité et fatigante
par sa longueur; et c'est afin de ne point nous départir de cette
règle une fois adoptée, qu'après avoir passé, sans ralentir notre
pas, devant une foule d'objets de jolie apparence, mais non
d'apparence superbe, nous allons prêter une attention soutenue
au magasin qui se pavane devant nous. — Sa devanture nous
montre des tissus en laine et en soie, doux et délicats au
toucher, souples et gracieux dans leurs plis, gais, rians, voluptueux, j'ai presque dit odoriférans. Les bouquets qui semblent percer les étoffes sont si vrais, les pétales en sont si fraîches;
les calices si bien ombrés, les tiges et les feuilles florales si pleines de vie, que c'est à donner à l'odorat un avant-goût de toutes
sortes d'arômes.

Mais qui saurait jamais nombrer pièce à pièce tous les artifices
palpables de la composition manufacturière que contient cette
riche usine de la mode? Qui jamais y saurait suivre l'imagination dans ses jeux divers et dans ses vives et spirituelles pointes?
Peut-on décrire enfin toutes ces créations extraordinaires en-
fantées dans un sombre et sale atelier, où l'on force la soie à
se laisser souffler en gaze, où on la verse en vagues régulières sur le fond des étoffes, où on la fixe en lames luisantes
et colorées, où on l'amalgame avec l'or, l'argent, voire avec

3*

le verre; mais dans une fusion si parfaite qu'on ne sait vraiment
où commence le fil d'or, où finit le fil de soie, où se perd le fil
d'argent, où reparaît le fil de verre? — Illusions charmantes
qu'on brûle de posséder; étoffes tantôt grillagées, tantôt étoilées,
tantôt provoquant l'amateur par des dessins en hiéroglyphes, en
caractères runiques, en flammèches chatoyantes et en un chaos de
peintures bizarres et grotesques, mais qui n'en forment pas moins
un ensemble d'une force d'attraction irrésistible.

Et les rayons de la boutique, du plafond au plancher, gémissent sous les rangs des pièces d'étoffes, montrant leur physionomie
fleurie à travers les enveloppes de papier qui les recouvrent —
et, vous voyez plusieurs salles à la file toutes encombrées de marchandises et de sveltes étagères festonnées de châles dont Ternaux
a enrichi le pays, tout en s'appauvrissant lui-même; et vous y
voyez une douzaine de jeunes commis mettant le magasin sens-
dessus-dessous, se donnant bien de l'embarras, et tout cela pour
les beaux yeux de quelque flaneur qui fait semblant de vouloir
acheter et qui ne vient que pour voir. Quant au maître, il in-
scrit, note, calcule, chiffre, sans que besoin il y ait, mais uniquement pour dire à nous autres badauds : « Voyez comme j'ai des
chalands, comme j'ai des pratiques? » Ce qui est vrai comme un
conte de bonne grand'maman; car il est un fait qui vous met en
défaut la perspicacité d'un non-initié comme nous aux mystères
du commerce, c'est l'absence presque permanente des acheteurs
à côté de l'agglomération incalculable des trésors industriels qu'on
rencontre à Paris à chaque pas. Nécessairement, il faut des ca-
naux pour l'écoulement de ces produits manufacturiers, et preuve
qu'on en manque, ce sont les familles des ouvriers de Lyon mendiant ou mourant de faim; preuve qu'on en manque, ce sont les
faillites quotidiennes, les ventes à la criée que vous lisez dans les
Petites-Affiches; preuve qu'on en manque, ce sont les bas prix de
toutes ces merveilles sur les marchés de Leipsick et de Francfort.

Et ils se suivent, et ils se suivent tous ces magasins, rivalisant,
se jalousant, se boudant; et des cafés aux parois de verre s'y trouvent intercalés, et ces derniers vous ont des chalands à toute heure

du jour et bien avant dans la nuit. Ces messieurs y consomment
pour la forme, car ce n'est certes pas ni l'eau de groseilles, ni
l'ale anglaise, ni le riz au lait, ni la demi-tasse qui les y attirent,
mais le débit du lait politique que leur versent à grands flots les
feuilles du jour. — Dieu les bénisse ces bons Parisiens, en ont-ils,
en ont-ils? Une feuille politique, marquée du timbre royal, est
pour le Parisien ce que la rondelle de zinc est à la pile voltaïque;
sans le zinc, point de fluide galvanique; sans le journal, qu'est-
ce que l'existence pour le Parisien? C'est à peu près comme une
montre qui aurait toujours soif d'huile.

Après tous ces beaux cafés, après toutes ces larges et coûteuses
croisées, dont chacune encadre quelque appât séducteur, quelque
fraîche frivolité, recommencent de plus belle les élégans réceptacles
du luxe et de la mode. — A ces derniers touchent quelques riches
boutiques de pâtissiers où la svelte flûte, le coquet gâteau, la
tourte aux rosaces de confitures, le biscuit étique, la croûte
d'amandes mozaïquée, la brioche convexe au ventre luisant,
semblent tous dire au passant :

La dent ne vous en dit-elle pas?

S'il est permis de faire une remarque physiologique sur des
choses de destination toute animale, il serait à propos de dire
que rien n'est aussi bête que la physionomie d'une brioche. —
Ne serait-ce pas que toute enflure, généralement parlant, a l'air
stupide? et le terme vulgaire de *faire une brioche* ne serait-il
pas la conséquence de cette observation?

Mais filons doux, car si des remarques d'une force et d'une
profondeur pareilles vont dégoutter du bec de notre plume à
chaque halte que nous ferons, il est à craindre que vous n'appli-
quiez la locution ci-dessus au critique même de la locution.

La Mode, qui est un édile rigide du décorum, a statué entre
autres arrêtés celui-ci : « ceux qui croiront avoir des raisons pour
être gais adopteront tel costume; ceux qui croiront avoir des raisons pour être tristes adopteront tel autre. » De là la toilette du
bal, de là la toilette de l'enterrement, de là cette foule de ma-

gasins remplis de costumes galas pour l'enclos du Père-Lachaise.
Nous en voyons un dans ce moment devant nous; il ne contient
que des ornemens de deuil; — deuil, si l'on veut; mais rien
qu'attraits, rien que graces! C'est comme une jolie fille qui pleure.
Or, la vue de ces charmans chiffons ne fait-elle pas naître, Parisiennes, au fond de vos petits cœurs, de ces pensées, de ces
souhaits, de ces calculs qui chassent le sang de la honte aux joues,
mais qui assaillent, on a beau faire; mais qui obsèdent, on a beau
s'en fâcher? — En un mot, ces chiffons ne vous donnent-ils pas
parfois envie, Parisiennes, de devenir orphelines ou veuves, surtout si vous êtes blondes, et que vous ayez une jeune mère galante ou un mari qui aime toutes les créatures du bon Dieu,
excepté vous?

Rien que parures de femmes dans ce magasin. — Étoffes,
gazes, crêpes, bouquets, gants, ganses, garnitures, ceintures,
boucles, colliers, bracelets, ces quatre derniers en jais. — Tout
cela est bien lugubre, bien noir, mais confectionné d'après les
ordonnances du *Petit Courrier des Dames.* — Paré à ravir, on
attend ainsi la baisse périodique des *éternels regrets*, en se conformant toujours et très-strictement aux observances instituées
par la mode. — C'est alors que la mémoire du cœur qui se rappelle change machinalement ses couleurs, et que la mémoire de
tête, qui en secret a tout oublié, est enchantée de pouvoir faire
de même sans que la société y ait rien à redire. Alors du noir
on passe au gris modeste tout uni, puis au gris prétentieux à
belles diaprures, et on finit par le satin blanc aux élégantes garnitures de blonde noire. — Comme vous voyez, il y a dans ce magnifique magasin toutes sortes de bannières pour le chagrin. —
Bourse sur table, déployez celles qui vous agréent, et vous serez
consolé.

La civilisation, qui pense à tout, n'a pas manqué non plus de
prescrire des règles de conduite à la douleur qui roule carrosse;
et l'on rencontre souvent ces véhicules drapés de noir, et les chevaux qui les traînent caparaçonnés de noir, empanachés de plumes
noires, et le cocher sur son siége, et le laquais perché sur le

sien, qui tous s'attristent publiquement, sous une livrée noire,
à tant par mois.

Malgré l'égoïsme humain, qui est de date si ancienne, il y a
pourtant quelque chose en nous qui en éprouve de la honte, et
le deuil extérieur, soumis aux lois de la Mode, n'est autre chose,
selon nous, qu'une espèce de fâcherie contre l'incroyance de la
foule en la vraie douleur, en la douleur sincère. La pensée de
l'étiquette, qui a exempté la mère de la corvée du deuil à la mort
de son enfant, est une pensée de haute charité; elle a compris
que, vouloir réglementer la douleur d'une mère, c'était toucher
à la plus sainte relique du cœur.

En quittant cette gentille corbeille qui fournit à terme des
hardes au Regret, nous voyons encore étinceler les vitraux en
glace d'une série de magasins qui veulent que tout le monde vive
et se porte bien, de même que la prospérité de leur voisin le
marchand de deuil, ne se fonde que sur le nombre plus ou moins
grand de *requiem* chantés à l'église paroissiale.

Voici que nous passons maintenant devant la grande porte qui
conduit à la rotonde dite Bazar de l'Industrie française, dépôt
immense de millions de marchandises de nécessité raisonnable,
plutôt que de nécessité capricieuse.

L'un contre l'autre serrés se pressent encore nombre de jolis
cafés dans lesquels on est en scène devant un public qui coule et
coule sans cesse; — c'est là, j'imagine, que l'artiste, tout en dé-
gustant sa demi-tasse, escamote maint modèle de caricature, maint
type de beauté mâle ou femelle; c'est là aussi que mainte attitude rêveuse aura été commentée par la plume du romancier.

Portez-vous encore un peu en avant, et vous allez vous trouver en face d'une porte en marbre, à proportions presque ma-
jestueuses, et qui aspire et respire du monde sans interruption.
Elle mène au fameux passage des Panoramas, un paradis industriel en miniature, planté de superfluités ravissantes. — Ici,
comme partout, empoignez une liasse de papiers au timbre de la
Banque de France, présentez-les au flaire de ceux qui guettent
jour et nuit vos souhaits, vos chimères, vos fantaisies, et votre

idée à peine bouton de fleur, l'argent vous la présentera fleur épa-
nouie! Mais, vous savez, nous n'entrons nulle part.

Les rez-de-chaussée des maisons contiguës au passage des Panoramas sont loués en grande partie par des marchands de parapluies, d'ombrelles, de cannes, de joncs, de cravaches, et autres
instrumens préservatifs et correctifs. — Les boutiques de quelques
maîtres tailleurs de Paris avoisinent ces dépôts. Mais on dirait
que ces messieurs ne sont que les *Mascarilles* du dandysme, car
tout ce qu'on voit dans leurs magasins trahit le faible pour l'ar-
chi-mauvais ton. — Il y a là des gilets *atroces*, des cravates *scélé-*
rates, des chemisettes *assassines*, qui n'en allument pas moins les
désirs de maint petit clerc, de maint bazochien, de maint comparse
de l'Opéra.

Au moment même où nous dépassons les ateliers des tailleurs
en dissidence sur les plus simples dogmes de la Mode, et où viennent
se pourvoir de préférence certains originaux particuliers aux romans de Ricard et de Paul de Kock, un salon d'un faste industriel
peu commun nous sollicite de traverser la chaussée. Le fait est que,
fort mal à propos, ce salon, ouvert à tout venant, est situé à la droite
des boulevards, et à droite nous n'irons pas : n'avons-nous pas
résolu de ne suivre que le côté gauche? Ce qui, toutefois, n'im-
plique pas l'impossibilité de l'analyse à distance, car ce salon, je
le connais, moi; ne suis-je pas resté une longue heure en admiration devant ses croisées, à ma première expédition de flâneur,
ni plus ni moins qu'un paysan picard qui arrive de son *endroit*
sans jamais avoir vu de ville plus grande que Doullens.

Enfin, ce salon doublé et festonné d'or, comme la châsse de
Notre-Dame-de-Lorette, est un magasin de lampes; ce qu'ayant
l'honneur de vous annoncer, je me surprends à penser qu'il n'y
eut jamais un besoin plus fortement prononcé pour l'éclairage que
de notre temps. — C'est une passion! — On voudrait, Dieu me
pardonne, avoir le soleil éternellement sur terre; et sa lumière
nous manque sitôt! Seize heures de clarté par jour! c'est moins
que rien, et, ma foi, il faut vivre. — Je crois que pour faire
soulever l'Europe comme un seul homme, on n'aurait qu'à re-

mettre en vigueur la loi du couvre-feu. Ceci n'est pas admissible, vous le savez bien; mais ce qui l'est, certes, c'est une révolution dans l'idée plastique de l'industrie du lampiste; car, vu l'avidité générale pour la lumière, qui peut répondre que, d'ici à quelque temps, la physique expérimentale ne souffle tout d'un coup sur le système d'éclairage suivi jusqu'à ce jour? — L'Académie des sciences n'a-t-elle pas promis un soleil pour tout Paris, un soleil d'une éblouissante clarté, et qui aurait été, au dire de l'Académie, représenté par un corps de chaux vive qu'un rayon de gaz hydro-oxygène alimenterait sans cesse. C'est encore le moins de ce qui peut arriver un de ces quatre matins; mais, si l'on parvient à fixer l'étincelle électrique, — alors adieu les becs de gaz, les mèches huilées, les mèches nourries d'esprit de vin et les mèches nourries de toute espèce de graisse! — C'est pour le coup que chacun de nous aurait pour rien de petits soleils éternels, chacun chez soi, — au salon, dans l'antichambre, dans la loge du portier, dans le réduit modeste de la cuisinière, et nous les fixerions où bon nous semblerait.

Je disais donc que l'établissement à la droite des boulevards était un magasin de lampes. — C'est connu, direz-vous? Certes, c'est connu; mais c'est qu'il faut voir pour l'affirmer avec autant d'aisance que vous en mettez dans votre répartie.

Comment ne pas se passionner pour ces lustres immenses dont les cristaux taillés à facettes ruissèlent en diamans, brillent en astres, en bouquets, en guirlandes; pour ces lampes suspendues au plafond par des chaînes d'or, ou rangées soit en pyramides, soit en ordre de bataille; — lampes grandes, moindres, petites, plus petites — façon antique, goût *renaissance*, façon gothique, genre composite; lampes à pendules; sans pendules, à mécanique? Comment ne pas porter envie à celui qui a les moyens de devenir possesseur de ces lampes en albâtre blanc, ou rose, de ces lampes en jaspe, en porphyre, en vermeil pur? En attendant que j'aille à Londres, qui, en fait de lampes, me fera peut-être oublier toutes celles dont se vante Paris, et, qui sait? peut-être de tout ce dont Paris se vante, je déclare que le magasin que voilà

est un ambigu délicieux de toutes sortes de métaux , et où , en général, domine l'inévitable bronze , la chair à lime de l'industrie
d'agrément..... Bronze anglais, bronze français, bronze antique, bronze moulu d'or..... Quel bronze encore? soufflez-moi !
— Enfin, candélabres, trépieds, fûts de colonne, grands comme
des monumens, traités comme Thorwaldsen a coutume de les
traiter, et qui ne seraient pas déplacés dans la salle du festin de
Balthazar ! — Voilà mon salon de l'autre côté des boulevards !

Et de ce côté-ci , nous marchons toujours d'éblouissemens en
éblouissemens.

Oh! mais qu'est-ce donc ? Ne le disais-je pas ? — Faites le signe
de la croix, c'est une chapelle. — Le Saint Père en a-t-il une pareille au Vatican?..... Eh! non, ce n'est pas une chapelle — ce
n'est qu'un café. Il s'appelle Frascati — c'est au coin de la rue
Richelieu. Si le nom de l'illustre rue n'était pas écrit en grosses
lettres sur l'angle de la maison, n° 21, vous l'eussiez deviné au
médaillon du cardinal-roi, qui est cimenté dans le mur. A qui
en a-t-il voulu, le propriétaire du café Frascati? A l'argent des
autres sans doute. Non, au sien plutôt ; car, parviendra-t-il jamais, sou par sou, centime par centime, à couvrir la dépense que
son établissement de rajha indien a dû lui occasionner? — Je le
lui souhaite, — mais j'en doute. — C'est l'hydre de la concurrence qui a décoré ce café. — Comme le maçon jette à pleine
truelle le plâtre contre le mur , ainsi on a jeté l'or en ce lieu. —
Ces lustres d'or qui pendent comme des tarentules gigantesques,
que peuvent-ils avoir coûté? Chacun de ces encaissemens d'or
mat qui font ressembler le plafond à un échiquier d'une beauté et
d'une richesse sans égale, je ne sais à combien les taxer ; et dans
chacun de ces carrés si riches, un amour beau comme les enfans
d'Albane! Et ces petites statues debout dans leurs mignonnes chapelles gothiques, et chaque détail, et tout le salon enfin, qu'ont-
ils coûté? — Oh! quelle folie ! ou quelle sagesse ! Est-ce que je
comprends rien à la philosophie de l'industrie? Hâtez-vous de
venir à Paris, lecteur, car, (et que Dieu l'en préserve!) j'appréhende une banqueroute pour le propriétaire du café de Frascati.

Honneur à qui possède le secret d'encadrer dans la limite d'une phrase brève une idée, qui, unité quant à la forme grammaticale, est nombre quant au résultat philosophique! Un écrivain est maître de recourir à la concision, ce ciment de tout discours, lorsque, dans le travail de la manipulation des idées, la pensée est libre ; mais dans une peinture d'objets purement matériels, elle ne l'est pas, et alors c'est le morcellement anatomique qui est de règle, surtout, si l'on tient à ce qu'il n'y ait pas de lustre équivoque dans l'intention dominante qui préside à la composition d'un tableau.

Si je n'avais pas craint de tomber dans la déclamation notée d'un commissaire-priseur en fonctions, nous serions encore au café Frascati. Évitant donc de me compromettre, je me bornerai, comme auparavant, à côtoyer la grande galerie industrielle des boulevards dans toute sa longueur.

Et ainsi la côtoyant, et ainsi filant, les zônes de l'industrie s'allongent, brillantes, modestes, prétentieuses, fières, honteuses et parfois gasconnes. — Ici, un pauvre diable qui vend de maigres et pauvres chiens, ou des montres avec chaînes, cachet et clé à vingt-cinq sous ; là, un magasin de pendules de bronze, en rangs serrés, ou la boutique portative d'un marchand de gants à quinze sous la paire, productions éphémères qui ne servent qu'un jour ; plus loin, une bonbonnière transparente, et à travers son vitrage, vous voyez de jolies confiseuses, enrubannées, endentelées, les unes très-affairées, les autres n'en ayant que le semblant, et la plupart coupant, découpant de riches étoffes de papier, cachetant, emballant, déballant, soit pour envelopper soit pour serrer tous ces écrins sucrés qui diamantent la vitrine et qui ne sont autre chose que les produits du sang de la betterave, transformé en cristallisations féériques au moyen du noir animal, élément immonde devenu une indispensabilité, par la volonté toute-puissante de la chimie moderne.

Mais faites encore une vingtaine de pas, et, à coup sûr, vous allez être arrêté par quelque pièce agaçante que vous prépare le génie inventif du boutiquier de Paris. Tantôt c'est un simple bé-

ret, une toque ou une casquette qui se recommandent à votre
gracieuse bienveillance ; — coiffures d'invention récente, vous
assure-t-on ; et vous êtes tout étonné d'en rencontrer de pareilles,
le soir même, dans un drame moyen-âge, sur la tête de sire Raoul,
de sire Jehan, ou de tout autre sire. — Tantôt vous revenez sur
vos pas pour entendre les sons suaves d'un accordéon qui s'épan-
dent mélancoliquement dans la rue par la porte ouverte d'un facteur de pianos. En un mot, plus on fait le badaud et plus l'appétit de badauder augmente.

De la Bastille à la Madeleine la trotte est bonne ; — il y en a
pour une heure de marche au pas de route, comme disent les
fantassins. — A mi-chemin, les jambes commencent déjà à faire de
l'opposition ; mais, à moins de causes majeures, ou à moins d'ê-
tre doué d'une philosophie de quadrupède, on ne songe pas à
abandonner la partie. Aussi je ne l'abandonne pas moi, et vais
me mêler à ce groupe là-bas, qui, le cou tendu, tâche de dé-
chiffrer les inscriptions de ces belles gravures, de ces grandes
eaux-fortes françaises et anglaises qui tapissent l'étalage d'un marchand d'estampes au coin de la rue Favart.

Un étalage de ce genre est une véritable Charybde pour la curiosité de l'oisif des rues, il y gravite irrésistiblement. — Tel ne
sait d'histoire, de géographie, d'architecture, d'histoire naturelle, etc., que ce que lui en montre la gravure. L'épicier, en contemplation devant un paysage des côtes d'Afrique, apprend que
le dattier est tout autrement conformé que le prunier ; — un chasseur citadin du dimanche, qu'on court des dangers plus réels à la
chasse du lion qu'à la chasse du lapin. Un garde national, en exa-
minant en détail un bivouac de la grande-armée à la retraite de
Russie, se convainc qu'une nuit passée au corps de garde n'est
pas, à beaucoup près, l'apogée des misères humaines. — Il y a
tel bourgeois végétant sur le sol de Paris qui sait gré à la gravure
de lui avoir fait connaître que Saint-Jean-d'Ulloa n'est pas aussi
bien assis en terre ferme que Vincennes ; — qu'à Pise il y a une
tour qui, depuis trois siècles, fait semblant de tomber et ne
tombe pas ; qu'au Japon il existe une autre tour qui ne ressemble

en rien à celle de Saint-Eustache, et que, chose étonnante, elle
est bâtie en briques de porcelaine. Bien des gens, enfin, appren-
nent, en épelant les titres des copies des grands maîtres, que Ju-
dith a coupé le cou à Holopherne; — qu'un certain Éliézer a
bu dans la cruche d'une certaine Rebecca; — que Christine de
Suède a fait égorger sous ses yeux Monaldeschi, dans les galeries
du palais de Fontainebleau; — qu'à la tour, Élisabeth fit déca-
piter un aristocrate du nom d'Essex; et on conclut de là qu'il est
plus prudent de s'en tenir à sa bourgeoisie que de se fier aux tendresses des reines philosophes ou d'une femme galante qui est
patriote et inspirée. Ceux qui ne sont pas tout-à-fait fermes sur
l'histoire contemporaine admirent, les yeux à fleur de tête, dans
une belle *aqua-tinta*, l'acte d'héroïsme civique de Boissy-d'An-
glas, qui se découvre avec calme et respect devant la tête du représentant Féraud, au moment même où un hideux sans-culotte
la lui présente en lui appuyant sur la tempe le canon d'un pistolet
armé; et ils liront sous la gravure que cette scène se passait le
1er prairial 1795, époque du règne de l'Astrée révolutionnaire et
de la confraternité républicaine.

Mais si, d'un côté, une certaine classe de passans acquiert un
ramassis de savoir en le becquetant grain à grain comme des
poules, d'un autre côté, la jeune fille bourgeoise, qui a carte
blanche pour courir où elle veut, cueille, devant les galeries des
marchands d'estampes, certaines notions sur la sagesse féminine,
bien avant le temps requis.

Il se trouve malheureusement à Paris de ces artistes, pauvres
locataires des combles, qui, pour se mettre en état de descendre
quelques étages plus bas, prostituent leur crayon en exécutant
d'abominables croquades où des scènes ayant trait à la vie libertine de Paris sont mises en relief sous le voile transparent de l'équivoque, et que commente encore l'équivoque non moins significa-
tive d'un jeu de mots, d'un fragment de correspondance épisto-
laire ou d'une phrase à double entente inscrite en lettres bien lisi-
bles sur la marge de la lithographie. On va peut-être croire que
c'est là tout ce qu'il est possible de se permettre dans le genre de

4*

la plaisanterie obscène, personnifiée par la lithographie de pacotille? — Nullement. La licence du libelle de cette catégorie dépasse les bornes du libelle même! — De quelle manière? je le tais. C'est au sergent de ville, que l'ordonnance du préfet de police arme du droit de confiscation, qu'il appartient de répondre pour moi. Sans nous laisser entraîner dans des réflexions intempestives sur toute cette sale matière, il est permis de dire, je pense, que si le marchand de lithographies ose se jouer à un tel point de la pudeur publique, c'est que Paris lui permet d'oser. Je n'entends pas par là qu'il y ait approbation universelle; mais, ce qui est évident, c'est qu'il y a indifférence universelle.

Mais pendant qu'en pleine jouissance de flaneur, nous sommes à faire notre cours d'histoire sacrée et d'histoire profane devant l'imposte qui est au coin de la rue Favart, des pelotons entiers de badauds s'arrêtent, se pressent, regardent, glosent et passent; mais pas un n'entre dans le magasin, mais pas un n'y achète quoi que ce soit. A quoi bon? — Ils ont vu. Et pourtant les marchands d'estampes vont leur petit train dans ce bas monde, rarement leur grand train comme le reste de leurs confrères les détaillans, qui ont le bon esprit d'exploiter des branches d'industrie plus rationnelles. Sans les collections de gravures amoncelées dans les cartons du monde élégant, les marchands d'estampes n'auraient pas de quoi payer leur terme.

Quant à ce magasin situé plus bas, cela change de thèse. Il y a là des objets qui se font voir tout aussi bien que les gravures, mais dont, à la simple montre, on ne saurait apprécier ni les qualités ni les vertus. Il faut absolument acheter ou ignorer à jamais; et ce n'est rien de plus que de jolies bagatelles, et nommément des flacons mignons, groupés avec une symétrie élégante et bien entendue, lesquels ont des formes bombées, plates, bosselées ou cambrées, et tous étiquetés, et de bien belles étiquettes découpées en dentelles, polées de lettres monstres de toutes couleurs, bref, délicieuses à croquer! Et vous y lisez des titres d'outre-mer qui vous donnent, de prime abord, une certaine considération pour la marchandise, comme *Racahout des Arabes*,

Kaïffa oriental; Dictamia, aliment rafraîchissant, Fécule orien-
tale, et Dieu sait quelles dénominations bien ou mal sonnantes ;
mais tout cela, quoique manipulé en royaume de France, a du
renom, beaucoup de renom, par l'effet de ces noms de baptême
redondans et étranges. Il y a encore, dans ce bijou de boutique,
je ne sais combien de grosses fioles en porcelaine et d'autres ustensiles charmans à voir, et qu'on achèterait plutôt comme colifichet à orner la console de quelque boudoir de grande dame,
que pour l'amour de ce qui est dedans ; et le dedans, nous as-
surent les chapitres des étiquettes, contient des viandes en conserve, nutritives et reconfortantes au point qu'elles pourraient au
besoin honnêtement sustenter un bataillon à trente files par peloton. — Toutes ces essences mangeables sont également assaison-
nées de noms techniques; mais où trouver, je vous le demande, de
la mémoire pour tout cela? Mnémosine en personne ferait des
bévues à cette occasion, à plus forte raison un oiseau de passage
comme votre serviteur qui, crainte de distractions, s'en rend
parfois coupable à son insu. — Et ce qui vient d'être dit a manqué d'être fait, car nous étions en passe d'oublier l'établissement
du sieur Tressoz, facteur de pianos et fournisseur breveté du roi.
— C'est dans une maison du boulevard Italien que Tressoz s'est
réservé un vestibule superbe où il a mis deux pianos en exposition. (Son établissement est au premier.) Ces deux instrumens
donc, l'un tout simple, tout modeste, et l'autre traité avec cette
patience et ce fini qu'on ne rencontre que dans les mosaïques ro-
maines, nous ont forcé de les lorgner long-temps. C'est qu'il est
rare de voir tant de grâces et tant d'élégance réunies dans un
meuble. Les incrustations en cuivre doré qui le recouvrent depuis les pédales jusqu'au sommet de la mécanique, sont d'une délicatesse et d'un goût qui font croire qu'on a devant soi un réseau de toile d'araignée tressée en cheveux d'or. Sous un prétexte, je suis monté au premier pour juger de quel timbre de voix
M. Tressoz sait douer ses pianos. — Oh! incomparable, inimitable! Mais, à mon sens, leurs corps sont encore plus merveilleux
que leurs voix.

4.

Plus loin, c'est un cheval de bois, grand comme nature qui, du haut d'un balcon, semble avoir envie de prendre son temps de galop. Il représente l'enseigne d'un nommé Richond, sellier-artiste. Si nous ne craignions pas de nous écarter encore de l'itinéraire adopté, nous monterions chez ledit Richond pour examiner de près les harnais qu'il fabrique et pour nous informer de leurs prix de vente. Car c'est incroyable! on dit qu'il s'en trouve qui valent 2,000 francs et plus. — Voilà de quoi racheter de l'esclavage une négresse et son enfant!

Mais où sommes-nous? Il faudrait un peu prendre haleine, quand ce ne serait que pour nous orienter. — Voyons, est-ce en-deçà ou au-delà de l'hôtel du ministre des affaires étrangères que nous nous trouvons?... C'est en deçà, car voici que nous approchons des Bains-Chinois.

A la bonne heure! — Le propriétaire de ce café de renommée si ancienne a songé à la fin à recrépir sa maison. — Il n'y a pas si long-temps que la vieille masure avait l'air d'un décor qui eût servi à la première représentation de l'*Orphelin de la Chine*.

Passé ce bâtiment, et laissant à notre gauche le confluent de deux rues, celle de la rue Neuve-du-Luxembourg et celle des Capucines, on compte plusieurs petits magasins bourrés de toutes sortes de chaussures pour pieds de dames (*moulés à Paris*, ce qui veut dire mieux moulés que partout ailleurs). Et on voit les ouvrières qui les confectionnent, assises, toutes patientes, faisant couler l'aiguille du matin au soir, du talon à la pointe, de la pointe le long de l'ourlet, et *da capo*.

Ce serait une besogne interminable, et pis que cela, fastidieuse, si on voulait vous énumérer les mules mignonnes, les souliers cendrillonnés, les bijoux de sandales, les amours de bottines qui prennent naissance dans ce musée de cordonnerie. C'est pourquoi, arrière le musée, arrière les artistes cordonniers, comme aussi, par le même motif, il va falloir passer sans consacrer une longue notice à ces vastes magasins de lingerie et de nouveautés, dont les mousselines, blondes, organdis, toiles fines, batistes, jaconas, indiennes et tant d'autres productions de la navette , ou de la bobine, vous font les yeux doux de loin , et , toutes légères qu'elles sont , vous soutirent des bourses bien lourdes ; — femme ou homme, vous achèteriez , — femme pour vous ; homme, pour la femme; comme également par cette alternative , vous passeriez, si vous voyiez le côté opposé des boulevards, qui, moins prodigue de toutes sortes de tentations que son vis-à-vis , ne manque pas d'être intéressant : témoin ce dépôt de lampes situé plus haut , où tant de belles choses sont à prendre, moyennant tant d'argent ; témoin certain magasin de meubles pour lesquels on est allé couper du bois sous les tropiques ; meubles qui disputent de prix par leurs précieuses incrustations avec tout ce que pèse un lingot d'argent ; où le sculpteur, le peintre , l'ébéniste et le tapissier semblent s'être promis, chacun de son côté, de faire mieux que chacun pris à part. Je ne compte pas encore quelques arsenaux pleins d'armes et d'armures , dont quelques-unes , ébréchées par le cimeterre du Sarrasin, peut-être à la bataille de Nazareth , ou sillonnées par la flèche de l'arbalétrier anglais à la bataille de Bouvines ; et à propos d'Anglais, il me souvient d'en avoir vu un qui avait acheté aux boulevards , et à raison de mille francs, un gantelet damasquiné d'or et profondément balafré (je présume d'un coup de hachette asséné par le marchand d'antiquailles lui-même).

Du reste , l'industrie a réfléchi aussi profondément d'un côté des boulevards que de l'autre. Mais s'il y a une pensée unique qui lie les deux rives des boulevards, il y a dissemblance patente dans leurs physionomies respectives. La rive qui regarde le Midi a fontaine superbe, salle de théâtre, portes triomphales, pont suspendu (1), et de plus elle a le café Tortoni , le rendez-vous des coulissiers. L'asphalte en a aplani les trottoirs dans toute leur longueur, tandis que les trottoirs d'en face présentent encore beaucoup de lacunes.

D'après ces données finales , vous vous doutez qu'en faisant

(1) Dans la maison n° 6 du boulevard Poissonnière, le susdit pont lie le rez-de-chaussée de la façade qui donne dans la rue au premier étage de la maison qui donne dans la cour.

enjambée sur enjambée, nous voilà parvenus au bout des boulevards.

A notre gauche est la rue Royale ; à notre droite, l'église de
la Madelaine, monument basé sur le principe de l'abnégation
pour les choses temporelles d'ici-bas ; — sur nos talons, sourient,
minaudent, bien fortunées et bien belles, les dernières pagodes
où la passion du comfortable matériel est encensée sous le nom
d'industrie.

Le régime né des barricades a érigé un des plus beaux temples
de la chrétienté ; mais on peut hardiment parier que, ministre
qui a demandé l'allocation, architecte qui en a fait le plan, maçon qui l'a exécuté, tout ce monde, en travaillant à l'œuvre qui
allait croître en beauté et qui a crû en grâces, pensait à la beauté,
pensait peut-être à quelque blonde Madelaine, mais il est douteux qu'il ait pensé à l'idée religieuse qui la pénètre. A Paris,
c'est chose à faire hausser les épaules d'une portière. Si
les fidèles affluent à la Madelaine, une fois qu'on l'ouvrira au
culte, on désertera Saint-Roch, l'église à la mode, et, sans
croyance, on ira voir la Madelaine, comme on va voir la *Juive*
de M. Halévy ou les *Huguenots* de Meyerbeer à l'Opéra. La Madelaine est belle, mais ce n'est pas la Bourse ! Dans ce temple de
style grec, on se rend avec espérance, foi et conviction profondes !
et s'il fallait y aller sous la condition d'en monter le perron à
deux genoux, à quatre pattes, et, ce qui serait prodigieux, sur
les deux bras les jambes en l'air, ma foi, on prendrait des leçons
d'équilibre, et on monterait !

Vous faire comprendre combien cette église est belle, — je
ne le puis ; — mais je le sens ! On dirait que l'architecte qui l'a
élevée n'a fait usage ni du compas, ni de la règle, mais de l'ac-
cordoir. Chaque pierre a fourni sa note, et la composition finie,
elle charme par ses accords et l'artiste et le profane. Eh ! que serait-ce si Paris avait à sa portée nos carrières de granit au lieu
de ces vilaines pierres poreuses d'un blanc de savon ? Les plus
beaux monumens de Paris sont de cette ignoble matière. Tant qu'un
édifice est jeune, il est lisse, il a le teint blanc et frais, mais ar-

rive l'âge, et la bâtisse exposée aux bises du nord, aux neiges et
aux givres de l'hiver, se couvre d'une moisissure verdâtre; les
cylindres d'un pied d'épaisseur dont se composent les colonnes deviennent distinctes, les soutures des bas-reliefs se dessinent de plus
en plus, et des balafres noires naissent une à une et traversent en
parallèles visibles les visages des statues, amputent un bras par
ci, disloquent une épaule par là, rayent une paire d'yeux à tel
saint, écartèlent une telle sainte martyre, coupent l'aile azurée
d'un séraphin, dépècent l'aile membranée d'un démon, et ainsi
du reste.

C'est devant la Madelaine qu'on est tenté de parler architecture; — mais, de notre part, il n'y a pas de danger, puisque nous
avons fait vœu d'éviter toute discussion de ce genre. Cependant,
au moment même où l'auteur vous rappelle son vœu, il est prêt
à le rompre; — mais c'est à dessein, voyez-vous, — car, ayant
remarqué dans le grand bas-relief qui orne l'attique du midi certaine satire de sculpteur, certaine irrévérence de ciseau, il se
voit forcé de la relever pour l'honneur du sexe auquel, n'en déplaise aux dames, appartenait un Grandisson d'angélique mémoire, personnage très-historique, comme c'est à la connaissance
de toute demoiselle bien élevée. Or, le bas-relief qui fait face à
l'obélisque de Louqsor représente le Christ dans l'acte de séparer
les bons des méchans. Figurez-vous que M. Lemaire (1) s'est
avisé de ne placer dans le groupe des damnés qu'une seule femme,
et dans le groupe des élus qu'un seul homme. De cette calomnie
il résulte que l'artiste a osé incarner en pierre un axiome moral rabâché, savoir « que la femme vaut mieux que l'homme. »
Ces choses-là se disent par politesse, s'écrivent dans des billets
doux, s'impriment même dans les romans; mais on ne les transmet pas à la postérité, et cela sur des monumens qui s'obstinent
à vivre quelquefois le double de ce que vivaient les patriarches.
Pour faire un compliment aux dames, M. Lemaire a trahi, de
gaîté de cœur, l'esprit de corps de son sexe (2). Comme artiste,

(1) Le bas-relief en question est dû au ciseau de cet artiste.
(2) Et voilà comme on écrit l'histoire. Considérez, lecteur, cette ob-

4*

honneur à lui ! — Son tableau est si attachant ! Le Christ, la
Madelaine, les deux anges, le démon, les groupes, tout cet ensemble est traité avec savoir, verve, goût et inspiration. Ce bas-
relief du fronton méridional réveille la pensée, raconte des choses
au Parisien, qu'il classe dans la catégorie du conte de *la Belle
au bois dormant*, ou s'il est industriel (et que peut-il être?), lui
offre dans la figure du démon à ailes de chauve-souris un modèle
de presse papier, ou dans l'ange un modèle de pendule, et dans
tout le groupe, une jolie reliure pour quelque paroissien élégant qu'une réclame bien fleurie aurait mis en vogue tout d'une
pièce.

Mais adieu, belle pécheresse, adieu, blonde et voluptueuse
Madelaine ! — Tu plais à l'âme, à l'esprit, aux sens. Puisse Paris-
peuple, en te voyant toute repentante, prosternée aux pieds du
Sauveur, ne pas désespérer du pardon !

Au lieu d'orner les monumens publics d'emblêmes tirés de la
mythologie, auxquels Paris-peuple ne comprend goutte, il vaudrait peut-être mieux les orner de touchantes légendes évangéli-
ques comme celle du fronton de la Madelaine. Aux aveugles d'esprit il faut l'image.

A la Madelaine, le boulevard fait coude et se démembre en
une infinité de petites rues qui vont en serpentant, chacune selon son bon plaisir, jusqu'à la barrière de Monceaux. La ligne
des idées industrielles ne va donc pas plus loin que la Madelaine : aussi ne la suivrons-nous pas, ni droit, ni de côté ; que
voulez-vous que nous fassions rue Verte – Roquépine ou rue Pépinière? Ces quartiers transatlantiques sont pour nous la *Terra*

servation judicieuse comme non-avenue ; car la description de la Madelaine, que j'ai achetée dans la rue, m'a appris plus tard, et à ma grande
confusion, qu'à la droite du Christ se tiennent les trois Vertus Théolo-
gales, et qu'à sa gauche sont placées l'Avarice, l'Envie et la Luxure, vices
personnifiés que j'avais pris pour des damnés de notre sexe. — Mais je
laisse subsister le passage comme un document de la véracité d'un voyageur. C'est dire qu'après cet aveu, on ne se rend pas caution pour le
reste du livre. Non, c'est dire qu'il faut redoubler d'attention et consulter
souvent, soit hommes, soit livres.

incognita des anciens. Il est juste de dire aussi qu'à la rigueur
le Miroir de l'industrie française n'est pas précisément aux boulevards. — C'est dans les galeries provisoires des Champs-Elysées
qu'il est, — et si l'auteur a cru devoir placer le sien aux boulevards, c'est que l'exposition étant périodique, n'en est pas te-
moin qui veut et quand il veut. Il faut se trouver sur les lieux
au moment précis, et au moment précis l'auteur était par-delà
les monts ; mais eût-il même été présent, il ne se serait jamais ba-
sardé jusqu'à donner au public un sommaire raisonné de ce que
peut aujourd'hui la France industrielle — car à œuvre grande ,
il faut ouvrier grand. D'ailleurs, tout livre a ses habitudes personnelles , et le texte du nôtre se serre, se presse, pour pouvoir
parler de tout sommairement. Or, entamer un sujet aussi vaste
que l'exposition des Champs-Elysées, c'est aller au rebours des
intentions avouées de cet ouvrage, et même dans le sens écono-
mique, c'est vouloir consommer plus de papier que n'en consomme
ordinairement, dans l'espace de huit jours, le contrefacteur le
mieux établi (synonyme d'éhonté) de toute la Belgique, le Lim-
bourg et le Luxembourg y compris. Quatre mille exposans apportent aux Champs-Elysées l'actif de leur capital d'idées ! — C'est
une mer ! On s'y égarerait à moins. Dans les salles de l'exposition,
la surprise succède à l'admiration et l'admiration succède à la
surprise. Tout y est charme ! on n'en sortirait pas à moins d'expulsion forcée ; mais hors de là, c'est-à-dire ici, l'œil fixé sur la
page, on s'ennuierait à ne pas y tenir. Ajoutons encore que les
feuilletons en savent certainement plus long que nous sur cette
matière, et surtout plus techniquement que nous. Enfin ce qui
chez nous n'est qu'un lambeau de costume jeté en passant sur
les épaules de Paris vivant, grandit dans le feuilleton jusqu'au
titre de garde-robe industrielle de toute la France. Qu'on ne
prenne pas cependant ce dernier rapprochement pour une critique à double sens de l'œuvre du feuilletoniste spécialement préposé à l'enregistrement des trésors étalés à l'exposition ; à Dieu
ne plaise ! — Nous concevons ce qu'il faut de talent pour que
ces protocoles officiels intéressent à la lecture ; cela doit être un

travail de Sysyphe ; donc, honneur à ceux qui s'en chargent ! —
Pour nous l'épargner, et plus encore pour épargner le lecteur,
nous nous sommes tenus aux boulevards quant à présent , mais
nous ne promettons pas d'en finir aujourd'hui sur ce sujet, vu
que l'industrie, pour nous servir d'une comparaison de chi-
rurgien-opérateur , étend son action végétale sur tout Paris ,
comme le polype étend la sienne sur le corps humain; et l'industrie règne, depuis Picpus jusqu'à Monceaux , depuis la butte
Saint-Chaumont jusqu'à la barrière de la Cunette, depuis la barrière
d'Italie jusqu'aux hauteurs de Montmartre. — Nous venons de
parcourir un de ses plus riches domaines; mais, pour bien la concevoir, il serait nécessaire de la voir vivre, régner et penser dans
plusieurs de ses résidences, par exemple à la rue de Castiglione,
à la rue de la Paix, au passage des Panoramas, au passage Véro-
Dodat , Colbert et autres; puis chez Giroux (1), pour lui voir
faire la grande danse , pour juger de sa dissipation, de ses caprices, de ses lubies , de ses bizarreries ; et au *Grand Pygma-
lion* (2), pour lui voir faire l'économe, la rangée , la bonne
ménagère, la femme du peuple et la grisette. — Mais, s'il n'est
pas absolument nécessaire de vous faire faire des excursions dans
les lieux et chez les individus que nous venons de signaler, il est
urgent d'aller rendre visite au Palais-Royal, car c'est la salle du
trône de l'industrie : nous y allons donc, et si vous n'avez pas
d'objections à faire, nous nous y rendrons par les rues Vivienne
et Richelieu. Ce n'est pas très-loin , un quart-d'heure de marche tout au plus.

En tournant sur mes talons j'eus soin d'allonger le pas et de
fermer les yeux à demi afin d'éviter toute rencontre avec quelque
curiosité somptueuse qui m'aurait arrêté court , et forcé à filer
de nouveau mon chapelet descriptif. Mais, en tournant à droite
dans la rue Vivienne et m'y croyant hors de danger à cet égard,
j'ouvris bravement les yeux : que pouvais-je craindre rue Vivienne ? nom prosaïque ! je venais de voir les boulevards,

(1) Rue du Coq-Saint-Honoré, nº 5.
(2) Rue Saint-Denis. Ce magasin est desservi par quarante commis.

moi, que pouvais-je voir rue Vivienne?..... Erreur! ignorance
de nouveau venu! car si nous exceptons le café Frascati et Tressoz, les boulevards sont province comparés à la rue Vivienne;
oui province, c'est comme j'ai l'honneur de vous l'affirmer.

A gauche, on passe devant un magasin (Paris n'est qu'un
magasin divisé en salles) qui expose des lampes. Le dépôt des
mêmes objets) situé à la droite des boulevards et dont je vous ai
déjà dit merveille, cesse d'être merveilleux quand on lui oppose
celui du n° 36. Il se trouve là des choses qui justifient en partie
les luxuriantes descriptions que nous donne M. de Balzac, l'architecte et le tapissier des Mille et une nuits, dans ses boudoirs de
duchesses.

Plus loin, place de la Bourse, vous ne pouvez passer sans vous
arrêter devant la porte transparente d'un sculpteur-figuriste en
sucre; je ne veux pas l'appeler confiseur, il pourrait m'intenter un
procès en diffamation. Dans ce boudoir cristallisé, tout est si beau
et si flambant, que les dieux gourmets de l'Olympe, s'ils vivaient
parmi nous comme aux temps homériques, viendraient baffrer ici.

Encore, encore et toujours de ces cabinets magiques! laissez-
moi, — grâce!

Ah! me voilà enfin dans la rue des Filles-Saint-Thomas; de
là dans la rue Richelieu et au lieu de la descendre je la montai
par pure curiosité, mais avec la ferme intention de ne pas donner carrière à ma langue..... Impossible! comment voulez-vous
que je passe de sang-froid la boutique de...... comment le nommer? Boulanger! vous n'y pensez pas! c'est un artiste, c'est
le prince de la panification. Il s'est logé dans un salon à fêter un
empereur! et son talent à pétrir la pâte est si grand que si
cet homme-là eût vécu sous Vitellius, il eût été consul. — L'im-
prévoyant! — Il n'y pense pas, mais il critique par ce luxe effréné
la phrase humble et suppliante qui se trouve dans l'Oraison dominicale. — Je m'étonne que pour l'amour de l'épigramme il n'en
ait pas fait un texte d'enseigne!

Au revoir, rue Richelieu, je cours au Palais-Royal..... Ah
bien, courir! Et ce marchand de livres?

La librairie française est aux abois, nous dit-on tous les jours, mais ce débitant de l'esprit français, dont le vestibule est tout velours, tout or, tout je ne sais quoi, ne semble-t-il pas faire fi! de toutes les lamentations de ses confrères ; ou serait-ce un désespoir de joueur, qui risque la dernière bouchée de pain de sa famille, dans l'espérance de se récupérer, par un coup heureux, qui lui aurait suggéré l'idée de la dépense qu'il a faite?

Où mènera-t-il ce besoin de luxe stimulé par la concurrence? Je n'en sais rien! en attendant il me donne des distractions et me fait faire si grande dépense d'admiration, que je crains d'en manquer pour le Palais-Royal. Cette réflexion me fait accélérer le pas et j'y vole.

CHAPITRE III.

PALAIS-ROYAL.

Étrange palais ! — Organe actif de cette existence sans lendemain que mène Paris, que tes œuvres sont belles et rayonnantes !
— Immense trésorerie du luxe, à combien évaluer ton inventaire ?
Quel chiffre donner à la balance de ton commerce ? —Tout ce que
la mode impose, tout ce que le caprice gorgé d'or commande, ce
dont l'habitude a soif, ce que l'user des sens convoite, tout cela
est déposé dans cette grande halle qu'un prêtre a fait bâtir et qu'un
roi fait valoir.

Imagination, fais un souhait !

« Je veux du lait d'oiseau. »

Quelque fou que paraisse ce souhait, je n'en désespère pas tout-
à-fait. — Vous savez qu'une expédition scientifique est en course
pour le pôle austral, et si l'on y découvre un oiseau à mamelles
d'un genre plus prononcé que l'*Ornitholontus-paradoxus* de la
Nouvelle-Hollande, on le traira, et le Palais-Royal sera le premier à se procurer du lait, de la crème, du beurre et du fromage
de la bête merveilleuse qui se promène encore libre dans quelque
coin de la terre australe inconnue. Mais, en attendant que le capitaine d'Urville en rapporte l'oiseau mammifère, contentez-vous
des bagatelles de tout genre que l'hospitalité du Palais-Royal tient
en réserve pour vos écus.

Vous êtes censé descendre la rue Richelieu. — N'est-ce pas
ainsi que nous l'avons décidé ensemble, tout en causant, tout en

4*

marchant le long des murs? — Donc, arrivé à l'angle du café de
Minerve, faites un à gauche, et vous voilà au péristyle de Chartres.

Si vous tenez à ce que rien ne vous échappe, mettez un certain
ordre encyclopédique dans les quatre étapes qu'il vous reste à faire
aux quatre angles du grand trapèze, et de ce pas entrez au jardin,
s'il vous plaît.

Beau coup-d'œil ! — Là, au centre, écume en l'air un magnifique jet d'eau en forme de toque péruvienne à coiffer un géant. —
Deux grands parterres de fleurs et d'arbrisseaux de souche noble
fleurissent gaîment sous son vivifiant patronage. Quelques aristocrates du beau monde mythologique, taillés en marbre blanc ou
coulés en bronze, y font sentinelle çà et là. Deux allées de tilleuls
émondés d'après l'ordonnance municipale jettent l'ombre de leurs
tailles élégantes sur tout le plan sablé du jardin.

Est-il besoin de vous rappeler, à vous qui avez probablement
lu et Mercier, et Saint-Victor, et Dulaure, et Kotzebue, et les
toutes récentes descriptions de Paris, que le rez-de-chaussée du
Palais-Royal est un système de galeries voûtées percées d'arcades,
qu'entre ces arcades pendent des cloches de verre où pétille le gaz
lorsqu'arrive la brune, et que le long des portiques se pressent en
ligne : — cafés, restaurans, cabinets de lecture et dépôts sans fin
de toutes sortes de merveilles. Fleurs, or, argent, cristaux, diamans, émaux, on ne voit que cela.

Le Palais-Royal loge quatre-vingt-cinq horlogers, orfèvres et
changeurs de monnaie, tous individus dont la marchandise est de
métal noble. Séparez seulement la pierre précieuse du métal, —
fondez toute la matière brute d'un jet, — et si vous êtes capable
d'emporter le sac de pierres précieuses, vous n'emporterez pas les
lingots de métal noble. ·

Dix minutes suffisent pour prendre connaissance du jardin ; —
une journée ne suffirait pas pour examiner les galeries dans tous
leurs détails, et nous avons hâte d'y rentrer et de commencer par
le numéro 1 de la galerie de Nemours.

Passez, passez, ne faites pas attention. Ce sont de belles choses, de jolies choses, mais ce ne sont point là des choses classiques, à moins que cela ne se trouve chez Chevet, fournisseur du roi et des princes.

Gastronomes au gousset plein, accourez! — Pauvres diables affamés, n'approchez pas, — au large! arrière! — Joyaux digérables, bijoux qui fondent dans la bouche, friandises rares, chez Chevet, vous êtes animés, chez Chevet vous êtes fiers, vous êtes insolens. Nous sommes de l'ambroisie, nous sommes du nectar! Ce sont là les titres que vous semblez revendiquer. Enfin examinez de plus près toutes ces savoureuses magnificences! Aidez votre mémoire, et je doute qu'elle vous présente, en quelque lieu de notre continent, une seconde édition de cette valeur.

Pomone y a vidé sa corne, Diane sa gibecière, Triton sa conque, Bacchus sa coupe, et l'art culinaire son génie.

Grappes de raisins muscats à teintes violettes, pêches au vermillon virginal, prunes colorées d'indigo, pommes grenades hâlées à carnation amarante, noix de coco à cuirasses épaisses, pastèques à enveloppe de malachite, ananas d'or ciselé, en un mot, les plus rares fruits, tant indigènes qu'exotiques, n'attendent que votre bon plaisir pour être à vous. — Viennent ensuite les daims, les cerfs en pièces ou dépecés, les hures et les jambons de sanglier, les lièvres et les lapins poltrons, écorchés ou dans leurs robes fourrées; puis le gibier de choix : tels que faisans à houppes et queues d'or, coqs de bruyères, urogallus, gélinottes bariolées, bécasses doubles, cailles, grives, canards, tous rangés par castes et à distance de la valetaille de la basse-cour. Les perdrix, ailes déployées, queues en éventail, grasses, dodues et lardées en bas-reliefs; — les ortolans d'un jaune de cire, tout luisans, tout transparens, — rien que graisse. — Chevet est illustre; mais c'est chez un de ses rivaux de la rue Vivienne que j'ai vu trôner, sur un piédestal fait tout exprès, — une dinde. — Chef-d'œuvre de l'art de la nutrition! — Dinde monstrueuse! dinde monumentale, toute désossée, toute bourrée de truffes, d'ortolans et de bécasses! Elle coûtait... (Ne vous effrayez pas, et surtout ne m'accusez pas d'un mensonge, je vous prie.) Elle coûtait 342 francs! Parbleu! l'écriteau qu'on voyait suspendu aux coraux de la bête l'assurait très-positivement.

— Mais qui vous l'achetera donc? ai-je demandé à un monsieur dudit magasin, en tablier blanc, casquette de loutre et jaquette bleue.

— Le maître-d'hôtel de lord Gr....... vient de l'acheter.

— Allons! c'est pour m'en imposer, pensai-je.

L'idée m'était venue un moment que cette curiosité culinaire pourrait bien être de cire, — et vite de la toucher du doigt. Dame! c'était bien une dinde en chairs et en os; je dis mal, — sans os. Maudit volatile, que n'es-tu du moins le bouc émissaire de l'épicurisme moderne! Fussé-je un marquis de Westminster, un Demidoff, un Rotschild, je ne t'eusse pas achetée. Oh! je comprends maintenant pourquoi la gourmandise est classée parmi les sept péchés capitaux. Mais, pour se faire damner, voyez-vous, il y a certainement plus de motifs chez Chevet, les tentations y fourmillent. La terre et l'air lui ont fourni leurs contingens; l'eau lui a envoyé aussi des hécatombes de victimes. Voyez: des brochets longs comme des grenadiers, l'œil menaçant, terrible; des carpes à écailles cuivrées, à dos convexes, grasses comme des poissardes de Vienne, gueules béantes, l'air bête et débonnaire; des truites élégantes à robes argentées, parsemées de mouches azur et rose, et une foule d'habitans des lacs, étangs, fleuves, torrens et rivières, lesquels vont expier sur le gril le manque de ruse qui les a fait tomber dans les embûches du perfide épervier. Tous ces buveurs d'eau douce sont entassés en montagnes et couchés pêle-mêle, dos à dos, nageoire à nageoire avec l'orfe écarlate, la sole borgne à peau dartreuse, le saumon à cotte de maille argentée, avec le turbot grand seigneur, et tant d'autres poissons qui font figure dans la hiérarchie des espèces écaillées. Pour varier, vous avez aussi des homards rouges, des crabes monstrueux, des escargots à chair pâle et cadavéreuse, des tortues lambines, des huîtres d'Ostende, ces crétins de l'Océan.

Maintenant, si nous passons, des fruits, gibier, volaille, pois-

sous et crustacées, aux célébrités mangeables et potables que fournissent à Chevet les départemens et les villes illustrées par le livre
du sieur Carême, de succulente mémoire, que lui expédient les
voisins de l'autre côté de la Manche, d'au-delà du Rhin, des
Alpes et des Pyrénées, si nous passons à ce qui lui arrive aussi à
travers l'immensité de l'Atlantique, du Pacifique et des mers du
Nord (1), la mine des comestibles de Chevet serait à peine épui-
sée. Elle se compose en partie de fromages aromatiques d'Italie,
de gâteaux et pâtés arrivés de je ne sais où, de fruits secs, confits
et en conserve, de pickles diaboliques à vous donner des quintes,
de vins qui ont traversé la Méditerranée, de vins qui ont traversé
l'Espagne à leurs risques et périls, d'autres envoyés de Tokay ou
exprimés de la treille de M. de Metternich et de tant de milliers
d'articles rares, superfins, et parfois funestes à l'épigastre.

Si le choléra a pris droit de bourgeoisie dans la vieille Europe,
c'est apparemment pour donner une leçon de sobriété aux riches.
La peur d'une paralysie d'intestins arrêtera peut-être l'essor de cette
branche de la civilisation qui analyse chimiquement le sens du
goût. N'a-t-elle pas même eu recours aux tortures les plus atroces pour délecter nos palais? car, par quels moyens obtient-on,
par exemple, le pâté de foie gras, si ce n'est par un supplice plus
horrible que tous ceux jadis en usage dans les cachots de la sainte
inquisition?

La Genèse dit à l'homme : « Tout ce que tu vois est pour ton
usage. » Très-bien. — Mais elle ne dit pas : « Avant de jouir,
tourmente! » Cependant, la pauvre oie, toute bête et inepte qu'elle
est entre les tribus empennées, a des nerfs, des fibres, des mem-
branes, de la moelle; bref, tous les conducteurs de la souffrance
physique, dont la Providence, dans ses vues cachées, a trouvé bon
de douer les chairs des êtres organisés. — Oui, pour caresser un
sens on la tourmente méthodiquement, la malheureuse oie. Ces
Allemands de Strasbourg, réputés doux et compâtissans par tradition, la claquemurent dans un pot, y percent un trou pour la

(1) Comme les nids des salaganes.

5

tête de l'animal, l'exposent au feu d'une cheminée, le nourrissent de noix, dit-on, en ne lui donnant à boire que goutte à goutte ; et bientôt ses chairs s'atrophient, disparaissent, s'évaporent au point qu'il n'en reste que la peau et les os, et le volume du foie, devenu immense par ce régime atroce, le pauvre volatile est alors mis à mort. Chose hideuse ! horrible ! Mais, lorsqu'au bout d'une spécula-tion quelconque luit le cinq pour cent, l'Européen qui vit à l'ouest vous tue même un homme pour le vendre mort à cette science qui apprend comment prolonger la vie (1). C'est donc en refoulant dans le foie les sucs vitaux de tout le système organique de l'oie qu'on parvient à obtenir la coûteuse friandise dite pâté de Stras-bourg. Merveille donc si ce hors-d'œuvre délicat, le produit d'un supplice qui donne presque la rage au patient, cause fré-quemment de fortes indigestions aux Lucullus de tous les pays. Formé dans un corps auquel on a inoculé une maladie, le foie gras n'est, à tout prendre, qu'une grosse vilaine tumeur enflée par une phthisie artificielle.

Il est impossible que le laboratoire de Chevet, vu pour la pre-mière fois par une personne conservant encore une ombre de cette ingénuité de civilisation qui nous caractérise, nous qui vivons plus haut que vous Français, il est impossible, dis-je, que ce la-boratoire n'offre quelque jour un riche thème à réflexions, pour peu que cette personne ait, comme l'auteur de ce récit, une dé-mangeaison de *philosophailler* à propos d'une mouche qui vole. — Or, ce thème est tout trouvé, le voici.

Regardez ce groupe de pauvres diables assemblés devant le ma-gasin de Chevet ; examinez-le bien ; passez en revue une à une les physionomies qui le composent. Des visages hâves, pâles, et ter-reux à pouvoir y semer du cresson avec espoir de récolte ; des re-gards aigus qui dépècent pour ainsi dire les viandes et les mâchent déjà ; des narines dilatées qui hument toute cette atmosphère gas-tronomique. Remarquez aussi les hardes qui couvrent le corps dé-

(1) Allusion à cette société d'assassins qui égorgeaient les hommes pour vendre leurs cadavres aux médecins et aux cabinets d'anatomie de Londres.

charné de la plupart de ces curieux affamés : des blouses , des vestes, des redingotes déteintes, les souffre-douleurs des saisons et des
perturbations barométriques. On pourrait appeler ces gens, les
pauvres ignares en bonnes choses ; ils n'ont qu'un vague soupçon
de la saveur des articles qu'ils contemplent. Il y en a dont les
orbites sont plus caverneuses, les pommettes plus saillantes, ceux-
là bataillent probablement tous les jours avec cette faim qui murmure ou qui crie. D'autres qui ont un teint d'huile rance ; le nez
empourpré, la lèvre pendante ; leur mise n'accuse pas encore la
misère arrivée à son dernier période. — Ceux-là veulent boire :
« Mort ou eau-de-vie ! » c'est leur cri de détresse. Ils regardent les
bouteilles et souffrent. — Ils s'en iront et souffriront. — Ils y pen-
seront et souffriront encore.

Vous distinguez aussi parfois dans les groupes qui stationnent
vis-à-vis Chevet, de ces vieux et frêles Français que le peuple, en
Russie, appelle des *mosié* (1). J'en ai vu un, devant Chevet, af-
fligé d'une paire de bésicles ficelées avec du cordonnet de soie aux
endroits où l'enchâssure était brisée ; il avait du coton jauni dans
les oreilles, et portait à la boutonnière de son habit un ruban d'ordre dont personne ne se soucie plus (2). Je suppose que ces rares
échantillons tout déteints aient été beaux diseurs et épithalamis-
tes experts dans leur temps , et , à ces titres , ils vous ont joliment
dégusté de vieux vins exquis et savouré des mets aristocratiques
et financiers à foison. Mais le siècle, devenu un peu difficile en fait
d'esprit et surtout d'âge , les a relégués dans le chiffonnier des
mémoires acquittés. Ces pauvres vétérans du parasitisme, appuyés
sur leurs cannes, ont l'air de ces chiens affamés, mais bien *éduqués,*
qui regardent manger les gens avec deux limpides ruisseaux coulant de chaque côté de leur gueule. C'est une race à l'état d'ex-
tinction comme les Albinos. Pour le Parisien d'une certaine classe,
ce Casauba de comestibles est un objet aussi commun que le soleil
pour le lazzaroni de Naples, mais pour l'ouvrier inoccupé , pour

(1) Par ce sobriquet, le bas-peuple en Russie veut désigner un être
frêle et délicat qui ne se nourrirait que de biscuit et de café.
(2) Comme l'ordre de Malte, de Saint-Michel, de la Réunion, etc.

le malheureux qui sort de l'Hôtel-Dieu, pour l'escroc qu'un guignon constant a rendu comptable envers la police, le magasin de
Chevet est un sujet de sombres méditations qui conduisent ces
messieurs à la question sacramentelle du grand, de l'éternel *Pourquoi*, de là, à l'analyse philosophique du *Parce que*, et finalement à l'idée primitive du partage des biens d'ici bas en *tien* et en
mien; et de toutes parts les chefs d'accusation s'accumulent contre ceux qui possèdent sans leur offrir la moindre circonstance at-
ténuante; car la masse qui n'a ni feu ni lieu, ni sou ni maille, et
qui est, de son essence, propagandiste du principe de l'égalité devant le bien-être matériel, compte l'inclémence pour dogme principal de ses statuts secrets.

Mais si l'atelier de Chevet soulève toutes ces réflexions, un
change de monnaies du passage des Panoramas en fait naître bien
davantage. Vous allez dire que, pour l'amour de l'argument,
nous faussons l'ordre progressif de la description. Mais on ne
vous donne cela que comme une note, que comme un renvoi au
bas de la page. — En ce cas figurez-vous une rangée de sébilles
d'où débordent louis d'or, napoléons, frédérics, impériales de
Russie, guinées, aigles d'Amérique, riders de Hollande, pistoles
d'Espagne, moeda douros et meja dobra de Portugal, livres de
Marie-Louise et autres saints et saintes du calendrier monétaire.
C'est devant ces petits lacs d'or que vous verriez un groupe sans
prix pour le pinceau de quelque Murillo inédit, qui lui-même
charbonne peut-être les murs de sa mansarde, faute de quelque
parcelle de ce précieux métal. Comment la vitrine ne finit-elle
pas par être criblée à la longue par l'*acutesse* des regards dont
elle est le but permanent..... A part les badauds arrivés de province que la vue de ce Potosi parisien semble bêtifier, il se trouve
là de ces têtes que Vidocq, le Lavater de la police correctionnelle, eût reconnues entre mille. Si on pouvait faire l'inspection
de leurs poches, on y trouverait, à coup sûr, des miettes de pain,
quelques restes dégoûtans d'andouilles, pêle-mêle avec des *rossi-
gnols*, des *monseigneurs*, des *passe-partout*. Vous y verriez aussi
de ces individus qui comptent peu d'années, mais que de longues

campagnes de débauche ont rendus vieux et infirmes. C'est Lacenaire qui résume la pensée secrète de cette classe. Qui sait s'il
ne s'en trouve pas parmi eux quelques-uns qui auront déjà mis ses
doctrines en pratique? A la première vue, vous les prendriez pour
de jeunes élégans très-soigneux de leur toilette, mais approchez,
faites bien attention à l'angle du coude; — que de reprises! L'habit paraît neuf et propre, mais examinez-le de près : il est retourné
ou dégraissé; la chemisette paraît blanche et fine — mais elle est
en papier; le feutre du chapeau a l'air luisant — mais c'est un
enduit de gomme délayée qui lui donne ce lustre.

Nous étant fait un devoir de conscience de consacrer une bonne
partie de la journée aux flâneries dans les rues et dans les passages de Paris, très-curieux d'ailleurs de notre naturel, et pénétré
du précepte qui veut qu'on *voyage pour voir et non pas pour
avoir vu*, il n'y a rien d'étonnant si notre œil est tombé de temps à
autre sur les figures tourmentées qui viennent d'être crayonnées,
elles ne posent pas tous les jours; — peut-être avons-nous mal
vu, mais il n'en est pas moins vrai que quand la faim talonne des
chenapans comme ceux que nous avons laissés à la galerie Montpensier; quand on pense que tout est plein dans la nature excepté
leurs poches et leurs estomacs; quand on songe que, dans Paris
pensant, dans Paris parfois moraliseur, ils voient là, devant eux,
l'effronterie de la richesse dans la *personne* d'une dinde truffée,
au prix de 342 francs; comment se fait-il que des velléités toutes
animales ne viennent pas souvent et spontanément assaillir ces
groupes? comment des désirs atroces ne viennent-ils pas gonfler
les poitrines de ces autres frélons de la société, qui contemplent
des monceaux d'or à la portée du bras, à proximité du luxe asia-
tique que déploient les magasins, à la vue des plaisirs qui jonchent
de roses le sentier du riche, tandis qu'ils voudraient, eux, vendre
de leur propre chair à un *Shylock*, rien que pour pouvoir, à de
longs intervalles, appliquer leurs lèvres à la coupe des voluptés.
Il est sûr que, dans leur carrière de gamins, les Lacenaire, les
Soufflard, les Jadin, les Lesage ont regardé là, le cœur battant
d'avidité; — le désir de la possession est venu ensuite germer en

leurs natures perverses : — d'apprentis ils sont devenus maîtres,
et quand, se voyant toujours misérables, ils ont encore regardé,
leur couteau a frissonné dans sa gaîne, et ils sont devenus bandits-
logiciens.

Plus haut, nous avons vu le magasin de Chevet, et tout-à-
l'heure nous venons de mentionner le change de monnaies du passage des Panoramas; — deux tentateurs puissans ! le premier
d'une influence moralement dissolvante sur l'esprit du spectateur
dont l'état normal est une inanition plus ou moins irritante; le second, une véritable école préparatoire du bagne pour le vice en
puberté, un élément de retrempe pour le criminel que le Code
pénal a banni à jamais de la société, un agent provocateur pour
l'homme pauvre et probe, et une cause de mainte larme amère
versée en silence par l'infortune, titrée en génie et en talens, qui
se traîne, végète, agonise ou s'éteint faute de rosée d'or.

Nous concevons très-bien l'arrière-pensée de l'industrie, lorsqu'elle déploie tous ses charmes, qu'elle prodigue ses œillades les
plus assassines, ses séductions les plus irrésistibles pour accaparer
le public; il faut remuer la matière, il faut qu'elle fasse mousser
la vanité du consommateur. Éternellement plaire et charlataner,
sous peine de défaillir, est la condition, *sine qua non*, de l'industrialisme européen en général, et de l'industrialisme français en
particulier. — Mais on vous demande où est la nécessité d'employer la séduction pour qu'on vienne changer chez Jean plutôt
que chez Pierre une pièce de 20 francs ? L'argent étant le principe vital des multitudes constituées en société, à ce titre un louis
d'or sortant d'une bourse parfumée ou un louis d'or pêché dans
les basses-œuvres d'un hôpital ne possède-t-il pas la même faculté de charmer ? Pourquoi donc insulter à la misère par un
déploiement de faste, dont le résultat tombe d'aplomb sur les
conceptions les plus obtuses ? Chez un pauvre diable que le besoin pressure de toutes parts, l'idée qui s'attache à une œuvre
d'art quelconque dont la matière est d'or, n'est pas l'idée qui
s'attache à l'or monnayé. Le métal ouvragé trahit l'action du
vol, mais le métal monnayé est un anonyme qui ne divulgue

rien. Pour l'argent volé, le chevalier de l'industrie nocturne
achète l'œuvre d'art, et légalise par là, du moins ostensiblement,
son crime. L'argent au contraire le métamorphose, et le rend
membre de la société qui ne vole pas (selon la logique du Code
civil). Voyez Vidocq, de forçat n'est-il pas devenu un *monsieur !*
— Qu'est-ce à dire, un *monsieur ?* — un *grand seigneur !* L'argent qu'il a escroqué ou volé l'a rendu bourgeois de Paris, propriétaire. — Il a des bureaux, des employés, des salons somptueux et des antichambres ; — il *reçoit* ou ne *reçoit* pas ; il a des
chevaux, des équipages, des jockeys et des laquais, et il peut
dire : « *Mes gens !* »

Chambres françaises ! vous avez l'initiative ; — puisque vous
venez de foudroyer la roue de la loterie et la roue de la roulette, complétez votre œuvre de moralité en votant une loi qui
défende aux changeurs de monnaies d'exhiber leur marchandise
corruptrice ; et, dans une couple d'années, vous verrez si la
Gazette des Tribunaux vous en saura gré.

Quand on conte en marchant, on n'avance pas trop, — j'y
songe. Aussi, vais-je me tenir désormais à la galerie Montpensier, et tâcher d'emboîter, s'il est possible, les parties détachées
de la causerie. Il ne tenait certainement qu'à l'auteur d'éviter
cette gaucherie en abordant le premier change de monnaies du
Palais-Royal ; mais il a pensé vous faire voir aussi le fameux
dépôt d'argent du passage des Panoramas, rien que comme curiosité des curiosités ; et, s'il a failli, c'est que chose pareille arrive à tous ceux qui ne sont pas assez familiarisés avec les difficultés de la synthèse. Dès-lors, pourquoi se mêler d'une besogne
qu'on n'entend pas ? Qui le nie ? Mais ne faut-il pas aussi que tout
le monde vive ? Vous croyez qu'il faut que l'auteur vive ? Pas
du tout ! Il faut que le chiffonnier vive, que le trieur vive, que le
fabricant de papier vive, que le fondeur de caractères, le prote et
le compositeur vivent ! — Et celui qui vous parle débourse pas
mal et rembourse à peine.

D'ailleurs, la monomanie de redire par la voix de la presse ce
qu'on pense et ce qu'on ne pense pas étant l'épidémie du siècle,

nous avouons en être un peu atteints : c'est peut-être un des caprices les plus impérieux de l'esprit humain, comme il en est un
des plus inoffensifs ; car celui dont la pensée écrite et publiée a
bon cours dans le monde, — oh! celui-là est un roi! — Il bat
monnaie et peut faire le bien ; l'écrivain mal partagé en talens
aura beau se raidir, il finira à la longue par recevoir une bonne
leçon d'humilité chrétienne, parce que la vanité ne donne gain
de cause qu'au jugement de la foule, jamais au jugement
des individus ; or, avant que la leçon arrive, l'auteur humilié
n'a fait de mal qu'à lui seul, du bien qu'aux autres ; et n'en
est-ce pas un que d'avoir agi dans les intérêts de tout un monde
d'artisans ?

Ou rit du bon barbier du bon roi Midas ; mais ce fidèle serviteur n'a vu, du reste, qu'une paire d'oreilles d'âne attachées à la
tête d'un imbécile, et il s'est empressé de redire la bagatelle.
C'était là un courtisan bien inhabile ! Quant à l'auteur de ce livre, c'est bien autre chose ; Paris lui est apparu avec son front
toujours ombré par la pensée, avec des yeux pétillans d'esprit,
de génie et de malice ; il a vu ce Paris sillonné par les éclairs des
passions politiques, enlaidi par le ricanement du scepticisme,
frémissant d'un million de désirs ; enfin, il a vu dans ce Paris,
n'importe où, n'importe comment, des actes à faire racheter des
âmes déjà damnées ; voilà ce qu'il a vu. On demande donc comment ne pas se vanter à tout venant d'avoir été à Paris, comment
ne pas trouver un écouteur bénévole ? Certes, il faudrait avoir
mauvaise chance pour ne pas déterrer dans le voisinage quelque
vieille cuisinière aux capacités jugeuses de la servante de Molière ;
et, si de plaisir elle se frotte les mains à l'énumération des articles
de cuisine que nous avons admirés tantôt, ce sera déjà une petite
bonne fortune pour notre vanité de conteur.

Quoi qu'il en soit, tâchons de mériter des *buon mane* plus substan-
tiels en faisant trôler ceux qui le veulent bien d'une boutique à l'autre, d'une galerie à l'autre, ce qui, nécessairement, nous conduira
de chez Chevet devant plusieurs ateliers d'opticiens, capables d'approvisionner à eux seuls de besicles, binocles, jumelles et lorgnons,

des centaines d'Argus. — Il ne s'agit pas d'avoir de bons yeux,
aujourd'hui, mais de beaux binocles. — Les verres peuvent en
être parfaits, c'est bien; mais l'essentiel, c'est qu'ils soient
enchâssés dans un chef-d'œuvre. Entrez chez le premier opticien
venu du Palais-Royal, qu'il s'appelle Chevalier ou Lemierre, et
le chef-d'œuvre, vous l'aurez. Ces messieurs s'entendent à satisfaire le goût dominant. On voit sur leurs binocles les plus gracieuses végétations en or, incrustées dans l'écaille, l'ivoire et la
nacre.

S'ils sont charmans à regarder, ces binocles, ils font aussi loyalement voir les charmans objets étalés dans l'enceinte d'une salle
de théâtre.

De ces artistes, vous passez à un autre, à Leroy, horloger du
roi, et roi de l'horlogerie parisienne, depuis que le vieux Bré-
guet gît en terre. Tout ce que Genève, cette grande clepsydre
européenne, invente soit en ornement, soit en perfectionnement,
tout cela se trouve de première main chez Leroy.

Quelques numéros plus bas, le flâneur est arrêté par un cabinet d'objets de fantaisie que je nommerais volontiers cabinet de
folies spirituelles. L'homme est comme ça, — enfant toute sa vie.
Voilà une petite main en bronze doré terminée par une manchette
de drap. — Elle sert à essuyer des plumes. — Cela coûte 5 francs.
Mais le drap, c'est-à-dire la chose qui essuie la plume, ne vaut
pas deux sous. — C'est donc quatre-vingt-dix-huit sous que vous
avez payé de trop. Dans ce magasin devant lequel il y a toujours
un cercle de curieux, toutes les séductions sont dans le genre de
la main de bronze. — Entre mille joujous, nous distinguons deux
paons d'argent en filigrane. — Pourquoi faire? — Pour y ficher
des curedents. — Comme cela doit être régalant pour ceux qui
se composent un dîner sans savoir où le trouver, lorsqu'ils réflé-
chissent sur cette froide insolence du luxe. — Dans ce charmant
chaos, vous débrouillez aussi des éventails à minces lames d'or
collées à des feuilles d'écaille jaune comme de l'ambre, — à côté
d'un crapaud ravissant — une sylphide souriant à un chevalier
armé de toutes pièces, ou à un dogue qui lui montre ses dents. —

Un paquet de cerises, je ne sais de quelle chair, se mirant dans un dessin du daguerréotype. — Les presses-papier, qui sont autant de prétextes, on les compte là par dizaines. — Ils coûtent un argent fou; — les nécessaires y foisonnent. Parmi les pièces qui sortent des proportions de la miniature, c'est une boîte qui attire les regards de tout passant. Elle est longue d'au moins deux pieds, haute d'un pied. — Meuble de boule, — prix : 500 francs! De toute beauté! C'est probablement pour y serrer les signes régaliens d'un grand souverain? Non. C'est pour y jeter les chiffons qui restent d'un travail de dame avec ciseaux, fil, poinçon, etc. Je vous dis que les yeux ne suffisent pas pour classer tout cela dans la mémoire; le temps et les termes manquent pour tout décrire.

Quand, en jouant et en souriant, l'imagination crée cette fourmillière d'objets de fantaisie, elle est nuisible sans le vouloir; ses produits sont si perfides qu'ils provoquent l'oubli chez l'homme riche qui a des caprices de charité.

Quand on fait sa ronde dans les galeries du Palais-Royal, on ne fait que passer d'un jouet à un autre. Nous n'en exceptons même pas ceux que mettent en vente les libraires; car, sans trop médire, ce que les entrailles de la littérature française mettent au jour, à l'heure qu'il est, sont de jolis jouets d'esprit plutôt que choses propres à nourrir et meubler l'esprit.

Oui, partout des jouets, toujours des jouets.

Cette fois, c'est aux graveurs sur pierres et métaux à nous faire les honneurs de leurs ateliers.

Oh! que de goût et de luxe dans ces cachets, qui, du plus grand au plus mignon, géant au centre, nain aux flancs, s'alignent sur la planche de cristal qui leur sert d'esplanade!

Comme les vierges élues de Rome qui gardaient le feu de Vesta, ainsi les graveurs du Palais-Royal conservent l'étude du blason. — L'aristocratie même ne s'en mêle plus. Le travail fin, le pointillé délicat, les dessins parfaits de ces boucliers, de ces heaumes gravés avec leurs aventureux accessoires arracheraient, je crois, à la dame roturière la plus philosophe un soupir d'envie; car, on a beau dire, un simple chiffre gothique sans cimier ni *bête issante* dessus ne figure que piètrement sur l'empreinte de cire d'une enveloppe de lettre.

Rivaux de métier, les graveurs du Palais-Royal font assaut de faste et de talent. Tel de ces messieurs se dit peut-être à part soi, en regardant son voisin : « Tu es fier, mon petit, de tes » cachets en malachite, en lapis-lazuli, en onyx, de tes cachets à » trente devises ; mais j'en ai, moi, à quarante parsemés de tur- » quoises ! »

— « Mauvais genre, lui répond un autre. J'en ai à soixante, et les manches en sont émaillés, et comment ! Voyez, de beaux mar- quis, de belles marquises, genre Louis XV, qui se font de jolies révérences sur mes cachets, et ça n'est pas plus grand que la moitié d'un ongle ! »

— « Connu ! dit un troisième, connu ! mes très-chers confrères que la faillite va, j'espère. un jour mettre à la raison. — J'ai bien de tout cela chez moi ; mais avez-vous des cachets dont le manche représente les trois Grâces sculptées en corail ? Avez-vous une topaze fine, grosse comme un œuf de poule ? — Digérez-moi celui-là, mon voisin ! »

Et tous les trois disent vrai.

Puisque, dans un moment de contrition, le parlement français a fait raison de toutes les maisons de jeu existantes à Paris, nous prenons l'obligation (et ce ne sera du reste que comme une sim- ple donnée historique) de vous désigner leur emplacement respectif avant leur fermeture. Ainsi, la résidence de la maison de jeu n° 36 était située ni plus près, ni plus loin que là où nous voilà arrêtés.

Ces guet-apens privilégiés par patente de police avaient une manière toute originale d'attirer l'attention sur leurs antres. — Celui dont il est question avait en guise d'enseigne, comme le reste de ses co-associés, son numéro d'ordre découpé à jour sur du papier noir doublé d'un rouge de braise. — Éclairé la nuit par une lampe qui avait l'air de sommeiller, il ne ressemblait pas mal à un œil poché de Satan. — Ce même local est aujourd'hui occupé par l'Estaminet-des-Mille-Colonnes, Olympe de gens

désœuvrés qui y festinent comme des dieux et s'amusent comme
des rois, dans d'épais nuages de tabac à fumer, avec de la bierre
forte pour nectar. C'est ici qu'on fait des recettes de 800 francs
par jour, rien que cela! Je plains seulement la jolie enfant qui
tient la plume du comptoir, — c'est une rose, elle s'y fane!

Contre l'Estaminet-des-Mille-Colonnes se serre le Café de Londres. — Si je n'avais pas vu Frascati, j'aurais proclamé celui-ci le
plus beau de tout Paris, mais je me dépayse et commence à devenir difficile. — Un peu plus en avant, reluisent les salons du
Café Foy. — Sa renommée date de très-loin et date de très-près.
Aux journées de juillet, il fut comme un forum provisoire où l'on
venait s'escarmoucher à grandes volées de paroles, tandis qu'ailleurs on argumentait à grandes volées de canon.

Le dernier des industriels notables qui s'étale fastueusement vis-
à-vis la soixante-douzième arcade est un horloger allemand du
nom de *Modemann*. — Il a écrit en lettres gothiques sur sa porte
— *Uhrmacher*. Mais derrière la porte personne ne sait un mot
d'allemand; — c'est une malice industrielle, une originalité.
— Notez que 1839 est juste l'époque où l'allemand est très en
vogue à Paris. — M. Modemann veut devenir homme à la mode.
— Son vœu est dans son nom; tout cela n'empêche pas que son
magasin ne soit le plus riche et le mieux assorti de tout le Palais-
Royal. — Dieu! les jolies montres! les superbes pendules! —
Pensez-vous comme moi qu'il serait curieux, par exemple, de
faire régler à la minute les mille et une montres et pendules d'un
magasin comme celui de Modemann par mille et une mains différentes et de n'avoir recours à la tâche de la régularisation que
d'équinoxe en équinoxe? Quel désordre s'y serait glissé! — On
verrait une émeute de roues et d'aiguilles! C'est le grand ves-
tiaire du temps. — Les plus nobles matériaux concourent à
parer ce vieux Gargantua. — Faute de savoir douer les horloges
d'organes sains et pour long-temps viables, l'art les a faites
jolies.

Le théâtre du Palais-Royal, sis dans le large espace voûté qui
forme l'angle nord-ouest de tout le bâtiment, est le chiffre final des

89 numéros qui descendent sans interruption jusqu'au guichet de la rue Saint-Honoré.

Puisque nous voilà parvenus jusqu'ici, arrêtons-nous un moment pour parcourir à la hâte les affiches des vingt-cinq théâtres de Paris, collées au pilier en pierre, érigé pour la commodité des passans; mais ce n'est pas chose facile, car nous ne sommes pas les seuls curieux ici. Près du pilier, il y a aussi des importuns qui vous barrent le chemin; ils ont un flaire tout particulier pour tomber sur la piste d'un étranger, ils l'accostent d'un air malin et mystérieux, et lui proposent d'acheter des objets, mais des objets d'une nature et d'une forme si dégoûtantes, qu'on a bonne envie de cracher à la figure de ces messagers de prostitution. Le lieu que nous traversons est le poste fixe de la fainéantise spéculant sur l'immoralité.

En face du théâtre est Véfour aîné. Comment cuisine-t-il? je n'en sais rien, — mais comment est-il logé? je le vois. — Vous vous rappelez le procès de ce monsieur qui, s'étant pris de querelle avec la dame du lieu, avait brisé, dans un geste un peu brusque, une glace qui valait 6000 francs. — Par ce trait; jugez du reste de l'ameublement.

Passé le pilier aux programmes, incontinent on pose le pied sur les dalles de la galerie Beaujolais. On peut dire qu'elle est, pour le Palais-Royal, ce que le faubourg Saint-Germain est pour Paris. Véry en est le Montmorency, les Frères-Provençaux en sont les Rohans, et le Café de la Rotonde une Créqui; bref, pas de vilains ici; — vous n'avez ni un Estaminet-des-Mille-Colonnes, ni des dépôts de tabac bourrés de cigares et de chiques comme sous la galerie Montpensier; tout y est doré, pailleté, ambré, sucré; et si parfois un refrain de l'impertinente *Marseillaise* incommode l'ouïe délicate de quelque noble habitué de Véry, il part du Café-des-Aveugles, qui se cache tout honteux dans les souterrains de la bâtisse.

Véry, Véry, et encore Véry! c'est ce qu'on lit sur toute la longueur de la façade qu'occupe le quartier-général de ce grand connétable des restaurans. Oh! qu'elle est belle, riche et fraîche,

cette résidence de Véry! que de convives on voit aux heures des
repas chez cet heureux mortel, et comme tout cela se matéria-
lise! chacun selon ses moyens, il est vrai, mais toujours bel et
bien. Si on prête un peu d'attention aux physionomies des commensaux de Very, on en verra qui trahissent deux sentimens de
haute satisfaction! le goût en pleine jouissance et la vanité! Comme
le Français n'est rien moins que dépensier dans ses habitudes, il
est charmé de pouvoir donner de la publicité à un acte de libéralité envers son cher *moi,* et certes, sous ce rapport, il est servi
au gré de ses secrets désirs, — exposé aux regards des passans
dans une boîte transparente! jugez s'il y est bien. Il veut qu'on
le voie manger, qu'on le voie boire des choses qui coûtent ex-
orbitamment cher. — « J'ai de l'or, tu n'en as pas, toi; —
regarde, et passe ton chemin. » C'est l'apostrophe tacite qu'il
semble adresser aux curieux. Les garçons du lieu, pleins de morgue et de jactance, semblent aussi prendre en pitié les badauds
qui, le nez collé contre les carreaux, consomment, en idée, ce qui
est à leur portée, en donnant à tous les diables ceux qui se régalent
en réalité, et en leur enviant la faculté de pouvoir exciter l'envie
tout à l'entour.

En allant droit devant soi, on atteint l'angle nord-est du Palais-
Royal, et en refusant l'épaule droite on se trouve en face de Véfour jeune, une doublure de Véry. Pour les qualités qui flattent
la passion du gourmet, Véfour est à Véry ce que la grande bécasse
est à la poule-d'eau.

Nous voilà donc dans la galerie-est ou Valois, tournant le dos
au nord et charmés de n'avoir plus à vous entretenir ni de lé-
gumes, ni de viandes, ni de pâtés, ni de tout ce qui est digestif
ou indigeste; mais encore de tout ce qui provoque l'avidité du
pauvre. Après Véfour jeune, je lis sur une bande rouge au-dessus d'une porte:

Imitation du diamant.

Cela mérite une respectueuse inclination de tête, non comme
franchise, mais comme savoir.

Ouvrez la porte, entrez, ou restez en dehors, vous apprendrez ce que la chimie et les sciences physiques réunies sont capables de créer. Si nos bons joailliers du Nord venaient ici, comme ils y seraient pris, n'était là le *gare* qui avise. — Prenez une de ces rivières de diamans sur laquelle la lumière se brise, et frissonne à vous aveugler net ; comparez-la à quelques diamans véritables de chez Lefranc, le voisin le plus proche, fier de ses éblouissantes friandises, de ses coupes d'or massif médaillonnées de vignettes émaillées et de portraits enchanteurs ; eh bien ! fussiez-vous l'expert d'un Mont-de-Piété, fussiez-vous lapidaire de première force ; bien plus, fussiez-vous un de ces usuriers dont l'œil est une balance pour le carat, vous ne découvririez pas la malice de l'art. — Mais qui est-il donc celui qui a escamoté la radiation du cœur même du diamant ? — A coup sûr, c'est un adepte secret de l'alchimie. Cette science, couverte de ridicule, serait-elle donc vraie ? — Mais sérieusement là, le tour de force est prodigieux. — Il nous semble pourtant que l'art de l'imitation est encore poussée plus loin dans la perle fausse. Il est notoire qu'on a extrait de l'opale la goutte irisée qui colore la perle fine, parce qu'autrement l'imitation serait-elle possible, je vous le demande ? On a copié jusqu'à ces rides menues qu'on observe quelquefois sur la superficie de la perle, jusqu'à ses moindres vices de conformation. Pourquoi donc souffrir que de pauvres Indiens aillent se noyer en pêchant le précieux mollusque qui renferme la perle fine ? Pourquoi ? puisque la perle fausse, fabriquée à Paris, est à la perle fine pêchée sur le littoral de Ceylan, ce que la goutte de lait est à un autre goutte de lait traite de la même mamelle.

Quant au voisin Lefranc, il pourrait, je pense, acheter, pour un seul de ses écrins, la moitié de l'autre boutique dont le fond repose sur une tromperie loyale et ostensible. C'est dans la comparaison morale de ces deux sommités industrielles du luxe à grands frais, du luxe à petits frais, que se présente le seul fait exceptionnel d'où l'on puisse déduire que le faux mène à bien, et que le vrai mène à mal.

Le n° 113, ce Vieux de la Montagne, qui faisait jadis ses infâmes spéculations entre le magasin en faux et le magasin en vrai,
nous manque maintenant : c'eût été un beau chapitre à faire, et
surtout un sujet d'homélies sans fin. Donc, tu nous manques,
vieux scélérat ; nous en sommes presque fâchés : ta fange eût été
de la dorure pour ce livre.

Une seconde encore, et, tout en niaisant, nous dépassions cette
fabrique de plaqué d'or et d'argent qui gagne honnêtement ses
journées au-dessous du n° 113, et nous n'eussions ni vu ni admiré ces surtouts à orner la table d'un Nabab, sur lesquels la
fleur d'argent et la fleur de batiste font assaut de coquetterie. Les
grandes pièces s'élèvent au-dessus des différentes corbeilles nattées
comme des cheveux, au-dessus de soupières, théières, cafetières,
crémières, et autres machines rimant en *ère*. Leurs fleurons,
leurs accessoires variés, sont tourmentés, tordus, tendus avec
une délicatesse, un fini sans pareil, ou gravés avec une perfection de burin qu'on ne rencontre que dans les culs-de-lampe d'un
keepsake anglais. Parmi ces objets, il en est qui se distinguent
par une composition des plus pittoresques, telle que cette anse
représentant un boa déchirant un tigre. Quelle vérité dans le regard avide du reptile et dans le désespoir du chat ! — Le poli est
si resplendissant dans toutes ces œuvres, qu'on est tenté de les
prendre pour autant de miroirs soufflés, et le mat en est si blanc,
qu'on le dirait saupoudré de givre. Je vous dis que tout cela est
d'une pureté de formes, d'une netteté d'exécution et d'une élégance telles, que si Hébé était là, elle commettrait un vol.

Assurément, c'est au Palais-Royal que l'homme ruiné souffre
le martyre ; martyre poignant à chaque pas, et plus poignant encore devant la fabrique de plaqué en question. Voir tout cela,
comprendre tout cela, puis s'en aller dans sa chambrette et prendre son lait dans un bol de faïence ébréché !

Ah ! voici le Théâtre-Séraphin. Avec de petites choses, il fait
de petites affaires et chemine en paix, depuis quarante ans, dans
ce Palais-Royal, le foyer des révolutions industrielles et la galère
du progrès. Dernièrement, pas plus loin que 1838, le père

Séraphin avait un crieur à sa solde : pauvre homme ! il n'est plus :
il a passé au théâtre des véritables ombres. C'était une connaissance pour tout étranger qui avait visité Paris dans ces vingt dernières années. Quelqu'un qui l'a vu en 1820, et, plus tard, en
1837, nous a assuré que le chapeau qui coiffait le cher homme,
et le carrick dont il prenait plaisir à s'affubler en 1820, étaient
les mêmes qu'en 1836, et que le mouchoir de basin à larges carreaux que nous lui avons vu toujours tenir à la main, était le
même, à n'en pas douter, dont il s'était servi à cette époque. Des
rides, il en avait alors, dit-on ; le diapazon de sa voix était nazil-
lard et éternellement enroué, tout comme par le passé ; la formule d'annonce invariable : c'était toujours la même monotonie
dans l'accent et les paroles : « Venez voir, messieurs, les marionnettes et les ombres chinoises du père Séraphin ! » avec la
parenthèse de : « Il n'y a plus de billets ! » ce qui voulait dire
qu'il y en avait profusion. — Cet être avait pourtant une femme,
des enfans, un foyer et des sentimens, pour affectionner les œu
vres de son gagne-pain d'automate parlant.

Nous ne monterons pas certainement au théâtre Séraphin, im-
patients que nous sommes d'atteindre ce magasin de cristaux et
de porcelaines qui ressemble en miniature à une glacière de la
vallée de Chamouny, lorsque le soleil y jette ses rayons d'aplomb
sur des millions d'aiguilles de glace.

Cônes, pointes, bris, cavités, convexités ; c'est comme un vaste
bassin d'eau en ébullition qui aurait été soudainement saisie par
un froid de 36 degrés. Sphères, demi-sphères, arêtes aiguës, con
ques immenses, émoulues de mille façons, teintes d'azur, de vert
de chrôme, de jaune d'ambre, de violette, de rose, font de ce
magasin une demeure digne de servir de modèle pour le premier
conte d'enfans, que quelque bonhomme d'auteur voudrait bien
leur écrire. Le célèbre escalier à vis, à colonnettes de cristal, occupe
le milieu de la boutique. Je ne savais pas encore décliner *mensa*,
mensæ, *mensæ*, que j'avais déjà des données très-exactes sur
l'existence et la beauté de l'escalier en question.

Et des porcelaines donc ! Elles sont belles comme le goût pari-

sien les fait, comme l'art les poétise à Paris. — Là, on erre sur
toutes sortes de fragilités, plus belles, plus riches et plus adora-
bles les unes que les autres. — Des urnes, des vases, des corbeilles, des plateaux, des guéridons, des déjeûners complets encombrent la boutique depuis le haut jusqu'au bas. — Rien que
de grandes pièces; que des pièces rares. — Les bagatelles à la
mode n'y font pas faute non plus. — Ce sont des statuettes et
des groupes isolés de statuettes. — Puis, dans un pêle-mêle plein
de goût, se présentent toutes sortes d'échantillons d'histoire naturelle aussi bien que les inévitables Annette et Lubin de feu
M. Marmontel, qui, créés tendres et aimans, font les yeux doux
aux Turcs, sont tendres avec les Chinois, tendres même avec les
monstres hideux que le fabricant a destinés à porter de l'encre
dans leurs flancs. — Enfin, c'est une cohue de caprices enfantins
d'une cherté sans entrailles et d'une profusion si nombreuse
qu'il faudrait employer au moins une heure pour les jeter tous
par la fenêtre.

Et quand on pense que les couleurs éclatantes, que les riches
dorures qu'on a prodiguées à toutes ces porcelaines, recouvrent
de la poterie faite avec de la terre glaise béchée dans les environs
de Sèvres, on s'étonne qu'un vase, haut d'un mètre et demi, et
coté mille francs, ne vaille pas des dizaines de mille francs! Les
pinceaux des Schitt et des Develly y ont travaillé; le premier, le
Canaletti, et le second, l'Isabey de la peinture sur porcelaine.

Quelle différence entre les créations supérieures des artistes de
la manufacture royale de Sèvres, et les productions de l'art du
miniaturiste ignoré qui, encadrées dans des médaillons, garnissent les devantures des boutiques voisines du magasin de porcelaine d'où nous sortons. En général, tous ces portraits, disséminés le long des galeries du Palais-Royal, sont les essais de
bien médiocres talents, et la moitié est au-dessous du médiocre;
ce ne sont là que des cartes d'adresse de pauvres barbouilleurs de
feuille d'ivoire, auxquels très-probablement peu de gens s'adres-
sent, souvent personne.

Il arrive qu'en faisant sa besogne de badaud au Palais-Royal,

on omette, par distraction, quelque tour d'imagination industrielle, unique en son genre. — Passant sans cesse de surprise
en surprise, il n'est pas étonnant qu'on fasse de ces omissions
involontaires. A peine fixe-t-on un objet, interroge-t-on les détails d'un magasin, que le magasin suivant vous en arrache...
C'est comme si l'on craignait qu'ils ne prissent tous la fuite. —
Ce que nous disons là n'a pourtant rien de commun avec l'enseigne de M. Désirabode le dentiste. L'enseigne est au n° 154.
Elle est de nature à vous épargner l'embarras du choix. — Avant
l'exposition de 1839, le sieur Désirabode en avait une autre, de
moitié moins fastueuse que la nouvelle, mais de beaucoup plus
intéressante. En attendant que nous en venions à parler de celle
d'aujourd'hui, voici la description de l'ancienne.

Dans un cadre de bronze massif, magnifiquement doré, haut
d'à peu près 5 pieds, large de 2 pieds, on voyait briller sur un
fond de velours noir le nom glorieux de Désirabode, — ce pion-
nier de bouches humaines, dont la vocation est de soulager,
en causant d'atroces douleurs ; de fournir aussi aux riches
des dents mortes, tout en arrachant aux pauvres des dents
vives, — on voyait, dis-je, ce nom, formé de dix lettres capitales en nacre poli, s'élever majestueusement au-dessus d'innombrables trophées de ses prouesses de dentiste, au nombre
desquels, figurait mille fois plus belle et plus riche que la plus
rare opale, devinez....? La dent molaire de Napoléon ! — Convenez que ce brevet du talent de M. Désirabode était d'une séduction irrésistible. Je vous le demande, peut-on aller autre part
que chez lui pour se faire arracher une dent? — Lui dont les
doigts ont palpé les gencives augustes de Napoléon ! — Au moindre picotement du nerf de l'alvéole, — vite chez Désirabode ! —
Ça doit être une volupté que de se faire faire l'opération par lui.
— Ce grand cadre, avec son fond de velours noir, sur lequel
étaient éparpillés les trésors dentaires de Désirabode, avait l'air
d'un grand in-folio imprimé en caractères blancs. Les mâchoires,
avec leurs blanches et luisantes dents, en étaient les initiales ; les
dents isolées, — les points et virgules, — et la dent de l'Em-

6*

pereur, — un signe d'admiration. Certes, il faut être doué d'un
génie d'invention et de spéculation tout-à-fait parisien, pour avoir
réussi à donner de l'attrait à des choses qui vous rappellent la
scorie, la carie, la porosité, et ce qui en grande partie les cau-
sent, et surtout l'idée de dégoût et d'aversion qui s'attache à toute
particule du corps humain où la vie n'est plus.

Quant à l'enseigne que nous avons devant nous, elle est d'un
tiers plus grande que l'autre, et les frises de son riche cadre sont
garnies dans toute leur longueur de plusieurs milliers de dents.
Pour se les procurer, Désirabode a dû explorer bien des char-
niers. Sur l'enseigne en question, notre dentiste vise à la science.
Il donne des leçons de chirurgie aux passans. — Il dit que voilà
des râteliers en cheval marin, en vache marine, et plus fort que
cela, en hippopotame; que voici des *anomalies*, des *vicieuses*,
des *surnuméraires*, des *monstruosités*, que sais-je? — Tout cela
est loin de compenser cependant la perte que le public a faite dans
la dent de Napoléon.

Que de séductions, que de sollicitations devant nous, jusques
et y compris le magasin de Bertin, le joaillier grand-seigneur.

Comme devant Chevet, comme devant le change des monnaies
du passage des Panoramas, il y a aussi une galerie d'amateurs
devant le petit garde - meuble de Bertin, mais la curiosité de
ceux-ci n'est pas la curiosité de ceux-là. Elle est hébétée chez
l'homme du peuple et chez le pauvre Jean-Jean qui se trouve, la
première fois de sa vie, en garnison à Paris; elle est finement es-
timative chez l'homme comme il faut, vive et pour ainsi dire fure-
teuse chez cette espèce d'élégans nomades toujours sur le pavé,
jamais au logis (s'ils en ont un), qui, riches un jour, presque
mendians un autre jour, mènent vie joyeuse pourtant, et dont,
au résumé, il n'est pas facile de deviner l'existence problématique. Ils sont bons ou méchans selon l'ampleur ou la maigreur de
leurs bourses. Dans une lune de bonnes aubaines, ils tendent la
main à celui qui demande, et même à celui qui ne demande pas,
sans que jamais ils en exigent de la reconnaissance, sans savoir
même ce qu'on entend par le mot reconnaissance; qu'ils soient à

cet égard débiteurs ou créanciers, peu leur importe. Nous n'en
parlons un peu au long que parce que nous les connaissons bien
et que nous en démêlons un parmi les quelques curieux en extase
devant les richesses de Bertin.

Notre mauvais sujet donne le bras à la partenaire de son existence ambiguë, la sémillante grisette de Paris. Celle-ci, on la
reconnaît tout de suite à je ne sais quoi de frétillant, de gai, d'impatient et d'aventureux. Elle veut avoir quelque chose de chez
Bertin et désigne ce quelque chose du doigt. Il y a seulement un
an, elle l'aurait peut-être eu. C'était si vite fait ! Pour rien, —
pour un point de plus, pour un point de moins. — Parbleu,
rien n'était plus facile ! La roulette, ou la rouge et la noire réparties entre les joailliers Lefranc, Doux et Bertin, eussent payé la
coûteuse emplète, ou si non, non ; mademoiselle une telle eût pa-
tienté, brodé, cousu, et si le produit de ses nuits-blanches eût
pu seulement monter au prix d'un billet des secondes galeries de
l'Opéra, à un dîner chez Richefeu (1) avec la douzaine d'huîtres
et la demi-bouteille d'Aï, elle eût régalé son amant de toutes
ces joies de second ordre; mais, au cas que les pratiques eussent augmenté, elle aurait été heureuse de pouvoir offrir au
bon ami un beau gilet en fil d'écosse, acheté dans cet atelier de
tailleur qui a de quoi habiller cinquante noces, et qu'on aperçoit
quelques mètres plus bas. Oui, la grisette de Paris ferait tous
ces sacrifices. Du reste, vous savez que c'est l'être le plus fantasque qu'on connaisse, — qu'elle est bonne sans le savoir, vicieuse sans s'en douter, esprit fort sur le dire de ses amans,
patiente et résignée comme une martyre lorsqu'elle est pauvre,
et faisant florès de l'existence lorsqu'elle est riche; friande de
plaisirs à l'excès, elle n'adore pourtant l'argent que comme
moyen, le méprise comme but, aime par-delà le bagne et saute
dans la Seine quand on ne l'aime plus ! Il lui faut la lumière du
jour comme à tout le monde, mais il lui faut l'amour autrement qu'à tout le monde ; si l'amour tel qu'elle le rêve lui man-

(1) Table d'hôte à deux francs, no 167.

que, elle ne veut plus de cette lumière du jour bonne pour tout
le monde. Étrange créature! Créature paradoxale! Sœur et
amante à la fois. Quand elle aime, c'est toujours l'âme à fleur
du baiser.

Quant à son bon ami, — il est homme, c'est-à-dire, sauf respect, un scélérat tout naïf. Ainsi fait, il aime d'abord hors de
raison, puis autant que raisonnablement il peut aimer, ensuite,
tant que raisonnablement il doit aimer ; après quoi il s'émancipe
tout d'un coup par un sauve qui peut, et va à la maraude ailleurs.

Mais supposons que le bon ami qui donne le bras à la jolie
grisette soit encore dans la première de ces trois périodes d'a-
mour, supposons-le il y a un an s'en retournant avec beaucoup
d'or de son excursion au nº 129 ou 154. Oh! alors, joli chapeau, mantille élégante, ceinture et boucle au goût du jour n'auraient garde de manquer! Que dis-je! montre d'or à cadran d'é-
mail avec crochet et accessoires viendraient sérieusement, fièrement, aristocratiquement se coller contre la cambrure d'une taille
charmante, divine, — cela va sans dire! jamais grisette de Paris
n'en a une mal tournée.

Donc, regrets éternels pour le bon ami depuis que le règne des
maisons de jeu a passé. Regrets éternels pour la grisette gémissant
sous le coup de l'ordonnance du 1er janvier 1838. — A cette époque, la roulette et la rouge et la noire vous versaient une fortune
dans la poche sans que vous eussiez besoin de dire merci. — A cette
époque, le bon ami tout heureux, tout coloré de la lutte passionnée du jeu, serait entré, la tête haute, chez l'horloger Ingold,
que recommande si bien son vestibule de style anglais, et il aurait
acheté la montre. Mais aujourd'hui, dans ce dévôt Paris, qui,
d'un côté, pactise avec le diable, et, de l'autre côté, le triche par
des votes législatifs moraux, il n'y a plus rien à faire.

De chez Ingold, notre élégant nomade serait allé rétablir l'é-
quilibre de ses esprits dans le plus proche café, qui est celui de
Valois ; et comme il aurait demandé de ceci, de cela! et comme
il aurait jasé avec la bonne amie! et comme il aurait compté et

recompté *in petto* ce que le croupier lui aurait lâché en numéraire
et en billets de banque!

A propos, il y a au café Valois une charmante actrice à la solde
de l'industrie : c'est la poupée parée et toute vivante de cette
bonbonnière un peu fanée, laquelle poupée, une plume à la main,
chiffre, additionne, souligne, et sourit traîtreusement aux jeunes,
aux vieux, aux beaux, aux laids, à tout le monde. On passe
et on repasse devant ce café Valois ; on s'arrête, et puis on
lorgne la belle dame du comptoir. Vous concevez qu'on a quelquefois envie de boire, comme on a envie de danser lorsqu'on
met pied à terre après une forte manœuvre de cavalerie, et
soyez sûr qu'on entrera au café Valois et qu'on boira ; mais aussi
s'est-on miré de près dans les plus beaux yeux peut-être de tout le
quartier, et a-t-on eu un des sourires mercenaires les plus agréa-
bles qu'on puisse désirer ; et tout cela pour la bagatelle de quelques gros sous.

Quand Charles X régnait, le café Valois avait l'honneur d'être
le rendez-vous de la jeunesse titrée d'alors. Depuis que le bon ton
est en exil volontaire, je ne sais où, le café Valois a pris le parti
de rester stationnaire sous le rapport du luxe : il n'en a pas voulu ;
on dirait qu'il s'est demandé pour qui ? — Et au fond, à quoi
bon ? — C'est sa jeune bourgeoise qui est du luxe : c'est, de
toutes les fantaisies du Palais-Royal, celle qui est le plus gentille-
ment confectionnée. Nous disons confectionnée, puisqu'elle n'est
autre chose que l'enseigne à ressorts d'un coiffeur, comme aussi
elle n'est autre chose que l'emblème vivant de la publicité ; et en
France, vous le savez, sans la publicité, point de salut.

En voyant toutes ses pareilles dans Paris, toujours seules à
leurs comptoirs, on se demande : « Et leurs maris, où restent-
ils donc ? » — Que sais-je ? Ils sont invisibles comme les compères d'une acoustique. Ce divorce de neuf heures du matin à minuit dure jusqu'à ce que le couple matrimonial devienne riche et
se retire de ce qu'on appelle les affaires. Mais alors l'âge des époux
ne peut leur procurer tout au plus que la sieste du cœur (supposé
qu'ils en soient pourvus), sans qu'ils aient jamais connu aucun

6*

des banquets enivrans de l'amour. Quant aux enfans que le devoir
marital a procréés, ils sont en nourrice dans la banlieue de Paris,
ils sont biberonnés dans la banlieue de Paris, fouettés dans la
banlieue de Paris; et, devenus grands, vous les voyez les dimanches descendre au comptoir, frisés, attifés, pomponnés, afin de
recevoir le tribut banal du baiser maternel. C'est joli, cela fait
tableau. Cet étalage de sentimentalités profite au commerce : les
hommes aiment à voir agir la femme dans la sphère du bien, et
caresser, embrasser, c'est faire bien. Il y a tant de jolies choses
à voir dans ces actes de tendresse maternelle, surtout lorsque la
maman est jeune et belle, qu'on ne se lasse pas d'en être témoin.
Deux fraîches et jolies lèvres qui, pour se toucher, se plissent en
roses, est-il rien de plus attractif! — Aussi, pour voir la manœuvre à l'aise, on entre volontiers dans un café où l'on espère
jouir de ce spectacle; et lorsqu'on y entre, c'est pour consommer;
et lorsqu'on y consomme, ce n'est pas gratis. — C'est donc à peu
près de la sorte que s'écoule l'existence de la plupart des bourgeois de Paris! Du fard et des grimaces, savez-vous que c'est
triste à voir, triste à penser? Cet état de choses ira-t-il en empirant?
nous voudrions ne point le croire; mais si, pour toute l'Europe,
on ne le craint pas encore, pour la France, il faut le craindre.

Le commerce et l'industrie sont certainement de fort beaux
chapitres de l'économie sociale; qui dit le contraire? Mais on
ne me prouvera pas que les nations qui s'y adonnent exclusivement et avec passion brillent par beaucoup de vertus, qu'elles
soient loyales dans toutes leurs actions, et qu'elles aient bon
cœur, si on peut le dire. Pour définir la foi de Carthage, les anciens avaient inventé un mot. L'Angleterre a vendu Parga à Ali
Tébélène, et bombardé Copenhague en pleine paix. Avant le bill
de la réforme, on égorgeait à Londres un homme pour une fausse
signature. Tout récemment, le commerce britannique a été dé-
claré infâme en Chine. L'Europe n'a pas dit non. — Les Hollandais marchaient sur la croix à Nangazaki. — La contrée qui, il
n'y a pas long-temps, a fourni au monde un phénomène inouï
d'économie politique et de mauvaise foi financière, est la plus pau-

vre en actions généreuses, en urbanité, en sociabilité (1) ; la plus
mal partagée sous le rapport des beaux-arts ; l'amour et l'amitié
s'y débitent argent sur table. C'est là qu'à côté de la rudesse républicaine la plus rêche règne une hypocrite dissolution de
mœurs (2). Les seules âmes bien placées qu'il y ait dans les Etats
de l'Union américaine sont les abolitionistes, qui, en récompense de leur élan généreux, ont la potence pour perspective ; et
on les y pend haut et ferme, sans forme de procès. Oh ! que tes
vertus sociales sont douces et agrestes, puissante république fédérative du nord de l'Amérique ! toi qu'on envie, toi qu'on proclame comme modèle parfait de sagesse gouvernementale !

En un mot, le mercantilisme est un métier dans lequel le cœur
prend les qualités de la pierre ponce : — tout ce qui s'y frotte
reste à la superficie, mais ne pénètre pas dans les pores. Dites,
peut-il y avoir dans ce gagne-pain, que l'artifice sustente sans
cesse, beaucoup de fibres qui rendent un son pur lorsqu'elles sont
touchées par un objet étranger à l'intérêt, son unique pensée ?
Quel sang communique le boutiquier à sa progéniture ?... un sang
épaissi par le manque d'exercice, un sang visqueux et sans chaleur, — des organes intellectuels négatifs, ne fonctionnant que dans
une spécialité unique, dans le tir à blanc sur la bourse du prochain, dans le calcul sur l'insatiabilité humaine pour la jouissance. N'ayant que de l'ironie pour tout ce qui n'amène pas un
écu dans sa poche, le boutiquier ne croit pas ; pour lui, la religion n'est qu'une rivale en fourberie ; dans le sens moral même,
il prise sa vocation au-dessus de celle du sacerdoce ; — car, pen-
se-t-il, si je prends, je donne aussi ; et le prêtre prend, mais ne

_____

(1) Voilà ce que Washington Irving, dans un de ses ouvrages, dit des
Américains.

« The spirit of trafic is graduelly envelloping every thing in the coun-
try in its sordid grasp. — An evident dishonesty of sentiment parvades
the public itself, which is beginning to regards acts of privats delicacy
with dangerous indifference. »

(2) Voyez les richards des grandes villes de l'Union qui entretiennent
des sérails en l'alimentant sans cesse de jolies *quarteronnes.*

donne rien. Sans les splendeurs et le faste que déploie le catholicisme dans ses cérémonies, les bijoutiers, les orfèvres, les brodeurs, et les manufacturiers de toute dénomination, eussent voté en masse le paganisme. Et pourtant, cette vaste corporation d'égoïstes envoie des députés à la chambre ; cette engeance s'y assied elle-même. Dites-moi s'il y a là une âme, une foi, une croyance ?
— Comme individu, rarement ; comme corps, jamais. Cela écorche et cela digère, cela soulève de pitié les épaules au nom d'un Châteaubriand, au nom d'un Lamartine ; — cela évite avec soin d'être obligé pour ne pas obliger ; cela vit, s'enrichit et jouit lorsque la besogne marche ; ou bien cela dépérit, cela meurt, cela se tue même lorsque la besogne va mal.

Au fait, si le boutiquier de Paris est tout ce que nous avons dit de lui, qu'il le soit ; mais n'est-il pas responsable devant Dieu de spolier le cœur de sa femme en l'attelant comme une bête de somme à ses calculs d'intérêts ?

La règle de trois immuable de la femme ne devrait-elle pas donner pour résultat la suivante déduction morale :

« La mise au monde de mes enfans m'a coûté, en douleurs
» physiques, tant ; — l'indifférence de mon mari à mon égard
» m'a coûté, en larmes, tant ; — l'amour de mes enfans me rap-
» portera un jour, tant ; — somme toute, beaucoup de souf-
» france, un peu de soulagement. »

Ou si, plus fortunée, elle dit : « L'humeur morose et les bou-
» tades de mon mari m'ont fait pleurer en cachette, tant de fois ;
» — mes caresses et celles de mes enfans l'ont fait sourire tant
» de fois. Puisons dans mon cœur de l'amour tant. — donnons-
» le lui en entier, et nous aurons de la sérénité pour le reste de
» nos jours. » Voilà la vocation de la femme. Et qu'en a-t-il fait,
l'industriel de Paris ? il l'a vissée à un comptoir — il l'a initiée
aux cours de la Bourse. Du reste elle ne fait, du matin au soir,
que ranger pile par pile les écus, pile par pile les louis, et ses
mains sont salies par le contact fréquent des métaux ; la douce
langueur de ses yeux s'est perdue, l'avidité les a écarquillés ; —
l'appréhension constante d'être trompée fait que son regard est

comme le regard d'une mauvaise conscience, que ses gestes manquent d'harmonie, que tout ce qu'elle fait est disgracieux. Se sachant riche, elle a pensé qu'il était de sa dignité d'être fière et hautaine, et son abord le dit assez ; ce ridicule, joint à l'occupation sérieuse de sa vie, lui a déferlé la lèvre inférieure, lui a refoulé le sang aux joues, et ses joues sont rougeaudes. Le tic particulier au cartilage du nez, qui est celui de s'alonger à mesure que la pensée se concentre sous le crâne, a communiqué aux cavités des méplats une ombre plus prononcée. Pour tout dire enfin, — elle est laide ; mais de cette laideur que les passions viles impriment à la longue. — Cette créature d'un sexe qui n'en est pas un, aime-t-elle quelqu'un, aime-t-elle quelque chose, à part sa marchandise ? — impossible ! S'attendrit - elle quelquefois ? oh ! oui beaucoup ! sur le sort des pauvres christinos lorsqu'on les bat bien, et pour cause : — son mari étant porteur de bons constitutionnels de tous les emprunts. — Pleure-t-elle quelquefois ? mais oui ! — lorsqu'elle commet une faute d'addition dans ses comptes ; prie-t-elle quelquefois ! jamais ! son Missel, c'est le livre qui traite du cours des monnaies du globe entier ; l'image en la vertu et aux miracles de laquelle elle croit, c'est l'effigie de la Sainte-Vierge qu'on voit sur les ducats de Hongrie.

Celui qui veut étudier cette femme de plus près n'a qu'à faire un tour dans le passage des Panoramas, et là où sans cesse il entendra la monotone cadence des pièces d'or, tombant sur des pièces d'or, qu'il s'arrête, car c'est là que se tient notre femme d'argent.

Il se pourrait qu'on dise : « Si l'auteur voulait relire cette philippique amère contre les boutiquiers de Paris, d'un trait de plume il bifferait tout. » — Non, loin de là ; il ajouterait. Et puis comment rester calme en traitant un sujet semblable ? on le peut, on le doit, — mais pour cela il faut avoir dans le corps, — au lieu de sang du lait, — au lieu de bile du miel. Au fait, il nous est bien permis, je pense, de nous fâcher un peu, à nous pécheurs, puisque Jésus-Christ ne put se contenir à la vue

des marchands pénétrant dans le temple et y exerçant leur
égoïste industrie! Chose étrange! le Seigneur, durant sa vie terrestre, ne se fâcha qu'une seule fois, et ce fut précisément contre
les hommes du caducée.

Ceux qui ne reconnaissent dans les théories les plus élevées
de l'ordre social que la présence du positif, que l'autorité du
chiffre; ceux qui se nichent dans la vie, coûte que coûte, sans
songer un instant qu'un jour viendra où il leur faudra aller vivre
autre part, — ceux-là (et le nombre en est très-imposant) se riront
à leur aise de toutes ces réflexions sur le commerce ; — soit; mais
il est certain qu'il y a plus d'individualisme pratique dans tel magasin de Paris que dans toutes les leçons de plate égologie que
nous a laissées dans ses écrits le chancelier Bacon, d'impure mémoire.

Cependant, malgré tout ce que nous en pourrons dire, notre
judiciaire court grandement les chances du discrédit, comme étant
en opposition directe avec des millions de convictions; et pour
que ces convictions se modifient seulement, il ne faudrait rien
moins qu'une transfiguration morale de la société, il faudrait que
d'un élan elle se rappelât à l'ordre, ou que de grands génies l'y
rappelassent. — Si jamais ce miracle arrivait, ce serait l'époque où l'âme aurait été reconnue valoir plus que la chair ; alors
les besoins de cette chair n'étant plus aussi ardens, le luxe
impertinent et raffiné des grandes capitales serait le premier à
en souffrir, et partant l'industrialisme. Mais, en attendant, il
triomphe, il chante victoire; ses trophées, nous les avons vus
en partie dans nos promenades sur les boulevards et au Palais-
Royal. — Il nous reste encore à visiter l'opulente galerie d'Orléans, qui sera comme le dernier verre peint d'une lanterne
magique.

La galerie d'Orléans borne le jardin du Palais-Royal au midi.
— Figurez-vous un bâtiment carré plus long que large, dont
les murs sont en verre, le toit également en verre. Il repose sur
des pilastres d'ordre ionique qui soutiennent une attique sur
lequel blanchissent de distance en distance des vases de marbre

remplis de fleurs. Telle apparaît à l'extérieur la galerie d'Orléans.

N'ayant plus rien à faire vis-à-vis le café Valois, où nous vous avons si long-temps retenu par le bouton de votre habit, vous suivrez nécessairement le courant de la foule qui se perd dans le vestibule de l'élégant édifice ; c'est là que vous attendent pour vous en faire les honneurs tout un escadron de coquettes mercières, d'accortes bimbelotières, de jolies marchandes de pâtes et de savons parfumés, etc. Elles sont là comme une livrée nombreuse qui, bâillant, riant ou causant, patiente dans l'antichambre d'un salon aristocratique. — La galerie est belle, spacieuse, magnifiquement cintrée, richement décorée ! Si vous aimez beaucoup votre propre image (et depuis Narcisse le dameret jusqu'à nous, l'amour pour notre enveloppe a très-peu baissé), elle se reflète à tous les quatre pas dans les pilastres en miroirs qui servent de lignes de démarcation entre les magasins. L'effet surtout en est magique, lorsque, la nuit venue, chaque quinquet, coiffé de sa boule de verre, reçoit son panache lumineux de gaz. Nous vous faisons grâce de la nomenclature des myriades d'objets de luxe et de fantaisie qui vous parlent, vous appellent, vous invitent de tous les côtés ; mais il faut bien que vous nous passiez encore une très-courte station que nous proposons de faire devant... Voyons ! à quelle boutique jeter le mouchoir ? — Eh ! pourquoi pas à ce magasin à main gauche, qui est celui d'un tailleur du roi ? Vous voyez encore un officier du château, car notez que, malgré juillet et ses œuvres, tout ce qui aune et façonne ce qui est auné, tout ce qui tisse, tanne, teint, peint, dore, polit, fourbit, sculpte, tout cela penche furieusement vers le royalisme, parce qu'il présente une perspective d'or, de diamans, d'hermine, de velours, — le tout proprettement enveloppé dans une liste civile de douze millions. Notre choix est donc tombé sur un tailleur des Tuileries qui, eu égard à l'emploi qu'il exerce, au talent et au goût dont il fait preuve, n'est ni de taille ni de qualité à être mis à l'ombre.

Vous voyez chez lui des mannequins habillés, raides comme des caporaux autrichiens ; il y en a de grands, de moyens,

6*

de petits ; ils sont coiffés des plus élégans bonnets , confectionnés
en cachemire ou brodés d'or ; on ne peut rien imaginer de plus
riche. Du châssis de la haute et large croisée tombe une grande
nappe de drap écarlate. Vous donner une idée nette de l'exquise
qualité de ce chef-d'œuvre de tisseranderie serait peine perdue ;
qu'il vous suffise de savoir que le prix d'une seule aune de ce
drap est de 200 francs ! oui, monsieur, 200 francs ! comme le prix
de ces robes de chambre d'hommes avec lesquelles on a affublé
les mannequins est de 1500 à 2000 fr. pièce. — C'est Lyon qui en
a fourni la riche étoffe , c'est Paris qui en a fourni la façon. Tout
ce que l'appât du gain , stimulé par la concurrence , a imaginé de
plus prestigieux en dessins se trouve hiéroglyphé sur cette étoffe !
Et ne croyez pas que ce soient les doigts roses et effilés de quelques nymphes qui ont travaillé à cela? Pas le moins du monde !
Ce sont les mains calleuses de l'ouvrier de Lyon qui manie dextrement la navette, lorsqu'on le paie bien, et qui manie tout aussi
adroitement les pavés-projectiles et le fusil de munition, lorsqu'on
le paie mal et que les improvisateurs d'émeutes l'endoctrinent
bien.

Dans la plus attachante promiscuité des articles de mode que
l'étranger admire avec raison chez ce tailleur de la liste civile ,
nous avons remarqué un jour une espèce de camisole à manches
qui , à la première vue , nous a tout bonnement semblé être de la
molle et délicate flanelle anglaise. C'est , pensions-nous , ou un
végétal ou un animal qui a fourni la matière première. Pas du
tout, monsieur. Une étiquette imprimée nous a appris que l'étoffe
de cette camisole était composée d'un tissu obtenu de tégumens
de je ne sais plus quelle coquille de mer. Si c'est une mystification,
— elle est fameuse ! Sinon, prosternons-nous devant l'industrie
française ; mais ne lâchons pas de notre bourse les trois ou quatre
cents francs que coûte ce caprice du luxe moderne.

La vue s'égare, s'éparpille, s'insurge pour ainsi dire, en courant la prétentaine de droite à gauche, de gauche à droite ; l'œil
louche en voulant voir à la fois dix objets, cent objets, tous beaux,
tous admirables.

Voyez ces délices que les modistes exposent ; ils doivent causer de mauvais rêves aux dames dont les seigneurs et maîtres ne sont plus maris-amans, mais maris tout court. Vraiment, on regrette presque d'avoir été doué par la nature de ce menton strigiliforme, bon à frotter des parquets, ce maudit signe de souveraineté nous défendant de nous coiffer de ces chapeaux, de ces bérets, de ces toques, de ces turbans. Pour les orner, l'Éthiopien a tué la stupide autruche, l'Indien a pris dans ses lacets l'ange des oiseaux ; pour confectionner la dentelle de ces coquets bonnets, le Flamand gagne parfois la goutte-sereine ; mais, pour un seul des besoins crians de l'amour-propre et de la vanité, périssent des millions d'autruches, périssent des millions d'oiseaux de paradis, et deviennent myopes ou crèvent même des milliers d'yeux flamands.

Les contrastes ne manquent pas non plus dans la galerie d'Orléans. Mur à mur avec une marchande de modes, vit en bon voisin un libraire ; et on voit une bible toucher presque à un colifichet de femme valant 1,000 francs. Les écrits de sainte Thérèse reposent en parfaite harmonie avec la *Prostitution de Paris*, par le docteur Parent-Duchâtelet.

Au nº 26, est le fameux Sakoski, visiblement protégé par saint Crépin, peignant des chaussures plutôt que les confectionnant, tant le moelleux des formes et la régularité des coutures en sont bien conditionnés. — En face de son atelier, sont plusieurs boutiques de nettoyage et de cirage anglais. — Vingt garçons, brosses à la main, vernissent toute la sainte journée les chaussures du public, et les chalands y abondent. C'est une rage de se faire rendre la botte luisante pour l'avoir crottée cinq minutes après, et c'est plutôt par désœuvrement que par besoin de propreté. — N'étaient là les journaux que vous parcourez pendant qu'on vous cire et recire, les entreprises de ce genre prospéreraient difficilement. — En arpentant un soir la galerie d'Orléans tout en long, j'y ai attrapé un bout de conversation entre deux jeunes gens, qui finissait ainsi : — « Sais-tu quoi ? disait un de ces messieurs à son camarade, avant que la Déjazet paraisse en scène, entrons un

moment chez le décrotteur pour nous faire donner un coup de
brosse et apprendre ce que nous chante ce soir le *Messager*. »

En quittant la voûte transparente de la galerie pour entrer sous
la voûte opaque du péristyle, un peu à gauche, plus bas que
Chevet, tout à côté de Barba, on aperçoit une ligne de petites
portes numérotées. — Ce sont les cabinets privés. — Il n'y a pas
de besoin à la satisfaction prompte duquel l'industrie n'ait songé,
et il vous paraîtra aussi bien bizarre qu'un charmant petit cabinet,
plein des fleurs les plus rares, ait consenti à prendre gîte tout à
côté de ces lieux qui, par leur étrange destination, devraient être
en état d'hostilité incessante avec l'odorat. — Une fleuriste, tant
soit peu philosophe, morte depuis plus d'un an, vous faisait les
honneurs du joli réduit qui prospère modestement dans l'angle
du péristyle. — Désirez-vous en savoir davantage sur la défunte?
Cherchez dans le *Journal des Débats* un article nécrologique qui
la concerne. Article si touchant! — Regrets et fleurs! — L'auteur, sans y penser, en a embaumé la mémoire de cette pauvre
femme en lui donnant le serre-main d'adieu.

Après avoir touché un mot sur l'intéressante marchande de
fleurs, nous pensions sortir du Palais-Royal, lorsque, au détour
d'un pilier nous nous trouvâmes face à face avec la Longue Barbe
du Palais-Royal. — Qui barbe, comment barbe? — Voici. —
Cette barbe est la propriété d'un certain M. Chodruc-Duclos qui,
à certaines heures de la journée, fait sa tournée dans les galeries.
C'est un individu à la redingote râpée, aux bottes éplorées, au
chapeau piteux, à la physionomie et au regard diogénique. On
dirait qu'il cherche aussi un homme, lui, comme son maître, le
locataire du tonneau. — D'après une version généralement accré-
ditée, M. Chodruc-Duclos était, dans son bon temps, un homme
brillant, un lion, un duelliste. Il aurait eu pour amis les puissans
de l'époque. Aujourd'hui, vieux, inoffensif, tout seul, sans amis,
pauvre ou riche, on ne sait pas au juste, jouant le rôle de l'Alceste de Molière, ou Alceste par conviction, il a endossé la livrée
de l'indigent au mépris de l'opinion de tout ce qui est monde.
— Si les épreuves par lesquelles il a passé ont été par trop meur-

trissantes, cette bizarrerie de misanthrope n'a rien qui nous sur-
prenne ; elle est un besoin chez certains esprits trop prompts à se
révolter. L'expérience, cet abécédaire illustré de la vie, dès qu'à
ses propres dépens on l'a appris par cœur, on le ferme, et on
s'enferme en soi-même.

En conscience, il resterait encore à explorer plus d'un coin
du Palais-Royal ; mais la crainte de l'uniformité nous arrête.
— Ordinairement ces sortes d'aveux préparent le lecteur à
une transition. — Nous hésitons à le dire, mais nous n'en sommes pas encore là. Bien que nous ayons déjà quitté le Palais-
Royal, nous avons encore un compte à régler avec l'industrie ;
car, si l'auteur vous a fait à peu près voir ce qu'elle *peut*, il ne
vous a pas dit ce qu'il lui en coûte pour *pouvoir*, c'est-à-dire pour
réussir. Et, pour réussir, il faut user de la flatterie d'un épa-
gneul, de la perspicacité du renard, de la câlinerie du chat, de
la persévérance de la mite et d'une patience dans l'attente aussi
stoïque que celle de l'araignée. — Avoir de la beauté, c'est beaucoup ; mais être charmante au possible, c'est plus, et ce vœu de
charmer se révèle dans l'étalage. Il se révèle chez le charcutier
et chez la modiste, chez le confiseur et chez l'armurier, chez le
plumassier et l'opticien. — C'est toujours et partout, des grâces, de l'esprit, de l'originalité, et surtout c'est l'observation
stricte de la pose et des effets de lumière. — L'art de l'étalagiste a spéculé sur la première étincelle de l'impression ; — son
but a été de paralyser la faculté de réfléchir. — Il faut que le
passant regarde, désire et achète. Qui a donc révélé cet art à
l'étalagiste ? La peur de rester en arrière des autres, le bon goût
inné du Français pour l'élégance, et le perfectionnement graduel
qui file d'une pensée toujours tendue, et tournant sans cesse dans
le même sens pour l'obtention d'un même résultat.

Prenez au hasard un fabricant de chocolat, par exemple ; il
vous montre sa marchandise en postillons, en soldats, en canons,
chevaux, grands hommes, obélisques, etc. Bon ! mais il a jugé
que ce n'était pas encore assez impressionnable ; alors qu'a-t-il fait ?
— Il a imaginé d'initier le passant aux secrets de son industrie,

7

en mettant en évidence un superbe appareil à deux cylindres de fer poli, qui, mis en rotation par une force motrice invisible (là, devant vous, sans malice aucune) broient le cacao. Il a voulu que vous lui tinssiez compte de sa franchise. — Et puis, l'appareil lui-même est si beau, qu'on préjuge bien de ses produits.

Passons au charcutier. — Voici un étalage. — Un grand vase de cristal plein d'eau, qu'un rayon de gaz perce d'outre en outre, jette ses vives lueurs sur la macédoine de chairs dont la boutique est bourrée; chairs si lisses, si soignées, si décemment figurées, quoique chairs de cochon. — Dans le beau vase, nagent gaîment de jolis poissons d'or; et, du centre de son parquet jusqu'à son cintre, s'élève un éléphant avec sa tour et son cornac. Un sculpteur n'aurait rien à reprocher à ce joujou bizarre, quant à la perfection du modelé. — Il y a encore du cochon dans cela, car le blanc éléphant est fait de la graisse de l'ignoble pachyderme.

Passons à l'armurier. — Voulez-vous Lepage, voulez-vous Lefaucheux, ces deux premiers experts de France en la méthode de mettre proprement un homme à l'ombre, grâce à l'infaillibilité de leur savoir-faire? Oh! ils ne sont rien moins qu'arriérés en fait d'étalage, soyez-en assuré. Il y a, dans la physionomie d'une paire de pistolets *chanoinement* couchés dans une boîte d'ébène doublée de velours, quelque chose de si avenant, que cela vous donne presque envie de vous battre avec le badaud votre voisin, qui, comme vous, reste bouche béante devant le produit du métier *champêtre* que fait Lepage depuis tant d'années. La toute jolie, toute brillante balle que crache le canon rayé d'un Lepage, doit pénétrer dans la cervelle aussi gentiment qu'une boulette de chocolat praliné pénètre dans le gosier. Mais tout cela n'est encore qu'un bien mince échantillon. Regardez! De longs et robustes chevaliers armés de toutes pièces, visière baissée, font très-imposante figure dans les arsenaux de quelques armuriers de Paris. Bien plus, chaque chose se présente avec des convenances inattaquables sous tous les rapports; et que de choses il y a! Des fusils albanais et turcs, incrustés d'ivoire, d'or, garnis de

turquoises et de rubis; des *Paixhans* et des *Robert*, des espin-
goles d'Espagne, de bonnes vieilles lames de Tolède, des poignards de Venise, des armures de Benvenuto Cellini, et Dieu
sait quoi encore. On a beau faire, mais cela attire; — on a
beau faire, mais on finit par se laisser ruiner de bonne grâce.

On flâne, on flâne, et voilà qu'on est arrêté *ex-abrupto* devant quelque attrape. — Rien de si ingénieux! C'est un petit
temple : coupole, attique, corniche, fronton, colonnes, tout
y est, et les matériaux qui ont servi à son érection sont (qui
s'en serait douté?) des bas et des chaussons! oui, des bas de
soie, de coton, unis, à jour; des bas blancs, noirs, gris, cha-
mois, bigarrés. — Croiriez-vous qu'on voit aussi des bâtimens
dans les impostes, dont les matériaux se composent d'une chose
à laquelle, certes, jamais architecte n'aurait songé? — C'est une
mayonnaise; elle a la forme d'un kiosque. — Les deux toits su-
perposés sont un petit champignon, puis un grand champignon.
— La boule qui les couronne est une olive; les colonnes, des as-
perges; — les frises, du cresson; — les modillons, des queues
d'écrevisses; — enfin, les murs, des ailes de poulets et d'autres
bonnes choses. Que sais-je, moi?

Les étalages des plumassiers sont de véritables cabinets d'orni-
thologie. Il faut voir ces collections des plus rares oiseaux des
tropiques. — Il est impossible de remplir avec plus d'art les conditions de l'empaillage. — Tout cela est disposé avec ce profond savoir et ce tact parfait qui ne vise qu'à l'ensorcellement de
l'acheteur.

Mais ce qui nous a paru impertinent, à nous qui venions de
débarquer du 58° de latitude nord, c'est l'étalage des marchands
de pelleteries. Nous vouloir faire passer des écureuils et des chats
angoras teints pour de la martre-zibeline! — Allons donc! Faute
de bonne marchandise, ces messieurs vous empaillent des têtes
d'ours blancs, de loups, de tigres, leur plantent une paire
d'yeux de verre sous le front, et croient vous en imposer. Il est
pourtant juste de dire que les devantures de ces magasins sont ta-
pissées avec tant d'art, que cela ne manque pas de faire son effet

7.

accoutumé sur le Parisien, qui, lorsqu'il possède une pauvre four-
rure d'agnelet, se croit un personnage.

Chaque branche de commerce, telle importante ou telle chétive
qu'elle puisse être, vous a un mode d'étalage particulier. Oui
vraiment, c'est un art à part : — il y a de la philosophie dans cet
art. Allez acheter du thé dans un magasin de la rue de Castiglione
ou de Rivoli, vous vous croiriez dans l'habitation du gouverneur
de Macao : — style chinois partout ; des mannequins de man-
darins en grande toilette (orthodoxe au possible), vous y sourient
de tous les coins.

Descendez au plus bas de l'échelle mercantile, prenez une marchande de noisettes ; le fruit est à nu ou dans sa coquille, et, dans
cet état, exposé aux regards du consommateur. Tout le contenu de la boutique portative est rangé avec une symétrie et d'une
façon qui plaît aux yeux, par conséquent au palais.

Mais, bon Dieu ! que de pages j'aurais à tracer, et que de
patience il vous faudrait, à vous lecteur, si nous voulions entrer
dans tous les détails du système de l'étalage ; c'est pourquoi nous
allons abandonner ce sujet pour en aborder un autre, qu'on pourrait peut-être, sans trop d'irrévérence, intituler le *charlatanisme
de l'industrie*.

En général, — du charlatanisme ; il lui en faut, au Parisien.
En religion, en politique, en morale, en littérature, en sciences,
en arts, en choses sérieuses et frivoles, — il lui en faut. —
Aussi, en tout, partout et toujours, vous flairez l'odeur de l'or-
viétan. Il n'y a que le courage français qui, sous ce rapport, soit
sans alliage : — il est vrai, donc il est pur. Le charlatanisme a
poussé même l'impudence jusqu'à passer la grille du Père La-
chaise. Sur une tombe vous y lisez : « *Ci-gît la mère des trois
Dupin !* » C'est une de ces gaucheries classiques qui étonnent et
fâchent d'autant plus que l'idée immodeste dont elle est revêtue
émane de la part d'une association de mérites unanimement reconnus pour très-supérieurs. Dites donc, je vous prie, eux, les
trois Dupin vivans, vouloir passer pour des Gracques ! Comme
elle révèle la pensée mondaine, cette épitaphe ! la pensée attachée

à la glèbe de l'acte de vivre! si on peut s'exprimer ainsi. Or, si
le charlatanisme s'est glissé dans la douleur filiale de ces trois monopoleurs de vertus civiques (et ils s'en sont concédé le privilége
par cette arrogante inscription tumulaire), combien doit-il être
grand dans l'industrie! Mais le Parisien s'en arrange à merveille,
vu que le charlatanisme, comme nous l'avons dit, fait partie in-
tégrante de sa condition d'être.

Tout ce qui reluit n'est pas or, et ainsi de tant de belles choses
sur lesquelles l'étranger s'extasie, dans les premiers momens de
son séjour à Paris. Il incline d'abord son front devant la toute-
puissante souveraine de la métropole, devant l'industrie. Tout
l'éblouit en elle, formes, langage, moyen et but; mais laissez-le
s'acclimater un peu, attendez qu'il se blase : — alors il se mettra
à faire l'observateur, et il se convaincra que, dans mainte occasion, le Paris industriel traite son public comme si ce public
était le propre fils de M. de la Jobardière.

Pour son compte, l'auteur a éprouvé tout ce dont il vient de
parler, et la première fois qu'il crut découvrir un tour du charlatanisme industriel, ce fut à l'occasion du badigeonnage d'une
maison, qu'on rafraîchissait par un procédé réputé nouveau,
c'est-à-dire sur des échafaudages locomotifs ennoblis d'un nom
technique à plusieurs membres bien pompeux, bien ronflans, et
que l'auteur regrette de n'avoir pas noté. Quelle forfanterie! et
que d'embarras rien que pour établir l'appareil! et que de vis,
d'anses, de crocs, de barres de fer, d'anneaux, de gâches, de
pênes! Mais, pensions-nous, c'est la fin qui couronne l'œuvre;
— oui, mais cette fin n'est arrivée qu'à la fin de la sixième semaine. Ce sont de ces riens qu'un observateur demeurant à
Paris, et lui-même natif de Paris, ne peut saisir, vu l'absence
du contraste; — mais chez nous, où l'on recrépit et badigeonne
une maison de trois étages et de douze croisées de front en moins
de six jours sur de simples planches garnies de garde-fous et suspendues sur des câbles attachés à la toiture, un maçon qui ferait usage là-bas de leur savantissime procédé, serait hué jusqu'à en avoir des vertiges.

Nous sommes certainement loin de blâmer la marche du progrès qui reçoit son impulsion de l'esprit spéculatif de l'époque dans tout ce qui a rapport à nos besoins quotidiens, mais il est impossible de ne point critiquer les inventions prétentieuses et pédantesques dont se rend quelquefois coupable le raffinement de la civilisation. Je ne sais pas ce que gagnerait le bien-être général si l'on inventait, par exemple, une machine à raser?

Ayant donc été mis à même de saisir la mesure du charlatanisme industriel, à propos des échafaudages locomotifs, nous fûmes depuis constamment à sa piste, et nous l'avons espionné comme de francs mouchards.

Les épiciers de Paris qui sont les plastrons du commerce, auxquels lance des lardons qui veut, sont cependant plus francs dans leur métier que le reste de leurs confrères les marchands. Les premiers montrent peu, mais l'intérieur de leur boutique contient plus et mieux que l'extérieur ; tandis que chez les seconds, c'est tout le contraire. On fait à peu près ce raisonnement : « Puisque la marchandise que je vois exposée est si belle et en si grande quantité, que doit-ce donc être dans le sanctuaire même du temple? » Pas du tout, le temple est nu et vide comme une mosquée.

Chez Véry, chez l'illustre Véry même, nous avons souvent épié les manigances des garçons qui enlevaient périodiquement, de demi-heure en demi-heure, les plus rares et les plus coûteux comestibles de dessus l'étalage, et les mettaient de côté dans une cachette, pour donner au public une idée favorable de l'immense consommation qu'on en faisait dans la maison.

Un autre trait de charlatanisme, c'est l'indication du prix des marchandises. Une paire de chaussons vaut 19 sous, — et non pas un franc! Car le mot *franc* rebute, et ainsi des prix plus élevés. On évite surtout le chiffre 100 comme une fièvre jaune ; — 99 francs 19 sous n'ont pas un air aussi sinistre que 100 francs! Malgré la grossièreté de la ruse, elle agit de prime-abord sur la foule, parce qu'il n'y a rien d'aussi simple que la foule, sur trois choses ; sur l'intérêt, la médecine et la politique.

Un jour, à la porte d'un magasin (c'était aux boulevards) on emballait une immense quantité de cristaux et de porcelaines ; commis et garçons paraissaient fortement embesognés : les uns enveloppaient de paille la marchandise, les autres peignaient des signes et des lettres sur les couvercles des caisses ; tout cela pronostiquait bien pour la maison.

— En ont-ils des pratiques par ici ! dis-je à un Parisien de ma connaissance.

— Allons, que vous êtes bon, me répondit-il ; je me suis mêlé un peu du métier dans le temps, — je connais la maison ; un mois ne se passera pas qu'elle n'ait déposé son bilan au tribunal de commerce.

Il n'y a pas jusqu'à la petite revendeuse de fruits qui ne mette du charlatanisme dans son commerce ambulant. « Deux sous les pêches, deux sous les pêches, » s'égosille-t-elle à crier. Demandez-en ; et elle vous dit qu'elles valent trois sous. Si vous vous récriez, elle vous répondra naïvement : « C'est pour attirer les pratiques, monsieur. »

Il n'y a pas jusqu'au marchand de dattes qui ne mette à profit ce grand travers de l'industrie française. Vous voyez un drôle en costume de *kabyle*, il vous baragouine, Dieu sait quoi ! mais fâchez-le un peu, si vous pouvez, et il vous lancera des jurons français parfaitement corrects.

Un boulanger loue du monde pour qu'on ait l'air de faire queue à sa porte.

Un fabricant de cannes fait le fier en exposant une canne. Jonc phénomène, a-t-il écrit sur une étiquette ; prix : 3,000 francs ; qui en offrira une pareille aura 500 francs.

Un tailleur vous annonce dans un programme chamarré de vignettes, qu'il use un tiers de drap de moins que ses confrères, — et il dit vrai ; mais faites-vous faire un habit par lui, et vous aurez l'air d'un page du quatorzième siècle ; une manche sera d'une teinte foncée, l'autre d'une teinte claire, parce que l'exiguïté de l'étoffe lui prescrivant la plus stricte économie, il ne pourra avoir égard à la grande règle de l'art du tailleur, savoir : celle de ne point coudre les parties d'un habit à contre-poil.

Il faut croire sur parole ce calligraphe qui expose au public l'écriture en pattes de mouches d'une dame couronnée de par les mers, et comment elle écrivait mal, et comment lui, le calligraphe, lui a appris en six leçons à écrire bien; ce qu'il a soin de prouver à tous venants, en suspendant au-dessus de sa porte une enseigne où sont groupés des billets confidentiels de son auguste élève, adressés à son très-habile maître d'écriture, et qui témoignent des progrès étonnans qu'a faits ladite princesse dans la calligraphie. Jusques-là, le sieur un tel est en règle; mais ne voilà-t-il pas qu'un compétiteur d'égale force placarde, dans un autre quartier, une annonce dans le genre de celle que nous avons citée, avec une bonne provision de billets confidentiels signés des mêmes noms, prénoms et titre. Maintenant, où est le vrai, où est l'apocryphe? Tout ce manége est bien bouffon, — convenez-en?

Et qu'est-ce, s'il vous plaît, si ce n'est du charlatanisme, cette profusion de termes greco-latins les plus euphoniques, à propos d'un rien; les annonces et les enseignes en sont toutes remplies. Un porteur d'eau écrit sur son tonneau le mot *hydrophore* et crie en français *eau, eau!* Un fabricant de poèles s'appelle un ingénieur *caminologiste*. Les étameurs avec leurs casques de papier argenté, écrivent sur leurs charrettes *étamage polychrôme!* Du poison pour les mouches s'appelle de l'*insecto-mortifère;* de simples lampes de nuit, — des *astéares;* un onguent pour les cors, — *du topique coporostique*, et autres pareils.

Mais si nous blâmons toutes ces gasconnades industrielles, comment ne pas châtier, au moins par des paroles, l'impudence de cet hôtelier qui eut le front d'airain d'exiger d'un Anglais vingt francs pour un potage, parce que le bol dans lequel ce potage fut présenté était censé avoir appartenu jadis à Louis XVIII! Comment ne pas proclamer l'avidité judaïque du propriétaire d'un hôtel de la rue de Rivoli qui se fit payer une douzaine d'huîtres 6 francs, tandis qu'elle coûte 8 sous! Pardieu, il l'a fait; — nous avons vu un de ses mémoires effrontément présenté à un voyageur, et le voyageur a payé. Des procédés de cette force nous les appelons, chez nous, — vol, vol tout court, vol à nu ; comme nous allons classer aussi dans la même catégorie certaines déloyautés coutumières dont les Français eux-mêmes accusent le commerce de Paris.

Si le marchand a des chiffres mystérieux sur ses ballots, il a aussi sa mimique, son alphabet de sourds-muets et sa phraséologie, qui, bien que toute française, est du *sanscrit* pour le chaland. L'index du patron élevé verticalement, le pouce imitant un crochet, le poignet fermé, le poignet ouvert, une contraction du front, un clignotement de l'œil disent au commis : surfaites double, surfaites triple, quintuple. N'est-ce pas là l'argot des *grinches* (1)?

Il faut savoir qu'il n'y a pas de clairvoyante au monde qui soit douée d'une vue plus perçante que le patron d'un grand magasin à Paris; par un seul regard jeté furtivement sur vous qui êtes venu acheter, il dénoue votre bourse, en compte le contenu, et sait, à quelques chiffres près, l'état présent de votre fortune, et là-dessus, il opère.

Il faut être soi-même au moins maître dans la loge franc-maçonnique de l'industrie pour pouvoir expliquer le sens caché du grand bandeau cabalistique dont elle s'étreint le front. — Mais il est une particularité dont on saisit facilement la portée et qui ne manque pas d'attirer l'attention de l'étranger, au moment même où il entre dans Paris, par la première barrière voulue, c'est le système des adresses. Si le nouveau venu lève la tête, il aperçoit la profession, le nom propre et le numéro de l'industriel perchés au haut d'un tuyau de cheminée; baisse-t-il la tête, l'adresse rampe à ses pieds, et de cette façon, il lit, à peine entré dans un faubourg de la ville :

BIBERONS ÉLASTIQUES.

THÉATRE DE M. COMTE.

MÉTHODE DU DOCTEUR ALBERT, ETC.

(1) Voleurs.

Et il signale tout cela jusque sur les barrières vertes qui entourent les arbres. Il peut même s'égarer dans les coins les plus
écartés, dans les rues éternellement marécageuses, dans ces rues
qu'on passe en se couvrant la figure de son mouchoir, et il n'é-
chappera pas à l'adresse, car sur un pan de muraille en ruines,
il lira encore :

Progrès de l'esprit. — Le pouvoir expirant, — rue de Lille.

*Les pronostics de M. Dupin à propos d'un fruit des entrailles
d'une princesse.*

L'adresse du pamphlet politique, comme vous voyez, aime à
respirer dans la sphère des ordures.

Dans les adresses asphaltiques, et elles ne manquent pas, il
y a plus qu'une idée de célébrité industrielle, — il y a une
arrière-pensée d'immortalité. Marchant sur le fond gris des
dalles, il peut arriver que la semelle de votre soulier frotte de
grosses majuscules, noires ou blanches, incrustées dans la pierre
artificielle ; le total de ces majuscules forme un nom, qui n'a
rien moins que le timbre harmonieux des hommes de Plutarque ;
mais c'est précisément à l'immortalité des hommes de Plutarque que vise le fabricant des pavés de bitume, et sur ce, il
paraphe son nom dans le granit qu'il a composé. Ces bons bourgeois de Paris ! Ils sont friands d'immortalité comme s'ils étaient
des obélisques incarnés.

Ces deux chapitres, uniquement consacrés à l'industrie, ont
peut-être le défaut d'être prolixes, d'être même, si l'on veut,
minutieusement chicaneurs, nous le sentons ; mais il y a, à certaines époques, chez certaines nations, des idées fixes, des pensées
uniques, des passions toutes brûlantes, qu'il est du devoir de
l'observateur de soumettre à l'épreuve de l'anatomie morale. Or,
pour bien saisir les aises que prend un peuple chez lui en filant sa grande vie sociale, à portes grandes ouvertes, il faut,
nous le répétons, avoir recours à l'anatomie morale, c'est-à-dire
nourrir l'observation de détails, et principalement suivre l'index
infaillible du caractère humain, — l'Intérêt, qui est un magicien
doué de la faculté de dénuder l'homme au simple attouchement

de sa baguette ; et la grande image de l'intérêt étant l'industrie, nous avons pensé qu'il fallait non-seulement énumérer pièce à pièce les ornemens de la toilette de cette idole du jour , mais aussi ne perdre de vue ni la qualité, ni la quantité de ses atours, ni l'art de savoir faire admirer l'ensemble de sa parure.

Force est donc de convenir que cette nation française est bien étrange! Elle a plus de braise dans la tête et dans le cœur que toutes les nations du vieux continent prises ensemble. Il y a surtout quatre phases à distinguer dans son existence historique , savoir : la phase chevaleresque , la phase révolutionnaire, la phase belliqueuse et la phase industrielle ; toutes les quatre au superlatif ! — Chevaleresque , elle a été sublime ; — révolutionnaire, elle a été hydrophobe ; — belliqueuse , elle a conquis l'Europe ; — industrielle, elle glace par son égoïsme.

Si nous eussions vu la France sous Napoléon, nous y aurions pris pour type un Bivouac ; — la vie étant là. — Aujourd'hui, nous avons pris pour type, la Boutique ; — la vie étant là.

CHAPITRE IV.

MOUVEMENT DE PARIS; SES FAITS ET GESTES DANS LES RUES.

C'est rapide, — c'est ardent, — c'est écumant. — On dirait le bassin d'une cataracte! Dans les rues, dans les passages, dans les jardins, sur les places, sur les quais, sur les ponts, sous les ponts, — hommes, bêtes, voitures, bâteaux, marchent, courent, roulent, glissent, et l'air vibre, et l'air est déchiré par des notes brèves, par des notes longues, et l'air est fatigué de bouffées de sons bizarres qui naissent et meurent soudain; et le pavé murmure toujours, et le pavé gémit ou tonne, grince ou siffle; et on ne se froisse pas, et on ne se brise pas, et on ne s'entre-détruit pas à chaque minute, à chaque seconde!

Cris de marchands ambulans, bulletins des nouvelles du jour, claquemens de fouet du fringant postillon, sons de trompette du conducteur de diligences, hennissemens des lourds étalons des *gondoles*, les gare! gare! du dandy en tilbury, les sons faux de la clarinette de l'aveugle, les sons glapissans de la serinette d'un autre aveugle, l'harmonie âpre de la vielle du Savoyard, le grondement des mille et mille roues de toutes sortes de véhicules....; et à tout cela pas de cesse. En un mot, des fourmillières d'hommes, des essaims d'hommes affairés comme des fourmis, infatigables comme des abeilles, allant vite à la recherche de la myrrhe et du miel de convention appelé *argent*, ou revenant, lestes et

dispos , chargés du précieux butin picoré comme on *sait* et comme
on *peut* ; et à Paris , on *sait* bien et on *peut* beaucoup.

Mais , pourra-t-on nous objecter, c'est de même partout. —
Je vous demande pardon. Madrid ne piétine ni ne bourdonne
comme Paris ; Constantinople ne remue ni ne bruit comme Londres, qui lui-même ne respire pas comme Paris. A Londres , il y
a un ordre dans le désordre , une méthode , une suite , par conséquent quelque chose de plus monotone dans la clabauderie. Madrid aime la sieste ou jouit de la volupté de *tremar el sol* (1) ; Madrid aime donc le repos du corps , le repos de la pensée. — C'est
la ville la plus sobre de paroles , et, chose bizarre, ceux des Es-
pagnols qui se sont sevrés de ces habitudes nationales ont imposé
à la masse indolente et peu parlante un genre de gouvernement
qui est tout ce qu'il y a de plus actif et de plus *commère* au
monde : comment il s'en tirera, cela reste à savoir. A Constantinople, on est assis sur ses talons, on rumine , on fume et on obéit
aux arrêts du destin. La civilisation l'a réveillé en sursaut de sa
léthargie ; — il bâille, mais il ne remue pas tout-à-fait. Nous allons voir ce qu'il deviendra par la suite, lorsque cette civilisation
l'aura dégourdi peu à peu.

Donc à Madrid , aussi bien qu'à Constantinople, il y a absence
de l'élément impulsif et des causes qui produisent le bruit. Mais
à Paris, oh! à Paris! c'est un carnaval d'enfer ! — Au centre , il
est tout vertige ; sur les rayons qui y convergent, il a une allure
plus décente ; à la circonférence, il ne donne signe de vie qu'à certains jours de la semaine. Or , pour bien tourbillonner, jetons-
nous bravement dans le centre.

Les rues Saint-Martin , Saint-Denis , Montorgueil et Montmartre sont celles où il pullule le plus de monde, où la vire-volte
est incessante, où le mouvement est le plus désordonné, le plus fou.
A voir cette foule bigarrée qui marche à faire suer les trottoirs,
à voir cette teinte générale de préoccupation sur les figures , cette
hâte dans les yeux qui regardent et semblent ne rien voir , ces

_____

(1) Se chauffer, jouir, se délecter au soleil.

gestes à part soi , ces chocs fréquens entre deux piétons marchant en sens contraire , à entendre ces jurons , ces cris, on dirait des locataires de Charenton en vacances. Ce sont des rues laborieuses que celles que nous avons citées ; on pourrait les comparer aux jours ouvrables du calendrier industriel de Paris , comme les rues de la Paix , de Rivoli , de Castiglione , la rue Royale et les boulevards en sont les dimanches et les fêtes. — Aussi nous a-t-il semblé que , dans les quatre premières , le type des physionomies est plus français que dans les cinq dernières. Là est le peuple , mais le peuple honnêtement imposé ; *la chair à citoyen* , comme on l'appelle à Paris, la pépinière des gardes nationaux, tandis que, dans les quartiers situés un peu plus au couchant , les foules sont plus mélangées ; là sont aussi les grands hôtels de la rue de Rivoli , où les millionnaires ennuyés et ennuyeux de la Grande-Ile vis-à-vis la France , viennent se coloniser.

Je sais à peu près l'air qu'on a lorsque , pour la première fois de sa vie , on se trouve en l'honorable compagnie du peuple travailleur qui se morfond au centre du Paris-Bourgeois ; et je le sais parce que je me suis vu dans un autre moi-même. Cet autre était un jeune Norvégien , mon compagnon de voyage depuis Francfort. (Plus tard vous en saurez davantage sur lui.) Il avait grande envie d'apprendre comment le soleil d'Occident mûrissait les hommes d'Occident. Au surplus , il connaissait Paris comme moi , — c'est-à-dire, au physique, par la complaisance du Guide Perpétuel à 12 sous , et , au moral , par les bontés de M. Paul de Kock.

Il arriva qu'à la première sortie dans la ville , je me rencontrai face à face avec ce mien camarade, dans une de ces diablesses de rues qui coupent en tous sens les quartiers les plus populeux de Paris ; et lui de rire, et moi de rire. — C'est que l'étonnement lui avait si drôlement vitrifié les yeux. Et mes yeux dans ses yeux, je me suis vu.

En général, ceux qui, de nos contrées, vont aux pays lointains, et particulièrement à Paris , disent à leur retour monts et merveilles de la grande ville ; et , dans la grande ville, rien ne leur va. Et tel était mon Norvégien.

— « Qu'est-ce que c'est que ces physionomies que je vois circuler dans les rues ? disait-il. Je voudrais leur voir cet air ouvert, cet air placide qui semble le premier salut de la bien-venue,
comme j'en vois chez nous, et je ne rencontre partout que le regard lourd de l'indifférence. »

Il y avait un peu de vrai dans l'observation de mon ami le Norvégien. Il est surtout des jours à Paris où l'on se brûle, pour
ainsi dire, à des regards qui vous mesurent du sommet de la tête
jusqu'à l'orteil, comme avec un mètre. On croit y apercevoir
même je ne sais quelle nuance d'inimitié ou d'impertinence.

Évitez les marcheurs à allure preste, — particulièrement ceux
qui courent les mains dans les poches et la tête basse ; ne leur demandez jamais votre chemin, car vous risquez une rebuffade ou
une indication brève, jetée comme une aumône. Ce n'est pas que
nous voulions trop généraliser notre accusation. Oh ! non, au
contraire, à toute question adressée dans les rues, — réponse
polie. Mais lorsqu'à une requête faite d'un ton humble comme
celle-ci :

Monsieur, voulez-vous bien avoir l'extrême bonté de me dire
où sont les Champs-Élysées ? — on vous répond comme à moi :

— Mais je suppose, monsieur, là où tout le monde est heureux.

Et à cette autre question :

— Où est la rue du Musc (1), s'il vous plaît ? — Réponse :

— Là où il put fort !

Avouez que l'envie vous passera de courir de nouveau les
chances de deux répliques aussi peu courtoises, bien que saupou-
drées de leur piquant sel parisien. — Mais d'un autre coté, il faut
savoir que cette mésaventure m'arriva au 1er du mois, et apprenez que le 15 et le 1er de chaque mois ne sont rien moins que
propices pour questionner les gens à Paris sur la situation de telle
ou telle rue. Ce sont des jours d'échéance où les engagemens
signés et les engagemens sur parole se réalisent entre les contrac-

(1) C'est une des rues les plus puantes de Paris.

tans, bourse déliée. — Jours d'affaires, jours de préoccupation et
de hâte générale. — C'était donc une mésaventure, pas autre
chose. — Il est très-possible que nous nous soyons frottés
contre cette brusquerie quasi-républicaine en dérangeant probablement ou un zéro, ou un chiffre de quelque spéculation superbe, ou en froissant les ressorts de quelque modèle de machine
infernale ou d'un fusil-canne en voie d'exécution. Il est par conséquent tout naturel qu'on ne réponde pas, dans ces sortes de cas,
par une politesse, à un importun qui vient caramboler comme un
hanneton avec votre idée fixe, au détour d'une borne.

Si vous avez la bonhomie de demander votre chemin à un cocher de fiacre, il vous dira que sa *bête* a une excellente mémoire
pour les localités, mais que lui l'a mauvaise.

Les indicateurs les plus serviables, selon nous, sont les marchandes de ces petites boutiques en pot-pourri, dites *des quatre
saisons*, et qu'on rencontre à chaque pas; si elles connaissent la
rue que vous demandez elles ne refuseront pas les renseignemens,
mais finiront toujours avec leur éternel : « Monsieur désire-t-il
quelque chose? et vous serez obligé de désirer soit une poire, soit
un quarteron de Rocquefort, soit tout autre rien dans cette boutique de rien. — Sous le rapport de la sociabilité de rencontre,
c'est toujours la gent flâneuse qui est le plus débonnaire, et elle se
laisse si facilement deviner !

Les quartiers que nous exploitons sont aussi de véritables ma-
nufactures en plein air, l'étameur avec son réchaud, son soufflet
et tout son appareil portatif vous dévoile, sans qu'il vous en
coûte rien, les secrets de son industrie. Le matelassier, armé de
deux baguettes, vous aveugle en donnant la bastonnade à des tas
de vieux crins et de vieille bourre, dont les flocons voltigent dans
l'air et provoquent la toux chez les passans. Le fabricant d'ustensiles d'étain, le brossier-plumassier, l'épicier qui brûle son café
dans d'énormes poëlons, le repasseur de couteaux et tant d'autres artistes ambulans encombrent la voie publique; ils travaillent
tous diligemment et habituent de bonne heure à la badauderie,
l'enfant qui va à l'école, le saute-ruisseau envoyé en commission

et toute cette engeance indisciplinée des petits rôdeurs sabotés, qui s'en vont gaminant et chantant par les rues, avec une seule bretelle passée en diagonale à travers l'épaule, et qui s'émancipent clandestinement, pour une ou deux heures, afin de jouir du pavé de Paris à leur manière.

Mais écoutez plutôt bouillir toute cette chaudière d'hommes, et embrassez d'un coup-d'œil rapide tout ce qui s'y passe !

La presse paraît grossir toujours, diminuer jamais ; et là, on voit avec étonnement, aller, venir, passer et repasser des marchands de vieux habits, vieux galons, vieilles bottes, peaux de lapins, bouteilles cassées ; on voit se croiser des raccommodeurs de faïence brisée, des harangères, fruitières, écaillères, bouquetières, de petits ramoneurs, puis des femmes qui font frire des pommes-de-terre sur des lèche-frites portatives, des porteurs d'eau, des facteurs de la poste aux lettres, des marchands nomades avec leurs brouettes chargées de je ne sais quels brimborions manufacturiers, tous différens de forme, de genre et de qualité, mais subordonnés, quant au prix, à une moyenne : dix, quinze, vingt, vingt-trois sous la boutique ! Tel est leur cri et leur devise. Enfin une foule des pygmées de l'industrialisme, manœuvrant avec une merveilleuse adresse dans la cohue, et criant sur toutes les gammes, ce qu'ils sont, ce qu'ils veulent, ce dont ils sont capables ; et notez qu'au milieu de cette presse, de ce Bedlam, des garçons de boutique, des filles de bourgeois jouent au volant, des enfans et de grands garçons trouvent encore moyen de jouer au *bouchon*, aux *chiques* et à *croix ou pile*, des commères trouvent de l'espace pour se grouper, trouvent de l'espace pour gesticuler, en écharpant leurs voisines, ou en faisant de l'opposition contre la souveraineté maritale. — Toutes ces ondes vivantes d'hommes et de femmes sont fendues en tous sens par des *marengottes* (1) aux roues gigantesques, par des *Parisiennes, Hirondelles, Citadines, Vigilantes, Aglaés, Deltas* (2), par des cabriolets, tilburys, demi-

(1) Charrettes pour le charriage des pierres.
(2) Noms de voitures publiques.

fortunes, par des ânes portant *comportes* (1) et des *Jeannettes* des
environs de Paris perchées dessus, par des détachemens de garde
montante ou descendante marchant tambour battant, par de pesans
omnibus qui circulent audacieusement dans des ruelles étroites, mais
étroites au point que si un jour le sol de Paris boude, un demi-
million d'honnêtes bourgeois seront aplatis comme des carpes.

Quand, par hasard, on assiste à cet étrange spectacle, de la croisée d'un premier étage, on est saisi de peur ; — quand on sort
de cet enfer, le corps sain et la poche intacte, on s'étonne d'en être
sorti à si bon compte ; et quand finalement on essaie de dessiner
ce qu'on a vu, on trouve le pinceau sec et la palette appauvrie de
couleurs. Si nous n'avons pas reculé devant une entreprise si ardue, c'est, nous vous l'avouons, uniquement pour l'acquit de notre
conscience d'auteur.

Mais d'un trait, passez aux boulevards, et l'aspect change du
tout au tout. — C'est dans les rues que nous venons de quitter
que se voit le grand labeur de la vie, — c'est là qu'elle se violente, ou pour tenir le besoin à distance, ou pour maintenir l'équilibre du bien-être acquis, ou pour mourir à la peine, mais mourir riche. Aux boulevards, l'exclusive activité se relâche ; il y a
délassement ; le mouvement y est plus cadencé, plus régulier, les
physionomies plus mobiles, plus sereines, les gestes n'y sont plus
si véhémens, si brusques ; bref, il y a tempérance visible de la
pensée dans le va-et-vient des boulevards.

Braquez votre lorgnon, pointez-le sur ce public qui se meut
en files serrées, comme la troupe au moment du défilé. Il cause,
il cause, non pas autant qu'à l'époque où le Français était reconnu causeur par excellence, mais toujours cent fois plus que
son voisin le public de Londres ; en revanche, il fume — pouah !
comme il fume ! ou ne serait-il pas plus sûr de dire « comme il
fumait », car il se pourrait qu'au moment même où je parle, le
Parisien eût jeté déjà sa blague à cigares de côté, et fût devenu
ce qu'il était avant que ces velléités tudesques l'eussent saisi ;
mais il y a quelques mois qu'il fumait encore à outrance du dé-

(1) Paniers ajustés aux deux côtés du bât.

testable tabac de la régie. Paris, à cette époque, était un vaste es-
taminet. Aux promenades les plus belles, les plus hantées, vous
eussiez vu une zône de fumée bleuâtre nager en crêpe diaphane
sur les promeneurs.

Un fait qui frappe l'étranger, pour peu qu'il veuille concen-
trer son attention sur les hommes qui s'agitent le long du grand
Corso de Paris, c'est leur conformation physique. En général,
les formes ne sont pas vigoureusement dessinées. Les tailles sont
exiguës, le système musculaire manque de nerf et d'élasticité.
Ne serait-ce pas par une sorte d'appréciation tacite d'eux-mêmes
que les hommes de la jeune France se sont jetés à corps perdu
dans les barbes et les moustaches? L'apparence de la virilité leur
manquant, ils ont cru se la donner en imitant les portraits de
Van-Dyck. Je suis plutôt porté à donner raison à ce motif secret
qu'à la mesquine gloriole de vouloir établir une ligne de démarcation entre telle ou telle croyance politique.

Mais la cause de cette débilité corporelle dont nous venons de
parler, d'où peut-elle venir?

Ce serait une question bien longue à débattre. Si on l'abordait
sérieusement, on irait plus loin qu'on ne le voudrait. — Toutefois, pour ne pas laisser en friche le champ des conjectures, à
toute extrémité il faudra le remplir de paroles, sinon d'argumens. — Ainsi, ne pourrait-on pas accuser l'époque napoléonienne
de la décroissance physique qui nous a frappé chez messieurs les
Jeune-France? — Nous avons devant nous la génération étiolée
de l'empire, les enfans de la caserne (la France n'était pas autre
chose alors), issus de pères peu scrupuleux dans le choix de leurs
amours vagabondes, peu soigneux de leur santé en présence de
la mort accroupie au chevet de leur lit à l'hôpital, et en présence
de la mort, les ailes déployées au champ de bataille. — Le brave
que le boulet avait épargné revenait dans ses foyers sain de
cœur, parce que chevalier, mais malsain de corps, parce que
soldat de la plus débauchée et de la plus cynique armée du
globe. — Ce même soldat donc laissait en France, soit en voie
légitime, soit en voie illégitime, une fraction de son individualité

8

corrompue, et vous en voyez le résultat collectif aux boulevards.

Cependant, quoique petite et grêle, la jeunesse parisienne a la physionomie belle et expressive. On rencontre fréquemment des figures d'hommes à Paris qui sont des médaillons vivans, classiquement moulés, chaudement accusés : ceux-ci datent aussi de l'empire, époque où la force active avait été d'une énergie peu commune. C'est au moment même de cet état de crise qu'ils reçurent la première étincelle de l'existence. Toute création, au moment de la contrainte morale, produit l'abâtardissement (dans ce sens, nous l'appelons contrainte, parce que l'esprit de l'homme n'est pas de nature stagnante), comme toute création, au moment de la tension morale, produit le type. — Le secret de la beauté dite romaine est là.

Rome antique avait bien des momens de repos physique ; mais intellectuellement elle ne reposait jamais. — Si de la beauté nous passons à la laideur, elle s'annonce ordinairement dans le repos animal parfait, chez nous, en Europe, dans les races des campagnes solitaires de la Souabe, dans certaines vallées de la Suisse et des Alpes styriennes. Le repos animal est le partage des hommes apathiques qui habitent ces régions séquestrées du monde et de ses intérêts. L'expression bâtarde de la physionomie se perpétue parmi eux.

Une promenade aux boulevards, le cigare à la bouche (c'est donc de rigueur?), vous fait éprouver des sensations et des jouissances toujours neuves, toujours fraîches. Quelquefois l'esprit d'observation ramasse par là de quoi se tenir en haleine bien long-temps. Le sens de la vue y est mieux traité encore ; car cette longue perspective animée est vraiment admirable!.. Ah! vous avez peur que je ne revienne aux descriptions des masses comme tantôt, ou à l'industrie comme auparavant... Rassurez-vous, c'étaient deux souvenirs, — ils sont notés ; maintenant à d'autres, — et toujours de même. Celui qui suit vous retracera ce dont vous ne verrez pas un seul échantillon, ni dans les pays où il y a mélange de conditions amené à la longue par les institutions et les mœurs, ni dans les pays où il y a classification de conditions exigée de droit par les institutions et les mœurs. — Et savez-vous qui nous allons mettre en scène sur les boulevards ?... — De bonnes vieilles femmes. En voici une, — en voici deux ; — elles se suivent immédiatement. Comme elles trottinent, ces bonnes vieilles ! L'une est en costume de Cauchoise, l'autre est habillée et coiffée d'après la mode immuable du département du Calvados. Elles sont fières comme des paons, heureuses comme de jeunes reines. Ah ! comment ne le seraient-elles pas? — Vous direz de même lorsque vous apprendrez qu'elles s'appuient sur les bras de beaux jeunes gens, bien élégans, à la tournure tout-à-fait distinguée, ayant de ces manières qui vous donnent de prime-abord une haute opinion de leur degré de civilisation. Malgré cela, vous vous demandez toujours que leur sont donc ces bonnes vieilles paysannes? — Ce qu'elles leur sont, mais, vrai Dieu! jugez donc!... Elles sont les mères de ces jeunes gens. Ces jolis cavaliers ont été paysans; — ils savent bien ce que c'est qu'une fourche ou un fléau; mais voilà que leur mérite personnel leur a fait brûler les distances, et que les voilà haut placés dans la société. Leur félicité présente ne les enivre pas; — ils en goûtent une plus pure en entourant leurs mères de la considération la plus respectueuse, la plus attentive. Ils règlent leur compte de reconnaissance filiale devant tout un public, qui les applaudit tacitement. Paris ne possède rien au-dessus de cela. — Oh! c'est beau! c'est bien beau!

Il y a des petitesses, des mesquineries dans l'orgueil humain que la conscience nous reproche sans cesse, c'est son éternel système de blâme pour toute faiblesse, pour tout fait ou pour toute pensée impure; mais c'est entre nous et la conscience, entre le pécheur et le confesseur; le fait impur, c'est d'avoir honte de ses parens. — Et, de peur que la société ne nous punisse, par une horrible grimace d'ironie, nous, habitués élégans des salons, si jamais nous nous hasardons jusqu'à donner le bras en public à nos mères qui portent jupes de laine et disent mon *fieu*, nous laissons parler la conscience et tenons nos parens sous le verrou. C'est ainsi que cela se pratique en tout pays, mais non pas en France. Je n'entre pas dans les causes qui ont enrichi les mœurs

françaises de ce relief à part, je ne cite que les faits. — Cherchez
des exemples de cette humilité filiale; et à Paris ils ne vous feront
pas faute. Si vous êtes désappointé dans un lieu, assurément vous
ne le serez pas dans un autre; — si vous l'êtes tel jour, vous ne
le serez pas tel autre.

Je m'applaudissais déjà d'avoir vu ce que je venais de voir, lorsque, à quelques jours de là, j'allai aux Assises. — On y jugeait
un tout jeune homme; — il avait tué. — Cet homme était un
parricide. — Là, un saint respect pour la mère; ici, un fils qui
égorge son père! — Allons, il vaut mieux aller se distraire aux
boulevards que de se gâter la bile avec de pareils sujets.

Se distraire avec quoi? — Mais n'y a-t-il pas une foule de
spectacles en plein vent? — Non; il y en a une grande pénurie,
au contraire: ce qui prouve que le sentiment de la curiosité publique a pris une autre voie. Nous rencontrons encore sur les écrans,
sur les paravens et dans les album des amateurs, de ces gravures
qui ont quitté la planche en 1815; et nous y voyons figurer le fameux *grimacier* des boulevards, le célèbre Jacques de Falaise
l'omniphage, l'illustre Psylle, en la compagnie permanente de ses
chers serpens, l'*homme-orchestre* et cet autre individu qui abat-
tait un centime sur le bout d'un nez pris à ferme, en faisant le
moulinet avec un gros gourdin. Tous ces braves gens ont l'honneur d'appartenir aujourd'hui aux annales des faits et gestes des
boulevards à l'époque de 1815, et ils n'ont même pas laissé un
seul rejeton de leur noble race. Si l'urgence de ces amusemens
était dans les mœurs, on en verrait foule.

Les goûts du Parisien d'aujourd'hui sont plus esthétiques. Il
n'est plus affamé de ces parades qui ne parlent qu'aux yeux; —
il est friand des spectacles qui lui parlent à l'âme. Il lui faut des
émotions galvanisantes (c'est le mot à la mode). Nina Lassave,
la borgne, remplissant les fonctions d'une dame de comptoir dans
un café de la place de la Bourse; voilà ce qu'il faut au Parisien, et
il brise les portes pour la voir. — Les poésies de Lacenaire, voilà
ce qu'il lui faut; — et il les dévore. — Dufavel enseveli vivant
dans un puits, voilà ce qu'il lui faut; et il court acheter les bul-

letins qui rendent compte de l'agonie de ce pauvre homme ! Enfin
le Parisien est curieux de voir le crime positif, le crime avec
nom et prénom, le vice et le malheur de sa connaissance. Il veut
les voir aller, marcher, gesticuler ; il veut les entendre tous parler ; il veut les voir écrire et pouvoir les lire. — Il est à l'affût de
toutes les occasions où il peut surprendre les misères humaines
face à face, où il peut les voir à l'œil nu ; mais ce n'est pas dire
qu'il veuille s'en repaître rien que pour l'amour de l'émotion,
sans qu'il ne s'indigne quelquefois de l'effronterie du vice, ou
sans qu'il ne compâtisse à une infortune ! — Oh ! non. Si le propriétaire du café vis-à-vis la Bourse avait toute honte bue en spéculant sur l'émotion publique, ce propriétaire était un industriel,
et rarement trouverez-vous dans cette classe quelque chose qui ne
soit un composé de chiffres. Le jeune homme qui a donné un
soufflet à la *dame des pensées* de Fieschi a été le noble licteur du
sentiment de la morale publique outragée.

Le peu de tréteaux disséminés sur les boulevards n'ont rien de
particulier. C'est toujours Paillasse, Pierrot, Arlequin ; —
Pierrot, Arlequin, Paillasse. — Ils sont toujours bêtes, et ont
toujours plus d'esprit que leur patron. — Ce sont toujours talo-
ches, gourmades et soufflets qui pleuvent sur eux. Ils déjeûnent
et dînent éternellement avec des étoupes, et le produit de leurs di-
gestions est toujours de la fumée ou des rubans de différentes couleurs. Leurs lazzis sont fades, leurs grimaces uniformes. Quelle
différence entre le paillasse français et le spirituel et très-original
punch anglais. Dans ces deux tristes métiers, il y a toute la distance
qui sépare le commun joueur de gobelets des villes d'Europe du
prestigieux jongleur de Calcutta.

En général, toute cette corporation de bateleurs est dans un
état piteux. — Que leurs costumes sont fanés ! que leurs visages
sont pâles et hâves ! Que cette pauvreté est sale et dégradante.
Aussi, finissent-ils ordinairement par être réduits à l'alternative
d'un hospice public ou à la mutilation artificielle d'une partie de
leur carcasse fatiguée, pour pouvoir mendier sans contrevenir aux
réglemens de la police. Mais si, d'un côté, ils éveillent le senti-

ment de la commisération, ils révoltent très-souvent le sentiment de la pudeur publique, par les propos graveleux qu'ils débitent, et par l'impudence qu'ils ont de se montrer quelquefois sur les planches, dans l'état des élèves d'une école de natation. Ce sont ordinairement les Hercules de la troupe qui se permettent de pareilles licences. De pompeuses proclamations pleuvent sur le spectateur du haut de ces tréteaux ; mais si, attiré par cette éloquence foraine, il passe la porte du temple, ce qui était en dehors valait mieux que ce qui est en dedans.

C'est comme cet Arabe et ce lion empaillé qu'on voyait nichés jadis dans une espèce de grotte artificielle pratiquée au-dessus de la porte d'une maison du boulevard Montmartre. Au fond de l'allée, on avisait une courtine en drap bleu garnie de franges d'oripeau, qui glissait sur ses tringles entre deux colonnes torses ceintes en spirale avec une guirlande en miroiterie, et tournant sans cesse de la base au chapiteau. C'est par-là qu'on entrait. Étranger, vous n'y résistiez pas, et vous entriez. Eh bien ! au lieu du majestueux monarque du désert, au regard calme et fier, avec les imposans attributs de sa puissance, qui voyait-on ? un pauvre sire de lion qui avait l'air d'un comparse de quelque Opéra ambulant, très-maigre un temps, un peu moins maigre un autre temps, selon la taxe que prélevaient sur le public MM. les bouchers de Paris.

Le pseudo-Arabe qui gardait cet arrière petit-neveu du superbe patron de Venise se donnait des semblans de bravoure, faisait le bravache devant le pauvre animal humilié, s'asseyait, se couchait, s'étendait sur son squelette en prenant des poses théâtrales, lui ouvrait la gueule, le tirait par la queue, ébouriffait sa vieille perruque, vous donnait, en un mot, une séance de courage à la Carter, le chevalier Délorges de l'époque, moins le risque, et plus le profit. La grande merveille ! (je parle du pseudo-Arabe et non de M. Carter) de la bravoure devant une mâchoire dégarnie, des griffes rognées, un corps aminci par la faim, et une âme abattue par l'infortune !

Les boulevards ont bien encore par-ci par-là des attrape-nigauds de cette espèce, mais elles sont de trop bas étage pour que nous nous en occupions. Observons plutôt ces individus qui, debout, assis, ou traînés, attirent la curiosité ou la pitié du passant, et dont les vocations diverses ont à nos yeux infiniment plus d'intérêt que toutes ces escroqueries légales qu'un rideau de serge ou de drap recouvre.

Approchons! Quel est ce malheureux qui attend patiemment sa clientèle de curieux? Devant lui est une table avec tout ce qu'il faut pour écrire; — il est tout jeune encore, mais dans la position inclinée de sa tête, dans l'affaissement de son corps, se devine l'excessive fatigue du malheur. Le malheur, c'est donc la vieillesse de l'âme! La nature a implanté cet homme dans la vie, pour qu'il exécrât la vie. Son corps est contrefait, son visage est plein de coutures, — ce sont les balafres de la petite-vérole; — ses yeux paraissent être dans un état d'inflammation permanente; — son nez est une petite boule percée de deux petits trous; — il n'a pas de pieds, il n'a que des jambes; — il n'a pas de poignets, il n'a que des moignons; et il n'est pas sûr de son pain quotidien : la civilisation, tout en faisant l'importante, ne peut le pourvoir de doigts artificiels, mais lui applique pourtant son impitoyable formule : *A chacun, selon ses œuvres!*

Cet homme, ou plutôt cette *chose* imparfaite, exerce son métier avec résignation, car il a un métier, lui! — il *écrit*. Oh! c'est bien navrant de le voir là, *prendre* son canif, l'aiguiser sur une petite pierre à repasser, puis couper très-régulièrement les bords d'une feuille de papier, la séparer par bandes avec des ciseaux, prendre une plume neuve, lui donner l'entaille, puis la fendre, puis la façonner, l'abreuver d'encre, et écrire, — la ronde, la coulée ou la bâtarde, — très-lisiblement, très-élégamment même, et tout cela avec le secours de ses deux moignons et avec l'aide de son menton. Cette longue opération, il la fait en silence, sans proférer une parole; seulement, de temps à autre, son regard mélancolique rôde sur le groupe qui l'entoure, comme s'il était en quête d'un rayon de sympathie. — Juge-t-il quelqu'un être bon, très-bon, il change le texte de ses billets, ordi-

nairement dépourvus de toute allusion sentimentale à son infirmité, et il les lui offre ; ces choix tombent toujours juste, à en
juger par la richesse de l'offrande. — L'infortune a la vue bonne ;
elle saisit le geste de la pitié ; elle devine jusqu'au prélude du
soupir : l'homme heureux regarde ; mais l'homme malheureux
voit ! Je me suis souvent arrêté devant cette pauvre créature si
maltraitée du sort, j'ai pris note des phrases qu'elle jetait sur le
papier. En voici une : « Je ne suis pas mendiant, je ne suis
qu'un artisan malheureux. »

Dites mieux, vous autres qui faites du sentiment à froid dans
les livres, à tant la ligne.

Ce n'est pas tant encore l'habileté manuelle du pauvre mutilé,
non plus que la vue de la lourde croix que le sort lui a imposée,
mais c'est cette résignation, décente et pour ainsi dire pudique, à
sa destinée qui rend ce jeune homme si intéressant selon nous.
Ce n'est pas comme ce cul-de-jatte que l'on rencontre, à des
heures presque fixes, dans les rues, aux promenades et aux car-
refours de Paris. Il a une *brytschka* à ressorts, attelée d'un cheval de bonne apparence ; il a un garçon qui le sert et tourne la
manivelle d'un orgue de barbarie adapté aux derrières de l'équipage. Ce mendiant breveté est frais et rose, gras et robuste, son
poitrail et ses épaules sont larges. Il est coiffé d'un bonnet de police bleu avec la grenade, crevant en drap écarlate, cousue sur le
devant. Sa chemise est blanche, sa veste neuve, et les boutons
en sont numérotés ; mais, dans tout cela, il n'y a pas plus de
réminiscence militaire que sur la main. Il n'a jamais été soldat.
Son air et son encolure trahissent cet aplomb, ce je ne sais quoi
qui révèle l'aisance. Je parie que c'est un mendiant capitaliste. —
Il a l'air de dire aux passans : « Dépêchez-vous donc, vous autres, de me jeter mon dû, car ma ronde est grande, et je n'ai
pas de temps à perdre. » Cet homme n'a pas de jambes, et ses
bras sont par trop courts eu égard à son tronc ; — c'est comme
les nageoirs d'un phoque.

Sa vie est toute végétative, on le voit, mais on voit aussi qu'il
ne végète pas très-mal. On lui donne, car comment ne pas don-

ner? Mais la pitié sommeille au moment où la charité publique
s'acquitte envers lui; — et savez-vous bien comment? — Oh!
il faut que je vous le dise, c'est d'une originalité charmante!
Figurez-vous que les passans, tout en jetant des sous au mendiant, se font très-sérieusement rendre des centimes! Ces compâtissans bourgeois de Paris, c'est comme s'ils lui disaient : « Pour
la mélodie de l'orgue, — tant; — pour le spectacle de la pièce
curieuse, — tant; — tu auras à me rendre tant! » Mais tout
cela est loin de nuire aux recettes de cet homme. — Elles ne
sauraient qu'être infiniment plus abondantes que celles de notre
écrivain des boulevards, auquel manque le mécanisme des
mains; elles ne sauraient être comparées aux recettes de cette
femme à l'air abattu et souffrant qui, à défaut de bras, tricotte
toute la sainte journée avec ses pieds, et qui se tient, pour la plupart du temps, vis-à-vis le quai du Louvre. Nous ne lui avons rien
vu récolter dans l'espace d'une heure et demie, tandis que le grenadier cul-de-jatte, que nous nous obstinâmes à suivre un jour
depuis le marché des Innocens jusqu'aux boulevards en ligne
droite, avait été aumôné six fois. L'infortune n'est pas exempte
du costume d'apparat à Paris. — Ce mendiant qui roule équipage nous en fournit la preuve. Comme aussi certain vieillard à
cheveux et barbe longue et blanche, copiant à ce qui paraît saint
Onuphre. Il joue du violon et porte un tricorne. C'est un charlatan.

Il y a, outre la mendicité qui ne donne rien en retour de votre
aumône, la mendicité qui offre quelque chose; — telle est cette
classe nombreuse de spéculateurs nomades qui débitent les produits soit d'un art, soit d'une science, ou d'une industrie;
mais par l'utilité presque nulle ou tout-à-fait nulle qu'on en tire,
ces gens peuvent être considérés comme des jalons entre les deux
extrémités de la sollicitation en pleine rue, l'une laborieuse,
l'autre fainéante. Ils appartiennent tous à la nuance du paupé-
risme qui est assez honnête pour pouvoir frémir encore à l'idée du
banc de police correctionnelle, ou qui s'en tient à distance respectueuse, uniquement par manque de l'occasion qui fait le lar-

ron. Font partie de cette dernière classe, ces infâmes rôdeurs,
véritables chacals du libertinage, qui connaissent toutes les ta-
nières où le vice se case. En font aussi partie ceux qui vous
arrêtent insolemment par le bras, humectant d'eau quelque tache
imperceptible de votre habit (sans lâcher prise, vous comprenez?),
la frottent d'un savon aux vertus dégraissantes, la brossent, re-
brossent, et vous fourrent dans la main, bon gré mal gré, une
tablette de leur merveilleux spécifique, en se le faisant payer
vingt sous. Il est vrai que la tache disparaît entièrement, mais
pour reparaître quatre fois plus volumineuse une heure après.
— Font également partie de cette catégorie ces Herschells nocturnes, qui plantent un télescope vis-à-vis la pâle lune, et pendant
que vous regardez en haut, sans voir trop clair, ils voient plus
clair au fond de votre poche; et c'est en connaissance de cause
que nous affirmons le fait : ce de quoi il ne faut pourtant pas
tirer une conséquence trop absolue. — Il est impossible que ces
valets de chambre de l'astronomie soient tous ce que les Anglais appellent de *pickpockets*.

Parmi bon nombre de toutes sortes d'aspirans à la munifi-
cence des âmes charitables, nous recommandons au lecteur un
pauvre hère d'artiste ambulant qui découpe des silhouettes. On
peut le rencontrer, à toute heure du jour, sur les boulevards.
Quant à celui-là, donnez-lui votre obole, — donnez-la lui, ce
ne peut être qu'un brave homme ; ce ne peut être qu'un père
de famille ; ce ne peut être qu'un homme malheureux. Il porte
les insignes de ce cumul de titres honorifiques sur sa personne :
brave homme, il a la quiétude de la conscience dans l'œil ; —
père de famille, il y a en lui l'anonyme de cette qualité, et elle
ne se laisse pas expliquer ; — malheureux, il en a la mise, il
en a le regard, le parler et l'inclinaison ; — oui, l'inclinaison,
car il y a toujours une légère courbure de l'épine dorsale chez
l'homme malheureux. Quant à l'homme heureux, celui-là a la
pose verticale. — Voici comment notre découpeur procède :
Muni d'une paire de petits ciseaux et d'un paquet de petits carreaux de papier noir, il avise quelque visage du groupe qui

l'entoure, tourne et retourne son carreau de papier entre les
deux tranchans du ciseau, et dans moins de cinq minutes, il
présente à l'original sa copie, et d'ordinaire une copie frappante
de ressemblance. Si jamais vous vous trouvez à Paris, lecteur,
et que, par fortune, ce signalement de notre protégé vous revienne à la mémoire, faites-vous silhouetter par lui, et concourez,
mais généreusement, à la recette du jour de ce pauvre homme;
la bagatelle que vous aurez donnée se changera, pour l'auteur
de ces causeries, en un honoraire vraiment magnifique. D'ailleurs, vos amis ou vos proches qui pensent à vous dans l'éloignement, pourraient vous savoir un gré infini de la surprise
que vous êtes à même de leur causer en cachant votre silhouette
sous le pli d'une lettre, et en la jetant dans la grande boîte de
la rue Jean-Jacques-Rousseau (1). Si ce n'est point abuser de
votre bonté, et plus encore de la longanimité que vous avez de
nous écouter, nous recommandons aussi à votre attention charitable une femme qui n'apparaît que vers la brune; son poste
fixe est le Pont-Royal. Un grand voile noir cache son visage;
un chapeau vieux et froissé couvre sa tête. Elle se tient immobile comme un sphinx bien avant dans la nuit. Il y a quelque
chose qui nous dit que cette femme ne trompe pas. De fortes
et de fréquentes bourrasques de l'infortune ont dû jeter cette
femme-là où elle est; son port et sa démarche sont celles d'une
personne dont les pieds ont foulé, dans ses beaux jours, les tapis
de bien des salons. Nous l'avons vue par hasard, comme elle
prenait place sur son escabelle de bois, et cet acte, en apparence si commun, nous révéla un certain mouvement de corps,
une certaine précaution de modestie dans l'arrangement des jupes
de sa robe, toutes habitudes élégantes qui n'appartiennent qu'à
la femme bien élevée. En passant, jetez-lui quelque chose dans
sa sébile, sans vous faire la question mentale de : « Mérite-
t-elle, ne mérite-t-elle pas?... » Avec un doute, sans un doute,
quand on donne, on mérite toujours. Il arrive même souvent

(1) C'est dans cette rue que se trouve l'hôtel de la Poste-aux-Lettres.

qu'on croit de son devoir de ne pas donner, et, plus tard, on
apprend qu'on avait jugé, comme on juge fréquemment, — sur
l'apparence, et en voici la preuve.

Un soir, c'était sur la *piazzetta* dite *Cour-des-Fontaines;* il y
avait du monde, — on faisait cercle; — une lueur rougeâtre
teignait les physionomies des spectateurs : — les sons d'un violon
discord, les gémissemens des cordes torturées par un archet
mal-appris et les refrains d'une gaie chanson dits par une voix
moins qu'adolescente se faisaient entendre. L'instrument et la
voix appartenaient à un jeune garçon de quatorze à quinze ans.
Son second violon était une petite fille de cinq à six ans. Un
cahier de musique étalé à terre, quatre bouts de chandelle aux
angles du cahier, le *maestro* à genoux, la bambine debout; tel
était l'orchestre. Des sabots, une blouse, une *figarella* se ter-
minant par trois ou quatre houppes espacées sur un cordon de
laine; — des sabots, un tablier à pochettes, un bonnet à carreaux, tels étaient les costumes respectifs des deux *concertanti.*
C'était un beau garçon que le musicien, c'était une bien appétis-
sante pomme d'api que la petite musicienne ! Elle avait de ces joues
sur lesquelles le baiser se colle avec peine, tant elles sont convexes, fermes et solides. Le garçon avait la tournure d'un homme
fait; l'air guilleret, finaud, le sourire malin, un nez impertinent,
l'œil bien fendu, radieusement allumé, une forte couche du car-
min de la santé et de la jeunesse sur les joues, — somme toute,
un de ces visages expressifs et fleuris qui plaisent à la première
vue, et sur lesquels un avenir prospère se laisse deviner. Le
garçon chantait, chantait, et tout le monde d'applaudir et de rire
à gorge déployée, et la petite de racler, racler, et de faire reluire
son ratelier de menues et blanches dents. Oui, il chantait le beau
ménestrel, mais rien que des lais obscènes, que des strophes grave-
leuses; c'étaient : tantôt le *Curé de Pomponne,* tantôt la *Précaution*
de Béranger, tantôt son *Bon Dieu,* et je ne sais quelles autres
gaudrioles de date plus fraîche encore. Ce qu'il y avait surtout de
choquant dans ce concert où chaque vers choquait, c'était le jeu
mimique de l'exécutant; c'étaient l'intention luronne, l'intonation

et l'accent tout particuliers qu'il savait donner au style de son
chant; le fion qu'il savait mettre dans ses récits notés donnait à
chaque arrière-pensée du chanteur une couleur plus libertine,
plus dévergondée qu'il ne voulait peut-être. Oh! certes c'était bien
le plus effronté roué qu'il fût possible de voir que ce garçon! —
Au contraire, sa petite sœur avait l'expression de la plus charmante ingénuité, — chaque nerf de sa physionomie enfantine souriait, mais de ce sourire négatif qui tâtonne l'idée sans pouvoir la
saisir. Pauvre petite! — On donnait, oh! comme on donnait!
j'aurais cru commettre un lourd péché en imitant la libéralité de
l'auditoire, et la suite me prouva que je l'avais précisément commis en ne donnant pas; mais dites: y avait-il moyen de donner
la moindre prime d'encouragement à cette démoralisation précoce
faisant ses premières prouesses sur la voie publique? Non, impossible! Sous certains rapports moraux, le Parisien est déjà parvenu à acquérir le repos de la conscience, puisqu'il permet bénévolement au mal de suivre sa pente rapide. Les bras croisés,
le sourire sur les lèvres, il laisse faire. Il est comme le fils du bourreau, que son père fait assister aux exécutions pour donner la
trempe nécessaire à sa jeune âme, lorsque son tour viendra de faire
jouer le couteau de la guillotine. Abandonné dès ses plus tendres
années à toute la licence de son imagination, à toutes les débauches d'esprit des autres, son père riant, sa mère riant de ce
qui est encore sacré dans tel coin du monde, il jouit dans toute
l'innocence de son cœur de ce calme intérieur que donne une
opinion fausse reconnue vraie par l'immense majorité de ses concitoyens. Cet enfant-virtuose, chantant, et chantant quoi? et
chantant comment? ce public l'encourageant de ses dons, ne
mettent-ils pas en relief une des principales bosses sociales de la
jeune France: — le cynisme devenu une seconde nature? Et pourtant, le refus de participer à la recette du jeune musicien de carrefour et de sa petite sœur me pèse encore aujourd'hui; car René,
le garçon de l'hôtel où je logeais, m'a dit comme quoi il connaissait ces deux enfans: — comme quoi ils étaient de son pays, et
comme quoi depuis dix-huit mois leur père était retenu en pri-

son pour dettes , et comme quoi , de son côté , leur mère (qui était du *pays italien*), avec un tout petit poupon à la mamelle , chantait et pinçait de la mandoline à part , et qu'à eux trois ils ramassaient des sous dans les quatre coins de Paris pour la rançon du chef de la famille. — Osez donc faire après cela le pédant en fait de moralité ! Osez-le !...

Parmi ces ramifications diverses de nécessiteux auxquels le badaud jette une miette de son superflu, il s'en trouve un , dont le talent est si original !... Oh ! n'allez pas l'écouter, ou il vous ruine net, en dépit de vous-même. Et l'individu qui possède ce talent étant unique dans Paris , on ne le rencontre pas quand on veut. Je ne l'ai vu qu'une fois, et cela hors Paris, — au bois de Boulogne. Les rentes qui le font vivre proviennent d'un fonds que , dans nul pays, on n'a songé à exploiter jusqu'ici, et ce fonds, c'est la mémoire ; mémoire des plus riches , puisqu'elle a pu retenir l'histoire de Napoléon Bonaparte, depuis Ajaccio jusqu'à Longwood. — Le susdit individu a su habilement compiler tout ce qui a été dit sur le grand empereur , et du haut d'une table ou d'une chaise , au milieu du grand chemin ou de la place publique, il dit le poème de son héros, comme Homère disait son Iliade. Cependant, on prétend qu'il est doué d'assez de tact pour avoir compris qu'à tout hasard il lui fallait deux éditions de son histoire orale : — une pour le peuple, qui ne lit pas, mais qui veut une touche et un coloris vigoureux dans toute narration, une autre pour la gent qui plus ou moins lit et exige avant tout la chose qu'on appelle style. Le monde que ces cours d'histoire attirent est toujours nombreux, et il ne s'y trouve pas de ces parasites qui, après avoir écouté, tournent les talons sans payer. Ce récit est toujours précédé d'une préface qui dit à peu près ce qui suit :

« Messieurs, vous voyez en moi un citoyen qui consacre son existence à rafraîchir et à aviver le sentiment d'admiration et de reconnaissance nationale pour l'empereur , qui, pour peu qu'il voulût tourner sa tête de bronze de ce côté , nous verrait tous découvrir nos têtes avec respect à la seule mention de son nom sacré. »

Et à ces mots, tout le monde de soulever chapeaux et casquettes.

« On le nomme *grand*, l'empereur, faute d'un autre mot, continuait l'orateur ; car ce mot, appliqué à un nom propre, comporte l'idée d'un homme qui est plus haut de quelques coudées que le vulgaire, voilà tout ; mais non pas une *unité unique* dans l'espèce, planant immensément haut sur les grands hommes et les grandes choses d'un siècle, et les grands hommes et les grandes choses de tous les siècles. — Et tel était Napoléon, messieurs. Vous comprenez délicatement, messieurs, que m'étant voué à la noble tâche d'un rediseur de la gloire du grand homme, exclusivement pour ceux qui ne sont pas à même de se procurer *de l'imprimé*, ce n'est certes pas un vil calcul d'intérêt qui me guide. Intention pure méprise le salaire, messieurs ; mais si, parfois, il y a obstination du côté du public à donner, ma foi, messieurs, je prends, — uniquement par crainte de passer pour imbécille, et celui qui peut prendre et ne le fait pas est réputé tel dans ce monde d'égoïsme et de cupidité. Il y a des définitions logiques, messieurs, qui vous ferment la bouche à double tour ; — pas vrai ? et celle-là est du nombre, je l'espère. Cela dit, je commence mon histoire, ce qui sous-entend l'histoire de Bonaparte. »

Ici l'orateur prenait son héros au jour du 15 août 1769, et ne s'en séparait qu'au 5 mai 1821.

« Messieurs, » continuait-il avec feu, et en peignant par des gestes énergiques la sensation qu'il éprouvait :

« Les pyramides d'Égypte tomberont en poussière, Paris deviendra une prairie, Londres une mare, et le nom de l'empereur sera un nom d'hier. — Vive l'empereur ! »

« Vive l'empereur ! » riposta alors l'auditoire tout électrisé.

Et, en un clin d'œil, la table qui servait de tribune à l'orateur désintéressé se couvrit de sous à la hauteur d'un demi-pouce.

— « Merci, messieurs, merci, répétait-il en serrant les sous

9

dans sa poche, « croyez bien que le souvenir de vos attentions délicates, et pourtant solides, me suivra partout dans mes voyages;
car apprenez, messieurs, que je m'en vais rôdant par monts et
par vaux sur le sol de notre belle France, en expliquant les grandes choses que l'empereur a faites à toutes les conceptions indigènes, et toutes conçoivent, sans en excepter même celle du bon
Champenois, être que l'histoire naturelle a classé dans l'espèce
moutonnière, au su de tout le monde. »

Quant à sa longue épopée, elle ne languissait pas un moment.

Dans les phases les plus brillantes, l'orateur voguait comme
poussé par des rafales de poésie; et tout d'un coup il repassait
de là, et avec la plus grande aisance, à quelque transaction diplomatique où tout devenait réel, positif, clair. Ses réflexions, ses
jugemens, ses conclusions, étaient exprimés avec ce langage ty-
pique du vieux soldat français, si simple, si naïf, quoique plein de
nerf, de franchise et de loyauté. — De plus, il savait brillamment
le rehausser par des tournures de phrases, des variantes bizarres,
des gasconnades charmantes qui nous rappelaient un peu le récit
de la vie de Bonaparte fait par Goguelat à la veillée de la grange,
dans le *Médecin de Campagne*. C'est de l'édition *çanaille* de cette
histoire parlée dont nous avons joui; car l'autre, je veux dire
l'édition *talons rouges*, à ce que l'on nous a assuré, se débitait
par extraits tirés de l'histoire des *Victoires et Conquêtes*, de l'histoire de M. de Norvins, du *Mémorial de Sainte-Hélène*, et de
l'immense collection des mémoires du temps, le tout un peu travesti. Entre nous, je crois avoir eu le morceau de roi de toute
l'œuvre.

Mais revenons à Paris et à la rue.

Si la circulation d'hommes y est chaude, si l'alternative de
dépérir sans argent, ou de mener la vie à longues guides avec de
l'argent, nécessite le déploiement de tout ce qui pense et de tout
ce qui active le mouvement dans l'homme et le rend avare du
temps, il faut s'étonner qu'il y ait encore un nombre très-respec-
table de gens qui le prodiguent, comme s'il était une rente viagère
sûre, d'un placement sûr. On conçoit bien les riches, — ils tien-

nent le temps, pour ainsi dire, en chartre privée dans leurs portefeuilles. Qui a de l'argent a du loisir ; rien de plus clair. Permis donc à eux de faire les dépensiers. Mais il serait bien difficile de donner la clé du *far-niente*, ou de faire un petit essai de statistique morale sur cette espèce de gens dont l'extérieur accuse la gêne pécuniaire, et qui commettent pourtant des tueries d'heures chaque jour en faisant les badauds devant un paquet de paille que le courant de la Seine emporte. Et il en pleut à Paris de ces *lazzaroni*.

Aux boulevards, par exemple, voient-ils jouer une troupe de gamins au cheval fondu ou à la balle, vite de faire galerie. — Ils sont en général d'une pâte toute molle, toute bonne. Pour peu que messieurs les gamins se croient gênés dans leurs jeux, ils apostrophent vertement la galerie, l'espacent, l'arrangent, se ménagent enfin l'aise comme ils veulent, — ni plus ni moins que des municipaux ou des sergens de ville ; et les badauds obéissent. — Parfois, ils risquent même des conseils, s'immiscent dans les bisbilles, font gravement les juges du camp, ou calculent le mouvement de projection de la bille ou de la paume. Au besoin, ils prendraient note de tous les incidens qui surviennent. J'en ai vu un, une fois, en contemplation devant une voiture ; il en examinait les armoiries ; la badauderie avait duré, duré..... oh ! certainement plus d'une demi-heure.

On les voit aussi devant les portes des cafés des boulevards nonchalamment accoudés sur le dossier de leurs chaises, ne lisant rien, ne faisant rien. Ils regardent passer le monde une, deux, trois heures de suite, puis se lèvent, paient leur dépense, font une minute de réflexion, s'avancent de quelques pas, s'arrêtent, reviennent, et finalement s'en vont pour tout de bon ; mais si vous vous donniez la peine de les suivre, ils vous mèneraient je ne sais où, en s'arrêtant chemin faisant devant une rixe de chiens, assemblés en pique-nique ; devant le maçon qui chante en équarrissant une pierre ; devant la fillette qui mesure le sable avec une coquille de noix ; devant le moineau qui fait l'amour ou le moineau qui se bat en duel. Il va sans dire que les haltes de ces mes-

sieurs seront plus longues encore devant les tréteaux, les orchestres ambulans, les prestidigitateurs, ou devant ces espèces de
banquiers de pains d'épices et de macarons qui *taillent* eu faisant
ponter le public dans leurs forteresses de bois où chaque pièce de
canon, ou plutôt chaque baliste que le badaud gourmand fait agir,
fonctionne si bien, qu'elle manque immanquablement le but, ce
qui ne donne audit badaud ni pain d'épices ni macarons, mais
ce qui lui dérobe encore quelques sous ; la condition du jeu est
connue : — si le boulet frappe un bastion ou une courtine, à vous
la friandise ; sinon, payez.

L'étranger, en mettant pied à terre à Paris, s'incorpore comme
de juste, et de son plein gré, dans la classe des badauds. Mais un
chat qui fait sa toilette en prenant un rayon de soleil, un cheval qui s'abat sous sa charge, n'attirent pas l'attention de l'étranger, par la très-simple raison que les chats de son pays ont le
même instinct de propreté et de dandysme que les chats français ;
que les chevaux de son pays bronchent et s'abattent de la même
manière que les chevaux français. — Mais une petite fille de dix
ans qui vend des bouquets de violettes lui impose déjà le devoir
de l'observation, par la manière dont elle s'y prend pour faire valoir le contenu de sa corbeille ; — manière qui n'est pas celle des
petites marchandes de fleurs d'autres contrées. Le débitant de bri-
quets phosphoriques (et où n'y en a-t-il pas ?) oblige l'étranger à
s'arrêter, se fait écouter, et force d'acheter, parce que dans quelle
ville de l'Europe peut-on entendre un discours comme celui qu'on
va lire à propos d'un article de quatre sous ?

— « Messieurs, s'écriait un jour avec emphase un quidam à
l'air crâne, à la langue bien pendue (c'était sur la place du Châtelet, et l'orateur tenait une allumette entre son pouce et son index) — Messieurs, l'invention du briquet phosphorique a été le
thème de bien des recherches de l'antiquité ; mais *néante*, messieurs. — Ces braves gens ont eu beau piocher le dedans de leurs
citrouilles pour en faire jaillir des étincelles, mais du diable s'ils
en ont fait jaillir une seule. L'honneur d'avoir inventé les allumettes
chimiques appartient aux *dépendeurs d'andouilles*, autrement dits

les Germains de l'autre côté du Rhin. Vous êtes des Français, messieurs, ce qui est synonyme de gens d'esprit, et vous comprendrez que cette découverte est furieusement *conséquente*. Par exemple, — vous, monsieur (et le savant rhéteur s'adressait à un jeune homme imberbe). —Pardon, mais je suppose que monsieur n'est pas encore en ménage. — Celui qu'on interpelait ainsi fit un signe de tête négatif. — J'en étais sûr, continuait l'autre, car l'adolescence n'aime pas à s'apparier par-devant l'officier civil : or puisque nous n'avons pas de femmes, nous sommes seuls, c'est inévitable. — Bon! Or, il peut arriver qu'en arrivant tard au logis, il nous arrive une indisposition subite, — eh bien ! blessez-vous alors les doigts, fendez-vous les ongles en vous servant du briquet vulgaire; et si la pierre est usée, et si l'amadou est moite, et si le fil soufré est mal préparé, et si ceci et si cela, vous aurez du sang tout plein, mais du feu, point. Tandis que... Tenez, messieurs (et, joignant l'action à la parole, notre marchand frottait le lumignon d'une chandelle avec une allumette, et la flamme pétilla soudain), une, deux, trois, fit-il, et voilà de la flamme pure, de la flamme de première qualité ! — Cela coûte, messieurs, la bagatelle de quatre sous. — Quatre sous la boîte, quatre sous les allumettes chimiques ! — Tels sont les bienfaits de la civilisation, messieurs, et du régime constitutionnel; et n'en a pas qui veut. »

Quoique le Français tienne les cordons de sa bourse bien serrés partout où il y a lieu à lâcher de l'argent, il ne résiste que difficilement à la séduction de la parole; aussi les mains des assistans s'engouffraient-elles activement dans les poches, et les boîtes disparaissaient de dessus la table portative du marchand. Ne pas acheter aurait été cruel, et j'achetai comme les autres; mais vérification faite, il se trouva que j'avais payé le discours, vu que la boîte avait double fond, et qu'elle ne contenait, tout compte fait, que dix-huit allumettes.

Il n'y a pas de peuple qui sache mieux parler sa langue, qui sache exprimer ses idées avec plus d'élégance que le peuple français, et cela depuis l'homme de rien jusqu'au député.

La phrase est si obéissante, — elle s'étend sous l'action de la langue comme la cire sous les doigts; les paroles roulent, c'est comme si elles possédaient les facultés des corps sphériques. Le parler du Parisien surtout est comme frotté d'huile, les rouages de son mécanisme s'engrènent bien et marchent sans gêne. Le secret de la facilité de l'élocution dans la causerie s'explique aisément, si on ajoute aux propriétés de la langue française l'esprit vif et pétillant du Parisien. N'ayant pas d'embarras à craindre de la part d'une diphthongue trop hérissée de consonnes, ses réparties sont promptes et instantanées.

Nous avons souvent rencontré dans nos courses par la ville un colporteur de bijouteries en faux or et en chrysocale, et nous ne savions pas de quoi nous étonner davantage de la flexibilité de sa langue, ou de son activité inouïe, car le même jour nous l'avons vu en station, au Pont-neuf, au Palais-Royal, sur la place du Panthéon, et le soir, au théâtre de la Porte-Saint-Martin, comme il enjambait les banquettes, un paquet de feuilles imprimées sous le bras, et comme il les distribuait au public en faisant aller sa langue comme un fléau. C'était un égrillard, frais, rubicond, la barbe un peu bleuâtre, pas trente ans encore. Au public du Palais-Royal il disait :

« Vous croyez bien juger, messieurs, en croyant ce que vous me faites l'honneur de croire, à propos des belles choses que vous voyez dans ma balle. Vous dites : c'est de l'or; c'est pas de l'or, — c'est des diamans; c'est pas des diamans, — c'est des rubis; c'est pas des rubis, etc. Eh bien! si je n'étais pas Français, messieurs, c'est-à-dire galant homme, j'aurais pu vous en faire accroire sur ma marchandise; — mais, étant l'un et l'autre, je déclare loyalement que tout ce que vous voyez ici, messieurs, n'est que verre et cristal, serti dans une composition métallique qui n'est rien moins qu'or; — mais à quoi bon l'or, je vous le demande? lorsque l'imitation est poussée au point qu'il devient criminel, que dis-je, ridicule même, d'en porter du vrai, du pur. — Qu'on choisisse une bague, messieurs, à volonté, ne vous gênez pas, qu'on la porte pendant six mois, pendant un an, sur un doigt ganté d'un gant blanc glacé; et si, après ce laps de temps, on y remarque la moindre ternissure, je me fais fort de restituer le prix de la bague, en y ajoutant un bijou au choix de l'acheteur, et cela gratuitement, messieurs, gratuitement. En industrie comme en toute chose, les effets du commerce toujours au-dessus du pair sont l'honnêteté et la franchise; il n'y a que cela, messieurs. Il est possible que mes collègues les bijoutiers du Palais-Royal vous disent que l'éclat de mes pierres précieuses est fort sujet aux éclipses; — jalousie, messieurs, pure jalousie de métier! Tout s'éclipse ici-bas, dit-on, — c'est possible, mais non pas l'éclat de mes pierres, s'il vous plaît. En conséquence, achetez, messieurs, achetez! boucles émaillées pour ceintures de dames, dés à chaperons d'hématite, aiguillers, bagues, alliances, chaînes de montre, crochets, sévignés, féronières, épingles, boutons de chemises, cure-dents, cure-oreilles, croix à la Jeannette à 20, 40 et 60 sous pièce! »

Ce long programme était débité d'une voix claire, avec une pureté, une rondeur de prononciation dont j'ai rencontré peu d'exemples; un sérieux, un aplomb, et un ton de vérité dans la diction que c'était merveille! Il y avait surtout une espèce de *stoccato* inimitable, qu'il mettait dans la phrase de « ganté d'un gant blanc glacé. »

Après une pause, le colporteur reprenait d'un ton capable :

« Au moins, messieurs, vous ne direz pas que les chalands me manquent. » Et effectivement, l'empressement du public à se pourvoir de toutes ses brillantes fanfreluches était grand.

— Achetez, messieurs, achetez! criait-il de nouveau. Je serai bien fâché pour les retardataires; — vous voyez que c'est un assaut, disait-il tout en prenant, rendant et empochant de la menue monnaie.

Quoique j'aie appris, par la suite, que ceux qui achetèrent les premiers et le plus étaient des compères, cette circonstance, que personne n'ignore du reste, était loin de nuire au négoce du colporteur. On disait comme ça de lui dans la foule :

— Il est impossible que sa balle ne soit pas vidée vers la fin
de la journée, le malin parle trop bien pour cela.

Aux habitans de la place du Panthéon, entre autres belles choses, il disait :

— Eh! laissez, messieurs, le luxe aux gens superbes et or-
gueilleux des quartiers brillans de la rive droite de la Seine, et
aux *perruques* du noble faubourg. Cette engeance crève de dépit
d'avoir des yeux, des nez, des bouches et des oreilles faits à l'instar des vôtres, parce qu'elle ne veut rien avoir de commun avec
le peuple; — mais elle aura beau faire, c'est ici que le beau sang
circule, — témoin mademoiselle, ajoutait-il en saluant très-poliment une jolie fille du groupe, qui, toute flattée, l'écoutait dire.
Une oreille comme la vôtre, mademoiselle, ne peut, ne doit porter qu'un bijou comme celui-ci; et ce disant, il exhibait une paire
de pendans d'oreilles qui avaient l'air très-présentables. Je les
vends quatre francs ailleurs, parole d'honneur, pas un liard de
moins; mais je vous les offre à moitié prix, — parce que moi
qui suis peuple, quoique je sois garde national babillé, j'aime le
peuple. »

Oh! c'était un fameux compère que notre marchand de bijouteries en faux or et chrysocale, — et il n'est pas le seul à Paris,
tant s'en faut.

La louange, toute grossière qu'elle soit, filtre à travers tout ;
mais qu'elle fasse courageusement braver la douleur physique,
c'est ce qui semble tout-à-fait incompatible avec cette grande
poltronnerie de la chair qui évite l'approche de la souffrance
comme la sensitive évite l'attouchement; et pourtant, que ne
peut la faconde des arracheurs de dents (industriels dont la raison publique qui s'éclaire de jour en jour n'a pu encore tout-à-
fait exterminer la race), — que ne peut-elle, dis-je, sur la niaiserie du peuple parisien? Ces parasites éhontés de l'avoir public
finissent très-souvent par persuader à quelque pauvre diable de
badaud de se faire extraire une dent qui, d'après le propre dire
du badaud, ne lui fait pas précisément mal, mais qu'il soupçonne
d'intentions hostiles à son égard.

Il se trouve, à Paris, un arracheur de dents, effronté comme aucun de son métier, et qu'on peut rencontrer Place-Royale, rue Saint-Louis, Marché-Saint-Jean, — rarement se hasarde-t-il jusqu'aux boulevards. Ce faquin donc vous dit que les dents que fabrique la nature c'est tout drogue, mais que les râteliers qu'il confectionne, lui, c'est tout joyaux, et qu'ils sont et de bonne trempe et de belle apparence.

« A telles enseignes, disait-il un jour, que M. Talleyrand qui ne mord plus personne s'est fait arracher toutes ses quenottes par moi, messieurs, et qu'à raison de trois francs pièce il s'est pourvu de trente-deux dents, fortes et indestructibles comme du bronze.

» Si personne ne se trouve parmi vous, messieurs, qui veuille avoir une dent ou des dents, il y en aura peut-être qui seront dans le cas de m'en devoir. Voyons, messieurs, ne lésinez pas, corbleu ! mettez-moi plutôt en passe de vous prouver par des faits irréfragables un talent de première force en France, sauf le respect que je dois à ma modestie. Je vois... bien... là, continuait-il après avoir cherché un moment des yeux, une joue enflée, si toutefois mon œil exercé aux misères humaines ne me trompe. Place, messieurs, s'il vous plaît, place ! »

Et vite de se jeter dans le gros des spectateurs et d'aller droit à un garçon de dix-huit à vingt ans, un peu en guenilles, mais l'air éveillé, un de ces comparses volontaires des parades improvisées dans les rues. Le charlatan le prit poliment par la manche de sa blouse et tourna toute l'attention de l'auditoire sur sa victime. Le garçon paraissait autant souffrir des dents qu'un requin.

— Voyons, mon brave, — ça te tiraille-t-il bien fort ?

— Pour la minute, non que je le sache ; seulement, je possède une dent dans ma bouche, voyez-vous, à laquelle il prend envie par momens de faire des siennes, et alors cela me picote quelque peu, v'là.

— Ah ! bon ! s'écria le charlatan d'un air de triomphe. Il est donc démontré, messieurs, que moi, Horace Brice, ex-chirurgien-major du 1er régiment des grenadiers de la garde de l'*autre*,

9*

réduit par les vicissitudes humaines à faire ce que je fais, je vous
flaire une méchante dent à d'immenses distances, je vous la déterre entre cent mille et j'en fais l'éradication en une seconde
quatre tierces, montre à la main, — ce dont vous allez juger
tout-à-l'heure, vu que mon fait irréfragable, je le tiens par la
manche.

Le fait irréfragable faisait tantôt mine de vouloir s'émanciper
par un prompt mouvement du corps, tantôt fixait d'un air tout-
à-fait capot son persécuteur ; — mais lorsqu'il s'aperçut que ce
dernier avait tiré de sa poche un instrument d'acier poli, il s'écria
d'un ton moitié fâché, moitié plaisant :

— Allons, not' bourgeois, — si vous aimez la rime, je vous
dirai que je suis mauvaise tête et bon casse-noisette, jour de
Dieu ! (A l'appui de quoi il fit claquer ses dents comme un loup
affamé.) Essayez seulement de vous aventurer dans ma bouche,
et je vous prédis un malheur pour vos doigts.

A cette menace, le charlatan lâcha prise.

— Malheur plutôt à toi, dit-il, bélître ! car sais-tu ce qu'il y a
dans ta dent ?

— Mais, un trou, v'là ! fit l'autre.

— Oui, et dans le trou ?

— Dam' ! ce que vous ne voudriez pas pour votre déjeûner.

L'auditoire partit d'un éclat de rire.

— Oh ! ignorance, que je te plains ! s'écria le charlatan ; sache donc, imbécille, qu'il y a une bête dans ta dent ; — laquelle
bête va te ronger la mâchoire jusqu'à ce qu'elle n'ait plus rien à
ronger.

— Tiens, une bête ! firent quelques bonnes femmes en s'entre-
regardant.

Le garçon se tâta la joue.

— Les âmes faibles, messieurs, les âmes pusillanimes, reprit
d'un air docte l'ex-chirurgien-major de l'ex-garde, enfin, tranchons
le mot, les poltrons sont rares dans la ville de Paris ; un poltron,
né dans ses murs, c'est un animal aussi curieux à voir qu'un
rangoutant, messieurs ; mais je ne nomme personne.

Tous les yeux se tournèrent vers le pauvre jeune homme, devenu rouge comme une betterave.

— Ah! çà, dit-il d'un air résolu, n'est-y pas qu' vous voulez
me couvrir comme ça d'un soupçon *honteux* par devant le public,
monsieur le docteur-major ; — mais, cré nom d'un petit bon
homme, continua-t-il en posant sa casquette sur l'oreille et en
se coupant la hanche avec la main. Je n'étais qu'un galopin de
onze ans à l'époque où ça chauffait fort au Louvre, et si j'ai pas
pu tirer mon coup de fusil, j'ai porté toute la journée des cartouches aux citoyens pour qu'ils en puissent tirer des coups de
fusil à gogo.

— Honneur, messieurs, à un héros des trois glorieuses ! fit
le charlatan en soulevant son chapeau ; et après une pause, il
reprit d'un ton persifleur : — Lequel héros, à cette heure, fait
le plongeon et la soupe au lait devant une paire de tenailles.

— Plongeon, soupe au lait ! Mille tonnerres ! comme il y va
le tambour-major ; pour lors, fais ta besogne de tourmenteur,
bandit ; — prends ma dent, prends-la, mais je t'en garderai une,
et fière, va !

Ayant ainsi exhalé sa bile, le garçon se croisa les bras, mit sa
jambe droite en avant et présenta bravement sa joue à l'instrument fatal.

— Bravo ! criait la foule.

— Un véritable enfant de Paris ! dit quelqu'un ; — du courage
et de l'esprit.

Le patient soutint l'opération sans sourciller, quoi qu'elle fût
passablement longue, et rien moins qu'adroite.

— La voilà, la coupable ! s'écria l'arracheur de dents, en tenant haut le trophée ; elle est caverneuse et trouée comme un
moellon.

— Et la bête? firent quelques voix.

— Oui, oui, la bête, nous voulons voir la bête, répétait-on.

— Quant à la bête, mesdames et messieurs, qui n'est autre
chose qu'un ver imperceptible, mais très-monstrueux, si vous
voulez bien vous donner la peine de me suivre jusqu'à mon ca-

binet, j'aurai l'honneur de vous la montrer à travers un microscope.

— Je suis bien fâché de ne l'avoir pas sur moi.

Soudain les cris de — blague, blague! se firent entendre.

— Permettez-moi de vous dire, messieurs, que Paris est connu pour être la plus polie ville du monde.

— Va te faire lanlaire! à bas le charlatan! à bas, criaient les uns; — tu n'auras pus rien à faire par ici, criaient les autres.

— Forçons-le à avaler ses drogues, proposa l'enfant de Paris.

— Messieurs, respect à un art libéral et à la propriété, s'il vous plaît, répétait d'une voix tremblante le sieur Horace Brice, pendant qu'il serrait en toute hâte ses fioles d'élixir, ses spécifiques anti-scorbutiques, ses paquets de poudre dentifrice, etc.; puis, saisissant son pliant sous le bras, il joua des jambes comme un lièvre, le long de la rue de Bretagne, et se perdit bientôt dans le dédale des ruelles qui aboutissent au Temple. La foule ameutée le talonnait de près en le mitraillant de huées et de boue.

Dans la fourmillière de farces vicieuses, réputées inoffensives et que les besoins d'une société éternellement malade d'ennui ont engendrées dans les grandes villes de l'Occident, il en est qui sont particulières à telle ou telle contrée; elles sont d'un caractère vil, abject, mais n'indignent plus personne; — les esprits s'y sont faits, comme les palais de certains peuples pour certains mets. L'Espagnol trouve son *olla potrida* pas mauvais du tout, et l'Italien et le Français trouvent le métier de charlatan pas déshonorant du tout. — Dieu merci, les peuples d'origine slave et gothe ont pour lui une aversion insurmontable, — et ils ont raison, parce que ce métier ne se soutient et ne prospère qu'en vertu du plus impudent mensonge. — Si, en France, l'industrialisme ment, si le journalisme ment, si la littérature ne dit pas franchement son idée, si les partis politiques s'accusent mutuellement de ne procéder que par réticences, tout cela produit au moins, et on rencontre là, par momens, des paillettes de vérité qui ont bien leur prix; mais dans le charlatanisme proprement dit, il n'y a rien, il n'y a qu'étalage indécent du men-

songe, que satire insolente, que bravade impie de l'ordre ex-
plicite émané de Dieu : « **Tu ne mentiras pas.** »

Cependant, Paris est loin de posséder l'espèce la plus huppée
de charlatans ; ils ne s'y hasardent pas trop, — ils savent bien,
les malins qu'ils sont, que Paris commence à se donner des airs
d'indépendance sous ce rapport ; — mais leur véritable terre pro-
mise, c'est la province.

J'ai eu la bonne fortune de tomber inopinément sur un échantillon de cette espèce, lors de mon retour de France ; — ce fut
à Tonnerre, la jolie ville qu'on rencontre avant Dijon.

Sur la grande place, une foule compacte, les becs en l'air,
écoutait un charlatan de haut renom. — Il n'avait rien moins
que calèche à quatre chevaux, cabriolet à deux et charrette à
un cheval, avec femme, domestiques, et marmaille dedans.
Lorsque je lui demandai combien il lui fallait gagner par jour
pour nourrir tant de bouches, il me donna l'énorme chiffre de
35 francs ! C'était donc un monsieur à 12,650 francs de rentes
par an. Cet homme avait le costume des charlatans d'autrefois,
fidèle à l'ordonnance en tous points : frac bleu de ciel à gros boutons d'acier brillanté, une culotte courte de satin paille, des bas
de soie zébrés, une écharpe de satin rose à franges d'oripeau qui
lui serrait la taille, deux chaînes de montre terminées par deux
bouquets de breloques qui lui descendaient de chaque gousset jusqu'à mi-cuisse, un immense tricorne à plumage blanc ; une grosse
queue poudrée, favoris item, d'énormes anneaux d'or à ses
oreilles et des bésicles en verre bleu sur un nez à bec de cor-
bin. La femme portait une robe d'étoffe lamée ; sa chaussure
se composait d'une paire de babouches rouges brodées d'or : trois
plumes d'autruche tricolores étaient fichées dans une coiffure à
la Dubarry ; — elle portait du fard, des mouches, des mitaines,
une trentaine de bagues à ses doigts, et tenait à la main un immense éventail.

Le long discours que son mari avait adressé au public de la ville
de Tonnerre nous a semblé trop caractéristique pour ne point l'insérer ici, bien qu'en agissant de la sorte nous contrevenions à l'or-

dre que nous avons établi dans la marche graduelle de l'ouvrage.

« J'ai voyagé dans le Levant, messieurs, tel fut le commencement du discours de ce menteur public, pour mon propre plaisir, messieurs, tout comme M. de Chateaubriand, parce que quand on se sent un peu de poésie dans les entrailles, on aime le large, voyez-vous, et j'en étais fourni, messieurs, moins que monsieur de Chateaubriand, cela va sans dire, il y a mesure à tout, mais honnêtement. Je voyageais avec ma belle et tendre épouse, tout comme monsieur de Lamartine, et tout comme lui, j'ai laissé dans mon lointain pélerinage bien des objets chers à mon cœur ; — d'abord, ma colossale fortune, puis mes illusions de poête et finalement la sérénité d'ame de mon épouse — voici à quelle occasion. — Écoutez, écoutez, firent quelques voix (peut-être des voix soudoyées).

— Vous me faites trop d'honneur, messieurs, dit le faquin costumé en soulevant son chapeau et saluant jusqu'à terre, je serai pourtant bref, messieurs.

Non, non ! firent les mêmes voix.

— En ce cas je serai long, messieurs, je suis tout cire, et bon enfant, sans que cela paraisse. Je commence.

» Par un beau matin, donc, je laissai mon épouse à St-Jean-d'Acre, sous la protection d'un mien ami, le pacha de l'endroit. — Je pris la diligence pour la Mecque, et fouette cocher ! ce qui veut dire que je grimpai sur l'impériale d'un chameau, pas tant pour la chose de voir le tombeau de papa Mahomet, mais pour l'amour de la science médicale, parole d'honneur, et elle vous est fameuse, la science, dans le pays des *Arabies*; un brin y manque pour que ces gens, que nous appelons barbares, ne vous tombent sur une machine d'idée qui mette dame la camarde une bonne fois à la raison. Il y a des contrées, messieurs, où les paroles gèlent à la sortie de la bouche, comme vous ne l'ignorez pas, mais dans le grand désert par où la grande caravane dont je faisais partie cheminait, la chaleur vous liquéfie presque ; les farceuses d'hyènes n'en peuvent quelquefois mais, parole d'honneur, et ces chevaleresques brigands connus sous le nom de **Wé-**

habiles, de Druzes, de Bedouins et autres démons pareils, se
complaisent dans cette ardente atmosphère ni plus ni moins que
des salamandres. La caravane se traînait donc comme un long
serpent sur la plaine, et, lorsque personne ne s'y attendait....,
paf! ils nous assaillirent, nous enveloppèrent, et firent table nette
de tout. Je me défendis comme un Achille; c'était bête, mais que
voulez-vous? lorsqu'on a du sang français dans les veines, au moment d'un danger on ne fait que des incongruités de cette espèce,
et dans la lutte, pardon de cette longue parenthèse, messieurs,
le tranchant d'un yatagan m'entra dans le crâne comme dans du
beurre; mais il est juste de dire, messieurs, que s'ils coupent
dextrement, ils guérissent fabuleusement. Je devins esclave, messieurs, ce qui est une habitude là-bas, comme ici nous avons l'habitude d'être libres. Mon maître m'appliqua un onguent sur la
plaie, et, voyez le miracle, en moins de quarante-huit heures ma
large blessure se cicatrisa. Ce merveilleux onguent, messieurs, le
voici! tenez! »

Et pour appuyer ce qu'il disait, le charlatan éleva son bras en
l'air, et montra à l'auditoire une burette en faïence, portant une
étiquette en caractères arabes, à ce qu'il disait.

« La chimie, messieurs, continua-t-il en décachetant la burette,
a perdu et son grec et son latin en voulant analyser cet onguent;
elle les a perdus, l'ignorante qu'elle est; — mais contre les faits,
il n'y a rien à opposer, — cela parle clair! Aussi, après avoir
radicalement guéri, à l'Hôtel-Dieu de Paris, une douzaine d'éry-
sipèles malins, une couple de cancers réputés incurables, une
vingtaine de cacouëttes et de furoncles condamnés par la Faculté,
et après avoir arrêté la gangrène d'un polisson de panaris rétif à
tous les traitements, d'un panaris illustre, d'un panaris d'état,
la propre propriété de pas moins que maître Thiers, le grand
homme, à la barbe de ses envieux et de sa petite stature,
la Faculté, par son ordre suprême, a été obligée de me délivrer des certificats, avec force commentaires laudatifs sur les
vertus non-pareilles de mon onguent. Mais, pour rebrousser
chemin de la bagatelle de quelques milliers de lieues, et partant,

pour revenir à l'histoire de mes malheurs, j'aurai l'honneur
de communiquer à mon illustre et très-honoré auditoire, tout
en sautant à pieds joints sur des épisodes plus ou moins in-
téressans, les faits et circonstances qui seront les plus dignes
d'exciter son intérêt. Or, le Whéabite, mon maître par droit
du glaive, le même qui s'est donné la fantaisie de me fendre
le crâne, s'apercevant qu'il y avait du soigné dessous, condescen-
dit gracieusement à m'initier aux secrets de sa science, car j'ai
oublié de vous dire, messieurs, que c'était un fier mage que mon
maître, et par le temps qui court, la magie en Orient ça vous est
commun comme bonjour. Deux ans me suffirent pour être aussi
cossu dans l'art de la pathologie arabe que mon maître. Me
sentant donc ferré à glace sur cet article, je m'esquivai, le cœur
plein de reconnaissance, par une impertinente chaleur équinoxiale,
de dessous la tente noire de mon patron. Par des chemins vi-
cinaux aussi détestables que ceux de notre belle patrie, et à travers
monts, vaux et eaux, j'arrivai, gai comme pinçon et frais comme
une rose panachée, à Saint-Jean-d'Acre. Mais, hélas ! c'est là que
m'attendait un déboire domestique pyramidal ! Figurez-vous,
messieurs, ma femme Jacynthe, que voilà (et le faquin montrait
du doigt la femelle plâtrée de rouge et de blanc qui se tenait debout à ses côtés), Jacynthe, ma femme, répéta-t-il en mettant du
pathétique dans cette exclamation, devint la proie du régime ab-
solutiste de ces contrées ; car mon ami le pacha s'avisa de jouer
le rôle de jeune premier près de mon épouse, et prit pour elle une
de ces fantaisies que les canons de l'Église défendent ; mais quand
on a le pouvoir en main, se soucie-t-on de ces bagatelles ? et, en
conséquence, mon épouse fut écrouée au harem de monseigneur
mon ami. Il voulut, elle ne voulut pas ; il conjura, elle jura ;
il menaça, elle s'en moqua ; mais, oh ! souvenir navrant ! mon-
seigneur le tyran eut finalement recours au moyen excitant de la
flagellation ; mon épouse la supporta en Lacédémonienne, et,
somme toute, sortit de la lutte pure comme une Vestale. Mais,
depuis lors, sa sérénité d'ame s'en fut, hélas ! depuis lors, l'ex-
piation devint pour elle le seul aliment de sa vie. »

A ces derniers mots, dame Jacinthe prit un air pudibond, et se couvrit le visage de son éventail.

« C'est dans cet état de détresse, continua le charlatan, que je trouvai mes affaires domestiques en arrivant à St-Jean-d'Acre. Ma première besogne fut de courir au palais de mon ami le pacha, et de m'enquérir de la colossale fortune que je lui avais laissée en dépôt, et de la fidèle épouse que j'avais confiée à son honneur d'infidèle. On me fournit toutes les données nécessaires et on les appuya de plus d'un acte officiel sur lequel je n'avais pas compté, et notamment sur cinquante coups de bambou qu'on m'appliqua sur la plante des pieds. Cela fait, on me jeta, nu comme un ver, dans les cachots de leur Conciergerie ; et ce n'est pas un boudoir de grande dame que leur Conciergerie, je vous en réponds. J'y gémissais depuis treize mois, neuf jours et quatre heures ; lorsque, par une fraîche matinée de janvier, on me mena par devant la redoutable personne de mon ami le pacha.

« — Écoute, chien de chrétien, que me dit le pacha en avalant une bonne gorgée de fumée de tabac, tu connais mon fils Sélim, la douce lumière de mes yeux et de mon ame?

» — Oh! que si, redoutable majesté, lui ai-je répondu.

» — Eh bien! plains-moi, car cette lumière de mes yeux et de mon ame est devenue aveugle. Guéris-le, chrétien, et je te rends ta femme, et je vous fais renvoyer tous les deux en Europe. »

» Notez bien, messieurs, que le vieux renard ne souffla pas un mot de ma colossale fortune; mais il s'agissait bien de cela dans ma fausse position. J'allai donc voir son mioche : il n'avait rien moins que le glaucome, parvenu à son dernier période. En deux tours de main, je vous lui manipule l'eau miraculeuse que j'ai l'honneur de vous présenter, et dont l'héritier présomptif de la couronne de la Syrie garde un visible souvénir, s'il a de la mémoire entre les deux yeux. »

Et pendant que l'adepte de la magie orientale achevait son histoire par ce jeu de mots, il fouillait dans les poches de la calèche, et exposa bientôt aux regards du public un flacon qui contenait un liquide couleur de lait.

« — Une goutte de cette eau, messieurs, que j'ai introduite dans les yeux du patient, a non-seulement arrêté le mal de suite, mais en place de sa vue d'homme je lui ai baillé une vue de lynx, parole d'honneur.

» Tels sont mes malheurs, messieurs, et ceux de mon épouse, qui a perdu en Orient la sérénité de son ame et qui est sortie du harem d'un turc pure comme une vestale. Telle est l'histoire de mon remède glutinatif et de mon eau anti-ophthalmique; et je consacre ces deux panacées au soulagement de l'humanité, à raison de 20 sous la burette et de 10 sous le flacon. — Quant aux certificats de la Faculté de Paris, messieurs, vous allez en prendre connaissance, s'il vous plaît, » disait le charlatan en tirant de dessous le tablier de la calèche une grosse liasse de papiers.

Si j'eusse possédé l'art du sténographe, le lecteur aurait eu la très-fidèle contrefaçon de ce discours, enluminée d'une infinité de locutions particulières à la profession, de tours de phrases, de boursouflures, de trivialités et de lieux-communs de toute espèce qui eussent fait de cette macédoine de mensonges un document burlesque de la faconde d'un empirique français de province. A défaut de mieux, je n'offre ici que les principales tirades d'un récit auquel j'ai tâché de conserver, autant que ma mémoire me l'a permis, sa couleur primitive et son clinquant

Pour de l'esprit, les charlatans en ont presque toujours; on n'a pas de peine à en trouver dans ce Paris, le four aux vaudevilles; dernièrement encore, aux boulevards, j'ai entendu un escamoteur s'écrier, après un tour d'adresse de son métier :

— Non, vous êtes capables d'ingratitude, messieurs, vous êtes capables de ne pas faire insérer dans tous les journaux le tour que je viens de faire.

— Eh ! savez-vous escamoter une chemise, demanda quelqu'un du groupe, sans déshabiller la personne !

— Certes, que je le sais !

— Faites donc !

— Merci ! après la leçon d'hier, je n'en veux plus tâter. Figurez-vous, messieurs, que j'accoste une dame dans l'intention

de lui escamoter sa chemise, sans préjudice aux bonnes mœurs,
s'entend, et le tour à peine commencé, qui croyez-vous qui fut
penaud?... Ce fut moi, messieurs; — l'impertinente! elle n'avait
pas de chemise.

L'an passé (1838), Paris avait un pendant au portrait que j'ai
pris la liberté d'intercaler plus haut. Il est inutile d'ajouter que
c'était un charlatan de grande réputation. On pouvait le voir,
entre deux et trois heures de l'après-midi, s'installer gravement vis-à-vis l'obélisque de Louqsor faisant face au jardin. Il
avait l'apparence d'un haut dignitaire de la cour du souverain de
Lahore. Dieu nous pardonne la comparaison, mais son costume
rappelait un peu celui de feu l'illustre général Allard. Il était coiffé
d'une espèce de toque chamarrée de strass et de faux brillans, et
affublé d'un *cafetan* à courtes manches garnies de martre-zibeline
fausse; il portait, à sa ceinture de cachemire faux, un poignard d'É-
gypte, à lame recourbée, étincelant de pierres fausses; les longues
tresses bouclées qui lui descendaient sur les épaules m'avaient
l'air d'être également fausses. Il n'y avait qu'une chose qui fût vraie
en lui — c'est sa mâle beauté. Quant à son infirmité (il était
manchot), je ne l'affirmerais pas; sa barbe noire et touffue lui donnait un air tout-à-fait imposant. Tant que sa physionomie était en
repos, on l'admirait; mais dès qu'il se mettait à parler et à déclamer, on passait à un sentiment tout contraire: une expression de
fourberie et de bassesse, d'astuce et d'impudence en brisait
tour à tour les lignes harmonieuses. Plus on l'examinait, et
plus on éprouvait le besoin criant de le souffleter. La paume de
la main démangeait, — elle se sentait une envie irrésistible de
tomber à plat sur les joues potelées, blanches et rosées du charlatan; c'est que le soufflet y aurait résonné sec, clair; c'est qu'il
s'y serait collé si bien !

Cet empirique effronté se promenait dans un cabriolet neuf, attelé d'une paire de chevaux à courte queue, d'égale encolure, bien
nourris, bien harnachés ! Sur l'impériale, très-commodément se
tenait un orchestre de trois musiciens. Dans les intervalles où le
maître ne parlait pas (nous voulons dire ne mentait pas), il criait,

10.

avec la voix d'un chef-d'escadron : — « Musique ! » Cette créature commande, et il y a des créatures qui lui obéissent ! — Et que ne disait-il pas ; et que ne contait-il pas ? — Des aventures où il y avait du Robinson-Crusoé, et du Gonzalve de Cordoue, et du Béniowski !

Si nous en voulons à cet homme plus qu'aux deux sectaires en escroquerie qui le précédent, c'est qu'ayant eu l'occasion de le voir souvent, de l'entendre souvent, nous comprîmes bien et l'homme et le métier. Encore un coup, — si nous lui en voulons c'est qu'il a été cause qu'on a souffert pour lui — et comment souffert ! ! !

Une bonne d'enfans, voyant une troupe de curieux suivre le cabriolet du charlatan manchot, se hasarda, avec la fille de ses maîtres, une enfant de cinq ans tout au plus, hors des grilles du jardin des Tuileries, se perdit dans la foule et fit comme la foule, c'est-à-dire ouvrit la bouche et dressa les oreilles. La petite fille, par un de ces caprices dont les enfans ont seuls le fin mot, ne voulut pas être portée, et force fut à la bonne de la descendre à terre ; mais à peine descendue — perdue, comment ? quoi ? Dieu le sait ! le fait est qu'elle s'égara en un clin-d'œil. Le coup inopiné écrasa la malheureuse bonne ; — il y allait donc d'un remords pour la vie ! Rien ne saurait vous donner une idée de la crise qu'elle éprouva ! elle se jetait à genoux devant tout le monde, — embrassait les genoux à tout le monde, — s'accrochait aux habits de chacun et redemandait l'enfant à grands cris.

— Cécile ! Cécile ! ma petite Cécile ! dites que vous avez vu Cécile, messieurs ! au nom du ciel, dites-le ! — Ayez donc pitié de moi !

C'est ainsi que la bonne conjurait ceux qui s'attroupaient autour d'elle.

— Courez au jardin, lui répondait-on, peut-être y est-elle retournée.

Et la voilà partie comme un trait, et mille personnes de la suivre, — toutes mues par un tendre intérêt, nous voulons bien le croire ; car une curiosité stupide, dans cette occurrence, serait méchan-

ceté, — et il n'y a que l'esprit du mal qui soit méchant en amateur.

Mais, à peine eut-on passé la grille que........ quel bonheur !
voyez à droite près du poste (1), le tambour de garde, assis sur
sa caisse, et sur ses genoux la petite Cécile jouant tranquillement
avec les baguettes; et les camarades du bon tambour qui le plai-
santent probablement sur sa trouvaille, et qui caressent l'enfant
à tour de rôle.

Un cri perçant, des millions de baisers frénétiques pour Cécile
et une bonne dose de baisers tous francs pour l'heureux tambour,
tel fut le premier acte de jouissance d'un bonheur inespéré que
goûta la pauvre fille.

Depuis ce jour, partout où je rencontrai le charlatan grand
seigneur, je murmurai une invective contre lui.

La bonne était jolie, elle s'appelait Catherine. La première effervescence de la joie passée, elle se prit à raconter son aventure,
nous apprit ce que c'était que sa Cécile, ce qu'étaient les parens
de Cécile, ce qu'elle était elle-même; et pleurant, riant, elle
poursuivait ainsi son récit, lorsque tout à coup voyant grossir la
foule qui l'écoutait, elle s'arrêta, saisit l'enfant dans ses bras,
s'éloigna vite, — bien vite, comme si elle eût craint un nouveau
malheur, et nous ne la revîmes plus; elle se perdit dans les bataillons d'autres enfans, d'autres bonnes: — ceux-là jouissant haut
de la vie; celles-ci s'ennuyant royalement sur le terrain du roi.

(1) Près de la principale porte du jardin des Tuileries, celle qui est
ornée des deux chevaux de marbre domptés par deux écuyers, se trouve
un poste d'infanterie de ligne.

CHAPITRE V.

SUITE.

Si , à Jérusalem , Hérode avait eu un rendez-vous d'enfans comme le jardin des Tuileries , il se serait cru certain de son affaire. C'est prodigieux ce qu'il y a ici de bambins de toutes les tailles , depuis le poupon qui tient son doigt dans la bouche , jusqu'au petit gaillard qui joue à la balle , qui donne des leçons de manége à son *dada,* ou pourfend l'air avec son sabre de bois. Ils sont beaux les enfans qu'on voit là. Ce n'est pas tout ; il y quelque chose de si attractif en eux , qu'on voudrait les manger de caresses ; et ils sont enfans dans toute l'acception de ce mot. Ceci concerne particulièrement les filles. Dans beaucoup de pays, et surtout en Allemagne et en Pologne, une petite de douze ans , ça se donne déjà des airs de grande demoiselle : ça parle toilette, craint le hâle ; ça minaude très-joliment , ça prend au sérieux le miroir ; en un mot, ça essaie d'aliéner son douaire futur de coquetterie. Mais les petites Parisiennes de cet âge paraissent ne pas se douter d'être femmes en herbe : elles sont tapageuses, courent comme des biches par le jardin des Tuileries, sautent à la corde, chassent le cerceau, se font mutuellement des niches , et, quand un homme leur parle, elles le regardent, l'œil grand ouvert, l'air franc, les dents à fleur de bouche. En général, tout ce bruyant petit peuple est à Paris ce qu'il doit être, frais et beau de visage (c'est comme j'ai eu l'honneur de vous le dire), trans-

parent de caractère, et faisant son rose métier sans arrière-
pensée.

On peut aussi observer au jardin des Tuileries les différens sys-
tèmes adoptés par les parens dans l'éducation physique de leur
progéniture. Au fort de l'hiver, il nous est arrivé de voir des garçons tout déculottés courir gais et fringans à travers les allées du
jardin, les jambes nues et rouges comme des pattes de homards ;
d'autres sans coiffure, mais chaudement mis ; d'autres enfin tout
couverts de ouate et de fourrures.

C'est l'enfant du bourgeois qui joue aux Tuileries ; l'enfant de
sang très-noble a son parc ; mais l'enfant de l'homme du peuple
joue dans la rue, comme le petit chien vagabond. J'ai eu occasion de l'épier quelquefois, pensant, avec raison, ou sans raison,
qu'il y aurait aussi à glaner quelque chose dans son champ, et
faisant cette réflexion que le grain, au moment de sa venue,
pourrait faire bien ou mal augurer des qualités végétatives de la
tige. Une chose que je regrette beaucoup, c'est de n'avoir pu saisir l'idiome original que parlent les galopins de Paris.

Derrière l'Église métropolitaine, il y a une place assez spacieuse ; elle n'est pas pavée : c'est ordinairement là que j'allais
faire ma reconnaissance comme une patrouille ; car c'est là que
les rassemblemens de gamins étaient le plus nombreux : jeu de
balle, main chaude, jeu à la baguette cassée, croix ou pile, jeu au
berger, et jeux dont je ne me rappelle plus le nom, étaient toujours en grand train sur cette place.

Sont-ils beaux, tous ces petits coquins ! Ils sont peut-être plus
beaux que ceux des Tuileries ; et quelle audace dans le regard !
que d'énergie et de vivacité dans leurs mouvemens ! quelle passion
dans le jeu où la pièce de deux sous déploie ses grâces ! Survienne une rixe, et il faut les voir ! L'acharnement, la fureur, les
feintes cruelles, les trahisons infâmes, toutes les manœuvres sont
jugées de bonne guerre sur la place de l'Archevêché : elles mènent
au but, qui est, comme dans toute guerre, celui de faire le plus
de mal possible à son ennemi. L'entêtement est un trait à part
chez les gamins de Paris, et c'est un entêtement tout d'amour-

propre, qui ne cède ni un mot ni un geste, qui ne connaît pas le désaveu, à moins que ce ne soit la bouche close, et par suite de l'épuisement des forces physiques.

Un dimanche, on jouait à l'émeute : les républicains eurent le dessus sur les gardes-nationaux ; les vainqueurs, comme de juste, obligèrent les vaincus à crier *vive le peuple!* Comme ce cri était dans les sympathies de ces méchans petits démagoques, qui, quoique gardes-nationaux, partageaient l'opinion de la partie adverse, ils firent ce qu'on voulait, sauf un seul.

— Non, disait-il, je veux pas! et il se mit à crier : *vive le roi* Aussi, à chaque cri, lui baillait-on une bonne râclée. Je le voyais étendu par terre, brisé, moulu de coups, respirant à peine ; mais le cri loyal sortait toujours de sa bouche. A la fin, n'en pouvant plus, il proposa la plus originale des capitulations :

— « Eh ben! arabes! s'écria-t-il à travers ses sanglots, — ça vous ira-t-il si, au lieu de crier *vive le peuple!* je crie vive le commissaire de police de not' quartier? »

Il paraît que ledit commissaire était en odeur de sainteté dans le quartier, puisque les *républicains* voulurent bien s'arranger d'un cri aussi gouvernemental que celui-là.

J'ai aussi souvent remarqué, dans le public des gamins de la place de l'Archevêché, un gaillard qui avait bien déjà ses quinze ans accomplis ; excepté les dimanches, il portait un immense pantalon garance qui lui allait jusqu'aux aisselles ; deux bretelles de lisière se croisaient sur ses épaules, et un bonnet de police crasseux, fièrement posé sur l'oreille droite, le coiffait. Il ne portait jamais ni blouse ni casquette. Ce garçon-là était probablement le fils de quelque dragon en retraite. Il avait la haute main sur tout le monde : c'est lui qui faisait la police du lieu. C'est que, bien que de petite taille, il surpassait son monde en force musculaire. Le droit et la prépondérance morale parmi ces messieurs, comme aux temps héroïques de la Grèce, se concentraient dans le bras et le cœur.

Quand on jouait à la bataille, c'est lui qui assignait les postes et qui distribuait les grades. Il me souvient que, dans une de ces batailles qui se vidaient sur la place, et avant d'en venir aux mains avec l'ennemi, il nommait des sergens, des officiers. Pendant cette occupation, il prit à part un garçon de neuf à dix ans, qui avait les poches pleines de galette.

— « Si tu m'en donnes, fit-il, je te fais officier.

— » Eh ben ! tiens, Pézard, en v'la ; mais je veux pas être officier.

— » Et quoi qu'tu veux devenir ?

— » Je veux passer cuirassier. »

Jouait-on de l'argent, c'est Pézard qui gagnait constamment. Dans l'occasion, il trichait ; si on l'attrapait sur le fait, il distribuait des coups à droite et à gauche, emportait les enjeux et filait comme le vent. Avait-il quelque friandise, il ne partageait avec personne, quoique ses camarades partageassent volontiers avec lui. De sorte qu'il battait, qu'il trichait, qu'il ne donnait rien à qui que ce fût, et que tout le monde était engoué de lui.

Il me regardait souvent d'un œil assez goguenard et parfois impertinent.

— « Qu'as-tu à me regarder, mon garçon? » lui dis-je un jour qu'il me toisait de cette façon un peu trop long-temps.

— « Je ne suis pas *toi*, » me répondit-il sur-le-champ, « je suis *vous*, s'il *te* plaît, comme vous êtes *vous* si cela me plaît. »

Le jour où il me parla ainsi, il ne pouvait pas faire sa partie de bouchon, attendu qu'il n'avait pas un centime dans sa poche.

— « Dites donc, monsieur, me dit-il, vous qui venez tous les jours nous voir jouer, pourquoi qu'vous ne donneriez pas quelque chose aux gamins pour le spectaque? »

Pour me tenir toujours en bonne intelligence avec les acteurs de la place de l'Archevêché, j'étais en train de dénouer ma bourse, quand il se fit un groupe autour de nous deux.

— « Pézard est un infâme, » dit une voix, « il prend de l'argent d'un monsieur qu'il n' connaît pas. »

C'était l'héroïque défi de Billaud-Varennes, jeté à la tête de Robespierre à la séance du 9 thermidor.

— « Oui , infâme , s'écrièrent-ils tous ; c'est un sans-cœur ! »

A cette offense publique, Pézard fondit comme un dogue sur toute la troupe, et il faisait déjà mordre la poussière à plus d'un, quand les neutres et les tièdes se rallièrent, et la maxime de *concordia res parvæ crescunt* triompha enfin après maints efforts.

D'après les observations que nous avons faites sur ce garçon au nom sinistre de Pézard , je le jugeai être en communication instinctive avec le bagne.

Dans mes fréquentes visites à la place de l'Archevêché , j'ai remarqué que ceux qui gagnaient quelques sous au jeu allaient au pont Saint-Michel se faire cirer les souliers. Il y avait là un pauvre décrotteur à cheveux gris à qui les gamins s'adressaient de préférence. Il fallait voir l'air important qu'ils prenaient pendant que le vieillard , courbé jusqu'à terre, leur cirait la chaussure. J'en ai vu qui, tout en fumant leurs pipes (parce que, figurez-vous qu'à onze ans on fume déjà à Paris), s'amusaient à lancer des bouffées de fumée au décrotteur ; et lui, très-poliment, de s'acquitter de sa besogne, en leur donnant du *monsieur* à chaque mot.

— « C'est prêt, monsieur ; tout de suite , messieurs ; » c'est ainsi que le besoin obligeait ce bon vieillard à traiter tous ces enfans, qui auraient pu être ses petits-enfans.

Quand on raconte des choses pareilles, elles échappent, elles glissent ; mais c'est qu'il faut voir, il faut entendre comme j'ai vu et entendu, pour ne l'oublier jamais. Ce vieillard, courbé aux pieds de l'enfance, faisant l'office de domestique ; cette enfance à l'air arrogant, usurpant de si bonne heure les airs et les habitudes de l'homme fait, comme l'habitude de fumer la pipe à l'aurore de l'adolescence : tout cela donne à penser, pour peu qu'on prenne de l'intérêt à ce qui arrive tous les jours à la famille humaine dont chacun de nous est membre ; il est impossible, dis-je, qu'au passage, cela ne vous fasse mélancoliquement rêver sur ce pli profond d'immoralité hideusement graduée, sur ce relâchement de toutes les disciplines dans les hiérarchies morales dont Paris est le siége, la France la complice, et l'Europe l'adepte, nous le craignons bien.

Il arrive aussi que, dans les rues, on est quelquefois témoin à contre-cœur de ces tortures cruelles dont les enfans sont les exécuteurs.

Voici une pauvre vieille femme ; elle s'est grisée ; c'est un dimanche : voici des gamins de toute taille et de toute couleur qui s'acharnent après elle ; guêpes cruelles, infatigables, inexorables ! Celui-là lui tire son mouchoir de la poche et le jette dans le ruisseau ; cet autre lui dérange sa coiffe ; un troisième lui pince le nez ; enfin, mille avanies ! Et quelle foule dans les rues ! Le passage est obstrué, les omnibus s'arrêtent, toutes les croisées s'ouvrent, tout le monde rit, et de grands gaillards d'ouvriers, qui s'en donnent aussi. — « Pourquoi attaquez-vous cette femme ? » demandez-vous. — « Elle est soûle, monsieur, » vous répond-on ; « une femme, c'est une honte ! »

Les beaux moraliseurs que cela fait ! eux qui boivent et s'enivrent depuis le dimanche matin jusqu'au mardi soir ! — Brutes ! est-ce à vous de punir ? vous dont les peccadilles journalières sentent toutes plus ou moins le frais de la potence quand il y a un pendu d'accroché.

Oh ! que je vous hais tous, et particulièrement vous, méchantes petites créatures, fretin puant du puant ruisseau des rues !...

Allons ! qu'est-ce que c'est que cette ire superbe !... Est-ce la faute à tous ces pauvres enfans s'ils sont comme les voilà ? — N'est-ce pas plutôt la faute de ceux auxquels la loi a donné la mission d'être les pères de ces enfans ? — Un père est avant tout le guide du cœur de ses enfans, et le guide de leur raison, quand l'âge de la raison arrive pour eux. Or, je ne sache pas qu'il y ait en Europe une seule nation où l'âge de raison soit arrivé pour l'homme du peuple, — et en France les instituteurs naturels de la nation ne parlent jamais au cœur de l'homme du peuple, mais toujours à sa tête ! — Ainsi, pardon de mon apostrophe, adressée aux pauvres polissons des rues, je la déclare calomnieuse. Voyez, pour les noircir, j'ai fait une course inutile, j'ai quitté les Tuileries, d'où je ne devrais pas encore sortir de sitôt, pour des raisons que le lecteur appréciera, lorsqu'il voudra bien y retourner.

Le jardin des Tuileries, comme toutes choses en France, a dû subir les lois de la métamorphose morale. Madame de Sainclair, la vieille femme frivole du chef-d'œuvre de M. Delavigne, y dit quelque part :

> Aux Tuileries,
> Le temple de la mode et des galanteries,
> L'école des grands airs, etc.

Tempi passati, chère Madame Sainclair, *tempi passati!* Vous seriez bien désappointée si vous veniez aux Tuileries faire un tour de promenade par un beau jour d'été de l'an de grâce 1839. — Des ducs d'Elmar, des Hortenses, pas l'ombre! modes, galanteries, grands airs.... tout cela s'est envolé.

Le schisme politique, né des barricades de juillet, a occasionné des ruptures violentes entre quelques-unes des branches dont se compose la famille parisienne ; la tutelle politique ayant passé du petit nombre au grand nombre, elle a froissé une foule d'orgueils héréditaires, elle a heurté quelques vanités mesquines et, en général, a renversé bien des espérances et fait déchoir bien des prétentions. De là une rancune profonde, de là une claustration volontaire des castes disgraciées dans l'intérieur de leurs familles et de leurs pénates. En cela, elles ont agi en sens inverse du système sanitaire adopté par les polices européennes ; étant minorité, mais se jugeant saines, politiquement parlant, et se trouvant dans l'impossibilité d'imposer quarantaine à la majorité, elles ont mieux aimé se l'imposer à elles-mêmes. Ces castes contemplent Paris des croisées de leurs hôtels, du fond de leurs carrosses, et jettent un coup-d'œil curieux sur la masse des pestiférés, du haut des premières de l'Opéra-Italien. La haute finance et les chenilles du budget, un peu par singerie, un peu par morgue de parvenus, évitent, tout en faisant la révérence, un contact trop rapproché avec les vrais partisans du schisme. Le peuple, de son côté, se sachant officiellement une fraction de la souveraineté, a posé crânement son chapeau sur l'oreille, fume la pipe, lance au loin sa salive et croit de son devoir d'imiter la rudesse, l'insolence et la malpropreté révoltante de la ca-

naille de Washington ; mais si le *Yankee* crache, le Parisien fait
mille fois pis! aussi est-il vraiment très-chanceux, pour les dames
surtout, de risquer des excursions pédestres dans les rues ; je
ne parle pas des rues mal famées comme la rue Soly, où un devoir
sacré attirait madame Jules Desmarets, mais des rues honnêtes
où très-souvent le sentiment de la décence se trouve soudainement blessé par quelque acte de saleté bestiale du genre de celle
qu'on souffre courageusement en allant contempler de près les habitudes agrestes des animaux d'une ménagerie (1).

Toutes ces causes, tant morales que physiques, nous semblent
avoir provoqué l'absence visible de ce qu'on est convenu d'appeler
le beau monde, et sur les boulevards, et au Palais-Royal, et aux Tuileries ; et le beau monde, on le reconnaît à certains emblèmes, à
certains fions qui, de tout temps, ont été sa propriété exclusive.
— On le reconnaît, en général, dans cette harmonie inexplicable
que l'instinct du beau nous révèle à tous avec plus ou moins de
bonheur, et il faut bien le dire, il y a presque un manque absolu de ces échantillons dans la magnifique allée des orangers du
jardin royal des Tuileries.

Sont-ce bien là des Parisiens et des Parisiennes que vous avez
devant les yeux? — Sans contredit; — mais des Parisiens dans
l'élan d'une réforme. L'aspect de ce public annonce l'intrusion
imperceptible de je ne sais quel calme cadencé dans les manières
et les maintiens, dont on ne pouvait pas accuser les Parisiens d'il
y a vingt ans.

Les hommes avec leurs barbes en pointe ou leurs larges *impéria-*
les, leurs cous serrés, leurs longues chevelures, avec leur démarche méditative, leur conversation brève, semblent tous prêts à
prendre un certain pli que, faute de terme pour rendre notre idée,
nous allons appeler le pli puritain.

(1) Ne nous sommes-nous pas heurtés un jour, par un brillant soleil, en
plein midi, contre un vilain porc-homme assis, sur le trottoir de la rue
Lascases, dans la position d'un crapaud en courroux. Ce vilain saligaud
causait tranquillement affaires avec un autre porc-homme, qui, debout
et les bras croisés, écoutait parler son ami avec une attention soutenue.

Quant aux dames, il y a vraiment une insouciance et un laisser-aller coupables dans leurs toilettes. La plupart sont éternellement chaussées de socques, et celles chaussées de souliers sont mal chaussées; toutes en cuir, tel temps qu'il fasse, et surtout pas fraîchement chaussées. Les attaches-souliers qui se croisent sur le coude-pied sont rarement neufs ou n'ont jamais senti la chaleur d'un fer à repasser ; cela est visible! Dès les premiers jours d'octobre, les voilà qui s'entortillent de leurs tartans, chauds, commodes, si l'on veut, mais lourds et grossiers comme des housses de *hunters* anglais. Leurs chapeaux sont simples, sans accessoires élégans, et on n'est pas peu étonné d'apercevoir, sous les passes, des besicles qui étincellent sur de jeunes nez, sur de jolis nez. — Toutes choses qui sont loin d'accuser le désir de plaire, ce nous semble. —Cette prédilection pour un objet qui dépare est très en vogue.

L'étranger, en arrivant à Paris, court aux promenades tout d'abord, — et il est passablement surpris de n'y pas rencontrer de ces modèles parfaits de la mode que le *Petit Courrier des Dames* colporte dans toute l'Europe, de ces femmes qu'il nous représente parées avec cette finesse de goût et cet esprit de coquetterie qu'on chercherait vainement ailleurs qu'à Paris, et que ledit journal se plaît à nous montrer dans ses gravures, nonchalamment étendues sur des chaises et lorgnant les passans des boulevards. Tout cela est invention, poésie, car rien de tel n'existe. Il est impossible de se mettre avec plus de simplicité, nous pourrions dire de simplicité disgracieuse, que les femmes qu'on voit dans le jardin des Tuileries. Peu se promènent, la plupart sont assises ; quelques-unes sont inoccupées, le reste brode ou lit : — de livres, peu ; de journaux, beaucoup, — et presque toujours la feuille par excellence, le grand espion social, la *Gazette des Tribunaux*. Mais cette passion pour une lecture où les vices les plus hideux, où le crime calculé à froid se confessent à haute voix, où les forfaits les plus inouïs passent par l'analyse judiciaire, on la leur pardonne, à ces femmes, en faveur de la grande sollicitude, de la vigilance soutenue qu'elles apportent dans la garde de leurs enfans. Ceux-ci

jouent au loin, les mères lisent, mais leur œil est plus souvent
au talon des innocentes polissonneries de leurs petits que sur la ligne imprimée ; — et lorsque ces enfans, tout rouges et essouflés,
viennent se reposer un peu sur le giron maternel, les caresses, les
baisers et les avis ne leur manquent pas. — Dire qu'il y a dans
tout cela l'ombre d'un désir de publicité serait chose affreuse au
premier chef ; non, — croyons plutôt.

Ce qu'il y a d'admirable encore dans le public femelle de Paris,
en général, c'est cette chasteté dans le maintien qui donne son petit bouquet d'agrémens même à la laide, et des attraits d'ange à
la jolie. Oh! sous ce rapport, il y a la distance des deux pôles entre la Parisienne et la Viennoise. Aux grandes réunions publiques,
à Vienne, on est exposé à un véritable feu de file d'œillades assassines et d'agaceries de toute espèce, qui font penser un peu à
celles que vous débitent vers la brune ces membres des castes
femelles émancipées, que Béranger a illustrées sous le nom connu
de *ces demoiselles*.

Ce qu'il y a de particulier chez les Parisiennes, c'est cette disposition extraordinaire au grisonnement précoce. Une profusion
de boucles de cheveux argentés chez des femmes de trente ans est
chose très-commune à Paris. Nulle ne le cache, au contraire,
toutes semblent en faire parade. — Qu'est-elle donc devenue cette
coquetterie parisienne tant famée? Je ne sais! Ce qui est certain
pourtant, c'est que le beau sexe semble comme animé d'un esprit
de corps de béguines qui désappointe et tient à distance respectueuse ces assiduités impertinentes des messieurs, si fréquentes
aux promenades publiques, et dont les femmes des autres capitales
sont incommodées, faute de pouvoir se défaire de certaines habitudes de coquetterie, que les hommes aiment, mais qu'ils considèrent
tacitement comme des sortes de velléités de prostitution mentale.

Je n'ai pas besoin de rappeler au lecteur, je pense, que toutes
ces remarques fugitives sur les modifications qui se sont peu à
peu glissées dans les manières des Parisiennes, nous les avons
faites dans la rue, nous les avons moissonnées aux promenades
publiques. Peut-être en est-il autrement sur le parquet des sa-

lons ; mais nous avouons franchement ne pas connaître ce pays.
Si, sur le pavé, l'auteur trébuche par fois, que serait-ce sur le
miroir d'un parquet ? Il est possible qu'après avoir lu et qu'après
avoir vu, on nous taxe d'exagération ; — ce cas échéant, — par-
donnez !..... et recevez pour excuse la fraîche impression d'un
contraste que nous apportâmes en croupe à Paris, après avoir
vagabondé dans quatre ou cinq capitales de l'Europe. Chaque
joli minois (ou qui se croit tel), surtout s'il est polonais, allemand ou italien, trahit plus ou moins un trop ardent désir de
plaire ; — lequel désir se manifeste ordinairement par un sourire
imperceptiblement provocateur, par un jeu de prunelle légèrement veloutée, par une ligne ou par un pli prémédités dans les
ondulations de la taille. A Paris, au contraire, nous avons cru
remarquer chez les femmes une décence simple, naturelle, sans
la moindre afféterie. Or, une conséquence tirée de deux contrastes
fortement tranchés, n'évite qu'à grande peine la borne délicate
au-delà de laquelle enfle l'exagération. — Au surplus, peu d'exagération, beaucoup d'exagération, toujours est-il incontestable
que la coquetterie des Parisiennes leur a tiré sa révérence, et
qu'en désespoir de cause, elle s'est vilement abâtardie en allant
faire cortége à la nymphe de l'Opéra et à la grisette de Paris. —
Mais, d'où vient-il donc ce changement, s'il vous plaît ? Ah ! nous
y voilà ! cette question était inévitable, et on a bien le droit de
nous l'adresser. Certes, voilà bien le cas de se frotter l'occiput,
ou jamais. Cependant, il n'y a pas de milieu, bien ou mal, il
faut y répondre, pour qu'on ne nous dise pas comme à cet acteur
belge débutant à Paris, et qui, étant resté court à ce vers :

Et dans ce grand péril, que faut-il entreprendre ?

reçut cette réponse d'un plaisant du parterre :

Commander des chevaux et retourner en Flandre,

Oh ! pour Dieu, non ; pas de ça, je vous prie. Donc, opinion
à nous, telle chance que tu coures, — va !

Nous avons dit plus haut que, par suite d'une crise politique
violente, une fraction de la société a décliné le plus léger contact

avec son tout, et ce tout est le seul en scène ici ; ce tout se compose (à l'exception du sexe dominateur sur lequel nous n'avons plus rien à dire) de la femme du citoyen qui a pignon sur rue, de la femme de l'agioteur opérant en grand, opérant en petit, de la femme du député, que vous reconnaîtrez par son mari, à l'air distrait, aux allures gravement administratives, et qui semble chercher l'inspiration dans chaque gorgée d'air qu'il aspire. Ce tout se compose aussi de la femme du fonctionnaire public, de la femme du rentier, du militaire, et en général de la femme de l'individu qui a amassé, car celui qui est dans l'action d'amasser se condamne lui-même et condamne sa femme au régime du *carcere duro*. L'existence de ces Philémon et Baucis du mercantilisme est claquemurée dans le carré de leur prison conventionnelle. Le mari, la femme, la bonne, une couple d'enfans, quelquefois une tante ou une vieille grand'-mère, sont les internes ; un cousin, une cousine, et mieux que cela, un associé (s'il y en a) de quelque spéculation à faire ou faite, avec famille, etc., sont les externes de la maison. Ce monde-là vit ainsi, la serrure fermée à double tour, le verrou tiré, et le boule-dogue grognant au seuil de la porte. Le demi-cercle de connaissances amies et de voisins autour de l'âtre domestique, l'intimité du coin du feu, les invitations réciproques, les francs régals périodiques, le bourgeois de Paris les ignore : — le 6 janvier avec la souveraineté éphémère du bon roi de la fève, l'oie de la saint Martin, on commence à les oublier ; — quelque bonne vieille coutume comme le *Valentines' day* des Anglais, quelque chose qui rappelle les réunions au jour de la grande réconciliation de la Pâque des peuples slaves, en un mot, tous ces renouvellemens de bail d'amitié de nos pères, on n'en a nulle idée dans l'intérieur des familles bourgeoises de l'intérieur de Paris. Il est notoire, qu'après cet exposé peu flatteur de la vie privée des trois quarts des Parisiens, ce serait gâcher l'encre que d'écrire le mot Hospitalité. Mais il faut pourtant être juste, — l'hospitalité existe : dans le Dictionnaire de l'Académie, à l'hospice des Enfans-Trouvés, à l'Hôtel-Dieu et aux Invalides. Hospitalité, patriotisme, piété, et tant de mots généreux, perdent en France, de jour en

jour, quelque chose de leurs radieuses couleurs; mais, dans le
foyer de la bourgeoisie de Paris, le hâle du *positivisme* les a entièrement brunis. Si l'on disait du citadin de bonne souche épi-
cière qu'il résume la civilisation en progrès, par la concentration en
lui des rayons épars de tous les amours, on ne le calomnierait pas.

Cependant, croiriez-vous bien qu'il y ait encore à Paris de
bonnes gens qui pensent que civilisation, c'est application de
toute la quotité de sagesse que Dieu a fait couler dans nos intelligences et dans nos cœurs pour mieux concevoir ses saintes volontés? Quel qu'il soit, c'est le sentiment de ces bonnes gens.
S'il nous est permis de mettre ici du nôtre, pour un petit centime, nous ajouterons que civilisation — c'est le grand moyen
qui raffine, dans son lent progrès, ce qu'il y a de germes généreux et aimants dans notre nature; que civilisation, c'est la recherche de cette pierre philosophale de l'âme qui devrait impri-
mer un caractère de sociabilité et de confraternité chrétienne aux
peuples qui foulent le sol de l'Europe, en attendant l'heure de
partance pour la patrie primitive et commune; mais que la civilisation n'est ni dans des *rails* ni dans des bateaux à vapeur. Si
ces inventions modernes font disparaître les distances, elles ne
rapprochent pas d'un cheveu l'intervalle qui sépare les poitrines.
L'intérêt ayant formé les anneaux de cette civilisation, l'intérêt
parti, les anneaux se brisent. Ce ne sont pas des alliances qu'il
forme, ce sont tout au plus de ces liaisons contractées dans les
diligences qui finissent à l'embranchement de deux grandes routes;
— mon intérêt s'en va à droite, le vôtre s'en va à gauche, et
réciproquement nous divergeons à l'infini.

En général, c'est dans les tribus exclusivement commerçantes
que la vie à part soi est devenue une condition, et qu'une espèce de pétrification morale recouvre le sentiment. Cherchez un
rayon d'amour, cherchez une ombre de coquetterie chez la Qua-
keresse, chez la femme Méthodiste, chez la Juive? je vous défie
d'en trouver. Les idées fixes, chez les peuples, modulent les
mœurs, ou en créent de nouvelles. Du temps de Louis XV, Paris
haletait après les jouissances animales; c'était une période où la

femme n'était pas femme, mais *femelle*, où l'homme n'était pas homme, mais *mâle*. Aujourd'hui, Paris étant dans la crise de la fièvre des spéculations, use du temps avec la plus grande parcimonie, et use de son revenu comme un vrai ladre qu'il est, et pour économiser l'un et l'autre, il se communique peu ou pas du tout. Or, la fille, la sœur, la pupille du commerçant de Paris, bref, la partie femelle qui participe au pot au feu de la maison, est condamnée, sa jeunesse durant, à voir, revoir, et voir encore, les mêmes visages, à suivre le même cercle de conversation, à s'entendre débiter des lieux communs éternellement invariables, à s'ennuyer toujours aux mêmes intervalles de silence, et à voir des silhouettes d'hommes, au lieu de portraits d'hommes. Toute cette population cotillonnée a fini à la longue par devenir immensément arriérée dans l'art de plaire (parce que, à quoi bon les frais; — parce que, pour qui les frais?), et partant, elle a perdu la routine de la coquetterie et n'en a conservé tout au plus que l'instinct. Est-ce un mal? — Est-ce un bien? je n'en sais rien; car, comment prononcer en connaissance de cause jusqu'à quel point, quand, et où la femme doit faire usage de ce puissant élément d'attraction qu'elle tient de la nature.

Les flibustiers du sensualisme, c'est-à-dire le célibat en masse, désapprouve, et la classe sobre et rationnelle des maris approuve, l'oblitération graduelle de l'esprit de coquetterie chez les Parisiennes. — Quant à la grande dame française, il y a plusieurs causes qui ont concouru à lui donner ce joli fard de gracieuse bienséance qui la distingue du reste de ses concitoyennes, aussi bien dans sa loge aux Bouffes, que dans la châtelaine en damas de son boudoir; — et ces causes, ce sont d'abord, les habitudes traditionnelles de cette sorte de décorum princier qui brave l'imitation, et que la fille hérite de la mère; secondement, c'est la disparition du parquet *salonnier* de ces vieux émérites *Œil-de-Bœuf* qui, dans les premières années de la Restauration, exerçaient encore une influence maligne sur le noble faubourg, émérites dont le petit nombre a repassé encore une fois le Rhin, dont le plus grand nombre a passé le Styx, et dont les débris qui restent, roulent leur existence cacochyme dans des fauteuils à roulettes. Mais la principale cause de ces enjolivemens moraux vient de la lente infusion du principe religieux qui, sifflé par tout, a trouvé grace à la fin devant la grande dame, a trouvé de la sympathie, et bien plus que cela, a trouvé des croyantes et de vraies croyantes, parmi celles dont les aïeux avaient été les premiers à rire avec Voltaire, à rire avec Diderot, à rire chaque fois que le sarcasme de ces potentats de l'esprit mordait à toutes dents, et dans la grande vérité chrétienne, et dans son dogme, et dans sa morale, et dans ses mystères. Il est possible encore que ce soit uniquement par esprit d'opposition à l'inconduite religieuse des castes plébéiennes que l'aristocratie française a récemment déployé la bannière du catholicisme, et qu'elle compte journellement les grains de son chapelet. Il est encore possible, et nous voulons bien le croire, que c'est par l'obtention subite de la grace; mais le fait de la piété et de la ferveur religieuse (bases de toute vertu domestique) est patent dans cette dernière classe; mais les mœurs se sont épurées; mais ce qui jadis était nommé peccadille se nomme crime aujourd'hui; — mais la plus légère infraction au nouveau code de morale adopté pour la haute société est puni par un bannissement à perpétuité du sein de la caste en question. Il suffit de l'incrimination vague du délit que l'on appelait jadis un faux pas, et la femme qui en est atteinte trouve les portes des salons dorés fermées à tout jamais; bien plus, un homme publiquement reconnu pour un libertin breveté est passible de la même peine.

CHAPITRE VI.

SUITE.

L'action vivace de l'existence de Paris à l'air, de Paris hors de la maison, est quelquefois sujette à certaines impulsions particulières à la marche des évènemens du jour, et qui, par leur fréquence, donnent à tel quartier de la ville un relief exceptionnel, et impriment une physionomie plus animée à ses allures quotidiennes.

Du temps de Charles X, le dais broché d'or à touffes de plumes d'autruche, les encensoirs fumans, le roi et la famille royale suivant une procession à pied, étaient choses fort ordinaires. — La populace souriait, mais se découvrait encore devant l'ostensoir ; aujourd'hui, il y aurait risque à faire de même. Le sifflet est dans toutes les poches et pour toutes choses.

Puis, surgirent les émeutes de tous les jours, et Paris s'arma et se casemata chez lui ; — l'état de siége les suivit de près, et Paris eut l'air d'une prison d'état ; — apparurent finalement les tentatives régicides, et la police en masse prit possession du pavé.

Mais n'oublions pas toutefois que nous nous trouvons encore dans la belle allée des orangers du jardin des Tuileries et que, pour nous convaincre oculairement de la grande sollicitude que les autorités municipales de Paris apportent à la sécurité personnelle du roi, il faudra brûler la politesse à cette trentaine de statues en marbre et en bronze qui regardent le pavillon de Flore ;

statues dont quelques-unes ont vu, dans l'attaque du 10 août, la
haine implacable que portait Paris à l'autorité d'un seul ; dont
d'autres ont vu ce même Paris, à la journée du 20 mars 1815,
énoncer, par une délirante allégresse, sa passion pour l'autorité
d'un seul.

Je reprends. — Quand, donc, vous serez hors du jardin, prenez un bout de promenade sur le quai, en face la terrasse du
bord de l'eau, et de midi à une heure ou de quatre à cinq heures,
— attendez patiemment la sortie du roi de son château des Tuileries.

Depuis le Louvre, tout le long des quais jusqu'au Pont-Royal,
de distance en distance, des sergens de ville se promènent en jetant par momens des regards inquisiteurs sur les gens qui vont et
viennent, qui viennent et vont.

De la place de la Concorde à l'arc-de-triomphe de l'Étoile, ce sont
des gendarmes à cheval de la Seine, qui font leur ronde paire par
paire, en petites escouades, un brigadier en tête, ou en gros détachemens, un officier en tête ; de la barrière de l'Étoile jusqu'à
Neuilly, on en rencontre encore qui font le service d'éclaireurs.
Dans les environs de cette résidence royale, à tous les aboutis-
sans et à toutes les issues du château, des agens de police, soit déguisés, soit en uniformes, s'offrent aux regards des visiteurs venant
de Paris.

Mais voilà que le tambour bat aux champs, dans la cour du
château ; voilà que l'on voit s'élancer au grand trot un peloton
de dragons par la porte vis-à-vis les bains Vigier, puis apparaître
deux piqueurs en livrée écarlate, puis enfin, sortir la voiture
jaune du roi, aux armes constitutionnelles, attelée de six chevaux
anglais magnifiques, menés par trois jockeys en spencers bleu-
de-ciel, chamarrés d'argent. A chaque portière un officier de la
garde nationale à cheval, derrière la voiture encore deux piqueurs
et en serre-file un peloton de lanciers.

C'est le moment où les sergens de ville s'empressent d'écarter
les curieux. — Ces maîtres des cérémonies des rues sont presque
les seuls qui prennent l'initiative du salut. Les passans s'arrêtent,

regardent, soulèvent ou ne soulèvent pas leurs chapeaux (plutôt non que oui), et le roi rend dix saluts pour un. L'auteur lui a vu répéter cette politesse une minute avant le coup de pistolet de Meunier, et, une seconde après l'explosion, sortir la tête de la portière et attester par ses gestes que, pour cette fois, il avait encore la vie sauve.

Il y a des opportunités dans l'existence politique des peuples, promptes à naître, plus promptes à disparaître ; qui, non saisies, meurent, et saisies, vivent à jamais dans l'histoire. Le matelot Jackson, s'il vous en souvient, a su utiliser une de ces opportunités en se présentant, hideusement défiguré, à la barre de la chambre des Communes, et en jetant son nez et ses oreilles sur le bureau du président. — Le grand Condé sut héroïquement saisir l'à-propos en lançant son bâton fleurdelysé dans les fortifications des lignes de Fribourg. Le matelot Jackson était le hérault du point d'honneur national qui avait subi une offense matérielle infamante en la personne de ce marin. Condé, au moment où il exécutait son geste héroïque, n'avait probablement qu'une seule crainte dans le cœur, celle de perdre l'infaillibilité qui s'attachait à son grand nom. Donc, chacune de ces deux exploitations de l'opportunité du moment s'annonce par plus ou moins de haut et noble intérêt personnel ; — mais si l'idée était venue au roi des Français, instantanément après l'attentat de Meunier, de faire un grand acte de dévotion — non pas dans la chapelle du château, ni par un *Te Deum* chanté à l'église Notre-Dame, mais là, devant les légions de la garde nationale, en présence de tout Paris !... Il est impossible que les rangs de la milice citoyenne n'eussent été profondément émus en voyant le roi à genoux, la tête découverte, et rendant à haute voix des grâces infinies à la Providence pour ce quatrième permis de vivre à lui octroyé.

Cette opportunité est morte à tout jamais ; — mise à profit, elle eût enfanté en France ou une leçon de haute portée religieuse, ou un ridicule hors de toutes proportions.

Mais qu'aurait dit la presse révolutionnaire, dont le fond social repose sur les doctrines anti-chrétiennes de Voltaire? N'au-

11*

rait-elle pas distillé le fiel de l'impiété goutte à goutte, dans ses colonnes ? — Non, nous ne le pensons pas : — quoi qu'on en dise, nul n'est assez téméraire pour se permettre, soit en morale, soit en religion, un blasphème imprimé en toutes lettres, sachant bien que la société est une femme galante de haut parage qui joue la prude, et que cette société est une abonnée qu'il faut respecter.

Quant à ce petit nombre de gens qui sont honteux de croire ostensiblement, ils eussent peut-être essayé de croire à leur aise, se voyant appuyés en haut lieu.

Quant à la populace, elle eût peut-être fait un retour sur elle-même ; — car un acte éclatant de piété improvisée n'est pas une cérémonie préparée avec pompe.

Quant au jeune clergé de France, n'en doutons pas, il eût illustré, du haut de la chaire et avec le zèle et l'éloquence qui le caractérisent, cette manifestation du courage évangélique du chef de la nation.

Il est encore possible que ce phénomène moral inouï, venant à la traverse de la vie parisienne, eût fait fortune d'un coup, par-devant la mode ; — il ne faut jurer de rien avec ces neuf cent mille caméléons qui habitent Paris.

Mais, je le répète, il est très-possible aussi qu'un éclat de rire assourdissant, parti de Cherbourg à Antibes, et de Dunkerque à Port-Vendres, eût accueilli cet acte d'humilité chrétienne dont nous déplorons toutefois la non-réalisation.

Par le temps qui court, être roi des Français et résider dans Paris, c'est se croire invulnérable d'esprit et de corps.

Si c'est l'attrait du pouvoir qui tient le roi sur la brèche d'un principe gouvernemental, cet attrait est donc infiniment plus impérieux que l'instinct de la conservation de soi-même. Si c'est un sentiment patriotique ou la persévérance d'une noble ambition qui veut conquérir le titre de conservateur de la paix européenne, Louis-Philippe aura bien mérité du ciel, et sa page dans l'histoire sera belle. Si c'est le sentiment d'un père de famille qui s'offre en holocauste à la vindicte publique pour stabiliser le bon-

heur de ses enfans, Louis-Philippe est un homme que nul n'aura
égalé en amour paternel. En butte à une désaffection imméritée,
sa vie tous les jours mise en enjeu, le roi des Français n'a pourtant pas déserté son poste. Certes, il faut avoir un courage moral
d'une trempe peu commune pour vouloir conduire à bonne fin
une nation dont le dévergondage d'idées s'étaie sur un scepticisme raisonné, devenu la croyance dominante des neuf dixièmes
des Français.

Nation à mœurs douces, que la nation française! On l'a dit.
Bien; mais comptons un peu.

Depuis Louvel jusqu'à Champion, il y eut en France six atten-
tats homicides contre les princes des maisons régnantes. En Angleterre, depuis Thistlewood (qui, constitutionnellement, n'en
voulait qu'aux ministres) jusqu'à ce jour...., — aucun. — En
Allemagne, depuis l'attentat de Schœnbrunn, — aucun. — Dans
le reste de l'Europe, — zéro.

Il appert donc de là que la France actuelle, une des filles
aînées de l'Église, répudie insolemment la leçon divine du pardon
des offenses, soit qu'elle ait raison, soit qu'elle ait tort; et que
sa page d'histoire de 1821 à 1837 se présentera à la postérité
comme une tablette d'enseignement mutuel de l'assassinat pour
rancunes politiques. — Or, le meurtre, planant tous les jours sur
la tête du roi, a motivé toutes ces précautions policières qu'on
vient de voir, et a communiqué aux alentours du château un air
d'inquiétude qui se voit et qui se sent.

Mais, outre ces causes morales qui influent sur le mouvement,
les faits et les gestes de Paris, il en arrive souvent de purement physiques, et elles ne manquent pas de donner par-ci par-là
un écoulement plus rapide à la circulation dans les rues, par l'affluence de monde qui se précipite vers un point donné de la ville;
et telle était, depuis juillet 1836 jusqu'en octobre de la même année, cette gravitation de la population parisienne vers la place de
la Concorde. On avait hâte d'y accourir pour se rassasier de la
vue de ce fameux obélisque de Louqsor, dont les aventures et les
voyages ont pendant trois ans donné des leçons de patience à la cu-

11*

riosité du public. Enfin, ce cadeau de Méhémet-Ali, après avoir impatienté le trésor par les frais immenses qu'avait nécessités sa transmigration de Thèbes à Paris, débarqua sain et sauf, avec sa famille de scorpions (1), sur le quai de la Concorde. Mais une fois là, il fallait voir ! — C'était une presse, — mais une presse telle, qu'on fut obligé d'apposer des gardes autour de l'enclos où les travaux avaient lieu, pour empêcher le public d'y pénétrer ; et il est si épouvantablement curieux, ce public, qu'on le surprit maintes fois en train d'arracher les planches de l'enclos pour mieux voir ; que l'on attrapa sur le fait des amateurs si enragés de l'antiquité, qu'au moindre relâchement de surveillance, ils attaquaient à coups de ciseau le monolithe pour en emporter, comme reliques, quelques parcelles de granit. Mais ce qui fâchait vraiment, c'étaient les façons gasconnes et les lenteurs avec lesquelles on procédait à l'érection du monument. Ce fut, en premier lieu, un plan incliné en moellons qu'on éleva ; — une formidable pièce de maçonnerie de cent pieds de long, sur vingt de large dans sa plus grande épaisseur. Avec un peu de bonne volonté, il y avait là de quoi bâtir un hospice. L'aiguille granitique, une fois couchée de son long sur le plan incliné, on songea ensuite à un remorqueur pour la traîner jusqu'à son socle. Cette besogne fut confiée (sans compter l'aide de je ne sais combien de chèvres) à une machine à vapeur qui, dès le premier jour, refusa discourtoisement ses bons offices, pour le motif d'une lésion notable survenue à son mécanisme. Après bien des allées et des venues, parut enfin le jour de l'érection. Bon Dieu ! c'était une curiosité aussi irritante qu'au 21 janvier 1793 ! Deux cent mille personnes se pressaient sur la place. Un grain de pois jeté en l'air n'aurait que difficilement atteint la terre. Le roi et la famille royale contemplaient l'opération du haut d'un balcon du Garde-Meuble, et, au moment où l'antique factionnaire du palais du pharaon Rhamsès (2) prit poste

(1) Entre l'obélisque et l'étui en madriers qui le recouvrait on a découvert un nid de scorpions.

(2) L'obélisque de Louqsor avait été trouvé à Thèbes, à la porte d'entrée du palais en ruines du roi d'Égypte Rhamsès.

sur son piédestal, la foule ouvrit la bouche, et cria comme un seul homme : — « Vive M. Lebas ! » Ce colossal accessit était une récompense sans pareille décernée à l'ingénieur Lebas : Paris lui a su gré de tous ces préparatifs, de tous ces embarras et de cette charge de son art, qui n'est rien moins que charlatan en France, ce dont fait foi Brunel et sa fabuleuse chaussée sous la Tamise. Mais nous l'avons dit : servez force charlatanisme au Français, et il n'en aura jamais de déboire.

L'arc-de-triomphe de l'Etoile, cette fraîche édition d'une riche épopée taillée en pierre, regarde l'obélisque du côté où se lève le soleil. Desaix l'a peut-être vu à Thèbes, — Desaix le contemple peut-être du coin de quelque frise en bas-relief.

Nulle capitale au monde ne possède de perspective semblable à celle qui s'allonge en douce montée depuis le pavillon de l'Horloge jusqu'à l'arc napoléonien.

Le 28 juillet 1836, au matin, l'attente du public, quelques heures avant l'inauguration de cette porte triomphale, avait atteint le comble de l'impatience. On dit : — « le feu du regard. » Oui dà ! comptez-y. Il y avait là une fournaise de centaines de mille d'yeux qui lançaient leurs rayons sur les quatre groupes emblématiques recouverts de toile grise, et cette toile ne fit rien moins que prendre feu. — Dévoilés subitement, un cri d'admiration et d'enthousiasme déchira les airs ; et huit jours après, le fier agenda de gloire nationale était devenu *chose vieille*. Des étrangers, on en voyait des masses en station près de cette œuvre superbe ; et ils l'admiraient de bas en haut, de haut en bas, de près, de loin, sur toutes ses faces. Quant aux Parisiens, on les voyait s'industrier dans tous ces parages à qui mieux mieux : c'étaient des femmes qui vendaient de petits livrets où la partie historique et architectonique du monument était succinctement racontée ; c'étaient des petits garçons qui enveloppaient de papier les barrières et les tourniquets, recouverts d'une couche de couleur à l'huile, pour que les curieux ne pussent tacher leurs habits ; c'étaient tantôt de jeunes filles qui vous offraient des bouquets de violettes en mémoire du *père la Violette*, disaient-elles en faisant la révé-

11*

rence, et en ajoutant : — « Le voilà bien portant, monsieur, en
la personne d'un *conseil* romain (1). » — Et toutes ces petites
courtoisies, on les débitait à qui en voulait pour un sou.

Les possédés de Paris, ce délicieux enfer, viennent aux Champs-
Élysées se rafraîchir les poumons après avoir avalé les émanations
méphitiques de leur insalubre résidence. En ville, c'est le mouvement comprimé; ici, c'est le mouvement au large. Paris s'y adonne
à l'exercice du cheval, il trotte, il galope et va même, chose effrayante à penser, jusqu'à s'élancer en pleine carrière. Que de
chevaux! que de chevaux! Chevaux de race et rosses ; — chevaux
de selle et de trait. Ces derniers traînant un public armé d'ombrelles élégantes, paré de plumes ondoyantes, de voiles qui nagent, de rubans qui flottent; les premiers emportant un public
redingoté et rudement cahoté sur des selles plates. Mais le beau
étant plus rare dans ce bas-monde que le laid, sur dix personnes
appartenant à ces deux catégories, trois, pour le moins, sont
bonnes à figurer dans la galerie d'Aubert (2) ; le reste vous inspi-
rant des craintes sérieuses pour l'intégralité de leurs membres. —
Excellent marcheur, le Français est cavalier pitoyable.

Les Champs-Élysées présentent un spectacle très-original lorsque, janvier survenant, Borée, dans sa générosité, saupoudre l'avenue de Neuilly de trois pouces de neige. Alors les gens riches, les
gens qui tiennent à figurer dans un feuilleton, s'empressent de jouir
des plaisirs du traînage. Mais, pour que le plaisir soit complet, il
faut qu'il soit à la russe, et ce que l'on appelle à Paris *à la russe*,
c'est un cerf ou un renne richement doré reposant avec son ventre
sur un cylindre adapté aux patins du traîneau et les quatre jambes
étendues horizontalement. Un trou oblong, creusé dans le dos de
l'animal, et tapissé d'une peau de bête fauve, sert de siége, de manière que celui qui mène semble être assis dans les intestins du
cerf, du renne, de l'ours, de la licorne ou du cygne (le règne animal étant furieusement mis à contribution par les élégans du jour).

(1) Dans un des quatre groupes, on voit Napoléon en costume de consul
romain.

(2) Marchand de caricatures au passage Véro-Dodat.

Des harnais, garnis d'une quantité de grelots, parent le coursier du brancard, lequel, pour lui donner un air tout-à-fait hyperboréen, est coiffé d'une touffe de plumes de paon ou d'autruche. Tout ce système d'attelage était réputé archi-russe jusqu'au jour où M. Anatole Demidoff parut pour la première fois aux Champs-Élysées, emporté comme le vent par une paire de chevaux de Wiatka (1), de vrais diables incarnés, et dans un traîneau confectionné avec toute l'élégance et le luxe exquis de la mode de Saint-Pétersbourg. Les Parisiens poussèrent des *vivat* et ne purent revenir de leur étonnement de ce qu'on leur en avait imposé si effrontément, à eux qui en imposent si facilement à l'Europe sur tant de choses.

Comme nous le disions donc, l'avenue de Neuilly est spécialement occupée par gens en voiture et gens à cheval ; dans les allées et contre-allées parallèles, rien que piétons, parmi lesquels beaucoup d'individus aux physionomies longues, blanches, roses, blondes, sifflant le *th* et coassant le *w* avec grâce. Il paraît que cette affluence de ladies et de gentlemen provient de ce que John Bull a fait choix des quartiers limitrophes des Champs-Élysées comme lieux d'exil volontaire pour cause d'économie domestique. Les grandes brasseries d'ale et de porter occupent un tiers du terrain des Champs-Élysées. L'odeur de l'héliotrope et de la fleur de tilleul attire l'abeille ; l'odeur de la drèche et du houblon attire l'Anglais. Que d'harmonies mystérieuses il y a dans la nature !

Entre autres établissemens scientifiques et industriels de ce quartier, Lepage y a son fameux tir, les plus illustres carrossiers de Paris y font montre de leurs ateliers, et les plus célèbres maquignons, de leurs écuries et de leurs manéges. Quelques pédagogues, qui se vouent exclusivement à l'éducation de l'intéressante race canine, y ont leurs établissemens, et des vétérinaires pour chiens, leurs hospices.

(1) Race de petits chevaux d'une vigueur et d'un feu inouïs, originaire de la Finlande, et introduite en Russie par Pierre-le-Grand. On ne les trouve que dans le gouvernement de Wiatka. Il y en a qu'on paie 10,000 fr. pièce.

Sur la grande clairière des Champs-Élysées, dite Grand-Carré,
des détachemens d'infanterie font l'exercice ; de jeunes et même de
vieilles gens y jouent à la paume, aux billes, ou au ballon, et partout des groupes d'hommes jetés çà et là comme des bouquets
d'arbres et s'amusant à différens jeux, parmi lesquels nous en
avons remarqué deux qui nous étaient parfaitement inconnus.

Figurez-vous un pieu coiffé d'un pôt et verticalement enfoncé
dans la terre. Un panier plein de gâteaux repose tout à côté ; l'entrepreneur du jeu invite les spectateurs par de belles paroles à
y prendre part, et l'individu que les gâteaux appâtent se laisse
d'abord bander les yeux, — puis on arme son bras d'un bâton,
puis on mesure une quinzaine de pas et, finalement, on lui dit de
marcher au but. Or, le jeu consistant à arriver au pieu en ligne
droite et à mettre le pôt en pièces d'un coup de gourdin, l'homme
le plus fortement organisé contre le rire a de la peine à garder son
sérieux en voyant quelque figure hétéroclite s'avancer à pas de
loup, puis bêtement dévier de sa route, s'arrêter, lever son bâton et frapper à plat le sol, tandis que le pieu et le pôt se trouvent tout-à-fait à l'abri de son atteinte, étant restés soit derrière
lui, soit devant lui, soit à côté. Il y en a d'entêtés qui essaient dix
fois la manœuvre, et sont à la fin ravis de pouvoir consommer le
gâteau, récompense de leur prouesse.

L'autre jeu consiste à jeter une petite balle de marbre dans un
tamis dont le tissu est en fil d'archal d'acier, mais à condition que
la balle y reste sans rebondir en dehors. Notez que le tamis est
posé de manière qu'il forme un angle de 45 degrés avec la terre,
et se trouve par conséquent dans une position oblique vis-à-vis le
joueur. L'acharnement des badauds à s'essayer à ce jeu est aussi
grand qu'au tir du pieu. Mais il arrive souvent qu'il se trouve un
malin parmi les spectateurs qui possède le secret de lancer la balle
sans qu'elle rebondisse, et alors l'hilarité du public n'a pas de
bornes. On est si content qu'il soit penaud le pauvre entrepreneur,
on est si heureux de voir disparaître ses gâteaux un à un ; tant il
est vrai que les foules ont un secret sentiment de justice qui les
induit à punir (l'occasion s'offrant) tout ce qui tend à une illéga-

lité morale ; — et n'en est-ce pas une que de faire valoir un capital en proposant des paris qu'on gagne presque à coup sûr.

Le hasard se charge quelquefois de vous ménager dans ce Paris, qui renferme encore tant d'acteurs vivans de la phase politique et belliqueuse des armées républicaines, de ces surprises auxquelles rêve un vieux militaire avec autant de charmes qu'une jeune pensionnaire rêve à la rencontre de l'idéal que son imagination s'est créé, et cette rencontre, nous l'avons faite à l'un de nos fréquens pélerinages à l'Arc-de-Triomphe de l'Étoile.

Avant de descendre l'avenue de Neuilly, rappelons-nous en les détails.

C'était quelques jours après l'inauguration de l'Arc-de-l'Étoile ; un garde national, les bras croisés, la tête levée, restait dans une contemplation extatique devant une série d'épisodes de la campagne d'Italie, représentés en bas-reliefs sur une des travées du monument. Ce garde national était là immobile depuis une heure. Enfin il s'en fut ; mais à peine avait-il dépassé les deux informes et massives rotondes en pierre où se tiennent les employés de l'octroi, qu'il retourna sur ses pas, regarda encore, puis s'en alla de rechef, puis revint encore. Ce manége nous frappa moins pourtant que la physionomie et la démarche de cet homme. Il y avait là la jouissance indicible d'un ravissant souvenir, et cette espèce de noble fierté que prennent les poses et les mouvemens du corps d'un vieux soldat lorsque quelqu'un ou quelque chose lui rappelle qu'il a bien mérité dans le temps, qu'il a fait de l'*inouï* à tel glorieux quantième, qu'il a été là d'où bien peu sont revenus. Enfin, ce vétéran s'en alla de son côté, moi du mien, et le souvenir de cet instant de badauderie, Dieu sait où ! — Mais ne voilà-t-il pas que plus de dix mois après, en descendant en cabriolet la rue Saint-Dominique (j'allais à l'hôtel de l'ambassade d'Autriche pour faire mettre le visa à mon passeport), j'aperçois un tambour-maître de la garde nationale qui, caisse en bandouillère, battait le rappel à la tête d'une douzaine d'autres tambours. Mon cabriolet se croisa avec lui ; mais à peine avais-je jeté un regard distrait sur cet homme que je reconnus en lui mon amateur de

sculpture d'il y avait dix mois ; je le suivais encore des yeux lorsque mon cocher de cabriolet me dit :

— Savez-vous bien, monsieur, ce que c'est que ce particulier
que vous venez de voir ?

— Mais, dis-je, je me le remets ; je l'ai vu un jour contempler les bas-reliefs de l'Arc-de-l'Étoile comme s'ils ne contenaient
que des groupes vivans de belles et jeunes filles.

— Ah ! dam' ! fit le cocher, et pour cause.

— Comment l'entendez-vous, repris-je ?

— C'est que ce pousse-cailloux, monsieur, qui se crotte là-
bas jusqu'à la cheville en exécutant la consigne, ne vous est ni
pus ni moins...; devinez, monsieur.

— Eh bien !

— Ne vous est ni pus ni moins que le tambour qui a battu la
charge à Arcole !

— Impossible ! m'écriai-je.

— Vrai ! monsieur, vrai comme je fouette *Lentille* dans ce moment (c'était le nom de sa bête). Il fait maintenant le métier que
vous lui voyez dans la dixième légion de la garde nationale.

Ah ! mon Dieu ! mon Dieu ! c'était jouer de malheur ça ! Juste
l'avant-veille de mon départ revoir net par devers soi, mais ce
qui s'appelle voir à toute prunelle, l'original d'un glorieux monument public, vivant, marchant et, qui plus est, se rappelant tous
les faits fabuleux touchant le passage du pont d'Arcole, et ne pouvoir faire plus ample connaissance avec ce joli petit tambour (aujourd'hui mort et enterré) qu'on ne se lasse pas de regarder avec
intérêt sur un tableau d'Horace Vernet, jouant prestement de la
baguette au moment même où le jeune Muiron tombe mort aux
pieds de son général en chef de vingt-sept ans.

Vous ne direz pas que ce n'est pas là un guignon de pendu, par
exemple ?

Mais, à propos de mes adieux à la bonne ville de Paris, le lendemain de la rencontre du bas-relief à bonnet à poil, donc la veille
de mon départ, il m'arriva une chose..., et, dussiez-vous me reprendre vertement, me vilipender même tant que cela vous fera

plaisir ; mais il me tarde de vous raconter une aventure de la rue
dont je fus malheureusement, non pas le héros, beaucoup s'en est
fallu , mais le patient.

On serait on ne peut plus mal venu si l'on s'avisait aujourd'hui
d'imiter le trop sentimental Sterne , qui voulait qu'on s'intéressât
à lui quand ce n'aurait été qu'à propos d'une épine de rose qui
l'eût piqué. Le lecteur d'alors était charmé de savoir de quelle espèce était la sensation que le pauvre Yorick éprouvait au moment
où le dard d'une rose perçait son épiderme. Depuis lors, l'égoïsme
humain a fait un pas en avant ; celui qui lit dit à celui qui écrit :
Amusez-moi si vous en êtes capable ; j'espère avoir quelque droit
à cela comme ayant payé ; mais dispensez-moi, de grâce, de savoir par où la botte vous blesse, ou comment on vous a blessé au
cœur ou à l'âme. — Juste. C'est pourquoi très-humblement on
vous demande pardon de mélanger la causerie cinq minutes durant,
en reportant votre attention sur celui qui cause. La seule excuse
tant soit peu admissible, dans le cas dont est appel, c'est que l'ensemble de l'aventure et ses détails ne contreviennent en rien au
programme du chapitre ; au contraire, il s'y rapporte de point en
point.

Mais , avant tout, il sera peut-être séant de vous apprendre
qu'il y a, à Paris, des quartiers, des faubourgs, des rues où s'en-
gendrent, naissent, vivent, s'élèvent et s'abrutissent des générations sales, dégoûtantes, ordurières, alcoolisés par l'eau-de-vie,
des générations passionnées, stupides à les voir, intelligentes et
athées à les entendre, jaunes de misères, vertes d'envie lorsque
l'aisance leur tombe sous la vue, des générations au sang fermen-
tescible, au naturel furibond, implacables dans leurs haines, homicides dans leurs rixes. C'est chez elles que la dispute dégénère
quelquefois en meurtre , sans fer ni feu ; c'est chez elles qu'à défaut d'un couteau sous la main, la dent mord dans l'oreille, la dent
mord dans la lèvre, mord partout ; que l'ongle laboure les chairs, que
le poignet serre le gosier, arrache les cheveux, que le doigt entre
dans l'œil. Fouillez dans les archives de la police correctionnelle, et
vous verrez si nous exagérons. Ce ne sont pas des Français, ce

ne sont pas des Européens, ni même de méchans bimanes. C'est
dans les veines de cette engeance que boût le pur sang du sans-cu-
lotisme. Le poli de la civilisation luit autour d'eux, les préjugés et
les idées se modifient à leur proximité et perdent chaque jour
quelque chose de leur vieille âpreté ; — mais les opinions, et les
idées de ces Siminoles de Paris sont fixes et stationnaires. Depuis l'époque où ils arrachaient le vote aux représentans de la
nation en les menaçant et les frappant de la pique révolutionnaire,
depuis l'époque où leurs grand'mères étaient souveraines des tri-
bunes législatives, sous le nom de tricoteuses, les mœurs, les
sentimens et les convoitises sont restés les mêmes ; le mot *aristocrate*, terme dérivant d'une langue qui n'est pas la leur, est le
seul dont ils sachent bien commenter le sens haineux. La prise des
Tuileries au 10 août et les massacres des prisons aux 2 et 3 septembre, sont les seuls faits historiques dont ils se souviennent.
Comprendre le mouvement ascensionnel de la société, tel qu'il continue, ils ne le veulent pas. Concevoir la liberté se coiffant du bonnet
rouge et faisant sa lessive politique dans le sang ; — c'est là ce
qu'ils conçoivent fort, et ce qu'ils veulent bien. S'ils n'ont pas été
maîtres du pavé, dans la dernière tourmente révolutionnaire,
c'est que la propriété leur a tenu la dragée haute ; c'est qu'ils
sont lâches, parce qu'ils se sentent peu nombreux — et ils sont
peu nombreux, parce que le progrès social, marchant et enrô-
lant toujours, n'a pas manqué de leur enlever les sujets les plus
susceptibles d'amélioration ; — or, ce qui reste encore de ces eaux
stagnantes des faubourgs — pue et salit pour peu qu'on en approche.

Ces castes lépreuses se tiennent dans les mâsures fétides des
faubourgs Saint-Antoine et Saint-Marceau, chez les gargotiers de
la misère, dits pères nourriciers, dans les mansardes des impasses
et des passages qui forment tout ce filet de ruelles des environs
de la rue Vaugirard et de l'Abbaye Saint-Germain-des-Prés. Les
attaques à main-armée, les assassinats et les guet-apens y sont
très-fréquens. — N'y rôdez pas passé minuit. — Il n'y fait pas
bon.

La veille donc de mon départ, j'avais dîné chez une mienne connaissance ; c'était dans cette partie de la ville qui longe la rive méridionale de la Seine. Mon digne amphytrion, homme de lettres, et un de ses amis voulaient bien me reconduire chez moi. Bras dessous, bras dessus, nous causions, riions, et nous nous racontions des histoires en marchant. C'était l'heure où le soir s'apprête à devenir nuit pour tout de bon. Arrivés à la rue Jacob, nous la trouvâmes barrée. Une cohue de *blouses* s'en était emparée entièrement : tout canaille, rien que canaille ! le pavé résonnait mat sous les sabots, les jurons roulaient, les gros mots s'entrechoquaient, les provocations allaient leur train. Nous nous arrêtâmes. Vous savez comme c'est curieux, les escarmouches de la populace ? Toute la scène était illuminée rouge par les lustres d'un café d'en face ; des yeux brillaient par instans, des traits s'illuminaient soudain, des rires grimaçans de quelque larve ignoble sillonnaient les ténèbres ; le mouvement général de la cohue se voyait, mais les détails de l'énergique gesticulation et du jeu original des physionomies, on ne les saisissait qu'indistinctement, tantôt par moitié, tantôt par quart de moitié, tantôt par moitié de quart, — le reste s'effaçait dans l'ombre de la nuit tombante ou était coupé par un subit changement de pose. Il y avait du fantastique dans cette scène ! Cependant l'attention générale se portait vers deux principaux acteurs qui donnaient une représentation gratuite à cet attroupement sabotté. C'étaient deux drôles, têtes nues, cheveux ébouriffés, cravates pendantes, de la bave à la bouche, pâles comme des linceuls, et pour finale de leur différend se souhaitant réciproquement un linceul. Ils se tenaient au collet, immobiles et muets de fureur ; mais se sentant probablement de force égale, ou se sentant la même dose de poltronnerie, aucun n'osait commencer la lutte, le pugilat, ou la mutilation à coups de dents. La foule avait beau exciter leur amour-propre en les harcelant d'épigrammes, ils ne paraissaient pas disposés à en venir aux mains.

Peu au fait de l'esprit de corps de la canaille de Paris, je me hasardai de dire à un de mes compagnons :

— Allons nous-en. Il paraît que les deux champions ne mettent

12.

pas assez de bonne volonté dans leur querelle. — C'est du bon poil au menton qui leur manque.

Mais aussitôt dit, aussitôt repenti. Le malencontreux dicton fut attrapé au vol par les deux duellistes et par une partie de l'attroupement ; — soudain les écluses de l'indignation publique furent lâchées, la querelle jetée à terre et le point de mire de la vengeance pour l'affront fait à l'honneur de l'illustre société, ce fut moi ; le coupable qui avait osé interrompre la jouissance d'un spectacle, ce fut encore moi.

« Comment, pas de poil ! qu'est-ce à dire, pas de poil ? fut le cri unanime que poussèrent les blouses.

» On va tout de suite t'arracher le tien, sacré escogriffe ganté, va ! s'écria l'un des deux champions.

» Entrailles de chien pourri, ajouta l'autre. »

— Filons doux, firent mes deux connaissances.

Et nous filâmes.

— Sus ! sus ! entendions-nous hurler à nos oreilles.

— Caressez-leur le dos, fit une voix.

— Tapez dessus et tapez ferme sur l'épine, pour leur rafraîchir la mémoire.

Ici, une charge en corps, que, comme de raison, nous n'attendîmes pas.

La chose pourtant prenait une fâcheuse tournure. De minute en minute nous doublions le pas ; la foule était toujours à nos trousses et remplissait l'air de huées, de vociférations, d'invectives et de jurons à évoquer tous les diables de l'enfer.

La pensée, comme vous le savez, c'est mille fois plus prompt que le fluide électrique ! Non-seulement elle parcourt la ceinture du globe en moins de temps qu'il n'en faut pour dire — « globe »; mais c'est qu'en une seconde elle vole du passé au présent, du présent au futur, et mes pensées à moi se trouvaient alors en course lointaine dans le futur. Tout en faisant des pas de géant, je pensai au sombre drame qui se déroulait dans mon imagination, et aux périls que couraient mes deux compagnons de danger, à propos d'une grosse niaiserie que je venais de commettre en toute inno-

cence. Par malheur, mon passeport, je l'avais sur moi ; tout mon
argent, je l'avais sur moi ; — le premier poignet qui m'aurait
saisi... bon soir ! c'était fait de moi !

Loin des miens, seul, à Paris, où tout ce qui prête n'a de l'ouïe
que pour le mot *solvabilité immanquable*, — mais immanquable
comme le lever du soleil, je me faisais, moi pauvre, toutes ces réflexions, et la tempête grondait toujours, et l'ennemi se recru-
tait chemin faisant et nous brûlait de son haleine.

Enfin un incident, qui aurait pu nous anéantir, — nous sauva.
Un bras saisit mon compagnon de gauche : il fit volte-face et décocha un grand coup de pied dans le ventre de l'agresseur ; —
celui-ci tomba les quatre fers en l'air. Cette témérité inattendue
arrêta net le mouvement offensif de la troupe — et nous, avec
l'aide de Dieu, de jouer des talons. Il était temps, sans l'à-propos du coup de pied, nous la dansions belle !... vous savez de
quoi sont susceptibles les muscles en une pareille occurrence ? —
Aussi, Atalante..... Plaisanterie ! elle n'avait qu'à paraître et à
gager. Jésus ! Grand Dieu ! filions-nous, filions-nous ! Mais la canaille, loin d'abandonner la poursuite, redoublait d'ardeur ; —
elle écumait comme la marée montante et nous fustigeait les jar-
rets de ses cris de rage. Ce que je craignais c'était l'aimable surprise d'un bâton arrivant en travers de nos six jambes.

Ainsi pourchassés, ainsi traqués, nous gagnâmes à la fin ce
grand dédale de rues puantes et étroites enclavées entre Saint-Sulpice, les rues de Tournon et du Colombier. Cependant, la poursuite de la meute, quoique chaude, se ralentit quelque peu, obligée qu'elle était de s'allonger pour obéir à l'exigence architectonique des lieux ; et nous de profiter de ce moment de répit, de
changer de direction, et de courir vers les basses régions de la
rive gauche de la Seine, habitées du moins par des populations
plus chrétiennes ; et la première porte du premier café que nous
atteignîmes, nous l'enfonçâmes plutôt que nous ne l'ouvrîmes.
La bande passa à côté comme une trombe, et, tandis que nous
étions à prendre notre verre d'orgeat, elle s'en retournait parta-

gée en petits pelotons, discourant, devisant et gesticulant.—Nous savions bien pourquoi, de quoi et sur qui.

Malheur est pourtant bon à quelque chose. Sans cet épisode, qui me surprit pour ainsi dire le pied dans l'étrier, je n'eusse eu rien à dire sur le point d'honneur si rétif de la tourbe de Paris ; et si nous blessâmes ce point d'honneur, c'est que nous étions tous les trois des intrus. Nos crimes, les voici : 1° d'avoir eu sur les épaules des habits en drap fin, au lieu de blouses crasseuses ; 2° d'avoir eu pour coiffures des castors, au lieu de casquettes recroquevillées ; et 3° d'avoir eu des bottes cirées pour chaussure, au lieu de sabots. En contravention manifeste avec l'étiquette des tournois du pavé, nous eûmes le malheur de brusquer inconsidérément une antipathie de vieille date, et très-naturellement cette antipathie fit feu de toutes pièces.

Un écrivain qui eût dévoilé à l'Europe la vie intime de la populace de Paris, qui aurait su la confesser habilement pour ensuite révéler la confession, cet écrivain n'est pas encore venu. Le peu de notices de ce genre que nous possédons manquent de connexité, sont incomplètes, se trouvent éparses, ou sont superficiellement traitées. Or, un homme de lettres habitant les lieux mêmes ne les ayant pas coordonnées, augmentées et revêtues d'un cachet philosophique, à plus forte raison un touriste vagabond comme l'auteur de ces causeries, n'a pu ni faire autant ni faire mieux. Notez qu'il n'a jamais eu l'occasion d'entrer dans le bouge ou le taudis habité par le chiffonnier et sa famille, ni d'écouter aux portes du vidangeur, de l'équarrisseur, du manœuvre et du goujat. Oh ! si de bonnes aubaines de ce genre nous étaient tombées en partage, nos observations eussent eu peut-être cent fois plus de mérite qu'elles n'en ont. — Il est possible que nous eussions découvert la pensée secrète de la misère hargneuse et méchante ; nous lui aurions peut-être dérobé quelques gouttes du contre-poison qu'elle porte dans ses flancs, comme la plupart des animaux et des plantes vénéneuses. Et qu'on ne prenne pas tout ce que nous avons dit sur les Siminoles de Paris pour un libelle diffamatoire que nous a dicté le souvenir rancunier d'une fraîche offense, — quoiqu'à vrai dire elle fût

grave l'offense, — elle fit naître un instant de peur ; et si l'on
pardonne à celui qui éveille ce sentiment, on ne l'aime guère. Oh !
non ; ne jugez pas ainsi notre sortie virulente contre la populace
de Paris : nous sommes chrétiens, et connaissons le précepte sacré
de l'oraison dominicale ; mais nous avouons franchement ne pas
encore être doués d'assez de piétisme pour aller jusqu'à affectionner des êtres qui, avec l'apanage spécial de la raison dont l'humanité est dotée, conservent tous les penchans des brutes.

Nous ne pouvons revenir non plus de notre étonnement de ce
qu'à Paris, cette métropole de l'analyse philosophique, où l'on
prononce sans appel sur tout, où l'on sonde tout, où l'on ose se
vanter d'avoir des panacées pour tout, on soit pourtant si pauvre
en émolliens moraux et religieux, les seuls capables, sinon de gué-
rir, du moins d'arrêter le développement des germes maladifs gi-
sant pour ainsi dire par couches régulières dans l'âme, l'esprit et
le cœur des basses classes parisiennes, qui, au lieu d'avancer, —
rétrogradent ; au lieu de s'ennoblir, — s'abâtardissent. Laboratoire de législation, qu'a-t-il fait, ce fier Paris, pour leur conversion ?

Mais montez un peu l'échelle du bien-être matériel des classes
prolétaires, et vous ne manquerez pas de vous heurter contre certaines applications industrielles qui, bien qu'ayant acquis une aisance relative par leur labeur, n'en sont pas moins des espèces
de landes inabordables à toute culture morale, et telle est la
sauvage corporation de messieurs les charbonniers et forts de la
halle.

C'est plutôt une race qu'une caste : ils sont au reste des Parisiens ce que le cheval de labour du département de la Seine est
au cheval de selle du département de la Sarthe. Taille générale,
cinq pieds ; membres secs, mais musculeux, figure pâle et longue ;
la forme du nez inclinant vers l'aquiline ; — le timbre de voix
creux et fêlé, le regard en dessous, le rire très-rare, le parler
grogneur, les gestes lourds et le dos légèrement voûté : voilà
pour le physique. D'une apathie animale pour tout ce qui les entoure, ils sont peut-être les seuls dans tout Paris qui ne trahis-

sent aucun penchant à la badauderie. Laids dans leurs momens
de gaieté, ours dans leurs plaisanteries entre camarades, leurs
récréations innocentes se résument ordinairement par la taloche
familière, le coup de poing amical ou le croc-en-jambe farceur.
S'ils ne sont pas beaux à voir gais, ils sont horribles à voir co-
lères. On nous a pourtant assuré que, tout matamores qu'ils paraissent, ils se tinrent cois et furent introuvables à l'époque des
émeutes. Ils sont comme les bœufs: pourvu qu'ils aient de quoi
brouter, — le monde n'a qu'à tourner comme il veut. Du reste,
messieurs les charbonniers et forts de la halle paraissent avoir l'entendement obtus, passent pour très-probes dans leur métier, et
pour pères tendres dans leur famille, autant que mâles de ce bas
monde : voilà pour le moral. Veste de toile à manches, pantalon
de même étoffe, chapeau à larges bords, gros souliers ferrés,
gros anneaux d'argent aux oreilles, et grosse montre d'argent dans
le gousset : voilà pour le costume et les accessoires. Le quartier-
général des *enfarinés* est la Halle-au-Blé; les rendez-vous des *en-
charbonnés* sont les différens ports de la Seine. Les *blancs*, on
les voit peu dans les rues ; les *noirs*, on les rencontre dans toutes
les rues. Cédez le trottoir à ces approvisionneurs de fourneaux
de Paris, si vous ne voulez courir le risque d'une collision qui
vous rendra méconnaissable en un clin d'œil, — comme ce
pauvre jeune homme qu'il me souvient d'avoir vu arrangé de
la sorte sur le quai de la Mégisserie, un jour que, sans penser
à rien, j'aiguisais, en marchant, le bout de ma canne contre les
dalles du quai.

Il avait un air affairé, et portait sous le bras une liasse de papiers qui me parut contenir des épreuves. Il portait aussi des bésicles bleues sur le nez, et la charge de vingt années sur le
corps, tout au plus. — Un charbonnier, avec son sac plein en
équilibre sur le dos, cheminait contre. Jeune France pensait probablement à ses épreuves, et le charbonnier à ses profits ; et......
paf! un heurt! Le bord du sac enleva au jeune homme son chapeau et ses bésicles, et lui rendit la figure basanée comme celle
d'un Maure d'Opéra.

— « Sacré muffle ! n'as-tu pas ta paire de bons yeux ? » s'écria le jeune homme en s'époussetant avec son foulard.

— « Muffle ! tiens ! fit le charbonnier, c'morveux ! T'en as ben quatre, fanfan, des yeux, et tu n'en vois pas pus clair pour ça ! Pourquoi qu'tu tiens ta grogne au vent comme ça, hé ? »

Et bougonnant, il voulut continuer son chemin ; mais, voyant que l'autre prenait une position de gladiateur, le charbonnier mit son sac à terre, et s'écria, en exhibant une paire d'énormes poignets :

— « Eh ben ! c'te *chose ?* — Ça veut du chaud. — Va-t'en droguer, poulain, ou j't'assomme avec mon crachat. »

Pour lors, le jeune homme jugea prudent de battre en retraite, et il fit bien.

En thèse générale, l'auteur conseille à ceux des étrangers qui arrivent pour la première fois à Paris, et surtout à ceux qui débarquent des pays où les démarcations sociales se dessinent encore nettement, de se munir, en flânant dans les rues, des choses ci-après : d'une bourse et d'un permis de séjour ; ce sont ingrédiens pour poche : de *monsieur,* de *madame,* et de l'indispensable *s'il vous plaît ;* ce sont ingrédiens pour bouche. Pas de : « Dites donc, l'ami ! » en parlant à un homme du peuple. Pas de : « Écoutez, la mère ! » en parlant à une femme du peuple. Et, pour appuyer nos conseils de faits, il est nécessaire de vous dire qu'il existe encore à Paris de ces beaux restes d'une classe de *cicerone* philosophes qui, a raison d'un déjeûner et d'un dîner à la Taverne anglaise, et à raison d'un billet de parterre à un des théâtres des boulevards, vous font toucher quelquefois au doigt des bizarreries et des excentricités locales que vous connaissez par ouï-dire, mais dont vous vous gardez bien de vérifier l'existence, en raison des dangers qui y sont attachés. Quant à l'auteur, il a eu pour sa part maintes fois recours aux lumières d'un de ces *cicerone,* dont la race est sur le point de s'éteindre. Il avait nom Gaulfier (si jamais cela peut vous servir à quelque chose). Or, ledit M. Gaulfier, pour en revenir à ce qu'on a dit sur le choix des expressions dont il faut se servir en parlant au peuple, me mena un jour au marché des Innocens. La belle fontaine de ce nom, au pied de laquelle reposent tas par tas les victimes de juillet, coupe ce fameux garde-manger de Paris en deux parties égales : ce sont d'immenses hangars sous lesquels règnent en despotes les descendantes des illustres virago historiques, connues sous le nom dérisoire de dames de la halle.

Quelles criailleries ! Cinquante mille pintades rassemblées en un même lieu ne donneraient pas un concert plus écorchant. Elles vantent ce qu'elles vendent à se fouler la luette ; mais bien fin sera celui qui les comprendra.

Le sieur Gaulfier entra bravement sous un des hangars ; quant à moi, je me tins prudemment en dehors. Il se promenait, le Décius de ma curiosité, sans souffler mot et surtout sans faire mine de vouloir acheter un goujon seulement ; crime irrémissible aux yeux de ces dames.

— Eh ben ! ce chrétien-là, ça aime-t-il l'air frais du matin, que ça se promène comme ça entre des bêtes mortes ?

Ce fut par cette apostrophe qu'une marchande de volailles commença l'attaque.

— C'est qu'il te prend son déjeûner en reniflant la marée, dit une autre. De c'te façon-là pas d'offense pour la bourse.

— Tiens, c'te malice, fit une troisième.

— Pas de plaisanteries, la *mère*, dit mon *cicerone* en appuyant sur le dernier mot.

— La mère, la mère ! s'écria celle-ci d'un ton courroucé ; gueux de Carabas ! va-t'en chercher la tienne aux *Incurables*.

Petit, maigre, les jambes flûtées, il y avait dans l'ami Gaulfier quelque chose de l'ancien régime, ce qui lui valut, je présume, l'épithète du fameux marquis de Béranger.

Le sieur Gaulfier avançait stoïquement au milieu de l'allée formée par ces dames et sans daigner répondre aux jolies douceurs que ne cessait de lui prodiguer la *mère*.

Plus loin, une jeune et jolie poissarde lui proposa d'acheter une anguille.

— Pas fraîche, ma bonne ; pas fraîche l'anguille.

— Comment que tu l'entends, vilain crabe, s'écria la poissarde
l'œil allumé. Avant de lâcher ton chien de mot, charogne de grue,
tu aurais dû te curer ton long bec barbouillé de tabac contre le
sot-l'y-laisse de ma voisine.

Et la voisine était une marchande de volailles, grasse comme
une truie, forte comme une tour.

Ce n'était là que le coup de fusil d'un flanqueur tiré à bout
portant, car soudain commença sur toute la ligne une mitraillade
de bons mots orduriers, de plaisanteries obscènes, de houras et
d'imprécations à faire fuir à toutes jambes même des sapeurs.
Mais l'ami Gaulfier n'accéléra pas sa marche. Il sortit gravement de dessous le hangar comme il y était entré.

L'irascibilité du naturel des dames de la Halle, la crudité de
leurs accoutumances n'ont subi aucune modification depuis 89.
La poissarde de Paris est une abominable parodie du sexe. Chaque
parole qu'elle prononce, chaque geste qu'elle fait, froisse ; elle ne
jouit de son titre de femme honnête qu'en vertu du § 213 du Code
civil, et si elle n'est pas aussi cynique dans ses actions que la malheureuse créature de la borne, elle la surpasse peut-être par la rudesse de ses manières, enlaidie par tout ce que l'impudeur a de
plus révoltant et par une débauche dans le langage qui, sous ce
dernier rapport, laisse bien loin derrière elle le reste de ses con-
sœurs les poissardes des grandes villes de l'Europe.

Prenez garde aussi, en flânant dans les rues, de heurter, de déranger soit homme, soit choses ; je vous invite instamment à y
faire attention, par la raison que le peuple de Paris, depuis qu'il
croit tenir en main une loque de la pourpre de souveraineté nationale,
est devenu plus arrogant que jamais ; et comme *pouvoir*, à son
sens, est synonyme de *prendre*, il est porté plus que jamais à forger, sous le moindre prétexte, ce que l'on appelle dans la langue de la chicane des dommages-intérêts. Il va même jusqu'à
risquer son corps pour la perspective d'une forte indemnité. Il a
le coup-d'œil sûr pour ne se laisser que frotter par la roue d'un
équipage ; et c'est aux équipages titrés qu'il en veut particulièrement, c'est le siége blasonné qui l'offusque le plus, c'est le siége

blasonné qu'il hait le plus. Un garçon de boutique nous en donna
un jour la preuve non équivoque.

Il portait une grosse pièce de drap sur son épaule et marchait
très-posément au milieu de la rue Neuve-des-Petits-Champs ; une
brillante calèche remplie de dames roulait au grand trot, allant à
l'encontre dudit garçon.

— Gare ! lui criait-on du haut du siége.

Mais il avançait toujours, faisant semblant de ne pas avoir entendu.

— Gare ! gare ! lui répétait-on avec un gros juron par dessus.
Mais il s'en battit l'œil.

— Gare ! cria enfin le cocher en faisant faire un brusque arrêt
à la calèche.

Ce ne fut qu'alors que le garçon jugea à propos de dévier de
sa route, mais juste ce qu'il fallait pour se faire renverser, et il
ne le fut même pas. — La lanterne de la calèche ne fit que déchirer l'enveloppe de sa pièce de drap en la frisant dans son passage. Il balança un peu et reprit tout de suite l'équilibre ; puis,
prompt comme l'éclair, il jeta sa pièce de drap à la porte du
corps-de-garde qui se trouve au coin de la rue des Bons-Enfans,
et s'élança d'arrache-pied après l'équipage en faisant des bonds de
cerf, atteignit le timonnier de gauche, se cramponna aux guides,
et les chevaux le traînèrent ainsi jusque vis-à-vis le passage Colbert.
Dans un instant, un groupe se forma et, à l'unanimité, conclut contre dames, cocher et laquais. En conséquence de quoi, l'équipage
fut emmené en triomphe, je ne sais où. Ce qui arriva après, je
l'ignore également. On peut pourtant avancer, sans se tromper de
beaucoup, que ce fut une plainte chez le commissaire, avec témoins, sermens prêtés, et tout ce qui s'ensuit, c'est-à-dire un
chiffre plus ou moins gros de dommages-intérêts.

Oh ! quant à cela, je crois que si, par mégarde, on éternuait
dans une foule, il se trouverait-là, à point nommé, quelque cro-
quant qui essayerait de vous extorquer des dommages-intérêts
pour lui avoir taché sa blouse. Mais, passe encore ! ce sont de
pauvres diables, — donc de mauvais diables, qui guettent le plus

mince accident ou s'étudient à le faire naître, afin de pouvoir humecter, ne fût-ce que leurs petits doigts, dans la bourse de celui qui a toujours de l'argent de trop, selon le raisonnement du pauvre diable. Passe encore, dis-je; mais il arrive malheureusement que le riche écorche sans miséricorde l'indigent pour le même motif.

Il nous souvient d'une pauvre femme sur laquelle l'avidité d'un riche avait perçu un immense montant de dommages-intérêts, avec ce calme de la conscience et cette goguenarderie dans la physionomie qui nous firent penser à Petit-André de Quentin-Durward. Elle était si défaite, si pâle et si exténuée que ce n'était qu'à grand'peine qu'elle se traînassait dans la rue, la pauvre femme, et il lui arriva un malheur, — un grand malheur! Comme elle passait devant une pharmacie, le pied lui glissa tout d'un coup et son coude entra dans un des grands carreaux de la porte d'entrée. Pour bien des gens ce n'aurait été là qu'une niche du sort, mais c'était une grande infortune pour la pauvre femme.

— Ohé! la bourgeoise! lui cria un méchant gamin qui accourut le premier sur le fait; tu te passeras de médecine pour aujourd'hui, c'est clair!

Le boutiquier et deux de ses commis s'élancèrent soudain de la pharmacie comme des sbires qui appréhendent quelqu'un au corps.

— Ah! la maladroite, s'écria le pharmacien en saisissant la femme par le bras. Allons, qu'on me paie; c'est neuf francs qu'il me faut.

Cette sommation, faite d'un ton brusque, causa une stupéfaction instantanée à la pauvre femme; de violens sanglots furent sa première réponse, et l'usage de la parole ne lui revint qu'après une longue pause.

— Miséricorde divine! s'écria-t-elle en se couvrant la figure; c'est donc neuf doigts de mes mains que vous voulez, not'bourgeois.

— Je veux neuf francs.

— C'est-y possible? — Neuf francs pour un morceau de verre!

— Non, c'est le chat, dit le pharmacien en ricanant.

— Mais on ne tue pas là raide une malheureuse créature pour neuf francs, mon bon monsieur.

— C'est votre affaire. — D'ailleurs, payez, ne payez pas, vous vivrez toujours, allez.

— Et-ce ben possible à moi de vous *damniser* l'malheur que je venons de causer, à moi pauvre, qui venions de sortir tout-à-l'heure de l'hôpital, et qui m'en retournions cheuz nous à Jouy-le-Moutier, qu'est si loin.

— Allons, allons, la femme, pas des biais, et baillez-moi l'argent, fit l'apothicaire tout impatienté.

— Mais je ne possédons que dix francs, not'bourgeois ; — c'est tout ce qui m'est resté de mon temps de nourrice à la Maison de l'allaitement, rue du Temple. Grâce ! mon excellent M. l'*apeau-te-caire*, grâce ! Il y a donc de la pitié par le monde, pas vrai, messieurs, reprit-elle en ne cessant de pleurer et se tournant vers les spectateurs qui la regardaient avec un intérêt toujours croissant.

— Nourrice à la Maison de l'allaitement? fit le pharmacien ; vous donnez-là de fameux gaillards de citoyens à la nation, faite comme vous voilà, ajouta-t-il en cherchant parmi nous autres quelqu'un qui eût bien voulu applaudir à sa pointe.

Mais il ne recueillit pas un sourire, Dieu merci ; rien que des regards de mépris. C'était comme si on se fût donné le mot ; on craignait d'effacer par la plus légère manifestation de gaîté la crotte qui se collait à la conscience du citadin égoïste ; et l'on voyait bien que cette conscience à lui (il avait beau la fronder), taxait pourtant bien au-delà de neuf francs cet étalage d'inhumanité en public.

Le voyant gai la villageoise reprit courage.

— Qui rit, ne se fâche plus ; qui rit, pardonne, s'écria-t-elle tout-à-coup avec un regard brillant d'espérance.

— Ta, ta, ta! Voulez-vous en finir? morbleu! Allons, qu'on se dépêche. — Je crois qu'elle me prend pour un jobard, quoi?

Et le vilain homme tendit la patte comme pour recevoir l'indemnité.

Mais à peine venait-il d'achever sa phrase, que deux pièces de cent sous sonnèrent dans le creux de sa main.

— Les vingt sous qui restent, vous les remettrez à cette pauvre femme, fit une voix. C'était celle d'un grand homme sec. Il portait moustaches et impériale, un cordon rouge à sa boutonnière et des éperons de cuivre à ses bottes.

L'attention des spectateurs se tourna vers lui ; mais il partit d'un pas preste pour se dérober à la sympathie spontanée qu'il avait excitée, se jeta dans un cabriolet qui passait et disparut.

— En voilà un qui n'a pas le cœur drogué comme ce vendeur de rhubarbe, dit un badaud.

— Dam'! cela vous a toujours du *soigné* dans le cœur la gent militaire, observa une paysanne qui tenait par le licou un âne chargé de deux paniers pleins de chasselas.

Et vite tout le monde de lui en acheter.

Rien de tel que les attroupemens pour saisir un beau geste, une laide grimace ou un burlesque trait de caractère de la vie de Paris dans les rues. Toute futile que soit la cause d'un attroupement, il y a toujours là quelque chose à butiner. Aussi, tout concours de monde était pour notre curiosité ce qu'est la flammèche de la bougie pour le papillon de nuit.

Vous savez que, depuis qu'il y a de l'imprimé à Paris, ou peu s'en faut, les parapets du quai Voltaire servent de rayons de boutique pour les bouquinistes. C'est un peuple qui nous a paru doué d'habitudes toutes pacifiques et débonnaires, et cependant un d'eux nous prouva que, quant à l'article des dommages-intérêts, il n'était pas moins diable que le reste de ses concitoyens.

C'est on ne peut plus curieux, c'est même instructif, de parcourir rien que les titres de tous ces bataillons de livres étalés sur les parapets des quais, et c'est en les longeant pas à pas, l'heure chassant l'heure, que nous nous donnions ce docte petit régal, tout en ne sachant pas en jouir comme il convient, donc n'y profitant pas énormément. — Mais les dégustateurs en toutes choses ne manquent pas à Paris, je vous en réponds ; ce sont spécialement les vieilles gens qui viennent faire bombance sur les quais. Vieux

12*

temps, vieux livres, vieilles modes, vieilles coutumes, vieilles idées, vieux vins, jeunes femmes, les vieilles gens aiment tout cela ; ce qu'ils n'aiment pas, ce sont les cimetières, quoiqu'il y ait du vieux par là ; — si jamais ils y entrent c'est semelle contre porte, pas autrement. Ils affectionnent le serein de leurs belles années, mais pas la brume épaisse de la menaçante année climatérique.

Un jour de crue considérable des eaux de la Seine, que j'étais à flâner et à bouquiner, le long du quai Voltaire, j'aperçus au loin un groupe qui se formait peu à peu en face de l'Institut, et vite de doubler le pas. Arrivé sur les lieux, j'appris de suite ce dont il s'agissait.

Un vieux monsieur, en houppelande couleur lentille, coiffé à la Bernardin de Saint-Pierre, avait une altercation très-vive avec le bouquiniste de l'endroit. Selon le dire de ce dernier, le vieux bibliophile aurait demandé je ne sais quels vers fescennins de Tibulle ou de Properce. Le bouquiniste aurait tiré d'entre les rangs serrés de ses livres un volume jaune de vieillesse et le lui aurait présenté ; mais une connaissance au vieux monsieur, survenant sur ces entrefaites, lui aurait donné une tape amicale sur les épaules, il se serait brusquement retourné, sa canne qu'il tenait sous le bras aurait donné sur le volume que présentait le bouquiniste, ledit livre serait tombé sur le bord du parapet, le marchand voulant le retenir aurait heurté une pile d'autres livres et celui qui se trouvait tout-à-fait dessus serait tombé dans l'eau.

Tel est l'exposé succinct de ce qui s'était passé avant mon arrivée.

— Ah ! monsieur, c'est à peine si je puis rassembler mes esprits troublés, s'écriait le bouquiniste d'une voix dolente, vous venez de crever un œil à l'Histoire ancienne, et ce qui pis est, vous venez de donner un coup de pied à ma fortune ; le fait est sûr ! Ah ! mon Dieu, mon Dieu ! commencer la journée par un guignon inouï, par un guignon qui n'a pas de nom.

— Ah ! ça, dit le vieux monsieur, visiblement contrarié, vous me chantez pouille ici depuis un long quart-d'heure sans que je sache de quoi il s'agit. Voyons, qu'est-ce qu'il y a de commun entre l'œil de l'Histoire d'un côté, votre fortune de l'autre, et moi? me l'expliquerez-vous à la fin, oui ou non?

— Comment, ce qu'il y a de commun? belle question! mais savez-vous, monsieur, ce que vous venez de noyer? continuait le libraire nomade en tendant le cou par-dessus le parapet; il aurait mieux valu pour vous que vous l'ignorassiez à jamais. Non, non, je me trompe, — apprenez-le, écoutez, frémissez et payez; voilà la chose; et que chacun qui se sent de l'amour pour les Romains et la *Rome* de l'antiquité écoute bien ce de quoi je vais accuser monsieur : — Je l'accuse donc d'avoir noyé.... la cinquième décade de Tite-Live! s'écria le bouquiniste en renforçant la voix et en appuyant sur chaque syllabe.

— Si la chose était vraie, dit le bibliophile avec calme, il y aurait vraiment de quoi se jeter à l'eau. C'était donc un vieux et poudreux manuscrit?

— Mais oui, monsieur, répondit l'autre avec impudence.

— Qui aurait fait la fortune d'un roi? continua le vieux bonhomme d'un air malin.

— Et, en attendant, la mienne, s'il vous plaît!

— Quoi qu'il en soit, songez à votre pot-au-feu, mon ami, en vivant heureux et ignoré.

— Je ne comprends pas.

— C'est pourtant bien clair, puisque, depuis des siècles, on est encore à la recherche de la cinquième décade de Tite-Live.

— Mais il est encore plus clair qu'on l'a retrouvée, il y a bien deux ans (1), dans un couvent près de Lisbonne.

— Oh! vous me restituerez mon trésor, sacristie! Toute votre fortune y passera, je vous en préviens. — Oh! vous me la paierez, ma *décade*, continuait le propriétaire de la bibliothèque en plein air, en saisissant tout-à-coup le vieux bibliophile par le bras.

— Allons, allons! l'ami! pas de mauvaises plaisanteries, dit ce dernier en reculant de quelques pas.

(1) Les journaux en avaient parlé comme d'un fait positif.

13

— Mais je ne plaisante nullement. Monsieur, je vous prends
à témoin, dit-il en se tournant vers la connaissance du vieux
monsieur. Vous avez vu ce qui vient de se passer?

— Mais oui, répondit l'interpellé.

— Messieurs, il a vu, vous l'entendez!

— Certes, j'ai vu, et à telles enseignes, qu'il ne m'a fallu
qu'un coup d'œil pour reconnaître dans le livre noyé, au lieu
des Romains et de l'*antique Rome*, un Mathieu Lænsberg pas
très-vieux encore. Le bouquiniste fit une grimace, et dit :

— Vous croyez? mais du ton de quelqu'un qui se trouve dans
l'impossibilité de nier.

— Pardieu! si je le crois, mais très-fort, puisque je l'ai mar-
chandé chez vous pas plus loin qu'hier.

— Allons! il n'y a pas moyen de vous la faire gober. C'est un
poisson d'avril que j'ai voulu vous servir tout chaud. Monsieur, continua-t-il sur ce ton en désignant le vieux bibliophile,
monsieur, qui aime d'amour les vieux bouquins, en aurait été
plus marri que moi. Mais toutefois, l'un de vous deux me paiera
mon Mathieu Lænsberg, que vous soutenez n'être pas vieux, et
que je sais être de l'édition de 1640.

Un rire d'incrédulité parcourut le cercle des auditeurs.

La fin du démêlé ne présentant plus de chances à devenir aussi
piquante que son début, — je m'éloignai.

Il peut aussi arriver, dans les rues de Paris, qu'on vous four-
nisse l'occasion de pouvoir élever de très-légitimes prétentions à
des dommages-intérêts, à vous qui y pensez le moins. Mais un
innocentin comme l'est presque tout étranger, comment fera-t-il
pour se les faire obtenir? Et, comme exemple de ce que j'a-
vance, souffrez que je vous cite la mésaventure de mon ami
le Norvégien, que nous avons perdu de vue dès notre début
du mouvement de Paris. C'était un grand jeune homme, très-
jovial, et, par parenthèse, agronome de son état, et artificier par
goût.

Une grande consommation de poudre a toujours lieu aux fêtes
de juillet, comme chacun le sait. Le jour de l'historique anniver-

saire, mon jeune Norvégien, curieux d'apprendre, comme il disait, si l'on savait consommer de la poudre à Paris, m'engagea à aller voir le feu d'artifice du Pont-Royal ; mais, comme il advient souvent, la foule nous sépara, et nous ne nous revîmes que le lendemain. Ce qu'il me raconta, je vous le raconte.

— Ils sont mes débiteurs pour la somme de quarante-huit francs, furent les premières paroles que m'adressa mon jeune compagnon de voyage.

— Qui, *ils ?* demandai-je.

— Mais qui ? ces maudits Parisiens.

— Ah !

— Hier, après qu'on nous eut poussés, moi sur ce pont vis-à-vis le château, vous sur les quais, la foule eut l'extrême obligeance de me porter (je n'exagère pas) jusqu'en face de cette caserne où il y a toujours un dragon en faction. C'était une presse à vous rendre plat comme la semelle d'un soulier de danseuse ; mais, travaillant bravement du coude et de l'épaule, je suis parvenu jusqu'à une barre où il y avait des soldats de la marine, vous savez, les mêmes qui ont un vaisseau sur la plaque de leurs gibernes.

— Vous voulez dire des municipaux ? m'écriai-je.

— Des municipaux et un vaisseau, allons donc !...

— Oui, mon cher, ce sont les armes de la ville de Paris.

— Les armes...? c'est drôle : une ville à cinquante lieues des côtes, et un trois mâts naviguant à pleines voiles ! Du reste, chacun sa fantaisie. Je pris donc poste à la barre, et attendis le commencement du feu d'artifice. Mais, à la première fusée qui déchira les airs, on cria à tue-tête : — A bas les parapluies ! et il tombait de l'eau à submerger une arche, vous savez. Plier mon parapluie par exemple ! et mon chapeau neuf de 15 francs ! et ma redingote de drap musc à 114 francs, prix de facture ! — Non, sac à papier ! pas si bête ! Et on me laissa faire. Mais prrr...! voilà un bouquet de serpens qui s'élança en sifflant dans le noir abîme de la nuit, comme dirait un improvisateur.

— A bas, à bas les parapluies ! se prirent à aboyer ceux qui

13.

n'en avaient point. Allons, pensai-je, le Parisien est farceur, c'est pour rire. Pas du tout, c'était très-sérieux, vu qu'un drôle asséna un prodigieux coup de bâton sur mon parapluie de gros de Naples à pomme émaillée, que j'avais payé 33 francs. Oh! cette fois, je me le tins pour dit, et pliai mon gros de Naples, pour éviter une seconde déchirure. Il y en avait déjà une, et fière.

Cependant, la pluie voulut bien changer de façon ; — elle devint moins impertinente.

« Bon ! me dis-je, il est possible que le temps se remette au beau; tu vas jouir pour lors sans trop grande gêne du spectacle. Oui dà ! comptez-y, lorsqu'il y a toujours un mauvais génie qui vient à la traverse des fêtes nationales : il doit être un agent secret de la *Quotidienne,* ce génie, observa mon jeune Norvégien. En effet, continua-t-il, il ne se passa pas dix minutes, et l'eau commença à tomber à torrens ; et, comme je voyais que tout le monde tendait ses parapluies, je fis de même. Mais une sommation plus bruyante que les deux premières se fit insolemment entendre, et, comme on n'était pas très-pressé d'obéir à cet ordre, je n'y obtempérai pas non plus tout de suite, et... paf! un formidable coup de bâton vint me rappeler qu'en pays libre il fallait obéir aux ordres souverains de la canaille. Le coup déchira cette fois deux compartimens de mon parapluie, démonta deux fanons de baleine, et m'enfonça mon chapeau sur les yeux. Sacrés vandales! murmurai-je sous mon nez. Mais patience ! vous allez voir qu'ils n'étaient pas encore au bout de leur politesse. Le feu d'artifice allait toujours son train d'enfer ; mais lorsque le temple de ce pont où il y avait des statues flamba, il y eut des mauvais plaisans qui s'avisèrent de crier :

— « A bas les hommes de cinq pieds huit pouces !... » Ne leur en déplaise, j'ai cinq pieds neuf pouces, moi. Et après cela, faites des concessions au peuple. C'était donc à ma tête qu'ils en voulaient, les mécréans. Furieux, je m'écriai alors :

— Et où prendra-t-elle ses tambours-majors, l'armée nationale, s'il vous plaît?

— Bravo ! bravo ! l'habitant des Landes , fit quelqu'un.

« Et tout le monde de rire. Les méchans ! ils faisaient semblant de me croire monté sur des échasses , disait le jeune Danois en achevant son récit avec un sérieux comique.

Voilà ce qu'il avait glané pour sa part dans la rue , et ce qu'il m'apporta comme reste d'un précieux revenant-bon.

— Et les 48 francs de dommages-intérêts ? lui dis-je.

— Oui , riez bien , me répondit-il ; mais sachez que le peuple endommage, et ne dédommage pas.

— A propos ! pour que je ne l'oublie pas, dit mon jeune ami, après avoir passé condamnation sur la méchante discourtoisie du peuple de Paris, — vous qui avez conçu le projet téméraire de publier une série d'ouvrages sur l'Occident, pour lui dire son fait.....

— Je vous arrête là, interrompis-je, — ce n'est pas à lui que je dis son fait ; c'est plutôt son fait que je dis à un certain monde de chez nous qui est trop engoué de la civilisation de l'Occident. Quant à ce dernier, et en particulier quant à Paris (puisque pour le moment il n'est question que de lui), ils sont trop avisés tous les deux pour vouloir se fatiguer le pouce en tournant les feuillets de mon livre. Quand on est d'une famille, on est censé connaître le moral de sa famille par cœur, et sa manière de vivre dans tous ses détails ; de sorte que si, par hasard, un Parisien lit mon livre, il sautera bien des choses, s'il ne saute pas par-dessus tout, dès les premières pages.

— C'est un chapitre, mon cher, répliqua le jeune homme, que je me propose de reprendre une autre fois à l'endroit où je le laisse. Je répète donc ma question en changeant la version de ma phrase interrogative, et vous demande, vous qui épiez Paris, et qui par conséquent êtes censé connaître le pourquoi de toutes choses, ou à peu près, ce que veulent dire ces millions de moineaux que j'ai vus l'autre jour dans la rue de Rivoli, à la lucarne d'un quatrième étage ? — Ces carottiers là sont donc accourus de tous les points de la ville ? — C'étaient des cris d'allégresse, qu'on les entendait jusqu'à la place de l'Obélisque. — Qu'est-ce que cela veut dire, voyons?

— Ah! je sais!

— Je ne doute pas que vous ne le sachiez et de reste.

— Avant de vous expliquer cette particularité qui vous a frappé, je vous demanderai si vous avez observé, sous les arcades de la maison aux moineaux, une croisée où il y a une foule de miniatures, de portraits, de gravures, de tableaux à l'huile, représentant tous les d'Orléans.

— Sont-ils là en vente?

— Eh non! le propriétaire de cette galerie de mauvaises croûtes est une dame qui a nom Maria Stella. — Elle a deux idées fixes, dont une qui la tourmente et l'autre qui fait sa joie. Elle se figure 1° qu'elle est la sœur aînée de Madame Adélaïde; — 2° qu'elle est la providence des moineaux. — Pour établir le premier point, elle a publié une brochure, où elle veut prouver qu'elle est la fille légitime de Philippe d'Orléans, dit Égalité, et que le roi régnant et ne gouvernant pas, d'après la banale devise adoptée par la presse, lui aurait été substitué en nourrice. — Afin d'inoculer au public son idée fixe, elle a loué un appartement au rez-de-chaussée de la maison n° 50 (*bis*), et y expose sa généalogie. — Voilà son histoire. Maintenant si nous passons des Orléans aux moineaux, nous verrons la susdite Maria Stella leur ménager aussi une croisée sur les toits, où chaque jour vers midi elle les appâte par toutes sortes de friandises en honneur chez les moineaux, race de passereaux pour qui toute pitance est friandise... Bien plus, il y a un article dans son testament, dit-on, où elle alloue à ces prolétaires ailés un petit capital destiné à leur pâtée quotidienne et à perpétuité. — C'est tout ce qu'on m'a appris à son sujet.

— Tiens! quelle farce, dit le Norvégien. Je lui passe la première, je ne me mêle pas de politique; mais en ma qualité d'agronome, je ne lui pardonne pas la seconde. Cette plaie des fermiers, ces sauterelles des moissons, — au lieu de leur servir de la petite dragée de plomb, voyez cette Maria Stella qui s'est mis en tête de les traiter en enfans gâtés!

CHAPITRE VII.

SUITE.

PHYSIONOMIE DE L'ÉMEUTE.

L'émeute est dans la conscience, l'émeute est dans le cœur, l'émeute est dans les mœurs de la populace de Paris !

Il y a chez les hommes certains vices d'acquisition qui, par un procédé mystérieux de transfusion psychologique, passent dans les artères de la vie civile des peuples.

Voilà tantôt dix ans que le peuple de Paris a eu gain de cause contre Charles X. — Arriva le 7 août, arriva l'ordre, mais aussi, et immédiatement après, vint le règne des clubs et des impertinences de la propagande; un moment elle fut seule régente : elle enseignait, elle guidait, elle façonnait à son gré, et d'après son programme, qui? Le peuple, — le gamin de la nation — la classe des *épeleurs* dans toute nation; — et vous connaissez le programme de l'instruction primaire de la propagande, et vous connaissez les instincts du mâle dans l'espèce humaine; — c'est celui de la destruction. — Aussitôt qu'un petit garçon parvient à l'âge où il peut manier un fouet, il bat sa petite sœur; s'il n'a pas de petite sœur, il a la bonne, il a le petit chien; s'il n'a rien de tout cela, il bat la chaise, il bat la table, il bat le plancher.

Dans la période des dix ans qui se sont écoulés depuis la dernière révolution, le gouvernement a eu tant à faire qu'il n'a pu songer le moins du monde à apprivoiser les natures brutes et in-

candescentes du bas peuple, soit par des effets de rigorisme catholique, soit par des essais de mansuétude chrétienne, ou au
moins par une instruction morale solide. Aussi la propagande
s'est-elle vu beau jeu. Il est bien entendu que n'ayant pas vocation de dire au peuple (ce qu'il faudrait lui répéter, à lui enfant,
au moment où il se couche, au moment où il se lève) : — « Le
bien d'autrui tu ne prendras, — homicide point ne seras, — à
César tu rendras ce qui est à César ; » elle lui a dit : « Tu es
César, — c'est à toi de prendre et non de donner. — Pour un
principe politique tu tueras ; — né pauvre et l'égal de tous, à partager tu forceras; — et pour mettre en pratique ce que je t'enseigne là, — compte-toi. » — Et le peuple a écouté, lui, l'être
aux jugemens erronés, à l'entendement mal assis, il a écouté,
il s'est compté, il s'est vu fort, il s'est cru trompé. — Connaissant à fond les théories que renferme la *Déclaration des droits
de l'homme*, il s'est aperçu que ces théories n'étaient pas tout-
à-fait la religion du nouveau régime — et il s'est fâché à Paris,
il s'est fâché à Lyon, il a dépavé les rues, il a joué du fusil,
il a joué du poignard, et on l'a battu, et il est revenu quatre
fois à la charge, et toujours on l'a battu. — Alors il est devenu
furieux, et de proche en proche, de relations en relations, la haine
s'est communiquée vive dans cette masse d'étudians de la propagande, et de leurs pères, et de leurs mères, et de leurs frères ;
et les plus déterminés, c'est-à-dire les plus égarés, ne craignirent
pas d'exposer leurs jours, individuellement, en tirant sur le roi,
en masse, en tirant sur la troupe de ligne, en tirant sur la milice citoyenne ; et, les plus sages, tout en haïssant cordialement,
se tinrent tranquilles, et de cette manière l'émeute se localisa dans
le caractère du peuple, elle prit racine à Paris, elle circula dans
l'âme comme le sang dans le corps ; le sentiment étant à l'âme ce
que la circulation du sang est aux veines.

Dans la balance de ces motifs, et à part la rancune, entre aussi
pour beaucoup l'esprit aventureux qui anime la classe pauvre.
Le prolétaire est un homme qui n'est pas encore établi, un corps
sans équilibre, — il le cherche : — il court après son assiette so-

ciale. Les moyens prompts lui semblent les meilleurs. La naviga-
tion lointaine sur la mer des intérêts humains lui est anti-
pathique ; — voilà pourquoi les expéditions hasardées, pour atteindre la toison d'or qu'il voit de sa rive à l'autre rive, — lui sourient.

Pour voir des yeux s'il y a quelque vérité dans ces assertions,
il en coûte un peu, parce qu'il faut aller observer l'attitude de la
population parisienne dans les rues, au moment même du drame
de l'émeute, et le bourdonnement des guêpes que le fusil de munition fait voler en essaims, distrait tant soit peu l'attention.

Il est difficile de préciser le lieu, la place, la rue où la milice à
la solde du radicalisme se rassemble. Cela dépend du plan qu'on
a adopté. Les trombes révolutionnaires partent ordinairement
des faubourgs, et principalement du faubourg Saint-Antoine, la
capitale de la Carmagnole. Il arrive aussi que l'émeute éclate
dans plusieurs localités de Paris à la fois, toujours sur la rive
droite de la Seine ; dans les beaux quartiers du faubourg Saint-
Germain, jamais. L'influence de l'esprit monarchique y semble
planer encore quelque peu. L'aristocratie y compte encore quelques générations de cliens.

Quand l'orage approche, on le sent venir ; et ainsi de l'émeute.
Seulement c'est inexplicable ! On sort dans la rue et on flaire
l'émeute, quoiqu'elle ne s'annonce encore à vous en aucune
manière. — Paris vaque à ses affaires comme un autre jour, la
Bourse est en pleine activité comme tous les jours. On y fait
d'immenses achats, d'immenses ventes en l'air, et l'on s'enrichit
ou l'on se ruine positivement. Les dames des comptoirs de cafés,
toutes parées et souriantes, sont à leurs postes, les passans leur
rendent leurs visites obligées, consomment peu, lisent beaucoup
et s'en vont. Les rues regorgent de monde ; — aux boulevards,
on se promène, on flâne, les cris de Paris se croisent, bref ce prévoyant Paris continue son mouvement spéculatif. Rien n'est changé
en apparence, mais il y a quelque chose qui n'est pas de tous les
jours. Les cabriolets, les omnibus, les fiacres semblent avoir
une allure plus accélérée, les cochers tournent à tout moment
la tête, comme si quelqu'un était à leurs trousses. Il y a plus

de groupes stationnans qu'à l'ordinaire. La fluctuation parmi les promeneurs et les gens qui vont à leurs affaires est plus ondoyante que de coutume. On s'entreregarde, une anxieuse interrogation est dans tous les yeux.

Peut-être ce gamin, ou cet ouvrier qui courent en savent quelque chose? et on les arrête, et on les questionne.

Qu'est-ce qu'il y a? demandent les passans.

Et le gamin et l'ouvrier de répondre, avec un sourire de parfaite indifférence :

« On se rassemble place de la Bastille, on se rassemble près du Temple, ou autre part; » et de courir où l'on se rassemble.

En attendant, la nouvelle circule, mais les rues ne se vident pas. Les femmes qui ne sont pas du peuple disparaissent insensiblement, — les hommes restent et se hâtent d'aller aux lieux indiqués.

Ah! voici un garde municipal qui brûle le pavé ventre à terre. — Ferme en selle, municipal, ferme en selle! lui crie le public, en riant.

Ça devient sérieux à ce qu'il paraît? toutes les voitures viennent de là, aucune n'y va.

Cependant un groupe d'une quinzaine d'individus, tant casquettes que chapeaux ronds, tant blouses que redingotes, courent plus vite que les curieux. Ils ne sont pas armés; il n'y en a qu'un seul qui le soit : et on se demande où vont-ils? et quelqu'un répond :

— Parbleu! ils se hâtent de rejoindre leur parti!

Ordinairement, cette explication est acceptée comme très-raisonnable. Ce qu'il y aurait selon moi de vraiment raisonnable serait de courir sus au groupe, de le cerner, de l'arrêter, de le mener au poste le plus voisin, et, en cas de résistance, de le garrotter corde dans les chairs, au lieu de le laisser rejoindre son parti. — Oh! oui, l'émeute est dans la conscience publique.

Qui se sent un fort aiguillon de curiosité et qui n'a jamais vu d'émeute à la façon de Paris, ne doit pas songer au danger qu'on peut courir à la naissance d'une émeute, mais au tableau

qu'elle présente. — C'est comme il n'est pas rare de voir des
femmes du peuple, des bonnes traîner après elles les enfans confiés
à leur garde et surveillance, et courir pour avoir leur part du spectacle. — L'émeute, l'émeute! allons voir l'émeute! crient-elles,
les insensées qu'elles sont! Oui, l'émeute est dans les cœurs.

Sur les lieux mêmes, le spectacle est à peu près tel. — La
population s'y masse, on a de la peine à se frayer un passage.
— Le pavé est jonché de feuilles de papier. — Qu'est-ce? Une
proclamation du *Moniteur républicain*, qui date sa feuille de
l'an L de la République française une et indivisible; on la ramasse, on la lit, on la discute. Les boutiques ne se ferment pas
encore; pas de coups de feu encore. — Les curieux garnissent
toutes les croisées des maisons. Enfin, la foule fait un mouvement rétrograde; une trouée se forme d'elle-même, — elle donne
passage..... aux sauveurs de la patrie! Il faut la sauver. — De
quoi? — Par Dieu, de quoi? du plus abject esclavage! — La
presse est muselée, — les tribunaux sont des cours prévôtales,
le jury rend ses décrets d'après les ordres du château, — la cour
dilapide les deniers publics, — on fait des passe-droits scandaleux aux vieux généraux de l'empire, — les princes, au lieu
d'être sous-officiers, sont lieutenans-généraux, — on se bat à
Constantine, on se bat à Saint-Jean-d'Ulloa, et les princes se cachent, — les gazettes ministérielles disent merveille de leurs hauts
faits chevaleresques, mais elles sont vendues. La chambre des
pairs guillotine, déporte! mais l'essentiel, c'est qu'il y a tant
de prospérité dans cette mendiante de France, tant de gens qui
osent avoir beaucoup, tant d'aisance dans toutes les classes.....
Aux armes! citoyens! délivrons cette pauvre France qui est prosternée aux pieds de l'étranger, comme le vieux lion de la fable,
et à laquelle les nations de l'Europe distribuent sans façon force
horions et coups de pied.

Mais voyons les sauveurs! Les voici! Ils arrivent tous ivres
d'enthousiasme républicain. — Ils sont cent, deux cents, peut-
être moins, peut-être plus. — Le drapeau rouge de la propagande flotte au milieu d'eux. — Il a été fait à la hâte, c'est

13*

un foulard. — La couleur bleue uniforme de la blouse gauloise
est dominante dans la colonne ; — quelques visages sinistres, toujours présens à l'appel de l'émeute, sont là, portant la tête haute
et triomphante.

Dans les grands concours de peuple, dans les grands rassemblemens, ces visages font contraste, — on les compte, on se les
rappelle. — A la tête de la colonne sont quelques *messieurs*,
trois ou quatre, pas davantage, — barbes en pointe, cheveux
longs, bien mis, proprement mis. Ils sont les seuls qui portent des
fusils. — Ne seraient-ce pas des chefs? — Oui, ce sont des chefs.
— La bande se porte en avant, les spectateurs se collent contre
les maisons comme de plates affiches.

— Place aux dames ! crie quelqu'un. — Rire général.

Mais la colonne passe, enfile une rue, puis une autre, une
de droite, une de gauche. — Elle se rend à quelque rendez-vous ;
— c'est évident.

Tout-à-coup, devant une maison, le bataillon sacré s'arrête —
et soudain les croisées d'un troisième étage s'ouvrent et des paquets de cartouches en pleuvent. Je ne sais qui en apporte encore
de l'allée du rez-de-chaussée dont la porte s'ouvre avec fracas. —
La distribution s'en fait en un clin-d'œil, et, cela fait, le bataillon
se sépare, et de courir — un parti d'un côté, un parti de l'autre.

Suivons-en un au hasard. — Pas loin de là on s'arrête devant
une boutique, elle est fermée : — cinq minutes ne se passent pas
que la voilà ouverte, porte et impostes. C'est le magasin d'un
armurier, et cinq autres minutes ne se passent pas sans que le
tiers de la bande soit armé ; — et puis le diable sait d'où il leur
en arrive des armes ; par une, par deux, par trois brassées, on
leur en apporte, et la moitié de la bande s'arme, amorce, tire les
baguettes et charge. — Alors vous verriez les croisées se fermer
précipitamment, les boutiques tirer leur verrou ; — mais les
neutres de la rue n'ont pas peur. Ils regardent passer avec des
yeux où se peint une brûlante curiosité ; ils devisent entre eux
sur les éventualités de la téméraire entreprise. Quelques ouvriers
aux portes de leurs ateliers respectifs, quelques individus qui,

par leur âge et leur mise, semblent avoir une position telle quelle
dans le monde, suivent les émeutiers des yeux, et leurs sourires
sont ironiques ; vous diriez des gens qui sont contens des embarras que cette échauffourée va susciter au gouvernement. —
Quelle apathie ! — Ce que vous voyez-là, c'est l'attitude d'un
plat égoïsme. — Vienne le déluge politique, pourvu que je ne
me noie pas, moi ! je suis sûr que c'est là leur pensée secrète.
C'est l'isolement complet de frère à frère. Les membres de la famille française se fuient, ils sont tous en procès entre eux. —
Tout marche, — les arts et les sciences, — mais l'art d'associer
les hommes ne marche pas. Les affaires ont tout absorbé. Le but
est unique, — l'or ; les moyens de se le procurer, — innombrables!
De là les scissions. Chez ces cannibales que vous voyez courir
les rues en enragés, il y au moins unanimité dans les croyances,
dans les sentimens, dans l'exécution de leur sacrilége tentative.
Dans la populace, il y a au moins une horrible originalité. C'est
un foyer ardent d'énergie, — mais c'est une matière malléable
parce qu'elle est fraîche — elle a loyalement adopté ses illusions,
elle croit. Inventez un moyen disciplinaire, imaginez une éloquence,
ils écouteront peut-être parce qu'ils sont curieux d'âme et non
pas d'esprit. Les sauvages du nord sont tombés sur Rome égoïste
et civilisée, et de Rome antique il n'est pas resté un vestige. Le
christianisme est venu ensuite les convaincre, et, au moyen-âge,
Goths, Vandales, Hérules, Bourguignons et Francs ont produit
des Cid, des Duguesclin et ont fini par Bayard. — Après lui, on
crut moins à la Vierge, il est vrai ; mais les preux reparurent avec
La Tour d'Auvergne, avec Desaix, avec Hoche ; ces derniers ont
cru à la république la sainte, — aujourd'hui on croit à l'argent le
très-saint.—Il est peut-être donné à l'humanité de se reverdir périodiquement le sentiment par des semailles de dogmes, soit religieux, soit politiques. Oh ! pourquoi sommes-nous réduits aujour-
d'hui à méconnaître les premiers et à n'avoir foi qu'aux seconds !
    Mais à quoi bon parler ? retournons plutôt à notre poste.
    Les neutres, comme je vous le disais, regardent faire ; les ban-
des armées s'avancent et chemin faisant elles se recrutent. Les

enrôlemens se font de gré ou de force. — Des polissons des rues, en guenilles, les escortent en gambadant ; quelques-uns portent des paquets de cartouches. Ils escortent aussi la garde montante, ils sont aux exercices à feu ; lorsque la musique militaire joue, ils servent de pupitre. — Cette petite vermine est présente partout.

Les voitures ne circulent plus dans les rues, — il y a moins de bruit, et voilà pourquoi on entend, si je ne me trompe..........
Ecoutez, on entend battre le tambour. — C'est la générale ; — les autorités se réveillent.

Marché des Innocens ! — Rue Saint-Denis ! crient les républicains..... et les voilà partis.

On se range, vous pensez avec quelle hâte. Malheureusement il y a des passans qui tardent à décamper, — des coups de fusil partent et..... les voilà qui sont les premières victimes !.... Une femme, peut-être mère ! un vieux homme, peut-être l'espoir d'une nombreuse famille !... Les barbares !...

Sur d'autres points de la ville ils seront peut-être moins féroces, et les neutres pas si froidement curieux. — Aux boulevards donc, sans que cela vous dérange !

Ici, l'autorité est en évidence. La troupe de ligne est sous les armes. Une chaîne de pantalons-garance, arme au bras, s'aligne sur un des côtés des trottoirs. Une galerie de curieux se tient derrière la ligne des piquets, et comme on présume que c'est de vis-à-vis que viendra l'émeute, plus de chaîne vis-à-vis, mais encore une rangée de curieux.

Tout-à-coup débouche d'une rue d'en face une poignée de gens armés. A peine ont-ils aperçu un des plantons de l'autre côté que les fusils s'abaissent. — Ce que voyant, quelques badauds disent avec bonhomie :

— Allons, allons ! laissez donc ce pauvre diable là en repos, — il ne pense pas à mal ; — d'ailleurs il y a la grand'garde tout près derrière lui. Là, dans cette rue.....

La poignée de gens armés a cédé à la remontrance, elle s'est retirée.

Par la manière dont ces bourgeois ont intervenu, l'émeute est
dans leur conviction. — Ils sont Français il est vrai, mais ce
n'est pas leur querelle. — Oh! décidément l'émeute est dans les
mœurs.

Sur un autre point de la ville, on entend une vive fusillade. —
Peut-être y a-t-il une barricade d'érigée par là. — Justement.

A l'entrée d'une rue étroite, un omnibus est couché les quatre
roues en l'air. — Un tas de paniers qui ont peut-être servi à
emballer des oranges, s'élève à droite et à gauche, et derrière,
d'entre les jantes des roues et des ouvertures, de petits feux
luisent, de petits nuages de fumée bleuissent à chaque seconde.

Les balles sifflent, sillonnent les murs ou ricochent; — d'autres..... vont à leur adresse — ... dans les poitrines de cette belle
troupe d'élite qu'on appelle garde municipale; — car elle est là;
— la première présente partout.

Bien qu'à cheval, leurs longs espadons au poing, les municipaux vont au grand trot sur la barricade. — Un vieux maréchal-
des-logis, chamarré de chevrons, la croix d'honneur à la boutonnière, les guide. — Oh! pourvu qu'il en sorte sain et sauf! le
brave! mais je doute! — La mort est si près; elle prend tant de
place, qu'il va se heurter contre la mort. — Pendant qu'il avance
ainsi l'œil intrépide, l'assiette droite, une voix part de la croisée
d'un deuxième:

— Épargnez le maréchal-des-logis!!!

Au moment où la voix répète sa prière pour la seconde fois...
le voilà étendu raide, le vieux sous-officier!...

La barricade est emportée, — mais qui me rendra mon vieux
maréchal-des-logis, qui le rendra à la famille du régiment, qui
le rendra à sa famille?

Derrière la barricade, on sabre, — Tous? — Non! on les
épargne, puisque voici des prisonniers qu'on emmène, et parmi
eux se trouve un homme à la mine d'un forçat, à l'air bandit.
C'est lui qui a tué le sous-officier. Le curieux de la croisée du
deuxième, qui est descendu dans la rue en témoigne. — L'assassin mourra sur l'échafaud. — Point! Il vivra, n'en doutez

pas. — La presse va se lamenter, elle fera de la morale chrétienne; pour cette fois, l'opinion publique fera office d'avocat,
et l'assassin aura la vie sauve.

Si, le jour d'une émeute à Paris, on possédait la faculté de se
décupler, on verrait de hideuses choses, d'horribles actions, et de
belles actions, parfois.

Observez bien. — Nous sommes devant un corps-de-garde. Le
poste est sous les armes. — Belle contenance! — Les soldats,
arme au bras, tous jeunes gens, l'alignement irréprochable; l'officier au flanc droit. — Une troupe de forcenés s'avance, arrive
en face de la garde et s'arrête. — Ils en sont si près que les soldats entendent le craquement des chiens de fusil des nouveaux
venus. — Faites une salve, mes braves! prévenez ces brigands.
— ... Hélas! non. — Le lieutenant n'a rien dit, et puisqu'il se
tait, le poste reste fixe, l'arme au bras. — La parole exécutive du
chef, dans les armées régulières de l'Europe, c'est la mise en action du principal ressort d'une mécanique.

Le lieutenant, — oh! l'imprudent jeune homme! — Figurez-
vous, il sort des rangs; il parlemente, je crois, avec le chef des
insurgés. — Il reconnaît donc en quelque sorte la légalité de l'é-
meute. — N'est-elle pas dans l'opinion, n'est-elle pas dans les
mœurs?

Mais une minute ne se passe pas, et on lui prouve qu'il a eu
tort. — Un coup de feu tiré à bout portant le renverse mort! —
En même temps une salve se fait entendre et cinq soldats tombent.

Le cœur se serre rien que d'y penser. — Fuyons ces lieux!
— Des hommes y ont égorgé d'autres hommes, — des Français y
ont égorgé d'autres Français! Fermons-nous les yeux, bouchons-
nous les oreilles, cachons-nous au fond d'une cave. — Ah!
vous avez peur! dira peut-être quelque jeune *lion* de bonne compagnie, qui vient de tuer son meilleur ami en duel ou qui, tout récemment, en grand comité de dames, a fait l'apologie du suicide.
— Oui, j'ai peur de l'émeute, comme j'aurais eu peur d'un
squelette sanglant qui eût voulu m'embrasser. — Oui, j'ai peur!

— Peur de ne plus croire, de ne plus espérer en l'amitié d'après l'Évangile. — Oui, j'ai grand peur, fuyons!

Et pendant que je fuis loin, bien loin de ce corps-de-garde où vous avez été témoin de la scène qui vient de se passer, une autre scène m'arrête dans ma course.

Là, sur les quais, il y a une mêlée de monde : — des cris plaintifs, des cris déchirans s'en élèvent. — On détourne la tête avec horreur, même les neutres, car ils sont partout, ils font nombre partout. — Homme, donc curieux, je regarde. — Oh! malédiction! oh! douleur! Oh! honte éternelle! — Qu'aperçois-je? Des soldats français à genoux, sans armes! — On les massacre. — Ce sont des prisonniers! — Sauvons-nous à toutes jambes!... — Impossible! Je tombe juste sur une arrière-garde d'une quarantaine d'hommes en blouses. — A leur rencontre court un peloton de fantassins, tambour battant, officier en tête. — Ils le chargent à l'arme blanche, et quand je porte des yeux égarés sur la troupe républicaine, j'aperçois dans ses rangs.... Oh! ça fait frissonner! J'aperçois des enfans de seize, de quatorze, même de douze ans, et un de ces derniers, une petite couleuvre en herbe, décharge naïvement son arme et abat un soldat qui aurait pu être son père! Puissances du ciel! Non! il n'y a pas de paroles; non, on ne les a pas encore inventées, pour exprimer combien cela révolte, combien cela attriste, combien cela nous pénètre de mélancolie! Il suffit de ce seul fait pour citer à la barre du conseil de famille de l'humanité entière une nation chez laquelle un geste de ce genre a pu avoir lieu. — Bourgeois, boutiquiers, joueurs de Bourse, spéculateurs, *Cleemann* de toutes les dénominations, je vous demande pardon à genoux de vous avoir dit des vérités flétrissantes! — Abrutissez-vous par l'agiotage; habillez-vous de la tête aux pieds d'actions sur l'asphalte, sur le fer galvanisé, sur les chemins de fer; durcissez-vous le cœur avec tous les métaux monnayés connus; mais par bienséance nationale, mais pour l'amour du Sauveur — (pardon, vous ne comprenez pas cet amour) arrangez-vous de manière... Oh! que cette supplication est triviale! Non, dites : « Nous voulons! » Ces mots

14*

ont produit tant de belles choses dans votre belle patrie ! Oui ,
veuillez seulement, afin que l'étranger qui arrive au milieu de vous
pour vous étudier ne remporte pas avec lui la conviction de ne jamais vous supposer capables d'un retour vers un caprice de frater-
nisation générale , si mieux vous ne pouvez. — Cependant , tout
contradictoire que cela puisse paraître, je crois (et ma croyance sur
ce point se trouve dans plusieurs pages de ce livre) , je crois que
l'élément chrétien sortira triomphant du milieu même de vos
ripailles sceptiques, où l'ivresse des idées fume , où les principes
se choquent violemment , où quelques hommes aux âmes généreuses, aux hautes intelligences ne craignent pourtant pas de s'introduire par force, et où ils avisent , où ils exhortent , où ils ton-
nent, — d'où ils sont expulsés par la satire, mais où ils retournent
pour tonner encore.

Tout contradictoire que cela paraisse, il reviendra l'élément
chrétien, — le mouvement social deviendra unitaire, soyez-en
persuadé , car c'est un élément de perfectibilité. La Providence en
a miraculeusement disposé les phases et dans la nature inorga-
nique et dans la nature animée. Dans le monde moral, rien n'est
encore pièce achevée ; — tout est trame, tout est sur le chantier,
— tout — partout ! — Il y a un symbole sublime de cette perfectibilité dont nous parlons , dans une cérémonie religieuse observée aux obsèques des catholiques grecs. Aux yeux des ignorans,
cette cérémonie paraît puérile. Elle consiste dans l'exposition d'un
plat de riz posé à côté du cercueil du mort. Mais ce riz veut dire
que son temps de perfectionnement ne commence qu'en terre.
Avant son inhumation , il ne vivait pas.

L'homélie finie, je reviens à l'émeute.

Elle gronde. — Là, un nuage de fumée qui s'élève au-dessus
des maisons ; plus près , des cris et de la fumée. — La générale
et la fusillade sont plus vives que jamais. — On emporte des barricades. Approchez! Oh! comme ils se battent ces brutes d'hommes qui sont incapables de faire face avec le raisonnement aux
théories du terrorisme. — Une fureur fanatique les anime. — En
chemises, têtes nues, bras nus, noircis de poudre, rougis de leur

propre sang et du sang des autres, ils se battent! Ils sont fous ;
ils sont enragés! Et on les traque de repaire en repaire. — Voilà
qu'ils se sont emparés d'une vieille église. — Des pièces viennent
d'être braquées contre. — Les assiégés se rendront à discrétion.
— Jamais! — Pour les soumettre la foudre n'y ferait rien! —
— Il faut les tuer tous un à un; ils ne connaissent de soumission
possible que la mort! — De leur côté, ils n'accordent quartier
qu'aux cadavres. — La boucherie est donc épouvantable en face
de la vieille église.

De tous côtés les troupes accourent; — l'émeute ne respire
que là. — Les gardes nationales se font voir aussi. On se prend
corps à corps! — Et que de braves soldats ne reviendront plus
coucher à la caserne ce soir! Et que de braves citoyens ne s'as-
siéront plus au déjeûner de la famille! — Enfin, l'autorité
triomphe. — La troupe de ligne a épargné. — La garde nationale n'a pas épargné. — Elle a tremblé un moment pour ses acquisitions industrielles, pour sa propriété! — Et aujourd'hui le
patriotisme n'est pas ce sentiment d'abnégation grandiose qui
embrasse dans son amour tout ce qui vit et ne vit pas sur le sol
natal. A Paris, le patriotisme s'enferme aujourd'hui dans sa for-
teresse aux fortifications de fer, — dans le coffre-fort du bourgeois; et puisqu'un moment il l'a cru en péril, il a été furieux,
il n'a pas pardonné. C'est sa cause personnelle; cela touche à l'individu. — Pour du courage, il en a, — d'abord en sa qualité
de Français, et puis en sa qualité d'homme menacé dans son
avoir, acquis au moyen de toutes sortes de menées tant honnêtes
que charlatanesques.

Voyez comme il court à l'encontre du danger.

Cette barricade-là est formidable! S'en aperçoit-il seulement?
Non, il l'escalade.

Parce que tel garde national que vous voyez courir tout es-
soufflé a un gros ventre, qu'il a une physionomie grotesquement
martiale, ne vous en moquez point, — attendez, voyez plutôt
de ses œuvres au fort de l'émeute.

Parce que tel autre est d'une complexion de soprano italien,

14.

qu'il porte des besicles, — oh! ne vous en moquez pas non plus !
Vous le verrez affronter non-seulement la mort, mais même résister aux fatigues inouïes de toute une journée d'épreuves. — Il
remue des millions, il a peut-être des centaines de mille francs de
revenu, une femme charmante, des amours d'enfans, goûtant
lui le premier et tous les siens des douceurs d'un luxe raffiné, —
eh bien! cet Ajax qui tient un immense établissement de colifi-
chets, il a tout abandonné, il est venu se placer coude à coude
avec un vieux troupier qui respire avec délices l'atmosphère du
salpêtre; et il se bat que c'est un charme! et il se bat que son camarade de la ligne le regarde avec un sourire de satisfaction.

Mais, dira-t-on, et le fait est connu, il a manqué à l'appel du
12 mai; il a manifesté une sorte d'hésitation à se montrer sur les
lieux de la sanglante contestation; — il a été presque tiède dans
la lutte. — Oui, c'est la vérité! — Et puisque vous voilà si bien
instruit, vous devez savoir aussi que le 12 mai était un dimanche,
— jour de relâche, jour de promenade, jour d'absence de Paris-
bourgeois, et que le printemps est une saison qui remplit l'âme
de l'épicier d'un besoin de jouissance pastorale aussi fort que chez
l'alouette, aussi fort que chez le rossignol. — Accusez-en aussi les
conséquences funestes qu'eut sur le commerce de Paris la croisade
d'intrigues politiques contre le ministère Molé, connue sous le
nom de coalition; — accusez-en l'infatigable système des journaux d'opinions extrêmes qui, depuis neuf ans, ne cessent de lancer leurs bulles d'excommunication contre le gouvernement. —
Il est donc suffisamment prouvé, je crois, que le manque de spon-
tanéité, dans le mouvement révolutionnaire des 12 et 13 mai, de la
part des gardes nationaux, ne peut être imputé qu'à la tactique de
la presse opposante dont les déclamations furibondes ont fini par
aliéner jusqu'aux sympathies connues de la milice citoyenne pour
l'ordre de choses d'à-présent.

Il est à remarquer encore que, dans toutes les tentatives que la
propagande a improvisées sur le pavé de Paris, l'apparition de la
garde nationale dans les rues a été toujours le signal de la retraite
pour les neutres. Ne serait-ce pas que les légions allant au feu

donnent à entendre par là, à qui de droit, qu'elles ne partagent pas les vœux et les espérances de la propagande? L'ordre allant donc revenir, et l'ordre étant chose si commune, chacun s'en va chez soi, et au défaut de mieux on va courir à la Morgue pour admirer de près les victimes de la journée. Le spectacle est le premier des besoins pour le Parisien. Je crains de calomnier, mais je crois que le regret pour le parent ou l'ami tombé les armes à la main et exposé à la Morgue, vient peut-être en seconde ligne, — et quand on se trouve dans ce dépôt des trépassés, quand on voit tant de plantes jeunes, belles et vigoureusement développées de la nouvelle génération, on ne peut s'empêcher, malgré leurs égaremens, de leur donner une larme de sincère regret! Mais quand on va de là à l'Hôtel-Dieu assiégé de brancards sur lesquels on porte les généreux martyrs du devoir, horriblement mutilés, pêle-mêle avec ceux qui les ont ainsi mutilés, on maudit cet esprit de présomption chez les peuples de l'Europe moderne qui se vantent les uns vis-à-vis les autres des progrès qu'a faits depuis peu la raison humaine dans la science des harmonies législatives et constituantes; parce que tout ce que l'on aperçoit dans les conséquences monstrueuses de l'émeute ne prouve autre chose que l'impéritie de cette science.

Passez maintenant le seuil du célèbre hospice. — Regardez! — Des républicains blessés à mort, des prêtres les exhortant au repentir et nul ne se repentant, et tous repoussant la confession et tous repoussant le pain spirituel de la toute dernière consolation. Ils craignent de trahir leurs complices, disent-ils! N'est-ce pas là une naïve offense faite au prêtre? Oui, naïve, parce qu'elle vient de l'ignorance d'une des règles les plus connues auxquelles l'église catholique soumet le confesseur, savoir celle de la non-révélation.

Le drame de l'émeute, divisé en prologue, en actes et en scènes, est un drame qui effraie, qui épouvante, qui afflige; — mais la scène de l'Hôtel-Dieu surpasse en horreur et en afflictions toutes les scènes du drame. Prévenir un pareil spectacle passe vos forces, vous qui faites les lois en France!

Tel contrat social peut en imposer par l'apparence de sagesse qui semble régner dans l'étalage de ses théories ; mais les applique-t-on dans les affaires des hommes, leur débilité est flagrante. — Montrez-moi une charte qui n'ait pas oublié de faire du code religieux chrétien sa principale pierre angulaire ? — Oui, toutes l'ont oublié.

« La religion de l'État est telle religion, » dit cette charte, et elle ajoute :

« Les autres cultes seront tolérés. »

« Tous les cultes jouiront d'une égale protection », dit une autre charte, et voilà tout.

Qu'est-ce que ces deux articles vis-à-vis ces deux cents autres qui ne traitent que de biens temporels ? C'est une aumône de respect, une déférence ? Mais y a-t-il, dans quelque charte que ce soit, un mot qui fixe, qui régularise la responsabilité, devant la loi, de la mère qui guide les sentimens de l'enfant, du père qui guide la raison de l'adolescent, de l'université qui polit l'intelligence du jeune homme ? et la mère et le père sont-ils soumis à quelque contrôle sous ce rapport ? Non. Y a-t-il dans quelque contrat social que ce soit d'éloquentes et de saintes paroles qui établissent légalement, explicitement cet esclavage naturel d'affection, d'amour, d'amitié sans bornes, auquel devraient être soumis les enfans envers leurs parens ? Non. Y a-t-il quelque effrayante, quelque horrible responsabilité des enfans devant la loi, en cas d'une infraction sacrilége à cette loi ? Non, il n'y en a point. Oh ! certes, l'école de noviciat du chrétien et du citoyen, c'est le nid même où l'on est né. L'instruction donnée par l'État ne devrait être que la confirmation des principes reçus au foyer de la famille sur une échelle plus large.

Du moment que j'ai le loisir de pérorer, l'émeute doit être finie, pense-t-on ? — Oui, elle est finie.

Paris balaie ses rues, gratte ses murs ; — il y a du sang sur les murs, du sang sur le pavé, des cadavres dans les rues et dans les maisons. Vous vous rappelez que, le jour d'une émeute, dans la maison de la rue Transnonain, 7, tous ceux qui l'ont habitée en ont été jetés morts dans la rue. Il y avait là et des hommes, et des femmes, et des enfans.

J'ai encore oublié de vous dire, que, pendant que se joue ce terrible lansquenet, où les enjeux ne sont rien moins que des questions capitales d'existence politique, questions, dont la solution dépend quelquefois d'une mesure mal prise de la part de l'autorité municipale, ou d'un manque de présence d'esprit chez les gouvernans ; — pendant que cela se joue, dis-je, Paris, tout comme au commencement de l'émeute, songe à ses affaires. — Dans tel de ses quartiers, il ne sait même pas qu'il y en a eu une. Dans les quartiers qu'elle a *ébouillantés* de son passage, on n'y pense plus dès qu'elle a passé dans d'autres quartiers — et les magasins et les cafés se r'ouvrent, et les dames de comptoir reviennent réoccuper leurs postes, r'arrangent leurs coiffures et reprennent le pli ordinaire de leurs sourires, tandis que les garçons, cafetières ou bouteilles à la main, servent avec zèle et prévenance le public.

Si l'émeute a fini vers les quatre ou cinq heures de l'après-midi, le soir, vers les huit heures, le *Messager*, dans un post-scriptum, vous donne au galop une relation de ce qui vient de se passer, et les colporteurs crient jusqu'à onze heures, même plus tard, et vendent la feuille, au lieu de quatre sous, huit sous, un franc, quelquefois deux.

Qui est mort est mort, on l'enterrera. Mais qui vit songe à bien vivre, sans quoi il dépérira et on l'enterrera.

CHAPITRE VIII.

SUITE.

IL FAIT NUIT.

Oh! les rues de Paris! vivent les rues de Paris! Quel champ
vaste pour l'observation! Une foule de choses y arrivent; une
foule d'incidens y surviennent qui concourent tous à décéler plus
ou moins ce que Paris veut pour aujourd'hui, ce qu'il désire pour
demain; ce qu'il a dans la tête, ce qu'il a dans le cœur. Rôder,
sans plan, sans but, dans les sinuosités de cette ruche de pierre,
regarder beaucoup, écouter si on le peut sans danger, faire naître
s'il est possible un entretien avec celui-ci, puis avec celui-là, en
un mot habilement moucharder, c'est s'imposer une rude tâche,
et ce n'est pourtant qu'imiter un adepte de la science de Gall, —
c'est tâter le crâne de Paris; mais ce n'est pas la même chose que
de tâter le pouls du sentiment public, ni de pénétrer fort avant
dans l'intimité domestique de la bonne ville. Inspection de bosses,
voilà tout.

De jour, nous avons palpé quelques-unes de ces protubérances;
mais de nuit, cavités et parties saillantes se couvrant toutes d'un
triple crêpe noir, l'observation ne pourra qu'en être infirmée,
quoique bien des hiboux, sortant de leurs cachettes, vont envahir
la rue, et que bien des scènes pittoresques, bien des hauts faits
dramatiques doivent avoir lieu. Si même nous disions que la
chaste bienfaisance et la consolation patiente et assidue vont visiter
quelques retraites du malheur, peut-être n'aurions nous pas tout-

à-fait tort, car dans la marc de matérialité qui croupit au sein de Paris, surnagent encore un petit nombre d'élus qui mettent au-dessus de la *Bourse-Vérité* les vérités de l'Évangile. Oui, nous le savons, elles sont clair-semées, très-clair-semées dans Paris les œuvres des vertus privées, mais il s'en trouve pourtant, le fait est constaté, et on les y consomme à rideaux tirés, comme les rites d'un culte prohibé. Si dans le million d'hommes qui habitent Paris athée, il en est seulement mille qui savent aimer le prochain, c'est plus que s'il y avait dans Rome dévote dix mille qui sussent aimer le prochain.

Mais voici que les ténèbres commencent à couvrir les bons et les méchans, et que les différentes classes des favoris et des con-viés du sort tâchent de moins dormir pour jouir davantage, tandis que les disgrâciés et les non-conviés s'efforcent de plus dormir pour moins souffrir.

Comme Paris est une ville qui a un soin particulier de son cos-tume, et comme elle songe à augmenter ses aises d'année en an-née, de jour en jour, l'éclairage des rues est devenu, depuis peu, une de ses réformes les plus criantes, car s'il n'y a pas de lampe pour éclairer les complots des malfaiteurs contre le bien d'autrui, il y en a au moins pour éclairer leurs actes, et, se sachant éclai-rés, par ce fait, leurs actes deviendront nécessairement plus rares. Le réverbère au sein de la ville commence à se multiplier ; il y a tout au plus cinq ans, la parcimonie municipale pour la ville de Henri IV était flagrante. A cette époque, Paris s'éclairait de lui-même, ou ne l'éclairait pas. Le laboratoire de gaz de la plaine de Monceaux approvisionne tout le côté droit de la Seine. Aussi, depuis le boutiquier millionnaire jusqu'à la revendeuse de petits pains, chacun s'y éclaire par la vapeur inflammable.

Si l'on montait un soir sur les tours de Notre-Dame, on ver-rait une écharpe lumineuse ceindre Paris du côté du nord ; — ce sont les boulevards. A peine le soleil disparaît-il à l'horizon que les fringans garçons de cafés, une mèche de papier enflammé à la main, courent de bec en bec, tournent les robinets et mettent le feu au gaz. L'obscurité venue, suivez la perspective des boulevards. Une riche et majestueuse illumination règne des deux côtés, tandis que de près et de loin, fuient, se croisent, s'entremêlent, naissent, meurent et s'engouffrent d'innombrables étoiles, les unes fixes, les autres glissant avec vitesse sur le fond noir de la nuit ; celles-ci nageant lentement, celles-là ne faisant qu'apparaître et disparaître, et de moment en moment de rouges, de vertes, de bleues, de jaunes, qui déchirent les ténèbres dans toutes les directions. Les étoiles à éclat ordinaire appartiennent aux voitures privées et aux voitures publiques de toutes les dénominations ; les étoiles colorées sont les fanaux-indicateurs des omnibus.

Si l'industrie manque de feu au cœur, elle n'en manque pas pour ses yeux, qui sont les vitraux des magasins. Elle qui usurpe tout, elle s'est aussi emparée de toute la masse de lumière du mode d'éclairage moderne ; et il donne à plein sur ses œuvres bien au-delà de minuit. Possédant la qualité de prévoyance au plus haut degré, l'industrie a su si bien disposer les rayons de son gaz que ses produits en sont tout inondés ; les grands abat-jours qui couronnent les quinquets empêchent que la lumière s'éparpille ailleurs, et à sa clarté l'article industriel fait parade de ses attraits mieux encore qu'au grand jour. Beauté, grâce, qualité, tout y frappe plus sûrement les yeux. L'industrie s'y montre toujours belle, toujours agaçante, toujours impatiente d'être prise comme mainte demoiselle mûre qui tire, pendant dix ans, au polygone matrimonial sans rien attraper.

Le soir, dans la Ninive moderne, le soir, dans toute autre capitale, le soir partout, est l'instant de relâche et de récréation pour tout ce qui gagne sa vie à tour de bras, à tour de mains et à tour de reins. C'est alors qu'ouvrier jeune et ouvrière jeune sortent de leurs retraites et volent au-devant du plaisir qu'offre la guinguette, qu'offre le paradis de l'*Ambigu* et qu'offre finalement le paradis de la mansarde. Rôdez, flânez, et vous allez souvent rencontrer ces couples *donjuanesques* gais et allègres comme l'oiseau sur la branche, pensant à l'avenir comme des joueurs en veine et parcourant la vie sans remords. Mariés par le fait de la main posée dans la main, ne sachant s'il y a une morale au monde, ni un Dieu quelque part, ne connaissant Rousseau tout au plus que par ouï-dire, et peuplant les hospices des Enfans-Trouvés tout comme Rousseau. Paix, harmonie régnant, amour, travail marchant, écus sonnant, cela va ainsi jusqu'au jour où survienne une ribotte plus folle que bien d'autres ribottes, et la paix est rompue, et il y a germes de haine d'une part, pleurs de l'autre, coups et mauvais traitemens d'un côté, misères et plaintes au commissaire du quartier de l'autre côté, puis procès en police correctionnelle, et condamnation du tyran domestique. Alors le pseudo-mari avale ses rancunes, mais couve la vengeance, et met quelque belle nuit un prompt dénouement au roman par un bon coup de couteau qui perce les flancs à sa bonne amie et la tête à l'œuvre inédite qui attendait la vie dans le sein maternel.

On pourrait appeler, je crois, ces contrats en dehors du code, ces liaisons temporaires, autant d'hérésies du grand culte de la prostitution publique salariée. Ils sont non seulement très-fréquens parmi les classes ouvrières et dans la domesticité, mais, depuis que le saint-simonisme a semé ses doctrines sur le sol de France, ces pactes se sont hissés d'un cran plus haut, et ont presque acquis une sorte de légitimité non contestée.

Remarquez, je vous prie, l'action maligne de la philosophie du dix-huitième siècle sur les masses; ayant commencé par le pinacle du cône social, elle a fini par laisser une lie noire à la base. C'est comme le pain de sucre dans son procédé de raffinage. La sommité, ayant à elle bien-être, lumières et loisir, se trouve à même d'exercer son grand droit, la Réflexion; et, en l'exerçant, elle commence déjà à accuser une faible arrière-pensée d'épuration; tandis que la base, dépourvue de ces avantages précieux, accueille en collégien émancipé les idées que prêchent les millions d'ambitions naissantes de toutes les couleurs, et l'industrialisme littéraire, dogmatique et folliculaire.

Il fait donc nuit; Paris est couvert de son triple domino noir et de son grand masque noir; ainsi voilé, il commet ses péchés véniels, ses péchés mortels, fait ses peccadilles, sans crainte que

la rougeur lui monte aux joues ; — la société, c'est comme l'enfance : elle ne se comporte décemment qu'en présence d'une férule : même dose de pudeur chez l'une et chez l'autre. Paris
se hâte donc de vider la coupe de l'orgie du jour ; Paris donne
le dernier coup de faucille à la moisson de l'argent ; Paris s'é-
crie : — « Faites-moi donc terminer ma journée ! achetez,
achetez les produits de mon travail de forçat : — ma prospérité est là ! ! !

Il rumine aussi ses conceptions, caresse et élabore l'idée vierge
d'une découverte, pétrit l'opinion politique du lendemain, corrige
les épreuves de son grand capital littéraire, prépare la minute de
son dossier judiciaire, s'arme pour la bataille oratoire de la tribune, ou se délasse des fatigues du jour dans un océan de jouissances. Il est riche, il est jeune, il est sain d'esprit et sain de
corps, et ma foi il s'en donne !

Quant aux misères qui rampent sur son corps avec un peu d'espoir dans le cœur ; quant aux misères qui languissent sans nul espoir dans le cœur, et partent d'ici avec une malédiction et un blasphème à la bouche, Paris les chante dans ses vaudevilles, dans
ses romances, ou les reproduit dans ses drames. Souffrances et
misères humaines mises en scène, mises en musique, mises au
bas d'un journal en guise de feuilleton, font hausser les actions de
cette immense société en commandite dont le Paris d'aujourd'hui
est le chef-lieu et le comptoir.

Mais Paris ne fait pas la plupart de ces choses dehors ; c'est
dans les cellules de ses treize mille maisons ; et nous sommes dans
la rue, songez-y, toujours dans la rue, guettant un geste, un
fait, un son : et, à propos de son, apprenez qu'il y en a un à Paris. — Oui ; il y a un son, son fatigant, son massacrant, bar-
bare, impitoyable, son particulier à la bonne ville, son éminemment local. Entre sept et huit heures du soir, le voilà qui gla-
pit ; et ceux qui s'en rendent coupables sont ces damnés amateurs
du cor de chasse. Été comme hiver, rien n'interrompt l'épouvantable symphonie. Croisées ouvertes, vous les y voyez assis ces
Robin des Bois citadins, leurs lèvres appliquées à l'embouchure

du cor de chasse, et soufflant dedans à se faire sortir les yeux des
orbites. Quel charivari infernal ! quel vaste complot contre les organes auditifs du public ! C'est une conversation criarde de rue
en rue, de maison en maison, d'étage en étage. Même sur la flot-
tille marchande amarrée aux quais du fleuve, le cor résonne, et
vous entendez fanfare de ci, fanfare de là, un *si bécarre* au-dessous
des lignes, ronflant d'un bateau à vapeur, et répondant au prélude faux d'un cor qui fait gémir l'air du haut d'un cinquième de
la rue Dauphine, puis un hallali atroce partant d'un rez-de-
chaussée de la rue Louis-Philippe, et répondant à un duo du parvis Notre-Dame. Oh ! les Welches ! les Welches (1) ! Mais explique qui pourra cette sotte manie ; quant à l'auteur, il s'en
lave les mains. D'où vient-elle ? a-t-elle existé toujours ? ou n'est-
elle qu'un engoûment momentané, qu'une mode, comme le cornet à piston, par exemple, qui, de notre temps, avait envahi les
orchestres, et sur lequel on parlait, et sur lequel on écrivait, et avec
lequel on ennuyait, on embêtait les gens. C'était un parti pris :
« aujourd'hui, un tel joue du cornet à piston chez Valentino, du
cornet à piston chez Julien ; un solo de cornet à piston aura lieu ce
soir à l'Opéra, à l'Opéra-Comique. » Et, disaient encore les journaux dans leurs annonces : — « Savez-vous ce que c'est qu'un
» cornet à piston ? Avez-vous jamais entendu jouer un tel d'un
» cornet à piston ? Oh ! c'est ravissant, prestigieux, divin,
» inouï ! »

Voilà ce qu'à part la mélodie (du reste très-agréable) du cornet à piston, on entendiat rabâcher partout.

Les exclamations partielles et les exclamations en chœur de la
ville de Paris semblent plus perçantes encore la nuit que le jour ;
et, dans leur composition colossale, entrent : les notes acérées et
enrouées des cors, les tintemens de la clochette du marchand de
coco, les tintemens mats de gros grelots du charretier attardé,
les coups de sonnette du conducteur d'omnibus, et les strophes
de la Marseillaise, que braillent les ouvriers en goguette et les cons-

(1) Tout récemment une ordonnance de police a mis fin à ces concerts
d'enfer. Dieu soit loué !

crits au mauvais numéro, ou les étudians qui courent les aventures, et tous en marchant par bandes dans les rues, et en criant
comme des sourds , s'ils ne chantent comme des fous.

Une des plus vives jouissances que nous procurait la flânerie
était celle de pouvoir attraper au vol des parcelles de conversations que laissait insouciamment choir, chemin faisant, la masse
compacte des promeneurs causant dans le riche clair-obscur qui
règne la nuit sur les boulevards. Ne dirait-on pas que l'obscurité
provoque à l'indiscrétion? Il fait nuit, pense-t-on; — donc l'œil ne
voit pas trop bien, donc l'oreille n'entend pas trop bien. Adossé soit
contre un arbre, soit contre un des piliers aux annonces, j'écoutais attentivement, avec plus de profit encore en me mêlant à la foule et dé-
vidant les conversations au cours, — selon les circonstances. Bref,
d'une manière ou d'une autre, nous faisions notre école buissonnière
en toute conscience et sûreté, et ce que l'oreille recueillait le soir, le
crayon l'inscrivait le même soir sur le feuillet de notre memento de
voyage. Malgré le décousu qui règne dans la rédaction de ces plagiats
consommés aux réverbères, l'auteur ne peut point résister à l'envie qui le prend de vous en donner quelques extraits ; le grand
faible qu'il se sent pour la recherche de la conséquence morale l'y
pousse. Mais l'essentiel , c'est que vous puissiez l'apercevoir, vous,
la conséquence morale ; car il se peut très-bien que cette persévérance à exploiter un sujet futile dans le but d'amener une solution sérieuse , soit une idée fixe comme celle d'un fou qui se
croirait un nez de verre au milieu de la figure ; il se pourrait
aussi que , de tout ce parfilage multicolore et bigarré de dialogues
écourtés , que de toutes ces phrases hachées que le vent emportait comme des toiles d'araignée, il n'y eût pas lieu d'en extraire,
après tout, un seul élément bon pour la recherche philosophique;
car l'imagination de tout individu qui livre au public ses réflexions sur les hommes et les choses de ce bas monde est ordinairement peuplée d'atomes qu'il s'évertue à faire voir au lecteur,
lequel , partie désintéressée, donc juge sévère, ne voit souvent
que haillons là où l'auteur croit apercevoir de l'étoffe à tailler des
volumes pour son thème.

Quoi qu'il en arrive cependant, nous voilà aux boulevards, à notre poste, l'œil aux aguets, l'oreille aux écoutes, et cessant tout-à-coup de faire sentinelle pour courir après la suite d'un entretien se développant dramatiquement ou se développant burlesquement, et coupé à l'improviste par des salves de voix ou des détonations de rires en chœur, qui, prises à dos par d'autres bruits confus, meurent à leur tour.

Mais consultons la minute de notre memento, et, au hasard, copions-en les notes. Ah! bon! en voici quelques-unes.

NOTE 1re. — *C'est un lundi qui est dehors.*

Voilà que le monde coule, que les conversations défilent; tirons-les du sein de cette chaîne vivante comme des numéros d'une roue de loterie.

Voici des unités d'abord, puis des dixaines, etc.

— Manége mercantile, caro amigo!

— Inexorable.

— Pressez, il cédera.

— C'est que le drôle t-est d'une élasticité... Et la femme?

—- Taillée d'après les Saintes-Écritures, — ne faisant qu'un corps et qu'une âme avec le mari.

(Interjections, éclats de phrases n'ayant fait que friser l'ouïe.)

———

— Fadaises! nous ne sommes pas encore aux mandats impératifs.

— Et nos raffineries de sucre?

— Bah! Et notre industrie vignicole?

(Le reste mort dans l'éloignement. Dialogue entre deux messieurs d'un certain âge honnêtement replets, et tous deux chevaliers de la Légion-d'honneur.)

———

— Une pimpesouée qui te pleure comme un castor, pour peu que je touche la *chose* du dénouement.

— Plante-la là.

— Ah ! bien oui, merci ! Et la marmite?....

(Entretien expiré entre un élève de l'École Polytechnique et une *barbe de bouc*).

———

— Oncle.

— D'Amérique ?

— Eh non ! de Paris. Chien de titre ! Sans cela, je lui eusse appris l'arithmétique sur les degrés de mon escalier.

— Juste ! — Il ne t'a rien appris et peu donné.

(Passés. Colloque entre deux muscadins ne donnant en commun qu'un total de trente-six à quarante ans.)

———

.... mon dernier écu, comme Tell sa dernière flèche, sur le numéro de bon augure. — La roulette fit prrr ! minuit sonna, et l'ordonnance souffla à jamais sur....

(Inachevé. Le monsieur fataliste avait un léger accent italien. Je le juge un réfugié politique : ses pareils étaient pour la plupart des habitués des maisons de jeu).

———

— Aie, tu me fais mal au bras, *Pépi;* ne pince pas si fort !

— Et toi, tu me fais mal au cœur, scélérat !

(Une boutade amoureuse entre jeune fille et jeune garçon de la classe ouvrière.)

———

— France ! France ! sacré gueuse..., pas donné même un hareng-saur pour mon pot au feu... Abd-el-Kader..., son pays... bâtirai des forteresses !...

(Longue bande de phrase coupée en plusieurs endroits, débitée par un homme sec, raide, et adressée à un individu en costume mi-bourgeois, mi-militaire. Je le suppose un malcontent rayé des contrôles par une ordonnance ministérielle...)

— Deux parts proportionnelles.... l'actif.... 8 p. 0|0 de dividende !

— Oui, et un baiser par-dessus le marché.

— Farceur !

(Premier interlocuteur paraissant être un provincial, son ami un fin limier en entreprises commerciales).

— Tu ferais mieux d'apprendre par cœur les signaux du clairon, sacré criquet, va !

— Ne le connais-je pas, mon père ? Mais ne faut-il pas aussi que je me... dégourdisse... dans les journaux de mon parti ?

(Réplique brisée par le murmure d'autres voix, partie de la bouche d'un jeune sous-officier de voltigeurs et faite à un vieux homme en blouse au port noble et fier d'un ancien soldat de l'ex-garde.)

— N° 2, rue...

— Et l'autre Flachat?

— Une noble âme convertie au saint-simonisme, et, s'il n'est de retour à Paris, il prêche encore au Caire en Égypte.

— C'est-à-dire dans le désert.

(La fraction de l'adresse et le bref renseignement sur le nommé Flachat étaient donnés par un homme d'un âge mûr, à chevelure longue et à chapeau plat ; son compagnon méritant à peine le nom de jeune homme, à en juger par sa voix de flageolet.)

— Je te dis, une sacrée feinte en tierce qui m'a fait voir le bon Dieu comme je te vois.

— Et la fin, voyons ?

— Mon épée lui en a ménagé une...

— Comment, — mort ?

15

— Oui! mort.

(Conversation à compartimens entiers entre trois fashionables qui prirent place à une de ces tables rondes, fixées à jamais en terre et qu'on voit vis-à-vis les portes des cafés des boulevards.)

— Escobar comme le reste de ses confrères....

— Prêchait comme un ange, ripostait une voix féminine.

— Oui, un ange! — On a la parole insinuante, quand on a trois anges pour auditeurs : la Pleyss, votre Sophie et....

(La fin de la phrase noyée dans le tumulte. La mise et la tournure de l'homme et de la femme semblaient accuser un couple des régions de la haute société.)

Note d'un dimanche.

— .... Que Bélart me cède le dénouement de la pièce, et je lui abandonne quatre scènes du....

(Deux jeunes gens qui travaillaient probablement en commun pour le Vaudeville, sous la raison sociale de Scribe et Compᵉ.)

— Sois tranquille..., à tantôt.

— Une, dans les parapluies-omnibus; deux, dans l'entreprise de Combalot, rue de Fleurus; trois, dans..., dans les usines de Grenelle.

— Cela fait venir l'eau à la bouche!

(Conversation expirée au détour de la rue Montorgueil, et continuant plus loin avec force gestes.

(Deux personnages pétris de pâte bourgeoise superfine.)

— *Blondel-Rose* fournira loge et glaces pour le *Domino-Noir*; *Evariste-Colibris*, le souper de chez Tortoni, avec *sauté de filets de faisans aux truffes*, et *Bichon-Jules* des jetons d'or pour ma partie d'écarté.

— Tope.

— Accordé.

— Amen !

(Intimation faite par une jeune femme, grande, svelte, désespérément belle, gaie, rieuse, ayant l'ondulation de la syrène dans les mouvemens de la taille et des yeux noirs en défaillance, eussiez-vous dit, tant ils étaient pleins de langueur. — Bichon-Jules, Évariste-Colibris, Blondel-Rose (trois surnoms inventés par les dorlotteries féminines), étaient trois jolis garçons imberbes, modèles gracieux de la mode *haut-bord* de Londres. L'Armide parisienne au milieu, les cavaliers aux flancs ; dans cet ordre de bataille, la folle compagnie rebroussa chemin, pour mettre apparemment à exécution le programme de plaisirs arrêté pour la nuit.)

(Les notes de l'agenda disent que l'espionnage fut interrompu ici, à cause de la confusion grande qui eut lieu par suite d'un choc accidentel de voix de plusieurs personnes appartenant à gens qui venaient d'en haut et gens qui venaient d'en bas. Cette suspension continua jusqu'à la question et la réponse ci-après.)

— Donc, enfoncé ! mon brave, enfoncé !

— Comme tu dis ; — insuccès complet ; — tombé à plat comme une tuile. La machine pour le curage des ports du camarade Simon, qui fonctionne ferme depuis....

(Épanchemens dans le sein de l'amitié d'un pauvre ingénieur non-ganté, grelottant de froid, le bas de la figure enseveli dans un grossier mouchoir de coton rouge et les épaules couvertes d'une méchante redingote.)

— Je publierai une brochure salée, va ! sur l'expédition de. . cela lui apprendra à étudier l'histoire des guerres puniques.....

15.

-— C'est diablement chanceux ! — Et le ministre?

— Ah ! ah ! — Et la Charte.

(Fin d'une vive discussion à en juger par les gestes pleins de feu des deux interlocuteurs, dont l'un officier, l'autre bourgeois.)

———

— Vous teignez donc vos draps par le prussiate de fer ?

— Pardonnez-moi, monsieur, indigo pur, pur indigo !

(L'individu qui fit cette protestation, d'un ton presqu'offensé, prenait du tabac dans une boîte qui nous a paru d'or ; un immense faisceau de breloques suspendu à une grosse chaîne de montre, lui sortait de la poche droite de son gilet et carillonnait bruyamment au moindre de ses mouvemens.)

———

— Je te jure ma parole d'honneur, vois-tu, Auguste, que je t'en voudrais à la mort, si, lorsque tu auras besoin d'un millier d'écus, tu ne venais me dire : — « Gredin de Charles, j'ai besoin d'un millier d'écus. »

— Puisque tu le prends sur ce ton, il faut bien que j'en passe par-là.

(Dialogue au sens complet entre deux individus proprement mis et proprement gris.)

———

— Nous prendrons à crédit, revendrons comptant, un peu au rabais, il est vrai, mais...

(Projet spéculatif noyé dans le bruit. La note ne dit rien sur les deux interlocuteurs.)

———

— Il est bon enfant le baron de Rocque, il nous fournira les effets sans bourse délier.

— A propos ! où loge-t-il?

— Place de la Madelaine, n° 1.

(Parlaient ainsi deux jeunes sous-lieutenants à fraîches épaulettes, et qui, par l'uniforme, appartenaient visiblement au même corps.)

———

— « Chut! Cardet, chut! parle anglais, » dit une belle voix de basse-taille qui me fit dresser l'oreille ; elle partait du milieu de la foule.

— Tu m'y fais songer, fit une autre voix.

(Ah, bon! me dis-je, on ne veut pas être compris ; motif puissant pour en agir ainsi ; donc, marche. Suivons les deux anonymes. En attendant, voici leur signalement. Celui à la voix de basse était un homme de couleur, assez chétivement mis, mais bâti à ravir ; et autant que nous pûmes distinguer ses traits à la vive clarté du gaz, un vrai Antinoüs au teint fortement basané. Quant à son compagnon, c'était un philistin à épaules larges, carrées, court, ramassé ; il avait une joue enflée, probablement par une chique ; des regards en dessous, des cheveux plats, longs et en frange de macaroni. Ils parlaient tous deux l'anglais très-couramment, et ce qu'ils disaient nous vous le donnons textuellement traduit.)

— Père? disait le nommé Cardet ; allons nigaud! voilà que tu te rinces encore la bouche avec l'amour filial, et quand par un rapt...

(Mais voyez le guignon! à l'endroit où le colloque commençait à s'assombrir, une de ces voitures larges et hautes, recouvertes de toile cirée et sur lesquelles on lit en grosses lettres jaunes : *Gaz non comprimé*, une de ces voitures, dis-je, sortit de la rue Saint-Étienne, me sépara des deux inconnus, que je ne manquai pas de rattraper après, cela va de soi, mais il ne me resta du drame parlé qui fuyait devant moi que... le décousu qui suit.)

— Laure!... sauver l'honneur de la famille? disait l'homme de couleur.

— Mais sotte carpe que tu es, répliquait Cardet, le vieux

15*

pensait-il aux destinées futures de l'embryon qui prenait naissance dans.... (La fin de la phrase inintelligible.)

— Fit nonobstant cela honneur à la fausse signature, répondit le jeune homme basané.

— Hem! grand'chose! répliqua son compagnon, parce qu'il
était moralement impossible qu'il laissât au bourreau la besogne
d'ajouter à ton nom deux initiales infamantes, c'est-à-dire au
sien! Père, fils, femme ou ami, tout cela sait tenir la balance
de l'égoïsme en main, crois-moi. Et puis, comptons : un an de
prison, au pain et à l'eau, à la Pointe-à-Pitre (1), et ta lèvre de
corail coupée en deux.

— Oui, mais tu ne comptes pas, Cardet, l'attaque préméditée
d'apoplexie que je lui ai baillée.

— Ami *lolo*, répondit Cardet en contrefaisant la voix de son
ami ; mais à ton tour tu ne comptes pas qu'il t'a défiguré un
peu brutalement, toi le plus beau garçon de la Pointe-à-Pitre et
peut-être de Paris.

A ces mots, l'indigène de la Guadeloupe poussa un blasphème
sourd et fit de la main un geste menaçant.

Ils se parlèrent bas.

— Tu vois bien que....

— Dans nos intérêts la gouvernante.... ; le vieux grigou l'a-
dore. Ainsi finissait la phrase du beau jeune homme.

— Pas bête! pas bête! parole d'honneur! disait Cardet en se
frottant les mains.

— C'est ça, saperlotte! joue un amour de mélodrame avec
Rose, verse-lui à profusion de l'huile enflammée sur ses sentimens
exaltés ; aie soin d'avoir constamment le suicide au bout de ta
machine de langue. La coquine t'adore, t'idolâtre. Rien qu'à te
voir, elle imite déjà le ciel avec ses yeux ; et pour un seul baiser
de toi, elle est capable, la friande créature qu'elle est, de brûler
au fond d'une chaudière l'éternité durant, car vois-tu...

Le reste du conseil, disait la note, fut assourdi par le miaule-

(1) Capitale de la Guadeloupe.

ment insoutenable que traîne d'un bout à l'autre des boulevards cette file de petites marchandes que vous avez dû remarquer dans le MIROIR DE L'INDUSTRIE FRANÇAISE.

— Le vol du testament est chose diantrement difficile.

— Allumons nos cigares avec....; vieux satyre!.... la fille est... pour nous corps et âme!... projet pyramidal!

— Mais le dénouement? demanda le jeune homme.

— Mené de cette façon, une seconde apoplexie, et cette fois foudroyante, le fera passer de vie à trépas, — s'entend, si tu te laisses habilement surprendre en flagrant délit avec Rose; car tout cassé qu'il paraisse le vieux sapajou, il t'a un sang de salpêtre dans les veines, — je te l'ai mesuré son sang degré par degré.

— Et Rose?

— Foin de ta Rose! une fois que nous tiendrons le magot.

— Mais encore?

— Mais encore, goddam! un coup de pied et.... elle va dégringoler l'escalier de la maison comme le créancier d'un marquis d'autrefois.

— Difficile!

— Ta, ta, ta! difficile. — Oui, pour un bélitre comme toi, mais non pas pour Cardet, fishtre! Toute cette pelote diplomatique, vois-tu, je va te la dévider à vue de nez. Ah! mille tonnerres! j'allais oublier l'essentiel, reprit le même personnage en se frappant le front; c'est au greffe, chez l'ami Prosper, que notre pâté judiciaire est déposé, et il faut....

Mais, dit la note, il était impossible de saisir seulement une syllabe de la suite de l'intéressant dialogue; car le philistin parla à voix très-basse, et pendant que tout oreilles, je suivais pas à pas les deux scélérats, et que de vagues et d'insaisissables conjectures germaient dans ma tête, ne voilà-t-il pas qu'un artiste dramatique que j'avais beaucoup connu à Varsovie et qui est aujourd'hui propriétaire d'une maison sur le boulevard de la Madelaine, me barra le chemin. Sur ces entrefaites, mes deux Caraïbes filèrent dans les ténèbres, et bon soir toute trace de la trame qu'ils avaient ourdie de concert.

Mais ajoutons, avant de passer à d'autres sujets, que ce que l'auteur vous offre ici a été ramassé aux boulevards à différentes époques séparées les unes des autres, espacées entre elles par des semaines, des mois, et même des couples de mois.

Si un jour Dieu permet que nous allions à Londres, nous nous garderons bien de faire l'espion dans ses parcs, dans ses *square*. Qu'y ferions-nous? — Au désert, tout se tait, — parce que c'est le désert. A Londres, on se tait, parce que c'est Londres. Il nous faudra donc étudier le silence anglais. Une encourageante perspective, ma foi! — Mais à Paris, on n'a pas assez d'oreilles pour écouter : — c'est le Français qui l'habite. — Mais à Venise, sous les portiques de la place Saint-Marc, jamais assez de coton pour se boucher les oreilles : — c'est l'Italien qui l'habite. Le Français cause, — l'Italien bavarde; l'indiscrétion leur est innée à tous les deux. Or, en vous donnant la cacophonie que vous avez lue, j'ai pensé qu'il n'était pas impossible de saisir, dans le murmure des conversations, aux boulevards, le niveau des préoccupations du jour. Si j'ai eu tort, absolvez; — sinon, je m'applaudis, comme le lecteur va également décider si c'est à tort ou à raison que nous allons faire un tour de promenade devant Tortoni.

En voilà encore un de ces accapareurs de renommée, qui, grâce à la langue française, si bien acclimatée dans tous les pays, se posent effrontément sur des milliers de pages imprimées, et vont vivre jusqu'à ce que les épiciers de la troisième ou quatrième génération les rayent des contrôles de l'immortalité. Des grands officiers de bouche à haute renommée, des héros de l'aiguille et de l'alène, parce qu'ils cuisent ou cousent aux bords de la Seine, sont connus avec leurs noms, prénoms, qualités, jusqu'à Archangel; tandis que traiteurs, tailleurs, bottiers des bords de la Tamise, plus méritans peut-être, mais, une fois passé la Manche, ni connus ni entendus.

C'est une chose digne de remarque que, depuis l'Oural jusqu'à Liverpool, depuis Messine jusqu'à Tornéo, on jette la pierre aux Français, — malgré cela, un sentiment d'inclination indéfinissable leur y est acquis. En un mot, tout ce qui est en eux, on le répudie ; tout ce qui vient d'eux, on l'accepte avec une prédilection toute particulière. Savez-vous pourquoi ?... Parce que la France actuelle est une femme philosophe, de mœurs et de croyances dissolues, ayant la beauté d'une Récamier et l'esprit d'une Staël.

Nous allons donc, avec votre permission, rôder devant le perron de Tortoni, qui, depuis nombre d'années, a installé sa résidence au coin de la Chaussée-d'Antin donnant sur les boulevards des Italiens. Son café est aussi surnommé la petite Bourse ; car, à peine les télégraphes de la butte Montmartre ont-ils dit ce qu'ils avaient à dire, ou ce que le gouvernement a voulu qu'ils disent, que la campagne de l'agiotage commence, que des spéculations s'ouvrent devant Tortoni. En franc profane pour toute tactique, manœuvres et opérations financières, nous ne pourrons vous fournir aucunes données lumineuses sur l'économie animale de la Bourse, ce nouveau *sens* que le commerce du monde a acquis ; mais nous allons vous dire tant bien que mal ce que nous avons vu et entendu. Or nous avons vu : 1° comme vigie du corps de l'armée active des coulissiers, un homme assis sur un pliant vis-à-vis la principale porte d'entrée.

2° Nous avons vu une lanterne sur laquelle on lisait : JOURNAUX DU SOIR ; elle s'élevait sur une perche, et servait d'enseigne à ce colporteur de fraîches nouvelles du jour. Dans sa pacotille de journaux, figurait le *Messager*, fameuse commère qui livre de première main au public ce qui se passe aux quatre points cardinaux du globe, et ce qui se passe au champ clos des chambres, et ce qui en retourne dans les coulisses desdites chambres. Nous pensons que les dires du *Messager* n'influent pas médiocrement sur la première pensée stratégique de la petite Bourse.

3° Vu un groupe nombreux d'individus qui, à peu d'exceptions près, semblaient affecter une grande négligence pour leur toilette ; plusieurs étaient affligés de cette rotondité béate particulière aux hommes de la finance, et avaient dans le maintien une quiétude

de prélat ; leur physionomie exprimait une satisfaction inté-
rieure ; on aurait vu dans leurs yeux ce je ne sais quel rayon
visuel qui semble faire à l'avenir les honneurs de la bien-venue.
Un petit nombre seulement en était ganté ; le reste avait bien
des gants, mais les froissait par distraction dans la main. Il y en
avait qui étaient engagés dans des *a-parté* en dehors du groupe
et loin de toute oreille indiscrète ; d'autres étaient assis sur des
chaises, le bout de leurs cannes errant sur les dalles, décrivant
des ellipses, dessinant des riens, ou traçant par momens des lignes, des crochets, qui représentaient comme des chiffres, lequel
manége ne les empêchait pas d'écouter avec une distraction simu-
lée des propositions magnifiques ou pas magnifiques qui n'avaient
peut-être d'autre but que de mettre en jeu les muscles de leur physionomie, ou de chasser l'avidité dans leurs regards en faisant
flairer à la conception financière le fumet de quelque immense
friandise commerciale.

4° Nous avons entendu comme le bourdonnement monotone des
habitans d'un guêpier ; — mais ni brusqueries vocales, ni exclamations indiscrètes qui eussent trahi la joie, l'impatience ou l'indignation ; ni sons hauts, ni sons criards, toutes choses très-com-
munes dans un groupe de discoureurs et de disputailleurs ; nous
n'y avons non plus surpris ni un seul rire franc, ni un seul geste
hasardé, ni un seul mouvement de mauvaise humeur : tout s'y
faisait avec calme, sang-froid, précaution et réflexion.

5° Entendu réciter un vocabulaire qui se compose de :

— Achetez des *stoks*.

— Métalliques en baisse.

— Intégrales hollandaises pour mi-janvier à 52 $\frac{3}{16}$.

— Consolidés à 84 $\frac{1}{3}$.

— Cotés à 108 54 centimes.

Et puis jugez de notre étonnement, à nous originaires d'un
pays où le mouvement commercial est si lent, à nous qui habitons
la plus pauvre paroisse de l'Europe, lorsque nous entendions débiter des monstruosités numériques comme :

— Deux millions, si vous voulez.

— Dix-huit cent mille francs.

— Trois, quatre, cinq millions ! Non, oui, accepte, refuse.

Et un tas d'autres formules qui toutes avaient le timbre de
l'argent, mais dont le sens et la portée nous étaient aussi incom-
préhensibles qu'un chapitre du *Zend-Avesta* traduit par quelque
pédagogue européen.

Tel est Tortoni, décrit par quelqu'un qui n'y entend goutte ;
mais tel il ne serait pas si un agent de change philosophe se donnait jamais la peine de l'expliquer.

Au résumé, Tortoni est le grand rédacteur de la chronique
des mœurs, des us et de l'expertise financière du jour. Ses habitués font tous les soirs de la philosophie avec les yeux et les oreilles. Ils devinent au reflet du gaz le jeu des physionomies de leurs
adversaires en spéculation, leur escamotent leur pensée à la moindre vibration insolite de la voix, et vous sapent des fortunes à
millions en deux tours de langue. Un véritable jeu de *guindici :*
rien que dupes, dupés, dupans. Ce bon Lavater aurait trouvé à
qui parler chez Tortoni. Le savoir-faire des boursicotiers de ce
restaurant célèbre attend encore son Juvénal.

Vous avez sans doute remarqué dans le cours de cet ouvrage
notre prédilection pour les boulevards, et vous avez remarqué
juste ; mais si, à plusieurs reprises, on nous y a vu reparaître,
c'est qu'ils sont une des plus précieuses échappées de vue de tout
Paris pour le lorgnon d'un observateur. Nous vous promettons
une fois pour toutes de n'y plus revenir, et fiez-vous à notre promesse ; car définitivement nous allons dire adieu à la rue à la fin
de cette longue fraction du livre, qui, Dieu merci, s'approche
déjà de sa période finale, comme nous de notre gîte, attendu
que, ayant flâné, parlé, bavardé, jasé tout notre soûl, nous
voilà presque ennuités, ce dont témoignent les passages qui commencent à s'assombrir peu à peu, les quelques cafés qui ont déjà
soufflé leurs feux, le public des théâtres qui s'est déversé dans les
rues, et les municipaux qui retournent à leurs quartiers par petits pelotons pour faire leurs rapports sur les incidens de la soirée.

Mais quoique Paris passe graduellement du mouvement au repos, la houle de la tempête du jour y est encore très-haute. Les équipages à livrée et les voitures numérotées se croisent encore très-chaudement; des bandes de piétons se hâtent de regagner leurs demeures avant que le forçat libéré ne dégaîne son poignard; les réverbères de la rue Richelieu, par laquelle nous allons regagner les quais méridionaux, jettent leurs belles lueurs au large; les *demoiselles* de la rue Richelieu, qui ont eu la maladresse de n'avoir pu se pourvoir d'un époux intérimaire, achèvent leur faction en se promenant toutes droites, toutes impudentes et toutes braves devant leurs casernes respectives. Beaucoup sont belles et jolies, quelques-unes fascinantes! Oh! il est pénible de les voir, ces pauvres ilotes du vice! Je ne sais, mais leur dégradation inspire cette pitié que nous éprouvons à la vue d'un de nos semblables, chez qui toute étincelle de raison serait éteinte; et leur misère morale n'est-elle pas cet enivrement que donne l'opium ou le *hatschitt?* N'est-elle pas une folie, un délire factice? Aussi, parmi tous les malheureux que la destinée courbe ou aplatit sous son féroce caprice, la fille de joie est l'être qui alourdit le plus le cœur, parce qu'elle ébranle cette mystérieuse religion de l'âme qui prescrit à l'homme de croire par intuition à la présence d'un élément purement métaphysique dans la femme, cet homme s'appelât-il Louis XV ou s'appelât-il Charles XII.

Pauvres créatures! pauvres êtres dégradés, que ces marchandes de plaisir et de joie! Interrogez-en quelques-unes, obtenez-en de francs aveux, et vous reculerez d'épouvante! Non à cause de leur abjection, c'est un fait accompli, mais par suite de l'appréciation qu'elles font d'elles-mêmes. Il s'en trouve parmi ces malheureuses qui se jugent avec tant de sévérité qu'elles ne conçoivent pas que la société ne fasse de temps en temps des battues générales pour les exterminer. Obéissant à votre caprice, une fille de joie va vous initier au drame de son métier, elle va étaler devant vous tout le luxe de ses misères; mais elle croira agir contrairement à ses devoirs en vous donnant de la tristesse pour votre argent ; et, toute adinante et gaie , elle vous fera ses révélations souvent fausses , mais quelquefois aussi horriblement vraies ; et malgré la folâtre insouciance qu'elle mettra dans son récit , vous entendrez filtrer une poignante douleur à travers l'œillade voluptueuse vendue ; à travers le baiser lascif vendu , et à travers la folle caresse vendue ; car elle est toute vendue la fille publique, corps et volonté , et n'est réellement quitte de toutes les misères qu'au moment où elle est exposée sur la table de marbre noir de la Morgue ; le scalpel de l'anatomiste s'en empare ensuite, puis le fossoyeur, puis les vers !

Le malheureux qui voit la mort s'approcher lentement de son grabat a la sœur grise qui le console ; le criminel qui monte les degrés de l'échafaud a la croix et le prêtre ; même le chien galeux de la rue qui se casse la patte rencontre parfois un chirurgien compatissant qui l'emporte chez lui et le soigne ; mais la fille publique, effet de commerce à échéance comme tant d'autres effets, ne trouve de la sympathie intéressée que dans la personne de la hideuse usurière du vice, connue sous le nom de *dame* dans l'idiome spécial des mauvais lieux. Jésus-Christ a dit en montrant la femme adultère : « Et que celui qui se sent exempt de fautes lui lance la première pierre ! » Parabole divine qu'aucune bouche humaine n'avait dite avant lui ! Aujourd'hui , on lapide celles qui sont tombées très-bas , mais on ne les relève pas !

L'échelle des misères humaines est si longue, grand Dieu ! il y a tant de causes qui amènent la lassitude dans la lutte avec le mal, que, furieux, l'homme faible lance un cartel au bien. C'est de ces défections que sont écloses au sein de la société des alliances du Vice dont chacune a sa bannière. Celles qui volent ou tuent pour voler, on les terrasse par les paragraphes du Code pénal, tandis que celles qui infestent la santé et la morale publique, on s'imagine les tenir en respect par des mesures préventives de haute police. La loi croit devoir encore quelque chose à celui qui tue, puisqu'elle permet qu'on le console à sa dernière heure ; mais tout le monde se croit quitte envers celle qui se prostitue, puisque cha-

15*

cun lui jette la pierre, et que nul n'essaie de la racheter de l'esclavage et de la perdition.

L'Anglais Howard s'est assis au chevet du lit des malades que
la compassion publique recueille ; il a pénétré jusqu'à la cellule
du fou, jusqu'au cabanon du galérien, et il a déposé partout son
offrande et le miel de sa parole. Le missionnaire de la société
biblique s'enfonce témérairement dans les solitudes des Deux-
Amériques, en jetant un défi à la panthère et à l'homme rouge qui
scalpe ; mais aucun homme, que je sache, n'a été encore assez osé
d'aller prêcher dans un temple consacré à la débauche, en présence d'une troupe d'ouailles, anges par la forme, démons par le
fond.

Nous pensons qu'il y aurait eu beaucoup d'abnégations sublimes parmi les hommes, sans le fantôme du ridicule qui se pose
menaçant entre une originalité philantropique et sa conséquence
salutaire ; un prédicateur de mauvais lieux serait exposé sans
merci aucune au fouet brûlant de la diatribe du monde, car la
société est inexorable pour tout apôtre de croyances nouvelles ;
elle craint qu'il ne puisse léser en quoi que ce soit ses intérêts *eu-
ropéennement* aimables ; elle ne sait gré qu'à l'original qui l'amuse
par ses bizarreries, et nullement à l'original qui l'admonète par
ses actes.

Au milieu de cette foule d'anomalies et d'inconséquences qu'on
rencontre dans la gestion des intérêts moraux des peuples de l'Europe, il est pourtant une pente qui se révèle dans les idées des
administrés et des administrans, pente qui incline visiblement
vers un ordre de choses profitable par ses résultats à bien des
misères, répressif, mais adoucissant pour bien des vices. Voyez
les institutions humanitaires de toute espèce, en Allemagne, en
Belgique, en France, en Angleterre, suivez-y de préférence le
régime cellulaire, le régime hospitalier et le régime alimentaire.
Si toutes ces améliorations n'ont pas encore atteint leur belle maturité, l'intention chrétienne qui les anime les pare déjà assez.
Oui, la bienfaisance répand ses largesses en Europe avec une libéralité presque royale. Quelques-unes des plaies que le frotte-

ment des intérêts matériels enfante ou envenime sont médicamen-
tées avec une sollicitude et une délicatesse vraiment maternelles; en
un mot, la volonté de les cicatriser est flagrante; il n'y en a qu'une
seule que l'on néglige, une seule qu'on laisse suppurer et se gan-
gréner de plus en plus : c'est la prostitution qui séjourne au sein
des grandes villes. Cet abandon est non-seulement un péché pesant mille péchés, mais il est de plus un reproche direct fait à la
civilisation un peu hableuse et égoïstement oublieuse des intérêts
moraux du siècle. Essayant de tout, elle n'a pas daigné essayer
jusqu'à ce jour, je ne dirai pas d'extirper le mal, mais de circons-
crire sa sphère, puisque la prostitution est tolérée, protégée, imposée et réglementée. Ne serait-ce pas que ce mal est un mal qui
rapporte au fisc? Cette flétrissante supposition admise comme
vraie, il y aurait donc contradiction manifeste entre les œuvres
pies que se plaît à exercer la charité publique et privée sur des
infortunes et sur des vices qui ne rapportent rien, mais consomment beaucoup, et le vice indiqué plus haut qui donne beaucoup,
tout en consommant les germes de la morale et tout en offrant à
la jeunesse l'occasion de contracter d'ignobles habitudes, car,
qu'on ne s'abuse pas, c'est l'habitude le plus souvent qui fait le
libertin. Ce ne serait donc qu'une coupable vanité gouvernementale qui ne ferait le bien que par esprit de rivalité internationale,
uniquement pour la gloriole du bien; mais non; — la chose n'est
pas présumable puisque naguère le gouvernement français s'est
pertinemment privé des revenus très-considérables provenant de
sources bien immondes ; il est donc impossible de l'accuser d'une
aussi basse cupidité. Mais il est une autre cause à cette protection visible accordée à la prostitution, et cette cause s'étaie
sur une maxime surannée, savoir : « Que la prostitution qui
fleurit sous le controle des gouvernemens est un moyen préventif
et un triste pis-aller sans lequel la convoitise libertine de la jeunesse non mariée, armée des sophismes de l'amour, inonderait
l'asile de l'innocence et se frayerait une route facile vers l'alcove
conjugale. »

Voilà la maxime; nous la croyons fausse et hideusement im-

15*

morale dans sa pensée de haute moralité, parce qu'elle plonge
une fraction de la société dans un égout d'où s'échappent une
nuée de crimes, parmi lesquels il y en a d'épouvantables : d'abord
la soustraction de l'enfant chéri à l'autorité paternelle et les longues souffrances morales qui en sont la suite ; puis la rouille pro-
gressive de tous les sentimens, l'enseignement du plus vil cynisme, l'habitude du vol, qui devient vertu à la longue, même
l'essai de l'assassinat pour vol, et finalement le débit du venin qui
vicie dans sa source le sang de la génération présente et de la génération à venir.

Quant à la crainte qu'inspire aux Solons des préfectures de police la possibilité d'une corruption de mœurs publiques sans le
préservatif de la prostitution, crainte fondée sur la force du sang
et sur le penchant au libertinage du célibat en masse, elle nous
paraît puérile, vu qu'en fait on pourrait nier la fougue du sang
chez la jeunesse de nos jours. Le siècle passé était un siècle oisif
et vain, et ses contemporains moins énervés que nous ; aussi, fit-
il époque dans les annales du libertinage. Le siècle présent, c'est
le siècle le plus intellectuellement alerte qui ait paru, et ses contemporains sont consumés de désirs, il est vrai, mais bien moins
des désirs de l'amour que de ceux de l'argent et de la célébrité ;
voilà les deux grands amours du siècle. Or, dans cette hypothèse,
est-il logiquement possible que les jeunes gens d'aujourd'hui vou-
lussent entreprendre, à l'insu des mères et des maris, de longues
campagnes et de longs siéges d'amour, comme par le passé ? Il est
impossible qu'on n'ait déjà observé une paresse patente dans le
sexe maître sous ce rapport. Le mot *galanterie*, ce charmant
parfum de l'amour, est un mot vide de sens aujourd'hui ; la jeunesse en esquive la corvée autant qu'elle le peut ; d'ailleurs, à parler franchement, il y a encore une question de latitude dans tout
cela : — tempéramens tièdes loin des tropiques ; tempéramens
chauds près des tropiques ; dans la première de ces deux zônes,
l'amour est libre comme le papillon, aussi en a-t-il les ailes ;
— dans la seconde, il est esclave, et porte un nœud-coulant
autour du cou : — se rend-il coupable, on serre le nœud. —

Ce qu'on appelle intrigue amoureuse chez nous est un vol avec
effraction chez les Orientaux. Bref, l'amour, tel que l'entendent ces messieurs, est une chose horriblement sérieuse ; c'est
le fanatisme de la propriété poussé au même degré que celui
de l'Anglais pour son coffre-fort; il a inventé des *springs* qui
tuent ou mutilent le voleur ; l'enfant d'Islam est tombé sur l'ingénieuse idée de mutiler les hommes auxquels il confie la garde
de sa propriété de chair. Cette différence établie entre l'Occident
et l'Orient, je vous demande si, en Orient, où des harems publics, à l'instar de ceux de France, ne sont pas possibles, la jeunesse turque, arabe ou persane, qui ne connaît d'autre amour
que celui de l'histoire naturelle, brise les obstacles, prend les harems d'assaut, assassine, brûle, etc.; nullement. — Elle attend.
Le désir impur tend à se ménager toujours des coups de main où
il n'appréhende pas la chance d'un péril sérieux. Les obstacles
matériels le rebutent; d'ailleurs il est seul. Il n'y a que l'amour
véritable, en vue d'une récompense lointaine, qui connaisse les
immolations infinies. Celui-là franchit tous les obstacles, parce
qu'il a un complice.

Nous croyons donc que, par les motifs que nous venons d'exposer, les mœurs et la tranquillité publique ne courraient pas
de très-graves dangers le jour où les polices des grandes villes
penseraient à introduire un commencement de réforme parmi les
filles de joie, en mettant des entraves à l'admission de nouvelles
recrues, et en soumettant celles qui sont déjà enrôlées à un régime pénitentiaire dont la base reposerait sur l'admonition religieuse, et dont l'accessoire serait l'encouragement pratique au travail. — A cet effet, on les astreindrait à entendre fréquemment et
en corps la douce, consolante et quelquefois foudroyante parole
d'un prédicateur vénérable, plein de foi en son ministère, opposant la persévérance de l'humilité chrétienne à l'insulte du regard,
et la parole de Dieu au venin du propos ; en un mot, d'un prêtre-héros, tel que l'Église catholique en réchauffe encore dans son
sein, prêtre qui remplirait sa sainte mission en présence des préposés spéciaux désignés par l'autorité pour cette haute intention cor-

16*

rectionnelle ; — et n'y aurait-il même qu'une fille d'émue, une fille d'ébranlée par un sermon, et une de convertie par dix sermons, l'œuvre serait méritoire aux yeux de Dieu et des hommes, et salutaire par ses résultats palpables pour les malintentionnées de la société, car la femme est prosélyte-née de la vertu ; le germe en a été originellement déposé en son cœur. Mais si ce régime n'amenait pas les résultats que nous en espérerions, il produirait infailliblement un bien, — celui d'une forte démarcation morale ; du moins connaîtrait-on alors les incorrigibles, et elles seraient errantes sur la terre comme Caïn avec sa marque de réprobation ; et ne trouveraient pour adorateurs que leurs pareils, parce qu'à tout prendre, il y a un certain point d'honneur dans l'homme jusque dans la débauche ; — lorsque la fange en est trop épaisse il recule !

Cependant, tous ces châteaux en Espagne que nous venons de bâtir dans la sphère du plus naïf optimisme, resteront châteaux en Espagne tant que des hommes de cœur et de talent n'entreprendront pas une croisade, la plume à la main, contre une défectuosité sociale que nous croyons n'exister que sous la protection d'un faux semblant de logique ; et n'en est-ce pas un, celui qui permet bénignement la propagation d'un mal réel, par crainte d'un mal éventuel ; c'est la même chose que si l'on eût arrosé les branches vicieuses d'un arbre avec une eau corruptrice, de peur que le tronc ne se corrompît.

Du reste, pour en revenir à la fille de joie de Paris, nous dirons qu'elle est franche dans son métier, c'est-à-dire dévergondée au possible ; qu'elle est pourtant une Lucrèce si on la compare à la fille de joie de Londres ; qu'elle est dotée de plus de grâces et d'esprit que toutes ses camarades de l'Europe prises ensemble, et qu'il s'en trouve dans cette classe qui, s'il y eût eu possibilité de les tirer de cette piscine d'abominations où elles croupissent, redeviendraient femmes, femmes charmantes et ornemens fleuris de la société.

Quant à la fille de joie attardée, et que nous avons laissée sur le trottoir de la rue Richelieu, elle est tirée à quatre épingles, elle

convie le passant par des pst ! pst ! ou avec la phrase de : « Beau
chevalier, conduis-moi dans mon castel. »

Celle de la rue Montmartre porte bonnet en tulle, est décolletée
jusque bien au-dessous de l'aisselle, vous froisse en passant avec
son coude, vous froisse avec son œil traître, son œillade lubrique,
ou se sert d'un mot d'ordre qui est : « Amour et joie ! »

La fille du quartier du Temple, qui emprisonne sa chevelure
sous un élégant foulard et porte tablier de taffetas noir, vous dit :
« Bel ange, demandez un cœur. »

Et la grosse commère de la Halle, en bonnet de paysanne et
chaussée de sabots, vous tire brusquement par les basques de
votre habit et vous dit : « Scélérat, veux-tu venir ? »

Mon Dieu ! mon Dieu ! qu'il y a de vilains et de puans haillons pour quelques beaux ajustemens de la civilisation ! Qu'il y a
de maux chroniques dans la concentration disproportionnée des
homme vivans dans une enceinte donnée. Chiffre tout minime
pour le bien, chiffre colossal pour le mal. Six mille forçats libérés,
quinze mille prostituées, quatre mille *dames de maison,* quarante
mille individus qui vivent d'escroqueries ou de vols, et six mille
chiffonniers ! Si tout ce monde s'avisait un jour de faire pacte ;
s'ils se choisissaient des chefs et se soumettaient à des réglemens,
il n'y aurait pas de préfet de police, fût-il doué des talens d'un
Sartine ou des talens d'un Fouché, qui pût dormir tranquille dans
son lit.

Parmi ces soixante et dix mille ennemis de la société, la rue ne
possède ostensiblement que deux espèces : la fille publique que nous
avons vue, et le chiffonnier que nous n'avons pas vu. La première
vit et respire dans les impuretés de la plus crasse débauche, et
le second aspire les miasmes de toutes sortes d'ordures que la
bonne ville lui amasse dans les vingt-quatre heures. Paris est
malpropre, dit-on ; c'est que le Parisien l'est. Il n'a pas l'amour
de la propreté comme l'Anglais ou le Hollandais. Il ne lui arrive d'être propre que pour lui. Lorsqu'au matin Paris s'é-
veille, toutes les portes bâillent, toutes les croisées s'ouvrent,
et le balayage des rez-de-chaussée commence, et l'époussetage

16*

des meubles commence! Tapis, paillassons, chancelières, tra-
versins de lit, balais, etc., tout cela se fait propre. Oh! fuyez
alors, si vous voulez conserver votre chapeau et votre habit pré-
sentables!

A la nuit tombante, c'est encore portes et croisées qui s'ouvrent pour vomir toutes sortes de vilenies qui s'entassent en petites buttes devant les maisons, et le chiffonnier, sa hotte sur le
dos, sa lanterne d'une main et son crochet de l'autre, commence
à remuer ses capitaux, et, jusqu'à l'aube du jour, il plane sur les
ordures, comme une mouche impure sur les charognes. Il est,
en général, de petite taille, grêle, chétif, et ses mouvemens
manquent d'énergie; jeune ou vieux, rides sur rides au front;
jeune ou vieux, teint de craie sale au visage; jeune ou vieux,
toujours morose, il ne chante ni ne siffle en travaillant. Sa vocation étant de chercher, il porte la tête basse comme les qua-
drupèdes; ne voyant qu'un firmament couvert de ténèbres, ne
recevant du ciel que la pluie et la neige, il ne le regarde pas;
d'autres y cherchent l'espérance, lui ne la cherche pas; la sienne
est dans les immondices, il les remue, il les trie en silence, et se
parle à lui-même, faute de pouvoir parler aux autres; car, que
dirait-il? que lui dirait-on? Demandez-lui quelque chose, et il
vous répondra avec aigreur ou ne vous répondra pas du tout;
c'est un trappiste vivant au milieu du bruit, de la joie et du luxe.
Il a un sentiment d'âcre jalousie au cœur contre ceux auxquels le
sort distribue ses faveurs, et tout ce que le chiffonnier voit est un
sujet de jalousie pour lui; un chien passe-t-il à ses côtés, le pauvre
animal risque un bon coup de pied sans s'en douter, parce qu'un
chien a un maître qui l'affectionne, ou, s'il ne l'a pas, il trouve
presque toujours de la pitié chez le passant qui déjeûne en marchant, ou chez la petite marchande qui dîne dans son échoppe.
Le chiffonnier vieillit en ne connaissant de Paris que ce qui est
laid, que ce qui est impur; les beaux quartiers, il ne les a jamais
vus; — qu'y ferait-il? La propreté est là, et c'est un élément
qu'il fuit; aussi, tout ce qui habite entre la place de la Bourse
et la place de la Concorde, les boulevards y compris, connaît à

peine l'être étrange qu'on appelle chiffonnier; mais passé le carrefour formé par les rues Saint-Honoré, Richelieu et Rohan,
voilà qu'on marche dans les saloperies et qu'on se heurte contre
les chiffonniers. C'est notre chemin à nous qui voulons atteindre
les quartiers d'outre-ponts, et nous voyons tout de suite quelques-uns de ces forçats auxquels le sort ou leurs propres fautes ont
attaché le boulet du malheur en attendant que le boulet du bagne
s'attache à eux.

Nous voilà sur la place du Carrousel; — elle est nette et propre,
et par conséquent point de chiffonniers par ici; sur les ponts non
plus, et les ponts sont vides; plus de mendians aveugles, plus de
dame voilée (1), plus de serinette, clarinette, musette et vielle,
tout a disparu; mais déjà, dans la rue du Bac, les lanternes des
chiffonniers passent et repassent comme des feux follets. Dans les rues
de Verneuil, St-Dominique, de l'Université et de Grenelle ces feux
se croisent plus fréquemment, mais dans cette dernière ils sont
tout-à-coup éclipsés par de vives lueurs qui vous fatiguent les
yeux. Elles partent de quelques portes cochères éclairées au gaz et
de plus ennoblies par un drapeau tricolore et par la présence d'un
factionnaire qui, pour se désennuyer, vous réveille tout d'un
coup de vos rêveries par un « qui vive? » foudroyant. Ces sen-
tinelles gardent les personnes sacrées de MM. Duchâtel, Ville-
main et Dufaure, comme il est à présumer que d'ici à demain,
le portefeuille communiquera la qualité d'Excellence à d'autres,
parmi lesquels M. Thiers, l'inévitable, et M. Barrot, le probable.

On voit souvent de longues files de voitures stationner vis-à-
vis les hôtels de ces visirs au service de la nation; le budget les
traitant bien, ils traitent bien leur monde; ce qui nous apprend
qu'on s'y en donne ferme, vu que la vie est de courte durée, et
que la durée d'un ministère est cent fois plus courte encore. Mais
au-delà de ces demeures resplendissantes, et titrées au provisoire,
nuit close partout. Il fait si noir dans ces maudites rues du faubourg Saint-Germain, que si l'on y régalait quelqu'un d'un soufflet, il ne saurait jamais à qui s'en prendre.

(1) Voyez page 125.

Avant minuit tel jour, après minuit tel autre jour, c'est ordinairement vers cette heure d'augure peu rassurant que s'ache-
vaient nos ambulations dans les rues de la plus philosophique ville
du monde. Toutefois en faisant l'inspection de notre butin d'observateur, il nous manquait et ceci et cela, et cela et ceci; mais
l'espèce, le genre, l'esprit, la qualité et la couleur de l'objet ou
du sujet absent, tout cela nous tourbillonnait dans la mémoire,
fuyait, revenait et s'échappait finalement par des issues à nous
inconnues. Ah! qu'un joli petit farfadet bien serviable, comme
il y en avait tant aux époques fortunées où les esprits avaient
plus d'esprit que les hommes, nous eût été bien venu! La chose
oubliée il nous l'eût soufflée à l'oreille, la chose invisible à nos
organes, il nous l'eût rendue visible. Constamment à nos côtés,
à l'église, aux chambres, au théâtre, au café, comme aussi sur
le pavé, à notre premier signe, il aurait procédé à l'ouverture
des oubliettes où les hommes tiennent emprisonnés leurs désirs,
leurs vœux, leurs projets, leurs espérances, leurs passions et illusions! Voyez quel régal! mals hélas! le farfadet manquant,
il n'y a rien à espérer de ce côté. C'est dommage! car ce serait à retailler une bavette, comme on dit, à savoir si, d'après ce
que vous venez d'entendre, vous seriez aussi alerte d'oreille que
nous de langue. Encore un coup, c'est dommage! nul moyen
d'évoquer le diable, bien que l'imprimerie nous ait transmis les
formules de conjuration usitées en pareil cas, mais c'est que,
depuis le temps de don Cléophas, le malin esprit trouvant ce bas-
monde pris à ferme par de plus experts que lui, préfère se tenir
chaudement auprès de ses fourneaux, et laisse la noble race
d'Adam à son excellente étoile, laquelle étoile éclaire, polit, ci-
vilise au point qu'il y a danger que les bêtes ne deviennent de
jour en jour aussi introuvables que le grand canard d'Afrique
appelé *Dodo*.

Mais au lieu de me répandre en vains regrets pour des choses chimériques, je remercie le ciel de ce que, dans mes courses
nocturnes, je n'ai été ni aplati contre un mur par la roue d'un
omnibus, ni cinglé par le fouet d'un cocher de diligence, ni écla-

boussé par quelque liquide de teinturier, ou quelque chose de pis encore, ni dévalisé, ni chatouillé le long des reins par la pointe du poignard de quelque *bravo* des rues. Échappé à tous ces petits désagrémens, du reste, en parfaite sûreté sur le parquet de ma chambre garnie, et accoudé sur l'appui de ma croisée, bien des fois me suis-je surpris à mesurer les cadences du mouvement de Paris, en écoutant sa voix agonisante et son tout dernier râle.

Passé une heure après minuit, c'était comme le grondement sourd de l'Adriatique dans les lagunes de Venise; si, de plus, il ventait sec de la rive droite du fleuve, les clameurs arrivaient à moi comme les lointains soupirs de nos grandes forêts du nord. Vers les deux heures, c'était comme le murmure de l'herbe colossale d'une steppe; puis vers les trois heures, Paris balbutiait quelques étranges paroles, comme un ivrogne au sommeil lourd, et puis..... tout son mourait spontanément. Il n'y avait que les jacquemarts des édifices publics qui frappaient leurs cylindres respectifs, en meurtrissant le silence.

Il y a quelque chose de bien solennel dans ces conversations des horloges au milieu du silence des nuits ! Qui n'a pas écouté leurs causeries, qui n'a pas suivi leurs vibrations mélancoliques, alors qu'elles gémissent en nageant dans les airs !

Mais il est trois heuses et demie, et le silence est complet, et le vide dans les rues est complet; seulement le malheureux vidangeur fait encore gémir le pavé sous son immense tonneau, surmonté de la rouge lanterne de fatal présage.

Paris faisait-il son mardi-gras, alors, quelque nuit, par un temps effroyable, je distinguais des masques qui avaient manqué leurs fiacres et s'en retournaient chez eux *pedibus et jambis*, vous pensez dans quel état? ce qui n'empêchait pas que tout le monde ne fût d'humeur rose et ne semât sur son chemin des bêtises spirituelles à foison.

Par exemple, un matin j'entendis approcher je ne sais quelle joyeuse compagnie de masques; et un ermite au capuchon pointu disait :

— Admirons de Dieu la bonté infinie.

— Fini! interrompit une petite voix de femme.

— Quoi, fini? demanda l'ermite.

— Le carnaval, hélas !

Et la compagnie accueillait ce joli *non-sens* par un « *vive Estelle!* » dix fois répété.

— Aux petits des oiseaux il donne la pâture! continuait l'hermite.

— Dieu de Dieu! s'écriait un chef de clan écossais , si je tenais seulement une omelette au lard , là , à la portée de mes brûlans désirs.....

— Je proteste! répliquait un ours , tiens-toi au gâteau d'avoine, mon brave.

Et tout le monde de rire. Puis au loin, je les entendais entonner en chœur :

Mon beau printemps, quand reviendras-tu?... etc.

Parfois aussi marchait quelqu'un à pas lents , au milieu de la rue et se parlant à lui-même. Venait ensuite un autre qui rasait les murs d'en face, s'arrêtait tout-à-coup, avait l'air d'hésiter, s'arrêtait encore et se mettait à compter de l'argent dans le creux de sa main. Un autre jour, c'était une troupe joyeuse de jeunes fous, pris de vin, que j'entendais venir , criant à gorge déployée et imitant avec la voix les détonations des armes à feu , dans l'intention peu chrétienne de réveiller leurs concitoyens. C'est si désagréable de savoir les gens endormis, quand soi-même l'on ne dort pas. Une autre fois, il m'arrivait d'entendre délibérer des individus (apparemment des associés d'intérêts communs) sur des questions manufacturières ou commerciales, où je ne comprenais rien; sauf ce qui avait rapport aux quatre premières règles de l'arithmétique. Un seul cas eut lieu , par une nuit bien sombre, où j'entendis fuir un homme comme le vent, un autre homme le poursuivait avec non moins d'ardeur , le premier criait au secours! le second redoublait de vitesse.

C'est ainsi que l'auteur de ces causeries, croyant encore vous

devoir quelque chose à la fin de sa tournée, écoutait Paris remuer
en songe, et n'allait se livrer au sommeil que lorsque la diane
faisait entendre son rhythme chevaleresque dans la caserne des
dragons de la rue Belle-Chasse.

Donc, le grand bal de tous les jours de la ville de Paris ne
finit réellement que lorsque l'aurore commence à pourprer son
horizon. Dans l'Alhambra des califes, le *muezzin* appelait déjà
du haut d'un minaret les fidèles à la prière. Dans Paris, l'Alhambra du siècle, la clochette à matines, si honteuse elle tinte encore, c'est tout au plus pour les serviteurs des autels, pour la
vieille mendiante qui couche sous le porche, pour le suisse et le
sacristain ; car pour le reste du troupeau catholique disséminé
dans Paris, quelle signification peut avoir le mot *matines*?
Est-ce le prospectus-spécimen d'une opération commerciale? Le
plaisir à matines se vend-il bon marché, ou l'y distribue-t-on
gratis?... Ni ceci, ni cela; ni l'un, ni l'autre. — En ce cas, à
moins qu'un artiste célèbre n'aille de grand matin dans quelque
vieille basilique, son crayon à la main, pour la copier et pour
en faire de l'argent ensuite, d'honneur je ne sais pas ce qu'à
matines iraient faire les catholiques de Paris.

FIN DE LA PREMIÈRE PARTIE.

DEUXIÈME PARTIE.

SOUS LE TOIT.

CHAPITRE PREMIER.

___

PERSONNEL, PHYSIONOMIE ET CARACTÉRISTIQUE D'UNE
PENSION BOURGEOISE A TROIS FRANCS LE CACHET.

Il y a pension et pension : — l'une insipide, parce qu'excepté l'échange de votre cachet contre un dîner, rien n'y attire ;
— l'autre intéressante, parce qu'outre le besoin animal de manger, on y éprouve celui de la communication et de l'échange des
idées.

Le hasard, bon ou détestable valet, selon sa lubie, vous ouvre
quelquefois à Paris les portes d'une pension bourgeoise qui, par
la composition hétérogène de ses commensaux, devient pour un
observateur de métier un champ d'exploration d'un grand rapport
sous le point de vue physiologique et moral. C'est en quelque
sorte un confessionnal où, à la longue, chacun finit par mettre en
lumière les reliefs les moins anguleux de son caractère. Le Parisien est si communicatif ; — il se livre de prime-saut ! Pourvu
que l'intérêt ne soit pas en jeu chez lui, il est indiscret comme
un enfant. Grand bénéfice donc, pour un curieux qui va étudiant
par le monde, lorsqu'il s'attable autour de la soupière d'une
pension bourgeoise, où maîtres, pensionnaires et domestiques,
sont d'étoffes variées et de coupe aisée pour la façon. — Entre
maintes choses de marque qu'il pourra y attraper, il sera surtout à même de se convaincre de cette vérité : Qu'il n'y a pas
de nation chez laquelle il y ait plus d'uniformité, plus d'alignement
dans les mœurs et les fantaisies de la vie usuelle que chez la nation

française, et cela, malgré l'état permanent de guerre civile qui, à Paris, afflige l'arène de l'existence sociale. Ainsi, sous le toit, loin du toit, pourvu qu'il y ait réunion de Français en un même lieu, il y a identité de caprice dans les habitudes. Nous autres étrangers qui lisons le français, nous en savons quelque chose : le roman, commère du jour, nous le certifie sans cesse. — Pour sa part, l'auteur a eu une excellente occasion de vérifier l'exactitude descriptive et la véracité du pinceau des romanciers français, s'étant trouvé (comme il est essentiel qu'il vous l'apprenne) commensal dans deux pensions bourgeoises d'égal style, — c'est-à-dire style 3 francs, l'une rue *** et l'autre rue ***, faubourg Saint-Germain.

Généralement parlant, ce sont là des établissemens précieux pour un voyageur roulant diligence et non pas carrosse, qui arrive de loin, seul, et se voit tout d'un coup à Paris comme un des pigeons voyageurs de Lafontaine. Plusieurs avantages dérivent pour lui de son titre de pensionnaire, et les principaux sont : 1° De savoir ce qu'il mange, c'est pour l'hygiène ; 2° de savoir avec qui il mange, c'est une chance de sûreté ; 3° de jouir d'une société telle quelle, mais stable, c'est une consolation. Avec de pareils avantages, on y est mieux partagé, j'espère, qu'aux tables d'hôtes du Palais-Royal. — Cette soupière fumante, ces mets qui figurent en entier dans leurs bonnes et honnêtes formes, et la bourgeoise qui vous donne votre part et plus que votre part, et le bourgeois qui dépèce une volaille (que vous savez avoir vécu et crié hier, peut-être ce matin même), — qui vous nomme par votre nom ; — et les interpellations des autres pensionnaires pour lesquels vous êtes une connaissance, et réciproquement, et le mot obligeant de la bonne, et la caresse sous le menton que l'on fait à la bonne ; il n'y a pas jusqu'aux égards du matou de la maison qui vous salue en faisant le gros dos, jusqu'au baise-main amical du chien, qui ne vous rassérènent les idées, qui ne vous reportent au-delà des monts, au-delà des mers, et ne vous rappellent quelques-unes des scènes domestiques de la maison natale.

Croyez-moi, arrivé à Paris, cherchez vite la table d'hôte d'une pension bourgeoise, — à moins que vous ne soyez riche, parce qu'alors je crains que cela ne vous répugne ; — c'est trop peu recherché. La richesse fuit la société des bonnes gens et la chère au naturel, — il lui faut de l'artifice en tout.

Après cette épître dédicatoire, je vais vous conter ce que c'était que la pension bourgeoise de la rue ****, faubourg Saint-Germain (je ne m'en tiendrai qu'à cette dernière), où votre obligé serviteur avait acquis droit de cité, au cens de 3 francs, et son titre de membre de la famille Lamboullet (tel est le pseudonyme dont je me permets de la baptiser), en vertu d'un doyenné acquis par douze mois de hantise.

Comme rien de ce qui entre dans la description du lieu où je fus si long-temps hébergé, ne me paraît hors de thèse, en raison de certaines affinités qu'y présentent les infiniment petits dans leur file graduée jusqu'aux infiniment grands, souffrez (et comme lecteur vous y êtes habitué) que je ne vous fasse non-seulement grâce des êtres vivans qui y frayaient journellement entre eux, mais même des objets inanimés dont chacun, en ce qui le concerne, peut apporter sa part dans cette espèce de tableau synoptique qui se déroule ici aux yeux du lecteur.

Or, l'honnête famille des Lamboullet était composée ainsi qu'il suit : grand'mère, fils, petit-fils et bru — grand'mère 85 ans — son fils 65 — le fils de ce fils 28 — sa femme 20 ans. Puis venait la domesticité représentée par mademoiselle Denise, la cuisinière, mademoiselle Prudence, la bonne, Mathurin, le grand caniche, et mademoiselle Minette, la chatte.

Père Lamboullet était un rentier assez cossu dans le 5 p. %, vieillard asthmatique et sec comme un bâton de cannelle, portant de grandes besicles toutes rondes, enchâssées dans du cuivre très-massif, une culotte courte en soie noire, des bas blancs, telle saison qu'il fît, de larges boucles d'argent à ses souliers, un habit couleur noisette, à larges basques, et une coiffure à queue de rat. Sa physionomie me rappelait un peu les portraits de Jean-Sylvain Bailly, maire de Paris en l'an II de la république. Il se servait d'une tabatière dont le couvercle était orné d'un

médaillon représentant le buste de Fénelon. Il disait : « serviteur très-humble, mes hommages respectueux, » vous gratifiait
d'un « Dieu vous bénisse ! » s'il vous surprenait éternuant, mettait un jabot et des manchettes blancs tous les dimanches et nous
régalait quelquefois au dessert d'un couplet où la faridondaine,
faridondé, la turlurette et larirette oh gué ! de la bonne chanson française d'autrefois pétillaient dans toute leur gaillardise.

De vieilles bonnes gens telles que mon ami Lamboullet sont les
échos mourans de l'ancienne jovialité nationale pour laquelle on a
tant affectionné le Français sur tous les points du vieux continent.

A soixante-cinq ans, Lamboullet avait encore sa mère, comme
il a été dit plus haut; — et en vous en faisant part, je vous avoue
que sans elle, ce chapitre et celui qui le suit n'existeraient peut-
être pas. — Y perdriez-vous — y gagneriez-vous?... lisez.....

Madame Lamboullet, la grand'mère, comptait donc 85 hivers.
Un bel âge, comme on dit, il ne lui manquait que 15 ans pour
compléter le chiffre d'un siècle révolu. Ma foi ! un bel âge ! soit.
Elle portait une perruque blonde, des boucles en boudins très-
serrés, très-menus, avait une taille élevée, le port droit et raide,
une bouche garnie d'un ratelier sans brèche évidente, des yeux
tirant sur le fauve qui vacillaient avec assez d'éclat dans leurs orbites, des sourcils jaunâtres très-fournis, très rapprochés, des
moustaches grises très-prononcées et sur le menton quelques poils
hérissans, isolés et de longueur inégale. Toilette toujours propre,
toujours en soie. Un balancement majestueux dans tout son port
et une certaine expression dans la physionomie qui semblait dire
qu'elle comptait vivre encore très-long-temps. Lorsqu'on parlait
de quelqu'un qui était mort, elle demandait :

— Quel âge avait-il ?

Si c'était une mort prématurée, elle répondait :

— L'imbécille ! il a fait le généreux avec le bon Dieu.

Était-ce un tribut payé au temps, elle ajoutait :

— Voilà au moins une preuve d'économie, les vers feront
maigre chère. — Il n'y a rien de tel que savoir user la vie jusqu'à la corde.

Port de reine (Brunehaut a dû en avoir un pareil, quelques siècles en arrière), et eût-elle été reine nous aurions eu quelques pages sanguinolentes de plus dans l'histoire. — J'affirme, sans me tromper, je crois, qu'une copie de madame Lamboullet, la grand'mère, n'existe pas dans le monde. — Au surplus elle se fera connaître plus tard et de plus près.

Son petit-fils, M. Elisée, était.... comment vous dire?... — était M. Elisée. Il n'y a rien de si difficile que de bien ciseler la marque du timbre moral sur une nullité.

M. Elisée avait été marchand de nouveautés dans la rue du Helder, et M. Elisée avait fait faillite, et vivait maintenant en parasite dans la maison paternelle. Son père ne l'aimait pas beaucoup; la grand'mère assurait qu'il lui convenait beaucoup; quant à son fils, il ne lui convenait pas du tout. Il était vieux et cassé, ajoutait-elle.

Madame Herminie Lamboullet, la jeune, était une Normande blonde; aux joues rosées, un peu jolie, un peu sotte, un peu méchante, et extrêmement habile dans tous les ouvrages de femme.

Telle était à peu près la tribu bourgeoise des Lamboullet. Venons maintenant à la description topographique et ornementale de la pension bourgeoise de la rue de ****, faubourg Saint-Germain.

Nous avions, pour salle à manger, une pièce assez spacieuse pavée en petits hexagones de briques rouges proprement frottées, une tapisserie de damas jadis vert, aujourd'hui couleur de citron non encore mûr, encadrée dans des lambris jadis dorés, aujourd'hui brunis, le tout style rococo, garnissait, tant bien que mal, les murs. Une cheminée de marbre blanc avec deux cariatides de sexe féminin, dont chacune avait sur la lèvre supérieure deux grandes moustaches dessinées à l'encre, séparaient la salle à manger en deux parties égales. Du plateau de la cheminée jusqu'à la première corniche du plafond partait une glace brisée au centre. Ce petit *malheur* était habilement masqué par un rond fait en papier d'argent; sur la cheminée, on voyait une grande pendule en

17

plâtre doré, recouverte de sa cage de verre. Elle représentait un homme à cheval, courant au grand galop et tenant dans la main gauche un cadran d'émail blanc, garni tout autour de gros diamans de verre.

Sur une commode en bois de noyer on remarquait une curiosité en biscuit : c'était une montagne couverte du haut en bas de vignobles et d'une foule de vendangeurs ; hommes et femmes, en costumes de villageois d'Opéra, cueillaient les grappes et les déposaient au fond d'une grande cuve où d'autres les foulaient avec leurs pieds mignons. Cette grande commode aux flancs bossués, était un meuble très-curieux. Il se tenait paternement dans une des travées formées par les quatre croisées du salon. Le long de sa bande s'enlaçaient des festons de fruits et de fleurs, le tout en cuivre doré. — Sur les quatre angles du plateau, l'œil distinguait tant bien que mal des incrustations, également en cuivre ; elles représentaient quatre parties de chasse : une au sanglier, une autre au cerf, une troisième au renard, et la quatrième je ne sais plus à quelle bête, vu qu'on ne distinguait que les jambes de derrière de la bête, le devant ayant pris la fuite ; père Lamboullet, qui, sans le secours de ses bésicles ne voyait goutte, nous assurait que c'était les jambes d'un lynx.

Le reste de l'ameublement se composait de canapés et de chaises à dossiers ovales, tous recouverts de housses en toile écrue. Un poêle en faïence de forme circulaire, adossé contre un des murs de la chambre, coiffé d'un long tuyau de même matière que le poêle nous chauffait avec assez de bonne volonté, en hiver. — Vis-à-vis la fameuse commode s'élevait un bureau en noyer, flanqué de deux bocaux en cristal, panachés de fleurs artificielles et séparés par un tronc, fermé au cadenas, où les habitués déposaient leurs offrandes pour mesdemoiselles Denise et Prudence. Au-dessus du bureau on admirait une gravure de Jazet, le fameux serment du Jeu de Paume. Une grande ardoise avec son crayon reposait constamment sur le bureau, au-dessus duquel étaient suspendus à un clou un martinet et une savatte en sautoir — le martinet pour messire Mathurin, le Cerbère de la mai-

son, et la savatte pour les mouches. Un lustre de forme bizarre et
contournée, muni d'une multitude de bobèches toujours vides et
terminé par une grosse boule de verre descendait du centre du
plafond, puis quelques patères et la grande table ronde de la
pension, tel était l'ameublement de la salle à manger. Une chose
que j'ai oubliée, c'est que la grosse boule du lustre était terminée par une houppe de papier. C'était père Lamboullet qui l'avait
imaginée dans un but de double utilité, d'abord pour que les mouches ne pussent salir la boule et ensuite pour leur jouer un tour,
car ce que la savatte n'avait pu détruire, tout cela venait ordinairement prendre gîte, pour la nuit, dans les franges de la houppe.
Une fois là, arrivait Lamboullet avec un petit sac fait exprès, il
en enveloppait avec précaution la houppe et toutes les mouches s'y
trouvaient prises à la fois.

Or donc, hommes et choses de la maison étant connus, il est
nécessaire de faire connaître les commensaux mes camarades.
Il y en avait en tout six, savoir : deux jeunes aspirans aux ponts-
et-chaussées, des jeunes gens gais, un peu bruyans, faisant
dépense d'esprit (et du bon) à droite et à gauche, lorsqu'ils avaient
du temps de reste ; — malheureusement ils en avaient rarement à
leur disposition ; — le digne M. Bommart, leur savant profes-
seur, ne les laissait pas chômer, à ce qu'il paraissait. C'est pourquoi, à peine la nappe enlevée, vite de courir à l'ardoise du bureau où on les entendait deviser sur des questions ardues de ma-
thématiques à donner de la tablature même à un Archimède. —
On les appelait familièrement Vauban I, Vauban II.

Sur six pensionnaires en voilà déjà deux d'écoulés. — Le troisième n'avait aucune vocation ; — il n'aspirait à rien qu'à jouir
d'une liberté acquise on ne savait pas trop comment. A peine s'il
avait vingt ans. — Où est-il ? — Vit-il ? — Il m'intéresse. — C'était
un de ces jeunes émancipés, comme on en voit en France aujour-
d'hui, qui se suicident d'esprit et de corps sans jamais interroger
leur conscience. — Si celui-là passe trente ans, c'est un Alcide. Si
celui-là passe quarante ans, sans adopter d'autre régime moral,
il fera le pendant de madame Lamboullet, la vieille, — il la

17.

continuera. — Elle en raffolait. Figurez-vous une tête à chevelure
épaisse d'un blond aux beaux reflets, des traits d'Endymion, un
organe qu'un cœur de femme écoute, quoiqu'elle sache que c'est
là un serpent qui parle. Oh! il était fascinant! Mais plus de fraîcheur sur ce beau visage! — Pâleur de convalescent! — Plus de
rouge vif sur ces lèvres, — mais du violet maladif! — Plus de
feu dans ces beaux yeux bruns! — La débauche les avait éteints!
— Au lieu de vigueur dans tout le mécanisme du corps, —
l'énervement! Déjà un léger mouvement fébrile se remarquait
dans les doigts du jeune homme, chaque fois que les nerfs se trouvaient dans une position gênante. — Son nom, selon l'église,
était Narcisse; selon la pension, don Juan.

Après lui venait un certain M. Vanilh, employé à 2500 francs
au ministère de l'intérieur. — Individu pétri de petits ridicules,
riverain de la Garonne sous maints rapports, au demeurant, pas
mauvais garçon du tout. Les jeunes gens l'appelaient, entre eux,
le pied-bot de M. de Talleyrand. — Un officier de l'empire d'une
cinquantaine d'années, à qui on donnait officiellement le titre de
commandant et incognito celui de Kant-le-Taciturne, complétait
la liste des pensionnaires. Ce dernier était un grand bel homme,
grave dans son maintien, gracieux dans sa démarche et peu prodigue de paroles, à raison de leur valeur, je suppose, et valeur
il y avait. — Le commandant était chauve, son front ouvert
semblait être une légende où bien des aventures et bien des infortunes avaient laissé leurs traces.

Mais je m'arrête là. Tout à l'heure et à mesure que chacun
de ces messieurs entrera en scène, le lecteur les jugera. Je
leur donne à tous des noms en l'air comme à mes hôtes, parce que
ce serait trahison de ma part que d'en agir autrement, parce que
leurs véritables noms intéresseraient peu le lecteur, parce qu'au reste
ce serait manquer de tact et de politesse que de les faire passer à la
postérité sans, au préalable, avoir obtenu la permission de ces
mêmes personnes, qui veulent, je pense, vivre et mourir en
règle, c'est-à-dire sans l'immortalité.

On dînait à cinq heures un quart précis chez les Lamboullet; si

l'on tardait, le bonhomme disait finement : « Le cheval du cavalier est rétif,— il parlait de la pendule, — je vous demande hum-
blement pardon pour lui. »

L'aïeule disait d'un ton où perçait je ne sais quelle envie.

— Paris fait vivre, usez de votre droit de jeunes gens (nous
étions tous des jeunes gens à ses yeux, cinquante ans ou vingt
ans, ça lui était tout un); mais pensez aussi à de vieux estomacs dont la félicité n'est basée que sur une bonne digestion, et
passé la demie après cinq heures je digère mal, moi.

Les excuses données et poliment acceptées, on se mettait à table
et le pot au feu aux exhalaisons odorantes et substantielles appa-
raissait. Une fois en place, tant maîtres que pensionnaires, le jeune
Lamboullet s'approchait respectueusement de l'aïeule et lui nouait
les deux bouts de la serviette derrière le cou et madame Elisée
ouvrait son aiguillier et présentait à sa grand'mère une grosse épingle en or qui servait de cure-dent. Lamboullet le père faisait les
fonctions d'écuyer tranchant. C'était l'anatomiste le plus expert
que j'aie jamais rencontré pour découper des volatiles et toutes
sortes de viandes. Il dépeçait le bœuf comme s'il en avait mesuré
les tranches au compas. Par déférence pour sa mère, il lui servait
le foie de la poularde ainsi que le rognon du veau, quoiqu'elle ne
manquât jamais de dire à son plus proche voisin et après avoir en-
fourché le morceau de faveur :

— En désirez-vous, monsieur? cela vous appartient de droit;
vous payez !

Nous étions tous très-bien partagés, excepté notre vieil ami Lamboullet. Le dos de la dinde ou les cuisses du lapin lui restaient. A la
maison il ne jouissait de rien ; — il y était nul, il était seul. Denise
et Prudence formaient sa société habituelle ; — faire des cure-dents
de buis était son unique occupation. A l'heure du dîner, le pauvre
homme jubilait, il avait la causette devant lui, il devénait brave.
Pour peu que monsieur son fils osât alors émettre quelques idées
d'indépendance à son égard, il tombait dessus de toute la hauteur
de son autorité paternelle. Bon vieux, bon homme, pauvre homme
que ce Lamboullet !— Nous l'aimions bien ; par crainte de lui dé-

17*

plaire, personne ne se faisait attendre, excepté don Juan le blanc-
bec. Une fois que j'avais été en retard, j'essuyai, comme de juste,
la remontrance allégorique de la pendule galopante. De ce jour,
jamais je ne fus pris en faute. — Pauvre homme! et il était pauvre
parce qu'il le voulait bien, — de maître il s'était fait esclave,
par faiblesse de caractère, esclave de tout le monde. C'est lui qui
allait tous les matins au marché, chercher les provisions. Madame Elisée ne voulait pas, monsieur son mari ne voulait pas
non plus. Le temps était-il effroyable au dehors, père Lamboullet, courbé en quatre, toussant et grelotant, se rendait au marché, mais il s'y était déjà fait. Souvent il nous rendait compte à
table des incidens de son excursion matinale — et en riant, lui le
premier, il nous racontait les propos impertinens des dames de la
halle, qu'il se faisait un plaisir de taquiner. — Là-dessus, nous
de rire, et la famille de faire chorus.

Je logeais près de la pension, moi — et puisque c'était si près, le
bon vieillard m'apportait régulièrement mon déjeûner. Ni la crotte,
ni la pluie, ni les deux étages à monter ne l'effarouchaient, il
était sûr de faire un bout de causette; et après sa tabatière à
l'effigie de Fénelon, la causette était sa plus douce distraction;
de plus c'était aussi l'heure des confidences sur ses déboires
domestiques. Il y en avait de divertissantes, mais plus souvent
de navrantes.

Cinq heures sonnant, j'entrais. — Oisif, j'avais du temps de
reste; mes camarades avaient tous des occupations, ils venaient
après moi... et pourquoi ne pas le dire? j'avais peur de la remontrance que le bonhomme adressait aux traînards, et j'étais sûr
de trouver dans la salle à manger mademoiselle Denise, la bonne,
dont le babil m'était précieux sous plus d'un rapport. Elle me
racontait mille choses drôles et charmantes touchant ses maîtres, touchant les locataires de la maison, touchant ses propres
affaires et les affaires des autres.

Si je ne trouvais personne dans la salle à manger, je trouvais à
coup sûr un cahier du *Musée des familles*, un numéro du *Siècle*,
ou, à défaut de mieux, madame Élisée, mosaïque de bêtises s'il en fut.

En femme qui connaissait son formulaire de politesse, madame Élisée ne manquait jamais de me dire, dès mon entrée dans la salle. — Et comment allons-nous ? — cela va bien, n'est-ce pas ? Très-bavarde aussi, elle continuait :

— Ne répondez pas ; — vous diriez non, que je ne vous croirais pas.

Aussi, pour la prévenir, je lui disais quelquefois au moment d'entrer :

— Bonjour, madame Élisée ! — Ça va mal ! Je me sens un appétit d'écolier.

— Oh ! vous voulez vous rendre intéressant ; je m'y connais.

— Mais, sans plaisanter, comment allons-nous ? Allons-nous bien ?

Venaient ensuite les questions météorologiques.

— Fait-il chaud, fait-il froid, humide, sec, etc. ? Les eaux de la Seine sont-elles hautes ? sont-elles basses ?

Étions-nous en hiver, c'était une autre ritournelle.

— Ah ! quel froid nous avons, monsieur ! 8° *au-dessus* de zéro ! Mais pour vous, homme de l'*équateur septentrional,* c'est moins que rien, vous devez avoir chaud, vous ? Que je vous porte envie !

Étions-nous en été, j'étais malheureux ; — c'était chose convenue. Selon elle, j'avais extrêmement chaud ! et je convenais que je me sentais fondre. Gelait-il dehors a en avoir l'onglée ? j'avais encore chaud, et partant, j'étais heureux, ce que j'affirmais en claquant des dents. Bref, dans les deux cas, la pauvre femme me prenait pour un renne. Elle avait aussi la manie des citations, et sa mémoire, que meublait le *Musée des familles,* était elle-même comme un musée en déménagement, où tout se trouve pêle-mêle, sens dessus dessous ; ce que vous avez pu remarquer dans l'à-propos de l'*équateur septentrional* et de 8° de froid *au-dessus* de zéro.

Bien loin de m'ennuyer, la chère femme me faisait passer la demi-heure d'avant le dîner d'une manière très-lucrative pour ma besace d'homme écrivant.

A cinq heures et quart, une porte latérale, donnant dans la salle à manger, s'ouvrait, et le patriarche de la famille entrait.

Un fauteuil à roulettes, douillettement rembourré, qui avait son poste fixe vis-à-vis la cheminée, l'attendait dans ses bras.

Sa démarche était encore très-ferme, mais c'était la démarche martelante de la statue du commandeur. Elle refusait toujours le secours du bras de sa petite-fille.

— Ne faites pas attention, *bonne,* lui disait-elle, lorsque celle-ci accourait avec empressement pour la placer dans le fauteuil privilégié.

— Chez moi, la vieillesse, quoique vieillesse un peu avancée, ne se trahit pas assez, Dieu merci! pour que vous me donniez à entendre, par vos soins empressés, que je suis à mon dernier écu d'existence; non, non! bonne! Votre beau-père mangera encore ses quenottes avant qu'il entame le pécule de la vieille.

— Que fait le monde, monsieur?

C'était sa manière ordinaire d'entamer la conversation.

— Va-t-il bon train?

— Ah! voici Élisée, l'enfant des entrailles de mes entrailles, disait-elle parfois en souriant lorsqu'elle le voyait entrer.

Et M. Élisée, l'air toujours affairé, toujours méditatif et presque toujours avide, de répondre :

Bonjour, grand'-mère, bonjour! Comment te sens-tu aujourd'hui? Ces questions de rigueur étaient ordinairement accompagnées d'une poignée de main lestement donnée. Puis, l'espoir de la famille Lamboullet s'approchait de sa femme et lui chuchottait quelque chose à l'oreille. Ils avaient toujours des secrets à se communiquer, ou à se faire part de projets gros de prospérités mercantiles. Cela fait, il appelait le chien, et commençait à l'accabler de toutes sortes de caresses, plus récréatives pour le maître que pour l'animal. Cette partie de plaisir n'aurait pas eu de fin si madame Élisée n'avait eu soin de détourner l'attention de son cher conjoint par des coups d'œil désapprobateurs qui l'invitaient à s'occuper un peu de la grand'maman que l'on savait ne pas avoir encore fait de testament. Alors M. Élisée se réveillait en sursaut et allait aborder la vieille par toutes sortes de câlineries.

Sur ces entrefaites, arrivaient les habitués, un à un, tous cha-

peau sur la tête, et chacun le soulevait un peu en souhaitant le
bonjour de rigueur.

En hiver, ces messieurs faisaient leur entrée dans la salle, le
bas du visage uniformément enveloppé dans des foulards de couleur, et les mains ensevelies dans les poches de leurs redingotes.
A peine dans la chambre, vite de mettre bas les foulards et de
s'approcher tous du petit poêle pour se chauffer les mains, après
quoi venait le tour du feu de la cheminée. Alors vous les eussiez
vus se mettre semelle contre feu, de sorte que les pieds en fu-
maient, sans s'embarrasser de la vieille qui se trouvait, par le fait,
privée de la flamme du foyer, elle qui en avait pourtant si grand
besoin.

— Allons, allons, messieurs, à votre aise! l'ai-je entendu
s'écrier parfois, la grimace de l'offense sur les lèvres. Il est vrai
que j'ai plus besoin de feu que vous, jeunesse; mais vous en avez
plus besoin que moi, puisque votre chair est à vous et que la
mienne est à moi. C'est d'une justice toute logique.

Et on riait du propos philosophique de la vieille.

Je remarquai, par parenthèse, qu'en général on ne sait pas se
comporter avec le feu des cheminées en France. Pour trente-quatre
millions d'habitans vivant sur un espace de plus de vingt-six mille
lieues carrées, les forêts ont dû subir des dévastations inévitables ;
aussi sont-elles dans un état de dépérissement visible, quoique les
lois de la police administrative pour la conservation de la végétation forestière soient prévoyantes et sages. Ces mesures n'empêchent pourtant pas qu'une économie bien entendue s'introduise en
matière de chauffage dans les ménages français. La voie de bois
coûte, à Paris, 45 francs, et pourtant, on le gaspille. C'est peut-
être la seule chose, l'esprit français y compris, qu'on gaspille en
France. Par vanité, le Parisien aime à se loger avec luxe. Le salon
ou le boudoir d'une maison à quinze mille livres de rente est une
merveille d'élégance ; mais gare à vous si vous êtes obligé d'y faire
votre partie de boston. — Ayez bonne et longue haleine pour
vous souffler dans les doigts ; — autrement, vous serez dans un
piteux état.

Tout peu intéressant que cela paraisse, il ne sera peut-être pas
hors de saison de faire voir de quelle manière le Français s'y prend
pour consommer le plus de bois qu'il peut. Avant tout, je ferai
observer que chez nous, au Nord, la cheminée n'est pas consi-
dérée comme moyen de chauffage, mais comme agrément ; — en
France, c'est l'un et l'autre. Il n'y a que très-peu de maisons à
Paris fournies de poêles et de calorifères ; le reste, tout cheminées.
Pour le bois, c'est un véritable ogre que la cheminée, parce que
toute la chaleur s'échappe par le tuyau, ou du moins, il n'en
reste que très-peu dans l'appartement, et ce qui s'y promène encore, en est chassé de force, chaque matin, par la servante qui fait
la chambre. A peine a-t-elle le balai à la main, qu'elle vous ouvre
large toutes les croisées pour faire circuler l'air, dit-elle. Joli ra-
fraîchissement, par 15° de froid, comme cela arrive. La seule vraie
calamité pour un habitant du nord, qui passe l'hiver à Paris, c'est
le froid. Il en est tout transi, tout bleu, tout malheureux à son
lever. Parlez-leur poêles, aux Parisiens, ils répondent qu'ils sont
d'une influence maligne sur la santé. Mais venez donc voir les
gens du peuple de chez nous ; comparez-les, pour le physique, au
peuple de chez vous, et vous verrez. Dressez des tables compara-
tives de longévité entre ces deux zônes, et prononcez. — Ils soutiennent aussi, à qui les veut entendre, que les exhalaisons du poêle
rendent le cerveau lourd ; mais Pierre-le-Grand, Kopernic, Kant,
Berzelius, Tycho-Brahé, et même Thorwaldsen, vous donnent
là-dessus des démentis formels.

Rien de plus drôle que la gaucherie avec laquelle on procède,
dans une maison française, lorsqu'on allume du feu dans la cheminée. — Les bûches une fois couchées sur les chenets, on prend
de la braise et des cendres, et on les entasse en petite butte sur les
bûches et non pas dessous. C'est alors que vient le tour du soufflet.
L'action de l'air comprimé sur la braise et le bois ne manque pas
de le trouer, et ne finit par l'enflammer qu'à grand'peine et par-
tiellement. Mais, enfin, la flamme pétille, et, au bout de dix minutes, plus de flamme ; n'est-ce pas naturel ? la propriété de la
flamme étant de chercher à s'élever et non à descendre, à se ren-

dre libre par en haut et non par en bas. — De cette manière, les bûches sont consumées par le milieu, et les bouts restent intacts. De cette manière, la chaleur ne se répand dans la chambre que par intervalles, jamais simultanément; tandis que si l'on entassait des cotterets par en bas, lorsqu'on y met le feu, l'embrasement de tout le bois contenu dans l'âtre serait spontané et la flamme large, belle et bien nourrie.

Je faisais là un jour toutes ces observations par devant la compagnie, on me donna unanimement raison; cependant, le lendemain, tout se faisait d'après l'ancien mode de chauffage; la routine française, dans les caprices des habitudes, reprenait son empire.

C'est ainsi que nous causions là du tiers et du quart, jusqu'au moment où mademoiselle Prudence entrait avec la soupière, et nous annonçait à haute voix que nous étions servis. Le père Lamboullet, comme un maître d'hôtel de grande maison, la précédait une serviette en écharpe sur l'épaule. Là-dessus, assaut général et hâte chez tous de commencer la partie; hâte surtout chez mon camarade l'employé au ministère de l'Intérieur, qui faisait rondement valoir son argent. La lessive étant chère à Paris, nous n'avions pas toujours une nappe ni des serviettes bien blanches. Le linge damassé étant très-cher en France, nous n'avions pas de linge damassé. Chaque serviette, comme c'est la coutume chez les bourgeois en France, était roulée en cylindre et retenue par un coulant en ferblanc vernissé aux numéros 1, 2, 3, etc.; la seule madame Lamboullet, la grand'mère, en avait un marqué aux initiales de son nom. Deux grandes caraffes d'eau de Seine filtrée et trois bouteilles de vin figuraient sur la table. Nous nous servions tous de verres à pattes; la vieille dame était la seule qui eût une petite cruche à couvercle et un carafon de cristal à formes aussi tourmentées que la fameuse commode aux quatre parties de chasse, et sur lequel deux amours peints en or et folâtrant dans un firmament de petites étoiles d'or se faisaient remarquer.

Lorsque, pour la première fois, je fus installé en ma qualité de pensionnaire chez les Lamboullet, le maître de la maison, dans l'entr'acte, entre le pot-au-feu et le bœuf, recueillait les voix sur

ses mérites et ses qualités. — Puis, c'était le tour de la mono-
graphie dudit pot-au-feu. Des poreaux, tant, nous disait-il, — des
carottes, tant, — des choux, tant. Et en sus de chacun de ces
articles il nous en donnait le prix. Et sous le consulat, disait-il,
cela valait tant ; et sous l'empire, tant ; et sous la restauration,
tant. M. Élisée m'apprit, par la suite, que tout nouveau pensionnaire devait en passer par-là. — Il faut savoir que M. Élisée
prenait plaisir à critiquer tout ce que faisait ou disait son père.

Une flûte, longue comme un tambour-major, se tenait debout
dans un coin de la salle. Mademoiselle Prudence l'attaquait à
coups de couteau, à chaque demande qui partait de la table, —
ce qui arrivait fréquemment. Sobre comme le sont généralement les peuples du midi, le Français consomme pourtant énormément de pain. Pour le vin, il ne le boit presque jamais pur.
Nous, buveurs septentrionaux, qui avalons du champagne
comme de l'eau (et quel champagne ! falsifié à Mayence et dans
le grand-duché de Bade, au prix énorme de huit et neuf francs la
bouteille), nous sommes bien étonnés d'en voir consommer si peu
à Paris de l'excellent à cinq francs la bouteille. Quand à une
table-d'hôte on entend sauter un bouchon de champagne, tout le
monde tourne la tête. Le prix de cinq francs y est pour beaucoup, l'infraction à la tempérance française y est pour quelque
chose aussi. Nous disions donc que le maître de la maison avait
l'habitude de faire l'éloge de son pot-au-feu et nous donnait
l'historique de chaque légume. La même tactique était observée
à l'égard des autres plats que mademoiselle Prudence venait
ranger en ordre de bataille devant les convives, car tout le dîner
se trouvait à l'exposition sur la table. Cette coutume ne me
semble pas très-sensée. Premièrement cela vous prive du plaisir
de la surprise ; secondement cela prive les mets de chaleur, d'autant plus qu'à la table du père Lamboullet ils ne reposaient
pas sur des réchauds alimentés d'esprit de vin, comme cela se
pratique dans les maisons qui tiennent à ce que le service de table
soit conforme aux règles d'un certain point d'honneur gastrono-
mique. Cette coutume ne m'allait nullement, surtout lorsque

nous avions une dinde aux châtaignes , notre plat favori à tous.
Une dinde , ainsi apprêtée, était pour le bon homme une affaire
des plus graves et pour nous un régal assez rare. Notre vieux
écuyer-tranchant nous faisait toujours sentir l'importance du
volatile titré , soit en nous donnant le prix du marché, soit en
nous en faisant admirer le volume, les proportions anatomiques,
soit en nous détaillant les mille peines que coûtait l'éducation
physique d'un dindonneau, la manière dont les cuisinières mettent une dinde à mort et autres particularités très-intéressantes,
ce de quoi nous convenions tous ayant la bouche pleine. Sans
compter le potage, nous avions quatre plats ; nous avions le dessert,
nous avions le café, et le programme ajoutait encore « du pain
et du vin à discrétion. »

Pour nous donner tant et si bien, je ne devine pas comment
l'industrie culinaire pouvait s'en tirer ? Une médiocre poularde
valant à Paris cinq francs pièce et la viande dix-sept sous la livre.
Au 58e degré de latitude nord , chez nous , le dessert à lui seul
vaudrait pour le moins le triple du cachet ; aussi m'en donnais-
je ! Figurez-vous, amis, concitoyens, d'excellent raisin de Fontainebleau et des pêches !

Tous les abonnés se permettaient le régal de la demi-tasse,
excepté mon ami M. Vanilh, qui assurait que le café lui agaçait
les nerfs ; au moyen de cette soustraction du menu, son cachet
était moindre que le nôtre de dix sous. Père, fils et bru ne prenaient pas non plus de café : le fils disait qu'il l'abhorrait, la
bru disait qu'elle ne l'aimait pas trop, le père que c'était du luxe.
L'aïeule en prenait avec grande satisfaction sans entrer dans des
explications préalables à ce sujet.

La tenue des pensionnaires à table accusait quelques petites
étrangetés qu'il est de mon devoir de porter à votre connaissance ;
entre autres celles de rester la tête couverte, pendant les heures
des repas, comme font les juifs en Pologne.

Dès l'abord, cette coutume me parut peu française, elle m'a-
vait tout bonnement l'air cabaret. C'était là une coutume — mais
voici une habitude. Parmi nous, il n'y avait que messieurs

Élisée et Vanilh qui en fussent particulièrement affligés. Elle consistait à prendre de la mie de pain, à s'en essuyer les lèvres et le menton et, la dégoûtante opération finie, à avaler tranquillement la mie, quoique Mathurin fût là à l'affût de la moindre lippée. J'avoue que je ne pus jamais me faire à cette étrange habitude et, à chaque fois, je détournais prudemment la vue pour ne pas faire courir certain danger à mon dîner.

Il y en avait encore une autre, qui témoignait combien le Français aime la forme en toutes choses. — Avions nous des haricots ou des pommes de terre, tout le monde d'un commun accord se mettait à les écraser, et puis à coups de cuiller on leur donnait la façon.

L'eau tiède à la fleur d'orange, servie dans des élégans verres de couleur, n'était pas de mode chez nous, et on se rinçait la bouche avec une publicité vraiment choquante, et surtout par le plus court chemin, c'est-à-dire de la bouche à l'assiette tout droit.

Quelques petits préjugés, tels que ceux de considérer comme un mauvais pronostic une salière renversée par hasard, ou une fourchette et un couteau mis en croix, étaient encore en vigueur à la table de notre pension. Il est vrai qu'excepté le vieux Lamboullet, son fils et madame Herminie, tout le monde s'en moquait, et l'aïeule aussi; mais qui était impitoyable à cet égard, c'est Narcisse, dit Don Juan; ce qui scandalisait au dernier point mademoiselle Prudence, qui pâlissait presque à la vue de la croix, signe de mauvais augure. Cela me rappelle que mesdemoiselles Prudence et Denise étaient toutes les deux fort croyantes en la magie noire du paquet de cartes grasses, ou du blanc d'œuf jeté dans un verre d'eau limpide. — Lorsque j'arrivais à des heures indues à la maison, je les surprenais en opération cabalistique de ce genre. Chose étonnante ! c'est que, dans les cartes, il y avait toujours un trompette de dragons logeant rue Belle-Chasse, en la personne de sire Lahire, le valet de cœur; il appartenait à Denise. — Quant à Prudence, elle signalait dans l'œuf un certain panache qui indiquait un canonnier logeant à l'École-Militaire.

La première fois que Denise toucha de son index le chevalier Lahire, je lui demandai l'explication du mythe, comme on dit aujourd'hui.

— C'est mon amoureux, monsieur, qu'elle me répondit.

— Et ce petit panache là, dans ce brouillard que forme le blanc d'œuf, qui est-il censé représenter?

— Mon amoureux, monsieur, répondit Prudence.

Dans ces deux répliques il n'y avait ni gène ni fausse honte; la joue ne se colorait pas.

— Mais à quel titre sont-ils vos amoureux? risquais-je un jour de leur demander.

— Dam'! à titre d'amoureux, fit Denise. — Je pleurerai bien quand le mien s'en ira. — Ils s'en vont toujours les militaires, je ne sais où.

Prudence montrait tout autant de philosophie pour le *sien*. Ces deux filles, jeunes, fraîches, rien moins que laides, je vous assure, étaient deux échantillons parfaits de servantes françaises. Toutes deux accortes, prestes, propres et laborieuses; — dans tout ce qu'elles faisaient elles allaient de bon cœur. — Lorsque je me mettais à les comparer aux servantes de mon pays, toutes sales, incivilisées et paresseuses, je m'en émerveillais, — quant à Prudence, beaucoup; — quant à Denise, plus encore. — Pour apprécier cette dernière, il fallait la voir en pleines fonctions près de ses casseroles. Quel luxe de propreté et d'ordre régnait dans tout son boudoir culinaire! et que de menus soins elle apportait dans sa toilette! Un bonnet bien blanc, bien nettement repassé la coiffait; un bas fin et blanc, un soulier frais et de forme présentable la chaussait. Toujours lacée comme pour un bal, une robe de façon élégante, quoique d'indienne grossière, un tablier dentelé de serge noire et à pochettes, un grand tablier de grosse toile par dessus, telle était Denise près de ses fourneaux. Et savez-vous à quoi attribuer ce besoin de coquetterie? — A *lui*. Ce pronom personnel, comme vous le devinez, désignait l'heureux canonnier de l'École-Militaire.

— Mais à quoi bon tant de frais, Denise? il n'est pas présent

ici, lui dis-je un jour, quand elle me donna le fin mot de l'é-
nigme.

— Mais il aurait pu venir, Monsieur, me surprendre en négligé du matin, et alors, quoi! Merci, j'aurais bel air, ma fine,
s'il me surprenait fagottée comme une mame Grizollard qu'on voit
peinte sur une *calicature* que monsieur Élisée a achetée pour
me faire pièce.

Cependant les deux Céladons de caserne n'étaient, au fond,
pour ces demoiselles, que les fantaisies passagères de deux cœurs
romanesques, mais l'ancre sur laquelle s'appuyaient leurs espérances, — c'était un solide mari, fût-il nègre, Turc ou Juif, disaient-elles. Pour se rendre propice la fortune à cet égard, elles
portaient constamment du fer dans leurs poches. Pour être sûres
aussi de l'époque de leur mariage, soit avec nègre, Turc ou Juif,
elles évoquaient souvent l'oracle de la sonnerie d'une alliance attachée à un cheveu et suspendue au-dessus d'un verre.

Maintenant vous connaissez la maison, vous connaissez les maîtres, par signalement; vous connaissez pensionnaires, domestiques, pénates, tout; reste donc à rendre compte de nos séances
gastronomiques. Si l'on n'avait fait qu'y manger, à la bonne
heure, nous n'en parlerions pas, mais c'est qu'on y causait beaucoup.

CHAPITRE II.

CAUSERIES DE TABLE.

Donc, il y avait six pensionnaires; mais pour que vous ne l'oubliiez pas, dénombrons-les encore une fois.

C'étaient : le commandant, dit Kant-le-Taciturne ;

Le bureaucrate Vanilh, le pied-bot de M. de Talleyrand ;

Les deux ingénieurs, Vauban I et Vauban II ;

M. Narcisse, dit Don-Juan ;

Enfin, celui qui dans ce moment même tient la plume.

Puisque tout le monde avait des surnoms, le sien était celui de *Nasica*, à ce que m'apprit Prudence, sous le sceau du secret.

Les Lamboullet, tous présens et toujours présens; c'est de règle.

Le dîner fini, les demi-tasses et les pousse-café pleins, on restait quelquefois une heure à jaser au coin du feu; et puis, l'un s'en allait à droite, l'autre à gauche; qui en arrière, qui en avant, et je courais, moi, à mon secrétaire. — Il me tardait d'avoir le plaisir de reporter la causerie toute fumante encore, de la nappe sur le papier.

Cependant, avant de collationner ce qui est épars dans cinquante séances, et de fondre le tout en une seule, un court préambule me paraît d'urgence.

Ici, ce qui embarrasse surtout l'auteur, c'est que, dans la rue, il était spectateur, son carnet à la main. — Paris ne s'embarrassait guère s'il y avait un atôme de plus ou de moins dans ses entrailles. Mais sous le toit, moi copiste, je passais tout d'un coup de l'état passif à l'état actif. Une fois sous le toit de la pension bourgeoise de la rue *** faubourg Saint-Germain, je devenais membre temporaire de la famille qui s'y abritait, et camarade de gamelle de tous ceux qui venaient y prendre leurs repas. Ce que ce groupe de Parisiens me communiquait en faits, gestes et paroles, je le lui rendais en me communiquant à lui, et ce n'était pas peu de chose; j'étais, pour ces messieurs, quasi une pièce curieuse. — Ils se livraient à moi, il fallait bien me livrer à eux. — Tout se paie dans le monde. Qui dit société, dit marché d'échange.

Le résumé de tout ceci est que, sous plus d'un rapport, je passais très-agréablement mon temps à la pension bourgeoise de la rue de ***; mais, au moment de rendre compte à mon auditeur présent des heures que j'y ai passées, j'éprouve beaucoup de gêne, attendu qu'il m'est impossible de ne point figurer dans les alinéas des dialogues qui vont se succéder. En d'autres termes, c'est dire au lecteur, quand il y aura lieu : — « Faites donc attention ! c'est mon tour de parler. — Prenez garde, au moment où je parle mon son de voix est tel ; — mon sourire est tel ; — mon regard tel, etc. — Comme cette mise en scène du *je* est intéressante, n'est-ce pas?

Je dirai même plus (et je ne doute pas que vous ne vous en aperceviez), je dirai que la part du discours de chacun des personnages parlans, je l'ai laissée à peu près dans son état brut, mais que j'ai manié et remanié la mienne — et voici pourquoi ?

Causer, si je dis juste, c'est débiter l'idée au naturel, — écrire, c'est la mouler. Or, la langue française de la conversation n'est pas ma langue familière; dans ma bouche, elle est hésitante quoi que je fasse; je n'ai jamais pu subordonner ses allures à ma guise, tandis que dans la bouche du Français elle est toute allante, comme la haquenée à l'amble si doux des anciens prélats.

Maintenant, ayant la conscience à peu près nette, après ces aveux, je reprends :

Dans ce pot-pourri de conversations en voici une qui me semble composée de manière à pouvoir faire bonne contenance dans ce chapitre. C'était un dimanche, jour d'à-propos, jour où nous étions au grand complet, sans même en excepter l'ami Vanilb, que le ministre accablait ordinairement d'un excessif travail.

Il faut savoir que chaque absence de l'ami Vanilb, nous la mettions sur le compte du ministre incapable. — Et puis ce jour, notre camarade se permettait par extraordinaire la demi-tasse.

Ce dimanche donc (je le choisis entre dix, entre vingt), le pied-bot de M. de Talleyrand était en veine de babiller; — la demi-tasse et le petit verre l'y engageaient; et comme il faut bien que quelqu'un commence, autant vaut lui qu'un autre. — Trouver un sujet de conversation, rien n'était si aisé pour lui. Ce jour, il s'en prit à sa demi-tasse.

— Or, dit-il en faisant claquer sa langue, lorsque j'étais en garnison à la Martinique avec mon régiment, nous en prenions du pur, de l'excellent. Tout le monde s'en donnait, tant officiers que soldats; mais celui des îles, toutefois, n'est pas du Moka, il s'en faut de beaucoup, c'est à Moka qu'on en boit.

— Tant officiers que tambours, observa le maître du logis, piqué au vif de ce que le bureaucrate eût critiqué indirectement le café de la maison.

— Allons, farceur! c'est comme si j'étais en garnison à Moka.

— Et où l'avez-vous pris votre café Moka, s'il vous plaît?

— Belle demande! Tout épicier qui se respecte en a du véritable ou du faux dans sa boutique. Mais il ne s'agit pas de cela! Il s'agit que j'ai goûté du Moka aux dîners du ministère du 6 septembre, et plus de cent fois chez M. le comte de Gasparin.

— Bonne chose qu'un portefeuille! articula gravement la grand'mère. Moi qui vous avais connu M. Gasparin le père (un Corse, qui a changé la dernière syllabe de son nom *ro* en *in*); moi qui l'ai connu, dis-je, tout petit, tout petit, son fils un peu moins petit, ne voilà-t-il pas que le gouvernement l'a éclairé au gaz de septembre jusqu'en avril, et qu'il prenait du café Moka, je gage, dans des tasses arrivées de Pékin.

18*

— Comme vous dites, madame, — oui, dans des tasses arrivées de Pékin. — Il m'a montré un déjeûner complet que M. de
Sébastiani lui a envoyé de Londres, et le Moka il l'a reçu en
présent de Son Excellence M. l'ambassadeur de la Sublime-
Porte.

— Sublime, est bien choisi pour un pays qui s'en va à l'hôpital.
Ce fut Vauban II qui décocha cette observation.

— Jeune homme, reprit Vanilh avec emphase, respect au malheur et à la très-fidèle alliée de S. M.

Le jeune homme allait répondre par quelque bonne tape bien
spirituelle, comme il en avait l'habitude; mais notre patriarche,
très-ferme sur le terrain de la politique, intervint.

— Alliée, tant qu'il vous plaira. Mais je ne conçois point
d'alliance de faible à fort. — Entre fort et fort, il y a un trait
d'union essentiel. Ils sont riches, — ils ont des affaires et ils en
font; mais entre riche et pauvre, il y a tout au plus protectorat.
— Si vous parliez constitutionnellement, vous diriez : Alliée de la
nation française; alors je comprendrais.

— Sa Majesté, répondit notre ministériel visiblement embarrassé, étant chef de la nation par droit de naissance...

— A bas, à bas! s'écrièrent les convives en chœur, — par droit
d'élection et non de naissance.

— Que diable! vous me reprenez à chaque mot, hurla l'ami
du ministre en se bouchant les oreilles. Eh bien! ce qui est dit
est dit. — Oui, par droit de naissance, parce que Bourbon.
Non, non, quoique Bourbon! Pardon, ce matin, je viens de parcourir la Henriade, voilà pourquoi cette brioche m'a échappé. —
Au fait, la nation, qui a le bon plaisir de l'élection, a choisi
S. A. M. le duc d'Orléans. — Eh morbleu! soyez donc raisonnables! voulez-vous qu'elle choisît un Robert-Macaire?

— Notre ami, dit don Juan, s'est mal tiré d'affaire — rime —
il s'enferre — autre rime.

— Pour lors, brisons-là, s'écria le dynastique tout éploré en sautant sur sa chaise. La question est furieusement compromettante.
Vous êtes toujours comme ça, vous autres, vous prenez plaisir à me

coucher tout du long sur les épines de la politique à propos d'un rien, à propos d'une tasse de Moka. Faut-il que je continue, — oui ou non.

— Permission de continuer à notre camarade Vanilh! firent les jeunes gens.

— C'est heureux! — Donc, à l'époque où je dînai chez le ministre, il me souvient qu'un jour de gala, il y avait... — Attendez donc!

— Il y avait ce jour des ventrus, dit le vieux Lamboullet.

— Je vous demande bien pardon, on mange avec le plus parfait désintéressement chez les ministres. Entre beaucoup de personnages célèbres, disais-je, il y avait M. de Pahlen, un homme magnifique, l'air chevaleresque; M. d'Appony; lord Granville, des noms qui ne sont pas d'hier, j'espère.

— Pour moi, ils sont d'aujourd'hui, murmura Élisée, je connais pas.

— Et ce dernier me dit en m'accostant poliment et dans un français assez intelligible pour tout honnête homme : « Vous êtes M. Vanilh? — Oui, milord, moi-même. — Vous avez été en garnison à la Martinique en 1827? — Oui, monseigneur. — Vous y fûtes attaqué de la fièvre jaune? — Comment! j'ai l'honneur d'être connu de votre excellence? — Oui, vous avez l'honneur d'être connu de mon excellence. » — Ce n'était pas là la tournure d'un compliment français, mais c'était affable tout de même. — Il ne pouvait savoir toutes ces petites particularités que de la bouche du ministre; car, sans me vanter, ce cher M. Gasparin me voulait beaucoup de bien. Il est vrai qu'on ne fait rien pour rien, et je me doutais que cette dernière attention avait un motif noblement intéressé; j'en eus la preuve aussitôt que les convives se furent retirés. — Le ministre m'appela dans son cabinet et me pria de lui minuter pour la séance de la chambre un discours dans lequel il fallait foudroyer la révolution de la Granja. — Vous aurez le discours, M. le ministre, lui dis-je. — Et pour la *Presse*, vous m'écrirez un article sur la mort du fils de M. Guizot, mon collègue. — Qu'à cela ne tienne, M. le comte, l'article sera fait.

18*

— Mais,... attendez donc ; il me souvient, dit tout-à-coup Vauban I.

— Je sais d'avance ce que vous allez dire, mon jeune critique, et nommément comme quoi M. Duvergier de Hauranne en aurait prononcé alors un sur l'évènement de la Granja.

— Précisément.

— Le fait est tout simple, M. Duvergier de Hauranne m'a prévenu.

— Quant au panégyrique du jeune Guizot ? dit Vauban I, qui ne voulut pas en démordre.

— N'achevez pas, vous allez dire que M. J. Janin en avait écrit un dans la *Chronique de Paris*.

— Juste. C'est tout simple, il vous a prévenu.

— En voilà-t-il d'un guignon, dit naïvement Élisée.

— Ça va de soi, dans un chien de pays où la concurrence d'esprit est à l'ordre du jour. — Il s'agit aujourd'hui en France de damer le pion au prochain, celui qui le fait le plus lestement a gagné. — Non, vous ne sauriez vous imaginer, monsieur, vous qui êtes étranger, continua le bureaucrate en m'adressant la parole, ce qu'il y a de rivalités haineuses entre nous autres Français pour tout ce qui touche l'esprit et l'intérêt. — Cependant, le ministre qui est la délicatesse même..., continua notre camarade ; et il allait donner cours à ses éloges, lorsque Élisée lui tomba gauchement dans le discours en disant avec emphase :

— Et ajoutez aussi la soif de l'or.

Cette observation banale reporta la question sur un autre terrain, ce dont tout le monde fut aise, vu que d'abord tout le monde était anti-ministériel, et que la conversation du bureaucrate, ordinairement si fade à force de mensonges et d'encens prodigués outre mesure, n'était jamais long-temps tolérée. On l'interrompait donc sans cérémonie, et il se laissait faire sans récriminer.

La vieille nous tira d'embarras en commentant le peu de paroles que son petit-fils avait jetées sur le tapis, et comme on savait le prix des moindres choses que disait la vieille philosophe, on se félicita

intérieurement de ce qu'elle voulait bien tenir le dé de la conversation.

« — Mon enfant, dit-elle à son petit-fils d'un air de remontrance maternelle, ne te donne pas le ridicule de nous *catoniser*.
— L'or, l'or! Ta sortie contre le métal souverain est un lieu
commun. J'étudie les hommes depuis soixante-dix ans, et je
trouve que si les autres passions perdent de leur intensité parmi
eux, celle de l'or ne fait qu'empirer. Vous qui vivez aujourd'hui...
est-ce que je vis, moi? ajouta-t-elle avec amertume. — Non!
vous avez à ce sujet plus de mérite que vos aïeux; — ces derniers
ont eu certains procédés dans la pratique de l'art d'acquérir de
l'or; — quant aux hommes d'aujourd'hui, on peut dire qu'ils y
mettent seulement la rudesse de la franchise. Voilà bien toute la
différence. Qui fait mieux, de vos aïeux ou de vous? Voilà la
question.... Vous faites mieux. — Toute action, même celle ré-
putée mauvaise, gagne à être faite avec audace.

» Sous un certain rappport, croiriez-vous qu'il y ait des pédants
qui disent que la France se déshonore et qu'elle offense l'humanité par le débordement de ses désirs dans l'empire des jouissances! L'Europe ne l'appellera pas en combat singulier pour cela,
croyez-moi; si elle tentait à reconquérir ce que notre patriotisme
appelle ses limites naturelles, — il y aurait duel sans faute,
— duel à mort; — pourquoi? Parce qu'on ne voudrait pas que
son budget se gonflât; donc c'est l'or qui serait un prétexte de
duel et non la morale.

» Quant à se déshonorer, la France ne se déshonore pas.

» Supposons une famille composée de plusieurs individus tous
fripons, sauf un ou deux. Ce sont donc les gens de bien qui seraient
les bêtes noires de la famille, et par conséquent en déshonneur
dans la famille. Au reste, je ne crois pas qu'il y ait encore chez
nous des drôles de gens qui aient réellement une certaine façon
d'Aristide et de Marc-Aurèle; s'il y en a, grand bien leur fasse à
ces boucs émissaires de nos péchés! La nation continuera à faire
valoir comme elle l'entend les trésors enfouis de son intelligence.
Dieu, l'Être suprême, la sagesse infinie, la nature, tout ce que

18*

vous voudrez, a donné au hibou une seule note dans la voix ;
elle est affreuse, cette note. A l'homme elle a donné une phrase
sacramentelle qu'il répète veillant, qu'il répète dormant. Je
M'AIME! voilà la phrase. Toutes les conséquences sublimes des
inventions des hommes sont cachées dans cette phrase. — Con-
tinuez à n'aimer que vous, mes bons Français, et d'immenses
destinées vous attendent. — Voyez l'Espagne, où en est-elle avec
son point d'honneur castillan, ses idées généreuses, son attachement candide et aveugle à la religion catholique. Elle est restée
bien en arrière des autres nations, et particulièrement vis-à-vis
de la France, sa seule voisine. »

Cette femme, ou plutôt ce monument de chair et d'os, se tut
à ces mots; et avant qu'elle reprît le cours de ses observations,
notre stupéfaction à tous avait allongé la pause silencieuse qui
précédait son alinéa. Ses yeux, d'un jaune d'écaille ternie, nous
examinaient à tour de rôle, comme si elle avait voulu peser la
valeur des jugements que chacun se formait, à part soi, sur les
principes que professait cette étonnante créature, principes qu'on
aurait cru publiés à haute voix, la tête hors d'une tombe mau-
dite. Elle continua en ces termes :

« On dit que la vie est un combat. Non; — c'est une navi-
gation à force de rames, — la raison en est l'étoile et le pilote.
Avant 89, la France était une aventurière qui n'avait aucune
idée de la carte routière de la vie, nulle idée de calcul dans la dépense de ses forces intellectuelles, nulle prévoyance dans ses
liaisons politiques, soit qu'elles fussent des liaisons de nécessité
ou de rencontre. — Depuis 89, tout change pour la France; c'est
que la raison lui avait tracé son itinéraire, et voyez comme elle
marche, et vous verrez comme elle marchera. Je vous le demande,
n'est-ce pas par la raison que chacun de nous individuellement,
après avoir été rappelé à l'ordre par l'assemblée législative et la
constituante, a été mis à même de donner un peu d'essor à ses facultés logiquement contemplatives, droit qui avait été pris à bail
en France depuis Clovis jusqu'à Louis XVI, par les administrateurs de la nation, parmi lesquels les plus tenaces et les plus ha-

biles dans l'exercice de leurs priviléges furent les administrateurs
spirituels. Pauvres gens! s'ils avaient songé à masquer leur jeu,
à l'instar des Luther et des Calvin, autres exploitants dans l'ordre
sacerdotal, en laissant un peu de latitude à l'examen, à la raison,
ils jouiraient encore d'une existence princière, sinon royale; —
la fatalité les a poussés à refuser constamment à leurs troupeaux
le droit de demander au berger : « Père! où nous mènes-tu? »
Ils ne l'ont pas fait, et le troupeau français a pris la raison pour
pasteur et s'en trouve bien. La croyance en l'immortalité de
l'âme, continua la philosophe octogénaire, cette autre naïveté,
issue d'un livre qu'on appelle Évangile, si je ne me trompe, a
immensément retardé la perfectibilité possible de l'individu dans
l'exercice du culte naturel qu'il apporte en naissant pour son
moi. »

Ordinairement cet être étrange avait l'habitude d'arrêter le
débit philosophique de ses potions empoisonnées, au moment où
les jeunes gens qui l'écoutaient en étaient le plus avides. — Vous
auriez dit l'attente d'un chimiste en quête de l'effet d'un poison
nouveau qu'il administre, comme premier essai, à des chiens.

Ce qui nécessairement vous a dû frapper dans son débit, c'est
la clarté unie à cette vertu incisive de la phrase qui pénètre irrésistiblement dans l'esprit avec son avant-coureur, — l'image.

Don Juan fut le premier qui mit fin à la pause.

— Oui, c'est bien ça, dit-il en se balançant nonchalamment
sur sa chaise. *Moi,* ce cher *moi,* c'est l'épiderme du cœur et du
corps, c'est l'âme de la vie. — Je me suis fait cette réflexion,
l'autre semaine, en passant par la rue de la Barillerie. Un pauvre
diable était exposé sur la place du Palais-de-Justice. Il n'était
pas carré de morale, celui-là. Le jury l'avait reconnu coupable du
crime d'incendie commis par un sentiment de vengeance. — Une
chaude satisfaction du *moi,* par exemple, que celle-là, qu'en
pensez-vous, papa Lamboullet?

— Je pense que le ton profondément appréciateur que vous
mettez dans cette observation révèle...

— Un incendiaire, n'est-ce pas, père Lamboullet?

— Non, non, M. Narcisse ; non, je vous demande très-humblement pardon.

— En ce cas, je vous pardonne et vous dispense du reste. D'ailleurs, pour vous prouver que je suis bon enfant, malgré les ap-
parences, la première fois que vous allez me servir un œuf à la
coque un peu prononcé, quant à l'odeur, — je dirai après l'avoir
flairé : — Dans le doute, — abstiens-toi !

Excepté Kant...., tout le monde partit d'un éclat de rire.

— Je reprends, fit don Juan après qu'on se fut calmé
quelque peu. Le pauvre diable du pilori était un très-beau garçon ; — je le suis aussi, moi, un peu. — Dites donc ! Denise.

Et Denise accourut de la cuisine.

— Monsieur !

— Voyons ! suis-je beau garçon, Denise ?

— Y aurait-il quelqu'un qui vous eût calomnié de ce côté ?

— Bravo ! bien, ma fille, — bien ! — Je suis ton débiteur.

— De combien, monsieur ?

— De dix baisers.

— Pardon, M. Narcisse, je n'ai pas de petite monnaie à vous
rendre. Dix baisers, c'est trop gros ; et Denise s'enfuit à sa cuisine.

— Nous disions donc que le condamné était un beau garçon,
continua le narrateur. Il souffrait mille martyres, — ses traits n'en
étaient que plus classiques. Croiriez-vous (voyez que je suis
franc, — je me confesse) que le sentiment que j'éprouvais était je
ne sais quelle jouissance. Ce jour-là, je me sentais de mauvaise
humeur, — mais la vue de ce malheureux m'épanouit le cœur.
— Fi, l'horreur ! n'est-ce pas ? s'écria le cynique imberbe d'un
ton de mélodrame parodié, — que voulez-vous ? le fait est
tel que je vous le raconte. Je me disais : « Il est là, l'autre, et je
n'y suis pas, moi. »

— C'est comme moi, dit la vieille. Le jour de l'exécution de
Louis XVI, on m'avait ménagé une excellente place sur la terrasse
des Feuillants. — Quand le bourreau saisit la tête du roi par les
cheveux (à ces mots, Lamboullet le père se retira à pas lents dans

son cabinet), je ressentis soudain un picottement nerveux à la même place, et je me dis : — Ici je suis bien, *moi* ; je suis fraîche et gaillarde, je ne suis pas le roi. — On a beau dire, mais la conscience de se savoir en vie quand le prochain cesse de vivre devant vous, est une sensation assez douce. — Après cela, faites-moi de la métaphysique, appuyez-vous sur le Phédon du rêveur Platon, dites que l'âme est, qu'elle est immortelle. Si elle l'était, si elle était formée d'un rayon divin, ce rayon nous envelopperait tous comme la lumière du soleil, et à chaque retour d'une âme humaine vers sa source primitive, il y aurait ondulation chez toutes, c'est-à-dire sympathie secrète. Eh bien ! tout au contraire, il y a interception du rayon divin, comme ce fut le cas chez moi au départ de l'âme de Louis XVI.

— Puisque nous parlons par métaphores, madame, interrompit tout-à-coup le commandant, qui avait eu jusque-là les yeux fixés sur le *Musée des Familles*, qu'il feuilletait en ce moment, je vous dirai que votre étrange stoïcisme vient de ce que votre âme a été subjuguée par votre raison froide, et que, de propos délibéré, vous l'avez placée au plus haut point du pôle du monde moral, où les ténèbres sont éternelles.

— Autrement, répondit la vieille philosophe avec un ton d'affabilité, que je me suis faite, MOI.

— C'est le terme précis, fit Kant.

— Très-bien ; — j'aime à entendre de pareilles vérités. — Mais citez-moi un seul homme qui ne s'enveloppe pas de ce MOI partout où il trouve son compte.

La petite société présente dans la salle mit ses coudes sur la table, et s'apprêta à écouter.

— Vous avez certainement lu dans les journaux, madame (c'est ainsi que commença le commandant), la relation du suicide étrange de ce vieux vétéran de l'armée impériale qui se jeta du haut de la colonne de la place Vendôme, et de cet autre qui se pendit en face d'un buste de l'empereur ?

— Mais certes, j'ai lu les deux relations ; j'en ai même lu deux autres du même genre.

— Or, qu'est-ce que cela prouve? demanda Kant.

— Cela prouve que la vanité humaine passe quelquefois à l'é-
tat de folie, même chez les hommes en apparence les moins susceptibles d'être atteints de ses enivremens : et, soit dit en passant, la nature a fait un acte de haute sagesse en refusant aux
hommes la parure magnifique dont se vante le paon. — Cela
leur a épargné une grande distraction, celle de faire la roue toute
leur vie.

— Je ne me paie pas de ces raisons, madame, repartit Kant, et
je pense que la vanité humaine n'entre pour rien dans la mort volontaire des deux soldats cités tout-à-l'heure.

— Et qu'est-ce donc, s'il vous plaît? fit don Juan.

— C'est le plus ardent besoin de l'union immatérielle, répondit
le vieux officier de l'empire sans regarder celui qui l'avait ainsi
interpelé.

— A toute proposition, — solution, — dit madame Lamboullet.

— La voici, madame : — Le soldat de la grande armée, enfant de la révolution, n'eut jamais la moindre notion religieuse.
Il fusillait les moines à Madrid, il les fusillait à Naples, il faisait
coucher ses chevaux dans les églises à Moscou, et préparait son
dîner dans les saints-ciboires. Ces habitudes de Hun n'empêchaient
pas qu'il eût le même sentiment d'adoration pour Napoléon que
sainte Thérèse eut pour le Christ. — Pour le soldat français de
cette époque, le martyre n'était pas dans quelque horrible blessure ou dans la mort ; — il était dans le froncement de sourcil
de son unique capitaine, et son bonheur suprême dans une seule
parole que l'empereur lui adressait ; — sa voix caressante lui
faisait venir les larmes aux yeux. — Ce culte de dulie n'était
autre chose que l'amour platonique dans toute sa splendeur virginale.

« Le soir de la bataille de Hanau, un grenadier de la vieille garde
se mourait à l'ambulance ; — j'ai recueilli ses dernières paroles,
je ne les oublierai de ma vie. — « Il n'est pas mort, l'empereur? »
demandait-il à ceux qui l'entouraient. — Non, lui répondait-on.

— « Oh ! qu'elle est heureuse cette France ! s'écria-t-il ; elle aura une fricassée d'alliés toute chaude. Il va lui en servir une, va ! Et plus tard, bien plus tard, ce qu'il y a dans son corps ira s'unir à ce quelque chose que j'ai dans le mien. Si je savais que non, nom d'un Dieu ! je me brûlerais tout de suite la cervelle. » Et, l'œil plein d'espérance, il rendit le dernier soupir.

» Selon moi, cet homme, qui n'avait jamais songé à l'existence et à l'immortalité de l'âme, sentait, au moment suprême, le déploiement de ses ailes.

» Sans chercher à nous égarer dans l'histoire profane, où nous rencontrons fréquemment de ces amitiés si dévouées qu'elles nous paraissent fabuleuses ; si nous ne nous tenons qu'au passage lumineux de Napoléon sur la terre, et à ses 25,000 amans, dont il avait formé sa garde, ce fait récent donne un cachet de vérité inaliénable à ma thèse métaphysique, et tous prouvent qu'indépendamment du Moi, il existe un TOI intact, inabordable aux intérêts terrestres ; et ce TOI est l'anneau invisible de la chaîne spirituelle qui enlace dans ses plis la race d'Adam. Mais ce TOI est gradué comme tout est gradué dans l'empire de Dieu ; il est immense, grand, moyen, petit. — Les institutions humaines auront beau promener l'équerre de l'égalité sur cette gradation primitive, la loi divine leur donnera à chaque essai d'application pratique un démenti éclatant. J'ajouterai encore, en guise de résumé de mes convictions intimes, que ceux qui nient l'existence de l'âme sont comme les dissidens politiques de nos jours, que des théories vicieuses, mais éloquentes, et en harmonie avec les aises que nous aimons à prendre dans la vie, entraînent irrésistiblement. Mais n'y eût-il eu jamais qu'un seul instant de doute dans leur existence, sur la possibilité d'un principe non charnel dans nous, ce serait un aveu de croyance ; — et il n'y a pas d'homme au monde à qui ce doute d'un instant ne soit venu. »

Cela dit, le commandant continua tranquillement la lecture du *Musée des Familles.*

C'était une de ces démonstrations complexes que l'esprit se prend à épiloguer sitôt qu'elle est finie. On la reçoit, et puis on la

pèse. Aussi, y eut-il dans l'assistance un moment de délibération
mentale. Narcisse don Juan s'approcha de la croisée, et se prit à
battre une marche sur les vitres. Il y avait une pause silencieuse ;
mais le docte M. Élisée se chargea encore cette fois de l'interrompre en disant :

— Oui, le commandant a raison : Bonaparte était un grand
homme, et il est tombé parce qu'il était trop grand ; on ne l'avait
pas soutenu.

Cette niaise sortie mit le feu à la mèche aux propos.

— *Bis, bis !* firent les deux Vauban. Magnifique ! exubérant !
divin !

— On dirait, à vous entendre parler, dit le sarcastique Narcisse, qu'un cèdre séculaire a besoin d'échalas comme le rameau
de la vigne.

— Mais certainement, répondit Élisée ; la vigne a sa grappe
qui la courbe à terre ; — c'est sa tête à elle.

—- En ce cas, heureux est celui, reprit Narcisse, dont la tête
reste dans une position verticale, comme l'épi après la battue.

— Coulé à fond ! Elisée ! coulé à fond, mon garçon ! s'écrièrent
les deux Vauban.

— Permettez, monsieur, je n'ai pas bien saisi l'allusion.

— Elle est volatile pour toi, mon vieux, comme l'éther, dit
Vauban II.

Élisée partit d'un éclat de rire jaune, que l'on voulut bien accepter comme un rire blanc.

Après lui, ce fut le tour du pied-bot de M. de Talleyrand, et
c'est moi qu'il interpella comme de coutume.

— Puisque nous venons de parler du grand homme, dites-moi,
je vous prie, que pense-t-on de lui à l'étranger ?

— Mais dam' ! on pense que c'était un grand homme !

— Très-bien, mais pensez-vous, monsieur, que les mille et un
mémoires et histoires qu'on a écrits sur lui aient dit leur dernier mot ?

— Hum ! je ne le pense pas, surtout sous le rapport métaphysique et religieux.

— Oh! sous ce dernier rapport, on n'en dira pas beaucoup de bien; il a fait emprisonner le pape.

— C'est étonnant, observa madame Lamboullet, comme monsieur Vanilh est prompt à saisir le véritable sens d'un mot.

— A l'*intérieur*, on n'en fait jamais d'autres, observa gravement Narcisse.

— Que voulez-vous, répliqua Vanilh avec fatuité, c'est l'habitude de piocher dans le silence du cabinet.

— C'est ça, firent-ils tous.

— Mais je n'ai pas encore fini avec Napoléon, reprit Vanilh.

— Achevez-le donc, dit un des Vauban.

— On a tant écrit sur lui, continua le bureaucrate, et tout le monde n'a dit que ce qu'il a fait, mais non pas ce qu'il eût fait.

— Pas mal, fit Vauban II.

— Or, savez-vous, monsieur, dit le ministériel, flatté de la remarque et se tournant vers moi, qui le dira?

— Eh bien! dis-je?

— Monsieur Thiers. — La raison en est simple, il a été ministre.

— En voilà d'une judicieuse observation, fit Vauban I.

— Monsieur Thiers? repris-je, je ne le pense pas, et la raison en est simple, c'est que celui qui devinera ce que Napoléon eût fait, ne le dira pas, — mais il agira. »

Et au moment de la mise en discussion générale de l'observation que je venais de faire, un monsieur et une dame élégamment mis entrèrent dans la salle et demandèrent avec instance le maître de la maison. Son fils alla frapper à la porte du cabinet, où Lamboullet père était probablement occupé à fabriquer ses cure-dents. Celui-ci en sortit aussitôt.

— Qu'y a-t-il pour votre service, madame? dit-il en ôtant, sa calotte.

— Ah! monsieur, s'écria l'inconnue d'une voix suppliante, quoique l'heure du dîner soit passée depuis long-temps, je ne

doute pas que vous n'ayez encore un morceau pour le porter à
l'instant même chez de très-pauvres, chez de bien misérables gens,
tout près d'ici; jugez! Cent mille habitans, tout autour, ont dîné,
se sont restaurés de quelque chose au moins, et mes pauvres gens
n'ont rien mangé depuis soixante heures! Nous venons de les découvrir par le plus heureux des hasards. Notre bourse est à votre
disposition, monsieur, seulement faites vite.

— Madame, je suis trop pressé pour me formaliser de votre offre,
répondit le brave homme, mais cet argent que vous me présentez
n'a pas été frappé pour moi. Ne soyez pas égoïste, madame, pardon du terme; si vous êtes charitable pour les autres, soyez-le
un peu pour moi. »

Et vite il se jeta dans la cuisine avec une vivacité de jeune
homme, et en sortit au bout de dix minutes avec un panier rempli de toutes sortes de vivres et de deux bouteilles de vin.

— Comment, monsieur, dit le cavalier qui accompagnait la
dame, vous prenez la peine vous même de.....

— Oui, monsieur, voulez-vous me faire un secret de la demeure
de vos protégés?

— Oh! vous êtes charmant, monsieur, s'écria la dame en serrant la main du bonhomme.

Lamboullet s'inclina galamment et ils partirent.

— Voilà bien du gibier anonyme pour le prix Monthyon, observa l'impassible vieille en poursuivant le couple de son regard
terne.

Les jeunes gens avaient encore les yeux tournés du côté de la
porte par où la taille élégante de l'inconnue s'était glissée avec
une désinvolture tout-à-fait aristocratique. — Quant à Don Juan,
il avait saisi en toute hâte son chapeau et était sorti.

Au peu de paroles que venait de prononcer l'octogénaire, tout
le monde se retourna. Il y avait dans cette brève insulte un ton
d'une inimitié tellement irréconciliable contre les hommes, que
je fis involontairement un mouvement sur ma chaise, mouvement
qui n'échappa pas à madame Lamboullet.

— Ça n'a pas l'honneur de vous plaire, monsieur! me dit-elle.

Moi que des principes d'une éducation toute anti-française avaient habitué de bonheur au plus profond respect pour la vieillesse, je ne pus me contenir, et répondis de ce ton ambigu qui est moitié plaisant, moitié blessant :

— Eh ! si sainte Geneviève en personne m'eût tenu ce langage (ce qui est impossible), je l'aurais fuie. Comment, madame, au moment même où deux de vos concitoyens viennent de se recommander à moi étranger, par un acte de charité si touchante, vous venez, devant moi qui ne suis pas Français, pour chasser de vos sarcasmes deux Français (et vous êtes Française vous-même, si je ne me trompe) en fonctions d'œuvres si rares à Paris.

— Un bel élan, ma foi ! me dit-elle en frottant tranquillement les verres de son lorgnon, et en l'arrêtant sur moi. Allez toujours, cela vous va bien.

Je me tus, — et les rieurs étaient de son côté, pas du mien, je vous l'avoue.

— Je suis fâchée, monsieur, reprit-elle après un moment de silence, de cet instant passager d'attendrissement mélodramatique que vous venez d'éprouver à propos de la jolie quêteuse de sympathies qui vient de sortir. C'est le premier, je suppose, depuis que vous vous trouvez parmi nous autres Français ?

— En n'épargnant personne, madame, lui répondis-je, personne ne vous épargne malgré votre grand âge. — Nous avons tous liberté plénière à cet égard. Vous en profitez, j'en profite également. Qui a fait la loi, doit la subir. Je n'ai garde de risquer un assaut d'esprit avec vous ; je me connais de ce côté, et, dans ce genre d'escrime, je ne veux pas être dans l'alternative de relever mon épée à tout moment ; mais qu'il me soit permis de relever au moins la dernière phrase de votre apostrophe, et cela pour l'honneur même de vos compatriotes que vous blâmez amèrement chaque fois que vous les surprenez dans l'action d'aimer un peu leurs semblables, ce qui, d'après votre doctrine, est un gaspillage contre nature de l'amour de soi-même. Eh bien ! continuai-je, quoi que vous en puissiez dire, on rencontre encore en France, chez quelques âmes loyales, c'est moi étranger qui vous le

certifie, de ces manifestations soudaines qui sont d'une délicatesse
et d'un à-propos si gracieux qu'à mon sens, hors de France, on
n'en voit que très-rarement ; et cela dit, permettez-moi de vous
raconter une histoire que j'ai apprise dans le coupé d'une diligence.

    — Ah! une histoire! une histoire! voyons l'histoire, s'écria
l'assistance.

    — Vengez-nous, dit Vanilh en faisant un geste théâtral.

    — A l'ordre, l'interrupteur! lui répondit-on ; l'histoire!

    — La voici :

Arrivé à Metz, j'y trouve une nouvelle en circulation ; Paris l'y
avait transmise par la voie télégraphique. Elle rendait compte du
duel dont l'issue avait été si fatale à Armand Carrel.

    Le jour d'après, je roulais déjà sur la route de Paris. — J'avais
pour compagnon dans le coupé la femme d'un aubergiste de Sainte-
Menehould. Quiconque a fait de longs trajets en diligence connaît
la valeur du coin : qui l'a, dort ; — qui ne l'a pas, ne dort pas.
N'étant que deux dans le coupé, nous en jouîmes à discrétion.
Mais ce que l'on redoute en réalité arrive très-souvent en songe.
Or, j'eus un songe où un grand drôle de voyageur, à figure horrible, armé d'un grand sabre, voulait m'expulser de mon coin.
Mais, quoique j'eusse une grande peur de ce capitan, je ne cédai
pas, et me serrai de plus belle contre le sein hospitalier de mon
cher coin.

    Vers les cinq heures du matin, je me réveille ; les rayons d'un
beau soleil de juillet tombaient en plein dans le coupé. M'étant
rappelé ma voisine, la bourgeoise de Sainte-Menehould, je me
hasardai à faire l'examen de sa personne ; mais quelle fut ma surprise lorsque là, tout près à mes côtés, j'aperçus une jeune et
jolie créature, un complément du n° 2 (1), survenue pendant la
nuit, je ne sais à quelle station ! — car mon autre voisine était à
son poste. Par la contenance qu'observa cette charmante intruse,
je voyais qu'elle n'était rien moins que communicative ; — c'était
même plus que cela ; — elle me parut avoir l'air boudeur. — Ce-

_____

(1) Celui du milieu.

pendant j'eus bientôt appris ce qui lui avait mis la puce à l'oreille. Sur la demande de la dame de Sainte-Menehould, si elle avait bien dormi, la jeune voyageuse répondit qu'elle n'avait pas fermé l'œil de la nuit.

— A qui la faute, madame? dis-je, pressé que j'étais d'entamer l'entretien. En pareil cas, une dame ne doit même pas descendre à la prière vis-à-vis un homme, mais elle doit simplement user du droit de l'invitation; et qui ne s'empresserait d'y faire honneur?

— Vous, monsieur.

— Ah! mon Dieu! serait-il possible, madame?

— Rien n'est plus vrai. J'ai eu beau vous supplier et de la parole et même du geste, vous n'y avez répondu, chaque fois, que par des phrases inintelligibles, et même par un refus très-formel et rien moins que galant. — Vous êtes étranger, monsieur?

Nous y voilà, étranger! — Convenez que la punition était bien humiliante pour moi, qui n'avais en vue, dès mon entrée en France, que de bien cacher ma patte d'ours blanc. Vous pouvez vous imaginer le torrent d'excuses.... Elles furent agréées. En lui expliquant mon songe, je parvins même à la faire cordialement rire. Bref, tout fut pardonné, et dès cet instant la paix et l'harmonie les plus parfaites régnèrent dans le coupé. Ce ne fut pas tout, car avant notre arrivée à la fameuse ville aux pieds de cochon, nous fûmes en si bons termes que j'appris le motif pour lequel cette femme jeune, jolie et bien élevée se rendait toute seule à Paris.

Ici il y eut un mouvement d'attention très-prononcé parmi ceux qui me faisaient l'honneur de m'écouter.

— Mon inconnue, donc, était la femme d'un capitaine de dragons en garnison à Sarrebrück. Ancien frère d'armes et ami intime d'Armand Carrel, cet officier apprit la nouvelle de la blessure de son ami dans un moment où un concours de circonstances qui avaient rapport à son service lui rendaient le départ pour Paris impossible. — Le capitaine était marié depuis quelques mois seulement; la jeune épouse n'avait jamais vu l'ami de son mari. A peine ce dernier apprend le danger que court Carrel qu'il envoie sa

19.

femme à Paris avec la mission sacrée de lui servir de garde-malade tant que durerait la maladie. — « J'adore ce Carrel, me disait-elle naïvement, parce que mon mari l'adore. » — Pendant tout le trajet, la pauvre femme était d'une impatience presque maladive. A chaque relai, à chaque repas, elle poursuivait de ses questions tout voyageur qui venait de Paris : « Vit-il encore ? tel était son interrogation. — Oui, il vit encore, telles étaient les réponses. » — Enfin nous arrivâmes à Paris. Pendant qu'on déballait l'impériale, je courus aux informations, et le premier journal que j'aperçus dans le plus proche café, celui des Quatre-Frères, rue Montmartre, ce fut un journal à la sinistre bande noire. — Ce fut le *National !* Carrel était mort ! — Et, comme un poltron que j'étais, je ne retournai plus près de la dame, mais je chargeai notre conducteur de lui apprendre la triste nouvelle. — Le surlendemain, je me rendis aux bureaux des Messageries, dans l'espoir d'avoir des nouvelles de mon intéressante compagne de route. Quand le conducteur avait prononcé le mot, mort ! elle s'était évanouie. Je l'avais donc échappé belle ! — Le même jour elle était repartie pour Metz. — Voilà mon histoire.

— Charmante ! s'écria le plus jeune des deux ingénieurs. Grâces et réminiscence de chevalerie y règnent.

— Et quelle admirable unanimité ! ajouta l'autre ; quelle alliance étroite dans le cœur du fort et du faible ! J'entends du capitaine et de sa femme.

— Si le ministre me permet, dit le dynastique M. Vanilh, visiblement ému, je vole sans tarder au département de Rhin-et-Moselle pour chercher une pareille femme, et je l'épouse. — Oh ! c'est magnifique, parole d'honneur !

Ce bon M. Vanilh ! il avait le monopole de l'excitation au rire.

— Oh ! que je la plains, cette *militaire*, dit madame Élisée, qui a été obligée de courir les grands chemins en se refusant les douceurs de Morphée.

— Voilà les vicissitudes de la vie militaire, fit Élisée d'un ton de rhéteur.

Le mal à propos dans les jugemens était son fort, comme vous savez.

— Je vous remercie, dit tout-à-coup Kant-le-Taciturne, de m'avoir communiqué cet épisode : il donne raison à une de mes convictions ; c'est que la religion de l'honneur, la naïveté du sentiment, exilés tous les deux de la France spéculante, trouvent encore un abri sous l'uniforme du militaire. Les témoins dans le célèbre procès de La Roncière, tous gens du harnais, ont étonné jusqu'à la rendre bête cette fraction du Parisien qui se fait de l'astuce un cas de conscience lorsqu'elle se trouve en présence de l'œil de la justice ; — et le public et la presse n'ont pas tari d'éloges en écoutant les dépositions des officiers, toutes marquées au coin de cette intégrité rigide assise sur la foi de la parole donnée. C'était la vérité avec toutes ses grâces sur le banc des témoins ; — et au Palais-de-Justice, c'est ordinairement le mensonge et la duplicité qui prennent place en face du jury.

Pendant que le commandant donnait son coup d'encensoir aux hommes d'épée, madame Lambouillet paraissait avoir adopté une prudente neutralité dans la question. C'était un rude adversaire que le soldat de l'empire ; elle le ménageait.

Comme tout le monde venait de donner son avis sur l'historiette devenue le sujet de nos commentaires ; elle donna enfin le sien.

—Tout est pour le mieux dans le meilleur des mondes possibles.

Ce fût ainsi qu'elle commença.

— Je proteste, grand'maman ! Et ma faillite, vous l'oubliez donc ?

— Bien ! Élisée, bien ! Mais vois-tu, mon garçon ? peut-être le grand Pangloss n'a-t-il pas tort, même envers toi. La suite te le prouvera ; tu es si jeune ! Il y a en toi de l'espace pour l'attente, comme pour moi de l'étroitesse. Cependant, l'exclamation de M. de Voltaire, lorsqu'on l'applique au capitaine de dragons, pourrait peut-être avoir son côté juste ; car si Carrel eût guéri, grâce à l'art et aux soins angéliques de sa jolie garde-malade, me jureriez-vous, vous tous ici présents, excepté l'éditeur de l'histoire,

bien entendu, ajouta-t-elle en me désignant par un mouvement de
tête, que feu Carrel, emporté par quelque verve chaleureuse de
poète, n'eût fini par jouer un tour au mari de la jeune personne.

— Ah ! l'horreur ! quelle indignité ! fit la galerie.

— Allons ! allons ! ces exclamations sont les premiers échos de
jeunes cœurs, et j'ai l'habitude de ne donner créance qu'au troisième écho, lequel se traduit ordinairement par le silence. Croyez-
moi, belle jeunesse, j'ai vu dans ce meilleur des mondes possibles
des résultats bien plus édifians que le joli petit crime romanesque
dont je suppose Carrel capable ; — j'ai vu jouer des tours diaboliques aux maris absens. Que voulez-vous ? ils étaient loin de leurs
femmes, celles-ci près de l'ami armé du regard, et surtout de la
parole. — La parole de l'homme, c'est une éternelle et enivrante
mélodie pour l'oreille de la femme depuis qu'elle a écouté parler
le diable et accepté la première étrenne de la pomme. L'homme
est un être qui ne se refuse jamais une satisfaction des sens ; et c'est
naturel : cela fait nombre dans la somme des extases ; — et elles
sont si rares dans la vie ! — Au reste, l'anecdote de Monsieur me
paraît vraie, et la meilleure preuve, c'est qu'elle n'avait pas encore
eu, que je sache, de réclame dans les journaux. De pareils faits se
passent ordinairement à huis-clos dans les familles ; l'anecdote
est trempée dans une belle larme ; mais elle est stérile, — elle
n'a rien produit, — elle n'a fait penser personne, elle n'a fait
travailler personne ; et, par son originalité, elle était pourtant
appelée à devenir thèse de morale, — occasion d'un livre, texte
de roman, — autre livre, sujet de drame, — encore un livre ;
en un mot, exploitation de la donnée par les arts, le commerce, etc. Dans les idées que je me suis formées sur les prospérités d'un état moderne, j'amène toute idée, tout fait isolé, mais
notable, qui y a lieu, à un quotient d'utilisation publique. — On
critique les *puff*, chez nous en France ; mais on ne songe donc
pas que le puff est une chose éminemment nourricière. Si on voulait se donner la peine de le suivre dans toutes ses ramifications
secrètes ; si l'on étudiait sa tactique et sa diplomatie, on s'éton-
nerait de sa science et de sa sagesse profonde. — Vraiment, il y a

de quoi s'émerveiller de cet esprit élastique du Français, qui, en se
détendant à volonté, lui permet de toucher à la fois, comme ferait une femme de génie, aux broderies nuageuses de son métier et
aux questions spéculatives de la plus haute portée.

— Quant à moi, dit le commandant, et pour abonder dans
votre sens, je décrète le Français d'aujourd'hui brodeur tout
au plus.

— J'acquiesce à ce jugement, quoiqu'il soit par trop sévère,
répondit madame Lamboullet; — il est vrai que l'intelligence nationale, telle qu'elle est aujourd'hui, avorte en tout; tant en
législation, tant en politique, qu'en littérature; — et voulez-
vous en savoir la raison, commandant?... c'est que depuis vingt-
sept ans le Français végète dans le lieu commun du calme politique, et, chose étrange, c'est précisément alors qu'il est penseur
médiocre, et c'est à l'état de haute effervescence sociale telle que
la grande révolution, qu'il atteint en toutes choses la clairvoyance
d'un grand homme d'état et la profondeur philosophique du sage.

— J'enregistre ce jugement, dit Kant.

— Enchantée d'avoir mérité cette approbation, commandant.

— C'est aussi clair que la formule sur la propriété de l'angle
équilatéral, fit observer un des Vauban.

Sur ces entrefaites rentra don Juan.

— Où diable t'es-tu donc niché? demandèrent les deux jeunes
gens.

— Et quand je vous avouerai que j'ai fait une expédition à la
don Juan, cela vous avancera-t-il?

— Beaucoup, beaucoup!

— Eh bien! la cause de ma brusque sortie est que j'ai voulu
suivre cette dame qui vient d'avoir un caprice de sœur de charité;
— elle m'a tombé dans l'œil.

— Jolie femme, ma foi! dit Vauban I.

— Eh! mon cher, fit Narcisse, le mot est vulgaire; sachez
qu'il n'y a pas de jolie femme. — Qu'est-ce qu'une jolie femme?
un squelette dans un joli étui. Le fait est que notre inconnue est
à ma bienséance.

— Le terme est au moins nouveau, remarqua l'aïeule en souriant.

— Aussi je revendique la gloire de l'invention, fit don Juan. Elle me sied, donc elle est à ma bienséance ; est-ce clair ?

— Oh ! parfaitement, dit Vauban II ; seulement c'est là la logique d'un escamoteur de bourses.

— O chiffre incarné d'algèbre, tu es inexorable. Où en étais-je ? Ah ! dans la rue. A peine dehors, j'ai vu la dame et le monsieur monter dans un fiacre avec Lamboullet et son panier ; puis... fouette cocher. Comme je n'en avais pas un à ma disposition pour la minute, je suis resté comme un imbécille à les suivre des yeux, et à la montée de la rue du Bac je les ai perdus de vue. Au diable ? me disais-je, et cette exclamation me rappela que j'avais un rendez-vous, pour sept heures et demie, avec un diable,

— ce farceur d'arabe Sabatier, qui me prête de l'argent de temps en temps, — et vite de courir à mon domicile. Je n'y trouvai pas encore de Sabatier, mais ma chambre pleine de fumée.

— Un incendie ! s'écria Élisée, l'histoire s'obscurcit.

— Vous n'y êtes pas, monsieur Élisée, elle s'éclaircit au contraire ; puisque vous ne voyez dans toute question que du feu. — Il n'y avait aucun danger. C'était une bûche qui avait roulé sur les chenets, et elle fumait. J'ouvris mes croisées, la fumée s'en fut, et puis j'allumai une pastille et, par distraction, je la posai sur une pièce de cent sous. Pendant que ma pastille fumait, la porte s'ouvrit et Sabatier parut. Il n'y avait pas d'argent, comme de raison, je lui proposais des conditions très engageantes ; il commençait à s'amadouer, lorsque tout-à-coup il changea de langage : j'avais beau grossir le chiffre des intérêts, rien n'y fit. Eh bien ! vous ne devinerez jamais la cause de sa mauvaise volonté. Figurez-vous que c'était la malencontreuse pastille brûlant sur l'effigie de Louis-Philippe qui me joua ce tour. — Sabatier est juste-milieu comme les balances avec lesquelles il pèse son or. Le ladre en se retirant me l'avoua : — « Qui ne professe pas, me dit-il, un saint respect pour le noble métal et traite à la légère l'effigie qui légalise le cours de ce métal dans le monde, n'a pas de crédit chez moi.

— Oh! elle est originale, celle-là.

— Délicieuse!

— Assommante!

— Dynastique!

— Loyale!

— Logique!

Telles furent les exclamations partielles des membres de notre cercle ergoteur.

— Voilà ce que c'est que d'abandonner ses camarades pour courir après une femme et d'être si ponctuel pour un rendez-vous d'argent. S'agit-il d'accomplir un devoir, à la bonne heure! — Ainsi parlait le pied-bot de M. Talleyrand.

— Il n'y en a qu'un dans la vie! répondit Narcisse; il consiste à ce que l'on vous doive de l'argent et que vous n'en deviez à personne.

— Principe profond d'économie politique! dit madame Lamboullet.

— N'est-ce pas, grand'maman? fit Narcisse en remerciant la vieille du regard. Dirait-on à nous voir nous deux côte à côte qu'une parfaite consonnance d'idées et de sentimens nous anime. Personne n'y songerait, parole d'honneur!

Et au moment où il faisait cette conclusion, mesdemoiselles Prudence et Denise entrèrent dans la salle, chacune munie d'un plateau dont l'un supportait une montagne de gâteaux de tout calibre, et l'autre un bol de punch flambant, flanqué de deux bouteilles de champagne.

— Qu'est-ce que cela? et à qui en veulent-elles, ces filles? s'écrièrent les jeunes gens, à l'apparition de cet imbroglio bachique.

— Mesdames et messieurs, dis-je en prenant l'attitude d'un acteur qui annonce au public quelque événement inattendu. — Dans mon pays chacun tient encore à célébrer, entre amis et connaissances, l'anniversaire de la fête de son patron. A l'heure qu'il est, on célèbre celle du mien (ce dont je suis sûr) dans mon petit coin domestique. Veuillez donc, mesdames et messieurs, me tenir ici lieu d'amis et de bonnes connaissances, et

accepter de franc cœur ce petit régal improvisé qu'avec le secours
de Prudence et de Denise, qui, chose inouïe, m'ont gardé le secret depuis hier soir, je prends la liberté de vous offrir.

A cette invitation faite inopinément il se manifesta, je ne pou-
vais trop m'en rendre raison, un certain embarras dans le maintien de toute la société. Même papa Lamboullet, qui survint
dans ce moment et dont l'excellent cœur m'avait plus d'une fois
donné tant de preuves d'amicales prodigalités, partagea, bien
gauchement à la vérité, l'équivoque contenance qu'avait occa-
sionnée ma harangue.

Ici, il y a une démarcation essentielle à noter dans les physionomies de mes conviés. La famille de mes hôtes, et si vous y
ajoutez encore l'ami Vanilh, avait quelque chose de compassé,
de prêt à m'éconduire avec un refus poli, bien que M. Élisée,
le gourmet pique-assiette des ministres, et surtout madame
Herminie pointassent leurs regards sur les friandises et le noble
punch au vin de Champagne avec une convoitise mal dissimulée.
Les trois jeunes gens, après un moment d'hésitation, semblaient
avoir pris leur parti et me remerciaient du regard de leur
avoir procuré l'occasion de me prouver leur bonne volonté de
camarade.

Le commandant était le seul qui ne trahît pas sa pensée. Il
frisait sa moustache entre ses doigts, et contemplait tout le monde
avec une expression visible de moquerie.

Le malaise qui me dérouta complètement durait depuis cinq
minutes à peu près, lorsque de sa place Kant-le-Taciturne parla
en ces termes :

— Vous voilà désarçonné, cher camarade ; — voulez-vous que
je vous explique en deux mots pourquoi ?

Ne sachant sur quel terrain je marchais, je répondis par un
mais..... laissant le vide aux commentaires.

— Soit donc. Cependant, comme il s'agit de dire une vérité
qui touche à un vice d'amour-propre, je demande si la société
me permet de mettre monsieur *** dans ma confidence.

Il y eut adhésion unanime moins celle de Lamboullet.

— Voyez-vous, commandant, dit-il, depuis tantôt un an qu'un revirement de personnes s'est fait dans notre pension, il y a toujours des questions irritantes sur le tapis, toujours des discussions qui dégénèrent en disputes. Où est-elle donc la charmante causerie française à l'abandon gracieux ? Je devine que ce que vous allez dire, commandant, ne sera pas flatteur pour nous. Quand on se confesse devant un prêtre, on ne dit pas encore toute la vérité, et à quoi bon la dire devant un profane comme notre honorable amphitryon qui, arrivé dans sa contrée, ne manquera pas de faire part à ses compatriotes de tout ce qu'il aura vu et entendu ; et pardon..... veuillez bien agréer d'avance mes excuses, vous êtes Français, ce serait à vous de ménager un peu les Français. — Un fils respectueux va-t-il trahir les faiblesses de sa mère ?

— Vous avez dit ménager, reprit le commandant en frappant de son poing le dossier de sa chaise, ce mot me décide. Si je savais que la police ne m'enfermât pas aux petites-maisons, je deviendrais orateur de carrefour, pour dire la vérité toute crue aux Français. Depuis le vice imposant jusqu'au ridicule mesquin, je leur dégoiserais tout. Si, dans les grandes villes, il y avait, au lieu de charlatans comme nous en voyons dans les rues, des charlatans pour la morale, le fruit que leur nouvelle éloquence ferait éclore ne manquerait pas à la longue de convertir la foule. Or je dis que la surprise momentanée qu'a causée parmi vous l'invitation de notre camarade, vient de la crainte qu'inspire au Parisien la perspective d'un prêté-rendu. Il se dit : si je consomme, il faudra faire consommer. Pour moi c'est une question de digestion ; pour ma bourse c'est une question d'exténuation incidente, et je m'en passerai volontiers. Comprenez-vous, monsieur ? me dit-il.

— Oh ! à merveille.

— Allons donc, allons donc ! protestèrent-ils tous.

— Mais je pense qu'il y a une large exception à faire, dit don Juan qui s'amusait à déchirer les étiquettes des bouteilles de champagne. La crainte d'accepter une invitation qui nécessite dé-

pense n'est, à proprement parler, de règle que chez la classe bourgeoise inscrite comme rentière sur le grand livre de la fortune du
consommateur public, et au nom de cette noble partie du public
consommateur, nous allons sabler le champagne de la veuve Cli-
quot ou de toute autre veuve sans l'engagement tacite de la revanche.

— Bravo! monsieur Narcisse, m'écriai-je alors, j'aime à
vous savoir de ces instincts de générosité.

— C'est charmant, dit la vieille Lamboullet, mais à mon avis il
serait mieux d'éviter d'être pas obligé ; — c'est toujours un partage, et garder ce qu'on a vaut mieux que le partager.

— Voilà l'irréligion du cœur, s'écria mon noble ami Kant en
montrant du doigt la vieille, voilà d'où vient cette timidité rou-
gissante, quand aujourd'hui on se risque à dire à son prochain :
« Donne? » Voilà d'où vient la gêne blessante, quand le prochain
dit : « Prends. »

— Le commandant, repris-je, vous fait toujours la guerre,
mais vous êtes tout-à-fait de votre époque et de votre pays, madame. Accaparer pour soi, c'est le principe — emprunter, mais
ne jamais recevoir — telle est la règle. Ce sont là les vertus aus-
tères de la civilisation d'Occident. Au contraire, les peuples qui en
sont encore à faire leur cours de civilisation et surtout ceux qui
ne sont pas bons marcheurs dans la voie industrielle; ces peuples-
là sont prompts à donner, prompts à partager, et quand à leur
tour on leur donne, ils ne se font pas quelquefois scrupule de
rendre, parce qu'ils sont à la fois généreux et naïvement im-
probes.

— Ah! c'est un aveu, dit la grand'mère, il n'est pas édifiant.
Vous habitez l'orient de l'Europe? monsieur? ajouta-t-elle méchamment.

— Victoire pour madame Lamboullet, s'écria don Juan.

— Victoire, gloire, dit Vauban I.

— L'essentiel est qu'il faut boire! ajouta Vauban II. A la santé
du vainqueur et du vaincu !

Sur ce, les deux bouteilles à têtes d'argent furent décapitées et la liqueur mousseuse du champagne pur *œil de perdrix* sema dans le bol ses millions de rubis. Après quoi les toasts en mon honneur, les ripostes de ma part, pour l'honneur qu'on me faisait, se succédèrent coup sur coup; et bientôt la bataille bachique fut dans tout le feu de l'action. Les dames n'y prenaient point part, comme de raison; je leur avais fait préparer du saboyon, quoique madame Herminie lançât parfois des œillades amoureuses à l'étrange boisson aux flammes bleues. Elle était très-curieuse la femme de M. Elisée, curieuse surtout pour les douceurs et les friandises aux vertus énergiques.

Le sieur Vanilh qui, vu ses habitudes de stricte économie, du reste très-louables, s'était le plus formalisé de mon invitation improvisée, avait fini par prendre bravement son parti et il ne laissait ni évaporer le contenu de son verre, ni abandonner les gâteaux à l'alternative du rassis. En sus, il me promettait de me mettre dans la confidence des qualités d'une certaine bouteille de Château-Rose qu'il tenait directement de Son Exc. le ministre son patron.

De tout ce que je voyais j'avais raison d'être satisfait; — pour des Français, c'était boire assez frais. Au reste, je savais bien avec quoi les amorcer. — Non pas avec du vin, certes, — il y en a tant dans leur pays et, en toutes occasions, c'est ordinairement les choses d'exception que l'homme convoite; et il me semble que les goûts récens du Français se portent sur le bon rhum de la Jamaïque, sur l'arac de Goa; servez-leur des eaux-de-vie de Dantzick, à la bonne heure!

Si j'étais content, moi, la vieille ne l'était pas peu non plus. Elle nous regardait faire avec une satisfaction visible. C'était le mouvement, la vie, l'effervescence. Elle devait s'y plaire, comme le fossoyeur qu'on invite à une noce.

Maître Lambouilet ne buvait pas, autant par l'aversion qu'il se sentait pour toute liqueur spiritueuse, que par régime. Aidé de Denise et de Prudence, il se donnait beaucoup de besogne, allait, venait, exprimant le jus du citron, versant rasades sur rasades et recommandant à tout le monde la tempérance. Les conversations devenaient de plus en plus pétulantes, les rires faisaient explosion. Les jeunes gens tantôt se promenaient en causant, tantôt prenaient place auprès de la cheminée, pour attraper quelque sentence du crû de madame Lamboullet, ou avoir leur part d'une rectification que se permettait le sieur *Nasica*, à propos de quelques erreurs accréditées en France touchant l'étranger, et surtout touchant l'existence sociale dans les latitudes nord-est de l'Europe ; erreurs qui, disait-il, étaient non-seulement fréquentes, mais qui encore portaient souvent le cachet d'une ébouriffante bêtise : tel est le terme dont ces messieurs tous les premiers qualifiaient les fausses appréciations qu'il leur arrivait de faire sur les choses et les hommes qui n'avaient pas le bonheur d'être les voisins immédiats de la France. Il n'y avait que le commandant qui ne péchât jamais dans ses sortes de questions ; il connaissait son Europe par cœur, lui.

Ce jour mémorable dans les habitudes monotones de notre pension, j'avais reçu, à l'occasion de ma fête patronale, un bouquet qui me fut plus précieux que toutes les congratulations de mes autres camarades ; —le commandant m'avait serré la main en silence.

Mais je m'aperçois que, tout en vous faisant mes confidences, j'oublie de faire les honneurs de ma fête. Ce n'était pas la peine, au fond ; car Lamboullet, avec ses exhortations de bonhomme, ne laissait manquer de rien, ni vieilles gens, ni jeunes gens, et ces derniers ayant choisi Elisée pour le point de mire de leurs plaisanteries, le fouettaient comme une toupie. Don Juan surtout, avec son esprit à projectiles de porc-épic, n'y allait pas de langue-morte, comme vous pouvez le croire.

— Eh bien ! oui, couleuvres que vous êtes, c'est par ces mots qu'Élisée les apostropha ; l'homme est un animal, l'histoire naturelle l'enseigne ; Jean-Jacques, lui-même, conseillait à l'homme de se faire animal pour bien jouir de la vie.

— En ce cas je me fais homme, s'écria don Juan ; dans certaines situations, je n'aime pas l'égalité, vois-tu.

— Je voudrais l'avoir faite celle-là !

— Elle est classique!

— Je ne voudrais pas l'avoir dans mon estomac.

C'est de cette sorte que se fractionnèrent les votes entre les convives, à l'égard de la flétrissante définition de Narcisse dont Élisée ne comprenait pas tout le sel.

— Viens te mettre à l'abri des méchantes langues, mon fils, sur le giron maternel, dit l'aïeule en riant de bon cœur.

— Oui, voilà de vos gentillesses, fit madame Lamboullet la jeune qui s'était décidée, après bien des simagrées, à avaler un verre de punch, — vous lui faites toujours des noises à ce pauvre Élisée; lui donnez-vous quelque chose pour cela?

— Comme tu es formaliste, Herminie!

La conversation périrait de langueur,
Sans ce tour amusant qu'un fin esprit lui donne,

a dit un moraliste de notre époque.

— Nomme-le, cadet, dit son père, car la citation me paraît louche; moi qui ai tant lu dans ma vie, je devrais pourtant la connaître.

— Tu as voulu dire, mon père: « moi qui ai fait tant de cure-dents dans ma vie. »

Les pommettes saillantes du bonhomme se colorèrent soudain d'un vif incarnat, sa lèvre trembla, et il se fût peut-être porté à quelque acte de violence, si sa mère ne lui eût lancé un coup-d'œil tellement dominateur, que la pauvre créature saisit d'une main tremblante un verre de champagne et l'avala d'un trait.

Le propos insultant d'Élisée n'avait été entendu, je crois, que de sa grand'mère et de moi. Après la citation en vers qu'il avait faite, les jeunes gens engagèrent un pari sur un tour de gymnas-tique à faire et ils allèrent l'exécuter. Quant au commandant, celui-là concentré en lui-même, comme cela lui arrivait souvent, regardait brûler les bûches et ne savait pas si le monde tournait. Il avait souvent des attaques de demi-spleen, ce qui, pour le moment, était très-opportun, car il était homme à écraser comme un ver cette sotte et méchante créature, cet Élisée, en un mot.

Il y a des situations bien étranges dans la vie, pour un cœur;
quelquefois un coup de poignard porté en votre présence par
un homme à un autre homme ne vous communique pas la sensation douloureuse de ce coup, quoique son premier élan soit de
porter secours; tandis qu'une parole blessante, dans un certain
concours de circonstances, vous remue le cœur comme si la
pointe aiguë de l'acier l'eût touché. Je vous fais juge, lecteur:
pouvait-on ne pas sentir la blessure au sarcasme de ce fils?—Comment le nommer?.... le sais-je? y a-t-il un nom pour lui, surtout si l'on se pénètre bien de l'espèce d'orphelinage dans lequel
gémissait Lamboullet, lui le chef et pour ainsi dire la nourrice de
la famille. Oh! quelle envie j'eus de lui casser les reins, à cet
Élisée! Mais je suis bien cruel, — il était si colossalement bête.

Cependant papa Lamboullet avait déjà tout oublié; — il se
trouvait dans le groupe des deux ingénieurs, de Vanilh et de
Narcisse; j'étais encore rivé à ma place, méditant sur la
scène qui venait d'avoir lieu, de manière que je ne prêtais pas
une attention soutenue à la conversation bruyante de ces messieurs; par les phrases qui me parvenaient, tronçon par tronçon,
je jugeai que Lamboullet était l'objet de toutes sortes de caresses amicales de la part de ce damné de Narcisse. Se moquait-
il de mon vieil ami?

Quant à la sorcière Meggs (et en appelant madame Lamboullet de ce nom je lui fais encore trop d'honneur), il était visible qu'elle se sentait un peu confuse, après la belle équipée
qu'avait faite son bijou de petit-fils, d'autant plus que de mon
regard indigné je lui en demandais compte. Tout cela s'était
passé en moins de temps que je n'en mets à vous le raconter, et
pour atténuer tant soit peu l'effet que cette scène avait produit
sur mon esprit, la vieille s'enquit, tout-à-coup et à haute voix, du
sujet de la controverse qui continuait plus loin entre Lamboullet
et les jeunes gens.

— Il s'agit toujours de la jolie petite femme du dragon de
Sarrebruck, dit Vauban I.

— Encore! vous voulez donc que je m'endorme? Il n'est que

neuf heures et demie; mais non, attendez donc! quelle est là-
dessus l'opinion de mon joyau, de mon Narcisse?

— De votre fleur de prédilection, répondit l'interpellé en pa-
rodiant le ton pathétique de la vieille; il pense que si ce n'était
pas un coup monté pour les journaux, au cas que Carrel eût
guéri, c'eût été une action à canoniser l'officier de dragons sur
place.

— Vous êtes donc tout-à-fait sceptique, demandai-je, sur l'abnégation des hommes vivant en société?

— Précisément! et je vous prends au mot, monsieur. Société,
c'est galerie et auditoire; — c'est une immense assemblée de témoins. On ignorerait parmi les hommes jusqu'au nom d'une belle
action, s'il n'y avait pas de témoins de nos actions. L'homme qui
se jette à l'eau pour sauver son semblable a une galerie. Je voudrais voir ce même homme, excellent nageur s'entend (car, sans
cela, ce serait inexplicable), déjeûnant tranquillement au bord
d'un fleuve dans quelque désert de l'Amérique, et un autre
homme se noyant à ses yeux. Savez-vous ce qu'il ferait?

— Eh bien? fîmes-nous.

— Il continuerait à déjeûner. Si à mon premier duel je n'avais
pas eu tant d'yeux qui me regardaient là, je me serais enfui.

— Non, s'écria le Taciturne, vous auriez assassiné.

— Carte blanche, commandant; coupez dans le joint! je ne
m'en formalise pas. — Le fait est que vous ne m'aimez pas trop.

— Vous l'avez dit.

— Et moi je vous aime bien. C'est-à-dire, j'entends par là,
que vous êtes un de ceux qui sont à ma bienséance.

Le commandant sourit tristement et lui tendit la main.

— Je demande la parole? m'écriai-je après ce bref colloque.

— Accordé! accordé.

— Dites-moi, je vous prie, M. Narcisse, et je prends pour
entrer en matière un fait où il n'y a pas une ombre d'éclat, aucun sacrifice à grand luxe. Je suppose donc que vous ayez
voyagé et que vous ayez fait route ensemble avec un inconnu;
que mutuellement vous vous conveniez au point de loger en-

20

semble dans les mêmes auberges. Supposons qu'en route vous eussiez perdu, au moment de votre séparation, d'une séparation peut-être éternelle, un rien, une bagatelle, comme un mouchoir de poche, ou une blague à cigares, qui vous eût été pourtant chère comme souvenir, et que vous vous fussiez plaint à votre compagnon de voyage de cette perte, après quoi vous vous seriez séparés. Cela dit, il ne me reste qu'à prier le commandant de donner la traduction fidèle de la lettre que voici.... Elle est en allemand.

A ces mots, je tirai une lettre de mon portefeuille.

Tout le monde jeta un regard curieux sur l'enveloppe.

— Timbre de Coblentz ! s'écria-t-on de toute part.

« Coblentz, à l'auberge des Trois-Suisses, 24 juillet 18...

      » Cher monsieur ***,

    » Je vous voyais si préoccupé de la perte que vous aviez faite, pendant notre traversée de Mayence à Coblentz, qu'au moment de m'embarquer pour Rotterdam, j'ai pensé vous faire plaisir en m'occupant un peu de votre blague ; à quelle fin je m'embarquai pour Mayence le jour même de votre départ, et après bien des recherches dans la chambre de l'hôtel où nous avons logé, j'ai été assez heureux pour trouver l'objet auquel vous paraissiez tenir beaucoup. Si mes recherches eussent été infructueuses, je n'aurais pas eu l'occasion de vous dire combien vous est dévoué votre camarade de chambrée.

    » Signé, Berghen, agronome de son état, Norwégien de naissance et non pas Suédois, s'il vous plaît, comme vous le souteniez sans vouloir me faire l'honneur de cette différence essentielle. »

    — Et voici la blague, dis-je en la tirant de ma poche.

    — Oh ! le noble enfant ! j'envie son père. Mon Dieu que son bonheur doit être grand sur la terre !

Telle était l'exclamation de Lambollet.

    — La femme à l'esprit et au cœur les plus subtilement organisés pour plaire, aurait à peine conçu un pareil procédé.

Ce fut l'opinion du commandant.

— Et l'avez-vous revu depuis ? demanda quelqu'un.

— Il y a six mois qu'il a quitté Paris.

— A la santé du noble Scandinave ! fit la société.

Mais comme il restait peu au fond du bol, d'un geste convenu d'avance, j'ordonnai à Denise de faire avancer la réserve.

Vous voyez qu'il y avait préméditation de ma part. Mes projets hostiles, je l'avoue, avaient particulièrement en vue don Juan ; j'avais à cœur de vérifier sur sa personne le proverbe de *in vino veritas*, impatient que j'étais d'apprendre si réellement ce charmant démon était démon dans l'âme ou seulement démon à la superficie.

Après qu'on eut tiré la première salve au souvenir du Norwégien, don Juan fit cette réflexion à haute voix :

Les caprices du cœur sont comme les caprices du palais ; tel préfère l'aigre au doux, le pimenté à l'amer, et *vice versa ;* quant à votre ami le Norwégien, monsieur, il a fait là une action pleine de coquetterie ; c'est un regard à la Fanny Elssler qu'il vous a jeté au cœur ; et pour en finir avec lui et sans blesser personne, j'ajouterai que le jour que j'aurai atteint ma majorité absolue selon la vie, non pas selon la loi, je choisirai pour mes quartiers d'hiver un fromage de Hollande, comme certain rat de la fable, et alors je ferai réforme sans faute, et tâcherai de façonner mon cœur à l'instar de votre.... non, d'un cataplasme au miel.

On se bute quelquefois dans la société contre des caractères formés d'élémens très-fielleux, très-virulens, mais qui, comme certains reptiles venimeux, portent avec eux l'antidote, et tel était Narcisse. Il avait beau faire étalage des principes les plus pervers, il avait beau mettre insolemment en doute des vérités éternelles de morale, il n'en subjuguait pas moins par la tournure originale de son esprit, par les charmans dehors de sa personne, par les sophismes qui parfois lui échappaient et qui étaient toujours de nature séduisante. Ses fines allusions sur mon ami l'agronome de Christiania portèrent directement sur la rate de la société. Kant-le-Taciturne, tout Kant qu'il était, en fut également atteint ; il ne manqua pourtant pas de faire l'observation suivante :.

—Lorsque cette résolution de réforme arrivera pour votre cœur, monsieur Narcisse, il sera sec et friable comme ce biscuit-là. Et il disait cela en tirant un biscuit du panier et en le brisant entre ses doigts.

— Commandant, dit Narcisse avec fierté, ce que vous dites-là est déjà dit, mais ce que vous faites-là n'est pas encore fait. Allons ! au feu l'avenir ! vive le présent !

> . . . . *Nunc vino pellite curas :*
> *Cras ingens iterabimus œquor.*

C'est par ces vers d'Horace qu'il compléta cette mâle repartie, et puis il donna le signal de l'attaque contre le bol de punch.

Et le contenu du vase fut bravement entamé.

La boisson traîtresse, qui agaçait mon monde par ses feux follets, commençait déjà à exercer son action asphyxiante sur les cerveaux des convives. — Narcisse était beau à peindre : l'œil et la joue en feu, les dents éclatantes et la lèvre rougie : c'était là le modèle d'une délicieuse tête de bacchante. Mais à mesure que la gaîté gagnait le reste des jeunes gens, Narcisse devenait de plus en plus silencieux ; il répondait laconiquement aux questions incidentes, et souriait affectueusement à tout le monde.

Après mainte niche d'esprit, jouée soit à Vanilh, soit à Élisée ou à sa femme, les deux mathématiciens finirent par s'attaquer à la grande ardoise du bureau, et là, le crayon à la main, ils faisaient couler un large fleuve et réunissaient les deux rives par un pont suspendu contre toutes les règles de la routine adoptée pour ces sortes de constructions, c'est-à-dire qu'ils lançaient une arche hardie en fer de fonte et y suspendaient leur pont.

Le pied-bot de M. Talleyrand voltigeait dans tous les coins de la salle en bavardant comme une pie.

Élisée regardait tout le monde avec des yeux de bélier bêlant, et tâchait de me faire comprendre, par ses regards sournois, que c'était lui qui était le fort ; et que le reste étaient de pauvres sires, le verre à la main.

Le commandant observait la contenance de chacun sans dire mot.

Madame Lamboullet la grand'mère, qui s'était fait apporter un jeu de cartes, s'exerçait au jeu de Patience, sur un petit guéridon placé à côté d'elle.

Père Lamboullet s'en fut coucher.

Il était onze heures, et la pendule au cavalier qui galope, en frappant ses onze coups, étouffa le vacarme de nos discussions peu édifiantes. Le ruban bigarré des dialogues fut coupé net, et si bien, qu'il ne se renoua plus à l'endroit coupé. Dans ces sortes de cas, on en déroule ordinairement un tout nouveau. Cette fois, ce fut don Juan qui se chargea de la besogne, en s'écriant :

— Qui m'aime me chante une strophe de la *Marseillaise!*

— Ce sera le frondeur Vanilh, s'écrièrent spontanément les deux novateurs en ponts suspendus.

— Tyrans, bourreaux, inquisiteurs, satans que vous êtes ! — Vous voulez donc charger ma conscience d'un énorme péché ?

— Laissez-le, amis ; il a peur, dit don Juan.

— Peur ! moi Benoît Vanilh ! chevalier de la Légion d'Honneur ? — Peur, Vanilh, un ex-officier français qui a eu la fièvre jaune ? — Peur, moi, Vanilh, qui ai essuyé un tremblement de terre sans trembler ? — Allons donc, mes maîtres, vous êtes gris.

— Et si le ministre l'apprend ? objecta Narcisse.

— Et qu'il l'apprenne, et qu'il en étouffe, et que le diable l'emporte.

Et au fort de son enthousiasme factice, il beugla la *Marseillaise* d'une telle force que nous finîmes par lui demander merci.

— Voulez-vous la *Tragalla?* s'écria-t-il bravement quand il eut fini ; voulez-vous l'hymne de Riégo, le *Yankee-Doodle Rule-Britania?*

— Nous voulons t'embrasser, tous à tour de rôle, répondit l'auditoire.

Et, se ballonnant comme une vessie, le courageux citoyen se laissa faire.

— Dites donc, grand'mère, fit don Juan après une pause, où a-t-elle été engendrée cette *Marseillaise?*

— Où toute idée s'engendre. — Sous l'os frontal.

— Je n'en crois rien, reprit brusquement le jeune homme ; — c'est sous cette côte-ci ! et il toucha le côté du cœur.

— La case anatomique n'y fait rien, mon jeune ami, c'est le résultat qui est tout, et les quelques couplets de la *Marseillaise* ont peut-être changé la face de l'Europe. Ce qui est certain, c'est qu'elle peut revendiquer la moitié de la gloire de Mirabeau. — Il est original de dire qu'une chanson (et il ne manquait que cela à notre bouffonne histoire) ait donné son coup de pioche à l'édifice féodal de la ci-devant France. Pour ma part, c'est mon *Koran* que la *Marseillaise*, c'est le saint des saints. — Savez-vous pourquoi ? parce que nous lui devons peut-être en partie l'abolition du plus insultant octroi qu'un peuple généreux ait jamais subi ; — celui de voir la faculté de penser, agissante dans de certaines sphères, et interdite à l'universalité des citoyens qui composent la grande sphère de la nation française ; — de là, autre bienfait, l'abolition de la gène dans les croyances religieuses ; — de là, enfin, l'exercice sur une large échelle du libre arbitre ; — et, point capital, de là, l'émancipation de l'individu et son installation finale dans les circonférences du cercle où socialement il se meut, où latitude lui est donnée de jouir, selon ses capacités naturelles, des trésors de la vie sans qu'il y ait besoin pour lui d'aller demander du secours à l'hôpital du cœur de son prochain. — Oui, tous ces bienfaits que je viens d'énumérer, nous devons peut-être en rendre grâces à la *Marseillaise*, et encore ne sont-ils que les premiers fruits de la levée de boucliers à laquelle j'eus le bonheur d'assister dans toute la maturité de ma raison.

— Prudence, ma mie ! donne-moi un verre d'eau bien froide, s'écria tout-à-coup Narcisse qui, jusque-là, comme nous tous, avait attentivement écouté l'apologie de la *Marseillaise*, débitée d'un trait par la vieille démagogue. Il était déjà pourpre.

— Mère Hécate, dit le jeune homme après avoir avalé le verre d'eau, graces à monsieur qui m'a grisé (c'est moi que cela touchait), je suis dans un état de clairvoyance au septième degré, et vois que vous venez de nous débiter de magnifiques mensonges. Le corps et les idées de tout mortel ici-bas doivent être remisés chacun dans son coin respectif. Vos idées à vous, dans le panier aux papiers de rebut des journalistes. — Votre corps, dans le panier du corbillard. Sans rancune, mère Lamboullet.

Je restai stupéfait.

— Bravo! des personnalités! s'écrièrent-ils tous, sauf un seul, c'était Élisée.

— N'insultez pas à la vieillesse! s'il vous plaît, balbutia ce dernier.

— Bouche close! dindonneau Lamboullet, fit Narcisse.

— Le cerveau de mon enfant d'adoption, dit l'octogénaire avec un calme ironique, subit dans ce moment une révolution complète.

— Dites donc, amis! mon âme serait-elle damnée sans rémission puisque mère Lamboullet m'adopte?

— Je ne savais pas que ce jeune homme eût le vin si bête. A jeun, il avait l'habitude de suivre la ligne de mes idées, ivre, il rebrousse chemin. C'est égal, il m'a procuré une sensation.

— C'est, sachez-le bien, madame, répondit Narcisse, parce que mon état normal, c'est l'ivresse; et que chez moi l'ivresse, c'est mon état normal. — Ce que vous avez dit plus haut n'est autre chose que du... du... clinquant oratoire, et je le réfute, 1°.

— Une discussion!... une discussion! s'écria la galerie, silence!

— 1° Continua don Juan..... 2°..... non, 1° au diable ma langue. Amis! débarrassez-moi donc de cette sonde de plomb qui pend au bout de ma langue. — Du punch! mille tonnerres! Je veux boire et aimer! — Père Kant le Taciturne, je veux t'aimer! — Voyons, camarade Nasica! — Ha! ha! ha! vous ne connaissiez pas votre sobriquet, s'écria-t-il en riant aux éclats; réfutez-la donc cette femme: 1° voyons!

— Prenez donc la parole, pour la forme, monsieur, me dit à voix basse madame Lamboullet, il s'endormira peut-être.

Sentant comme une pointe de son esprit caustique, je répondis.

1° Pour faire face à votre argument, madame, le libre arbitre de la pensée, je le réfute de tout mon pouvoir en soutenant que tant que, dans une société, l'individu osera tout par la pensée publiée, la masse ne pourra qu'en ressentir les contre-coups funestes.

— Pourquoi funestes ? fit la vieille.

— Parce qu'il est impossible qu'il use sobrement de ses droits. S'il y a certaines lois dans l'économie animale qui nous défendent l'excès, notre organisation intellectuelle n'est soumise à aucune. Prométhée est l'apologue de cette vérité.

A ces mots don Juan me sauta au cou.

2° Fit le commandant à son tour. Vous vantez l'abolition de la gêne dans les croyances religieuses — eh bien ! proclamez aujourd'hui l'abolition de la discipline qui domine encore l'article des mœurs et de la décence publique, et vous rencontrerez dès demain des groupes d'hommes se promener nus dans les rues de Paris. Si la révolution avait explicitement exigé du bas-peuple la génuflexion devant le culte catholique et ses ordonnances les plus minutieuses, le sentiment religieux de la populace se conserverait peut-être encore chaste dans son cœur.

Et don Juan sauta au cou du commandant.

3° Continuai-je en commentant les passages du panégyrique de la vieille. — Le citoyen se trouvant blotti comme une arachnide au centre de son cercle d'action, amasse plus aujourd'hui qu'autrefois, parce qu'il communique moins ; mais en revanche, ses affections se concentrant uniquement sur ce qu'il a amassé ; son respect pour le produit brut de ses labeurs devient à la fin une source de basses servilités pour tous ceux qui, matière eux-mêmes, comme lui ont amassé. L'argent communique au possesseur des sentimens qui ne s'élèvent jamais plus haut que le couvercle de son coffre-fort. Pour lui, le génie personnifié est celui qui a su faire le plus d'argent. Sa part du budget de l'état, il la considère comme une grace, et quiconque en profite lui est suspect. Depuis que je suis à Paris, j'ai observé qu'on y est tellement persuadé de la toute-puissance de l'argent que tout y est devenu matière à soupçon. Tout fonctionnaire public, parce qu'il est salarié, est non seulement suspect aux yeux du contribuable, mais presque méprisé au lieu d'être respecté ; — on ne saurait lui concéder la possibilité d'aucune vertu. Il touche tant. Si le roi de son côté lui donnait tant,

— il trahirait les intentions de la nation. C'est la logique de ces gens.

— De sorte, m'interrompit la vieille, que ce qu'il y aurait de mieux, ce serait de retourner à ces siècles naïvement stupides de la société, où même le Lombard avide prêtait son argent sur le gage d'une moustache de chevalier?

— Oh! que n'ai-je des moustaches, moi, dit madame Élisée en appuyant son vœu d'un soupir.

Et nous rîmes du propos de madame Élisée, comme on riait au bon vieux temps dans les salons de l'Olympe.

Après cette courte interruption, je poursuivis ma tâche de censeur en ces termes :

— La suprématie de l'argent est partout. — Vous avez passé sous silence, madame, un acte des hommes de la révolution qui fera époque dans les annales de la moralité, du reste si pauvres dans l'Europe du dix-neuvième siècle, c'est l'abolition des loteries et des maisons de jeu. Mais il en existe un en France, selon moi, plus immoral parce qu'on y joue aux hommes à ce jeu, et tel est le mode de votre recrutement; le riche y gagne et le pauvre y perd. Du moment que le riche enfonce sa main dans l'urne aux numéros, il gage à coup sûr. Ce n'est pas un mauvais numéro qu'il tire, — c'est un remplaçant.

A peine avais-je fini de parler que le commandant, abondant dans mes idées, voulut bien leur donner sa sanction en disant :

— Et la loi électorale n'accueille-t-elle pas à bras ouverts toutes les bourses ? Elle ne demande pas : d'où avez-vous cet argent? — elle demande : avez-vous de l'argent? C'est de cette manière que nous avons l'honneur d'avoir pour électeurs, au jour où nous sommes, dix-sept entreteneurs de maisons tolérées, sans compter le bourreau, et que les députés risquent, à chaque élection, d'avoir un collègue dans la personne de l'honorable monsieur Benazet. — Le résumé de tout ceci est, conclut le commandant en prenant son chapeau, que dans votre Eldorado politique, madame, il y a : trois grandes colonies de forçats, cinq cents prisons, vingt mille gendarmes ; ce qui n'a pas empêché la France de fournir, dans une période de quatorze ans, plus de cent mille crimes et délits, deux cent cinquante parricides, et dans ces deux dernières années seules deux cents viols !

— Mais commandant, commandant, s'écria Narcisse d'une voix où il y avait comme une envie de pleurer, où est donc la vérité ! au nom du ciel, où est-elle ?

— Là ! fit le commandant en croisant ses mains sur la poitrine.

Ayant dit ces mots, il s'approcha de madame Lamboullet pour lui souhaiter le bonsoir, — mais elle dormait ; — ce que voyant, tant bien que mal nous sortîmes tous.

Sur l'escalier, Narcisse criait encore à réveiller les locataires du quatrième :

— Commandant ! donnez-moi des soufflets devant témoins si jamais je retourne au bal du Prado. Commandant, je veux aimer, je veux croire ! mais donnez-moi un sens pour concevoir ce que je ne conçois pas, et je croirai.

— Le punch t'en a donné un, mon garçon, je voudrais que cette nouvelle acquisition pût ne pas t'échapper demain. — Mais passe chez moi, je te conterai ma vie, ça pourra peut-être te servir à quelque chose.

Le lendemain de ce jour, don Juan et l'ami Kant le Taciturne manquaient à table.

Après dîner, papa Lamboullet sut trouver un prétexte pour se ménager un tête à tête avec moi, et alors il me raconta que, vers midi, Narcisse était venu à la pension, et qu'après avoir payé son mois il avait invité poliment Élisée à passer dans le cabinet du bonhomme, et à peine là, qu'il avait forcé le premier à demander pardon à son père, à genoux, pour la monstrueuse plaisanterie qu'il s'était permise à son égard.

Le siége du vice, chez notre ami don Juan, n'était donc que dans le jugement local, — dans la tête, et non pas dans le jugement aux sphères infinies dont le siége est l'âme.

CHAPITRE III.

PARIS AU THÉATRE.

L'OPÉRA. — LE PUBLIC. — LE DRAME. — LA DANSE.

Marcher dans la civilisation, c'est (si nous comparons juste) chercher à acquérir de la curiosité intellectuelle. A ce compte, Paris est incontestablement plus curieux aujourd'hui qu'aucune capitale du monde. Qu'est-ce que cela prouve ? sinon qu'il subit avec plus de soumission que le reste de ses rivales en lumières la loi primordiale qui guide les sociétés à mesure qu'elles passent de l'âge de minorité à l'âge de majorité. Plus la civilisation crée de besoins pour la matière, plus elle affame l'esprit. Le corps veut, l'âme désire. *Vouloir* est susceptible d'être contenté, — *désirer* — jamais ! — Cette inexplicable inquiétude normale de l'âme se fait jour en France : dans la littérature, par le nombre exorbitant de ceux qui écrivent ; — au palais, par la palpitante curiosité que le public apporte aux débats des assises ; — dans les académies, par les auditoires compactes qui y sont presque à demeure ; — dans les théâtres, par leur prospérité financière ; — dans la presse, par la dictature qu'elle exerce sur l'esprit de la communauté entière. — Ce besoin de sensations sans cesse renaissantes nous paraît si vif, que nous désespérerions vraiment de l'ordre en France, le jour où la Discorde enlèverait sa pomme du milieu du Palais-Bourbon, le jour où, côté droit et côté gauche se donneraient

le baiser de paix ; — la fraternité évangélique s'ensuivant com-
blerait nécessairement la mesure de cette harmonie béate, — car
le plus fatigant ennui qu'on connaisse en France, c'est l'ennui
politique. Qui sait si le secret des révolutions à venir qui semblent
menacer la France, ne se cache pas au fond de toutes ces perplexi-
tés morales.

Or, le Français nous ayant paru l'ennemi le plus juré de l'ennui, et le plus hardi Argonaute des jouissances de l'esprit, il
ne serait peut-être pas sans intérêt de l'étudier sous ce rapport et
de nous attacher à le suivre principalement là où il est sûr de
se procurer ce genre de régal.

Panem et circenses! ce cri du peuple de Rome aux jours de la
décadence de l'empire est passé par héritage au peuple de Paris;
seulement, le peuple de Rome avait ces choses gratuitement et
le peuple de Paris les paie : — pour le pain il compte, pour le
cirque il ne compte pas. Dans ce dernier marché, la question
principale pour Paris ne gît pas dans le *comment*, mais dans le
combien; aussi, ce qu'il y a d'accumulé en France, en provisions dramatiques, est colossal, et formera bientôt une bibliothèque
aussi fabuleusement nombreuse que celle des Ptolomées. — A
chaque peuple selon ses goûts innés : à l'Anglais — le pugilat :
à l'Espagnol — le duel du tauréador : au Français — le drame
joué. Et pour se convaincre par le témoignage de ses propres
yeux de ce que peut une passion, il faut voir le Parisien parqué
dans le labyrinthe des grilles de bois, attendre l'ouverture des
bureaux. Lui, l'être le plus impatient sur la terre, après deux
heures d'attente, arrive en entier sur la banquette sans que ce
long martyre l'ait décomposé. — Voyons donc ici ce qu'il lui
en coûte d'attendre, nous irons voir ensuite ce qu'il en coûte
pour le satisfaire.

Il est probable que, sans le système des barrières de bois qui
ne permettent pas au public de déborder dans les vestibules, chaque représentation aux théâtres les plus hantés de Paris n'eût
pas manqué d'avoir pour prologue un drame vidé à coups de
cannes et de parapluies; mais la sage mesure d'un moyen maté-

riel purement préventif empêche que le public n'aille sur les
brisées des acteurs. — Dans ces étroites Thermopyles, les adorateurs de Thalie, de Melpomène, d'Euterpe et de Terpsichore
se tiennent deux à deux ou trois à trois, et attendent l'heure
où la petite fenêtre à coulisse de la caisse se soulève. Figuré-
ment on appelle cela *faire queue*. C'est plutôt faire pénitence pour
les péchés du jour.

Quelquefois cette queue, comme on la voyait, par exemple,
au théâtre royal de l'Opéra-Italien (qui n'est plus), s'en allait,
ondulant dans les corridors, sous le péristyle, se prolongeait dans
la rue Favart, et ne se terminait qu'à quelque distance des boulevards. Les dernières vertèbres de cet énorme boa étant exposées à l'air, l'étaient nécessairement au mauvais temps ;—et, dans
cette position très-précaire, figurez-vous le public faisant bonne
contenance, tout en observant la situation du ciel. Mais voilà
qu'une pluie toute fine commence à lutiner les visages ; et le public de plaisanter et de rire. Mais voilà qu'après les avoir humec-
tés quelque peu, elle les lave très-fort, et la bonne humeur générale va *decrescendo*. Enfin, la nue crève tout-à-coup, et l'eau
tombe comme si elle voulait éteindre un incendie (et le jour de
l'incendie il n'y en avait pas une goutte). Alors, les gens abrités
sous les parapluies prennent le parti de se tenir dans une muette
neutralité ; et les gens sans parapluie n'épargnent pas aux méchans caprices de l'atmosphère certaines épithètes auxquelles le
Dictionnaire de l'Académie française a jugé à propos de refuser
jusqu'à ce jour l'honneur de l'insertion. Secs et contens sont ceux
qui ont des rifflards ; mouillés et malheureux sont ceux qui n'en
ont pas, car ils reçoivent et l'eau qui tombe du ciel, et l'eau qui
s'écoule en cascades sur les flancs de ces toits portatifs, devenus
de véritables gouttières ; — et comme, pour la plupart, il arrive
que les hommes s'allègent mutuellement le poids d'un désagré-
ment ou d'une infortune, ils tâchent de rendre au prochain par
onces (si plus on ne peut) ce que le sort leur donne par livres.
Dans ce cas de situation gênante, la morosité de la queue battue
par la pluie devient de plus en plus hargneuse, et on s'entreque-

relle au moindre prétexte. Un colloque, que j'extrais textuellement de mes souvenirs, et qui eut lieu à la porte de Favart pendant les heures d'attente, sera peut-être à sa place ici.

— Monsieur, s'écria quelqu'un, vous empiétez? — Tenez-vous à votre rang, s'il vous plaît.

— Je vous demande bien pardon, monsieur, je ne bouge pas.

— C'est possible; mais il y a quelque chose qui bouge à mes côtés : j'ai senti comme un corps étranger qui se fourvoyait dans notre section.

— C'est peut-être un peu de mon épaule, monsieur.

— Un *peu !* — Parbleu ! si l'expression est originale, l'excuse ne l'est pas moins. Ce *peu* de votre épaule tient à votre honorable corps, monsieur; et ce dernier a eu l'intention de me souffler ma place.

— Honorable corps? Je crois que vous faites de la malice! — Qu'appelez-vous honorable corps, — s'il vous plaît? Sachez, monsieur, que le corps des modèles vivans pour peinture et sculpture; et j'ai l'honneur d'en faire partie, est un corps, est un corps.....

— Très-beau et très-correct, physiquement parlant, je n'en doute pas; et vous feriez bien de ne pas l'exposer à quelque avanie.

Puis, verte réplique d'une part, causticité méchante de l'autre; riposte en gros mots, à défaut d'esprit, d'un côté; assaut d'invectives des deux côtés; quelquefois l'*ultima ratio* du coup de poing, le tout encouragé par les rires et les bravos des voisins, et finalement l'expulsion forcée *extra-muros* du membre perturbateur.

Telles sont très-souvent les scènes qui affligent ou égaient la queue en dehors du péristyle d'un théâtre en vogue, surtout lorsque le mauvais temps fait déborder la bile des candidats impatiens du parterre.

Mais le serein de l'atmosphère communique aussi sa bénigne influence à l'humeur des patiens. C'est alors que les causettes

bourdonnent sur toute la ligne, que les colporteurs des programmes sont allégés de leurs pacotilles, les marchands de gâteaux et
de bouquets de leurs articles respectifs. Les gâteaux sont em-
magasinés dans les poches pour servir de collation dans les entre-
actes, et les bouquets sont destinés à faire figure dans les bou-
tonnières des habits; et j'observerai, par parenthèse, que l'œillet
rouge m'a paru être la fleur de prédilection du Parisien d'une certaine classe. Ne serait-ce pas que cette fleur simule le ruban de la
Légion-d'Honneur, qui, bien que tombée en désuétude comme
toute chose prodiguée outre-mesure, est en fait très-affectionnée
en France; et le Parisien légionnaire s'en pare volontiers.

Cependant, pour en revenir aux perturbations de la queue,
ajoutons que, tel temps qu'il fasse, il y a toujours des retardataires qui rôdent sur ses flancs comme des Kabyles du désert, y
sèment la zizanie, y suscitent des querelles avec l'espoir de se
faufiler dans les rangs à la moindre chance de brèche, et, les
chances manquant, vont à la découverte des physionomies les
plus repentantes, c'est-à-dire les plus ennuyées, marchandent les
places à vendre, et trouvent, en vertu de la maxime qui dit qu'un
tiens vaut mieux que deux *tu auras*, des dilettanti pas trop fana-
tiques qui échangent un plaisir en espoir contre un plaisir sonnant
tout de suite dans le creux de la main.

— Trois francs ma place!
— Deux la mienne!
— Trente sous la mienne! rien que pour la concurrence.
Les postes, comme vous voyez, sont à l'enchère.

Nous avouons avoir maintes fois profité de cet esprit de spéculation, et nommément au théâtre de la rue Favart; — mais il
nous est aussi maintes fois arrivé d'acheter chat en poche; car,
après avoir été à demi consumé de désir, on nous renvoyait de la
caisse avec la phrase écorchante de : « Il n'y a plus de billets,
monsieur (1).

(1) Une chose que vous ignorez peut-être en votre qualité d'étranger,
c'est qu'en général les directeurs des théâtres de Paris ne se font pas

Mais si l'on ne veut pas que les jambes s'engourdissent à force de rester debout, et que la mâchoire se dégrafe à force de bâiller, on a souvent recours à des moyens très-innocens et très-licites, qui consistent tout bonnement à donner à un autre toute la gêne qu'on espère éprouver en le louant à raison d'une trentaine de sous par représentation. Cet autre, et c'est ordinairement un brave homme de commissionnaire, se porte dès quatre heures de l'après-midi à la porte d'un théâtre, et fait faction pour le patron qui l'a loué. Celui-ci arrive tranquillement une demi-heure avant l'ouverture de la caisse, et la victime salariée lui facilite l'enjambée par-dessus la barrière, et lui fait occuper, sans plus d'embarras, sa place. Personne n'a rien à dire à cela, sachant qu'il y a un contrat de passé entre deux individus, dont l'un préfère l'aise à l'argent, et l'autre l'argent à la gêne. C'est le respect dû à la propriété. Il ne reste à ceux des étrangers qui ne peuvent ou ne veulent pas faire la dépense obligée de quarante sous pour dérober quelque chose à l'ennui, qu'à se pourvoir d'un volume, de deux même (c'est une question de format), et de lire. — Autrement, nous ne pourrions leur promettre que l'ennui ne saturera pas de spasmes chacun de leurs nerfs.

Les militaires en uniforme et les élèves de l'École-Polytechnique ont le privilége d'un guichet particulier, et ils vont fièrement au bureau où, à la barbe de la queue qui peste là depuis une éternité, ils se munissent de billets et montent en fredonnant des vaudevilles. Les impertinens ! Je le conçois, il y a bien de quoi, j'espère ! Jugez comme c'est récréatif de voir des heureux qui vous nar-

scrupule de continuer, malgré les attaques des petits journaux, un trafic scandaleux des billets de stalle et de parterre. La location des billets de l'Opéra italien surpasse de beaucoup, en juiverie, le reste des théâtres de Paris. La direction des Bouffes fait ordinairement déposer à la caisse un tiers tout au plus des billets de stalles et de parterre, les deux tiers restants sont abandonnés, moyennant 50 pour cent de bénéfice, aux spéculateurs du péristyle. De cette façon, les stalles haussent, selon les circonstances, jusqu'à la concurrence de trente francs. On a calculé que ce honteux agiotage prélève sur le public de Paris une somme de 300,000 fr. par an.

guent en face et que vous savez à même de disposer à volonté des
meilleures places dans la salle, tandis que vous allez, ce qui est
très-possible, être acculé contre la porte, et faire encore cinq
heures ce que vous avez déjà fait deux bonnes heures à la queue.
Je ne parle pas encore de l'horrible possibilité d'une chaussure
neuve qui vous brûle comme un moxa. Cela arrive. — A une
représentation de la *Muette de Portici*, un monsieur qui avait
manqué la banquette, se tenait debout, accoté contre la première
baignoire de gauche. Il changeait de couleur comme un camé-
léon. On attribuait ce chatoiement de teint à une âme passionnée
d'artiste.

« C'est le chant de Duprez qui lui rend le visage tantôt si pâle,
tantôt si rouge, disait-on par-ci. — Eh! non; c'est le jeu de mademoiselle Elssler, disait-on par-là. — Vous n'y êtes pas, dit un
plaisant; c'est un amant dédaigné de la Fanny. »

Toutes ces hypothèses se trouvaient pourtant erronées; car, la
pièce finie, et les spectateurs ayant commencé à s'échapper par
les portes comme les vents d'Éole de leurs outres, notre monsieur
trop impressionnable fut emporté par la foule jusqu'à la porte;
mais, parvenu avec peine dans le corridor, il y tomba à plat-
ventre, et il lui eût été difficile en effet de ne point broncher,
car au lieu de marcher sur la semelle de la botte, il marchait sur
la tige. Devinez pourquoi?... C'est qu'étant incommodé d'une
chaussure neuve et coquettement étroite, bien que debout, il avait
essayé à tout hasard d'ôter ses bottes plutôt que d'avoir de la lave
brûlante aux pieds pendant cinq actes de suite; et le malheureux
n'était parvenu à se déchausser qu'à demi.

Cette gêne, cet ennui, ces souffrances physiques auxquelles on
est en proie lorsqu'on fait queue, et qui vous arrachent presque
des pleurs de dépit, ont lieu :

A l'Académie Royale de musique, souvent ;

A l'Opéra-Italien, toujours ;

Aux Français, lorsque l'affiche proclame les noms d'une Mars
ou d'une Rachel ;

A l'Opéra-Comique, lorsque madame Damoreau et Jenny Le-plus chantent ;

Au Gymnase, lorsque Bouffé fait rire et pleurer ;

Au Palais-Royal, lorsque la Dejazet joue ;

Au Vaudeville, lorsqu'Arnal fait ses farces ;

Aux autres théâtres, lorsqu'une nouvelle pièce emporte la vogue.

Souffrant l'impossible dans le purgatoire des barrières, mais soutenu par l'espérance d'un paradis, le Parisien se comporte durant ces longues heures de pénitence avec sagesse et sans manifester la moindre velléité de révolte. Mais aussi faut-il ajouter que son mauvais ange, le garde municipal, fait faction à la caisse, et qu'il suffit de sa dextre appuyée contre le mur pour contenir la phalange des amateurs que l'impatience aiguillonne. — Posté au petit guichet de la barrière qui aboutit tout juste à la caisse, le municipal lève son bras, et vite trois individus s'élancent, prennent leurs billets et disparaissent. Le bras au service de l'ordre public se relève encore, retombe encore, et toujours trois par trois on s'échappe ; trois par trois on escalade les escaliers, et quatre à quatre on les franchit.

Si le Parisien est si empressé de gagner sa banquette, il est naturel de supposer que l'étranger risque de se disloquer le bassin en arpentant les marches des escaliers. — Oh ! comme il y va, c'est comme s'il avait l'écart aussi large que le colosse de Rhodes de merveilleuse mémoire.

Il part donc, oublieux du passé et sûr du délicieux avenir que lui promet sa carte d'entrée. Mais encore a-t-il compté sans son hôte, car, ignorant les localités, il court comme un asphyxié par les corridors, et s'y égare.

— Monsieur, votre canne s'il vous plaît ? — ou votre parapluie, lui crie de sa loge la femme ou l'homme préposé à la garde de ces effets indispensables et tout pacifiques, quoique l'expérience ait appris à la police qu'ils peuvent devenir des armes offensives redoutables entre les mains des *Condottieri* que la cabale soudoie ; en conséquence de quoi les locations pour cannes et parapluies ont été imaginées.

Tout en maudissant ce système du fond de son âme, l'étranger fouille ses poches, et si une pièce de dix sous lui tombe sous le sens du toucher, il la jette, et — adieu !

— Monsieur, monsieur ! voilà sept sous de reste.

— Que le diable t'emporte, toi et ta probité !

Enfin, haletant, presque malade, il arrive à la porte du paradis appelé parterre. Les battans s'ouvrent, et le voilà dans la salle. Il était temps ! — Prenons que cette salle soit celle de l'Académie Royale de musique. C'est d'ailleurs de toute justice que nous commencions par ce théâtre, vu que dans toutes les annonces de spectacle l'Académie Royale de musique porte le numéro 1, comme chef de file de tous les théâtres de la capitale.

En y entrant, nous voyons d'abord courir tout le monde à travers les rangs serrés des banquettes. Un moment d'hésitation nous prend : crotterons-nous les banquettes recouvertes de velours vert d'Utrecht, ou ne les crotterons-nous pas?... Ma foi, puisque personne ne se fait scrupule de les abîmer à coups de talon, — abîmons ! — Et de marcher, et de courir, et de crotter. — Mais une fois assis, et à même de laisser reposer nos malheureuses jambes, nous allons en premier lieu inspecter la salle.

Elle est raisonnablement vaste la salle de l'Opéra. — Ce n'est pas une arène comme *la Scala* qui, selon nous, est une épigramme lancée contre les 120,000 habitans de Milan en particulier, et contre la grande nation de mosaïqueurs et de *sopranos*, dite nation italienne, en général.

La forme de la lyre, dans la salle de l'Opéra, paraît avoir été bien calculée pour le rayon visuel du spectateur. Ici, pas de saillie qui puisse briser tout-à-coup la ligne, comme cela se voit dans beaucoup de théâtres, où les loges d'avant-scène s'avancent en promontoires jusqu'aux premiers plis du manteau d'arlequin, et écranent tout un côté de coulisses.

Une fois tranquille et tant soit peu orienté, les jumelles sont tirées de leur étui, les verres en sont frottés, la vis qui les unit est tournée et retournée ; enfin, le vrai point d'optique étant saisi, l'œil monte, descend, remonte, redescend, plonge dans les cavi-

21.

tés , glisse sur les bosselures , se ferme subitement en rencontrant
quelque aveuglante clarté , fend l'espace , se colle au point culmi-
nant du cintre , en parcourt l'ellipse , mesure les étages , s'engouf-
fre un moment dans la foule du parterre et s'élance de nouveau de
bas en haut , de haut en bas. Omettre quelque chose ; que Dieu
nous en préserve ! Et tout le temps que dure cette inspection , on
se redit : « Je suis donc à Paris ! — Je suis donc à l'Opéra ! » —
Mayerbeer , Rossini , Duprez , Mario , Dorus-Gras , Stoltz , Auber , Elssler , Halévy ; tout ce monde fantastique se presse dans
votre imagination comme des personnages de quelque conte de
fées qu'on ne pense jamais à rencontrer dans ce monde de tristes
réalités. — Je suis donc à l'Opéra ! — Oh ! joie ! oh ! bonheur ! —
Ne riez pas de cet idiotisme de provincial ; car qu'est-ce qui n'a
pas éprouvé dans sa vie la saveur d'une première sensation ?

De la lumière. — Oh ! il nous en faut ici, et beaucoup ! — On
dira qu'avec les dix candélabres à branches nombreuses espacés
entre les loges , qu'avec le lustre-géant qui compromet la vie de
tout un parterre, il y a de quoi contenter les plus myopes, — certainement, les plus myopes d'entre les Parisiens, qui sont en pays
de connaissance, mais non pas un curieux comme l'auteur , qui a
payé son entrée inaugurale par deux cruelles heures d'attente , et
qui, dans sa part d'indemnisation, voudrait pouvoir lire dans les
yeux du public ce qu'il pense, comment il écoute, comment il
comprend.

Quoi qu'il en soit, avec le jour tel qu'il a plu à **M. Duponchel**
de l'introduire dans la salle, et après que l'œil s'y sera un peu habitué, mille choses suspectes vont se montrer dans l'habit habillé
de l'Opéra. Aussi, de première analyse vous apercevez-vous que
les pilastres et les colonnes cannelées, que les moulures délicates ,
que les astragales et autres menus ajustemens architectoniques
dégouttent d'or , mais d'or sale , d'or corrodé par les émanations
méphitiques du gaz ; que les fresques ont dû avoir, dans le temps,
de gais et de charmans reflets de couleur, mais qu'aujourd'hui
tous ces ornemens demandent à grands cris la grâce de la retouche.
Vous découvrez même des crevasses dans les planches peintes. Le

fait est vrai. Quant au fond de la salle, il est d'un rouge de mi-
nium ; rouge si criard !

Cependant, malgré tout ce que nous pourrions dire, respect
à la salle de l'Opéra. Songez que ses murs ont tant de fois re-
tenti d'immortelles mélopées, — comme nous allons pouvoir en
juger bientôt.

En attendant, les jumelles font avidement leur revue, et vignettes, culs-de-lampe, figures peintes, génies peints, et toutes sortes de jolies choses peintes passent et repassent devant les
verres. Mais qu'est-ce que toutes ces fresques ? — Des chefs-
d'œuvre, ou peu s'en faut ? Eh non ! des œuvres toutes ordinaires, et pour lesquelles ni un Gérard ni un Gros ne se sont donné
la peine de se déranger. Elles représentent des muses grassouil-
lettes et rosées, affublées de leurs robes de mousseline des Indes ;
et vous en avez vu partout de pareilles, je suppose ; les unes dans
l'acte de faire un *jeté-battu* ou une *assemblée;* — celles-ci jouant
de différens instrumens ; celles-là ne faisant rien, ou, le sourire à
la bouche, regardant les culs de chapeaux du parterre.

Puis, voyez ! des écriteaux avec les noms de Corneille, Racine,
Plaute, Térence, Schiller, etc. Celui qui ne sait pas croirait que
ces respectables personnages n'ont travaillé que dans la basse fondamentale.

Puis, voyez encore ! des faisceaux emblématiques avec masques
rians ou masques larmoyans, avec flûtes, hautbois, triangles,
trombonnes et chalumeaux, et des branches de laurier et des guirlandes de fleurs pour les grands-maîtres, pour les masques, pour
les lyres, pour les marmots d'amour, pour tout le monde.

Aimez-vous la muscade ? On en a mis partout.

Ce ton de satire, qui s'est glissé dans la description que nous
venons de vous donner de la salle de l'Opéra, n'est pas de propos
délibéré ; nous l'imputons plutôt à un léger sentiment de mauvaise humeur, qui est la suite inévitable d'un vif désappointement. On rêve prodiges, — et on voit nature ! Ça fâche. — Pour

sa part, l'auteur a toujours pensé qu'un banquet donné par un roi ne peut avoir lieu que dans un appartement de splendeur royale ; et comme *Robert, Guillaume-Tell, les Huguenots,* sont des fêtes impériales d'harmonie ; que Mayerbeer, Rossini, Halévy, Duprez, Mario, madame Dorus-Gras, madame Stoltz, sont les rois et les reines de ce séjour, en ce sens la salle consacrée à ces sortes de festins n'est pas une salle qui corresponde, dans tous ses détails, à sa haute destination. Cette salle, à laquelle l'Europe a donné un brevet d'illustration, ne devrait pas prêter le flanc à la critique. C'est ainsi que, l'imagination montée hors de France encore, tel étranger descend de voiture, rêvant tout le temps à je ne sais quel palais dont Shéherazade eût fourni le plan : tout-à-coup la porte de la salle s'ouvre devant le coupon que présente ledit étranger, et, examen fait, il refoule les exclamations louangeuses, les phrases d'admiration qui étaient prêtes à quitter ses lèvres.

Mais pendant que je me permets de faire le difficile, le flot des spectateurs grossit à vue d'œil, s'épand sur les banquettes, bouillonne, s'équilibre peu à peu, et tout d'un coup s'apaise, signe infaillible que le vide est rempli ; — et comment ne le serait-il pas ? — On donne la *Juive* de Halévy.

La rampe est déjà démasquée, et ce nouveau renfort de lampions s'amalgamant avec les autres feux de la salle, rehausse les reliefs de tous ces bustes vivans qui ressortent du fond des loges et de l'amphithéâtre comme des portraits de leurs cadres ; car toutes ces places se garnissent doucement d'hommes et de femmes, et il ne nous reste que très-peu de temps jusqu'à l'ascension du rideau. — En attendant, un tiers du public du parterre s'étant un peu reposé des fatigues de la queue, ou étant plus ingambe que le reste, est monté sur les banquettes ; et, lorgnons braqués, yeux à fleur de tête, ils regardent. — Chez nous, on croit que, puisque le Parisien fait de l'émeute quand bon lui semble, il peut faire du sabbat au théâtre quand bon lui semblera : par conséquent, à l'Opéra, vous vous attendez à une turbulence aussi folle que celle de jeunes clercs dans une étude d'avoué lorsque le patron est dehors, ou à une canonnade vocale comme celle

qui bat en brèche les murs d'une synagogue juive en Pologne?
— Pardonnez-moi, c'est tout le contraire! Car il y a ici beaucoup de décorum dans la conduite du public; il y a une économie de paroles assez sage entre ces quelques milliers de bouches
françaises, et une mesure très-convenable dans les dialogues
d'étranger à étranger, aussi bien que dans les *à parté* confidentiels de connaissance à connaissance. — Les individus à habitudes verbeuses n'y sont plus aussi communs que dans le temps
où le Français était connu pour un athlète de première force
dans ce que l'on appelle le parler à creux. Selon nous, il y a
trois causes à cette attitude calme et rationnelle du public, et
elles gisent 1° dans les trois francs soixante centimes que coûte
un billet de parterre, prix qui représente une classe plus ou
moins pénétrée de certains principes de savoir-vivre; 2° dans
le respect qu'involontairement on paie aux grandes productions
d'art représentées par de grands talents; et 3° dans les moyens de
distraction (en attendant mieux) représentés par *Vert-Vert* et
l'*Entr'Acte*, journaux qui ne voient jamais le jour que le soir,
qui ne vivent qu'un soir, et qui ne sont lus qu'à la clarté du feu
blanchâtre des lustres suspendus aux cintres de tous les théâtres de
Paris. Aussi, voit-on les Mercures du facétieux *Vert-Vert* et de
l'*Entr'Acte* décemment costumés comme on l'est sur la terre, et
grassement approvisionnés de leur fraîche marchandise; on les
voit, dis-je, se faufiler dans les intervalles exigus des banquettes,
s'aplatir, se glisser, vendre, recevoir de l'argent, en rendre, monter sur les banquettes, en descendre, remonter, et puis se promener, le corps en équilibre, de l'orchestre, en droite ligne jusqu'à la loge de la cour. Ces courses acrobatiques se passent
ordinairement sans accidens sérieux. Seulement, quelquefois,
la botte du colporteur s'essuie contre quelque honnête visage
de bourgeois, ou dessine une moustache à quelque blond gent-
leman anglais qui, fixe à son poste, attend comme un fakir que
Brahma accomplisse un miracle au bout de son nez. — On dirait
que ces omnibus incarnés du petit journalisme sont doués d'une
adresse presque égale à celle des noctambules : ils vous posent

hardiment le pied entre deux genoux de calibre différent, sans
frôler soit épaule de Jean, soit épaule de Pierre, et crient sans-
cesse : « Demandez *Vert-Vert !* voilà *Vert-Vert !* demandez l'*Entr'
Acte*, le programme de la pièce et le nom des acteurs ! — Trois
sous ! deux sous ! »

Forcés de rendre de la petite monnaie à tout bout de champ,
et les bras encombrés de leur marchandise, ils sont obligés de
faire de leur bouche une poche provisoire pour les pièces de cinq
centimes, et en expectorent autant que de besoin. Cependant
malgré les embarras grands qu'ils éprouvent, leurs comptes n'en
souffrent jamais ; — ils sont toujours en règle. — Tout en faisant leur besogne ils se croisent aussi avec des rivaux, peu redoutables à la vérité pour la concurrence, mais toujours des rivaux ; — tels sont ces individus qui vendent les libretti de la
pièce qu'on chante ou l'explication de la pièce qu'on danse. —
Quant aux marchands de lorgnettes, autres rivaux, c'est encore
moins dangereux. Les premiers trouvent par-ci par-là des chalands parmi les étrangers surtout, mais les seconds, c'est comme
les mendians qui exposent en vente des joncs, des bourses, des
cure-dents que personne n'achète. Ce n'est pourtant pas dire
que, la journée finie, le mendiant s'en retourne à son grabat les
mains tout-à-fait vides, — tandis que les marchands de lorgnettes
emportent leur balle intacte, sans gagner de leur expédition un
maravédis pour leur peine de cinq heures ; — mais, malgré ces
déconvenues de tous les soirs, ils persévèrent ; preuve qu'ils trouvent leur compte à persévérer.

Les articles qui parent ou déparent les colonnes des journaux
sus-mentionnés sont au résumé littéraires ou anecdotiques. —
Mais si l'*Entr'Acte* est rédigé avec une innocence d'intention
presque pastorale, la prose de *Vert-Vert* n'est rien moins que
cela. C'est un méchant gaillard que *Vert-Vert*, qui distille du
verjus très-âcre dans ses colonnes, lorsque, parfois, il lui arrive de parler du gouvernement, car sachez qu'il se mêle aussi
de politique. Il faut bien servir aux gens les mets qui leur paraissent les plus succulens. Si, dans les pages subséquentes,

il nous arrive de parler de petits satellites du journalisme, nous ne manquerons pas de mettre sous les yeux du lecteur quelques fragmens du savoir-faire de ces messieurs, pour qu'on soit à même de juger à quelle encre se désaltère la plume qui rédige leurs gloseries quotidiennes. — Cela dit et avant que le rideau se lève, jetons encore un regard dans la salle; notez que nous n'avons tout au plus qu'une quinzaine de minutes jusqu'au premier coup d'archet de l'ouverture.

Ah! bien! voilà qu'on se place, qu'on se case, qu'on prend ses aises. Les ouvreuses de loges entrent, sortent, rentrent, ressortent, ferment et referment les portes, accrochent des chapeaux, placent des petits bancs sans qu'on leur en demande. C'est une contribution forcée, on ne l'esquive pas.

Maintenant il se fait une pause. Toute la réserve des lunettes est mise en batterie.

Sur ces entrefaites, les spectateurs du parterre écartent coudes et genoux, pour se précautionner contre les attardés — mais peine perdue; car il y a un homme qui arrive (il est payé par la direction pour le métier qu'il fait). — Place! place! messieurs, s'il vous plaît, s'écrie-t-il. Il y a encore bien de l'espace par là! appuyez à droite, appuyez à gauche!

Et il se démène tant, et il économise si bien sur les effilés qui séparent les spectateurs entre eux, que, d'effilé en effilé, il se ménage un tout, et place le retardataire, que tout le monde donne au diable malgré son ton poli, son sourire de miel et ses très-humbles excuses.

Les stalles des galeries sont remplies, mais les premières sont encore assez vides; — c'est le beau monde qui les tient à ferme, et le beau monde n'est encore qu'à son second service; — il dîne si tard; il se lève si tard; et partant il ne daigne se faire public que très-tard.

Mais, en attendant qu'il lui plaise de venir, l'orchestre se peuple de musiciens. Ils arrivent un à un, deux à deux, puis en corps. — Et voilà que chaque instrument commence à parler son idiome particulier. Le *ré* jette son cri lamentable dans l'es-

pace, — les grandes violes grognent, la grosse caisse, enchantée
de l'honneur d'être membre de l'orchestre, répond avec la voix
d'un tyran de mélodrame, le triangle argente l'air avec son limpide
tintement, la *picolline* en livrant sa note incisive pénètre jusqu'aux
papilles les plus reculées de l'oreille : en un mot le bavardage de
ces cent instrumens est un chaos que tout auditeur, qui a payé, est
obligé d'écouter. Mais la volonté d'un homme de talent va tout-
à-l'heure insuffler l'âme de l'harmonie dans toute cette discor-
dance instrumentale, et l'orchestre obéira en esclave aux lois de la
partition.

A la fin, sept heures et demie sonnent. Les cris des colporteurs
cessent, le public se tourne du côté de la scène, s'assied et se prépare religieusement à la dégustation d'un vif plaisir. Puis il commande despotiquement le silence en faisant beaucoup de bruit par
ses chut! répétés à plusieurs reprises. Maintenant, maître Habeneck (1) lève l'archet, tire une ligne horizontale, trace une
ligne verticale et le poème de Halévy inonde la salle.

Un silence de réfectoire y règne. Mouches polissonnes, gardez-
vous de bourdonner, on vous entendrait !

Enfin, la préface de la *Juive* est à sa dernière période ; — l'archet du chef d'orchestre en donne avis à qui de droit, et soudain
la toile se fond en disparaissant dans les combles de l'édifice. Toutes
les têtes se découvrent.

Ah ! voici la ville impériale de Constance avec le type de physionomie qu'elle avait en 1440, et qu'en partie elle a su conserver
jusqu'à nos jours. D'une orthodoxie très-louable pour la vérité
historique, la direction de l'Opéra a fouillé dans les mémoires et
les cartons du temps ; elle a même envoyé, dit-on, sur les lieux
des artistes pour qu'ils en rapportassent la ville de Constance
toute vivante et vraie en leurs portefeuilles, et la voilà érigée sur
la scène de l'Opéra, et telle vous la voyez, telle l'a vue dans le
temps l'infortuné Jean Huss. Pour les costumes, on a consulté
les chroniques, les portraits et les tableaux ; après quoi, les cos-

(1) Chef de l'orchestre.

tumiers de l'Opéra, ciseaux en mains, ont copié princes et dames, chevaliers et écuyers, pages et soldatesque, varlets et manants. — L'architecte-peintre qui a collé sur la toile une grande ville avec tous ses accidents d'ombre et de lumière, a glorieusement atteint son but, puisqu'il force à croire là où il est permis de ne point croire. Cependant, bientôt on ne saura où l'on est, car les décorations de la *Juive*, après la soixante-dixième représentation, étaient déjà d'une vétusté révoltante.

Mais que sont toutes ces copies d'un pinceau habile comparées à la création originale de Halévy, qui, au moment même où je parle, déploie toutes ses magnificences et sème royalement les diamans de sa mélodie? — Parterre et balcons écoutent. Non-seulement on ne parle pas, mais on ne remue même pas. Il y a comme une espèce de douceur répandue sur toutes les physionomies. C'est la déférence de la multitude pour l'idée d'un seul homme. C'est la conviction. Et Halévy a eu le bonheur de convaincre d'une manière bien simple. Il a pris une feuille de papier divisée par lignes, et puis, la plume à la main, il s'est mis à jeter en rangs serrés des signes, des crochets, des traits, des ronds, des points, et il a fini par créer la *Juive*. Glück a fait de même pour *Alceste*, Mayerbeer pour les *Huguenots*, Weber pour le *Freyschütz*. — Tel est l'enfantement de ces beaux et nobles travaux qui s'annoncent au profane ébahi avec leurs délires, leurs mélancolies, leurs joies brillantes et quelquefois avec leurs sons d'outre-terre! Et tel les rend par telle combinaison de sons, et tel autre par une combinaison diamétralement opposée.

Problématique dans son existence isolée, pleine de lubies dans ses rapports avec le monde extérieur, l'âme humaine n'en a pas moins été épiée dans la plupart des situations de sa vie intime. — Mais il nous semble qu'on n'est pas encore remonté jusqu'à la source où se préparent et s'élaborent les compositions musicales d'un ordre élevé. — Qui jamais nous dira quelle est la voix qui les transmet à l'âme du virtuose? Et son âme redonne-t-elle grand ce qu'elle a reçu petit, ou reçoit-elle petit ce qu'elle redonne grand?

Il y a des myriades de sons, des myriades de voix dans la création, depuis la voix de l'Océan jusqu'au cricri du grillon; mais tout cela roule dans un désordre tumultueux, cela s'étouffe, cela se consomme mutuellement, et pourtant vint un jour où l'homme a osé écrire un code d'assonnance pour sons étranges, pour exclamations fugitives, pour bruits confus, pour vibrations sans nom, et tout a obéi. — Nous, hommes de la civilisation, nous y sommes habitués; mais, je le répète, — c'est merveilleux!

Depuis le premier air que joua Pan sur sa flûte de roseaux jusqu'au *Don Juan* de Mozart, et depuis *Don Juan*, fendez les siècles jusqu'au chef-d'œuvre inconnu?... Oh! Dieu est grand, Dieu est bon, il veut que le progrès de l'ennoblissement moral suive son cours.

Qu'il serait bien venu le virtuose philosophe qui essaierait de révéler au monde les mystères qui se passent dans l'âme du compositeur au moment même de la conception!

Si nous savions raisonner sur la musique comme Hector Berlioz, et si nous avions le don de la concevoir comme lui, nous n'hésiterions pas; — mais c'est que, parmi beaucoup de choses que nous connaissons mal, il n'en est pas que nous connaissions plus mal que le procédé intellectuel et psychologique au moyen duquel une grande partition d'opéra est mise au jour; et d'autre part, ce qui nous émeut le plus, c'est le drame vocal qu'elle nous déclame. — Ce n'est pas affecter un dilettantisme très-sensitif, j'espère, que de parler de la sorte, et cela d'autant plus que les natures les plus grossières subissent, malgré elles, le pouvoir magnétique de la mélodie. Cependant vous ne direz pas que toute musique ait également prise sur vos sensations d'écouteur, à moins que vous n'y rencontriez quelquefois certains motifs amis, certaines narrations caressantes vers lesquelles votre âme s'élance avec amour, qu'elle voudrait retenir comme des stances charmantes que vous jureriez avoir déjà entendues quelque part, et qui tout-à-coup plongent... où? — Jamais ne le saurons, et qui arrivent... d'où? — Jamais ne le sûmes! Weber était plein de ce langage mystique, et il est mort avant quarante ans; — Hérold

en était doué, et il est mort avant quarante ans ; — Mozart de
même, et il s'est éteint de même ; — Paganini le possède et Paganini est un spectre ; — Rossini ne le possède pas, — et il est
grand, gras et fort, Rossini, et il est gastronome comme feu M. de
Cambacérès. Les autres ont pensé, celui-ci chante ; — c'est
peut-être la musique positive, mais à coup sûr ce n'est pas là la
poésie de la musique.

Oui, on ne saurait le nier qu'il n'y ait quelque chose de mystérieux dans les sons que la pensée a soumis aux règles du con-
tre-point. Toutes ces réminiscences allégoriques de villes bâties
aux sons de la lyre, sont des traditions lointaines d'une époque
qui avait peut-être atteint un degré de perfection dans l'art beaucoup plus élevé que celui que nous connaissons aujourd'hui. —
Pour notre part, nous croyons que cet art est destiné à jouer un
grand rôle dans la réédification du monde moral. Qui sait s'il n'y a
pas en lui un principe social régénérateur ? Les cultes chrétiens en
ont compris toute la portée en faisant tour-à-tour soupirer et tonner
l'orgue mélancolique dans leurs effusions religieuses. M. Mainzer,
un Allemand, en instituant l'école de chant pour les classes pauvres
à Paris, est sans contredit un innovateur en fait d'allaitement moral pour ces rudes et âpres natures (1), car si par les sens le cœur
souvent s'entache, par les sens aussi, le cœur souvent s'épure :

(1) On me dira peut-être, — et les Italiens, qui chantent s'ils parlent,
et qui chantent encore s'ils ne parlent pas, brillent-ils beaucoup par leurs
vertus privées, quoiqu'ils puissent citer Alfieri, Manzoni et Silvio Pellico ? — Non, sans doute. Mais c'est parce qu'ils ont essuyé beaucoup de
tourmentes civiles qu'ils sont fatigués, débiles, apathiques ; — et si les sensations s'implantent vite chez eux, aussi périssent-elles vite. Nous jugeons la nation italienne incapable d'un coup d'énergie nationale comme
l'incendie de Moscou ou la défense de Saragosse. — Depuis Charlema-
gne, l'Italie est une auberge où chaque peuple qui l'a visitée a déposé une
couche de ses vices nationaux. Lorsqu'on s'en va d'une auberge, on ne
laisse que les choses qui sont tout-à-fait de rebut ; — et puis, cette nation
porte encore dans ses flancs des particules du poison de ses dissensions
intestines, si dégoûtantes à force de sang, de trahisons et de bassesses ;
mais qu'on assainisse, qu'on dématérialise culte, institutions et mœurs,
et l'amour inné de l'Italie pour la musique portera ses fruits.

cela dépend du régime de sustentation que l'on adopte. Nous
sommes intimement convaincus que si les gouvernemens eussent
essayé d'introduire les charmes de la mélodie comme un des élémens de l'éducation primaire des peuples, ils auraient à punir
moins et à récompenser plus. — L'instruction religieuse d'un côté
et la culture des caractères par la musique de l'autre, où serait la
possibilité d'une obstination revêche et continue à ce traitement de
l'âme et du cœur ?

Mais advienne que pourra des destinées de la musique; il est
temps de nous occuper des destinées présentes de la *Juive*, de
l'intéressante Rachel et de son infortuné père. Ils ne sont pas encore en scène. Nous ne sommes qu'à l'introduction du premier
acte. La bruyante conversation chorale du peuple assemblé en
groupes sur la grande place de Constance a lieu précisément. La
populace chôme l'arrivée de l'empereur Sigismond qu'on attend
d'un moment à l'autre. — Le vin jaillit des fontaines, — le peuple est en goguettes. Gai ou triste, calme ou fâché, le quadrupède perce toujours dans le peuple. Voyez comme par degrés le
plaisir l'allourdit, comme par degrés le plaisir l'épaissit. — D'a-
bord, c'est la joie puisée au fond de la coupe : puis ce sont les
importunités amicales de buveur à buveur, ce sont les embras-
sades à tout venant; viennent ensuite les plaisanteries avec leurs
crudités choquantes, peu à peu surgissent des voies de fait simu-
lées; bientôt toutes sortes de frasques s'entredébitent, puis des
disputes partielles naissent, et finalement des querelles furibondes
éclatent et sillonnent la multitude, éclair par éclair. Des bras se
lèvent, des couteaux étincellent....; mais on intervient, et les
vilains, tout boudans, mais tout soumis, rentrent dans l'ordre, —
c'est-à-dire courent aux fontaines et boivent plus sec que jamais.

Tout ce vacarme harmonique, avec ses larges élans, ses sauts
saccadés, ses ricochets bondissans, forme une des témérités musicales les plus attrayantes que nous ayons jamais entendues. Le
répertoire de l'Opéra compte plusieurs pièces qui valent bien la
Juive, il en est qui la surpassent même ; mais si j'admire les unes,
j'aime celle-ci; et si je l'aime, c'est probablement par la même

raison qu'un homme à bonnes fortunes qui, dans la liste de ses
vieilles amours, se souvient avec le plus de charme de son premier amour ; et le mien, lyriquement parlant, a été la *Juive*, sans
mademoiselle Nathan toutefois ; mais avec mademoiselle Falcon
qui ne chante plus, et avec Nourrit qui n'est plus ! Nourrit s'est
donné la mort, et la voix de mademoiselle Falcon est morte. —
Et comme, de nos jours, on oublie le plaisir d'hier et le chagrin
d'hier pour le plaisir d'aujourd'hui et pour le chagrin d'aujour-
d'hui, j'ai pensé qu'il fallait rappeler aux lecteurs deux artistes
qui ont donné au public mille fois plus qu'ils n'en ont reçu : car les
taux pour les jouissances non-matérielles ne sauraient jamais être
que fictifs. — Ces raisons une fois appréciées comme elles le mé-
ritent, reculez de trois ans et trouvez-vous à l'Opéra avec nous à
une représentation de la *Juive*.

Mademoiselle Cornélie Falcon est une grande femme bien
prise dans sa taille, de formes un peu fluettes ; — de beaux
traits passionnément caractérisés, et qui rappelaient fort à propos, quant au rôle qu'elle remplissait dans la *Juive*, le type de
physionomie orientale d'une vierge d'Israël. Il y avait toujours
un penser grave dans l'expression de sa tête. A l'époque où
nous parlons, mademoiselle Falcon avait vingt ans d'âge tout
au plus, et quatre ans de scène tout au plus. Pour beaucoup
de sujets, quatre ans sont un noviciat ; bien d'autres s'initient
seulement à l'art du mime en quatre ans ; il en est qui, après cet
espace de temps, en sont encore à leurs exercices de solfége.

(1) La fin tragique d'Adolphe Nourrit est la preuve la plus frappante
de cet égoïsme profond dont la racine est au cœur, et qui est la plaie la
plus repoussante de la France actuelle. — Jeune, d'un caractère doux,
pieux, père de cinq enfans, mari tendre, adoré de sa femme, ayant pour
amie la France entière, Adolphe Nourrit se tue. — Pourquoi ? — Parce
qu'il s'avoue vaincu par Duprez, parce qu'un jour il a cru chanter plus
mal qu'un autre jour. — Oh ! comme cela attriste ! non pas sa mort, mais
sa fin.— Cet acte mérite le néant. Si cet homme eût été autrement trempé,
au lieu de se tuer, il eût tué tout ce qui le surpassait en talens ; il aurait empoisonné ceux qui eurent l'audace de le siffler à San-Carlo. — Au
reste, Dieu le juge, et nous nous repentons déjà d'avoir osé le juger.

Quatre ans pour deux arts; c'est quatre clins-d'œil! — Cette
voix de velours, pleine, délicieusement sonore, ronde, on l'appelle, je crois, un *contr'alto*. — C'est la voix de mademoiselle
Falcon. Nourrit, son maître, lui avait appris le secret de dramatiser sa voix, lui avait appris l'art inouï d'émouvoir; qui?
Un auditoire parisien. En mathématicien habile, il avait calculé la force de projection qu'il fallait donner à l'essor lyrique
de son élève, pour que, du premier jet, elle pût arriver à la source
limpide du sentiment. Et ce n'est pas à un pensionnat de demoiselles qu'a eu affaire Nourrit, ni à des étudians de l'université de Gœttingue! — Quelle tâche! et il l'a accomplie avec bonheur; car, partout où mademoiselle Falcon paraissait, l'attention
du public décuplait. Son entrée en scène était toujours suivie de
cette légère ondulation murmurante du parterre qui espère beaucoup jouir.

Mais la voici en scène; elle traverse la place avec son père au
moment où le peuple boit et s'enivre. On les insulte. Son père jette
un regard foudroyant sur la canaille, et elle recule.

Vous savez qu'un chevalier félon renie sa foi, qu'il se fait juif
pour pénétrer dans la maison d'Éléazar et pour séduire Rachel, la
fille unique de ce Juif. Quand la malheureuse enfant s'abandonne
à son amour, sa voix s'imprègne de mille tendresses délicieuses;
quand elle apprend la déloyauté du chevalier, elle vous conte sa
peine, et le timbre de sa voix vous annonce que la mort est déjà
là où est le siége de la voix. Si vous connaissez le poème de la
Juive, vous saurez que M. Scribe, auteur aux habitudes élégamment décentes et sobres, a voulu que la fille d'Éléazar fût
noyée toute vive dans cette chaudière d'huile bouillante qui occupe
le milieu de la scène.

Une comédienne est déjà plus qu'habile lorsqu'elle sait reproduire avec une vérité, pour ainsi dire palpable, le drame qui se
passe au fond de son cœur, sur la scène limitée du visage humain;
et c'est en quoi mademoiselle Falcon excelle, surtout au cinquième acte. — J'ai vu (je ne dirai pas j'ai observé) dans son jeu
l'intention d'établir une démarcation tranchée entre ce qui est déjà

mort en elle, c'est-à-dire le corps, et entre ce qui vit et souffre en elle, c'est-à-dire l'âme. — Mademoiselle Falcon traduit l'idée principale qu'elle a conçue de ce rôle, par un étonnement dans le regard qui, par moment, prend un cachet de naïveté presque idiote. — C'est que la méchanceté des hommes lui paraît incroyable, inouïe. Elle est si jeune, elle est si candide, qu'elle n'a jamais été dans le cas d'en être sérieusement froissée. Son regard n'accuse personne. Il semble que dans ses effrayantes préoccupations elle ne fait que chercher la cause de son infortune! Et puis, dans le calme de son geste et de sa démarche, dans l'apathie de son maintien, il y a quelque chose qui jette le défi au bûcher; c'est comme si elle avait la conviction de ne pas devenir cendres dans quelques minutes. — Son corps appartient déjà au bûcher, il ne lui appartient plus; cela se voit. — Je doute que mademoiselle Falcon ait jamais lu l'Histoire des Martyrs, mais évidemment elle a réfléchi sur le côté philosophique de la question, car son jeu est si élevé que, si l'événement du drame se fût passé... même de nos jours, elle aurait opéré d'innombrables conversions.

Depuis qu'elle n'est plus là, cette attention religieuse du parterre dans l'audition, manque. Quand elle commençait son récitatif, on suivait sa déclamation notée dans toute sa ponctuation. Quand elle disait son air, l'auditoire s'égarait avec l'artiste dans toutes les sinuosités de la gamme.

Ces dualités aux conjonctions amies qu'on rencontre chez certains sujets qui dominent l'horizon de l'art lyrique moderne, sont toutes nouvelles; et, vu leurs merveilleuses aptitudes, on est porté à croire que le sens intime de la poésie a immensément gagné en délicatesse depuis,... le croirait-on?... depuis une quinzaine d'années; pas davantage. — Nourrit, Lablache, Malibran, Grizi, Falcon, tournent dans ce cycle privilégié.

Nourrit alors était chargé du rôle d'Éléazar; pauvre Nourrit! Je ne cesse de penser à sa perte; je ne cesse de penser au vide qu'il laisse dans sa famille; au vide qu'il laisse dans les arts. Nourrit pouvait avoir trente-quatre ans lors de ses adieux au public dans les *Huguenots*. Il était de taille moyenne; les lignes de son corps

22

accusaient un homme robuste. C'était une belle tête que celle de
Nourrit ; à tempes largement espacées, au front haut et noble,
une tête naturellement bouclée, une expression de physionomie
toute française. Il rappelait Talma.

Nourrit était un grand artiste, personne ne l'ignore ; seulement
il voulait fournir au-delà de ses moyens. L'infortuné ! le public, son créancier, lui en a-t-il jamais demandé compte ? Il avait
du talent de reste ce Nourrit, pour défrayer le personnel d'un
Opéra de second rang. — Était-ce la passion qui le dévastait ? La
note s'échappait de sa poitrine tour-à-tour pathétique, riche,
puissante, intense, et cet ouragan ne passait pas sans que votre
cœur n'en essuyât la magnifique fureur ! —Si, dans un mouvement
d'oubli, le poète l'assujétissait dans son œuvre à quelque élan de
gaîté, — il charmait encore. — Dans la vive barcarolle du pê-
cheur napolitain, Nourrit communiquait le rhythme diapré de la
charmante chanson aux oreilles les plus prosaïques de la salle. Parmi
une foule de mérites secondaires, il en avait encore un très-rare
aujourd'hui à l'Opéra, pour ne pas dire unique ; celui d'émettre
la phrase du récitatif aussi distinctement, aussi rondement que
vous le faites en lisant cette prose.

Lorsque, dans le rôle de Masaniello, sa voix nous envoyait la
plainte, on épousait ses vengeances. Dans la *Juive*, on se surprenait dans des velléités d'apostasie, dans des soubresauts de haine
contre le clergé catholique dont on se repentait l'instant d'après ;
et ce n'est point le drame qui était despote ici ; mais c'est Nourrit
qui l'était.

On est presque tenté de croire que M. Halévy, en écrivant son
inimitable trio du deuxième acte de la *Juive*, ne s'attendait pas au
développement inouï que prendrait sa pensée musicale sous la
volonté artistique d'un Nourrit. Je me rappelle que, dans ce
même trio du deuxième acte et à part l'admirable fonctionnement
de son instrument vocal, les artères de son cou, les veines de ses
tempes enflaient à vue d'œil. La salle éclatait en cris d'enthousiasme. Non, jamais je ne fus témoin d'une franchise de verve
aussi chaleureuse !

Au cinquième acte, le juif Eléazar va mourir du même supplice que sa fille. Si le tribunal qui l'a jugé avait eu la moindre compréhension de la douleur morale et de l'amour d'un père pour son enfant, tels qu'en manifestait Nourrit, ce tribunal de vieux célibataires égoïstes ne l'aurait pas condamné à la peine de mourir, mais à la peine de vivre.

Comme je vous le disais donc, Nourrit et Falcon ont vécu, — l'un pour le monde, l'autre pour l'art! — Plus d'espoir de jamais r'avoir le premier; — mais il y a une lueur d'espoir pour r'avoir la seconde (1). — Et pourtant Duprez a mis Nourrit à l'ombre. — Paris a oublié Nourrit, mais il pense toujours à Falcon, bien qu'il possède madame Stoltz! — Or, figurez-vous la masse et l'originalité de talens dont il a fallu qu'un artiste fût doué pour que, tout en offrant un contraste frappant du faire classique de Nourrit, ce contraste ait fait fortune colossale dès son premier début! — Et voilà pourtant ce que Duprez, le cent fois heureux contraste, a effectué. — Entre autres surprises charmantes, que la venue de Duprez fit naître, ce fut le démenti qu'il donna à ceux qui pensaient que l'artiste qui hériterait du rôle de Masaniello, après Nourrit ne pouvait que copier; tous pensaient de même. Tout-à-coup Duprez se montre et il crée un rôle nouveau. Le Masaniello de Nourrit était beau et noble, digne d'être drapé du manteau d'un tribun de l'ancienne Rome, et le Masaniello de Duprez n'est que vrai. C'est le véritable lazzarone, éclos sous le ciel ardent de Naples. Si jamais vous le voyez dans ce rôle, observez, je vous prie, dans ses allures le pli de cette voluptueuse fainéantise, particulière aux hommes de sa caste. Voyez le jeu de ses membres indolens, lâches, mal joints, et son regard si fin, si rusé, si preste? Epiez-en bien la traînée et vous y saisirez, par momens, comme une scintillation de folie; — c'est au point qu'on croit deviner au deuxième acte que cet homme va devenir fou au cinquième. Qu'on

---

(1) La grande nouvelle à la fin de cette année (1859), c'est que la voix de mademoiselle Falcon commence peu à peu à reprendre son ancienne splendeur.

ne le perde pas aussi de vue au moment des crises solennelles de l'âme, et l'on sera tout étonné de voir ce grossier lazzarone poser tout-à-coup comme une statue antique, et l'on sera forcé de reconnaître en cet homme, l'être supérieur, le héros, le génie. — Je parle de l'acteur, quant au chanteur c'est une autre thèse.

Le gros du public est généralement d'avis, qu'une belle voix disciplinée par l'étude, poétisée par la méthode, n'a nullement besoin d'autres conditions accessoires. Je ne pense pas que cela suffise, car, pour qu'il y ait plénitude dans l'art, il faut le labeur du comédien. — Par exemple, qu'est-ce que Rubini? — Un instrument. Il est corde, bois, quelquefois cristal. — Rubini chante sans cesse. — Duprez agit et chante.

Oh! l'action, le jeu, la vie de l'idée du poète, enfin l'art du comédien, dans sa plus haute acception, est certainement une grande chose! Il est peut-être plus élevé à lui seul que marié au chant. Un tragédien chantant obéit à la vocalisation, à la subdivision du son, à la prosodie du son, si j'ose m'exprimer ainsi; — tandis que le tragédien, proprement dit, est libre, — il a la parole pour émissaire de la passion, — l'autre a la note. — Aussi rien de si rare qu'un talent dramatique transcendant. La différence qui existe entre ce dernier et un talent vocal transcendant, abstraction faite du jeu de l'acteur, c'est que celui-là est un résultat moral, et celui-ci une production physique. — Supposez que Rubini se fût trouvé à Paris du temps de Talma, qu'alors les *Puritains* eussent paru sur la scène italienne, et que l'on n'eût eu qu'une seule soirée à passer à Paris. — Qui serait-on allé voir de préférence — Talma dans *Sylla*, ou Rubini dans les *Puritains?*... — Talma, sans nul doute; parce que le chant de Rubini, ce lys de l'harmonie, communique au cœur une mollesse voluptueuse qui le dépouille par là même de cette faculté étrange dont nous raffolons tous (sans nous en bien expliquer la cause), et qui est celle de pouvoir jouir, par bonds presque douloureux, des impressions du dehors. — Talma était le guide et l'ami des plus purs sentimens, — Rubini est l'amant de la sensation. — Pour que Rubini produise l'extase, il faut qu'il fasse jouer tous les flageolets de son orgue vocal ; mais Talma se taisait, faisait un geste, laissait tomber un regard, et ce silence éloquent disait au cœur : « serre-toi, » et il se serrait ; à la paupière : « humecte-toi, » et elle s'humectait.

Je n'étais pas content de la salle, vous disais-je il n'y a qu'un moment, mais en confidence, je vous le dis à vous étranger, qu'il n'y a pas trop de quoi être charmé de l'exécution, et pas même de Duprez ; — chut ! (dans le rôle d'Eléazar, s'entend) pour celui de Masaniello, — oh ! à genoux !

Nourrit avait le buste et le torse d'un tragédien classique et la puissance de sa voix était incontestable. L'insensé, il ne voulait pas survivre à la supériorité de Duprez, — le malheureux ! il n'a-vait qu'à attendre un peu !

Mario, le jeune, le beau garçon, avec sa voix aux sonorités mélodieuses et son talent toujours en progrès, détrônera-t-il pour cela Duprez ? — Non. Quant à celui-ci, il est d'un physique mal-encontreux et de petite taille, et ses traits ne sont rien moins que réguliers. Le spectateur est inexorable, il veut l'illusion ! — Que voulez-vous ?

Il est triste aussi de penser qu'il est en train de perdre sa voix dans cette grande salle, devant cet immense orchestre, — non, je me trompe, devant un coin de cet orchestre, celui qui est à la droite du spectateur. C'est l'antre de Vulcain, tout métal ! c'est aussi un magasin de peaux d'âne tendues. Le vacarme y est infer-nal, et Duprez s'efforce de le dominer avec sa voix qui est de nature à charmer les échos de quelque solitude idyllique, mais, pour le dire sans prétention à l'équivoque, le public de Paris n'entend pas de cette oreille-là. Il veut l'effort en tout, et Duprez est forcé de se conformer à cette passion pour l'extrême.

Si je ne faisais pas ces observations qui me semblent équitables, viendrait tel jour où, vous étranger, vous vous en prendriez, de votre désappointement, à l'auteur. — Pour les mises en scène, c'est une autre question ; fiez-vous à M. Duponchel, il s'y entend bien.

Jugez. Oh ! c'est plaisir à voir que l'entrée de l'empereur Si-

gismond dans sa ville impériale de Constance ! et je vous parle
de l'empereur Sigismond, parce que nous sommes toujours censés
assister à l'histoire de la *Juive*.

Écoutez donc ! — Un prélude énergique de l'orchestre vous annonce l'approche du puissant monarque. — Comme c'est beau !
Voyez ! voyez donc ! — Clergé, dames, chevaliers, magistrats, peuple, manans envahissent la place ! — Tous vont en masse à la rencontre du César allemand.

L'avant-scène est presque vide. Peu à peu quelques groupes
de femmes, d'enfans, de gamins s'élancent des coulisses, le peuple
se rue tumultueusement sur la scène, et bientôt après des hérauts
d'armes, à cheval, coiffés de toques à plumes ondoyantes, habillés de dalmatiques en drap d'or, blasonnés devant, blasonnés
derrière, déchirent les flots de la populace curieuse, et sont immédiatement suivis par des pelotons d'hommes d'armes, officiers
en tête, par des hallebardiers, des arbalêtriers, des arquebusiers
et autres détachemens de gardes impériales, toutes en magnifique
ordonnance. — Une nuée de jeunes filles couvertes de gaze, de
mousseline, de rubans, de guirlandes, papillonnent sur les flancs
et le front de ces gardes. — Puis s'avancent au pas quelques trom-
pettes mis avec luxe, richement enharnachés, et ils lancent fanfares
sur fanfares dans les airs. — Enfin paraît l'empereur, — couronne
en tête, glaive d'une main, globe de l'autre, manteau impérial
sur les épaules, armure toute d'or, de la pointe du pied jusqu'au
hausse-col. Il monte un cheval blanc superbe, caparaçonné de
velours brodé de pierres précieuses, et des chevaliers, tous à cheval, l'escortent, et toute la cour l'escorte. Les armures des chevaliers sont d'or, ou d'acier ciselé d'or, — d'argent, ou damasquinées d'argent ; — et les plumes nagent, et les écharpes flottent,
et les chevaux piaffent, caracollent, et les armes se choquent
bruyamment, et pendant que le cortège défile, l'orchestre tonne,
l'immense chœur de la scène tonne, les cloches de toutes les églises
carillonnent ; la porte de la cathédrale s'ouvre, et les prêtres en
surplis, et les enfans de chœur, encensoirs à la main, parfument
l'empereur, les cardinaux, les chevaliers, les dames, — par-

fument tout le monde, et parfument même les plus proches spectateurs pour leurs 3 francs 60 centimes.

Plus tard, au troisième acte, le banquet impérial et les réjouissances publiques ont lieu. C'est alors que mesdames Noblet, Fitz-
James, Alexis-Dupont, Mabille et Maria dansent; et la pompe,
et la danse, et l'émission des beautés que contient la partition,
tout cela bouillonne dans un désordre profondémenent médité,
désordre ravissant, qu'on voudrait écouter se prolonger, et voir
se prolonger le double de ce qu'il dure.

Mais voici que l'orchestre dévide rapidement la pelote harmonique du final, et en coupe brusquement le fil. — Soudain, la
toile glisse dans ses cadres, et s'arrête en frémissant sur toute sa
surface. — L'acte est fini. — Le reste du poème, vous ne l'aurez
pas, — non que l'haleine nous ait manqué; mais c'est la capacité
qui nous manque.

Voyons plutôt ce qui, en deçà de la toile, va se passer; car, au
delà, il y a, à n'en pas douter, rétablissement des inégalités de
conditions entre les artistes, interrompues un moment par la distribution des rôles, selon les talens respectifs de ces dames et de
ces messieurs. Tel artiste qui faisait partie des chœurs dans l'introduction, et qui n'était autre chose qu'un vilain humble et
soumis, daigne à peine adresser la parole à César-comparse,
lequel ne chante ni ne parle jamais, aussi bien que son beau palefroi blanc. Mademoiselle Falcon, la pauvre Juive méprisée, une
fois séparée du public par la toile, reprend son rang de dame de
haut lieu, dans l'art, sur les dames de haut lieu que nous avons
vues toutes raides et fières se donner des airs sur la scène en
se faisant porter leurs traînes par de jolis pages. — Il y a
encore la charmante madame Dorus-Gras, qui, princesse dans
la pièce, l'est aussi dans l'art. Elle mérite un coup de crayon,
madame Dorus-Gras, et le mot *mérite* n'est ici que façon de parler. — Si jamais ces lignes lui tombent sous les yeux, nous lui
demandons pardon à deux genoux de n'avoir pu faire mieux.

Son âge?.... une énigme! — L'officier civil qui a griffonné
l'extrait de naissance de madame Dorus-Gras en sait peut-être

quelque chose. Pour nous, elle est jeune dans la *Juive*, jeune
dans le *Comte Ory*, toute jeune dans *Guillaume-Tell*, et adolescente dans Alice de *Robert-le-Diable*. Elle est blonde charmante,
blonde douce. Elle a une de ces tailles que le crayon moelleux
d'un Grévedon sait créer avec cette grâce qui lui est familière ; —
un de ces petits nez imperceptiblement retroussés que la nature
arrête juste dans son envie de narguer les gens ; — une bouche
petit cœur, une douceur ineffable dans l'ensemble des traits, et
du miel tout pur dans son œil bleu et dans le sourire de ses lèvres
ponceau. — Madame Dorus-Gras est harmonieuse à voir, harmonieuse à écouter. Modestie, finesse, naturel et abandon gracieux
dans le jeu : c'est un peu madame Dorus-Gras comme comédienne.
Dans Alice, allant peut-être au-delà de l'idée du poète, le poète
voulant qu'Alice fît penser à un bon génie terrestre, et madame
Dorus-Gras y est un ange. Une voix de soprano, fraîche comme
la source qui jaillit de dessous la roche ; — audacieuse, lorsque
d'un coup elle se pose dans l'intonation, et s'aventurant toujours
avec un rare bonheur dans les arabesques chromatiques qu'elle
dessine : — c'est là un peu madame Dorus-Gras comme canta-
trice ; et, à deux genoux, nous lui demandons pardon de n'avoir
pu faire mieux.

CHAPITRE IV.

———

L'ENTR'ACTE A L'OPÉRA.

A tout prendre, il n'y a point d'entr'actes dans les théâtres de
Paris ; — pour la demi-heure de la pendule, — oui ; mais pour
le public,—pas. L'auteur du libretto fait son acte, et il est joué.
— Le public improvise tout de suite le sien, et le joue. — Cela
vous paraît tout naturel et tout simple, à vous autres Parisiens,
d'être ce que vous êtes, d'avoir les façons d'agir que vous avez,
lorsque la toile tombe et que vous vous trouvez en plein entr'-
acte. Il n'en est pas de même pour un étranger ; — il voit ce
qu'il n'a jamais vu : — il est réellement public, et vous êtes acteurs. Portez-lui envie, Parisiens, il jouit de ce dont il vous
est impossible de jouir, de la primeur d'un plaisir. — Ceux d'entre vous qui ont vu du pays, comme on dit, me comprendront
bien.

Quoi qu'on dise de l'uniformité dans les habitudes chez les peuples qui tiennent maison politique en Europe, chacun chez soi ;
nous sommes d'avis qu'en toutes choses, qu'en toutes questions,
en toutes tendances (hors une chose, la croix ; hors une question,
l'intérêt ; hors une tendance, la conquête du monde matériel), le
revers de la médaille à l'effigie de reine Europe est hérissée de
contrastes ; et, pour ne pas nous aventurer plus loin que ne le
comporte notre modeste sujet, cherchons un contraste quelque

part entre France et Italie ; par exemple , entre la *Scala* de Milan
et l'Opéra de Paris.

Dans l'immense cirque, grenadiers hongrois , moustache cirée,
l'arme au pied , se tiennent immobiles et fixes. Ici un , là deux ;
plus loin , deux encore ; et on entend les messieurs caqueter
comme des poules, avec grandes évolutions de bras , mouvemens de tête et du corps. On les voit bras dessus bras dessous se
promener sous les baignoires, sans avoir trop peur des grenadiers,
et coucher coquettement en joue beaux yeux, beaux visages , s'il
y en a ; et rarement il y en a. — Puis, au fond de ces profondes
et spacieuses *palchi,* bruissent des conversations à haute voix,
éclatent des rires immodérés , bourdonnent des chuchotemens,
vont de leur train effronté des minauderies provocantes. — Voyez
ce cavalier qui entre dans une loge , cet autre qui s'empresse de
lui céder sa place ; et la *padrone,* qui, du devant, se retire au fond,
et, très-confidentiellement, s'entretient avec un homme ; et puis
tout-à-coup, et à votre grand étonnement, vous voyez une loge
de vis-à-vis dont les rideaux sont brusquement tirés , et dans cette
loge il n'y a qu'un seul homme, qu'une seule femme..... ! Ce
besoin de mystère eût été trouvé tout simple à Rome en l'an 70
de l'ère vulgaire, ou en l'an 1760 à Versailles : — Messaline et
Caligula régnaient à la première époque, Louis XV et la Dubarry
à la seconde. Mais aujourd'hui, conduite semblable choque ; mais
aujourd'hui, conduite semblable ne serait soufferte dans aucune
ville au monde. Vous savez néanmoins que, dans Milan oisive
et dissolue, ces coutumes étranges ne sont rien moins qu'étranges.
Si l'on s'en étonne , l'excuse est prête. « Cela est dans les mœurs, »
dit - on ; et plus rien. — S'en contente qui veut, de cette réponse banale, mais non pas toi, bon et honnête Manzoni ; ni toi,
doux et patient Pellico. — Au lieu de rompre des lances en faveur
du catholicisme avec un système de tactique toujours le même,
faites mieux : — punissez Milan, faites-lui subir de fortes amen-
des prélevées sur sa conscience. Persuadez,—faites lui bien honte.
— Ne le voyez-vous pas comme l'Europe le voit , qu'à la *Scala,*
hors la *Scala*, bref dans tout Milan, il y a un style dans la politesse

galante au grand jour, qui rappelle un peu l'esprit des poésies éro-
tiques de Tibulle.

On a vraiment pitié d'une société civilisée, se disant servante
dévouée d'une église militante (la plus chaste de pensée parmi les
confessions chrétiennes), et qui répudie de son sein tout sentiment de modestie. — Mais, à l'entr'acte de l'Opéra, à Paris, en
tant que ville excommuniée, ville à peu de chose près aussi fer-
vente catholique que l'était la capitale des Aztèques avant l'arrivée de Fernand Cortez, c'est, je vous assure, tout au rebours de
Milan.

Or, à peine la pièce de l'entr'acte commence à l'Académie
royale de musique, que tout le monde tourne le dos à la scène;
tout le monde se couvre, frotte les verres de ses lunettes, et
grimpe sur les banquettes.—La plus grande partie des spectateurs
tire de sa poche l'ami *Vert-Vert*, l'ami l'*Entr'Acte*, l'explication de la pièce, ou quelques livres au format portatif : — de
manière que la salle se transforme tout d'abord en un véritable
cabinet de lecture. — Mais revient l'entr'acte, reviennent les
colporteurs, et recommence la vente. Un frais contingent de facé-
ties spirituelles sous le bras, grossi du *Moniteur parisien*, journal
du soir, ils parcourent tous les étages, et crient dans les couloirs,
au foyer, et sur les escaliers. Tous ces marchés une fois exploités,
les voilà qui retournent au parterre, leur bazar de prédilection, et
finissent par vendre au rabais.

L'aristocratie des stalles a quitté en masse les siéges, et s'est rendue au foyer, spacieux, large, miroité, vitré, doré, mais rappelant la
coulisse par la mesquinerie des matériaux dont se composent ses
ornemens : un buste du roi en plâtre, des branches de pin dans
des vases en plâtre, piquées de fleurs artificielles. Il nous sourit
aussi très-fort d'y aller nous dégourdir les jambes ; mais notre
place, notre chère place ! Oh ! plutôt devenir paralytique pour
tout le soir que de la perdre ! — Cependant, nous voyons bien des
téméraires qui sortent à tout moment (ou il serait plus juste de
dire : nous les sentons sortir), car ces messieurs, dans leurs courses
hasardeuses à travers la foule compacte des spectateurs, et pour

se tenir en équilibre sur les banquettes, se servent sans scrupule des épaules d'autrui comme d'autant de garde-fous. Ayant deux voisins à vos côtés, et réciproquement en étant un pour eux, il faut, bon gré mal gré, que vos épaules servent de rampe. Timide au premier entr'acte, moins timide au deuxième, vous finirez par vous en donner comme les autres au troisième, et résolument vous foulerez les pans des habits du public, et résolument vous vous appuierez sur les épaules des voisins.

Vous sortez, me demandez-vous? — Oui, je sors. — Et la place? — et le voisin? C'est lui qui la garde, ou vous qui la lui gardez, ou sinon vous laissez votre gant, votre mouchoir de poche, même *Vert-Vert*, c'est tout un, — et personne n'osera toucher ni à ces objets ni à votre place, fussiez-vous absent jusqu'au dernier acte.

Peu au fait de toutes ces coutumes je pensais que, puisque celui-là ou celui-ci s'en allait sans nouer son foulard autour de la banquette, comme cela se pratique communément, le premier intrus survenant pouvait s'y installer. — Il n'en est rien, pourtant. — Un intrus ne manque jamais; mais la consigne a déjà été donnée au voisin, et soyez sûr qu'il se fera un cas de conscience d'épouser chaleureusement vos intérêts, et il les défendra à outrance. On se trouve souvent dans le cas d'assister à des querelles en forme pour le même motif.

Il est inutile d'ajouter, je pense, qu'aussitôt que j'ai pu comprendre les épousailles des intérêts de spectateur à spectateur, je me suis toujours montré prompt à accepter le poste d'honneur qu'on voulait bien me confier, et voici la phrase usitée en pareilles occurrences.

— Monsieur, ma place!

Réponse. — Suffit.

Cette injonction laconique, faite d'un ton dégagé et simple, cet assentiment bref valent certainement mieux que ce formulaire moisi de politesse française d'autrefois, qui traînait à la remorque un bouquet de mensonges dont les phrases vides venaient vous nauséabonder les oreilles, à propos d'un gant qu'on relevait.

Dans le Paris moderne, la politesse supercilieuse en gestes et
en paroles n'est rigoureuse que pour un certain geste ; — c'est
celui qu'on fait en desserrant les cordons de sa bourse. Le sourire fleuri, la jolie parole ambrée vous reviennent de droit pour
chaque article de quarante sous que vous demandez.

— Monsieur, ma place !

Réponse. — Suffit. — Voilà qui est bien, voilà comme cela doit
être. Il y a là je ne sais quelle odeur d'amitié qui, bien que très-
éphémère, plaît au cœur. Il y a là cette nécessité d'aide mutuel
que nous apportons en dot avec nous, sans savoir d'où elle vient,
mais que nos étranges coutumes étouffent en leur substituant le
dogme de l'isolement moral comme base de toute prospérité individuelle.

Une place au parterre des Italiens ou à l'Académie royale de
musique est un capital. Je crois que si les banquettes étaient
recouvertes de peaux de hérissons au lieu de velours d'Utrecht,
on en serait jaloux tout de même, et à peu de chose près sont-elles
plus commodes, surtout à l'endroit des jointures.

Il nous souvient d'un Anglais qui, à une représentation de
Guido et Ginevra, eut le malheur d'arriver tard; honni, poussé,
rudoyé par tout le monde, il rôdait comme une âme en peine et
cherchait une place.

Le pauvre homme passait bêtement de banquette en banquette
tenant une pièce de cent sous entre le pouce et l'index, et persé-
cutant son monde avec un sérieux ravissant.

Speak you English sir? — Will' you sell your place for five
francs? ne cessait-il de répéter.

On se fâchait bien, on riait mieux ; mais la réussite est d'ordinaire à qui sait persévérer, car l'Anglais finit par trouver un
cœur sensible sous l'enveloppe archi-prosaïque d'un claqueur qui
souffrait précisément la gêne sur une jointure ; — étant de la
maison, il avait courtoisement cédé sa bonne place pour en prendre une très-mauvaise. Le drôle empocha la pièce de monnaie et
alla exercer son industrie dans quelque coin plus modeste de la
salle. Il est vrai que le pauvre homme fut hué, mais cela ne fait

pas mal à un claqueur ; il est souvent exposé à du mal, qui fait sérieusement mal.

On entend aussi fréquemment des amis interpeller à haute voix d'autres amis qui sont en course dans la salle et cherchent la place que les premiers tiennent en réserve pour les seconds.

— Pst, pst ! hé, holà ? — Venez donc, par ici ! Ernest, Jules, Eugène ! — Où diable restez-vous donc si tard ?

Et là-dessus, le public est mis dans la confidence de la cause du retard ; et si la confidence est mal coupée pour la publicité, on la dépose chastement dans l'oreille de l'ami qui interroge.

En général, il ne sera pas inutile, je pense, de relever ici un fait, c'est que, si d'un côté le vocabulaire de la politesse française a perdu la fleur de ses phrases anodines, d'un autre côté jamais un mot leste, ou une allusion graveleuse, ou un juron des halles ne percent dans les réunions d'hommes partout où cela peut avoir lieu. Sous l'empire, par exemple, un certain mot avait généralement cours, mot très-ronflant, très-vibrant, qui tenait aux lèvres du Français comme le *goddam* tient aux lèvres de l'Anglais ; aujourd'hui, tout ce qui chausse le soulier au lieu de sabot s'abstient d'en faire usage, surtout l'oreille de la femme est à l'abri de tout danger sous ce rapport ; et à propos de femme, on n'en voit jamais, soit au parterre, soit à l'orchestre de l'Opéra, quoique certes elles ne risquent rien du côté de la bienséance, parce qu'il nous semble que, pris en bloc, le public de ce théâtre est moralement au-dessus du taux avec lequel la direction le rançonne, et que, posséder la faculté de comprendre une haute production lyrique (et il sait comprendre, il sait sentir), accuse déjà un certain degré de poli de la civilisation qui est le plus sûr garant des convenances. — Au reste, si vous avez remarqué plus haut un peu de rudesse spartiate dans les services mutuels qui ont lieu au parterre, cela ne préjuge rien contre ce que l'on vient de poser, — cela prouve seulement que, dans les relations entre hommes, il y a toujours un négligé qui leur est propre ; mais la présence d'une seule femme les discipline soudain, l'apparition d'une seule femme les ramène aux règlemens de la salutaire hypocrisie du savoir-vivre appelé politesse.

Les derniers hurlemens du trombonne, les roulemens étouffés des timballes, les *fa* caverneux de grand'maman la contre-basse se répercutaient encore par échos brisés dans notre oreille ; la danse, la fumée, le feu, enfin l'action toute vivante du roman de *la Juive* joûtaient encore dans un pêle-mêle fantastique devant nos yeux lorsque, regardant à la hâte, écoutant à demi-oreille, nous nous hâtâmes de saisir, autant que cela se laissait faire, le mouvement initial de la vie de l'entr'acte. — Mais une fois nos sens calmés, nous fûmes mis en mesure d'aller plus posément en besogne, à seule fin de pouvoir vite escalader, *jumelles* en avant, les basses, les moyennes et les hautes régions de la salle, jusqu'à ce qu'enfin, de préférence, nous nous fûmes arrêtés sur les loges et les balcons. — Là sont les dames ; — le point de mire de l'observation sera donc là.

Ici, je me hâte de m'inscrire en faux, comme on dit au Palais, contre l'opinion généralement adoptée à l'étranger, que la Parisienne est laide ; — au moins je ne condamne pas en masse. Si la nature s'est montrée un peu avaricieuse dans la distribution des pommes homériques à Paris, elle a jugé à propos de n'en agir ainsi qu'avec une certaine classe de Parisiennes, nous ne savons au juste laquelle. Appartient-elle à l'aristocratie de naissance, à l'aristocratie de finance ou à l'aristocratie de robe, nous l'ignorons ; mais le fait est qu'aux premières des *Italiens* elles ne sont pas jolies, — qu'aux premières de l'Opéra elles ne le sont pas non plus, ce qui n'empêche pas, toutefois, qu'il n'y ait une foule de conditions privilégiées à la portée de l'observation de tous les jours, et dans lesquelles la Parisienne est toute jolie, toute belle.

Voyez l'actrice, la grisette, la dame du comptoir et la *bonne*. Que de beaux et de mignons articles dans cette nombreuse partie de la population féminine de Paris ! Il est vrai, quant à l'actrice, que, grâce à une spéculation industrielle très-louable, messieurs les directeurs des théâtres de Paris ne recrutent que dans le beau

sang ; ainsi, l'actrice fait partie d'une élite, — c'est pourquoi elle
ne compte pas. Mais restent celles qu'on ne recrute pas — qu'on
accepte, — restent la demoiselle du comptoir, la grisette et la
bonne.

Nous vous avons entretenus, dans un chapitre de la première
partie, de ces causeries intitulé : MOUVEMENT DE PARIS ; de cette
négligence, selon nous coupable, qu'aux promenades publiques
les plus hantées les dames apportent dans leurs toilettes ; — mais
voyez-les à l'Opéra : c'est ici que l'art des plus célèbres modistes
de la capitale a été mis à contribution. C'est pour l'Opéra que la
Parisienne noble, ou de finance, réserve les atouts et les as de sa
coquetterie. En vérité, le coup-d'œil qu'offrent les loges et les
balcons (malgré tout ce qu'on en peut dire) est si beau, que, fût-
on.... quoi ? — fût-on subrécargue à bord d'un brick freté pour
la traite des noirs, on comprendrait, on admirerait. — Rien de
si bien imaginé pour la montre que le balcon. C'est comme l'éta-
gère sur laquelle on aurait disposé des pots de fleurs. On y saisit
tout à la fois : — la tête et sa coiffure, le buste et sa parure d'ordonnance ; — et notez qu'elle ne saurait être tout-à-fait laide la
taille de la Parisienne, — c'est un parti pris. — Beaucoup l'ont
parfaite, d'autres moins parfaite ; mais toutes l'ont plus ou moins
bien dessinée et correcte. Il faut pourtant ajouter qu'avec l'ingénieux mécanisme des corsets qu'on confectionne à Paris, et
avec la savante disposition des bourrelets, on peut ne pas beaucoup se soucier de cambrure à Paris, — le corset mécanique s'en
charge, pourvu toutefois qu'on soit un peu mieux faite qu'une
baleine.

Donc, le balcon, comme nous venons de l'observer, est un local très-bien imaginé pour la montre. C'est comme un repo-
soir sur lequel les sensations du public, ballottées par l'action du
drame, ballottées par les vagues de l'harmonie, viennent tout doucement s'abattre. Mais si cette habile entente de la disposition
des places offre un plaisir de plus aux hommes, elle a ménagé
également un bénéfice moral aux femmes du balcon ; savoir, celui
de leur propre surveillance ; car celle qui va s'asseoir au balcon

n'ignore pas qu'elle va donner une séance de près de cinq heures au public. — Or, cette idée la coiffe, cette idée l'habille, cette idée est le Mentor caché qui lui murmure tout bas : « Soyez modeste, soyez simple toujours et toujours, que vous parliez ou riiez, que vous bougiez ou ne bougiez pas ; soyez-le, soyez-le absolument. » Devant ce parterre, absolu dans ses décisions comme un cadi turc de l'ancien régime, il n'y a pas à badiner. Il vous punirait immédiatement par quelque injonction impertinente si, dans vos *à-parte*, vous osiez élever la voix un peu plus haut qu'il ne le veut, ou si vous lâchiez un éclat de rire un peu plus explosif qu'il ne l'entend, ce tyran de parterre.

Quoique la question des galeries ouvertes, en tant que moyen disciplinaire, paraisse une question très-subordonnée au premier abord, elle peut néanmoins avoir son côté sérieux, comme toute chose ayant pour but la réforme d'une coutume ou d'une habitude qui n'existe que grâce à un obstacle purement matériel. —La mise monastiquement modeste de la fille ou de la femme du Quaker la défend mieux peut-être contre toute agression de l'esprit de coquetterie que les sévères leçons de morale qu'on lui inculque de si bonne heure. Donnez-lui roses, fleurs, gazes, mousselines ; enveloppez-la de toutes les vapeurs suaves et diaphanes de la mode, et il n'y aura pas de Bible qui pourra y tenir. — Si l'on veut bien ne pas trouver ces considérations par trop déraisonnables, et pour en revenir encore une fois à l'Italie, je crois qu'en effectuant l'abolition des *palchis* et en introduisant à leur place le système des galeries ouvertes, on amènerait peut-être une révolution salutaire dans les mœurs de la haute société italienne, et, par contre-coup, on ferait raison, une bonne fois pour toutes, de cette classe *cryptogame* d'hommes, connue sous les surnoms familiers de *cavalieri servanti* et de *cigisbei*; bipèdes bons tout au plus à couver des œufs sous leurs aisselles.

Le droit d'intervention que s'est arrogé le public des théâtres de Paris, tout peu légitime qu'il soit dans son principe, n'en est pas moins, dans l'intérêt de la morale, un droit de sollicitude paternelle ; mais, par le fait, il est chimérique, vu que les dames

23

françaises, sauf certaines dames dissidentes, ont un sentiment de dignité de leur sexe d'une entente si sage, qu'elles se conduiraient avec le tact charmant qui les caractérise aujourd'hui, quand même elles se sauraient à l'abri de la férule que brandit incessamment le parterre sur tous ceux qui s'avisent de se donner des airs d'indépendance à son égard.

En les classant groupe par groupe, les dames présentes à l'Opéra, comme les voilà assises là le long de la bordure des galeries, il ne nous est jamais arrivé d'en trouver une en faute de désinvolture malséante, — en maintien, comme je ne me lasse pas de le dire, — en toilette, — charmantes!

Ah! les voilà les journaux de modes parisiennes. C'est ici qu'elles vivent les modes! — Bonnets mignons, coiffures en cheveux aux mille caprices, aux tours-de-tête fantasques, coiffures à longues barbes anglaises, cordons en chenilles croisées dont les houppes fournies caressent le cou, cordons en soie entremêlés d'or terminés en glands. Et que vois-je encore? des coiffures chinoises; — c'est de la constance! — Mais comme celles qui y tiennent encore obstinément sont très-jeunes, je suppose que c'est par obéissance aux ordres de leurs mamans qu'elles dégarnissent ainsi leur front; système de coiffure audacieux, car il met pour condition première qu'on soit jolie à peindre. Gare donc les demoiselles qui ne sont pas jolies à peindre et que l'on force à rester fidèles à la mode mantchoue; — elles risquent de coiffer sainte Catherine toute leur vie.

Il serait aussi par trop révoltant si, sous le rapport du bon goût, la salle de l'Opéra était tout-à-fait inattaquable. Oh! ne le croyez pas celui qui vous soutient le contraire; des originaux se trouvent partout; — comme toute religion, celle de la mode n'est pas exempte d'hérésies. Je me suis imaginé qu'elle consistait dans la recherche du simple ruineux. Cependant, à l'Opéra, il y a aussi du solide ruineux; il y a de ces choses qui brillent, qui flambent. On aime encore un peu les fioritures. Les grandes dalles en mosaïques ou en pierres fines appelées broches, et fichées sur la pointe supérieure du busc, donnent peut-être un air de plus grande parure à la toilette; mais cela rappelle trop le cabinet du lapidaire pour que cela puisse trouver grâce à nos yeux. Du métal et de la pierre sur des natures molles et délicates nous semblent toujours, nous ne savons trop pourquoi, une anomalie aussi choquante qu'un grain de grêle dans le calice d'un dahlia.

Dans une stalle des premières galeries, voyez cette femme étincelante de pierreries, non pas de jeunesse ni de charmes ; ses doigts gantés sont couverts de joyaux, et chacune de ses bagues est grosse comme l'anneau d'un abbé mitré. Sur une tête à végétation capillaire ingrate s'élève un oiseau de Paradis ; il est là tout solitaire comme un palmier dans le désert, sauf une rosette de ruban rose rehaussée encore d'un diamant et qu'on voit collée à la racine du chignon, je ne sais trop à propos de quoi.

Beaucoup de dames des premières tiennent de bien beaux et de bien chers bouquets à la main. Plusieurs respirent aussi de temps en temps des parfums ; les flacons qui en contiennent s'alignent sur l'appui des loges. Qui peut leur en vouloir pour ces afféteries féminines ?

Parmi bien des choses qui tenaient en échec notre curiosité, nous avons encore observé, dans cette grande salle de l'Opéra que cet immense Paris vient peupler et repeupler sans cesse, telles physionomies connues qu'on revoyait d'un bout de l'année à l'autre, comme aussi de ces résidences, de ces locaux toujours occupés par les mêmes personnages, parmi lesquels nous n'oublierons pas un épouvantail de femme qui, chaque fois qu'elle paraissait dans sa baignoire, causait de véritables distractions aux spectateurs ; entrait-elle, on riait ; remuait-elle, on riait ; dans l'entr'acte on riait de plus belle ; à la sortie on éclatait. Le moyen de s'en abstenir ? — Figurez-vous une mortelle qui avait bien ses quarante-cinq hivers, la face large, luisante, une gorge comme celle d'une syrène en poupe d'un vaisseau de haut bord, un teint de viande crue, des bras de gladiateur, des oreilles et des yeux de magot chinois, et des traits à peine visibles de face, mais de profil, — perdus, perdus pour tout de bon ! — Avec cela une robe turquoise, des rubans amarante-clair aux épaules, à la tête, à la taille, laquelle taille était svelte comme un muid. Je me suis laissé dire comme quoi ç'aurait été la veuve d'un banquier hollandais, née française, folle de plaisirs et jouissant de sa liberté de veuve comme un papillon qui vient de quitter sa nymphe. Si Paris manquait de caricatures au naturel, que feraient les artistes tels que Dantan ou tels que Charlet ?

Tout vis-à-vis la baignoire de cette pauvre femme venaient souvent s'installer deux jeunes personnes, quelquefois trois, mais jolies, je vous dis jolies à rendre un jeune homme fou et un vieillard sot. Leur constant chaperon appartenait précisément à cette dernière catégorie. C'était un monsieur qui portait la plaque d'un ordre étranger. On le disait riche, on le disait prince, on le disait chambellan de je ne sais quel souverain. Il était replet, portait un faux toupet et avait une physionomie insignifiante et couperosée. Ses dames étaient rieuses, frétillantes et baffreuses au possible. Le monsieur à la plaque, qui dépense si noblement sa fortune à Paris, fournissait galamment à ces jolies bacchantes liquides, glaces et bonbons. Consommation de friandises faite, les dames lorgnaient, parlaient, se levaient, se rasseyaient, chuchotaient, et le monsieur prince, chambellan ou autre chose, se frottait les mains d'un air satisfait, comme un sot auquel il arrive d'accoucher par hasard d'un mot spirituel. Ces dames étaient aussi coiffées à la chinoise, avaient à chacune de leurs tempes des accroche-cœurs et portaient à la jointure du poignet et du bras des serpens, des anneaux en or, auxquels étaient attachés de petits cadenas, de petits cœurs, des bagues, des breloques, et en une si grande quantité qu'au moindre mouvement elles carillonnaient comme des mules avec leurs clochettes.

Quelques numéros des baignoires sont ordinairement destinés comme pied-à-terre aux artistes d'autres théâtres, aussi bien que quelques places revenant de droit aux dames que régit le sceptre de mons Duponchel. — Voici mademoiselle Nau, — qu'elle est belle ! — Voici mademoiselle Falcon tout à côté, si jeune et déjà vétéran de l'art ! — Voici madame Damoreau !

Nous avouons ignorer totalement à quelle caste de la population de Paris appartiennent les dames qui composent le public des baignoires et du balcon, mais nous avons cru remarquer aussi entre ces deux étages un mot d'ordre touchant les toilettes. Dans les baignoires, c'est la tête qui est parée avec soin ; les bustes et les tailles sont ordinairement ensevelis sous les plis d'un moelleux ternaux. Au balcon il y a du mieux sous les deux rapports. Quant aux premières, il y a du fini sous tous les rapports. Au total, les balcons et les baignoires accusent un peu la mode des vitrines ; les premières accusent la mode des grands salons, c'est-à-dire l'initiation parfaite au goût, c'est-à-dire la philosophie du chiffon. Mais toutes les ressources de la stratégie de plaire ne sont effectivement déployées qu'aux premières des *Bouffes*.

La grasse riveraine des écluses, l'épicurien trois fois titré (lorsque pour la première et la trentième fois nous mîmes pied dans la salle de l'Opéra), étaient les deux individualités marquantes comme portraits, que nous vîmes siéger à l'Opéra il y a seulement quelques mois. Il est possible qu'on les trouve encore à leurs places respectives à l'heure même où l'on vous raconte ces choses. — A tort ou à raison, l'auteur s'est cru obligé de vous ouvrir les deux battans de la salle et de vous y montrer tout ce qu'elle loge ; au cas que cela ne vous aille pas, considérez le tout comme un appendice qu'on ajoute à la fin d'un livre ou comme une note que l'astérisque renvoie au bas de la page.

De ces deux loges, dont chacune, comme vous avez pu le voir, était occupée par un de nos trois portraits, passons à cette autre à main gauche du spectateur, dite avant-scène. — Elle nous manquait encore comme résidence fixe, marquée très-probablement à l'encre rouge sur la liste de l'abonnement à l'année, et plus encore comme trait caractéristique à surajouter à la portraiture du public de l'Opéra.

La première fois que nous y portâmes un regard distrait (il n'y avait que des hommes), nous nous sommes imaginé, Dieu sait à quel compte, qu'elle ne pouvait contenir que des hommes célèbres, soit dans les arts, soit dans les sciences, dans la littérature ou dans l'art oratoire. Cette supposition devenue une fois certitude, par la volonté d'un caprice d'imagination, — adieu la pièce ! adieu l'entr'acte ! L'intérêt ne fut plus nulle part, l'intérêt n'était que là ! — et c'est tout naturel ; voir face à face comme on voit des hommes dans la rue, des mortels que le pinceau de l'histoire contemporaine fixe un à un sur sa grande toile !

Quoi qu'il en soit, dans les figures avec lesquelles notre imagination peuplait cette loge, nous nous obstinions à ne voir que des célébrités.

Si nous y cherchions un grand athlète de la tribune, nous nous le représentions dans un monsieur grand et de forte stature. C'était juger son monde à la manière des Mameloucks, qui prenaient Kléber pour Bonaparte ; mais c'était comme ça, que voulez-vous ? Mieux appris par la suite, nous sûmes que la plupart des gloires parlementaires de juillet n'avaient aucune ressemblance physique avec le malheureux vainqueur d'Héliopolis. Tantôt c'était un monsieur chauve que nous prenions, Dieu sait à quel propos, pour M. Alexandre Dumas — lui chauve ! avec sa crinière africaine ! — Tantôt un monsieur entre deux âges, fluet et pâle, pour M. Rossini.

— N'est-ce pas Rossini, par hasard, demandai-je à l'un de mes voisins, qui me parut d'une nature plus accommodante que le reste de la foule.

— Lequel, monsieur ?

— Ce grand maigre là-bas.

— Pardonnez-moi, monsieur Rossini *reste* dans cette loge qui est contiguë à celle des princes. — Vous voilà furieusement *blousé*, monsieur, n'est-ce pas ? ajouta mon voisin en se faisant fête du désappointement qui se peignait sur ma figure.

Je répondis par un sourire négatif, — ce mot *blousé* m'ayant mis martel en tête pour le reste de la soirée. Avouer ne pas en connaître le sens, par une fausse honte d'étranger je ne le pus pas.

Le premier dictionnaire voulu me le dira, pensai-je, et le premier dictionnaire voulu fut celui de Landais. Je n'avais pas la main heureuse. Voyons pourtant :

— Tome 1er, page 63, *se blouser* : (perdre sa bille dans une blouse) — Merci ! — Il n'était pas mention de billard, je pense, dans ma question sur Rossini ? et à moins que le moderne vocabulaire de conversation ne veuille sous-entendre dans le verbe *blouser*, commettre une faute, se tromper grossièrement, ou quelque chose de semblable, — je m'y perds.

Pour en revenir à Rossini, je ne me fusse pas trompé sur son compte si je m'étais donné la peine d'aller examiner la galerie grotesque de Dantan, au passage des Panoramas ; j'y aurais donc vu la statuette du fameux maëstro, avec son gros ventre, son énorme figure, ses favoris en croissant, comme il pince de la guitare ; j'y aurais également vu un perroquet ayant pour tête et pour nez la tête et le nez de M. d'Argout et qui vous grimpe si drôlement les bâtons d'un perchoir.

— Et cet autre monsieur à minces moustaches noires, à barbe clair-semée, qui paraît être le propriétaire de la loge puisqu'il occupe toujours la première place ; n'est-ce pas M. Victor Hugo ? — C'était toujours à l'officieux voisin que je m'adressais.

— Je n'ai pas l'honneur de connaître M. Hugo, mais j'ai vu chez Aubert, dans le passage Véro-Dodat, une caricature du grand poète qu'on dit être parfaitement ressemblante. — Figurez-vous un front haut de plusieurs pouces et au bas du portrait l'inscription suivante.

LA PLUS ROMANTIQUE TÊTE DE FRANCE.

D'ailleurs, ce monsieur là-bas que vous prenez pour l'auteur de *Ruy-Blas*, je connais ça. — C'est un agent de change.

Si mon voisin eût accompagné ce renseignement d'un petit air moqueur, il y aurait eu au moins un prétexte pour l'entreprendre, cela soulage un peu dans les gaucheries du jugement ; mais son sérieux goguenard me piqua au vif, sans que je pusse lui rendre la pareille. — Cependant indubitablement je crus réparer aux yeux de mon voisin mes deux essais de physionomiste, en lui disant :

— Il est sûr pourtant que voilà ce jeune homme blond et rose, coiffé à la Titus, — le même qui dans ce moment conte quelque chose en touchant à tour de rôle du pommeau de sa canne chacun de ses dix doigts....

— Oui , j'y suis , dit le voisin.

— Ça doit être, continuai-je, quelque célèbre musicien, — et, attendez, je parie que c'est Chopin ou Onslow.

— Vous perdriez, monsieur. Je connais et Chopin et Onslow, étant un peu du métier, sauf permission, — ce qui veut dire que je me mêle de la lithographie en musique.

M'étant donc blousé pour la quatrième fois, je pris le parti de rester bouche close.

— Ce blondin là, reprit mon lithographe en musique, qui n'est ni ceci, ni cela, m'a l'air d'être l'heureux légataire de quelque riche agioteur de la Bourse.

— Mais , une fois pour toutes , que sont–ils donc tous ces jeunes gens de la loge?

— Des *tigres?* monsieur.

— Qu'appelez–vous *tigres?*

— J'appelle *tigres* , monsieur , tous ces jeunes gens qui , ayant du *quibus* beaucoup, dévorent l'existence qu'offre Paris. Ces gaillards là vous ont, à la lettre, des naturels de tigres pour le plaisir; — ils dévorent. Ils font aujourd'hui ce que les fils des pairs de France faisaient encore il n'y a pas long-temps. C'est de plus une engeance aux habitudes tapageuses. L'argent, voyez-vous, cela rend turbulent, cela donne plus d'éclat à la voix. J'en parle avec connaissance de cause, car il fut un temps où je vous en avais jusqu'au coude de l'argent, et mon verbe était haut et mes mœurs celles d'un sacripant de mousquetaire; mais aujourd'hui qu'il y a des vents coulis dans mes poches, cette gueuse de vertu s'est attachée à moi comme une lèpre, et quant à la voix vous entendez — on dirait d'une sourdine qui m'a bouché le gosier.

Effectivement mon voisin avait un organe qu'on aurait dit avoir passé par les pointes d'une brosse.

— Tenez, reprit mon voisin, ai-je tort d'accuser les gens riches de turbulence? écoutez dans la loge de l'avant-scène.

C'était vrai.—Le gentilhomme que j'avais pris pour M. Alexandre Dumas, et qui n'était autre chose qu'un des cent Mercures de la Bourse, parlait avec un calme imposant à un individu en cravate blanche, pas très-gros, mais bel et bien nourri, ayant l'air capable, une physionomie de tout le monde, rehaussée d'une paire de favoris épais, dessinés en courbe régulière et venant juste aux deux coins de la bouche. Il faisait de grands moulinets avec ses bras et manifestait son impatience et sa mauvaise humeur par des mouvemens brusques et des gestes saccadés. Le reste des locataires de cette loge, écoutait, — vous savez, comme écoutent les gens bien élevés lorsqu'une querelle se brasse entre eux, c'est-à-dire avec une stricte neutralité et des regards expectans.

— C'est une querelle dans les formes, me dit mon voisin.

— Ah! une querelle dans les formes?

— Oui, monsieur!

— Et comment le commerce les vide-t-il? poursuivis-je.

— Dam! monsieur sait bien que ce n'est ni le fer, ni le plomb, ni le terrain qui ont jamais manqué en France pour vider une querelle.

Je me le tins pour dit.

Pendant que notre colloque avait lieu, le deuxième acte touchait à sa fin et la dispute fumait là-haut.

— L'escrime va à merveille, fit le voisin. — Charmant! nous aurons un spectacle dans le spectacle.

— Et les résultats? dis-je.

— Très-probablement du sang, comme j'ai eu l'honneur de vous le dire.

— A ce prix je n'aime point votre spectacle accessoire.

— Pourquoi pas? c'est gentil tout de même; — et puis ce qui va couler ne coulera ni de votre poitrine ni de la mienne.

Je ne répondis plus!

Le voisin me couvait de ses regards curieux.

— Pardon, reprit-il après une courte pause; si monsieur ne parlait pas français comme il parle, je le croirais un frère Morave de préférence à toute autre *origine*.

— Non, monsieur, je suis chrétien.

— Chrétien? — Ah! grommela-t-il, les opinions sont libres.

C'est au moment où il plaçait cette observation que sa hautesse le parterre s'avisa d'user de son droit d'intervention.

— Silence! la loge d'avant-scène! s'écria quelqu'un.

A cette intimation, il y eut comme une bravade de la part de ladite loge, car l'échange de paroles entre les parties belligérantes devint tout-à-coup plus vif.

— Silence! silence! fit toute la salle.

Et il faisait peur, ce public, à mesure qu'il démasquait ses batteries.

Mais les tigres n'en tinrent aucun compte.

A la fin il se trouva un brave dans la personne d'un grand fluet, coiffé d'un de ces berets basques de couleur rouge, qu'on rencontre souvent au pays latin (1); il fit partir à lui tout seul le mot terrible, « à la porte! »

— Ah! dit mon voisin, voici un boulet rouge.

A cette terrible clameur de haro, il se fit un *tacet* subit dans la loge. — Tous les tigres, simultanément, se penchèrent en dehors, et cherchèrent des yeux l'audacieux qui s'était permis de lâcher cette menace d'expulsion.

Pour faire voir qu'il était aussi mauvaise tête que criard, il se dressa, droit comme un piquet, sur sa banquette, et cria de nouveau « à la porte! » et tout le monde de crier — « à la porte! »

Sur ces entrefaites le deuxième acte s'acheva et tout fut dit.

Mais, jugez de ma surprise, lorsque le surlendemain de cet incident, les journaux m'annoncèrent qu'une rencontre avait eu lieu à propos d'une querelle survenue à l'Opéra. Etait-ce entre l'étudiant et l'un des tigres, je le suppose, sans l'affirmer.

Mais, pendant que la toile s'abaissait pour la troisième fois, pendant que les deux œils-de-bœuf du rideau se remplissaient d'yeux, les portes de la grande loge du fond s'ouvrirent et quelques laquais à la livrée de la cour y parurent, et au premier coup d'archet, la reine des Français, accompagnée de sa belle et nombreuse famille, entra.

(1) Quartier des étudians.

CHAPITRE V.

SUITE DU SPECTACLE DE L'ENTR'ACTE. — LA DANSE.

Le roi n'y était pas. — Les journées des 12 et 13 mai n'étaient pas loin, et le parti républicain le tenait en joue plus obstinément que jamais. Heureux comme un roi, dit-on ! — Pas en France au moins ; — car si un roi y veut que le paysan mette la poule au pot tous les dimanches, — on le tue ; — si un autre roi désire de cœur et d'âme le bonheur de son peuple, on l'égorge en place publique, et si le proche parent de ce roi veut être un peu roi au lieu d'être le valet de la propagande, on attente à sa vie jusqu'à cinq fois.

Le roi est homme, et d'âme il est fort ; — mais la reine ? — Mon Dieu ! c'est à peine si on laisse à son cœur des périodes plus ou moins longues de convalescence. Elle est comme ces femmes courageuses et aimantes qui suivent leurs maris à la guerre ; — elles attendent au soir, elles attendent au matin l'heure de la bataille, et lorsque l'ami en revient sauf, aujourd'hui, elles n'osent s'abandonner à l'espoir de le voir revenir sauf, demain.

Tant que la toile était levée, la royale société restait en place, mais l'entr'acte venu, reine, princes et princesses passaient dans les cabinets attenans à la loge, et n'en revenaient qu'au premier coup d'archet de maître Habeneck. — Pas très-sûre de la courtoisie du public, la reine paraissait témoigner, par cette retraite, qu'elle n'en voulait pas courir le risque. — Si elle fût restée, je ne réponds pas que, saisissant le prétexte de sa présence et de celle de ses enfans, je ne vous eusse entraîné dans le cercle ardent des déclamations politiques, ce qu'à Dieu ne plaise ! Mais, elle n'y étant pas, je retourne à l'entr'acte, et vais vous redire ce qui se fait et ce qui se dit au parterre.

Voici d'abord un petit officier de voltigeurs à l'œil vif, à la moustache hérissée et provoquante, qui parle guerre ; — il s'agit de la Vendée, je crois. Écoutons.

. . . . Eh après que mes gens s'en allèrent faire des fouilles dans la grange et dans les étables, moi, de mon côté, j'entrai dans la ferme. Je n'y trouvai pas l'ombre d'un chouan, excepté une vieille femme qui cousait à la lueur d'une lampe. Mon arrivée ne la dérangea pas du tout ; elle cousait toujours. — Tout rendu de fatigue, je me jetai sur un vieux bahut recouvert d'une peau de mouton. — Un de mes voltigeurs faisait faction près de la porte dans l'intérieur de la ferme. J'allais dire à la vieille qu'elle allât me chercher une goutte d'eau, lorsque au même instant, un coup de feu part, la vitre de la croisée d'en face vole en éclats, je sens comme un chatouillement à la tête, et au même instant le couvercle du bahut craque sous moi, se disjoint avec fracas, et je roule par terre.

— Tue la culotte rouge, Douillet, cria une voix cassée !

Et à ces mots, une seconde explosion m'assourdit ; je sens une chaude aspersion au visage et une masse lourde qui m'écrase.

— Lieutenant ! vous n'êtes pas touché ? Levez-vous ! l'ordre est rétabli.

C'était mon voltigeur qui parlait de la sorte.

— Bien visé, lui dis-je, tout en me débarrassant, par un mouvement vigoureux d'épaules et de bras, du poids qui m'oppressait.

— Je n'en fais jamais d'autre, lieutenant, me répondit-il.

Le liquide chaud que je venais de recevoir au visage c'était le sang d'un chouan caché dans le bahut. La balle du factionnaire, en lui brisant le crâne, l'avait étendu raide mort. — Le chatouillement que j'avais éprouvé à la tête provenait du coup de feu tiré par quelqu'un du dehors. La balle m'avait rasé le toupet jusqu'à l'épiderme.

— Et la vieille brigande? fit un des auditeurs.

— Elle cousait toujours. Comme accessoire et contraste à cette scène, une petite troupe de lapins tout blancs, venus je ne sais d'où, se mit à sautiller innocemment sur le plancher.

— Satan de pays va, que cette Vendée! s'écria mon lithographe en humant une prise. Depuis le lapin jusqu'au grand gars qui manie le fléau, tout y est brave, d'où je conclus que les lapins artilleurs, que nous voyons chez les charlatans de Paris, ne peuvent qu'être de race vendéenne. — En usez-vous? fit-il en présentant gravement sa boîte au lieutenant.

— Merci, monsieur, — et l'officier lui tourna brusquement le dos, en lui lançant un de ces regards qu'on ramasse fièrement ou qu'on laisse tomber. — Le voisin le laissa tomber.

L'officier ne mentait pas, j'en aurais mis ma main au feu. L'épaulette n'est pas une enseigne de commerce.

Dans le nombre des plus proches auditeurs du jeune lieutenant, il se trouvait trois officiers égyptiens.

Mon voisin, en me les faisant remarquer, me dit :

— Ce Paris! on dirait le rendez-vous de tous les échantillons des créatures du bon Dieu : girafes, ourang-outangs, bayadères, Osages, Albinos, Chinois, officiers de l'armée d'un souverain qui n'en est pas un, que sais-je? on y voit de tout.

— Quels sont ces trois particuliers, s'il vous plaît? fit une voix derrière moi, et celui à qui elle appartenait me touchait sans façon du doigt.

— Ce sont des officiers de l'armée régulière du vice-roi d'Égypte, lui répondis-je.

— Tiens! et pourquoi y en a-t-il deux qui sont blancs et un qui vous est noir?

— C'est que le moricot est le fils du général Boyer, le président de la république d'Haïti, s'empressa de répondre un jeune élégant à physionomie espiègle.

— Ah! d'Haïti! fit le questionneur. — Quel pays est-ce donc que Haïti?

— C'est une île du Nil., où il y a une ville.

— Sac à papier, comme ça file !

Ceux qui écoutaient cette causette avaient les larmes aux yeux à force de rire.

— C'est y donc par là que l'empereur a fait la guerre? reprit notre original.

— Comme vous dites !

— Bigre ! et parlent-ils français, ces messieurs?

— Pardieu, s'ils le parlent ! dit le lithographe; ne font-ils pas l'exercice à la française?

— Juste ! dit l'honnête questionneur en souriant avec quelque chose dans les coins de la bouche qui ressemblait à de la malice. C'est prodigieux tout de même ! Des gens venus de si épouvantablement loin ! — Dites donc ! — Je réfléchis comme ça, que cet officier noir n'a pas besoin de miroir.

— Et pourquoi cela, s'il vous plaît?

— Parce qu'il n'y verrait goutte; — il est si noir.

— Bravo ! s'écria le voisin, — bravo ! s'écria tout le monde.

— Rien que cela. — Sachez, monsieur, dit le soi-disant niais en se tournant vers le jeune élégant, qu'en fait de coqs-à-l'âne, nous ne sommes pas en arrière non plus.

Cela dit, il noua son mouchoir autour de la banquette et sortit.

Mon voisin me regarda — Je le regardai.

— Diable ! dit-il, ça m'a l'air d'une mystification dans le genre du Nouveau Pourceaugnac?

— Mais, un peu, dis-je.

Dans les conversations qui s'engagent sur les banquettes du parterre, il en est naturellement qui roulent sur la pièce et les acteurs. Il en est qui sont imposantes vu leurs aperçus, mais on n'a pas cela tous les jours ; — il en est d'autres qui sont plaisantes d'originalité, et on a cela presque tous les jours.

Sur bien des questions, traitable et bon enfant de son naturel, le Parisien a la fibre de l'amour-propre très irritante et très saignante, pour peu qu'il s'agisse de faire le connaisseur en fait

de choses de théâtre. — Vous savez s'il arrive du tapage au par
terre, lorsque le public prend partie soit pour la Rose Rouge,
soit pour la Rose Blanche de l'art? Ce n'est pas que l'esprit de
critique lui manque; mais il est habitué qu'on apprécie pour
lui, et n'étaient là un Hector Berlioz, un Jules Janin il serait
très-embarrassé de se prononcer catégoriquement sur le mérite
de telle pièce nouvelle, de tel acteur débutant. Mais une fois
que le feuilleton a parlé, une fois que le feuilleton a marqué une production dramatique de son timbre, ou adminis-
tré le baptême à un artiste de belle espérance, le Parisien se
pose hardiment dans la jugerie et après avoir saisi l'idée car-
dinale du feuilleton, il se l'approprie avec un tact tout particulier; il brode sur cette idée et la fait varier comme un thème
de musique qu'un improvisateur habile exploite. — Cependant,
homme de majorité avant tout, à tort ou à raison, il vote avant
tout avec la majorité. Il va de soi que je ne parle ici que par manière d'exception.

Je me rappelle qu'à la première représentation de l'*Esmeralda*
de mademoiselle Bertin et Victor Hugo, j'ai tâté le terrain autour
de moi pour palper un peu l'opinion de mes proches voisins sur les
deux premiers actes qui venaient de finir.

— Que dites-vous de cette *Esmeralda*, monsieur, dis-je en interrogeant un de mes camarades de banquette.

— Cette *Esmeralda?* répliqua le camarade — et de la tête aux
pieds il promena un regard inquisiteur sur ma personne, comme
pour s'assurer de quel bois je me chauffais, et par ce qu'il me répondit, il trouva mon bois assez vert.

— Monsieur, me dit-il, il faut d'abord prendre en considération que mademoiselle Bertin est une demoiselle, ensuite qu'elle
est la nièce du *Journal des Débats*, et finalement que M. Victor
Hugo a daigné tailler un libretto pour elle. — Toutes ces causes
réunies font que...... — Mais pardon, monsieur est-il musicien?

— Oh! que non, monsieur!

— Comment? nous ne savons même pas lire la note?

— Non, Monsieur, je vous avoue que je ne sais lire d'un cahier de musique que ce qui y est écrit en bonnes lettres latines, comme adagio, allegro, presto, etc.

— Ah! monsieur ne sait pas lire la note, répéta à plusieurs reprises mon camarade de banquette.

Ce petit colloque m'avait l'air d'aller un peu sur les brisées de celui de Sganarelle et d'Orgon dans le *Médecin malgré lui*.

— Sachez donc, monsieur, reprit l'interpellé, qu'il y a de ces mystères dans l'art qu'il n'est donné d'approfondir qu'aux hommes qui connaissent le mécanisme de la composition, et ainsi, ce qui peut paraître médiocre au laïque.. . . . .

— (Diable, me dis-je, laïque, joli mot.)
paraîtra d'un mérite transcendant au clerc, *et vice versa;* et puis si nous prenons le progrès qu'a fait l'art musical depuis Palestrina, et les nouvelles sensations que cet art a créées, et le goût qu'il a épuré, et les leçons du beau qu'il a données au public, et la multitude de connaisseurs que la musique moderne a formés sans leur communiquer une seule règle de basse fondamentale, il suit de là, — remarquez bien, — qu'il n'y a rien de si facile que de décider en dernière instance sur la valeur intrinsèque d'un opéra. —Vous comprenez, n'est-ce pas?

Je balbutiai un oui bien sot.

— L'auteur donc de l'*Esmeralda*, poursuivit-il, si vous voulez bien considérer sa jeunesse et surtout son sexe, qui d'ordinaire témoigne une antipathie prononcée pour l'application assidue; — si ensuite vous considérez qu'en fait de maëstro femelle nous ne connaissons que madame Sophie Gail et mademoiselle Bertin, vous serez d'avis, monsieur, que cette dernière a réellement fait preuve d'héroïsme; — oui, c'est le mot; — en venant présenter à l'adoption de ce terrible public son enfant chéri (veuillez ne pas interpréter à mal cette tournure de phrase), nommée *Esmeralda*. — Telle est, monsieur, mon humble opinion sur la pièce à laquelle nous assistons.

Ce dit, mon homme se caressa le menton avec l'air de quelqu'un qui semble dire : « Tire-toi de là, mon brave, si tu peux. »

Après deux actes de cruelle épreuve, *Esmeralda* ne battait plus que d'une aile, la pauvre enfant, et de syncope en syncope, elle arriva au quatrième acte. Un murmure désapprobateur l'accueillit au cinquième, l'impatience s'élevait flux par flux ; enfin, chose inouïe à l'Académie royale de musique, un sifflet coupa l'air de son fil acéré, les clés forées sortirent des poches, et l'horrible malédiction du public contre l'œuvre élaborée, contre l'œuvre de tant de veilles, de tant de peines et de tant d'espérances fut reconnue ne valoir rien.

Oh ! cruel ! cruel ! C'est un véritable ministère de bourreau que ces exécutions capitales ! Et impossible d'en vouloir au public, n'exerce-t-il pas un droit de représailles ? — « Tu me fais mal, je te fais pis ; » c'est ce qu'il pense, bien que l'Évangile pense autrement. Cependant quelquefois il tue juste, quelquefois il tue à faux. — Le *Fidelio* de Beethoven a eu le même sort que l'*Esmeralda* de mademoiselle Bertin. En musique surtout, chaque arrêt rendu est sujet à un recours en grâce. C'est un art qui, entre tous les arts, possède la faculté d'anticiper sur le temps. Nous ne spécifions rien ici, nous généralisons.

Donc les sifflets allaient bon train, disions-nous.

— Ah ! entendez-vous cela ! s'écria notre Aristarque de tantôt. Ne vous l'avais-je pas fait pressentir ? Ces rumeurs, ces coups de sifflets sont le complément de mon opinion de tout à l'heure.

Et puis il reprit en se cardant le toupet avec ses cinq doigts écartés.

— Quand, dès son plus jeune âge, on a été nourri de bonne musique comme votre serviteur, on finit par avoir le goût aussi fin qu'ambre et la bosse musicale meublée comme..... comme chose. Oh ! c'est sciant.....

(En sait-il des mots celui-là, me dis-je à part moi. — Sciant !) ... — que cette *Esmeralda !* et, ainsi parlant, mon fin critique tira une énorme clé de sa poche et se prit à siffler comme s'il eût été le chef d'une bande de brigands dans les Abbruzzes.

Lorsqu'on paie un plaisir, on le veut au complet. C'est l'idée première de la plupart des acheteurs. Ces messieurs oublient

pourtant : que, pour que la satisfaction soit complète, il faut
la perfection ; que l'homme a beau vouloir créer du parfait,
il ne fait que s'acheminer vers la perfection. Mais ce qu'on n'oublie jamais, c'est que l'argent est la chose la plus complète et la
plus parfaite connue. De là vient, je présume, cette tendance
plus ou moins prononcée à blâmer plutôt qu'à louer tout plaisir
acheté. — Nous ne disons cela que pour constater un fait —
c'est que dans la salle d'un théâtre il se trouve ordinairement
plusieurs sortes d'acheteurs, parmi lesquels deux catégories distinctes : les uns vous font faire presque du mauvais sang, à force
d'étaler fastueusement une opinion arrêtée d'avance et émise avec
un certain aplomb paradoxal qui produit comme de la sensation;
les autres font les délices de leurs camarades de banquettes par un
laisser-aller de niaiserie piquante dans leurs jngemens et de je ne
sais quel mouvement d'esprit balourd et tout-à-fait drôlet; — et
à Paris, tout Paris qu'il est, et à l'Opéra, tout Opéra qu'il est,
on voit de ces rhinocéros. J'en ai rencontré plusieurs qui
étaient gentils à les mettre en cadre ! — Et à la suite de la citation la preuve.

A une représentation des *Huguenots* un individu qui portait
en écharpe une grosse chaîne de montre, force breloques et une
casquette moyen-âge — disait.

— Nom d'un Dieu ! que cela vous doit être une chose furieusement difficile que de manier les baguettes des timballes comme
ces gaillards le font à l'orchestre ! — (Il prononçait *orschestre.*)—
Comment s'y prennent-ils ces diables d'hommes pour faire partir
soudain un roulement aussi menu ? On dirait qu'ils versent un sac
de grosse dragées sur la peau tendue.

Mais un monsieur, à besicles d'écaille, qui exhalait une forte
odeur de *patchoula* et faisait parade à tout moment d'un véritable
foulard des Indes, nous donna le prix de ce que valait l'aune de ses
jugemens.

D'abord, il disait à qui voulait l'entendre qu'il était venu tard à
la location des stalles, sans quoi il aurait pu se procurer une stalle,
vu qu'il était habitué à être toujours en stalle. Puis il soutenait

que M. Habeneck ne savait pas conduire un orchestre, que l'introduction des orgues dans les nouveaux opéras était un barbarisme tudesque *écorchant*, — qu'il s'étonnait comment le public souffrait des innovations aussi licencieuses que les conversations à mesures brisées de certains finales et introductions comme celles qui ont lieu à la fin du premier acte de la *Fiancée* d'Auber;—que Duprez ne possédait pas le secret de faire partir la note avec cette adresse qui consiste à ce que la note lancée ne revienne pas se choquer avec la note partante; que la grosse caisse donnait de l'énergie à l'exécution, et que finalement il ne concevait pas comment on n'avait pas imaginé jusqu'à présent quelque instrument original qui eût harmonieusement ravitaillé la mélodie de toute cette masse d'instrumens de si vieille date.

— Voulez-vous la guimbarde à grandes proportions? dit un plaisant après avoir écouté avec calme toutes ces savantes récriminations.

Comme on le pense bien, les rieurs ne furent pas du côté du monsieur à besicles d'écaille et dont le véritable foulard des Indes exhalait une forte odeur de patchoula.

On est quelquefois très-malin au parterre de l'Opéra et l'on s'y entend très-bien à saisir la balle au bond ; à la moindre idée biscornue qui vous échappe, on tape dessus. — Le Parisien est passé maître à décocher une pointe, — c'est connu.

Un autre soir, un jeune homme, grand consommateur de marrons, me disait naïvement en broyant entre ses dents molaires le fruit farineux.

— C'est prodigieux ! une machine d'opéra comme ce *Moïse !* Comment appelez-vous ce magicien en robe de chambre couleur chocolat?

— Levasseur, répondis-je.

— Cré mâtin ! voilà un farceur qui se moque pas mal de la pulmonie. S'il avait une mise plus soignée, il lui en ferait voir de belles à ce Pharaon qui se pavane sur son trône; car vous conviendrez, monsieur, qu'une pauvre défroque comme celle que porte cet Hébreu-là ne vous en impose pas trop. Il ne suffit pas

24.

de beugler et de faire le crâne parce qu'on a le bon Dieu dans le corps, il faut tâcher aussi de produire de l'effet par le costume.

— Ce qui me passe, disait un autre spectateur, c'est que ces gens de l'orchestre et ces gens de la scène puissent se taire subitement, et que tout d'un coup ils reprennent le fil du chant tous à la fois comme s'ils s'étaient donné le mot.

— C'est probablement, répondit celui à qui s'adressait la question, par le même procédé que celui en usage chez les soldats lorsqu'ils exécutent le chargement en douze temps.

Tous ces propos avaient trait à la musique, comme on le voit; en voici un qui a trait à la danse. Je l'ai ramassé encore à l'époque où Taglioni la sylphide, réalisait l'idéal de la sylphide sans sortir de Paris.

Ainsi, à une représentation du ballet du même nom, quelqu'un se plaignait à un autre quelqu'un en ces termes :

— Ils se moquent de leur monde, ces gens là !

— Qui? fut la question.

— Pardieu! ceux qui m'ont fait payer mon billet d'entrée. — Je vous demande, pourquoi cette sylphide est-elle attachée à un fil d'archal?

— Probablement pour qu'elle ne tombe pas.

— Voyez la malice, répondit le quelqu'un numéro 1, on m'a dit comme ça qu'elle allait voltiger de fleur en fleur, sans aide de quoi que ce soit, et on te l'a attachée à une corde, ni plus ni moins qu'un polichinelle de cartes. Grand'chose! toute fillette un peu fluette en aurait fait autant.

— Et les lois de l'attraction, reprit le quelqu'un numéro 2.

— Ah! bah! lois de l'attraction, pour la caisse qui a pris mon argent, oui! — Je vous l'accorde, — lois de l'attraction, ça ne me regarde pas, — c'est besogne de savans; — c'est l'affaire de la sylphide, — elle ne s'appelle pas Taglioni pour rien. — Si je te l'avais su, pas si bête que de venir ici.

Et, de rancune, il se bourra le nez de fortes prises de tabac.

Voilà les individualités. — Ce sont des apparitions de hasard, hâtons-nous d'ajouter : dans les trois cent soixante-cinq jours de l'année ils trouvent un jour de bonne fortune financière, et viennent à l'Opéra, sans se soucier si pour eux il y aura ruine ou non. — Quant à la masse, il est constant que si elle ne comprend pas finement, elle sent profondément. Paris dilettanti ne ressemble à aucun public étranger et dilettanti. On ne saurait aussi sans injustice l'accuser comme on pourrait le faire à l'égard de tel autre parterre de telle grande capitale, de manquer de physionomie, soit dans l'audition, soit dans la contemplation, aussi bien que le surprendre dans quelque grande bévue d'appréciation commise à l'unanimité. A l'Opéra Italien, il manifeste plus de goût que son confrère le parterre de l'Opéra. — Que de fois ne l'entend-on pas se pâmer d'aise et exhaler en soupirs son admiration lorsque le chant suave d'un Rubini ou d'une Grisi, s'épand délicieusement sur ses nerfs. — Cependant, malgré les confessions les plus passionnées de sa conscience musicale, il est plus libéral de couronnes de fleurs, de guirlandes et de hourras d'enthousiasme envers Terpsicore qu'envers Euterpe ; — et remarquez bien que c'est partout de même. — Est-ce caprice ? — Non, c'est franchise. — Le chant cause poésie avec l'âme ; — la danse se livre poétiquement aux sens. — Vous êtes homme, c'est-à-dire que vous êtes un appareil intelligent dont chaque ressort est trempé de sensualité, chez qui plus, chez qui moins ; — et comme, sommairement parlant, le public est plus homme que femme, et que le personnel d'un ballet est presque tout femmes ; il résulte de cette évaluation statistique que la danse obtient les honneurs du grand triomphe, là où le chant n'obtient que l'ovation. Mis en parallèle avec la femme, vous, homme, êtes tout chair. Je doute qu'on trouve des alimens assez délicats, assez exquis pour contenter les appétits immatériels de cette dernière. Si elle est femme du monde, elle court aux banquettes de la cour d'assises ; — si elle est affublée d'une robe grise et qu'elle s'appelle *sœur de charité*, elle va chercher l'émotion raffinée au chevet du lit du cholérique, de la femme sans nom brisée d'infortunes, ou du forçat malade qui blasphème. Croyez-moi, soyez poète, profondément poète, mais homme ; et la première pose divine de Marie Taglioni, et le premier pas

voluptueusement pittoresque de Fanny Elssler suffiront pour que
vous péchiez en idée — là , de souhaits, — ici de désirs.

Mademoiselle Taglioni est loin de Paris ! il n'y reste d'elle
que son souvenir. Mademoiselle Elssler y séjourne encore. —
Pour les absens la mention, pour les présens la description. —
Fanny est présente. — Voyons ce que c'est que Fanny?

Ni l'orient ni le nord de l'Europe ne la connaissent de près,
au moins à l'apogée de son talent... Plaignons le nord et l'orient
de l'Europe. — Oh ! Paris! bijou des bijoux! Vieux coffre ver-
moulu d'un ladre, que ton aspect est vilain, que ton contenu est
magique!—Industrie, de côté,—rendez-vous de savoir, de côté,—
délices gastronomiques, de côté : — mille sujets philosophiques à
étudier chaque jour,— de côté, de côté, mettez tout de côté ! Ne
vous réservez qu'un essaim d'oiseaux de paradis doués de tous
les prestiges de talent , tels que : Grisi, Dorus-Gras, Damoreau,
Jenny Leplus, Anaïs, Volnys, Noblet, Plessy, Doze et une foule
d'autres arrières-nièces de feue Circé , et Paris restera toujours
la ville par excellence, le non-pareil Paris.

Mais comptez-les par milliers ces enchanteresses, au lieu de
les compter par douzaines ; mais faites que vis-à-vis la grande
convoitise masculine, elles ne soient que fleurs sur la tige et
jamais fleurs cueillies. — Alors, des ministres, elles en feront
des valets de pied ; — avec les budgets — elles tapisseront les
magasins de modes ; — les chartes — elles les mettront en papil-
lotes. — Dans cette troupe de magiciennes, si Fanny n'est pas
reine, elle est princesse pour le moins.

Cette nature qui est tout caprice a voulu — qu'il n'y eût que
roses entre le versant méridional des Balkans et Andrinople, et
qu'entre Vienne et Trieste, il n'en eût que de laides ; mais qu'à
Vienne même, il n'y en eût que de belles. — Mademoiselle Fanny
Elssler est de Vienne. Entre les charmantes, elle est une des
plus charmantes. Par la grâce, sœur des Ondines du Danube,
par le feu qui pétille dans tout son être, elle est de sang Javanais.
— Le cou du cygne ondoyant, — le corps de Fanny pliant, —
c'est tout un. Les vertèbres obéissent chez l'un , obéissent chez

l'autre. Lorsqu'on la voit danser, le pouls est en révolte, le sang
en émoi ; — n'étaient là, les municipaux et surtout le ridicule,
on envahirait les coulisses et on l'enlèverait comme une Sabine.
— Si jamais dans la *Cachoucha* vous la voyez, rappelez-vous ce
que je vous dis. — Quelle danse ! — Et comme Fanny la
danse !

La voici en position ! — Robe, satin rose, — basquine en
blondes noires, bas gris, manches courtes, — la corbeille de
fleurs garnie de blondes noires aussi, et découpée en fleurons de
couronne. Voici la castagnette qui prélude par un graissement
saccadé et puis lance ses éclats de rires cassans et ne cesse d'être
follement gaie, et ne cesse de rire de plus belle.

Va, va, Fanny ! folle Andalouse, qu'un honnête Autrichien,
végétal pensant, buveur de bierre, fumeur de *knaster*, a engendrée ; — montre-toi dans tes attitudes pittoresques, continue
comme tu le fais tes pétulances de corps si harmonieuses, tes
bris de lignes, tes tournoiemens si prestes ! Va délicieuse Fanny !
Cambre-toi ! fais frémir ta hanche moelleuse sous la basquine —
régale-nous enfin de ce regard au fluide qui enivre. — Ha ! bien !
— bien ! arrête-toi souvent dans cette pose ; le bras courbé au-
dessus de la tête, la castagnette pendante dans ta main comme la
grappe de la treille dans la main de la bacchante, — l'œil la
fixant, la bouche à demi-entr'ouverte et paraissant...... (disons
tout, — si hospitalière au baiser !) le bras droit coulant le long de la
taille et de l'épaule jusqu'à la région du genou, formant une des
plus ravissantes descentes qu'on puisse voir ! — Oh ! quelle pose !
— Puis en lignes droites, en courbes, en cercles, elle s'avance, ne
cessant de semer comme grêle les trilles sèches de ses casta-
gnettes, — et tout-à-coup la voilà qui se courbe jusqu'à terre
et se tord comme un serpent dans des ondulations indescrip-
tibles. — Quels mouvemens, quelles intentions incendiaires dans
le jeu de sa physionomie ! — Hommes ! à genoux ! — Voilà
l'idole de vos adorations. Mahomet ! la voilà, ta houris !

C'est une légère broderie de la *Cachoucha* que nous avons
essayé d'étaler à vos yeux. — Et la pantomime de Fanny ? —

Nulle n'en possède le secret. Sa danse embrase, sa pantomime
touche. — Dans le *Diable Boiteux*, dans *la Muette* surtout,
quel pathétique! quelle intelligence! quels accens déchirans! —
Une interpellation lui est-elle adressée? — voilà qu'elle tourne la
tête — c'est fugitif comme l'idée première d'une bonne action,
et cela attriste fort, ou réjouit fort! — Affirme-t-elle? on l'admire
parce qu'elle affirme — nie-t-elle? on raffole d'elle parce qu'elle nie.

Le genre de Fanny n'est pas le genre de Taglioni. — Cependant, en présence de l'une ou de l'autre, on jouit sans
penser, et après les avoir vues, on pense à laquelle donner plus
d'amour! — Je crois que si Fanny était moins belle, elle serait
ce qu'est Taglioni. C'est peut-être, parce que cette dernière
n'a pas reçu en partage une grande beauté que sa danse a acquis
ce type de perfection épurée avec lequel les rêves mythologiques
ont marqué les figures des filles immortelles de l'air. Plus
une femme est belle et plus prononcé est l'instinct de coquetterie
qu'elle apporte en naissant. En effet, avoir la pensée incessamment en état d'hostilité contre les hommes, c'est le mot
d'ordre de la fillette de douze ans qui est jolie, et de la femme
de trente ans, qui est jolie; — chez la première à son insu, chez
la seconde à son su et avec des circonstances un peu aggra-
vantes. — Nous disons donc, peut-être à tort, que les grâces in-
nées de mademoiselle Taglioni, et sa quote-part un peu parci-
monieuse d'attraits, l'ont faite ce qu'elle est. L'absence d'un
sens chez les infirmes fait que le sens mort acquiert double vie
et ainsi de mademoiselle Taglioni. Elle a compris qu'il lui fallait
conspirer contre le sentiment; elle a persévéré, et elle a vaincu. —
Les belles et les gracieuses n'avaient qu'à vouloir pour charmer,
mademoiselle Taglioni a dû réfléchir.

Si je ne me trompe, Paris la boude un peu de ce qu'elle l'a
quitté. — Égoïste! — Elle a tant pleuré à Paris! — et pour l'oublier, elle a pris son vol vers sa patrie, — le nord. Les attentions
les plus délicates, les surprises du goût et du tact le plus exquis
y continuent à être son lot. — Le grand Empereur du nord qui
possède une Golconde entre l'Irtysh et l'Oby, et un Pérou le long

de l'Oural, ne tarit pas envers mademoiselle Taglioni dans ses libéralités souveraines.

Mais, avant que le rideau tombe, faisons une question. Pourquoi Paris ne produit-il plus de danseuses hors ligne ?

La belle et grande institution de l'Académie royale de musique forme une danseuse, lui assure une existence, et la danseuse reste à jamais talent local, mais ne devient jamais talent européen. D'autre part arrivent soit du nord, soit de l'occident des étrangères, — elles se forment sous le pénétrant coup-d'œil du feuilleton et laissent les Parisiennes à mille lieues loin d'elles. Les grâces ne frayent-elles donc plus qu'avec l'esprit des Françaises ? C'est le cas de citer ici cette fille venue du froid pays du vieux Odyn, un charmant lys de modestie, d'élégance et de légèreté ; elle se balance sur la scène comme un colibri dans l'air. Lucile Grahn est son nom. Walter-Scott aurait-il propagé une vérité au lieu d'une fable touchant les sylphides ? Après Lucile, vient madame Maywood, cette Américaine qui vous décoche des pointes chorégraphiques à vous aveugler net ! C'est une gazelle bondissante ou une flèche déplumée, qui dans son vol perd l'équilibre.

Je suppose une société ainsi composée : Elssler, Grahn, Maywood, et puis.... va pour Nathalie Noblet, va pour Alexis Dupont, ces deux dernières, riches de leur trousseau de danseuses, et ce qu'il contient s'appelle *Jaleo de Jerès*. Eh bien, si ces dames voulaient quelque jour prendre leur essor et voltiger comme de charmans papillons au souffle du zéphyr dans toutes les directions du continent, elles retourneraient à Paris chargées de plus d'or que ne le furent jadis les moines colporteurs d'indulgences à leur retour à Rome, sous le pontificat de Léon XII. — Autres temps, autres mœurs !

Donnons maintenant un coup de lorgnon aux nymphes subalternes qui forment le cortége des nymphes supérieures. Oh !... pardon, mais je..... j'ai manqué de leur appliquer les paroles d'Auguste à Cinna dans la fameuse scène du cinquième acte.

C'eût été d'une injustice extrême. Par exemple, mesdames Fitz-James, Maria, Dumilâtre, et cette petite Mazillier, aux yeux de jais, sont très-agréables à voir : — leur danse a des touches délicates, parfois même des saillies gracieuses. Voyez madame Mazillier danser la *Tarentelle*; celui qui l'a vue dans ce pas aux dessins voluptueux, qu'il se garde d'aller voir danser la *Tarentelle* en Calabre. Je ne parle pas d'art ici (il n'y a pas d'art en Calabre), mais du coloris. — Sont-ils capables, là-bas, d'en avoir un aussi ardent que celui de cette petite provençale ; je les en défie.

Cependant, il me peine beaucoup de dire toute la vérité sur le corps de ballet de l'Opéra ; — il est en décadence, et il ne faut pas être très-difficile pour ne point s'en apercevoir du premier coup. Le travail excessif auquel sont sujettes celles qui le composent les a toutes exténuées. Elles paraissent un peu passées, un peu fanées, un peu chiffonnées, c'est comme de jolies fleurs qu'on aurait oublié d'arroser (et fleur est ici figure — fleur étant synonyme de beauté, et le corps de ballet de l'Opéra synonyme de.......). La vigueur de la carnation, qui, chez les toutes jeunes, devrait même braver le fard, n'y est pas ? Tout cela est aussi douteux, aussi terne, aussi effacé que — leurs toilettes.

Quant aux hommes, — ne m'en parlez pas. — Dieu les bénisse ! Que nous veulent-ils avec leurs bras en forme de pelles et dont ils ne savent que faire, avec leurs muscles en reliefs, leurs cous veinés, leurs mains rougeaudes, que nous veulent-ils ?

Assistant un jour à je ne sais quel ballet du théâtre de San-Fenice à Venise, j'ai éprouvé un dégoût, mais un dégoût à fuir de la salle, en voyant un grand flandrin de danseur dont le tricot était trop échancré sur la poitrine. — Oh ! l'horreur ! oh ! le vilain callitriche ! c'était à en avoir des nausées.

Dans ce ballet il y avait encore un damné Zéphir de cinq pieds six pouces qui vous donnait envie de le rosser. — Ce bourreau de Zéphir avait oublié ce jour-là de passer à la boutique du barbier ; — aussi son menton avait-il l'air d'une botte qui reçoit sa première couche de cire. Ses bras étaient secs, velus, osseux, et faisaient une disparate choquante avec ses ailes de gaz et sa corpulence de porte-faix.

Pour Dieu, soyez donc raisonnables, messieurs ; — ne dansez pas ! — Faites de la prose dans les ballets, remplissez les rôles de niais dans les ballets bouffes, mais ne dansez pas, et surtout ne soyez pour rien dans les allégories mythologiques. Faites montre de vos grands ébats au cirque de Franconi, à la bonne heure ! sur le cable tendu des Funambules, — à la bonne heure ! Mais tenez-vous bien décemment à l'écart au théâtre de la rue Lepelletier. — Le croirait-on, qu'excepté Pérot, Paris n'ait pu fournir dans ces derniers temps un seul danseur célèbre ! C'est une véritable cigale que cet homme ; — vous fait-il des sauts, — en fait-il ? — Quand Pérot danse, on dirait que la planche est de connivence avec lui ; — elle le renvoie à dix pieds dans l'air. — Vous ne direz pas que la cigale est un bel insecte. Quand vous verrez Pérot, vous ne direz pas que c'est là un beau garçon. Si vous dites que la cigale est belle, j'en dirai autant de Pérot. — Son savoir-faire étonne, — mais j'aimerais cent fois mieux un jeune matou polissonnant avec sa jeune sœur, que Pérot faisant ses gambades, bras dessus bras dessous avec Sabine Grisi, sa femme. — Passé l'adolescence, un homme ne devrait plus danser sur la scène.

Les poètes grecs font danser les paillasses de la mythologie, les faunes et les satyres, — genre masculin. — Mais ils se gardent de faire danser les dieux, les demi-dieux et les héros, — dans la juste crainte d'être compromis. Ces arbitres du goût ont abandonné l'empire de la grâce aux déesses et aux nymphes, — genre féminin. Encore un coup, pour Dieu, messieurs, ne dansez pas !

Le ballet clôt ordinairement la représentation, — c'est de règle. — Un sujet épuisé clôt la discussion, — c'est de nécessité. — La représentation étant finie de fait, le sujet étant épuisé de droit, on se précipite aux portes, et on ne les gagne qu'à son corps défendant. — A la sortie de la salle, premier assaut ; à la sortie du théâtre, — second assaut. Une fois dans les corridors, on se dit : « Me voilà sorti ! » — Mais de dire à faire il y a loin. Sortir sans un bon rotin ou sans un parapluie pour retourner nuitamment chez soi, je ne le conseille à personne ; le pavé et le ciel de Paris ne sont pas plus sûrs l'un que l'autre, — et ayant parapluie ou canne, on les laisse, comme nous l'avons dit, au dépôt où tous ces objets se gardent. — Mais avant de gagner la rue, il serait curieux d'observer pendant une minute ou deux à l'écart les prouesses de l'égoïsme humain dans un cas de très-minime intérêt, — dans celui de ravoir son parapluie avant les autres. Pour lors voyez ce qui se passe au bureau de location. — On s'étouffe, on travaille à coups de coudes, à coups d'épaules, on s'injurie, on brise les cannes, on déchire les parapluies, et lorsqu'on sort de cette bagarre avec quelques boutons de moins ou même avec une poche de moins, on regarde molester les autres et l'on rit.

A l'entrée ça coûte, — on a vu comme. — A la sortie cela coûte encore, — on vient de voir comme. — Est-ce payer cher? — Non. — Le plaisir est vif, rideau levé; — le plaisir est vif, rideau baissé.

Les attraits de Paris lyrique sont grands : — Paris, spectateur à l'Opéra, est original. — Ce qu'on a lu n'est qu'un essai ; — pour plus amples informations sur la statistique, sur le régime gouvernemental, les mœurs et la biographie du peuple artiste qui vit sous les lois de M. Duponchel, nous renvoyons le lecteur aux journaux qui exploitent spécialement cette matière.

CHAPITRE VI.

COURTE VISITE AU THÉATRE FRANÇAIS. — LA TRAGÉDIE
CLASSIQUE.

Si la branche des beaux-arts que l'on cultive à l'Opéra diffère
essentiellement de celle que l'on cultive aux Français, le public de
l'un et de l'autre de ces deux théâtres est le même à quelques variantes près ; et lorsque je dis : « Il est le même, » je veux faire
entendre par là — qu'il comprend de même. — La ressemblance
entre hommes n'est pas dans le plus ou le moins de parallélisme de
leurs allures physiques, mais bien dans l'accord de leurs croyances
respectives sur une question donnée, et comme d'après les règles
du tact littéraire le moins fin, deux similitudes de couleur uniforme constituent le délit de la redite, nous croyons l'esquiver en
passant, après avis préalable toutefois, à la partie morale et
technique du sujet que nous avons en vue de traiter.

La force numérique des assiégeans du bureau est toujours
moindre, proportion gardée, aux Français qu'à l'Opéra, à moins
qu'une pièce nouvelle, vogue tenante, n'attire la foule ; et dans
ce cas la queue s'allonge et disparaît dans le clair-obscur du sombre passage qui mène au Palais-Royal, pour ne reparaître au
grand jour que sur les limites de la galerie de Nemours. Une
fois les portes ouvertes, elle s'y perd comme le serpent dans son
trou, et tandis que le monde s'éparpille en hâte sur les escaliers,
l'étranger s'oriente, prend langue partout et finit par s'arrêter un

moment devant la statue de Voltaire qui orne le vestibule ; et de l'air dont le philosophe vous regarde, on dirait qu'il vous hait, vous, et tous ceux qui passent, et de l'air dont il vous regarde, on dirait qu'il s'en prend à toute la société, au genre humain entier pour la sanglante injure que lui fit le duc de Rohan dans le temps. N'étaient les coups de bâton de ce seigneur, le génie de cet homme aurait peut-être poussé le monde dans une voie d'amitié plutôt que dans une voie de contentions sans fin. — Oh ! fuyons ce regard, ce sourire, il fait mal à voir, et pénétrons au plus vite à travers la foule dans cette salle, où ce même Voltaire, il y a cinquante-six ans, fut l'objet d'une adulation inouïe dans les annales des folies humaines ! Oui, il y a cinquante-six ans que cette apothéose a eu lieu ; depuis cette époque, des centaines de générations de vers se sont succédé les unes aux autres au Père-Lachaise, — et le croirez-vous? Lorsque le temps est sec, lorsqu'il n'y a pas de danger d'attraper un catarrhe ou un rhumatisme, on est sûr de rencontrer aux stalles du théâtre Français deux ou trois ruines vivantes qui ont vu de leurs yeux de jeunes gens le buste de Voltaire couronné par mademoiselle Clairon! — Oui, cela est tel qu'on vous le dit ; — nous n'inventons pas. — Comment ces rachitiques vieillards ne sont-ils pas morts sur place, le jour où de jeunes fous irrespectueux en tout et irrespectueux pour tous, ont jeté une perruque sur la scène en criant : « Enfoncé Racine ! — Enfoncé Corneille! » — Cela nous passe !

Pour les voir de près et bien, il faut aller rôder au foyer. — Salle assez spacieuse, — cheminée large, — bon feu en hiver, — bien aérée en été, et... et... que m'importe le reste ! — J'ai oublié le reste. Savez-vous pourquoi? C'est que le buste de Molière sous la grande glace m'a toujours donné des distractions. — Oh ! quel buste ! quelle physionomie ! — Ce marbre est la vie même. Ce marbre est le génie! — Qu'il est beau, Molière ! quels traits admirables ! c'est à s'en amouracher. — Et, tout à côté, ce Regnard à l'air fièrement provocateur, qui semble dire aux femmes : « Voyons, qui est celle parmi vous qui va me résister ? Je suis beau et magnifique, et j'ai tant de grâces dans l'esprit ! » — Je vous dis qu'il faut faire un tour au foyer pour admirer ces deux bustes et pour voir de près quelques-uns de ces aides-de-camp du père Saturne groupés devant la grande cheminée, et devisant sur les énormités dramatiques avec lesquelles on ose polluer la scène française, dans leur conviction la première scène du monde. Une petite troupe de blancs-becs de cinquante à soixante ans, génération nouvelle de puristes, les entoure. Ils disent oui, quand leurs aînés d'âge disent oui; ils disent non lorsque leurs aînés d'âge disent non. Mais, hélas ! excepté la trentaine de bustes en marbre qu'on voit au foyer, et qui représentent l'élite des auteurs dramatiques français, personne ne partage l'opinion de ces décombres d'un siècle qui est si près de nous par le temps, et si loin de nous par la marche envahissante de nouvelles idées, de nouveaux besoins. Ils pensent pour eux, ils parlent entre eux, rarement aux autres ; ils sont connaisseurs en fait d'art; — vous ne l'êtes pas, vous. Montrez un peu d'indépendance dans vos jugemens, ils se fâchent. Nous avons remarqué que leur dépit intime ne se trahissait jamais par d'inutiles jérémiades, mais toujours par une certaine ironie coupée d'esprit, — et qui nous a mis en mesure de pouvoir établir en fait que l'âge très-avancé peut faire craquer la gaine charnelle du Français, mais que chez lui il ne saurait entièrement émousser le morfil de l'esprit. —Que de fraîches et jolies petites méchancetés nous avons parfois attrapées à la volée en prêtant une oreille attentive d'un côté, en prêtant une attentive oreille de l'autre, sans qu'il y parût.

Entre beaucoup de propos, nous en avons ramassé un que nous ne relevons que pour la bizarrerie du parallèle. — Le voici :

— Maître Scribe, au demeurant, homme d'esprit, et la femme du cordonnier dans le *Diable à Quatre*, vont de pair.

Ainsi parlait, un soir, un de ces Nestor du foyer à un jeune homme qui venait de hasarder un avis assez leste sur Marivaux.

— M. Scribe, continua l'antique habitué du Théâtre-Français, s'est levé un beau matin salué du titre de rénovateur de la haute comédie, et la femme du cordonnier s'est levée saluée du titre de marquise.

— Et elle finit par redevenir cordonnière, répartit le jeune homme.

— Preuve de sagesse, fit le vieillard.

— Et Scribe, ne vous en déplaise, dit le premier interlocuteur en poursuivant sa phrase, tient toujours le sceptre de la comédie.

— Preuve, monsieur, que le siècle a des instincts usurpateurs, conclut le vieillard en jetant un regard malin sur le buste du roi.

Au même instant, la cloche de l'avertisseur fit entendre son appel d'usage, et le contemporain de Lekain s'en fut d'un pas assez leste. — Il n'avait garde de tarder, le vieux critique.

Et pourtant c'était mauvais que *Bertrand et Raton* (on les donnait ce même soir).

Et pourtant c'était détestable que *Mademoiselle de Belle-Isle* (on la donnait un autre soir).

Et l'autre fois et cette fois, au premier carillon de la cloche, — vite de se hâter lentement, tant blancs-becs de cinquante ans que vieillards de quatre-vingts.

Ces bonnes vieilles gens, dont les souvenirs se hérissent à chaque rapprochement qu'ils sont à même de faire entre ce qui fut et ce qui est, sont, dans la salle du Théâtre-Français, comme des gerçures de hasard dans un tableau qui vient de quitter le chevalet du peintre. A l'Opéra, ils ne sont pas à poste fixe; aux Français, ils sont piliers lézardés des coulisses.

C'est tout ce que nous avions à spécifier, afin de faire sentir au lecteur en quoi consiste la légère dissemblance qui existe dans la physionomie des deux espèces d'habitués, dont les uns rue Lepelletier, les autres rue Richelieu. — Sans ces pauvres vieux intrus, c'eût été de même là-bas, c'eût été de même ici.

Pensant être quittes sur cette matière, nous allons en entamer une autre. — Aux Français, que pourra-ce être, sinon du Corneille, du Racine, du Molière avec héritiers ? Quoiqu'on dé-

roge souvent rue Richelieu, on y a cependant la mémoire recon-
naissante pour le souvenir des classiques françąis.

Depuis 1636, que la tragédie aux trois unités se trouve dans
le domaine de la réflexion publique, elle a éprouvé à plusieurs
reprises la versatilité des jugemens humains. Même aujourd'hui,
au plus fort de l'alerte philosophique la plus vivace, en pleine
séance d'examen d'un siècle inquisiteur s'il en fut, on la laisse
dans le provisoire, on tarde à signer ses lettres de naturalisation.
— Elle ne se lasse pourtant de demander justice, on ne se lasse
de la lui refuser. — Dans ce moment, on l'écoute ; — c'est qu'une
jeune fille lui sert de drogman. — Qu'elle se taise, et le public
dormira à l'audience, comme il faisait avant son apparition.

Quelle peut être la cause de cette inhospitalité avérée ? — Sauf
voie d'appel à notre opinion, nous répondons; qu'elle se laisse
deviner dans la position respective de la demanderesse, qui est la
Tragédie, vis-à-vis le tribunal compétent, qui est le Siècle.

La tragédie aux trois unités est une œuvre de profonde méditation, une œuvre d'enseignement ; et, tout en méditant profondément, le siècle n'enseigne pas....., il apprend comment on
parvient à *avoir*? — Soigneuse à l'excès de sa bonne et haute renommée, la tragédie classique se pose partout en matrone toute glorieuse de sa réputation de sagesse. Si parfois elle n'est pas chaste
de pensée, — de formes, elle est chaste toujours. Dans le maintien, elle accuse le calme et la sérénité de la grandeur, la grâce
de la virilité; et nous, enfans de l'époque, nous sommes jeunes,
fougueux, peu chastes, peu gracieux. — Parmi beaucoup de
griefs qu'on lui impute, il en est un très-grand ; — c'est celui
d'avoir songé à se discipliner. Mais le plus grand, c'est que son
génie est éminemment conservateur. Conserver vis-à-vis un siècle
qui se continue, — c'est-à-dire un siècle qui envahit ; — partant
de là, nous concluons que, à l'égard de nous autres modernes,
la tragédie classique est coupable, parce qu'elle nous critique rien
que par le contraste. Mais est-elle forte en droit devant les lois
d'une saine logique? Je ne le pense pas, car elle a dépassé la
limite de la norme morale actuelle : elle a rêvé dans l'Olympe. Son

idée première, si je ne me trompe, fut d'entourer l'homme de
toute la majesté souveraine de sa vocation. — C'est une faute de
sublime conception, ce me semble. Elle nous présente un monde
à situations morales exceptionnelles, un monde qu'elle a disposé
avec symétrie dans un lieu donné, qu'elle a convoqué pour tant de
couples d'heures, un monde ivre de passions et agissant sur un
plan stratégique mesuré à la règle. Bien plus, elle a composé un
manuel d'étiquette grandiose pour sa cour dramatique. Or, il
résulte de ce système d'élection unique et de ces règles de conduite immuablement arrêtées que, lorsqu'on se met à chercher
dans la nature des types analogues aux hommes de Racine et
de Corneille, on ne les trouve pas. — Chez qui plus que chez
Napoléon les conditions du plus pur classicisme auraient dû se
trouver réunies? Et elles l'étaient dans sa pensée en action.
Mais prenait-il du repos comme homme privé, le faste poétique
qui l'entourait s'évanouissait. — On me dira peut-être qu'il était
né, qu'il avait grandi dans notre monde de petites gens, dans notre monde peu persévérant à soigner le travail de ses idées plas-
tiques? — Oui, c'est vrai; mais je pense qu'un continuateur des
grands hommes de Plutarque comme le fut Napoléon, était de
nature à faire exception.

Cependant, par licence, on est porté à admettre, dans les groupes des personnages soumis au vœu et au cérémonial de la tragédie
régulière, les grands hommes de l'histoire ancienne, et, entre beaucoup d'autres, un Jules César, fils d'Aurélie, grande dame romaine,
témoin des habitudes théâtralement imposantes de Rome, maîtresse du monde. On est porté à admettre Sempronius et Tibe-
rius Gracchus, enfans de Cornélie, fille de Scipion, élevés par
Cornélie d'après les idées noblement sévères de Rome encore vertueuse, quoique l'histoire ne nous les représente pas dans tout
l'abandon de leur vie privée; — et tels nous les voyons sur la
scène française, tels ils furent à peu près sur la place publique, —
c'est-à-dire plus ou moins acteurs. — De sorte que nous ne savons pas au juste comment ils aimaient, comment ils se passion-
naient, comment ils allaient et venaient, passé le seuil domesti-

que. Cependant, ce qui est dit est dit, et, par esprit de tolérance, nous voulons bien croire que ces monumens vivans de l'histoire étaient aussi corrects que l'eût désiré Phidias, aussi beaux que les pères de la tragédie française les ont faits. — Mais est-il présumable que le vieil Horace, citoyen d'un royaume plus petit que le royaume temporel du pape Grégoire XVI, ait parlé, se soit drapé de son manteau de laine blanche, se soit mu dans l'intérieur de sa famille comme Corneille veut qu'il parle, qu'il se drape, qu'il se meuve? Est-il bien possible que Théramène, valet d'un flibustier comme Thésée, ait pu faire un rapport sur la mort d'Hyppolite dans un langage et avec cette convenance élégamment grandiose, comme celui que Racine lui fait débiter? Je vous passe encore Théramène; il avait son grade, celui de confident du roi Thésée, puisque roi il y a; mais la vérité est qu'il n'y a pas jusqu'au plus petit officier du palais d'un roi un peu plus puissant que le roi d'Yvetot, qui, venant à annoncer la perte d'une bataille ou l'exécution d'un courtisan, ou la découverte d'un complot, ne se pose en statue dans la tragédie française. Corneille et Racine, et particulièrement ce dernier, en imposant par réglement cette nécessité d'être à leurs personnages, leur font faire de la coquetterie classique. — D'autre part, l'amour, qui est l'idée motrice des œuvres de Racine, fait anachronisme chez lui; —car c'est l'amour immaculé des paladins de France du douzième siècle; et l'on est trop au fait des mœurs domestiques des anciens pour ne pas savoir que leurs femmes n'étaient autre chose que les surintendantes des esclaves de leur maison; et l'on est trop docte pour ne pas savoir qu'à côté de l'épicurisme des anciens, un dogme, — et à côté de l'histoire galante des dieux d'Ovide, — une croyance, le sentiment de l'amour tel que l'entend Racine eût été un contresens manifeste; — et cet amour quintessencié, qui est une faute de date; et cette tempérance dans la passion, qui est une faute de logique; et cet amour de sculpture pour chaque détail vivant de l'œuvre, autre faute de logique; et cette action qui marche délibérément sans jamais bondir, faute énorme à l'égard de nous hommes de calcul, mais hommes d'élan; toutes ces fautes réunies

25.

ont un luxe de simplicité, de grâce et de beauté si grand, qu'avant
de les admettre au milieu de nous comme un surcroît de jouissances nouvelles, il faudrait les étudier ; — ce qui prendrait du
temps ; et aujourd'hui le temps — c'est l'or ; et l'or — c'est
la vie.

Une haute pensée de poète est toujours plus ou moins une
étrangère lorsqu'elle vient habiter le monde réel ; on peut la suivre par la pensée, mais la vouloir reproduire par l'action est immense ! — Un artiste peut y parvenir par la puissance de sa volonté, ou par celle de l'inspiration ; mais de pareilles organisations
sont l'œuvre des siècles, et, disons-le sans détour, sont phénomènes chez les Français, à telle preuve que dans l'espace de deux
cents ans la tragédie française ne peut se vanter d'avoir possédé en
tout que deux grands interprètes de ses intentions tacites : —
Talma, et mademoiselle Rachel ; et encore cette dernière n'est-
elle au fond qu'une Française négative, — une Juive acclimatée,
et comme telle elle a dû sucer, avec le lait de sa mère, un peu
de cette misantropie ironique, qui est le caractère distinctif de la
race judaïque moderne ; race qui, de génération en génération, se
perpétue dans l'infortune. Celui chez qui le germe de souffrance
vient d'une continuité de malheurs sans espoir d'arriver à une relâche, acquiert un sens de perception très-délicat, lorsqu'il s'agit
pour lui de comprendre le côté sérieux de la vie — les épreuves ;
s'il est artiste, et qu'il lui soit prescrit d'animer l'idée du poète
par l'action, comme mademoiselle Rachel, il s'identifie d'âme avec
les douleurs des personnages imaginaires du poème, et pour peu
qu'il rencontre de l'élévation poétique dans son rôle, il grandit
avec l'idée du poète et la dépasse même.

Quant aux acteurs intermédiaires entre mademoiselle Rachel
et Talma, entre Talma et Lekain, je proteste contre leurs capacités dramatiques tant vantées. — D'ailleurs, comment me prou-
verez-vous que Lekain, le grand Lekain ait été l'égal de Talma
et que mademoiselle Clairon ait été l'égale de mademoiselle Rachel ? — Sur quels documens baserez-vous cette assertion ? sur
dire d'expert du siècle dernier. Témoignage suspect, témoi-

gnage sujet à caution ; car vous n'affirmerez pas qu'à l'époque de
Lekain et de mademoiselle Clairon on ait eu déjà le tact d'analyse
aussi subtil qu'aujourd'hui, pour toutes choses qui viennent
grossir la masse des récoltes continues de la civilisation. — Les
mémoires du temps disent que le jeu de ces deux artistes était
sublime, mais ils ne définissent pas le caractère de ce sublime ni
comment on le voulait alors ce sublime, sur la scène? ce qu'il y
a de certain, c'est qu'on le voulait en perruques, qu'on le voulait en paniers, en mitaines et taché de mouches. — A ce compte,
il m'est impossible d'accepter comme modèles de perfection Lekain
et mademoiselle Clairon. Je veux bien croire qu'il leur arrivait d'être vrais et puissans par fugue, mais que du reste, ils ne
pouvaient se passer d'entremêler leur jeu d'un peu d'emphase
et de clinquant déclamatoire français. — Pour ce qui est des comédiens qui sont venus après, ils ont fait comme leurs devanciers, — comme font les castors ; mesdames Duchesnois et Georges, ces pythonisses des planches, qu'on a tant applaudies, si
elles reparaissaient aujourd'hui, Paris n'aurait pas assez de sifflets
pour les mettre à la raison ; on les punirait d'un exil éternel dès
leur premier début.

Les infidélités de Vandale que le public a si long-temps com-
mises envers la tragédie classique n'ont d'autre cause que la fausse
interprétation que les acteurs nationaux en ont donnée.

Oui, j'insiste à dire que jouer la tragédie classique, n'est pas
le fait des Français. Pour un dire aussi impertinent, une justification me paraît urgente ; et en l'entreprenant, je me permets de
vous rappeler que les annales du peuple français, comme les annales de la plupart des peuples, sont maculées de sang à chaque
page. C'est donc la teinte dominante du livre qni contient l'histoire des hommes ; mais il est une époque supplémentaire à l'histoire de France, qui induit à supposer que, de la part d'une communauté d'hyènes politiquement constituée, il y aurait plus de
mansuétude à attendre que d'une société d'hommes dont la liberté
d'agir, si elle n'est entravée par aucun obstacle, s'évase bientôt
comme le trop-plein d'une coupe de poison. Cependant au plus

fort du terrorisme et à côté des actes qu'on ne pourrait attribuer qu'à des démons déguisés, venus de chez eux pour prendre part à la grande orgie, apparaissent des actes d'abnégation d'anges, et non d'hommes. Du milieu de ce conflit du vice régnant de fait, contre la vertu se révolutionnant de droit, surgissaient tous les jours des épisodes, naissaient des situations morales uniques, qui habituaient les âmes bien nées à des essors d'une étendue incommensurable, et, par contre, communiquaient aux âmes viles une énergie de scélératesse qui dévoilait aux yeux du philosophe le côté le plus hideusement monstre de l'organisation morale de l'homme. La France répétait tous les jours, et dans l'intérieur des familles et sur la place publique, une tragédie colossale. Toutes ces calamités inouïes sont d'hier : — des millions d'hommes en portent encore le crêpe. — Eh bien ! le caractère national en a-t-il jamais été, ne fût-ce que passagèrement, altéré ? — Pas le moins du monde. La littérature, ce prisme de la pensée nationale, n'a-t-elle pas réfléchi durant la révolution et immédiatement après le retour à l'ordre, un sourire sacrilége dans les œuvres de Parny, des plaisanteries immorales dans Béranger et une vile gaîté cynique dans le vieux pécheur Pigault. — Vis-à-vis l'échafaud, des chansons et des danses ; — l'échafaud écroulé, encore des danses et des chansons ; — de la tristesse jamais ! Et puisque en France il n'y en a eu jamais, jamais il n'y eut sur la physionomie de cette aimable nation de Démocrites, ni ce cachet de résignation, si beau à voir, ni cet air de dignité si imposant à contempler, ni même ce quelque chose qui trahit le sentiment de respect que l'on se doit à soi-même, toutes conséquences qui forment un style à part, un style élevé dans les allures de ceux qui relèvent de malheur.

Chose remarquable pourtant. Voilà déjà dix ans que la France jouit des suites d'un vœu pleinement réalisé : — prétexte de rires, dira-t-on ; — mais non, elle s'avise d'être sérieuse. Matériellement satisfaite, elle veut l'être davantage ; — constamment elle y songe. Jadis quelques-uns y songeaient, — aujourd'hui tout le monde y songe. Il est possible que ce soient là des apprêts pour une métamorphose.

Si je ne craignais de faire une fausse citation, je dirais que la France n'a été profondément affectée, comme famille, qu'une seule fois : — ce fut lors de l'occupation du sol national par les Anglais, et qu'elle n'a eu un moment de noble et touchante dignité que sous l'oriflamme de la Pucelle. Depuis cette époque et malgré d'immenses malheurs domestiques, elle n'a cessé d'être joviale et gaie. Cet état moral peut donner des agrémens à l'esprit de tous les jours, même de la grace aux gestes et au port; mais jamais de la majesté.

Régulus, s'embarquant au port d'Ostie pour Carthage, était monumentalement beau; — la courtoisie chevaleresque des gardes-françaises, à la bataille de Fontenoy et à mi-portée des balles anglaises, n'était qu'une magnifique et gracieuse vanterie gasconne.

L'impatience est aussi un des traits dominans du caractère français. Ce vice de tempérament influe gravement sur le maintien de l'acteur qui chausse le cothurne.

En voilà assez, j'espère, pour se prononcer négativement sur les capacités dramatiques de l'acteur français. Opposé par nature autant que par croyance au vœu de la tragédie de Racine, il ne reproduit pas les personnages historiques qui y figurent, — il les joue. De là cette déclamation artificielle, notée comme le plain-chant, de là ce jeu mécanique, cette stérilité de sentiment, et par momens aussi ce donquichotisme furibond qui vise à l'effet. — Lorsqu'on veut résoudre une question ou exécuter une chose, il faut être profondément persuadé de leur légitimité morale, — sans quoi il y a avortement.

Mais dans ce malentendu éternel, entre l'œuvre et son éditeur parlant et agissant, il se présente encore une cause, en apparence assez futile, et qui néanmoins vient en travers des études les plus persévérantes d'un comédien amoureux de son art; — c'est l'habitude du port de notre ridicule costume. Il gêne le jeu des ressorts du système musculaire. Cette contrainte, purement physique, a introduit une certaine raideur dans notre maintien qui ressemble à de la guinderie; — aussi rien de si rare parmi nous que les maniè-

res grandement nobles, grandement franches. Voyez les Orientaux,
— depuis le petit marchand de tabac jusqu'au visir, quel air d'é-
légance majestueuse dans leur démarche et leurs poses! — Nos
chaussures de cuir si blessantes n'ont pas peu contribué aussi à communiquer aux mouvemens de notre corps une sorte d'hésitation
disgracieuse. Qu'est-ce qui est tout-à-fait exempt parmi nous de cors
et de durillons? Or, après le frac qui gêne sous l'aisselle, qui
serre la taille, dont la manche étroite engourdit le bras, après la
bretelle qui gêne la clavicule, l'excessive tension du pantalon,
la botte qui colle l'un contre l'autre les doigts du pied, l'acteur
chargé du rôle d'un empereur romain ou d'un héros de l'O-
dyssée, paraît sur la scène en cothurne, tunique et manteau, et
il fait tant bien que mal le personnage d'un quadrille historique
comme on en voit aux bals costumés.— En fait d'hommes, Talma
était le seul qui fût à la taille de la tragédie classique. Talma
était un Romain ou un Grec, modelé d'après une médaille ou un
bas-relief antique. Jamais il n'y eut rien de supérieur ni même
rien d'approchant à Talma. La scène anglaise qui, dans le
genre tragique, a le pas sur toutes les scènes de l'Europe, n'a
jamais eu un Talma, car Talma était tout à la fois un Sylla et un
Hamlet, un Othello et un Cinna; et Garrick, Kean, Kemble,
bien que grands artistes, n'étaient, à vrai dire, que les dignes
traducteurs d'une seule et même idée, de l'idée de Shakespeare.

Ce qu'il en coûte pourtant lorsqu'on se met en devoir d'imposer
ses propres convictions à autrui, — vous le voyez! — Il en coûte
énormément de paroles. Combien n'en a-t-il pas fallu dans l'instruction du procès fait à la tragédie aux trois unités, et en dernier lieu encore il en a fallu passablement pour prouver que les acteurs français, en tant que Français, n'ont pas mission de rendre
sur la scène les expansions classiques des grands maîtres de l'art.
— Au reste, et sans entrer dans de nouveaux débats, voyez-les
jouer et prononcez. Cependant, nous croirions manquer de
tact si nous mettions ici en regard des pièces qu'illustre mademoiselle Rachel de sa présence, car elle introduit l'accord et l'harmonie dans toute pièce où elle paraît. Ainsi, un petit lingot d'ar-

gent jeté dans une cloche au moment de sa fonte, rend le timbre
du son plus éclatant. — Pour le moment, mademoiselle Rachel est
donc exclue de notre affiche, et sans elle nous ferons honnêtement
jouer *Britannicus* d'après les vieilles traditions coulissières de la
rue Richelieu, et tel que nous l'avons vu donner un jour, — je ne
sais plus au bénéfice de qui.

Nous sommes au parterre, toujours au parterre! C'est que
la stalle coûte cent sous. Ce prix est encore assez élevé pour
quelqu'un qui, comme l'auteur, regarde avec le coup d'œil prévoyant du sage la dernière sortie de son dernier écu. Au Palais-Royal, au Vaudeville, aux théâtres des boulevards, donnons-
nous le plaisir d'une stalle; mais aux Français, et à moins de
cause majeure, point de stalle.

Sur ce, on va commencer; — silence! — La toile se lève, —
nous voilà à Rome!

Qu'est-ce à dire? — C'est là l'intérieur d'un palais d'empereur romain? — Ces vieilles toiles, peintes en grisaille et que le
moindre courant d'air fait vaciller comme du linge qui sèche au
soleil? — C'est le palais d'un empereur romain? Allons donc!
Avec une subvention de deux cent mille francs on pourrait, j'espère, se mettre un peu plus en frais. — Ah! cela n'est pas tolérable! — Cela est pourtant comme vous voyez. — Et puis quel
vide! — Cette vaste arène plane, limitée par de hautes et de
hardies arcades intersectées d'une forêt de colonnes, rapetisse au
physique et au moral les acteurs qui s'y meuvent. Quel talent
il faut avoir pour peupler de sa seule personne ce désert! — Où
est-il ce luxe fabuleux des palais de l'ancienne Rome? — Où sont-
elles donc ces statues d'ivoire, où sont-ils donc ces dieux lares,
ces pénates? ces tables d'argent pur avec leurs nappes de pourpre
aux franges de pierres fines, ces lits d'or massif, ces étrusques, ces
murs dallés en ambre et toutes ces folies dispendieuses des maîtres
du monde? — Où est-elle donc la troupe nombreuse de cliens,
d'affranchis et d'esclaves? — A peine voit-on pour tout meuble
une chaise en acajou de piètre façon, sur la scène, et pour toute
suite au chef de l'empire une couple de licteurs avec des haches

de papier mâché et une dizaine de prétoriens avec des tricots dont les coutures grossières s'aperçoivent de loin.

Mais voyons ce que les acteurs français savent, et comment ils vont faire les Romains de Racine, — c'est là le point essentiel.

Nous voyons d'abord venir à nous la femme de Germanicus. Tudieu! l'imposante matrone! — Cinq pieds quatre pouces pour le moins, et l'embonpoint à l'avenant.

Pour une femme de l'esprit et du caractère d'Agrippine, je lui aurais souhaité une tête en proportion; — elle l'a trop petite. — Son cou est aussi par trop long. Il eût été plus prudent pour elle d'avoir la tête plus près des épaules, et cela, vu certaines habitudes de son bien-aimé fils, très-onéreuses pour ses amés et fidèles sujets.

Et elle s'avance, — s'avance, d'un pas lent et cadencé, les bras croisés sur sa large poitrine, tout comme Napoléon en avait l'habitude, et elle lance des regards sinistres à droite et à gauche. — Enfin arrivée au trou du souffleur..... halte! Elle lève lentement la tête (en entrant elle avait la tête baissée); la dame paraît avoir du chagrin.

La voilà qui parle.

Miséricorde! — quel grasseyement! Les mots, surtout ceux à plusieurs syllabes, piqués de la malencontreuse consonne *r*, sortent méconnaissables de sa bouche. On ne comprend pas, on devine; — cela fait que la diction de cette tragédienne est comme empâtée: — il n'y a pas un seul mot qui soit bien accentué, qui soit vrai. — A la voir jouer, on présume qu'elle ne s'est jamais enquis s'il y a quelque part une conscience dramatique dans le monde des arts. Pas un seul membre du monologue qui ait passé par l'épreuve préalable d'une étude sérieuse, qui vienne du cœur, qui se soit chauffé un peu à l'âme. Jusqu'à ses intonations, rien n'est vrai; — elles sont presque toujours en opposition patente avec l'idée de l'auteur. Dans les tirades à effet, elle déploie un luxe de voix inutile et passe subitement du son caverneux au son aigre. Le pas, le geste, le coup d'œil, la façon à donner au pli d'un trait de son visage, vous la verrez cent fois qu'elle répétera

ce même manége au même endroit, au même repos, au même
vers, aussi exactement la première fois que la dernière fois. Il
n'y a pas de mouvement de voix, de corps et d'esprit chez cette
femme, qui ne soit calcul, mais calcul foncièrement faux. Légataire d'une méthode vicieuse que ses devanciers dans le métier
lui ont laissée, elle a montré un désintéressement rare chez les
gens qui héritent de quelque chose. Elle ne s'est emparée que des
objets de rebut, parmi lesquels le vieux masque de Melpomène.
Les efforts qu'elle fait pour se montrer puissante dans son rôle
produisent un effet plus que désagréable sur le spectateur étranger
qui a vu jouer la tragédie ailleurs qu'en France. Rien ne rompt
l'uniformité de son jeu, ni de sa déclamation ; — c'est comme la
fade répétition de l'entrée en matière d'un conte de fée à l'usage des
nourrices :

« Il y avait une fois un roi et un reine, etc. »
Eh ! le croirez-vous? on applaudit. — Oui, on applaudit ; surtout
la troupe fidèle de vieux habitués à toupets poudrés. Ils sont tout
électrisés du jeu de cette actrice.

Mais Agrippine sort ; — entre Néron.

D'un pas précipité et escorté de ses gardes, il apparaît sur la
scène. Arrivé au point favorable pour la perspective, il s'arrête tout court et interroge des yeux le public, pour savoir si son
entrée a produit de l'effet. — Non! dit le public. — Bon! se dit
Néron. — Je suis content de vous!

C'est une contrefaçon mesquine que ce Néron-là ; — je n'en ai
pas peur.

Des jambes flûtées, des bras amaigris, des yeux à fleur de tête,
des paupières bordées de rose, de larges narines qu'il dilate chaque
fois que Burrhus lui fait la leçon, des joues fortement enluminées
de rouge, probablement pour se donner un air plus terrible, voilà
le personnage. Ses prunelles vont sans cesse d'un coin de l'œil
à l'autre. Un de ses gestes favoris, c'est de poser sa main gauche
sur sa hanche. Il a beau faire, mais chaque tour de bras qu'il risque fait angle aigu chez lui ; — veut-il draper son manteau, il
produit, au lieu d'un pli gracieux, des sacs bouffans ; s'en enve-

loppe-t-il, ou en rejette-t-il les pans, le spectateur craint que César ne se poche l'œil avec le gland qui termine les pointes de la
pourpre.

Comment rend-il cette sourde conjuration qui se passe en lui,
cette impatience de commencer son règne de sang, son règne officiel? Comment fait-il graduer son jeu jusqu'au moment où il
rompt les dernières lisières de respect filial, et tue, la première
fois de sa vie, un homme? — Il se coupe la hanche, roule des
yeux et souffle, puis souffle, roule des yeux et se coupe la hanche.
C'est ainsi qu'il a compris Racine.

Vient ensuite Narcisse, le conseiller de Néron.

C'est bien là le cas d'appliquer à ces deux comédiens le dicton
de « tel maître tel valet » et selon l'histoire et selon la scène. —
Narcisse n'ignore pas que sa consigne est celle de faire le scélérat
hypocrite, et il s'y prend précisément d'une façon à dire aux gens :
« Garde à vous ! » Il fait luire le regard du basilic pendant
toute la durée de son rôle. Bien ou mal à propos, il vous
poursuit sans cesse de ce regard. La trop grande apparence de
calme qu'il a soin de donner à sa physionomie et aux vibrations
de sa voix, sont précisément des naïvetés de débutant dans l'intrigue qui le feraient mettre à la porte par l'homme le moins fait
pour deviner les pensées des autres. Chaque vers qu'il dit est ap-
prêté, raide, hérissé et ronflant; aussi sa déclamation devient
parfois caracolante comme le ?

Quadrupedante putrem sonitu quatit ungula campum,

de Virgile. Visant toujours à l'effet, il allonge la ponctuation,
puis précipite son débit outre mesure, et marque soudain un brusque temps d'arrêt sans que personne s'y attende. — L'impatience
de la réplique se devine aussi dans son maintien. Écoutant parler
Britannicus, tantôt il le regarde, tantôt il regarde le public auquel il semble dire : — « Britannicus est un pauvre sire; mais
patience ! vous allez m'entendre tout-à-l'heure, et morbleu ! nous
verrons ! »

Et effectivement ce Britannicus-là n'est pas fameux! Il a l'air

d'un lycéen amoureux auquel un tuteur rigide veut ravir sa maîtresse. — Pauvre Britannicus le lycéen ! Et la dame de ses pensées,
c'est Junie, comme on ne l'ignore pas.

L'artiste chargée de ce rôle en est certainement amoureuse,
si elle ne l'est pas de Britannicus. Il y a du sentiment et de
l'âme dans son jeu, mais les vices radicaux de l'ancienne école
prédominent. Cela est fâcheux ; car si l'actrice en question es-
sayait d'abandonner la voie battue, son talent ne manquerait pas
de prendre des proportions plus larges. Il est à regretter encore
que sa langue soit aussi vulnérable pour l'*r* que celle de sa camarade Agrippine, et, finalement, on aurait désiré dans Junie plus
de santé pour supporter les vicissitudes auxquelles le sort la condamne. C'est une maigreur maladive, une débilité dans les
formes tellement fragile qu'il y a conscience et péché à critiquer
cette pauvre jeune femme qui, à chaque débit un peu chaleureux,
menace le public de tomber évanouie sur la scène. — Pauvre
jeune femme !

Reste maintenant à rendre compte du jeu de Burrhus.

A notre avis, ce rôle est un des traits les plus parfaits dans
le profil classique de Britannicus.

L'acteur qui fait Burrhus manque de talent toutes les fois qu'il
est au port d'armes de la passion. Dans ses momens de repos, sa
déclamation et son jeu sont soumis aux exigences des vieilles routines. Mais, à la moindre commotion interne, la flamme pétille, l'acteur s'émancipe et il sent, parle, agit d'après la part
d'inspiration que la nature lui a faite ; et sa part n'a pas été petite.
Il y a de la verve, de la chaleur et du pénétrant dans ces crises passagères. Il ne dénature pas, il accepte religieusement le
vers et sa pensée.

Tout cela mérite attention flatteuse ; mais cela n'a pas encore
droit aux honneurs du triomphe. Ce ne sont-là que des élémens
épars pour former un vrai talent, mais ce n'en est pas un véritable, et cet acteur ne peut compter sur l'avenir, car il paraît courir
sur la quarantaine. Avec cette charge sur le dos, on est retardataire
en toutes choses.

J'entendais à mes côtés, pendant cette représentation, reprocher au Burrhus des planches son extérieur, au premier vu,
peu prévenant, il est vrai ; cependant nous n'aperçûmes pas de
graves incorrections de dessin dans ses traits, mais dans sa taille,
beaucoup : il était petit et mal bâti. — Qui dit Rome, — dit colosse, dit harmonie. L'histoire nous l'a faite ainsi. C'est pourquoi
nous exigeons un ensemble bien coordonné jusque dans ces rois et
ces héros d'un soir qui parlent français, disent « Madame, » et
ont, pour la plupart, des proportions de marionnettes. — Dans
ce *Britannicus*, par exemple, ce fut une gageure. — Les Romains
étaient tous des *Mayeux*, sauf la bosse. — Il n'y avait qu'Agrippine que ce reproche ne touchait pas ; celle-là avait du solide pour
tout le monde.

En donnant notre dernier trait de critique sur la représentation
de *Britannicus*, nous ferons observer qu'il ne fallait pas savoir
le français pour juger de cette inanité dramatique qui se faisait jour
dans l'exécution de la dite pièce ; — il fallait voir seulement la
mine piteuse qu'y faisait le public, et c'était plus que suffisant.
— Une foule de paupières se fermaient, lasses d'ennui. Ceux
qui jouaient l'attention soutenue faisaient luire leurs blancs d'yeux
d'une manière tout-à-fait édifiante. Connaissances et non connaissances s'encourageaient à tenir fermes jusqu'au bout, et se
régalaient, pour ne pas faillir, de prises de tabac à qui mieux
mieux. Les galeries tournaient le dos à la scène, chuchotaient,
faisaient un bout de lecture ou allaient prendre un bout de promenade au foyer ou dans les couloirs. Il en fut ainsi jusqu'à ce
que le public eût appris, par hasard, que Britannicus était mort.
Alors, vite d'applaudir, et nullement par sympathie pour le
sentimental amant de la pauvre Junie, mais parce qu'on était aise
de se savoir enfin arrivé à la dernière page de la pièce, et de se
savoir en même temps proche des *Fausses Confidences* de Marivaux, et par conséquent proche de l'entrée en scène de mademoiselle Mars.

La toile, en se déferlant tout d'un coup, mit fin au désespoir et
aux lamentations d'Agrippine et consorts, dont on n'avait que faire.

Le public en fut rassaini, pour ainsi parler, certain qu'il était de respirer bientôt son atmosphère naturelle. — Les banquettes que l'on avait désertées furent réoccupées, et chacun attendit la venue de la bonne compatriote, de la bonne sœur, la comédie française.

Oui, oui! la gaie et sémillante Thalie est citoyenne française née; — il n'y a pas à dire non. — Le comique anglais est désopilant, mais il frise la parade. — Le comique allemand est balourd; — l'italien grimacier; — mais le comique français est un composé d'atticisme et de grâces. Il est gai comme un vrai gentilhomme qu'il est; — les autres, comme des parvenus qu'ils sont.

CHAPITRE VII.

MADEMOISELLE MARS.

Dans un pays où les rivalités politiques sont aussi tracassières qu'en France, toute renommée individuelle, quelque bien motivée d'ailleurs qu'elle puisse être, n'obtient la récompense nationale de l'affirmative qu'après un long règne de supériorité sans tache comme sans objection aucune ; et, dans ce sens, il y a des noms en France si bien légitimés dans l'opinion publique que, hommes de partis extrêmes, hommes du centre, hommes d'aucun parti, tous enfin plient le genou devant ces noms ainsi favorisés ; et tels sont ceux de madame Récamier, de M. de Châteaubriand, de M. de Lamartine ; et, dans une sphère moralement jugée moins illustre, celui de mademoiselle Mars.

On se rappellera sans doute (le fait est récent) les témoignages de vénération affectueuse qu'une jeunesse, qu'on ne pouvait certes taxer de royalisme, manifesta un jour à la vue de M. de Châteaubriand traversant à pied la place du Parvis Notre-Dame.

On se rappelle peut-être aussi un procès où mademoiselle Mars fut obligée de témoigner en justice contre son ci-devant laquais ; et qui ne sait qu'il n'est rien d'aussi mal élevé, d'aussi bourru que la justice ? — Aveugle, — elle heurte amours-propres, opinions, relations, tout. Cependant elle n'eut garde de se mon-

trer brusque envers mademoiselle Mars. — Le président, dans ses
interpellations de forme, omit sciemment la question d'âge. Cet
acte de courtoisie n'est pas à comparer avec l'ovation en pleine
rue que dut subir M. de Châteaubriand ; néanmoins c'est également par un sentiment de bienveillance respectueuse qu'il a été
commandé, et si nous avons bonne souvenance, l'auditoire en sut
visiblement gré au président.

Mademoiselle Mars est de Paris même. Par la loi des contrastes, elle, si jolie, si séduisante, dut le jour au célèbre comédien
Monvel, qui était laid de figure et disgracieux de corps comme il
est donné à peu d'hommes de l'être.

Elle a été beaucoup aimée dans sa vie.

On raconte qu'un Anglais, un peu en retard d'amour, qui n'a-
vait jamais connu mademoiselle Mars autrement que sur la scène,
s'en éprit d'une si belle passion, qu'après avoir dûment réfléchi,
il se tua et lui légua par testament une fortune de plus d'un million. — L'artiste refusa ce legs.

Pour vous donner encore une idée du charme qu'exerçait mademoiselle Mars sur les hommes de tous les âges, lors même
qu'elle n'était plus de première jeunesse, écoutez cette anecdote
entièrement inédite.

Un de mes compatriotes, aujourd'hui homme très-mûr et
père de famille, faisait le tour de l'Europe avec ses parens. Il
pouvait avoir quatorze ans à cette époque. — Arrivé à Paris, son
gouverneur le mena au Théâtre-Français ; — il voulait lui faire
admirer mademoiselle Mars dans la *Fille-d'Honneur*. Au lieu
de plaisir, le pauvre garçon eut du chagrin, il ne fit que pleurer
une bonne partie de la pièce. — Son gouverneur, qui prétendait
en faire un homme et non pas une femmelette, le reprenait vertement.

— Qu'est-ce qui vous prend, monsieur, lui disait-il en le pous-
sant du coude, soyez donc raisonnable, on vous regarde.

— Raisonnable? mais je le suis, murmurait le jeune élève d'un
ton fâché.

Et il continuait à pleurer.

26

— Allons, allons, voulez-vous en finir? Soyez donc homme.

— Mais je pleure précisément parce que je ne le suis pas encore, répliquait l'enfant avec un redoublement de sanglots.

— Comment cela?

— Oui certes, car si j'étais homme aujourd'hui j'épouserais cette demoiselle d'honneur, ou je me tuerais.

Devenu homme, il fit un mariage d'argent.

Mais il n'était besoin de ces deux citations pour se faire une idée charmante de ce que fut mademoiselle Mars dans la maturité de ses charmes. On n'a qu'à la voir aujourd'hui pour juger par ce qu'elle est de ce qu'elle a été.

Il y a une précieuse personnalité physique chez les femmes françaises et qui est de force à faire vaillamment face aux plus rudes coups du temps : c'est la conjonction heureuse du regard, de l'organe et du sourire. C'est un fard qui ne perd ses vertus colorantes que dans la décrépitude, et qui plus que mademoiselle Mars est française?

Pour ne pas reculer de beaucoup, disons qu'il y a quinze ans on se sentait encore fortement jaloux de tous ces trésors, et tout homme un peu impressionnable, en voyant mademoiselle Mars il y a quinze ans, n'aurait pas manqué de l'apostropher, comme a fait quelqu'un (de qui je tiens le fait), qui, en la voyant pour la première fois dans le rôle de Betty de la *Jeunesse d'Henri V*, ne cessait de répéter à voix basse : — « Oh! diamant incomparable !
— Regarde-moi, parle-moi, souris-moi ; mais ne regarde pas les autres, ne leur parle pas, ne leur souris pas! — ou je te tue! »

Mentalement, et excepté cette menace homicide, il y a vingt ans, je disais à Betty à peu près la même chose.

A Paris, où l'on connaît mademoiselle Mars comme on connaît une amie bien chère, il suffit de prononcer son nom, et à l'instant même on la voit, on la comprend; mais pour ceux qui sont loin de Paris et qui ne la connaissent ni de vue ni par tradition, il faut quelque trait, quelque mention, quelque chose enfin.

Or, voici le fait :

Mademoiselle Mars a soixante-cinq ans!

Pour les princesses des maisons régnantes, il y a l'Almanach de Gotha, avec ses dates peu galantes, et leur âge se sait à l'heure près. Pour les femmes célèbres, il y a les revues et les biographies des contemporaines, et le compte des années de ces dames est bientôt fait, d'où il résulte qu'il est impossible de cacher les soixante-cinq années de mademoiselle Mars.

Cette donnée une fois acquise, un étranger entre au théâtre le jour où mademoiselle Mars joue (supposons Hortense de l'*École des Vieillards* ou Marie des *Trois Époques*) et il se surprend tout dérouté.

Elle a 30, 33, 36 ans, se dit-il ; c'est entre ces trois chiffres qu'on balance ordinairement à la première vue ; mais jamais on ne balance à s'écrier que, telle qu'elle est, elle est ravissante. — Oui, c'est le terme, elle est ravissante.

Ceux qui tiennent note de tout, disent soixante-cinq ans ! — soit ! mais dans cet œil châtain si grand, si beau, où l'on se voit encore clair, les apercevez-vous les susdits soixante-cinq ans ? Non. — Dans cette denture luisante, alignée au cordeau, et que chez la plupart le temps ébrèche si vite, et dans ces fossettes qu'il efface de préférence à tout, les apercevez-vous les soixante-cinq ans ? Non. Et dans cet organe, chose si merveilleuse, qu'une coquette pour l'avoir ne voudrait pas de son salut, je crois, — y a-t-il la moindre apparence de ces soixante-cinq ans ? — Non, non, au grand jamais, non ! — Et puis, qui marche, qui s'assied comme mademoiselle Mars ? qui a un geste aussi frais, une élasticité aussi franche dans le va et le vient, si ce n'est une jeune femme qui regarde en avant avec foi dans l'avenir, ce qui fait que son âme ainsi que son corps sont pour ainsi dire en réjouissances permanentes ? Et mademoiselle Mars a soixante-cinq ans, et elle est comme cette jeune femme est. Je vous l'atteste. — Hors de scène, je ne la connais pas, — je n'ai pas cet honneur, — je n'ai pas ce bonheur. Mais si, malgré l'optique, malgré le talent de savoir se grimer et l'absence de la lumière du jour, il se trouvait parmi les spectateurs un œil exercé qui appartînt à quelque individu trop enclin à critiquer, et si, contre notre attente, il cherchait

26.

encore matière à chicane dans ce portrait, je le tiendrais pour un
ennemi personnel de mademoiselle Mars, ce qu'il est absurde
de supposer, puisqu'il n'y a qu'une voix en France et à l'étranger sur le talent et les qualités privées de la grande comédienne.

Cependant, ayant souci qu'on ne m'accuse d'une prédilection
aveugle pour mon modèle, j'estime prudent d'ajouter, après vous
en avoir exposé la miniature, que je veux bien ne pas trop me fier
au témoignage de mes yeux ; car beaucoup de talent, beaucoup
de génie rendent beau et jeune, rendent parfait à l'extérieur ce qui
réellement ne l'est pas ; et d'autres yeux peuvent autrement voir.
— Ainsi le poète Alain Chartier, endormi dans l'antichambre de
Louis XII, reçut un baiser de Marguerite de Valois. — Le vieux
Pope dans le même cas fut récompensé de même par une belle
princesse : et tous les deux n'étaient pas jolis à voir. — Ce qui ne
veut pas dire que mademoiselle Mars ne soit pas jolie à voir
comme femme, mais seulement jolie à apprécier comme talent. —
Et puisque nous en sommes-là, nous nous permettrons de l'apprécier sommairement ; à savoir, toutefois, si de notre part il n'y
a pas présomption à l'entreprendre ; car il est inouï de combien
de délicates, de séduisantes et d'indéfinissables bagatelles féminines mademoiselle Mars sait toiletter son jeu. C'est à commettre une maladresse d'homme rien que d'en approcher de trop
près. — Aussi, peu habile à détailler une nature de femme, me
tiendrai-je à distance respectueuse du gracieux menu qui constitue
en partie le jeu de l'illustre artiste, sauf à m'en rapprocher
quand raisonnablement je ne le pourrais éviter.

D'excellentes comédiennes, il y en a peu ; d'excellens comédiens, il n'y en a presque pas, mais des artistes comme mademoiselle Mars il n'y en a qu'une en Europe, et, sous un certain point
de vue, elle est au-dessus de tous ; je veux dire que par le contact du génie dramatique, elle est la fiancée de Molière : voilà
son titre.

Les chefs-d'œuvre que l'auteur du *Tartuffe* avait tout-à-coup
étalés devant son siècle, n'étaient en harmonie, ni avec le public
d'alors, ni avec les acteurs d'alors. Ceux-ci, pygmées en pré-

sence de sa pensée, ne pouvaient que l'invalider ; et pourtant on
joua Molière, et la foule en rit aux larmes ! Il était si comique, si
bouffon, si drôle ce bon Pocquelin ! et on ne s'avisa de lui
trouver de l'importance que peu à peu, que très-tard. Mais lorsque
vint à paraître sur l'horizon de la Comédie-Française mademoiselle Mars, alors on comprit que ce qui était réputé si bouffon,
était philosophiquement sérieux ; et tout Français s'estima fier de
ce que Molière était Français. — S'il avait eu une Mars pour in-
terprète de ses idées juvénalesques, il aurait été tout glorieux
d'avoir fait de si admirables choses ! — Et l'aimable Marivaux,
donc ? — La tête lui en aurait tourné infailliblement. — Je ne parle
pas des auteurs comiques d'aujourd'hui, ils en sont aux anges ! —
M. Delavigne est heureux et fier de son *Hortense*. — Madame
Ancelot pleure de tendresse avec sa *Marie*.—Il ne saurait en être
autrement.

Oh ! il n'y a pas de secret de son art qu'elle ne connaisse, et
elle en connaît plus au long, je crois, que son art même. Et le plus
difficile de tous ces secrets, c'est de savoir être indiscrète de cœur,
de dire son âme avec son organe, de savoir être pensée de l'auteur partout, et actrice nulle part. Plus que cela ; elle sait, en
telle circonstance, être poëte intelligent et plein de goût d'une
œuvre où le goût et l'intelligence se cachent à tous les yeux sous
l'anonyme de l'inexpérience ou de la médiocrité, et ne sont per-
ceptibles qu'à ses yeux. La seule chose qu'elle ignore, c'est
qu'il y a une rampe, un orchestre, un public. Positivement
elle l'ignore. — Là, seulette avec son cœur vide ou son cœur
plein, elle mène une existence isolée au milieu du monde qui l'entoure.

Oh ! mesdames, que n'êtes-vous femmes comme mademoiselle
Mars est femme sur la scène, vous auriez moins de sujets de larmes, croyez-moi !

Il est impossible qu'il y ait une comédienne au monde qui
mette une assiduité aussi amoureuse et une sagacité aussi pénétrante dans l'étude de ses rôles que mademoiselle Mars, et il en
est résulté chez elle une qualité unique, celle de savoir extraire

d'une phrase, d'un fragment de vers, d'un mot, toute une histoire d'un cœur de femme. Le public en guette l'émission, comme un vieux courtisan la première parole souveraine au réveil de son roi.

Il y a dans les *Fausses Confidences* un passage que l'on trouvera à l'acte II, scène XII, où, en écoutant Dubois qui s'acquitte de son rôle traître de messager d'amour, elle s'écrie :

Va-t'en !

Cette exclamation brisée renferme une grâce d'esprit, une finesse et une sensibilité féminines si délicates, un aveu d'amour si chastement transparent et d'une joie si joliette et si bienséante, que toute autre que la grande comédienne ferait une grimace plus ou moins minaudière au lieu de ce va-t'en enchanteur à faire tomber tout homme à plat le corps pour lui baiser le bout de ses orteils.

Veuillez ne pas oublier toujours qu'on vous parle ici de mademoiselle Mars telle qu'elle est aujourd'hui, c'est-à-dire à l'âge où d'autres femmes, lunettes sur le nez, tricotent et marmottent en nazillant des litanies à la Vierge.

Et puis, c'est unique combien de gentils petits secrets elle possède ! Des choses de rien, de ces choses auxquelles séparément on ne prend pas garde, mais qui, réunies, forment je ne sais quelle unité, quel ensemble de grâce, dont on ne sait comment parler.

Par exemple, on ne se doute certes pas qu'il y ait du secret à savoir se ganter et se déganter, à savoir froisser son mouchoir, déployer son éventail, lire des yeux une lettre et en communiquer le contenu au public sans mot dire, à recevoir ou à congédier quelqu'un d'un regard, à donner une inflexion particulière à sa voix lorsqu'on la hausse pour appeler *Frontin, Champagne, Justine*. Tout cela est si facile, si mécanique, qu'on croit n'avoir qu'à vouloir pour en faire autant. Eh bien ! ses camarades la regardent, cherchent à la copier, et sont loin d'y parvenir.

C'est à s'y perdre vraiment dans ce luxe de qualités d'une composition si angéliquement variée. Et notez que toutes s'annoncent au spectateur dans des à-propos d'une ponctualité admirable, sans

la moindre prétention dramatique. Là, simplement, naturellement.

Cette femme extraordinaire se laisse aimer sans qu'elle vous y
invite par le moindre geste qui ait même l'ombre d'une de ces
manœuvres de coquetterie de l'actrice au public, et que celui-ci tolère avec plaisir. Quand le cœur de cette femme, tout heureux,
tout jovial, s'épand au dehors, c'est parce que réellement elle est
gaie au moment où elle veut qu'on l'apprenne. Quand son âme
souffre le martyre, on pense que quelque malheur lui est arrivé
loin des coulisses, dans le monde, dans sa vie intime, quoique
vous la voyiez décente et chaste au moment de la souffrance la
plus aiguë.

Si je vous savais patient à écouter, je vous la montrerais dans
Marie ou les *Trois Époques*.

Fille, maîtresse, épouse et mère! — Que de mouvemens passionnément pittoresques trahit son cœur dans ces alternatives
d'heur et de malheur! J'ajouterai encore que je ne connais pas
non plus de pièce où elle soit plus jeune, et d'apparence et d'humeur et d'âme.

A part quelques défauts, que la critique a déjà relevés, il règne dans cette comédie de madame Ancelot une atmosphère de
femme si pénétrante, une vérité de sexe si profonde, qu'il n'est
que mademoiselle Mars, être composé d'agrémens personnels
innombrables, et recélant dans son cœur et dans son âme des
grâces d'amour infinies et des mystères de sensibilité, toujours
nouveaux, toujours renouvelés, qui soit capable de les divulguer
avec cette puissance de talent, jusqu'ici inimitable, et qui, nous
le craignons bien, ne sera jamais imité.

Je vous dis qu'elle sait immensément de secrets, mademoiselle Mars, ceux de la toilette y compris. — Je mets de côté l'à-
propos des couleurs, le fini des étoffes, l'art de savoir donner de
la grâce aux contours de toute la mise; — c'est affaire de modistes. Ce ne sont pas tout-à-fait des secrets; mais ce qui l'est,
c'est qu'elle prend une fleur, la met dans ses cheveux, se l'attache au sein, et l'on ne sait vraiment si c'est la fleur qui lui sied,

ou si c'est elle qui sied à la fleur! Devant vous, elle prend son chapeau, s'en coiffe, fait un nœud de ruban sous le menton, et le nœud et la pose du chapeau vous ont une physionomie je ne sais quelle. Chez les autres, il y a l'habitude du goût dans ces choses; chez elle, il y a l'esprit du goût.

Répétons-le encore une fois, — mademoiselle Mars sait immensément de secrets; et par ce que je me propose de vous raconter, jugez si elle en sait.

Autant qu'il me soit donné d'en être instruit, il n'était jamais venu à l'idée d'aucun acteur, depuis que les acteurs ont des vis-à-vis intelligens pour public, de faire naître par un jeu plein d'art des inductions *à posteriori* sur les destinées des personnages d'une œuvre de mérite, personnages que le spectateur se plaît quelquefois à suivre d'imagination bien au-delà du dénouement final de l'œuvre. Mademoiselle Mars est la seule qui en a conçu l'idée.

Une anecdote qui a trait à ce qui vient d'être dit, sera ici on ne peut mieux à sa place.

On raconte qu'à la lecture de l'*École des Vieillards* on aurait fait sentir à M. Delavigne que l'attachement candide d'Hortense pour son vieux mari ferait sourire ironiquement tout Paris; — ce qui équivalait à déclarer qu'on eût désiré que « pour sa folle incartade » Danville fût encore lutiné au Hâvre, après l'avoir déjà été à Paris, vous savez comme. — A moins de refondre la pièce, il était impossible de faire cette concession à l'incrédulité du siècle, qui voit un germe d'adultère dans chaque liaison contractée en face des autels, entre jeunesse toute espérante et vieillesse toute timide à espérer. — Or, l'objection étant de sens, et la pièce ne pouvant être refondue, intervint mademoiselle Mars, qui promit de dire son rôle de l'acte V, scène V, de façon à ce que la vertu d'Hortense et le bonheur de Danville ne scandalisassent plus les susceptibilités matérialistes de la société. C'était sauver l'agneau tout en satisfaisant le loup.

Dans ce monde enchanteur le piége a trop de charmes,

Plus loin que je ne veux peut-être je suivrai
Ce brillant tourbillon qui m'entraîne à son gré.

dit Hortense. Et plus loin :

Danville, emmenez-moi, mon ami, mon époux,
Je ne crains rien, je n'aime et n'aimerai que vous.
. . . .
. . . .
Mais partons ; mon esprit est changeant, incertain,
Je le veux aujourd'hui, le voudrai-je demain ?

L'accent d'une irrésolution tout anxieuse, la pressante instance de son regard qui repose sur celui de son mari, la vive supplication dans le geste, et par-dessus tout je ne sais quel souvenir du duc qui vibre dans l'organe de la suppliante, démontrent jusqu'à l'évidence combien elle a peur de l'occasion, et femme qui craint n'a pas quelquefois la force de résister à la tentation de voir le danger face à face ; c'est comme dans le cas d'une apparition surnaturelle, qui de prime-abord glace l'homme d'effroi ; mais, le moment de la panique passé, on voudrait toucher du doigt l'apparition. — Se conformant donc aux exigences très-économiques de la société dans les questions de fidélité conjugale, mademoiselle Mars, par les touches délicates qu'elle sut donner à son jeu, fit peser sur la tête du pauvre Danville un sinistre que, généralement pris, messieurs les maris anglais considèrent comme une très-bonne aubaine, et dont le cerf se vante comme de son plus bel ornement.

Le jeu de mademoiselle Mars n'est pas tout-à-fait un art, c'est plutôt une science, et comme toute science, il n'a de pause que l'inaction, — arrive l'action, marche la science. C'est une suite de découvertes. Charmantes fantasmagories ! Qu'on les saisisse si l'on peut, qu'on les peigne si l'on ose. D'ailleurs, il y a peintre et peintre ; — l'un raconte avec le pinceau, l'autre répète avec le pinceau. Pour ce dernier, rien de si difficile que de peindre certains modèles de femmes ; aussi y renonce-t-il, aussi ne les achève-t-il pas. Il y a là trop de morbidesse dans l'expression et les tons. Le premier se complaît dans les difficultés, et il achève avec amour ce qu'il a commencé avec méditation. — Il suffit d'avoir vu mademoiselle Mars sur la scène et d'avoir lu cet article analytique pour se convaincre qu'il est loin d'être achevé.

CHAPITRE VIII.

MADEMOISELLE RACHEL FÉLIX.

Voluptés, en dehors des sens vous existez donc! — Oui, vous existez! vous êtes vives, mais factices, quand votre source est l'amour-propre, parce que, pour parvenir à vous goûter, il faut ou humilier quelqu'un ou faire beaucoup de mal à quelqu'un. Toute victoire remportée sans armes sur un principe, ou les armes à la main sur une chose, est une volupté ardente, tant que la vie arde. Voyez le vieux Frédéric au jardin de Potzdam jouant avec ses épagneuls, et prononcez!..... Mais une victoire remportée sur le mauvais conseiller qui est en dedans de nous, est une volupté réelle; mais une illusion qui se réalise à vue, est une volupté pure. Heureux qui en goûte! Je l'ai goûtée: il était temps! Avec le temps tout arrive; il s'agit seulement de ne pas se coucher trop vite en terre consacrée. — Enfin, j'ai vu mademoiselle Rachel!

Le jour où, mon billet à la main, je me suis présenté aux Français, j'ai cru apercevoir dans le marbre qui représente Talma une circulation plus chaude de la vie, et la statue de Lekain m'a semblé plus fière, plus parlante; il n'y avait que M. Arouet, se chauffant sur son poêle (1), qui avait conservé son imperturbable grimace. Que voulez-vous, c'était fête aux Français, mademoiselle Rachel jouait! Ce jour donc, au bureau des locations, on a l'air tout superbe quand on vous dit : « Monsieur, depuis six jours, les billets sont retenus. » Quant à Paris, chaque fois qu'il voit

(1) Le socle qui soutient la statue de Voltaire est un poêle.

26*

mademoiselle Rachel sur la scène, il s'entreregarde tout surpris ;
c'est comme s'il n'en croyait pas ses yeux. Est-il tardif, lui qui
prend les devants sur tant de choses, avant tout le monde. Cependant au Gymnase, si je ne me trompe, ne l'avait-il pas eue
un instant sous les yeux, le fin connaisseur qu'il est? Cette fois,
comme toutes les fois où il s'agit de toucher le talent au cœur,
l'aptitude lui a manqué. Paraphraser le fait après coup, après
d'autres, voilà ce à quoi il s'entend. A ce sujet, n'est-ce pas Janin
qui a été le premier à humilier l'amour-propre du public parisien? Remerciez-le donc, Parisiens ! Saluez-le donc, faites-lui donc
fête.

Dans le cours de cet ouvrage, vous avez pu vous apercevoir
de notre admiration toujours croissante à mesure que Paris nous
invitait, par un geste courtisanesque de marchand, à jouir de son
immense fortune, et nous restâmes fascinés en présence de ses
trésors de grand Mogol, comme l'enfant devant lequel on étale un
petit musée des plus rares joujets, le jour de la bonne année. Je
voudrais vous voir à Paris, honnête gentilhomme de la Pomé-
ranie, ou vous habitant forestier de Smorgonié (1). Eh bien !
l'auteur, qui habite non loin de ces contrées un peu agrestes, n'a
pas été stupéfait du jeu de mademoiselle Rachel. Il a avalé ses
larmes, et quand il n'en pouvait plus, il a pleuré à tous risques ;
mais, on vous le répète, il n'a point été émerveillé du talent de
l'artiste, mais du caprice de la muse tragique qui a confié ses passions et ses douleurs à l'adolescence, — âge qui rit de tout, et auquel
tout sourit. La raison des aveux que je vous fais est (ne vous en
étonnez pas à votre tour, Parisiens) que, depuis long-temps, on a
compris dans le Nord la tragédie comme mademoiselle Rachel l'a
comprise. — Si je ne vous désignais pas le pays, la ville, et si je
ne vous donnais au moins un seul nom d'artiste, vous ne me croiriez pas ; — et encore !...

Or, sans compter Vienne, Pétersbourg, Berlin, Weymar, etc.,
je vous annonce que c'est aussi au théâtre de Varsovie que la tra-

(1) Petite ville de Lithuanie, célèbre naguère par son académie gymnastique pour les ours.

gédie a été comprise, et qu'on venait de loin, de bien loin, pour
voir une certaine madame Ledochowska dans le rôle de lady Mac-
beth; et que des voyageurs anglais même ne lui trouvaient rien
de comparable dans ce rôle, au théâtre de Covent-Garden. Seulement il y a un point essentiel à rectifier, et notamment, j'ai vu
cette dame dans la maturité de son âge et à l'apogée de son talent;
et, pour les grandes pensées dont mademoiselle Rachel est l'in-
terprète, elle est une enfant, frêle de corps comme un jeune rameau, et robuste d'audace dramatique comme jamais Talma ne l'a
été à ses débuts. — Ainsi, chez la tragédienne polonaise, l'art se
trouvait dans la crise de la décroissance; elle avait passé par des
années d'études laborieuses avant d'atteindre la limite du possible;
tandis que, chez la tragédienne française, l'art est dans la crise
de la plus vigoureuse croissance, surpris à l'improviste même,
et au-delà du point où la célèbre artiste étrangère l'avait laissé.

Public de Paris! toi devant lequel tous les artistes de l'Europe
accourent pour postuler leurs patentes de capacité, tout grand jus-
ticier que tu es, tu ignorais encore dans quelle région du sentiment
trônait l'art dramatique; non, tu ne le savais pas! C'est à mademoiselle Rachel, semblable à l'enfant guidant une armée conqué-
rante par des chemins de traverse ignorés, à te faire gravir les
hauteurs où la majesté de l'art a choisi sa résidence.

Je m'attends cependant à une objection de votre part, quant aux
talens célèbres qui ont illustré les scènes du nord de l'Europe; je
m'attends à ce que l'on me dise : « C'est peut-être dans les drames
versifiés du genre de ceux de Schiller ou de Shakespeare que l'auteur est allé choisir ses types ; or sachez, monsieur, qu'il s'agit
ici uniquement de nos classiques à nous. »

A quoi je réponds : Non, je n'ai garde! Il s'agit nommément
de vos classiques français. Il y a des traductions de votre *Cid*
et de vos *Horaces* en langue polonaise, qui sont reconnues supérieures aux originaux, par la raison qu'en passant dans l'idiome
slave ils ont subi la loi de la compression grammaticale qui caractérise cet idiome, ce qui les a fait immensément gagner sous le rapport du coloris et du relief musculaire. C'est donc dans le *Cid*,

26*

dans les *Horaces*, dans *Cinna*, que nous avons admiré le talent de madame Ledochowska.

Je vous parle des choses et des temps passés, car la grande artiste se repose, elle ne joue plus. Mais ici nous sommes en regard du cent fois heureux présent, du présent à deux faces, dont l'une vous a révélé une jouissance oubliée, et dont l'autre vous ménage des jouissances de plus en plus vives, parce qu'elle représente une certitude de progrès.

Pour saisir sous ses aspects divers le talent de mademoiselle Rachel, ce génie moderne de la tragédie classique, il faudrait de ces coups hardis, de ces incisions délicates du statuaire qui fait jaillir par morceaux et par poussière le marbre sous son marteau inspiré ; et pour outil nous n'avons qu'une plume, et pour matière nous n'avons qu'une langue traîtresse qui, pour peu qu'elle s'aperçoive d'un essai de domination étrangère, devient ingouvernable. Avec tous ces moyens insuffisans, il faudra que vous vous mettiez en frais d'imagination pour reconnaître mademoiselle Rachel dans le cadre de grossière ébénisterie qui renferme et son buste naturel et son buste artistique.

Elle n'est pas belle, c'est un parti pris, tout le monde vous l'a répété. Mes frères du Nord, n'en croyez rien. L'âme darde de ses yeux, elle siége sur son front, sur toute sa figure ; et son front est haut, et la ligne en est pure, et les volontés dramatiques y ont de l'espace. Que rien ne vous échappe! Observez sous l'arcade sourcillière ce jeu de tons, — ne décèle-t-il pas un grand courage moral? Un œil noir tant soit peu voilé, et surmonté d'un mince sourcil bien arqué, se meut avec calme dans son orbite quand le poète veut du calme, avec feu quand le feu circule dans son œuvre. Sa bouche est petite ; elle est d'expression douce quand Corneille et Racine l'emmiellent d'amour, d'expression douloureusement amère quand ils veulent faire couler l'amertume et l'ironie sur le patient qu'ils ont condamné à cette peine. Son nez n'a ni la forme grecque ni la forme romaine, mais il a des proportions délicates, et une pente plutôt droite que courbe, et dans les alentours des cartilages il y a je ne sais quelle couche d'ombre, partage ordinaire des êtres à sensations profondes, à sentimens non vulgaires ; comme on signale aussi, chez certains individus, de ces transparences rosées autour du même organe, qui caractérisent des âmes irrésolues, des âmes énervées, bref, sans couleur décidée. Enfin, dans tout l'ovale virginal de la jeune fille nous n'avons pas aperçu le moindre soupçon d'une disgrâce physique quelconque ; mais nous y avons aperçu plutôt toutes les conditions linéaires qui font de cette tragédienne le véritable symbole dramatique de l'époque. Quand elle entre en scène, elle inspire je ne sais quelles salutations tendres dans le cœur ; c'est comme si vous voyiez débuter votre propre sœur.

Soyons attentifs, — elle entre. Bravo, ma sœur ! bravo ! place, place ! Et voyez donc, — l'espace lui manque, bien que nous soyons dans un palais d'empereur romain. Elle a tout rempli de sa personne ; c'est que devant l'inspiration les aises de l'architecture deviennent gênantes. Dans ce corps d'une ténuité juvénile si délicate, et qu'il est du devoir de la science d'entourer de précautions maternelles infinies, il est une virilité antique, mieux définie à l'œil que les peintures historiques qui nous en restent. La voilà la dame romaine, avec son auréole de pureté domestique ! La démarche de la jeune tragédienne est de cette grâce que nous ne connaissons pas, nous autres modernes. C'est un mouvement harmonieux d'une simplicité adorable, je crois qu'il n'est possible que chez la femme qui accomplit dans son sens le plus large tous ses devoirs de femme. Je crois que lorsque dans la conscience il y a l'ombre d'une délibération secrète le corps dans ses mouvemens délibère aussi. Au contraire, mademoiselle Rachel pose le pied avec une franchise d'empreinte sur le sol qui fait penser à la statue d'une héroïne taillée par Phidias et qu'un souffle de Jupiter eût animé. Le geste qui, pour nous servir d'une comparaison abusive, est chez certains acteurs le télégraphe de la sensation et de la pensée du moment, par conséquent qui exclut chez eux la grâce ; le geste, dis-je, est chez mademoiselle Rachel l'expression de la poésie que son intelligence et son âme aspirent

26*

dans le moment même. Ce geste est du plus haut style. Jamais
rien d'anguleux, rien de cahoté, même dans la véhémence de la
passion, qui ordinairement accélère le pouls, force les muscles à
se cabrer et violente les chairs. Toujours des contours de grand
maître. Il en est surtout un qui rapetisse tout ce qui l'entoure :
c'est lorsque, dans l'intimité étroite de l'idée exprimée par la parole déclamée, elle ouvre ses bras; l'ouverture de l'arc qu'elle
décrit, et la croix que ce mouvement fugitif forme par la position
horizontale de ses bras, fait que cette simple évolution vous re-
porte de souvenir vers la Rome d'Auguste. Ses oui, ses non ges-
ticulés vont droit à l'adresse de l'auditeur de la scène, de l'auditeur de la salle. Il n'y a jamais d'équivoque dans ses accentuations
muettes. Qu'on ne s'y trompe pas, ce sont là de ces difficultés
qui, aux yeux de la majeure partie du public, sont sans aucun
prix; il est trop préoccupé des péripéties du poème pour qu'il ait
des yeux pour ces bagatelles. En général l'attention est pour le
discours donné, elle n'est pas pour le discours reçu.

Est-il possible de jamais oublier la jeune artiste une fois qu'on
a vu cette éloquence muette de Camille, quand l'envoyé du roi
vient annoncer au vieil Horace l'issue du duel entre les élus de
Rome et les élus d'Albe. La jeune fille écoute, et si l'on veut
bien me passer ce tour d'expression, elle écoute jusqu'à la
pointe des cheveux. Rien ne remue en elle — c'est une paralysie. Elle est fixe — elle est pierre — tout pierre! Quel œil! Il
est d'émail! Mais le récit de l'envoyé sonne de plus en plus
lugubre son glas funèbre, et la stupeur de la tragédienne fait
place à un réveil momentané qui est le réveil du supplicié que
la torture a rendu inerte pour le rendre ensuite plus sensible
aux atroces froissemens qui l'attendent. La poitrine, ce siége
de joies et d'infortunes inouïes, est la première atteinte chez
Camille. Toutes ces douleurs graduées amènent à la fin le fris-
son qui est la réaction de l'âme sur le corps dans les fou-
droiemens soudains. Tout part de là, toutes les déjections morales viennent de là, le corps ne fait qu'obéir. Elle fris-

sonne, mais la vibration soudaine qui parcourt tout son corps ne
s'annonce pas par ces secousses partielles empreintes d'incertitude
comme on en voit chez tant d'acteurs; — c'est, au contraire, un
terrible accès de fièvre; — c'est une trépidation précipitée de tous
les membres.

Dans ce premier jet de pinceau nous avons fait de notre mieux
pour vous donner l'expression de ce qu'il y a d'intime dans la
pose, dans le mouvement du corps, dans les capacités auditives
et voyantes de l'artiste. Maintenant il faut la saisir au moment
de ses explosions passionnées, et où pourrions-nous le faire mieux,
si ce n'est dans l'imprécation de Camille.

Il fallait de puissantes paroles dans cet anathème pour que la
version historique de Tite-Live parût vraisemblable sur la scène.
Il faut aussi une organisation de tragédienne à l'épreuve de tout
énervement pour que ce couplet ne brise pas sur place celle qui
le donne, et il faut être bien distrait au moment où mademoiselle
Rachel lance son imprécation, pour ne point deviner que Camille
se présente devant Horace armée d'un des sophismes les plus bizarres du suicide; car elle ne veut pas se donner la mort, — elle
veut qu'on la lui donne.

Non, — jamais les nerfs cachés de l'idée posthume d'un poëte
n'ont rebondi plus violemment sur l'âme du spectateur! Cette fille,
tendre et aimante, cette Camille est une harpie; bien plus, on
oublie que le grand Corneille ait voulu que Camille fût une harpie, on oublie que cette fille, du nom de Rachel, que tout le
monde dit être bonne, douce, compatissante, soit cette même
Rachel. Non, ce n'est pas Camille qui dans le moment même est
hyène, c'est Rachel. Ce monologue haché, brisé, fulminant, ces
intermittences qu'elle y introduit pour que le venin ait le temps
de pénétrer bien avant dans l'amour-propre superbe de son frère,
sont des subtilités de l'art, toutes profondes, toutes neuves; —
cette ironie surtout, qui est la mauvaise haleine de la haine, cette
ironie implacable empeste cet Horace, qui bout et mugit de fureur. Remarquez dans cet instant les lèvres de l'artiste, comme

27

elles se plissent, suivez ses regards qui s'aiguisent en dards lumineux quand elle dit :

« Moi seule en être cause, et mourir de plaisir ! »

Oh ! c'est sublime, il y a dans ce vers l'extase momentanée d'une
volupté céleste unie à une fureur infernale.

Dans ce chapitre, nous n'avons encore rien touché de sa manière de dire les vers de Corneille et de Racine; nous mettons *dire*
pour déclamer, parce que déclamer nous paraît plus ou moins
rentrer dans la sujétion de la note musicale. — Mademoiselle Georges, dans ses beaux jours, déclamait ; — c'est au point qu'avant
d'entrer en scène, elle s'exerçait, dit-on, à demi-voix, dans la
gamme. Voilà l'idée qu'on se faisait, au Théâtre-Français, de l'art
du tragédien. Mais mademoiselle Rachel parle ; — ce n'est pas
qu'elle transmette les poèmes des classiques français avec la ponctuation iambique fidèle aux règles de la versification qu'ils y ont
introduites. Elle parle, voilà tout ! Bien qu'il y ait dans l'alexan-
drin un élément de mélodie notée, c'est toujours du langage ;
mais ce n'est pas de la musique ; mademoiselle Rachel l'a senti,
c'est pourquoi elle ne chante pas, elle parle. Écoutez !... Dans
cet idiome si géométrique, elle a trouvé le secret de faire disparaître la rime, partout où le vers n'est pas trop gêné par les repos
et les demi-repos de la mesure. Chaque vers, chaque mot ont
subi un examen consciencieux ; c'est par la contemplation de la
pensée que chaque particule de la pensée des autres a été me-
surée, approfondie, sondée. Ses inflexions de voix sont toujours
dans les bornes de la justesse morale. Il n'y a jamais ni équivoque pour l'esprit, ni équivoque pour l'ouïe, ni équivoque pour
le cœur.

« Me connais-tu, Maxime? »

dit-elle dans *Cinna*, et le voilà flétri à jamais, ce Maxime, et le
voilà couvert d'ordures de la tête aux pieds. Dans cette phrase à
quatre membres, articulée par mademoiselle Rachel avec un
calme auguste, Maxime est défini. Émilie, la sublime Romaine,

s'est peinte d'un trait. Mais où a-t-elle donc ramassé son diadème tragique, cette jeune fille?...

Parmi tant de mérites rares et jusqu'ici inconnus, la netteté d'une prononciation supérieurement distillée n'est presque plus du mérite. Cette faculté, dont mademoiselle Rachel est douée au plus haut degré, est à la somme de ses talens ce que l'enchâssure d'argent est au diamant. Les syllabes qui découlent de sa bouche sont si admirablement scindées, que l'oreille la moins habituée à entendre parler le français, sur la scène, les saisit au vol. On comprend tout. C'est beaucoup dire, surtout pour un étranger. Par exemple, je ne comprends pas bien madame Dorval. Ajoutez à son organe mat les gargouillemens qu'elle fait entendre, et je vous défie, vous, mes chers compatriotes, de pouvoir courir d'esprit sur le fil de ses discours, sans qu'il se rompe pour vous à chaque instant. Il serait curieux de la suivre d'oreille sur la scène du Théâtre-Français, dans une des tragédies des grands maîtres ; comme cela serait beau de l'entendre horriblement grasseyer dans Mérope, une colossale figure dramatique s'il en fut ! C'est comme si sur la scène réelle du monde on entendait grasseyer Napoléon. Je ne sais pas si vous êtes du même avis que l'auteur, mais il croit que dans les personnages actuels, une défectuosité physique, dont le siége est la langue, ce noble organe de transmission de la pensée, désenchante cent fois davantage qu'un vice de conformation de leur corps, qui n'est qu'un appareil où repose leur volonté mécanique. A plus forte raison un personnage qu'un grand génie fait agir sur la scène exige la pureté dans les formes, et à toute rigueur, la pureté de l'élocution, parce que c'est une individualité qui a été caressée par l'imagination du poète, lequel emploie quelquefois la moitié de son existence à la façonner.

Retournons à mademoiselle Rachel. — Son organe est d'une grande ampleur et d'une souplesse dramatique sans égal ; tantôt d'une douceur et d'une tendresse enfantines ineffables, tantôt d'une énergie mâle à laquelle l'auditeur est loin de s'attendre. C'est dans Roxane de *Bajazet* qu'il faut étudier les savantes tran-

27.

sitions qu'elle fait subir à son organe. Ce n'est plus là Camille, la vierge romaine aux douces et chastes espérances ; — c'est une femme ardente, passionnée, impérieuse, trempée au pouvoir absolu de son maître, et ayant déjà mesuré de cœur et d'esprit son horizon sans limite.

« Sortez », dit-elle à Bajazet.

Et il sort, lui Bajazet, ce chevalier à turban qui, par son refus de prendre Roxane pour sa femme légitime, mesure toute la distance que les mœurs et les lois de son pays mettent entre l'un et l'autre sexe. — Ce Bajazet, dis-je, sort la tête courbée, il a tressailli devant le : « Sortez » de Roxane, non pas devant le : « Sortez » de Racine, qui, dans la bouche d'une esclave turque s'adressant à un homme, est, ou un ridicule puni de verges, ou une folie punie d'une incarcération, ou une audace punie d'une noyade dans le sac. Mais quand c'est mademoiselle Rachel qui dit : « Sortez! » ce mot devient une fascination, ce mot excuse la licence illogique de Racine. — Tout devient vrai, — tout devient naturel alors.

Une qualité dramatique des plus essentielles dont nous croyons totalement dépourvus les acteurs du Théâtre-Français qu'on a embrigadés au hasard sous la bannière de Corneille et de Racine, c'est le sens inquisitorial et dans la voix et dans l'œil lorsqu'il s'agit de deviner la pensée secrète de ceux à qui ils parlent ou de ceux qu'ils écoutent parler. Cette rare qualité est une des plus grandes richesses mimiques que possède mademoiselle Rachel. Dans tous les rôles qu'elle aborde, ce don est en saillie ; mais dans celui de Roxane il devient d'une pénétration tellement interrogative, tellement accablante, que dans une situation analogue du drame de la vie réelle, nul n'y saurait résister, que tout coupable baisserait la tête devant ce simple rapprochement des sourcils que fait la tragédienne, devant ce mouvement de paupières ; qu'il resterait altéré aux premières vibrations de cette voix investigatrice qui va droit à la conscience. Aussi Bajazet en est confondu, Atalide en frissonne, le public en est profondément ému, parce qu'il est forcé d'avoir sa part des tourmens qu'endure Roxane.

N'est-ce pas chose étonnante, en vérité, que ces preuves réitérées d'études graves que paraît suivre la jeune fille? — N'est-ce pas étonnant qu'à cet âge de plaisirs, de chansons et de pastorales, elle s'adonne au travail sérieux des recherches philosophiques sur le cœur humain. — Et qui est-elle encore? Une pauvre enfant qui, jusqu'au jour de son début au Théâtre-Français, avait vécu loin du monde, loin de l'histoire, loin de toutes études!

Dans les *Horaces*, nous l'avons vue trembler, dans *Bajazet*, nous l'avons entendue pleurer. La larme, cette bienfaisante transpiration du cœur, dont Dieu a doué plus particulièrement la femme et l'enfant, comme s'il eût eu soin de leur santé morale, a quelque chose de forcément pénétrant chez mademoiselle Rachel; — et cette larme, on la cueille. Son infiltration pèse dans la poitrine long-temps après la dernière descente de la toile. Dans les grands élancemens de la douleur, ses hoquets sont si terriblement vrais, que l'intérêt suprême est tout d'abord pour elle, et pour Roxane ensuite.

Les mots, les phrases, les figures, les signes d'admiration, courent sur le papier, et la ressemblance dramatique de mademoiselle Rachel fuit devant notre pinceau; c'est que tout talent, excepté le sien, est saisissable, soit d'un côté, soit de l'autre. A peine se manifeste-t-il chez un artiste qu'on l'arrête, qu'on l'interroge, et il s'arrête, et il répond; — mais un talent comme celui de mademoiselle Rachel, qui fait unité jumelle avec l'âme, qui s'immerge dans les flots de l'inspiration; celui-là est difficile à interroger, difficile à saisir, parce qu'il participe à ses mystères; et on ne sait se rendre compte des mystères de sa propre âme, bien moins encore de ceux des autres. Tant qu'on en devise dans les solitudes de la pensée, le front appuyé dans le creux de la main, on écoute et l'on voit; mais dès qu'à la suite de cette muette contemplation on essaie de faire passer dans le langage les choses aperçues en nous, ou ouïes en nous, il y a infirmité immédiate.

Cette tournure grave qu'a prise, malgré nous, la fin de notre analyse paraîtra, il se peut, à bien des lecteurs, d'un revers philosophique pour le moins inattendu. S'il en était ainsi, que nous resterait-il à dire, sinon que nous sommes tout aussi avides de puiser des leçons dans les inspirations de l'âme d'un homme de génie, dans quelque acception que cela soit, que d'épier les énonciations naïves de l'âme d'un enfant.

Tout art a son germe, toute plante a le sien ; l'une se cache sous une pelletée de terre, l'autre à je ne sais quelle profondeur de la vie morale de l'artiste. Pour ne pas sortir des limites du théâtre, nous dirons qu'il est des acteurs, comme un Talma, chez qui ce germe, pour qu'il paraisse au grand soleil, a besoin d'une culture infatigable, d'incessantes sollicitudes. Le livre de l'histoire ancienne ne se fermait jamais pour Talma ; — la statue antique était devenue sa maîtresse. S'étant convaincu que, pour le naturel de la déclamation, son pays était sans modèle, il a passé le détroit pour le chercher sur la scène anglaise. Mais, chez Rachel, il y eut révélation subite de la vocation d'une tragédienne. C'était, pour ainsi dire, comme le premier coup d'aiguille que donne une enfant à sa poupée et qui révèle la vocation future de la femme.

Le germe dramatique de l'illustre artiste est d'une sève aussi riche, aussi vigoureuse que celle de certains arbustes parasites qui finissent par fendre les pierres, tant ils ont besoin d'espace ; aussi à chaque début, et chaque début chez elle est accidenté de paroxismes, elle nous a laissés au départ comme quelqu'un qui s'alarme pour son ami absent, le sachant homme à subir les influences dévastatrices des êtres qui sentent jusqu'où la sonde du sentiment manque de fond. C'est en raison de ces appréhensions, du reste, il se peut, tout-à-fait illusoires, que la jeune tragédienne, au risque de faire tout-à-coup manquer au public son dividende d'émotions de plus en plus croissantes, devrait s'abstenir de jouer pendant quelque temps, ou, ce qui pour elle revient au même, devrait s'abstenir de donner accès à toute chance de maladie sérieuse. Qu'elle se repose, qu'elle enseigne son art, tout en l'apprenant elle-même, qu'elle enseigne par la plume. — Elle sent ; — cela suffit pour bien annoncer ce que l'on sent. Si ce repos momentané est de rigueur pour sa jeune constitution, qu'elle ne balance pas.

La tragédie en portera le deuil quelque temps, mais Rachel nous reviendra développée, fortifiée par le repos et riche en nouvelles acquisitions dramatiques ; et, ainsi formée, elle restera neuve à jamais avec ses impérissables rôles. Paris est un immense continent moral, partagé en zônes froides, tempérées, ardentes ; — et, dans ces dernières, elle trouvera toujours des groupes choisis qui tout palpitans accourront pour l'admirer ; et si jamais un caprice d'inconstance française vient les surprendre... (ce qu'il serait outrageant de supposer, même pour des Français), le Rhin n'est pas loin, et au-delà, l'Allemagne, — et à droite, les rives du Danube, et à gauche celles de la Sprée, et plus haut la Neva. — Pour la médiocrité, la prison du point géographique ; — pour l'éminence, les grands rayons !

Mademoiselle Rachel est plus qu'un fait d'art accompli, — elle est un événement d'une haute opportunité. Elle vient de faire irruption dans l'indolence universelle des âmes, — elle réveille les endormis. — C'est principalement à ce titre que nous lui consacrons la présente notice.

Enfant ! tes fortunes sont grandes ! songe donc que tu fais époque ! Tu étais dans la foule, — tu n'étais pas dans les éligibles. Le hasard t'a élue, Paris a confirmé, l'Europe a ratifié, — elle t'adopte. Trois fois gloire ! Mais tu as une mère, tu as un père auxquels tu causes d'indicibles jouissances : ils te doivent leur bien-être, voilà ta gloire ! — le reste est néant.

Au moment où je me permets de meubler ce livre du buste de la jeune tragédienne, le théâtre de la rue Richelieu compte, dit-on, plus de soixante artistes, nombre respectable, si non généralement respecté. De grands talens, des talens despotes il en possède peu ; — pour quelques étoiles très-brillantes, beaucoup de *nébuleuses*.

Hâtons-nous cependant de ménager une place dans les premières à mademoiselle Anaïs Aubert.

Voilà encore un de ces êtres auxquels la destinée à leur entrée dans ce monde, dit : « vous serez beaucoup aimés ; » comme elle dit à d'autres : vous serez beaucoup détestés, et à quelques-uns :

vous serez pendus haut et ferme ! — Et on ne se lasse pas d'aimer
cette petite Anaïs, comme on aime une promesse pleine de bel
avenir. — Quand l'affiche proclame son nom, — affaire pressée
devient affaire remise.

Petite, faite au tour, gentillette, mignonne, vive, réjouie ; —
jambe fine, bras rond, blanc et délicat ; — bouche fendue par
l'amour et pour l'amour ; — de beaux yeux pétillans d'esprit,
un petit nez mutin à vous ensorceler, bref une de ces physionomies qu'on remercie d'être ainsi par un sourire de forte sympathie la première fois qu'on les voit. Telle est mademoiselle Anaïs
Aubert au physique. Ce n'est pourtant là qu'un accessoire. Sa
parure de bal, c'est son talent, — ses parchemins d'artiste illustre
sont dans son talent. — Quel Chérubin divin cela fait dans le *Mariage de Figaro.* Lorsque, sur la scène, il s'énamoure non-seulement de toutes les femmes, mais de tous les rubans de femmes ;
on s'amourache d'elle au parterre ; c'est que rien n'est comparable à ses grâces et à ses pétulances enfantines ! Joyeuse petite
mortelle que cette Anaïs, si jolie, si nettement tournée et d'esprit
et de corps ! Tout lui va bien, — elle fait tout valoir, on lui sait
gré de tout. — Allez la voir dans Zoé de Montlucar de la *Camaraderie* ; elle y est pétrie de gentillesse, d'aisance, de ruse. Ceux
qui briguent l'avantage d'acquérir ce qu'on appelle de l'entregent,
qu'ils aillent l'étudier attentivement dans la *Camaraderie.* Ils
peuvent, en temps et lieu, faire leur profit de ce regard malin,
de ces sourires dubitatifs, de ces réticences si joliment scélérates,
de ces demi-confidences si patelines, toutes traîtrises de bon ton
et qu'on ne débrouille bien sur sa physionomie inoffensive que
grâce à la publicité d'un secret de comédie. — Elle y joute de co-
quinerie, dans la comédie en question, avec un autre Machiavel
femelle d'égale force, je veux dire avec la toute belle et mille fois
séduisante Sylvanie Plessy.

Le moyen pour un honnête homme qui, sur le théâtre du
monde, rencontre dans son chemin deux tacticiennes de la force
de mesdemoiselles Anaïs et Plessy ; — le moyen pour lui, dis-je,
de sortir tambour battant et drapeau déployé d'une intrigue ? Il

sera tondu, tissé, décati, découpé, cousu et vendu avant qu'il
aperçoive le ciseau de la tonte. Est-ce parce qu'une jolie femme
ne saurait casser une bouteille sans la casser avec grâce, comme
on dit, que nous trouvons des façons très-distinguées à mademoiselle Plessy? — Je n'en sais rien! mais ce qu'elle fait est à
peindre. C'est comme cette Alexandrine Noblet, avec ses yeux de
houri, sa taille de palmier (comme on dit dans les pays où il y a
des palmiers), son œil fendu long, fendu large, à belle eau (comme
on dirait d'un diamant), ses lèvres d'une fraîcheur parfumante, et
même avec sa lentille noire collée à la joue gauche et qui tranche
sur son bel ovale comme une tache naturelle sur un œillet blanc.
— Serait-ce parce qu'elle est si belle que la critique la respecte?
— Je crois un peu que si.

De ces artistes si amoureusement moulées comme femmes, si
intelligentes comme comédiennes, quand on passe aux hommes,
on risque de rencontrer du burlesque, à moins de rencontrer
un comédien comme Menjaud. — Non, le public ne l'apprécie
pas assez, ne lui fait pas assez sa cour. Je voudrais me tromper, mais je crois qu'il faut en attribuer la cause au règne de
l'égalité des conditions qui étend son niveau plébéien de plus en
plus sur Paris, et efface de son esprit et de ses manières ce tour
élégamment coquet, cette fatuité nonchalante des viveurs français de la cour de Versailles, dont l'aimable Fleury semble avoir
laissé à Menjaud le secret. — Oui, plus l'élément démocratique prendra d'extension en France et moins on comprendra
et on goûtera sur la scène les Valère, les Dorante, les Léandre;
et Menjaud est le modèle parfait de ce corps militant d'honnêtes séducteurs à bourses, coiffures poudrées et manchettes
de dentelles, comme il est aussi la copie vivante de ces scélérats
d'hommes de haute volée, qui portaient rubans moirés au cou,
aiguillettes de rubans sur l'épaule, tabatières d'or dans leurs
goussets et habits brodés sur le corps. Si dans ce sens on est aujourd'hui scélérat à Paris, c'est comme le sont les étudians en
médecine — mal peignés, sentant le tabac et donnant congé à
leurs amours par un « va-t-en, sotte; tu m'ennuies! » Et comme

il prononce le français ce Menjaud! Oh! c'est une mélodie!
L'oreille de tout étranger s'épanouit de plaisir à lui entendre filer
ces sons si justes, ces consonnances, si pleines, si amples.

Son satellite obligé est le vétéran Monrose, écorché vif des
Frontin d'autrefois, valet à tricorne galonné, possesseur du secret
de se coiffer de son chapeau, par une certaine évolution du bras,
d'une crânerie incomparable. Le jarret tendu, le dos d'une construction parfaitement apte à recevoir de bonnes volées de coups
de bâton, malgré l'approche de ses soixante ans ; — bref, un
gracioso des antichambres, inqualifiable et probablement le dernier
de sa race.

Dans un genre tout-à-fait opposé se présente Samson. Ce qui,
selon nous, distingue avant tout cet acteur, c'est un talent d'i-
mitation tout spécial ; c'est celui de savoir copier avec une fidélité
désespérante cette classe nombreuse et intéressante de maris qui
prêtent au ridicule conjugal. — Il faut le voir comme victime
de certaines tribulations, de certaines infortunes domestiques
dont vous êtes le premier à rire, bien que marié!! — Dans les
maris débonnaires, dans les maris esclaves, Samson n'a pas son
pareil. C'est un ressort inélastique qui ne se détend quelque peu
que par la volonté de sa souveraine de par le sacrement. Lorsqu'il
fait le personnage de de Miremont, dans la *Camaraderie*, il est si
niaisement nul que je ne m'explique pas comment jusqu'à ce jour
de hardies négociatrices de mariages n'ont pas commis un rapt
sur sa personne, et ajoutons *personne accomplie* dont mainte
femme ambitieuse briguerait l'honneur de posséder *la main*.

Des artistes jouant la comédie et dignes de critique, nous en
voyons plus d'un au théâtre de la rue Richelieu. Nous ne les
comptons pas, parce que toute dépense veut balance. Conséquemment, afin de nous ménager vos dispositions bénévoles, il
est nécessaire d'établir une sage économie dans le bilan paginé
du livre, et sur ce, il ne nous reste plus qu'à fermer les portes
du Théâtre-Français pour aller frapper à d'autres portes.

CHAPITRE IX.

REVUE DE QUELQUES THÉATRES.

L'OPÉRA-COMIQUE. — LES DEUX VIRTUOSES FRANÇAISES. — PORTRAITS. —
UNE ANOMALIE DRAMATIQUE.

C'est une étrange jouissance, une jouissance à progression de surprises, celle qu'éprouve un voyageur lorsque, la tête à la portière d'une voiture publique, il fait son entrée dans une grande capitale, rayonnante de toutes sortes de gloires, brillante de luxe, de jour en jour plus vieille, de jour en jour plus jeune, — le regard arrêté sur le présent, la face détournée de l'avenir, et douée d'une santé de fer pour jouir. — De pareilles capitales, il n'y en a qu'une au monde, et c'est Paris.

On se doute donc que ce fut un jour férié pour l'auteur de ces causeries, lorsque, la tête à la portière, il moissonnait Paris des yeux, il consommait Paris en idée! et comme Paris est grand, comme il est labouré en courbes et en zig-zags plutôt qu'en lignes droites, il y avait long-temps qu'il examinait ses rues lorsque l'équipage, sous l'enseigne des grandes Messageries royales, claquant, tintant et sonnant haut, entra tout poudreux dans la cour des Messageries de la rue Notre-Dame-des-Victoires. Et puis, adieu aux camarades du *coupé*, adieu au conducteur de Metz, et le voilà tout seul sur le pavé de Paris, celui qui, tout en vous demandant pardon, vous fait part de toutes ces particularités.

Que de monde! quelle foule! et quelle solitude! et la solitude n'est pas seulement dans l'absence des hommes, elle est aussi dans la présence de beaucoup d'hommes dont on sait être séparé par un incognito moral impénétrable. La seule créature qui eût pris quelque intérêt à l'auteur, ce fut un de ces chameaux des grandes villes, dits commissionnaires, qui vous indiquent les hôtels et y charrient à dos d'homme votre bagage.

— Voulez-vous hôtel Vivienne, monsieur? me demanda mon commissionnaire.

— Hôtel Vivienne? — soit.

Et marche par la place de la Bourse.

Et nous marchions, lui dispos, moi triste, lorsque, sur un bâtiment à rangée de colonnes ioniques, j'avise une affiche qui verdoyait de loin. Le bâtiment faisait face à la Bourse. — Voyons, qu'est-ce?

OPÉRA-COMIQUE.

Ah!

Le Luthier de Vienne.

Aha!

— et, entre une foule de noms, je distingue celui de madame Damoreau-Cinti, depuis long-temps mon idéal sur ouï-dire. Vive la joie!

Mon premier jour à Paris était donc un jour férié pour moi; — Paris je le voyais pour la première fois, et madame Damoreau j'allais l'entendre pour la première fois.

C'était par un matin, la pendule de la Bourse sonnait neuf heures, et à six heures et demie du soir, équipé à neuf de la tête aux pieds et nanti d'un binocle, fourni par l'opticien Chevalier, je vous prie de le croire, je me prélassais déjà sur une des banquettes de l'Opéra-Comique; — mais avant d'y parvenir il avait fallu payer, à l'entrée même, outre le prix du billet, le tribut de dé-niaisement que la plupart des étrangers payent en arrivant à Paris, car en abordant le péristile, la *queue* était déjà pas mal longue.— Ne pensant à mal d'aucune façon, j'avais cru dans l'innocence de mon cœur, que c'était là des curieux qui guettaient la venue de jolies dames, — ce de quoi étant convaincu, il était naturel que j'allasse droit au guichet qui termine les galeries de bois dans lesquelles la *queue* se trouvait emprisonnée; — à quelle fin j'essayai de percer les rangs des *attendeurs*, — mais, à la première tentative, la tête de la colonne cria : A la queue.

— Modérez donc les transports de ce monsieur en gants rose-pâle !

Rouge de honte, je filai au large — pour revenir pourtant, et tenter fortune encore. Aussi, pourquoi m'avisai-je de me ganter de gants rose-pâle ?

J'avais cru mes plans de jouissance avortés pour ce jour, lorsqu'une âme charitable, à raison de quatre francs, me facilita la voie qui allait me conduire au plaisir.

Je signale ici cette âme charitable à l'attention de mes confrères les touristes, et particulièrement à ceux qui ont des habitudes dépensières comme moi et tiennent à ne pas courir les chances d'un méchant brocard comme celui dont je viens de vous entretenir. — Si, vers les six heures du soir, il vous arrive de passer près du perron de l'Opéra-Comique, il est impossible que vous n'y aperceviez pas un individu chargé d'ans et délesté d'argent, à en juger par sa mine piètre, par son visage chafouin et malpropre et sa redingote grise tirant sur le brûlé. — Il est borgne, c'est son signalement caractéristique, et l'iris et la prunelle de l'œil mort ressemblent à s'y méprendre à un bouton bombé de nacre jauni. — C'est sous ces dehors peu séduisans que se cache l'âme charitable que je recommande à mes confrères les touristes.

Depuis que l'Opéra-Comique est là où il est, l'individu dont nous venons de vous donner le masque, se tient muré au perron comme une cariatide.

Témoin de ma déconvenue et me voyant rôder autour des grilles avec un air aussi penaud que le renard de La Fontaine convié au dîner de la cigogne, il me fit signe du doigt.

— Voulez-vous un billet de parterre, monsieur? je le vends quatre francs.

— Et je ne serai plus obligé, dis-je, de me mettre en serre-file derrière les autres!

— Oh! soyez tranquille! — Aussitôt la caisse ouverte, d'un coup je vous ouvre ce guichet sur lequel me voilà appuyé et vous allez passer le premier.

— Mais est-il de bon aloi, votre coupon?

— Comment, monsieur, vous me faites injure! repartit le vieil homme borgne, — tel que vous me voyez je fais partie de l'administration du théâtre. — Du reste, poursuivit-il d'un air superbe, prenez le billet, pénétrez dans la salle, et vous me paierez quand vous serez placé.

Il était clair qu'il ne pouvait pas y avoir de supercherie dans le marché; et je payai, et j'entrai, et effectivement j'assistai ce même soir au *Luthier de Vienne*, et je me pâmai d'aise au chant de madame Damoreau-Cinti avec une extase égale à celle de Barbeau dans *le Bouffe et le Tailleur*.

Dans la diversité attachante de cette flore de l'humanité que l'on nomme beau sexe, avez-vous remarqué des individus qu'une certaine fraîcheur, qu'un certain éclat environnent, qualités qu'on ne sait vraiment comment définir et qu'on pourrait, je crois, appeler la santé des Grâces. — Ce n'est pas spécialement le teint, ce n'est pas la lèvre, ce n'est pas l'œil qui sont frais et brillans; c'est tout; ça se voit dans tout: dans la taille, dans les mouvemens du corps, dans le parler, dans le babil, dans les cheveux, dans la voix, dans la toilette. — Madame Damoreau-Cinti est du nombre de ces individus. Ses cheveux noirs ont plus de lustre que les cheveux noirs de telle ou telle femme; sa robe semble être repassée avec plus de soin; les plis de ses garnitures, de ses festons de rubans semblent plus nettement arrangés que chez bien d'autres femmes. Il y a de plus symétrie parfaite dans l'ensemble de ses traits, bien précisés par les accidens d'ombre, il y a symétrie depuis le point de séparation de ses deux bandes de cheveux jusqu'à cet imperceptible interstice qu'on aperçoit entre ses deux maîtresses dents, — puis, que dire de sa voix ?..... Elle est plus fraîche, plus éclatante que tout ce que nous voyons de bien ordonné chez elle, et sa méthode est plus belle encore que sa voix.

Depuis la Catalani, qui voyageait avec son grand appareil d'orgue vocal, qui faisait entendre à l'Europe étonnée ce qu'il y avait de notes puissantes dans cet orgue, que de découvertes, que de progrès dans l'art de la vocalisation! A cette époque de routines, la voix d'une Catalani venait mourir dans l'oreille, aujourd'hui elle va vivre et se reposer dans l'âme, — l'ouïe a fait passer le canal de l'harmonie dans l'âme, son réservoir. — Connaissait-on, il y a vingt ans seulement, ces longues parenthèses du chant brodées en demi-teinte, telles que les savent faire une Julia Grisi, une Persiani, une Damoreau-Cinti? Non que je le sache. Cette dernière, outre l'art de savoir couler des sons qu'on dirait des perles fondues, possède de l'énergie dans le chant; de l'agilité, de l'élasticité dans les tours les plus difficiles de la gymnastique du son; — et quand nous dirons que ce qu'elle dit avec sa méthode, le cœur le fredonne long-temps après; quand nous dirons qu'il y a dans son chant certaines exclamations saisissantes qui émeuvent, qui échauffent le cœur, nous ne serons que de l'avis de ceux qui, sans le secours d'un sens musical acquis par l'étude, reconnaissent la toute puissance de l'harmonie, et encore cet avis sera-t-il subordonné à celui que la parole ne saurait rendre, car lorsque le cœur parle, le langage bégaie.

Otez madame Damoreau-Cinti au Paris dilettante, et Paris aura un grand attrait de moins.

MADAME JENNY LEPLUS.

Talent et charmes, tout est contraste entre madame Damoreau-Cinti et madame Jenny Leplus. — Au physique, ces dames diffèrent entre elles comme un médaillon émaillé de Petitot diffère d'un portrait de femme peint par Lawrence. Dans le

premier, il y a la précision du trait ; dans le second, un poétique
désordre.

Cette boucle blonde, toute soyeuse, qui flotte à l'aventure ; ce
grand œil bleu, abrité de longs cils, de larges paupières, sont à
Jenny. — Cette robe qui ne l'habille pas méthodiquement comme
ferait un journal de modes, mais qui la pare comme une nymphe,
est à Jenny. — Ce visage blanc, teint d'un pâle si intéressant ;
cette petite bouche trempée rouge, sont encore à Jenny. — Cette
taille fine qui plie à gauche, qui plie à droite ; cette ceinture qui
paraît peinte avec abandon, plutôt que fixée par l'épingle, sont
également à Jenny. Même ces gants, dont l'un s'est amassé en
plis autour de la jointure du bras et du poignet, et dont l'autre a
été tiré tout tendu jusqu'immédiatement au-dessous du coude,
tout cela est à Jenny. — Madame Damoreau est donc tout autre
que Jenny, comme vous l'aurez pu observer.

Quant au contraste dans les talents respectifs de ces dames,
saurai-je jamais indiquer les points précis où il y a opposition de
genre ? Je crains bien que non ; — aussi ne les indiquerai-je
point. Mais je puis bien dire qu'il y a par moments dans le chant
de mademoiselle Jenny Colon des effets d'harmonie qui vous en-
veloppent d'amour un cœur qui a perdu toute souvenance d'amour.
Sa voix, un peu voilée, vous envoie des invitations affectueuses,
vous verse des modulations tendres, vous donne des promesses
d'un bonheur pur.

Madame Jenny Leplus a ce regard fin, ce regard spirituel
des femmes françaises : les jets qui s'en échappent sont parfois langoureux. La mélodie de son chant continue dans son sourire et son parler ; ses manières sont de cette élégance qui n'est
habituelle qu'à mademoiselle Mars. Il y a encore je ne sais quelle
ombre de mélancolie et de roman épandue sur toute sa personne,
et qui fait que nous l'accusons de savoir aimer immensément, et
de savoir mourir au besoin pour avoir ainsi aimé. — L'élément
de l'amour est si vivifiant chez quelques femmes, qu'il devient pour
ainsi dire visible à l'œil. — Dans l'*Éclair*, de M. Halévy, un mécompte en amour est prêt à l'anéantir. L'*Éclair* a trois actes,

ajoutez-y un quatrième, prolongez ce mécompte, et elle en mourra. La douleur qu'elle traduit en discours parlés et en péroraisons notées est une douleur de femme aimante et abandonnée : c'est trois fois la mort.

On peut mieux chanter que madame Leplus, mais on ne saurait posséder plus de dons de se faire adorer quand on la voit, et d'inspirer de plus vifs regrets lorsqu'on ne la voit plus.

Dans ce défilé de femmes depuis l'Opéra jusqu'au théâtre de la Bourse, il n'y en a pas une seule non-seulement de laide, mais de médiocrement jolie. Et combien nous manquent encore à l'appel! — Madame Volnys, du Gymnase, si ingénue, si modeste; madame Volnys, qui vous inspire une jalousie de musulman quand on la voit bras dessus bras dessous avec son mari. « Que ne suis-je Volnys!... » C'est ce que pense maint jeune *tigre* de Paris. — Et mademoiselle Fargueil des Variétés! et madame Taigny du Vaudeville! Et celle-ci, et cette autre! Oh! je vous assure qu'il s'en trouverait encore un bon tiers à mettre ici en lumière!

Otez à l'une son sistre d'or, et elle ne chantera plus comme un ange; ôtez à celle-ci son tambourin, et elle ne dansera plus comme l'une des trois Grâces; à celle-là son masque, et les muses dramatiques ne la voudront plus pour sœur. Dépouillez-les toutes de leurs talens, et belles elles resteront toujours. — Toutes ces femmes, où sont-elles? — A Paris. — D'où sont-elles? — Pour la plupart, de Paris.

C'est donc pour vous dire encore une fois qu'ils vous induisent en erreur ceux qui proclament à son de trompe que la ville de Paris n'a pas la faculté de produire de jolies femmes; mais ce qu'il nous importe de consigner ici, c'est qu'il n'a pas la faculté de produire de grands acteurs. Dans le rire, dans la grimace comique, dans la caricature, on en trouve de toutes les livrées. C'est qu'outre qu'ils sont Français, ils sont hommes; et, en fin de compte, la nature en refusant à l'homme la fibre délicate du sentiment l'a amplement pourvu du sens subtil de la satire. Or, avant de descendre l'escalier de l'Opéra-Comique, en bons amis, nous recommandons à la di-

28

rection de ce théâtre d'être aux plus petits soins possibles avec mesdames Damoreau-Cinti et Jenny Leplus ; car, elles manquant, la queue du péristyle se rapetisserait bientôt vertèbre par vertèbre : Masset, qui a une voix de tête ; Chollet, qui a un agréable murmure dans le gosier (ce qui suppose que tous les deux ne chantent ni de la poitrine ni du cœur), ne suffiraient pas pour achalander la boutique.

ARNAL, DU VAUDEVILLE.

Pour le théâtre du Vaudeville, qui est comme qui dirait un satellite de l'Euterpe française, nous ne lui vouons notre amitié et notre respect très-sérieux que parce qu'Arnal, l'inimitable Arnal en fait partie. On dit que, grâce à toi, Arnal, les vieux murs du Théâtre de la rue de Chartres ont, depuis dix ans, bravé le marteau du démolisseur ; car, sans toi, la ville de Paris n'aurait peut-être pas permis que les pierres gothiques du Vaudeville eussent si long-temps encombré la rue. Arnal parti, le feu ne venant pas, Paris eût fait main basse. Supposé que cet *on dit* soit vrai de point en point, on me l'a communiqué tel, c'eût été rendre grand hommage au talent d'Arnal ; et son talent, c'est d'être bête. — Oh ! que tu es bête, Arnal ! Oh ! qu'il faut d'esprit pour être aussi splendidement bête que toi ! On appelle grimace ce qui se voit sur ta figure ; qui est-ce qui dit ça ? En fais-tu jamais ? Tu es sérieux comme un bonze, impassible comme un grenadier autrichien sous les armes, et ridiculement sublime par mégarde, sans qu'on s'y attende. Nul vestige de l'intention drôlatique sur ta face moutonnière. C'est sous ta peau, farceur charmant, que dort l'essence du burlesque idéal, que gît le mécanisme de la farce classique. — De mémoire d'acteur, personne n'a possédé ce geste sans caractère, et pourtant si expressif ; cette béatitude de la bêtise dans ce regard de veau, cette démarche indolente, ce semblant de lassitude dans les mouvemens, et cette immobilité d'un pantin dans le repos.

C'est ainsi que je l'ai vu par un soir où l'on donnait le *Mari de la Dame de Chœur*. Oh! il est désopilant! Je crois que je lui aurais ri au nez, là, face à face, sur le paquebot qui fait la traversée régulière d'une rive du Styx à l'autre.

Sans offense, Arnal, je ne pense pas qu'en ta qualité d'enfant de Paris et d'élève du conservatoire philosophique du bout de l'autre siècle et du commencement de celui-ci, tu aies jamais fait de l'*Imitation de Jésus-Christ* ta lecture principale. — Et, pourtant, sans t'en douter, mon brave, tu agis d'après les préceptes de cette œuvre de génie, du moins en ce qui touche cette vallée de misères et de larmes ; — car tu fais du bien : — tu rends légers et tu désattristes les cœurs le plus pesamment chargés de soucis. — Tu consoles à ta bonne et joviale manière.

BOUFFÉ, DU GYMNASE.

Bouffé est un de ces individus qui naissent pour la lumière de la rampe comme la taupe pour l'obscurité des entrailles de la terre.

Bouffé languit hors des planches comme l'Indien de l'Amérique du Nord dans une maison numérotée. — Heureux ou malheureux, ce grand comédien ne vit que sur la scène. — Le monde factice est son monde réel, le monde réel est son monde factice.

Que de mouvemens nouveaux, que d'aperçus inconnus il sait nous révéler dans le rôle du *Muet d'Ingouville* ! — Le désespoir est dans son cœur, la véritable larme est dans son œil. — Privé de l'usage de la parole, proscrit par la nature, proscrit par la société, car on l'accuse de vol (vous savez), telle est la position du muet vis-à-vis le monde, tel est ce rôle créé pour Bouffé et en partie attribué à lui. — Il ne parle pas, — le titre de la pièce ne le dirait pas que vous le devineriez à la physionomie de Bouffé. L'organe de la parole manque à cet homme, on ne sau-

rait en douter. Bouffé vous l'annonce par je ne sais quel air de tor-
peur avec lequel il a su paralyser ses traits.

On est si content de se rappeler dans l'entr'acte que cette
grande infortune ne pèse réellement pas sur la tête de Bouffé le
grand acteur, le favori de tout le monde. On est vraiment charmé
d'apprendre que ce n'est là qu'une fiction. C'est donc pour rire,
qu'on pleure bien! Mais voici l'autre acte qui arrive et de nouveau
on ne se souvient plus de la petite consolation qu'on s'est procurée
en réfléchissant, car le moral du muet est si fortement ébranlé
par tant de secousses, que l'on craint que Bouffé n'ait perdu la parole pour tout de bon.

Oh! c'est au-dessus de toute description! C'est un roman touchant qu'on lit dans la physionomie de Bouffé, et hors de France
on ne le lira pas, car il brave les pirates de la librairie française,
les contrefacteurs belges. Il faut faire tout exprès le voyage de
Paris pour lire le rôle du *Muet d'Ingouville*, dans l'édition vivante
en la propre personne de Bouffé; ce voyage, il faut aussi l'entreprendre pour le *Gamin de Paris*. — J'espère que ce n'est pas la
jeunesse qui fait faute à ces diablotins du pavé de Paris, car
la moyenne de l'âge de messieurs les gamins ne dépasse pas quatorze
ans. C'est donc chose surprenante que de voir Bouffé jouer le
Gamin de Paris, lui qui en compte pour le moins quarante. —
Copier la vieillesse étant jeune, c'est certainement moins difficile
que de copier la jeunesse étant soi-même sur le retour, et la dif-
ficulté se présente aussi bien au moral qu'au physique, car quel
que soit l'art que possède un acteur à se grimer, il ne saura
jamais effacer entièrement de sa physionomie ce sceau de pleine
maturité qu'on peut décréter d'indélébile. — Quant au moral,
l'art du comédien n'en sera pas moins embarrassé, car c'est si
prompt, si véloce le progrès de la vie chez l'enfance, qu'elle n'a
presque pas d'habitudes exclusives, c'est un mélange charmant
de fantaisies volatiles, de jolies inconstances, de passions violentes
mais éphémères, tous feux follets moraux qui échappent à l'é-
tude, tandis que la vieillesse est un mal chronique dont le siége
est dans l'âme si le corps est sain, ou un mal chronique logé

dans tout le système de la clepsydre humaine, si le corps est désorganisé ; donc deux souffrances avec leur monotonie et leur ponctualité inexorables. — Il n'est pas jusqu'à cette souplesse de reptile, jusqu'à ces mouvemens pleins d'électricité dont les corps des adolescens sont doués dans le travail organique de leur développement que Bouffé n'ait appris à imiter avec un rare bonheur. Il est pétillant de vivacité et ravissant de polissonneries dans la scène de caresses avec sa vieille mère. Il vous fait rire avec ce spasme mélangé de pleurs qui soulève quelquefois la poitrine sans qu'on sache trop pourquoi ; c'est un pêle-mêle de gentillesses si touchantes, qu'elles finiraient par désarmer la colère d'une méchante marâtre, à plus forte raison la fâcherie d'une bonne pâte de mère qui raffole de son coquin de fils, malgré les chagrins journaliers qu'il lui cause.

Il est ainsi, Bouffé, dans la mansarde de sa mère, mais voyez-le dans le salon du général lorsqu'il vient lui demander justice du déshonneur de sa sœur. Ici il a oublié la rue, le carrefour, la place ; — ici il a oublié la toupie, *le cheval fondu*, etc.; — il est homme fait, homme d'honneur, homme de résolution. Une heure de temps l'a mûri à ce point : que de gaucheries incomparables dans ses manières, que de franches naïvetés dans sa plainte, que de dignité et de noblesse dans la sommation qu'il fait au général pour que celui-ci répare les torts de monsieur son fils !

Rien n'est aussi gros d'abus que le mot *perfection*, dans tout ce qui nous paraît avoir atteint la limite du fini. Nous croyons cependant ne pas nous tromper en saluant du titre de parfait, du titre d'éminent, l'acteur Bouffé, la gloire du Gymnase.

MADEMOISELLE DEJAZET, DU PALAIS-ROYAL.

Ce nom, c'est comme l'enseigne à promesses brillantes, à réputation solide d'une maison de commerce. — Grand crédit ! — crédit illimité ! Et pourquoi ? Je n'aperçois de raison assez con-

cluante dans cet engouement des Parisiens pour mademoiselle Déjazet qu'un tour de force d'actrice que l'on admire. —Cette jolie petite
femme aux yeux dardant l'esprit, à la physionomie piquante, aux
pieds mignons, à la main blanchette, au lieu d'étudier son petit
cœur et de nous dire comment il se serre, comment il se dilate, cette
jolie petite femme a donné dans l'apostasie, elle a accrédité dans ses
rôles le port du pantalon au préjudice de la jupe. — Gens de censure, gens du feuilleton, que de fois n'ont-ils pas réprimandé,
fiel au bout de leur plume, cette actrice unique pour son talent,
nous en convenons, mais, selon nous, tout-à-fait de contre-
bande. Si au moins les programmes du théâtre du Palais-
Royal disaient, au lieu de : « Mademoiselle Déjazet remplira le
rôle de madame Favart (1), *le jeune Déjazet* remplira le rôle de
madame Favart. » Ce serait logique. Cette petite supercherie ne
nous gâterait pas au moins l'illusion, à nous autres étrangers qui
arrivons à Paris avec mille illusions en trousse. On excuserait
alors ce pli de masculinité qu'accuse le jeu de mademoiselle Déjazet, malgré rubans, gazes, dentelles et plumes. Par la même
raison qu'une femme auteur qui peindrait une orgie d'hommes
dans ses détails les plus monstrueux, serait étrangement discrédi-
tée aux yeux des deux sexes ; par la même raison, les deux sexes
réunis en consultation ne sauraient délivrer un bon certificat à mademoiselle Déjazet pour la faculté qu'elle possède d'endosser, avec
son travesti, tout ce qu'il y a d'effronté, de résolu, de leste, de
rèche et de coriace dans une organisation d'homme. Non, on ne saurait ni l'approuver ni l'aimer, parce qu'involontairement on suppose
que c'est dans la société fréquente des hommes qu'elle a acquis tant
de notions secrètes et cavalières. — Elle croit qu'elle joue? Eh
mon Dieu! non, — elle profane. — Transfuge du beau sexe par
son emploi-monstre, mademoiselle Déjazet sait, comme beaucoup
d'hommes, donner au mot à double entente, au mot grivois et
même à la restriction mentale, un air, un ton et des intentions de
bambocheur fieffé.

(1) Un vaudeville de ce nom.

On trouve aussi qu'elle dit le couplet de facture à ravir ! Dieu
sait ce qu'étaient devenues nos oreilles lorsque nous l'entendîmes
chanter ; mais la vérité est que l'aigreur de sa voix nous pénétra
d'outre en outre comme le hiement d'une porte qui crie sur ses
gonds ; et puis, le désir de produire de l'effet par ce jeu empreint
de rouerie que nous lui connaissons perce de même dans son
chant.

Mademoiselle Déjazet est femme ; — un moment nous en avons
douté. — Elle est femme, tout Paris le sait ; — elle est femme
d'esprit, tout Paris le sait. — D'ailleurs, il y a un livre intitulé *le
Perroquet de Déjazet.* — C'est, dit-on, une espèce d'*Arnoldiana,*
épicé de pointes, d'équivoques, de calembourgs, de bons mots et
autres caprices intellectuels que ne désavouerait pas mademoiselle Arnould, d'étrange et originale mémoire, si elle était en
vie.

Vu tous ces *considérans,* nous condamnons ladite Déjazet, dans
le cercle de notre cabinet de lecture *in sperandum,* à la peine de
porter le surnom d'Anomalie dramatique.

Mais que fait Paris pendant que notre besogne sur les théâtres
subalternes traîne ? — Il s'amuse — il est au spectacle, il est au
bal — il danse, il rit — il est en tournée de découvertes de
toutes les satisfactions possibles. Perdu de vue un moment, il
faut le rattraper, et, si nous l'avons laissé courir, c'est qu'il fallait
donner des notes qui justifiassent à vos yeux tout ce qu'on dit
chez nous de Paris lorsqu'on parle de ses théâtres, tout ce que
dit Paris lui-même lorsqu'il parle de ses théâtres. — C'est comme
l'autre jour, lorsque, aux boulevards et au Palais-Royal, nous
nous obstinions à défiler, devant vous, notre chapelet sur l'industrie ; — même but ; c'étaient aussi des notes justificatives sur ce
besoin fanatique qu'éprouve aujourd'hui Paris en achevant sa
quarantaine ici bas, de s'entourer de plus de comforts, de plus
d'agrémens matériels possibles.

Cependant, quoique nous ayons de l'espace et du temps de
reste devant nous, nous n'avons pas osé autrement faire que comme
nous vous l'avons déjà dit, c'est-à-dire peu et vite. — Il n'en sera

pas de même tout-à-l'heure, car nous irons voir la salle plébéienne du théâtre de la Porte-Saint-Martin avec l'intention de reprendre le fil de nos aperçus sur Paris. — Plus d'affaire aux individus, mais affaire à la masse.

CHAPITRE X.

LE PEUPLE AU THÉATRE DE LA PORTE-SAINT-MARTIN.

A mesure que l'on descend l'échelle hiérarchique des théâtres de Paris, la société citadine qui les fréquente, peu à peu se démembre, peu à peu se groupe en tribus, et finit par prendre décidément caractère à la Porte-Saint-Martin. Nous y courons ! — Le relief y est palpable, et partant il y a promesse d'un travail facile à la Porte-Saint-Martin, et il suffira, je pense, d'un seul compte-rendu, d'une seule visite entre toutes les visites que nous fîmes à cette capitale du drame, pour que celui qui nous lit et qui un jour s'y rendra, puisse se dire : « Voilà qui n'est pas mal vrai ; » sinon, qu'il puisse dire : « Voilà qui est bien vrai. »

Par un beau soir d'été, l'affiche m'apprit qu'il y avait représentation extraordinaire à la Porte-Saint-Martin, et sur ce, bercé des plus douces espérances, et nanti en sus d'un fragment de *Spiridion* et d'une bonne poignée de pistaches, je pris la route des boulevards ; et ce n'est pas sans des raisons très-majeures que je m'approvisionnai de ces deux ingrédiens de genres si opposés, car, sachez-le bien, on donnait ce même soir ni plus ni moins que la *Tour de Nesle* et *Lucrèce Borgia*. C'était réellement un spectacle extraordinaire. Quand il y en a un de ce genre, messieurs les directeurs des théâtres de Paris y vont bon jeu, et bon argent. — Dix actes, rien que cela ! C'est dix entr'actes,

de sorte que le fragment de *Spiridion* et la poignée de pistaches
y passèrent.

On faisait presse ; — c'était naturel ; — il y avait tant de choses
hors nature qu'on allait vous débiter à si bon marché , — la stalle
n'étant que de trois francs avec centimes.

— Monsieur désire-t-il un billet de parterre? me demanda un
pauvre diable, tout grisonnant, porteur d'une physionomie aussi
honnête que Job, qui patrouillait le long de la *queue*.

— Laissez-moi donc avec votre billet de parterre! C'est une
stalle qu'il me faut !

— Qu'à cela ne tienne, monsieur, voici une stalle.

— Mais, je n'en ai pas besoin, j'en prendrai une au bureau.

— Oui-dà, au bureau, quand il en manque !

— Comment?

— C'est la vérité, monsieur ! Nous avons ce soir Boccage avec
mademoiselle Georges. — La salle est comble.

Hum ! pensai-je ; Boccage, mademoiselle Georges, c'est fâcheux ! Le quidam dit peut-être vrai !

— Soit, répondis-je. — Va pour votre billet de stalle.

Je n'avais pas besoin de sa physionomie naïve, de son regard
franc, pour ne pas douter un moment de la valeur de sa marchandise. N'avais-je pas un précédent d'honnêteté dans son confrère
borgne du théâtre de la Bourse? — La loyauté de ce dernier fit
que je donnai créance à tous ses pareils , et en conséquence, je
payai par anticipation, et me rendis, ma carte à la main, au bureau d'échange.

— Stalle! m'écriai-je avec un aplomb tout-à-fait aristocratique.

— Elle est de vieille date, monsieur, me répondit-on ; ce de
quoi m'ayant prévenu, on me toisa de la tête aux pieds avec un
air furieusement significatif.

J'aurais dû plutôt m'attendre à coucher au violon ce soir-là qu'à
avoir à rougir ; et l'incident des gants rose-pâle , à ma première
visite au théâtre de la Bourse , était certes une bagatelle, com-
paré à ma fraîche mésaventure.

Les explications, en pareille circonstance, n'ont que faire ; — et, tout décontenancé, tout bouleversé, je rebroussai chemin pour aller, de ma personne, allonger la queue, qui, définitivement, ne fut terminée qu'un quart d'heure après.

Si cet incident me vexa on ne peut plus désagréablement, il me fournit un thème à réflexions sur les physionomies honnêtes de messieurs les colporteurs de billets, et sur le négoce illicite dont l'usage les maintient en possession malgré les règlemens sévères de M. le Préfet de police.

Et voilà comment, moi qui rêvais grandeurs de stalle, je me trouvais réduit au poste subalterne de la queue, et deux à deux, nous attendions l'ouverture des bureaux. Cependant, pour déloger de ma tête le souvenir de ce qui venait de m'arriver, je me pris à regarder, je me mis à écouter, et ce que je vis et ce que j'entendis fut de qualité première, de qualité superfine. Drôle de compagnie, — sans malice de toilette surtout. Bonnes gens pour la plupart, comme dans son indulgence le monde des mauvaises gens les nomme. La file qui me précédait était composée de trois individus, dont deux femmes et un homme. Un jeune luron solide de base et de fût, une colonne d'homme ma foi ! Il portait une blouse de toile écrue sur le corps et un feutre blanc sur la tête. La plus jeune des deux femmes qui pendait à son bras était une jolie brune de dix-huit ans, qui m'avait l'air d'être bonne d'enfans de son état. L'autre femme portait le costume des paysannes des environs de Paris, et le jeune homme et la jeune fille l'appelaient « ma mère. » — Lorsque je survins, leur chaperon était en train de leur raconter le sujet des deux pièces qu'on donnait.

— Et comment peux-tu croire, Gaspard, toi grand garçon, à ce que des créatures du bon Dieu, qui plus est, des créatures femelles, te fassent des choses que le malin esprit ne ferait pas sans y regarder à deux fois?

— Bah ! répondit le fils ; — c'est bien vrai ça, tout de même. Ne te l'ai-je pas lu dans un livre? ne te l'ai-je pas vu sur la scène?

Et ce sont des mâtins qui s'y connaissent, allez! ceux qui écrivent des histoires pour les théâtres et ceux qui les déclament.

— V'là qu'est bon, par exemple! s'écria la mère. — Si tu travaillais tes chaises autrement qu'on ne les veut aujourd'hui, la marchandise ne te resterait-elle pas, — voyons? Eh ben! — N'est-ce pas la même chose pour les ouvrages tragiques de la comédie? — Le public a dit : « Baillez-moi façon telle, vous autres, sinon, vous n'aurez rien à mettre sous la dent; » et là-dessus, ils *confessionnent,* et là-dessus, ils fournissent.

— Mais songe donc, maman, que c'étaient pas des femmes ni des chrétiennes, mais que c'étaient des reines que c'te Marguerite et c'te Lucrèce *Borgie,* des particulières qu'étaient habituées à être coiffées de couronnes d'or dans l'âge tendre de la nubilité.

— Eh ben! queuque ça fait à la chose? repartit la mère.

— Cristi! si ça fait quelque chose à la chose? Voyez-vous, mère, quand on naît comme ça tout dret reine sans avoir autrement tâté de la vie sociale des nations on est difficilement honnête personne. — Avant les trois journées, elles en auraient montré tout au long aux épouses des diables mêmes; mais aujourd'hui, il y a la *corressionelle* pour moi, pour toi, pour lui, pour tous, quoi?

— Bêtises que tout cela, reprit la mère. Je me répens d'avoir amené Jany à ce spectacle impie.

— Et qu'est-ce qu'ça fait ça, ma mère, dit Jany, — pourvu que je pleure bien et qu'il n'y ait pas des coups de pistolet.

— Sotte! n'en as-tu pas eu assez de larmes lorsque tu lisais dans les livres un tas d'histoires et surtout celles des *Trois Veuves* de la... Comment que t'appelles ça? — Ah! j'y suis, les *Trois filles de la Veuve,* lorsque le petit mioche du bourgeois de la rue de Clichy a été en nourrice cheuz nous à Claye. — Au moins en était-ce une d'édifiante et de ben vraie, quoi?

— Oui, vraie, dit le fils, comptez-y! — C'est un jeu d'imagination littéraire et scientifique, v'là tout.

— Non! c'est plutôt les tragédies qui sont mensongères.

— Cela ne se peut, ma mère, — vu que les tragédies, c'est bâti sur l'histoire politique de nos annales nationales.

— Tu me diras peut-être aussi que c'est vrai comme quoi des prêtres auraient empoisonné treize chevaliers, comme dans c'te vilaine coureuse de Lucrèce que Dieu confonde !

— Mais je n'ai pas dit ça, maman. J'ai dit qu'il y avait treize bières noires sur la scène et des moines qui viennent chanter des chansons des morts sur les cercueils.

— C'est égal ! — Ça est-il toujours honteux pour le gouvernement qu'il permette qu'on promène des prêtres sur la scène tout comme des hommes ordinaires.

— Vous avez toujours, ma mère, des idées d'une aristocrate sur ces corbeaux-là. — Oh ! si vous fréquentiez comme moi l'église française du faubourg Saint-Martin, vous apprendriez bien de la propre bouche de l'abbé Chatel ce que c'est que la société en commandite des prêtres et ce que c'est que l'égalité entre les hommes, révélée à la nature et aux hommes par Jésus-Christ en personne.

— C'est des dupeurs tout de même que tes abbés *vangélistes* qui disent la messe en français et te soutirent de gros sous après chaque prêche.

— Bonne maman, fit Gaspard d'un air comiquement grave, tu n'es pas à la hauteur de...... chose, — de l'imagination du siècle.

La réplique de la bonne vieille fut interrompue par Jany qui, dans son impatience de pleurer, n'écoutait pas le dialogue, mais paraissait guetter le moment où le municipal en faction près des bureaux allait inviter le public à se porter en avant.

— Maman, Gaspard, s'écria-t-elle à la fin, la boutique aux billets s'ouvre.

Et Gaspard d'aborder la caisse et de dire en allongeant le bras : « *Trois amphithéâtres !* »

Et nous nous séparâmes. — Partout l'inexorable loi des conditions. — Oh ! que ne m'était-il donné de les suivre dans la région fortunée de l'amphithéâtre ?

Il aurait été certainement curieux d'entendre leurs gloses sur ce qui allait se faire et se dire devant la rampe.

La première pièce commença. — Modestement assis sur ma banquette, je prêtais une attention soutenue aux choses hideusement intéressantes qui se passent dans la *Tour de Nesle*, antre infernal avec son plancher arrosé chaque soir de sang humain, avec sa salle de banquet à huis-clos, où l'orgie et la débauche se portent un défi, où les coupes tintent et les baisers résonnent. — C'est dans la tour de Nesle enfin, le mauvais lieu d'une prostituée couronnée, que se passent des choses curieuses, intéressantes et récréatives.

A notre sens, le théâtre de la Porte-Saint-Martin n'est pas un théâtre, — c'est une université; — le peuple y suit un cours complet de polytechnie morale. — Le gouvernement de la Porte-Saint-Martin, dans son amour et son respect pour le peuple, a songé à le bien placer, à le placer agréablement, et la salle des séances est bien ordonnée, haute, assez spacieuse, bien éclairée au gaz, décorée de bariolages bleus et gris saupoudrés d'un peu d'or, et l'œil rencontre partout un fou désordre d'imagination dans le dessin, genre qui me semble être en harmonie avec les leçons libres et poétiques de messieurs les professeurs qui écrivent pour l'édification de leurs chers élèves, enfans aux douces natures, aux affections toutes sentimentales!

Pour les vers et la prose d'un Hugo qui, à la barbe de l'Académie et de Boiste, est certainement le premier poète de France, le temple est un peu bourgeois; — pour les talens d'un Bocage, il est un peu mesquin; — pour le reste de la troupe, c'est un palais! — A bon compte, il faudrait à ces derniers une grange pour salle, un vieux tapis pour rideau, des paravens pour coulisses, des chandelles de suif pour lampions et une vielle pour orchestre. Il était évident que quelques loges d'avant-scène, qu'une ou deux loges grillées, un ou deux numéros de premier balcon, étaient occupés par des intrus des castes intermédiaires de la population de Paris. — Nous ne disons pas *castes supérieures*, — parce que c'eût été chose inouïe que de voir par là un haut baron ou une noble et superbe châtelaine du faubourg Saint-Germain. Tant pis pour eux ! car il y a étude et profit partout où il y a occasion de juger une foule qui s'amuse en riant ou s'amuse en pleurant, ou de juger une œuvre dramatique, et principalement celle qui ressuscite un passé lointain et en reproduit les faits en présence d'un monde et d'une civilisation qui recueille les fruits de l'expérience des siècles, tout en donnant de nouvelles greffes à l'arbre de la science.

Puisque la salle du théâtre de la Porte-Saint-Martin ne compte qu'un nombre très-limité de curieux égarés des sphères du monde élégant, monde joli si l'on veut, mais peu original, force nous est de nous contenter du gros des spectateurs, monde pas excessivement joli, certes, mais en revanche très-original. — Cette bigarrure de toilettes et d'accoutremens, ce laisser-aller dans les attitudes, ces impatiences tumultueuses et en général cette conduite capricieuse et turbulente dans les entr'actes, puis cette attente avide des scènes à grand effet, cette franchise d'émotions au dehors, lorsqu'une situation, une pensée ou une maxime pénètrent fort avant dans l'esprit et le cœur de l'auditoire, toute cette physionomie du public-peuple, si elle est un peu masque, elle est masque original et comme telle digne d'étude.

Mais donnez-vous la peine de reporter un moment vos regards vers le cintre. — Partout où d'aventure vous les arrêtez, — il y a étude.

Voyez à l'amphithéâtre ce soldat d'infanterie. — N'est-il pas un excellent exemplaire pour une collection de croquis. — C'est un moustachier, un légionnaire, un vieux lapin ma foi ; ce qu'indiquent les trois chevrons de sa manche gauche. Il parle et gesticule que c'est un plaisir. Son discours s'adresse à un jeune soldat dont l'uniforme est de la même ordonnance que celui de l'ancien. — Il y a cent à parier contre un que son auditeur est un conscrit ; — le type de la niaiserie est si fortement empreint sur sa physionomie, que de la banquette sur laquelle je me tiens debout je le vois comme sur la main. Il y a encore dix à parier contre un que le conscrit a payé le billet d'entrée, que le conscrit a payé le dîner de la gargotte, que le conscrit va encore payer la goutte chez le rogomiste et la tranche de *bœuf à la mode* chez le charcutier, — car le vieux soldat français est un être éminemment carottier de sa nature, comme le conscrit français est une créature éminemment bête de sa nature. — D'après les mœurs et le dictionnaire de la chambrée, ce que l'on appelle un *ancien*, et à part l'instruction primaire du métier qu'il donne au conscrit, il est aussi son tuteur dans la vie privée, son témoin au premier duel, son maître de danse à la guinguette, son introducteur dans le monde, voire son secrétaire d'amour, s'il y a lieu ; bref, son Mentor en toutes occasions. Je conclus de là, que l'*ancien* qui est le sujet de ces observations donne en ce moment à son pupille une leçon d'histoire du moyen-âge et une explication du jeu des acteurs et du mérite littéraire et philosophique de la pièce qu'on joue. — Jugez combien le cours d'un bachelier ès-sciences et ès-lettres de cette trempe doit être curieux ! — Oh ! que ne suis-je là-haut, à la portée de ses commentaires ! — c'est là qu'il fallait aller.

Quelques ouvriers, blouses, vestes ou habits bas, s'accoudent sur la bande tapissée de l'amphithéâtre et interpellent à haute voix leurs connaissances d'en face.

En voici un qui crie :

— Dites donc, Béchard, — après.... tu sais !

Et Béchard qui répond :

— C'est bon, c'est bon ! On comprend !

Mais qu'est-ce à dire ? Voici une impertinence à gorge déployée qui part. Celui qui la hasarde est un jeune teinturier ; revue de sa personne faite et surtout de ses mains colorées d'indigo, on ne se méprend plus sur son état ; tablier, manches de chemise retroussées et vin tapageur, car il est gris.

— Je veux qu'on commence. Je veux la *Tour*, je veux *Marguerite*.

— Avale, avale ! fut la réponse d'une partie de l'amphithéâtre.

— Silence, fit le parterre.

L'ivrogne se tut, — c'est-à-dire il s'endormit.

Dans cette cohue de bustes je distingue des rouliers qui sont venus mettre à profit à la Porte-Saint-Martin les loisirs de leur séjour dans la ville des merveilles. On les reconnaît à leurs grosses queues et à leurs chapeaux aux étuis verts de toile cirée.

Des coiffures de Cauchoises et de Bordelaises fourmillent. — Parmi ces dernières figurent nos trois voisins de la *queue;* la vieille villageoise de Claye, Gaspard et Jany, ses enfans. — La très-sensible Jany s'essuie les yeux; il est probable qu'elle vient de pleurer la mort de ce beau garçon de Gaultier qu'on vient d'égorger sur la scène. — La mère est en altercation très-vive avec son fils à ce qu'il paraît. Mais elle n'est pas la seule qui donne libre cours à sa langue, car les conversations ne cessent de bourdonner d'un bout de l'amphithéâtre à l'autre. Les gamins de Paris font un tapage de mille, mille diables. Oh! des verges, des verges pour ces candidats du bagne! Un vote souverain pourrait bien donner de la légalité à ces vœux. Aussi est-ce le sabbat qu'un entr'acte à la Porte-Saint-Martin : mais de paroles, on n'en a pas assez; — il faut que les sifflets s'en mêlent aussi, et toute la salle siffle rien que pour tuer le temps. — Tout cela est peu de chose, — mais que dit-on là haut? Voilà qui doit être chose fameuse!

Les idées heureuses ne viennent ordinairement qu'après coup, et, pour notre part, nous regrettons de ne pas nous être souvent affublé d'une blouse, de n'être pas monté à l'amphithéâtre afin d'y pouvoir prêter l'oreille aux causettes du respectable et très-sensé public du cintre.

Descendez maintenant un étage plus bas, et le public change de plumage et par conséquent de ramage; — on dirait la classification des espèces dans un cabinet d'histoire naturelle.

Voilà la vaillante grisette aux fossettes traîtresses, à la mise gracieuse, et qui nargue néanmoins le *Journal des Modes.* — A côté d'elle, et bien serré, se tient son amant et son tyran le clerc d'avoué, l'étudiant en médecine ou le mauvais sujet breveté, qui croit couver le génie, l'enfante du jour au lendemain, et en attendant, jalouse M. de Chateaubriand pour le sien.

N'est-ce pas là aussi près de la grisette une vieille et honnête

paire matrimoniale retirée du commerce ? Après avoir filé l'amour
et chiffré l'existence, ils viennent aujourd'hui à la Porte-Saint-
Martin chercher des émotions dans les luxuriantes horreurs de
MM. Hugo et Gaillardet. — Mari et femme, armés de bonnes
vieilles lunettes, se parlent, se rendent mutuellement de petits services, probablement louent ou critiquent avec calme et retenue ce
qu'ils ont déjà vu, ce qu'ils vont voir encore. La femme a son
demi-ternaux des dimanches (car c'était un dimanche) et son bonnet à larges barbes de dentelles ; — pour son chapeau de coupe
commode elle le tient suspendu à son bras, vu qu'il fait là-haut
une température de bains à vapeur russes. Le chef poudré du
mari est couvert d'une petite calotte noire ; — une redingote en
camelot telle qu'en portait Dugazon dans le rôle du vieux Céli-
bataire forme des plis nombreux sur son corps flûté. Son long et
maigre cou est serré par un mouchoir blanc, tordu en andouille.
Homme de vieille roche, il tient encore obstinément à l'ancienne
mode, surtout au volumineux et respectable jabot et aux manchettes amples et imposantes. Nous avons remarqué en outre que
ce vieux contemporain de M. *Denis* des Variétés daignait applaudir plusieurs endroits du premier acte de la *Tour-de-Nesle*, seulement il le faisait toujours après coup, lorsque le public n'y songeait
plus ; — ce qui l'exposait régulièrement à des « chut là-bas ! Silence
là-bas ! » de la part du parterre, et le bonhomme se fâchait et sa
vieille moitié le touchait de l'épaule pour qu'il ne se fâchât pas
trop.

A côté de ce vieux symbole du mariage nous apercevons quelques individus qui nous ont l'air d'être rentiers (ce n'est là
qu'une simple supposition), et que nous croyons reconnaître
à certaines habitudes d'économie, entre autres celle de tenir
leurs tabatières sous le nez pendant qu'ils prisent, ou de
promener l'ongle de leur pouce tout à l'entour du cercle de
la boîte. Il y a même un calcul d'économie dans la manière
dont ils plient leurs mouchoirs de poche, — c'est-à-dire pli
par pli, avec ordre et discernement, jusqu'à ce que le mouchoir prenne la forme d'une tête de grosse poupée, manœu-

vre qui ne peut avoir d'autre but que celui de rogner autant que
faire se peut le compte de la blanchisseuse. Une triste existence que celle du petit rentier! Elle désennoblit! L'intelligence ne peut que se rapetisser dans ce système de ruses féminines auxquelles il est obligé d'avoir recours toute sa vie. — Oh!
comme il a dû l'effrayer cet inexorable M. Gouin avec sa fameuse
proposition! Le danger est passé, mais ce n'est qu'un sursis.
Si un jour M. Gouin conduit sa proposition à bon port, qu'en
arrivera-t-il des petits rentiers? Pardieu, ils concentreront leurs
affections sur leur café au lait et se passeront d'émotions.

Cependant au balcon du troisième, il y a presse d'originaux
encore. — Tenez, voyez-vous ces bourgeois qui ont pris poste
là bas avec tous les vassaux de leur domaine domestique — tels
que grands enfans, petits enfans, bonne et épouseur — et nous
parions que c'en est un, celui qui a cette énorme coiffure à la *sar-
danapale*. On le reconnaît à sa mine obséquieuse, et à ses galanteries sucrées très-positives, car elles sont représentées par des
pâtisseries dont il a eu soin de se munir et qu'il offre de temps en
temps à papa, à maman, à mademoiselle, aux petits et à qui en
veut de la famille. Les grands enfans et particulièrement les
demoiselles sont tout yeux et tout oreilles, — les petits enfans
dorment face contre rampe, — la bonne est bête d'extase, l'épouseur explique les beautés qu'on ne comprend pas trop.

Et encore je passe oubli sur bien des spécimens que contient
la seconde galerie tant en hommes qu'en femmes. Qu'il vous suffise d'apprendre que tous prennent encore le drame fortement au
sérieux. *Des larmes délicieuces*, on en répand sans le moindre
scrupule dans cette région du sentiment. Mais un étage plus bas,
on tient bon, on les refoule tant bien que mal, on se montre presque esprit-fort; aussi un étage plus bas, pense-t-on déjà à l'élégance. Nous comptons déjà des bournous, des chapeaux, d'un
mois de date il est vrai, mais tels qu'ils sont, des chapeaux et des
chapeaux ornés de fleurs, de plumes, parés de rubans de gaze,
des coiffures à la Niobé, des boucles de cheveux à la mode anglaise, des ferronnières, même des broches. Puis quelques beaux

messieurs coiffés de chapeaux en paille de riz, ceints d'un ruban
de velours noir; nous en voyons même qui ont des gants lilas,
couleur chocolat, citron, etc., et qui lorgnent les dames à travers
des lorgnons de forme carrée, — excusez du peu! — Mais ce
que nous gagnons ici en coup-d'œil, nous le perdons en originalité. Tout cela est connu, tout cela est commun, — mais ce
qui ne l'est pas, je vous jure, ce sont des connaissances que
nous apercevons dans une loge du second. C'est une joyeuse
société composée des premiers sujets du ballet de l'Opéra.
Mesdemoiselles les Grâces de la rue Lepelletier n'ont aucun
rapport avec la physionomie de la salle de la Porte-Saint-
Martin, mais en leur qualité d'artistes célèbres, nous signalons ici leur présence, — elles sont un souvenir de notre visite
à l'Opéra, — comme aussi ce colporteur de journaux qui s'approche de notre banquette, annonçant sa marchandise à haute et
intelligible voix, est un souvenir de nos courses dans les rues de
Paris; et, pour être précis, c'est ce même marchand de bijoux
en faux or, à la physionomie gaillarde, à la langue bien pendue,
aux facultés si ingambes, le même duquel nous disions qu'on pouvait le rencontrer le même jour sous les galeries du Palais-Royal,
le même jour sur la place du Panthéon et le soir du même jour
à la Porte-Saint-Martin. — Vous l'avez déjà oublié, — c'est clair!
comme toute chose s'oublie dans un livre qui porte comme celui-ci
un germe d'éphémérité inévitable dans ses flancs. Enfin, si d'après
ce signalement vous ne vous le remettez pas encore, que voulez-
vous que j'y fasse?—Voyez ses camarades disséminés dans la salle,
— comme ils ont l'air et la voix fatigués, tandis qu'il y a dans
les mouvemens de notre homme une prestesse d'écureuil, dans son
organe le timbre d'une cloche de fonte moscovienne. — Oh!
certes! c'est lui qui possède la véritable énergie du Parisien dans
la grande lutte industrielle de chaque heure.

Le parterre avait ce jour-là un cachet de jeunesse assez prononcé, au moins beaucoup plus prononcé qu'aux théâtres supérieurs; — c'est peut-être parce que le drame est jeune. Jeunesse
fraternise volontiers avec jeunesse.

Nous n'avons aussi vu nulle part tant de ces chapeaux ridicules, aux formes plates et coniques, qu'au parterre de la Porte-Saint-Martin, tant de barbes de boucs et de coiffures républicaines, du reste, vous aurez tout à l'heure des preuves non-équivoques de la foi politique que professent messieurs du parterre.

L'orchestre (et un pauvre sire d'orchestre) était en train de commencer une de ces symphonies d'office si somnolentes, lorsque plusieurs voix parties du centre du parterre firent entendre le cri de : la *Marseillaise !* la *Marseillaise !* — L'orchestre, bien qu'au fond il appartînt à la république des arts, nous prouva qu'il n'était rien moins que démocratiquement constitué, car il ne tint aucun compte de la sommation ci-dessus. Mais à l'instant même cinq cents bouches poussèrent le même cri. Pour toute réponse, les musiciens se mirent tranquillement à entamer les premières mesures d'un *adagio* assoupissant. — Mais voilà que mille bouches intimèrent l'ordre de plus belle ; — il y eut hésitation parmi messieurs les virtuoses ; — sur ce, les municipaux parurent dans la salle sans faire semblant de rien, avec des mines toutes passives. — C'est alors qu'éclata l'ouragan dans toute sa furie : les murs du bâtiment en frémirent. Le stoïque orchestre, l'archet sur les cordes, hésitait encore ; mais finalement, il prit le parti d'obtempérer à la voix du peuple souverain, — et l'air historique du citoyen Rouget-de-l'Isle commença, et le public en masse, hommes, femmes, enfans et vieillards (les municipaux exceptés), entonnèrent l'hymne national avec verve, enthousiasme, nous dirons presque, avec rage.

Cependant, au dernier refrein, un spectateur d'en haut cria : *La Parisienne !*

— Assez ! Pas de *Parisienne !* — La *Parisienne !*

Ces ripostes finirent par un sifflet, deux sifflets, trois sifflets.

Les opinions commencèrent à se dessiner arrogamment. — C'est qu'aux théâtres où va le peuple, 1830 est vieux, — c'est 91 qui est toujours jeune. Si, au moment de ce petit conflit, le rideau ne se fût levé, nous l'eussions eue, la *Parisienne*, toute longue, toute assourdissante ou nous ne l'eussions pas eue du tout. — Donc la toile une fois levée, l'attention renaquit toute fraîche. — Enfin d'horreurs en horreurs, de turpitudes en turpitudes, le drame de M. Gaillardet finit par une horreur.

Sachant par expérience qu'il allait se passer un laps de temps considérable avant que Lucrèce Borgia commençât son métier d'empoisonneuse, et trahît ses instincts de femme incestueuse, nous ouvrîmes notre livre et les pages s'amassaient sous le pouce ; mais, au moment le plus attachant, une histoire réelle commença dans la salle, une scène eut lieu, et cette fois infiniment plus intéressante que la scène causée par la *Marseillaise*.

Il faut savoir qu'à la Porte-Saint-Martin il y a un quatrième rang de loges ; — elles sont percées en ogives et grillées. Il arrive quelquefois, pour ne pas dire chaque fois, qu'homme et femme qui ont des raisons toutes particulières pour vouloir garder un strict incognito, s'enferment dans ces cellules mystérieuses. C'est ce qui avait eu précisément lieu, le jour où, sur la foi de l'affiche, nous courûmes après le sombre plaisir du drame.

On voyait bien des yeux étinceler à travers le grillage des loges du quatrième ; mais qu'est-ce qui se souciait des individus qui s'y cachaient ? Cependant une des grilles s'abattit tout d'un coup et mit en évidence un couple fortuné, cavalier et dame, bien entendu.

Lorsqu'on manque au peuple il ne pardonne pas, et il dut y avoir quelque chose de choquant dans les manières du couple mentionné, puisqu'il eut le malheur de déplaire, en premier lieu à l'amphithéâtre, puis plus bas, encore plus bas, et finalement à toute la salle. Le mécontentement se manifesta d'abord par des rumeurs sourdes qui allaient d'un flanc à l'autre de tout le *fer à cheval*; — puis, ce furent quelques cris dont le sens était encore insaisissable ; ensuite le cri très-intelligible de : « A la porte ! »— Mais à la porte, qui ? Car le couple accusé consommait tranquillement sa provision de bonbons en laissant choir par mégarde, je le suppose du moins, les enveloppes de ces bonbons. — Alors il y eut quelqu'un qui cria : « A bas la loge grillée n° 7 ! — A la porte ! »

Mais`, heureusement pour les coupables, Lucrèce Borgia et
Gennaro parurent, et chut! on eut affaire à Gennaro et à Lucrèce.
— Et voilà qu'ils se dirent et ceci et cela, et cela et ceci; et voilà
que Gennaro avala du poison, avala du contre-poison pour avaler
ensuite, en la compagnie de ses amis les libertins chevaliers, de
bel et bon poison une coupe pleine.

Le banquet était encore loin, nous avions deux actes encore, et
sur ces entrefaites vint l'entr'acte et, avec lui, la reprise des hostilités contre le monsieur et la dame du n° 7.

Cette fois la clameur du public devint spontanée. Les spectateurs des loges d'avant-scène, ceux des deuxièmes et des baignoires qui ne savaient au juste ni ce qu'on voulait ni à qui on en
voulait, sortirent à mi-corps de leurs loges pour savoir ce qu'il
en était.

Le scandale augmentait; ce n'était au fait que du demi-scan-
dale : car, frapper des pieds, hurler, siffler, c'est moins que rien
aux théâtres des boulevards; mais un de mes voisins, un précieux
échantillon du suprême mauvais genre, se mit en tête de jeter le
gant en s'écriant tout-à-coup :

« A la porte! l'échappée du dispensaire de la loge grillée. »

Ce fut là le véritable signal des propos de tout genre; — et ces
propos, il est impossible de les répéter sans tacher cette page, et
qui pis est, sans blesser les oreilles et les yeux chastes de nos lecteurs. Ce qu'on peut dire sans péricliter, c'est qu'on se mit en
devoir de faire des propositions scandaleuses à la demoiselle du
n° 7, et même de les accompagner de certains prix connus sur la
place où l'on sacrifie à la Vénus Impudique. On fixait la somme à
haute voix et il s'en trouva même des plus offrans et des moins
offrans. Le couple n'en eut pourtant pas peur; — tranquille dans
son réduit, il bravait la bourrasque.

Et pendant que le diable menait son train, la pièce avançait, et
la loge grillée eut un moment de répit. Ah!... j'oubliais de vous
informer que tout ce qui était un peu *comme il faut* dans les loges
et les balcons, battit en retraite en corps.

Croyez-vous qu'on abandonna la partie, de guerre lasse? —

Nullement, on revint à la charge avec plus de fureur que jamais. Il était réservé au public de ce soir-là d'être témoin d'une audace inouïe.

Rien n'est si brave au monde que le vice ; — il est aguerri contre l'infamie ; car c'est son éternel et son plus proche adversaire. Le vice et l'infamie ça se connaît comme les tirailleurs d'une arrière-garde avec les tirailleurs d'une avant-garde dans une longue retraite.

Le jeune partner de la demoiselle du n° 7 fut cependant le premier qui donna un signe de pusillanimité en se retirant au fond de la loge ; mais sa compagne n'eut garde de bouger. Les deux bras horizontalement tendus sur la rampe et son menton appuyé dessus, elle souriait insolemment en laissant dire et faire le public. Enfin, ennuyée de ce jeu, savez-vous ce qu'elle osa faire ? — Au théâtre de Covent-Garden, on l'eût peut-être lapidée, — bref, elle montra toute longue sa langue au parterre !

Oh ! alors commencèrent les voies de fait.—Ecorces d'orange, pommes, noisettes, gâteaux, boulettes de papier confectionnées à la hâte avec *Vert-Vert*, et autres projectiles semblables furent lancés, volée par volée, dans la loge abhorrée et, ce qui paraîtra incroyable, l'amazone resta impassible à son poste. — L'assaut continuait toujours et commençait à prendre un caractère inquiétant lorsque le schako d'un municipal étincela dans la loge, et dans l'instant elle fut vidée.

Cela est à ne pas le croire, vous dis-je, et pourtant des scènes semblables ne sont pas très-rares aux théâtres où le tarif des places n'est que peu élevé.

Ce que je regrette pourtant beaucoup, c'est de n'avoir jamais eu l'occasion d'assister à ces batailles qui se vident au parterre entre le camp d'une cabale et le camp d'une autre cabale. Je ne fus témoin qu'une fois d'une démonstration à la vérité très-hostile, mais qui, à mon grand regret, finit sans qu'on tirât sabres ni pistolets ; ce fut au théâtre du Panthéon et à propos d'une farce à trois noms d'auteurs, où Dubourjal (1) devient insolte-

(1) Fameux bouffon du théâtre du Panthéon.

nable, à la longue, par ses grimaces et les choquantes contorsions de son corps. Le titre de la pièce m'échappe dans ce moment, mais ce dont je me souviens très-bien, c'est que *le chef des romains* (1), un drôle taillé en athlète, criait à s'écorcher le larynx et battait des mains à en avoir des cloches.

— Voyons, une, deux, ferme! Chauffez-moi ça, vous autres, chauffez-moi ça !

C'était le cri de guerre qu'il lançait de sa place à la troupe soldée de ses claqueurs.

C'est à faire cent lieues rien que pour assister à des scènes de ce genre. Il y a certains désordres qui plaisent. En général, l'homme est toujours quelque peu partisan du désordre aussi bien au physique qu'au moral. Il aime à contempler l'éruption d'un volcan, la chute d'une cataracte; il adore le dieu de l'amour qui est le plus grand perturbateur de l'ordre moral, — car aimer plus que soi une autre créature, c'est faire du désordre ; la nature voulant qu'on n'aime que soi. Le peuple si près de la nature, se voit-il en nombre, et vite de trahir ses penchans secrets pour le désordre ; — il est polisson le peuple, — aujourd'hui à faire dresser les cheveux sur la tête, le lendemain à s'en fâcher, le surlendemain à en rire ; et vous eussiez ri comme moi, lorsqu'après l'expulsion de la salle des locataires du n° 7, le public de l'amphithéâtre, qui s'ennuyait à attendre les trois coups du régisseur, essaya d'improviser un petit intermède à sa fantaisie, lequel intermède s'ouvrit par un éternuement aussi puissant que celui d'un foque lancé par quelque lustic en blouse auquel répliqua la salle par un « Dieu vous bénisse ! » en chœur.

— A peine l'hilarité se fut-elle apaisée, qu'un autre farceur laissa échapper un miaulement qui fit pouffer toute la salle.

— Matou ci, matou ça ! Bichon ci, bichon là ! répétait qui en avait envie.

La toile ne se levait pas encore. C'était égal, — on ne se fâchait pas, on continuait à faire des siennes.

Tantôt c'était une exclamation isolée et brève, faite d'une voix

(1) C'est ainsi qu'on appelle le chef des claqueurs.

de haute-contre qui éclatait tout d'un coup, tantôt un gros soupir, poussé d'une voix de basse-taille aussi formidable que celle d'un orgue, et lorsque ces différentes farces cessèrent, on eut recours aux clés et on siffla.

Mais ce farceur de public, qui du reste fait peur à voir, ne se fatigua pas long-temps les poumons, car une querelle surgit bientôt du milieu du parterre. Ce furent deux gentilshommes du faubourg qui s'injuriaient pour une place. On monta sur les banquettes et on écouta :

— Ça prendra! ça ne prendra pas! Ça ira! ça n'ira pas!

C'est par ces mots qu'on les encourageait. Les épithètes blessantes et les jurons commençaient à ennuyer le public; — on friandait le coup de poing à l'heure même, et le coup d'épée en perspective. Le point d'honneur s'est même inféodé dans les classes où le sentiment de l'honneur, par le fait de leur position sociale, est à l'état de problème.

Cette dernière scène, que j'annote ici, peut paraître burlesque à beaucoup de monde; nous aussi nous la trouvons burlesque comme manque de dignité, manque de pose élégante dans les contours, mais nous la jugeons abominable en ce qu'elle trahit un fond de méchanceté toute gaie dans le public qui, pour avoir le spectacle d'une rixe, la fomente; qui, dans l'espoir d'une certitude de duel, se passe la langue sur les lèvres comme un animal carnassier qui flaire le sang à distance.

Parlez-moi d'une représentation de dix actes à la Porte-Saint-Martin. Au moins on vous en donne là à discrétion pour votre argent.

Voilà la Porte-St-Martin! — Fi, de votre Opéra-Italien! C'est d'un classique assommant. Tous ces talens à quarante et quatre-vingt mille francs d'appointemens sont ravissans, cinquante fois ravissans, mais tout ce qui va aux Bouffes est si bon ton, si sage, a une tenue si pincée, une assiette si jésuitique qu'à la longue il devient fade; — et puis, on a de ça au *Burg-Theater* à Vienne, comme au Théâtre-Français à Berlin, comme au théâtre *Michel* à Saint-Pétersbourg; mais au théâtre de la Porte-Saint-Martin, ça vous est d'un pittoresque, d'une originalité, d'un tranchant tels qu'on irait uniquement pour les entr'actes, sinon pour les actes. Où pourra-t-on rencontrer aussi de ces précieuses trouvailles d'*exclusifs*, échantillons parfaits de mise, de langage, de façons, si ce n'est à la Porte-Saint-Martin? Eh! parbleu! tenez! — Sur la banquette même où me voilà assis, il s'en trouve un de soigné! vous avez été à même de faire sa connaissance à l'avant-dernier entr'acte, rappelez-vous? C'est lui qui a été le premier à révolutionner les *blouses* contre le couple de la loge grillée n° 7. — Oh! il faut absolument que je vous fasse faire sa connaissance de plus près. Il s'en honorera, je m'en honorerai.

Mon *exclusif* donc paraissait être un indépendant de haut bord.

Il portait une rédingote qui ne lui allait qu'à mi-cuisse. Elle était garnie de boutons passementés en soie noire et fil d'argent, et il en résultait au centre des boutons de gentilles petites étoiles que c'était un charme! Le corsage de sa chemise était en jaconas rayé blanc et bleu, et au milieu du jabot plissé on distinguait une épingle qui représentait deux poignards en sautoir que c'était terrible à voir! Les deux rangs de boutons en métal de son gilet de casimir fraise pâle étaient cousus de manière que lorsqu'il se boutonnait ils figuraient une croix de Saint-André sur toute la largeur de la poitrine, et c'était magnifique à voir! Un chapeau à claque, à bords très-minces, cassé, plié, tourmenté de toutes façons, reposait crânement sur son oreille droite. De la barbe, il n'en avait point encore de bien prononcée, mais en revanche des mèches de cheveux plats lui descendaient avec grâce sur les épaules. Avec tout cela, il se donnait des airs d'un fier-à-bras, n'ayant pour soutenir ses prétentions martiales que tout juste la taille d'un fifre de l'ex-armée de la république française.

Deux jeunes gens de même coupe et d'égale encolure que lui, mais d'une mise furieusement impatiente de rénovation, se posaient en petit Oreste et en petit Pilade près de sa petite personne. — Ils l'aimaient et le flattaient à qui plus, à qui davantage, et il

y avait de quoi. Mais leurs discours vont nous l'apprendre mieux
que ne pourrait le faire mon récit.

A peine la bonne humeur du public avait baissé, que la
conversation s'engagea entre les trois individus en question.

— Non, c'est le chat, ce n'est pas Edgar Godry qui a *espulsé*
de la salle c'te gueuse de la loge grillée?

C'est par ces mots que débuta notre fashionable des faubourgs
en s'adressant à ses deux aides-de-camp.

— Allons, dites le contraire, mes *modernes*; ne vous gênez
pas, ajouta-t-il en se croisant les bras, et avec l'accent de quelqu'un qui est sûr de recevoir un témoignage favorable.

— Il est certain, il est notoire, dit un de ces messieurs, que
tu prends toujours les devans lorsqu'il s'agit de donner une tournure piquante à une farce que tu juges n'être pas cuite à point. —
Tiens, Edgar, parole d'honneur, j'ai voulu faire à peu près ce
que tu as fait!

— Et moi aussi, dit le troisième camarade, que j'entendis nommer Serpolat.

— C'est ça, mes braves, dit Edgar Godry d'un ton moqueur;
faites des *vœux téméraires*. Après coup, c'est pas difficile. C'est
comme ce matin à l'église de Saint-Paul que c't'idée m'est venue
de jeter une poignée de pétards sous les pieds des fidèles....

— Nous n'en étions pas munis, répliquèrent à la fois les deux
amis, sans quoi..., Et quoique nous nous trouvions dans un lieu
saint, observa l'un d'eux....

— Est-il ganache avec son lieu saint, ce Tiquet, dit le chef du
trio. — Et qu'est-ce que ton lieu saint, mon vieux, vérification
faite? Un composé de quatre murs de pierres, de ciment, et des
décorations tout comme celles du cinquième acte de *Robert-le-
Diable*.

— Voilà comme il est toujours cet Edgar, observa Tiquet en
souriant; il vous débite des idées comme s'il était de la rédaction
du *National*.

— Ah bah! le *National*, bêtises, drogue que ton *National!*
Son encre était encore assez bonne il y a quatre ans; mais quant à

aujourd'hui, c'est furieusement pacotille. — Mais qu'est-ce donc que j'avais sur la langue ?

— Une pointe !

— Bravo, Serpolat ! fit Godry. Je suis ton débiteur de vingt sous, ta *pointe* les vaut. — Je voulais donc vous rappeler cette mine que fit le suisse de Saint-Paul lorsque je lui lançai un petit coup d'œil dans son œil à lui ; — il se fit petit comme un zéro sans chiffre.

— Il est notoire que ton regard est diantrement significatif, fit Tiquet.

— Un peu, reprit Godry en faisant craquer ses dix doigts l'un après l'autre. Quand je vous toise les gens, je leur bâille de la réflexion, vois-tu ; et diable m'emporte s'il y a de ma faute ! — C'est dans le sang des Godry.

Il disait Godry comme s'il eût dit *Crillon*.

— Un fier aiglon que c't'Edgar, dit Serpolat ; bien conditionné au physique et au moral : — quand il ouvre son bec, surtout, il n'y a plus rien à frire. Ce n'est pas comme le corbeau de la fable.

— Quand tu dis qu'il n'y a plus rien à frire, ancien, riposta Edgar d'un air de triomphe, tu en as menti ; car j'ai bien du frit, du cuit, du cru et du rôti sur moi.

Et parlant de la sorte, il tira d'une de ses poches plusieurs paquets enveloppés dans du papier brouillard, et offrit successivement à ses deux amis une copieuse tranche de flan, quelques gauffres, un morceau de fromage de cochon, et je ne sais quoi encore.

— Oh ! le damné magicien ! s'écria Serpolat d'un ton d'abandon amical, — il ne lésine jamais dans ses régals.

— Au pluriel, *régaux*, mes jeunes Français, fit Godry.

— En voilà encore une, et de belle ! — De l'esprit, la tête et la bouche pleines, et dans les poches de quoi le prouver. Saperlotte !

Et sur ce, les deux courtisans qui encensaient M. Edgar à tour de rôle se prirent à manger comme des gens qui n'étaient pas sûrs de manger le lendemain. L'Amphitryon du parterre ne semblait pas faire attention à leurs flons-flons. C'était pour lui comme chose toute naturelle, comme chose due ; et, pour leur faire comprendre qu'il n'y tenait pas beaucoup, il siffla un air de vaudeville. Seulement de temps en temps il disait :

— Allons, allons, mes Bédouins, croquez, croquez, ne m'épargnez pas : — j'ai des *serins* dans ma bourse, et tous les jours je vous le prouve, je pense. Et il siffla encore. — Cré nom d'un louis d'or ! ne faisons pas mentir le proverbe qui dit que l'argent n'est rond que pour qu'il roule. — Par exemple, que croyez-vous, mes chers banqueroutiers, que j'en aie jeté dans le commerce de Paris depuis le jour de la bonne année ? — Nous sommes en juin, —c'est donc six mois.—Voyons, comptez, compulsez, calculez, combinez, recombinez.

— Mais du train dont tu y vas, ça doit être prodigieux, répondit Tiquet après avoir réfléchi une minute.

— Mais, citrouille que tu es ! — Prodigieux n'est pas un chiffre, et je veux un chiffre, moi, entends-tu ?

— 400 francs rond ! fit Serpolat.

— Allons donc ! reprit Godry en se mirant nonchalamment dans une petite brosse à miroir, avec ça, mon vieux, on boit de l'eau, vois-tu !

— 450, ajouta bêtement Tiquet.

— Serpolat a fait une brioche ronde ; toi, Tiquet, tu en as fait une avec fractions. Tu crois donc que la queue de cinquante francs que tu viens d'ajouter à l'autre somme est si longue ? Je vois bien qu'en fait d'argent, mes chers banquiers, vous n'êtes pas en pays de connaissance, vous deux. Pour en finir, sachez que depuis le 1er de janvier, je t'ai dévoré plus de huit cent soixante-quinze francs, comme un ogre que je suis.

— Tonnerre de Dieu ! s'écria Tiquet, tu as dû avoir le diable au corps pour faire une énormité comme ça, considérant que....

— Bien au contraire, interrompit Serpolat, — c'est qu'il y a plutôt de l'ange en lui, quant au sentiment de la générosité ;—c'est qu'il est bon et qu'il a du bon dans les poches, soit en nature, soit en vivres, soit en plaisirs.

— Du bon, du bon! comme tu y vas! Je suis homme, Serpolat, et, comme le reste de ma race, je ne connais pas ça aussi bien que de son côté ça m'est pas connu non plus. — Le mot bon, voyez-vous, n'est applicable qu'aux chiens, notez-le bien, mes philosophes. Ce sont les seuls braves gens de ce monde.

— Ta, ta, ta, s'écria Serpolat, voilà que tu te mets à faire le *Cicéron*. Si tu veux qu'il y ait une parfaite égalité entre nous, tiens-toi à notre hauteur, Edgar.

— Ce qui, par parenthèse, ne me sera guère difficile, je pense, dit le chef en élevant son bras au-dessus des têtes de ses deux intimes.

— Pan! encore un croc-en-jambe d'esprit, fit Tiquet.

— Nous la gobons belle, tous deux, reprit Serpolat. V'là qui est bien, mais voici ce qui n'est pas bien : — c'est lorsqu'Edgar nous fourre dans des machines de questions misanthropiques qui vont à ravir à sa sombre nature, mais dont nous *Jeunes France*, comme l'Europe nous appelle, nous n'avons que faire.

— Oui, oui! tu dis vrai! Un accès de mélancolie me donne toujours envie de la noyer dans un bon *canon* de vin, et j'ai le vin mauvais, comme il est à votre connaissance, mes jeunes truands.

Les deux intimes firent en souriant un signe de tête affirmatif.

— Vous vous rappelez ce jour où la tête de cet agneau roula... vous savez....

— Oui, suffit, — agneau, sous-entendu Alibaud.

— Chut! tu ne cesseras donc jamais d'être gamin, mon brave Tiquet?

— Veux-tu te mettre en suspicion auprès du gouvernement, comme dit le juste-milieu? — Descendons au café, car le souvenir de l'agneau me trotte par la tête.

— Nous nous en donnerons, fut le dernier mot de Tiquet.

— Non, répondit Godry avec emphase, nous existerons!

Et tous trois ils sortirent.

Quels étaient ces jeunes gens? à quelle caste de la population parisienne appartenaient-ils ? quels étaient leurs moyens d'existence? Toutes questions sur lesquelles nous déclinons franchement notre compétence. Nous donnons le résultat d'un quart-d'heure de sténographie, — voilà tout. — Sur le reste, rien que des conjectures , dont la somme se réduit à peu près à la supposition que ces trois blancs-becs sont trois exemplaires de la jeunesse lazzaronesque de Paris, classe vivant sans contrôle aucun, principalement composée des importations départementales , et demeurant à Paris en qualité d'apprentis de quelque métier ou d'élèves de quelque art; bref, se vouant à une vocation quelconque, mais étant de la très-mauvaise graine de cette même classe, et ayant déjà forfait par plus d'un tour pendable à l'amour de leurs parens, ordinairement de bonnes pâtes de gens, qui prennent toujours pour de la bonne monnaie les deux ou trois pages de mensonges que leurs chers enfans leur envoient par la poste.

Autant que nous pouvons nous fier à notre coup d'œil appréciateur, nous crûmes reconnaître dans le nommé Godry un jeune homme qui se trouvait sur la voie de la perdition, et dans ses deux intimes deux mauvais garnemens prêts à entrer en correctionnelle, s'ils n'y ont pas déjà été en récidive, flattant la vanité de ce Godry, contrefaisant les imbécilles et l'exploitant de toutes les façons.

La conversation de ce petit groupe d'associés pour le mal nous eût encore mieux livré la clé de leur existence animale, sans le nom sinistre d'Alibaud qui réveilla d'amers regrets, communiqua à Godry un grain de mélancolie et amena — sans faute, de copieuses et spiritueuses consolations.

Cet incident ayant fait brèche à notre curiosité, nous la reportâmes et plus vive et plus soutenue sur un autre terrain, — sur la scène.

Un drame de cinq actes avait déjà vécu, un acte du second drame vivait encore, et quoique l'organisation de ces neuf actes soit défectueuse sous plus d'un rapport comme vous ne l'ignorez pas, on ne peut disconvenir que les deux pièces ne soient chaudes et fortes comme conceptions dramatiques; mais, faute de talens, la débilité s'y fait jour et elles ne se réveillent fortes et superbes que dans les scènes où Bocage et mademoiselle Georges paraissent.

Au fur et à mesure que la causerie filait son nœud, nous nous éloignions de plus en plus de Bocage; — mais à présent que la tâche descriptive est à peu près achevée, nous allons dire notre petit mot sur cet artiste. — Quant à mademoiselle Georges, — tournez le feuillet et voyez s'il y a de l'espace pour elle.

Le nom de Bocage est peu connu à l'étranger, c'est que le feuilleton s'occupe rarement de lui. — Ne serait-ce pas qu'il est de la Porte-Saint-Martin? Cela peut bien être. — Tant que Beauvalet travaillait à l'Ambigu dans le drame, quel était le feuilleton qui se souciât beaucoup de lui? Mais aujourd'hui qu'il est passé tragédien, la critique crie plus haut que ne saurait le faire Beauvalet lui-même.

La critique française, celle qui est grande dame en sa qualité de gardienne incorruptible du goût, ne fait preuve d'une sorte de népotisme qu'en faveur des bonnes manières dramatiques; et cependant, ce même Bocage est un bien beau talent, et s'il passait dans le camp classique, bientôt il y deviendrait chef. En attendant, cet acteur est le seul digne représentant du drame moderne français; il est le seul qui en ait compris la poésie passionnée, les licences hardies, le faire incorrect, à lui seul appartient l'honneur d'être novateur. Si j'avais écrit la *Tour de Nesle*, en conscience, je l'aurais prisée le quart de ce qu'elle vaut sans Bocage; — mais je l'eusse tacitement jugée un chef-d'œuvre avec Bocage. — En dessinant le rôle de Buridan je n'aurais jamais osé rêver un succès éclatant sans Bocage, comme j'aurais été sûr d'un triomphe — avec Bocage. — Pour vous le montrer dans tout son éclat dramatique, il faut le voir dans le rôle de Buridan de la *Tour de Nesle*. — Ce capitaine Buridan est un homme repu de passions, allaité par le crime, grandi dans les

30

aventures comme un chêne dans les tempêtes. — C'est un homme fort, un homme de fer ; — il est tout roman ; — sang, courage, honneur, beaux élans de cœur, il résume tout son siècle. — Gaillardet a créé ce portrait, mais Bocage l'a animé par son jeu, l'a fait sortir du cadre. Il a admirablement compris la tâche romantique de cette existence d'aventuriers nomades, dits chevaliers ; — il a deviné quel aspect il fallait se donner pour faire de l'égoïsme la dague au poing, comme on le faisait à l'époque du ministère de Marigny. — *Concevoir* et *oser*, — cette devise du siècle est inscrite dans son regard de lion. Il vous fixe, il parle, il marche, comme je me représente un des frères Guiscards lorsqu'ils conçurent cette idée extraordinaire d'aller chercher un royaume par le monde. Il a une diction dont peu, dont très-peu peuvent se vanter, et une de ces accentuations correctes, une de ces prononciations où la voyelle et la consonne, chacune séparément, conservent tout leur timbre. Ces divers avantages sont soutenus chez lui par une taille élancée, des traits marquans et expressifs et un organe pur et mâle. Le rôle de Buridan offre à Bocage de ces momens d'inspiration électrisans, de ces assiettes d'une grande élévation dramatique. Quand, dans la seconde scène du second acte, il dit à Gaulthier d'Aulnay :

— « N'avez-vous pas remarqué que ce sont de grandes dames................

Ce sont de grandes dames, de très-grandes dames, je vous le répète. »

Il y a dans cette réprobation quelque chose de foudroyant ! — Il est beau et superbe !

Qu'est-ce qu'il était donc allé faire dans cette galère ce Bocage ? Lui, camarade de jongleurs, de bêtes féroces et des acteurs ruminans du boulevard Saint-Martin !... Aussi un beau matin a-t-il plié bagage et abandonné la baraque. — Au Gymnase donc ! Mais quittez les boulevards, Bocage, — aspirez plus haut.

CHAPITRE XI.

DU DRAME EN FRANCE ET DE SES ŒUVRES.

Qu'il est étrange, qu'il est fantasque ce peuple français ! Pour les passions, il a le cœur ouvert ; — pour les sentimens, — il a le cœur fermé ; d'un calme et d'une sagacité admirables en présence de l'intérêt matériel, et l'imagination toujours montée sur un griffon fougueux. Bien entendu que ces teintes bizarres du tempérament national n'ont point échappé à l'imposante phalange des écrivains du jour, et particulièrement à la clique qui exploite le drame. Ils ont observé et étudié le mal et l'ont compris. Mais il arrive souvent que, par une cupidité coupable, le médecin prolonge la maladie du patient ; cela s'est vu, mon Dieu ! et c'est ce que les susdits écrivains font ! —« A bon escient, —c'est prouvé, puisqu'ils savent mieux faire ? » — Assurément ! « Mais cela s'appelle manquer de probité littéraire ? » — Tout-à-fait. — C'est bien criminel ! — Oh ! criminel ! vous n'y êtes pas ! C'est tout bonnement un moyen très-licite de faire de l'argent. Au demeurant, vous savez, cher lecteur, que par les procédés nouveaux introduits dans le monnayage moderne, un écu portât-il face de singe ou face de diable ; on lui trouverait, nonobstant cela, la physionomie belle et vertueuse. — Criminel ? Pas du tout. Voyez messieurs les dramaturges ; il est certain que ce sont eux qui font du crime, à tant l'œuvre, à tant l'acte, à tant la scène. Il y en a

qui écrivent de conviction, il y en a qui ne croient pas en ce qu'ils
écrivent, mais tous travaillent diligemment pour le drame. Je le
crois bien, puisque ainsi faisant ils sont à même de se ménager une
existence de Mardi-Gras. Ce n'est pas comme ce bon Pierre Gringoire dont M. Hugo a si admirablement dépeint la condition tristement burlesque dans sa *Notre-Dame de Paris*. Pauvre créature
innocente que ce Gringoire! Mais à lui la faute, — pourquoi au
lieu de se faire forban de carrefour ou homme d'armes, s'est-il fait
nourrisson des Muses? et cela quand, grand Dieu! Sous le règne
anacréontique du bon et gai roi Louis XI!

Comme Camoëns et Chatterton, Gringoire n'a pas été compris.
Je l'aime bien, moi, ce Gringoire! Il avait si bonne envie de faire
un peu bruire les cordes d'or de la lyre de Phœbus-Apollo! Oui,
je prends fait et cause pour Gringoire, et parie gros que s'il était
possible de le transplanter de l'autre époque dans notre époque en
le faisant passer successivement par tous les filtres de la civilisation,
lui et tout son bagage gothico-scholastique, lui et toute sa *furia
poetica*, il ne serait ni pauvre, ni malheureux; — il aurait de
quoi se vêtir élégamment, de quoi aller manger un morceau chez
Véry, de quoi fumer un *havane* véritable, — en un mot de quoi
mener le joli petit train de vie que mène l'arrière-ban dramatique
à la solde de la Porte-Saint-Martin! Oh! jadis et aujourd'hui; —
quelle énorme différence! —Pauvre Gringoire! Mais de nos jours,
c'est un vrai charme! Sous quelque forme que le talent paraisse,
— convenez qu'on le chôme bien. Cela vient peut-être de ce que
l'intelligence obéissant à son éternel mouvement de projection,
est arrivée au point de savoir analyser par elle-même ses élémens
les plus cachés, par conséquent de savoir apprécier avec justesse
la toute-puissance de ses merveilleuses facultés; — élucubration
d'esprit, n'étant plus lettres closes pour personne comme par le
passé, — on comprend aujourd'hui ce qu'il en coûte de produire, et pénétré de respect, on s'incline, — et juste, on récompense. Or, pour atteindre cette récompense, des multitudes de pos-
tulans assiègent le Capitole de l'opinion publique, et dans cette
cohue les ouvriers en drame font nombre grand dans le grand nom-

bre ; et bien que ce qu'ils livrent ne soit pas toujours de très-bonne
facture, les demandes n'en continuent pas moins. Il peut ne pas
y avoir de belles et d'harmonieuses formes dans ces productions
hâtives, mais elles dédommagent en quelque sorte par l'ardente
matière dont elles sont pétries et par les tranchantes couleurs dont
elles sont bariolées, — et c'est précisément ce que les âmes inco-
lores et frileuses des Parisiens veulent. Reste à savoir comment
elles s'en trouvent. C'est sur quoi nous prendrons la liberté de
dire notre opinion.

Il était impossible que la nation française sortît saine et intacte
des deux graves maladies politiques qu'elle a essuyées dans l'espace de cinquante ans. Maint noble organe de son corps en
a été outrageusement froissé. Au plus fort de sa crise sociale
apparut Napoléon, et béquille ci, béquille là, la France marcha.
La convalescence continuait faible, — continuait moins faible jusqu'au jour où le peuple de Paris vint à ouvrir la canicule de 1830
par un des actes politiques les plus ardents que l'on connaisse; —
il y eut rechute alors. L'acte fut consommé, et après que Paris eut
essuyé son front, lavé ses plaies et enterré ses morts, il entonna
son *Te Deum*, mit ses tonneaux en perce et dansa le *galop* comme
un fou !

Sous cette figure grotesque, nous avons voulu vous donner un
bulletin laconique de la reprise des hostilités contre le spiri-
tualisme. La presse devenue indépendante se trouve, à l'heure
qu'il est, dans tout le feu de l'action, et quoique maître Plou-
goulm, armé des lois de septembre, soit là pour empêcher qu'on
n'injurie impunément la personne du roi, hommes et principes
ne cessent de compter et avec raison sur la sensibilité du jury,
et l'on insulte hommes, principes et roi.

Ah ! je suis libre ! s'est écriée la Presse, — on va voir si je
suis puissante !

Ah ! je suis libre ! a crié le Drame de son côté. — Eh bien ! je
vais vous le prouver pièces sur planches ! « Et vite les forges du
matérialisme furent mises en activité et tout gluant le drame
quitta les enclumes. » Tout cela est de la bonne franchise, il faut en

convenir. — Entre fort et libre, l'hypocrisie ne saurait avoir de place. Voyez le lion : lorsqu'il se fâche, il anéantit ; lorsqu'il désire, — il déchire.

Les plumes qui avant 1830 avaient le pressentiment de l'émancipation prochaine jetaient en attendant leurs idées bilieuses sur le papier, et une fois débarrassées de la tutelle exercée par la branche aînée des Bourbons, les philippiques contre les oints du Seigneur surgirent de toutes parts, et *le Roi s'amuse*, pièce obscène et sanguinairement ordurière, vécut sur la scène. *Le Roi s'amuse* fut comme le chef d'une lignée de satires dramatiques à l'adresse de la royauté, et elles continuent sans interruption. — Dards envenimés, dards acérés, dards émoussés, mais toujours dards, pointent dans beaucoup de drames, tragédies, comédies, vaudevilles, opéras, farces et pièces de circonstances ! — François Ier courant les mauvais lieux ; Charles II séduisant la femme du chevalier Guilbert ; Marguerite de Bourgogne tuant et se prostituant ; Louis XV en quiproquo indécent avec le chevalier d'Éon (1) ; le libertin comte de Charolais tirant un coup de fusil à un homme du peuple dont il a ravi la femme ; le duc de La Vaubalière commettant un rapt infâme et méditant un empoisonnement, voilà ce que le drame a pris à tâche de vous représenter.

Maintenant, prêtres, évêques, cardinaux et bâtards de cardinaux, processions, *requiems* chantés par l'ordre de la fille d'un pape, pour l'âme des chevaliers égorgés par les ordres de la fille de ce pape, des blasphèmes à faire dresser les cheveux sur la tête et proférés par la bouche même des saints ministres de la religion ; — la Tentation de Saint-Antoine ignominieusement parodiée sur la scène, enfin, une persévérance évidente à démontrer au peuple que ce que l'on appelle la religion du Christ n'est autre chose qu'une hypocrisie vieille de dix-huit siècles ; — tels sont les principaux griefs, qu'on peut alléguer et à bon droit, contre le drame. L'Angleterre, ce vieux vétéran à vingt-cinq chevrons de liberté politique, n'a jamais osé ternir sur aucun de ses

(1) Vaudeville du même nom.

théâtres ni sa religion, ni son clergé. — Le grand Magasin
Théâtral de France peut au besoin appuyer nos assertions de son
irrécusable témoignage; et il s'y trouve des pièces dans ce magasin, vigoureusement conçues, pompeusement festonnées de
poésie, et elles contiennent des idées, des maximes, des faits en
déclaration de guerre permanente contre des axiomes moraux,
posés en principes immuables et adoptés de temps immémorial
par les hommes.

Un fait digne de remarque, c'est que ceux qui écrivent pour
le théâtre se sont donné le mot pour dramatiser le libertinage
sur la scène. Cela n'avait jamais été tenté. Il y a bien Piron,
si vous voulez; mais qu'est-ce que les énormités de Piron? Des
choses à lire tout bas, mais non tout haut; d'ailleurs, si chez lui,
il y a licence inouïe dans les expressions, chez les autres, il y a
licence inouïe dans les faits et les situations. Piron n'avait pour
auditeurs de ses poésies que les convives du *Caveau*, mais les
drames d'aujourd'hui, l'Europe entière les voit jouer et les écoute
parler. Les caprices poétiques de l'auteur de la *Métromanie*
étaient comme les ébats d'un ivrogne, irresponsable des propos
qu'il tient, et il les débitait crûment, sans préméditation, comme
un bon enfant qu'il était, et en termes empruntés au vocabulaire
d'une caserne, ou pis; — on écoutait ses vers, — l'imagination·
en était éclaboussée, il est vrai, tant qu'on écoutait, et puis —
adieu; toutes ces vilaines débauches d'esprit n'alourdissaient plus
la mémoire.

De la façon dont il s'y prenait, Piron ne pouvait conspirer
contre les mœurs, tandis que les auteurs dramatiques de la
Jeune-France conspirent, en usant de tous les artifices de leur
art, de toute la vigueur de leur esprit, de toutes les ressources de
leur savoir-faire. Plus la difformité des personnages de leurs
drames est grande et plus il y a de fard romantique en eux; et
rien ne séduit autant l'homme à une certaine époque de la vie,
et la femme à presque toutes les époques de la vie, que la présence passionnée du roman soit dans la vie réelle, soit dans la
vie imaginaire, car les amours secrètes de l'homme sont tou-

jours situées au-delà des limites de sa condition prosaïque sur la terre.

Oui, c'est une conspiration! Hauts barons et varlets de la littérature dramatique conspirent sciemment contre les mœurs. Citons-en quelques exemples.

Dans *Marion Delorme*, Marion, cette grande pécheresse du dix-septième siècle qui trafique de son corps jusque dans le dix-huitième, cette même Marion, dis-je, aime son Didier comme Virginie aimait son Paul; et s'il lui arrive de déclarer au public que M. de Laffemas vient fraîchement de lui « brûler la lèvre de sa lèvre, » c'est pour qu'on sache bien que c'est un sacrifice sublime qu'elle a fait là, sacrifice sans lequel le drame de M. Hugo ne pouvait passer à la postérité.

Dans *Il y a Seize Ans,* vous faites connaissance, vous vous liez d'amitié avec une demoiselle Amélie qui a un fils unique, pas davantage, je vous assure (on n'en tolère pas plus d'un); et il est si intéressant, ce malheureux enfant!—Or, cette Amélie dit à un homme qui n'est rien moins que son futur :

— Monsieur, prenez-moi comme je suis (il n'y a pas d'équivoque dans cette phrase, je vous prie de le croire). Là-dessus, elle poursuit : — Il y a de cela seize ans, etc....

Et puis elle raconte qu'elle a été victime d'une brutalité de bivouac, et que le fruit de cette brutalité est Félix, son cher enfant.

Femme légitime, enfant légitime, — Fi! ce sont choses prosaïquement bourgeoises; mais la victime d'un cas fortuit, comme cette Amélie; mais une victime de la séduction, comme Jenny de *la Folle* et son poupon aux cheveux artistement bouclés; mais encore une victime de la séduction, comme Angèle au ventre proéminent, et tant d'autres Lucrèces infortunées, — ah! donnez-nous-en, montrez-les-nous! Ce sont elles qui savent aimer avec passion! c'est parmi elles qu'il y a héroïsme, abnégation de toutes les joies terrestres, souffrances morales, souffrances physiques, et peut-être une opération césarienne en perspective.

En vérité, du train dont ils y vont, messieurs les dramaturges français, il y a danger qu'ils ne finissent par transformer la scène française en une école pratique d'accouchement! Des idéals aux natures séraphiques, tant hommes que femmes, — des scélérats charmans, mariés ou non mariés; des demoiselles, —mères du fait d'un amant anonyme, ou mères du fait d'un amant officiel; des courtisanes de métier ou des courtisanes-amateurs, le drame français nous les montre toutes douées de belles et nobles qualités et d'une navrante énergie de caractère.

Que voulez-vous que fasse à tout cela une fille bien née, qui par hasard jettera un coup d'œil furtif sur un livre oublié quelque part par mégarde, et d'où lui souriront des drames comme *Angèle*, comme *Antony*, comme *Angelo, Tyran de Padoue* et autres magnificences romantiques? — Elle lira une fois, deux fois, dix fois, et la tête d'Alfred d'Alvimar, et l'image d'Antony et une foule d'autres têtes, d'autres images, reposeront dans les songes de la jeune fille sur son oreiller, et mêleront leur haleine à la sienne, leurs baisers aux siens. — Mais supposons-lui une léthargie de désirs complète, ou supposons-la dans cet état de niaiserie virginale, qu'on est ravi de rencontrer dans une jeune demoiselle, croyez-vous que le côté moral de ces drames ne trouve point grâce à ses yeux? Oh! n'en doutez pas! car il faut qu'il y ait un germe de tempérament quelque part dans la jeune fille, — à la tête, — au cœur, ou à l'âme. Elle plaindra, en versant des pleurs amers, une victime de l'amour, elle admirera la passion de feu d'une prostituée repentante; — et, là où il y a plainte et admiration, il y a complicité. Lire clandestinement, ou lire par hasard, cette demoiselle bien née en trouvera bien l'occasion; mais voir représenter sur la scène ce qu'elle aura lu, — non; parce qu'à Paris, la mère ne mène pas sa fille aux théâtres qui ont le monopole du drame. Certes, voilà un bel acte d'édilité maternelle! Il serait à désirer que les mères de famille des autres pays l'imitassent aussi. Puissent les matrones françaises persévérer encore quelque peu dans ce qu'elles ont si sagement décrété, et je ne désespère pas qu'elles ne vivent encore assez pour voir la scène nationale s'effaroucher tout d'un coup de sa nudité com-

me une chaste baigneuse, se draper à la hâte dans son manteau et ne trahir ses belles formes que par les grâces de son
corps. S'il vous arrive de rencontrer (mettons au Théâtre de
la Porte-Saint-Martin) un jeune minois qui dénonce son titre
de demoiselle, — gagez que c'est une étrangère ; payant tribut
à la curiosité, ses parens y viennent, pour ainsi dire d'office,
et l'y amènent. Il faut donc tout voir, tout connaître une
fois qu'on se trouve dans ce charmant Paris. Il faut donc avoir
un bagage de curiosités à étaler au retour dans son pays.

Or, pour les demoiselles il y a prohibition stricte du drame.
C'est bien ; mais il va de soi que cette mesure de police domestique ne peut s'étendre aux jeunes femmes, aux jeunes mères ; et
elles lisent le drame ou vont lui rendre visite là où il déploie à
plaisir son action désorganisatrice. Que peuvent-elles y risquer ?
se demande-t-on ; ces dames sont donc plus ou moins familiarisées
avec l'arbre de la science ? Il suffit pourtant d'un moment de réflexion pour dire définitivement « oui, elles risquent ! » et particulièrement celles qui s'enivrent encore au divin banquet de la lune
de miel ; elles risquent d'autant plus qu'elles n'ont pas encore eu
le temps de se reconnaître, de s'orienter dans ce monde qui est
leur paradis provisoire. Elles prennent le masque pour le visage,
le fard pour les couleurs naturelles ; — mais la toile se lève et
mille supercheries leur sont tout-à-coup dévoilées ; elles reculent
de dégoût, mais ne fuient pas ; au contraire elles ne sauraient trop se rassasier de voir et d'entendre des choses si étrangement neuves ; — et la plus neuve, et la plus étrange c'est
l'homme, être de même espèce que le céladon-mari qui, au
moment même où l'on offre à la publicité les secrets de sa nature perverse, presse tendrement la main de sa jeune femme entre ses mains. Cette jeune femme tâchera de revenir pour apprendre davantage sur les descendans de ce beau démon qui fut
si courtois envers la mère de tous les hommes. Elle reviendra,
je le répète, par la force magnétique de cette inexorable loi de
la nature qui ordonne que les sentimens et les idéalités de la
femme s'évaporent en fumée de parfums au moment de leur plus

vive splendeur! C'est peut-être pour leur apprendre qu'elles sont
de race humaine tout comme leurs seigneurs et maîtres les
hommes.

Quant aux femmes qui consomment lentement le résidu du calice matrimonial, craignez, seigneurs maris, qu'en suivant trop régulièrement le cours de philosophie du drame français, elles ne deviennent philosophes à l'instar de vous-mêmes; craignez que leurs
sentimens ne prennent, comme les fruits qui se développent dans
leur sein maternel, la force d'empreinte des objets du dehors. Il
faut si peu pour mener à la révolte ouverte celui qui se sent le
besoin intime de se révolter. Cependant, la mère ira voir le drame, — elle est hors de son atteinte, car elle aime une seconde fois.
Qu'elle y aille donc afin de pouvoir dire à l'objet aimé, à sa fille :
« Non, crois-moi, tu ne peux pas aller voir le drame. »

Mais, au reste, qui avons-nous cité ici? Des femmes qui trouvent plus ou moins d'antidotes contre l'influence de l'infection,
dans les principes de leur éducation première, dans le cercle de
leurs amis, de leurs proches, de leurs bonnes connaissances,
quelquefois dans la parole d'un prêtre qui du haut de la chaire
fait tomber dans la foule de ces consolations, de ces leçons qui font
qu'en sortant de l'église on trempe ses doigts dans l'eau bénite
avec plus de conviction, qu'on se signe avec un sentiment de foi
plus pur qu'en y entrant; — mais la femme, mais la fille du bourgeois de Paris *pur sang*, vont voir le drame en toute conscience ;
car le bourgeois de Paris *pur sang* ne voit de l'immoralité que
dans l'escroquerie, de crime que dans la faillite; mais la femme
et la fille de l'homme du peuple, qui, au moral, font peu de
cas de la feuille de figuier, elles vont toutes voir le drame; —
mais cette classe nombreuse de filles qui, grâce à l'argent de
leurs amans ou grâce au travail de leurs mains, jouissent d'une
indépendance non contestée, elles vont toutes voir le drame,
mais cette autre classe de filles qui pour chanter un dithyrambe
joyeux et délirant tout le temps de leur jeunesse, ont dû passer
par les saignantes épreuves d'une Angèle ou d'une Amélie, elles
vont toutes voir le drame. Or, ces habituées des théâtres, prises en

corps, n'ont ni un bon fonds d'éducation première, ni un cercle
éclairé de famille, ni des livres qui leur répètent : « Vous faites mal, »
ni un bon prêtre qui leur disc : « Ne faites pas mal. » — Les mille
insinuations traîtresses et toujours charmantes, et toujours enivrantes, qui montent de la scène aux balcons, trouvent un accès
facile dans les âmes inapprises de toutes ces pauvres femmes. Là
elles assistent à une continuelle initiation des mystères les plus
cachés du cœur humain ; et convenez que ce qui est mystère en
nous a plutôt face repoussante que face attrayante : et l'habitude
venant, vient la familiarité. — Alors, la jeune fille qui garde encore quelques principes de vertu se dit : « A quoi bon ! » Celle
qui en est dépourvue se dit : « Mais je pourrais faire plus mal encore. » — Oh ! que de choses elles peuvent voir, que de choses
elles peuvent apprendre à la Porte-Saint-Martin, dans une seule
séance !

Oui, oui, le fait est constaté, messieurs les dramaturges conspirent. On dirait qu'ils ont reçu une mission spéciale de quelque
potentat d'ange déchu pour contrecarrer tout essai qui aurait en
vue d'opérer la conversion de la société française.

Cependant, l'influence immédiate du drame sur les jeunes femmes bien élevées, quoique pernicieuse à beaucoup d'égards, est
loin d'être aussi activement nuisible qu'aux jeunes gens d'une certaine sphère, — parce que la femme bien élevée veut en premier
lieu qu'il y ait, dans toute œuvre aux allures romantiquement sen-
suelles, des agencemens délicats dans l'intrigue, de doux et pathé-
tiques accords dans la douleur, du parfum dans le sentiment, le
tout recouvert d'un blanc voile de Vestale, tandis que le drame
est cynique comme un flibustier, qu'il a la voix rauque d'un
spadassin d'autrefois, que son haleine est forte, et qu'il est nu.
Mais le jeune homme y ribaude ! ce sont tous élémens à lui ; —
il s'y trouve aussi bien que le poisson dans l'eau. L'école philosophique française du siècle qui précède le nôtre a fait tant et si
bien, que jeunes et vieux ne considèrent l'existence que comme
une longue mystification céleste ; ils ne voient partout qu'une gri-
maçante ironie ; on pourrait les comparer à ces infortunés maris

dont le cœur est oppressé par le souvenir de plusieurs adultères,
— ils ne croient plus. Frères en Adam et disciples des mêmes maîtres, les dramaturges français connaissent bien la qualité de l'é-
corce qui recouvre le cœur de l'homme, ils connaissent bien ce
qui est susceptible de fermentation en lui. Chaque fois qu'ils se
mettent à l'œuvre, je suppose qu'ils se disent : « Oh ! toi, bloc
pour le sentiment, il faut secouer ton âme à deux bras et lui crier
fort : Réveille-toi, belle endormie ! Toi, étoupe pour la sensualité,
tu n'auras pas de quoi t'en plaindre — va ! » Et sur ce, ils commencent et achèvent leurs expériences chimico-dramatiques. —
Connaissant par cœur leur monde, comme leur table de multiplication (et vous savez qu'ils aiment la multiplication comme la
prunelle de leurs yeux), ils se gardent bien d'étendre un abat-
jour quelconque sur le trop vif éclat des passions.

Oh oui ! c'est une conspiration contre la morale et les mœurs,
— conspiration ourdie par l'amour de l'argent.

Nous parlions tout-à-l'heure du jeune homme ; — et jeune à
Paris, proportion gardée, c'est dix-huit ans ! — On ne connaît
que ça de pur en fait d'âge. A Paris, un jeune homme de dix-
huit ans ne sent plus le petit-lait, je vous prie de le croire, — et
comme de juste, il n'a de compte à rendre de sa conduite à personne. Il est achevé, accompli, fini ; — c'est un aigle avec un
peu de jaune au coin de la bouche, mais avec l'aplomb d'un cory-
phée de table d'hôte au parterre, l'aplomb d'un rédacteur de revue
dans la discussion et, le diable m'emporte, l'aplomb d'un maré-
chal-des-logis-chef sur le pré ; — enfin, il a déjà vécu ferme ; —
toutes qualités qui ne l'empêchent pourtant pas d'être plus duc-
tile que l'or pour bien des choses, — aussi lui fais-je l'honneur
de le croire sensitif et impressionnable comme une femme, aussi
lui fais-je l'insigne honneur de le considérer comme l'ombre de
l'ombre de la femme. Vous pensez bien qu'au drame il va, qu'au
drame il court, — et là, il prend part à l'orgie fumante des passions, aux arlequinades qni déconsidèrent la religion, aux sophismes qui la font mésestimer, et il se croit meilleur après avoir
donné accès dans son cœur à toute fanfaronnade de cœur, à toute

surexcitation de sentiment présentée sous un jour nouveau. Pour le dire en passant, l'homme fait, c'est-à-dire le vieillard de quarante ans (tant il y a à Paris de l'accéléré en tout), regarde, écoute, se récure les dents, prend sa prise et tâche de se rappeler si les actions du théâtre qu'il vient de quitter sont en hausse ou en baisse ; mais le jeune homme en sort tout palpitant, tout en émoi, — puis pense, réfléchit sur ce qu'il a vu, approuve et se le note.

Chaque âge a ses plaisirs, son esprit et ses mœurs,

a dit Boileau ; mais certes ; seulement je doute fort qu'il ait pu se figurer des empiètemens aussi inconsidérés, aussi fous que ceux que l'on fait de nos jours sur chacune des trois saisons de la vie ; — car nous avons aujourd'hui l'âge d'action énervante, et d'énergie diabolique, nous avons l'âge d'action calme et arithmétiquement calculée, et finalement l'âge de la faiblesse, de l'immobilité et des tisanes ; et à coup sûr Boileau raisonnait sur ces trois questions d'âge d'après le taux rationnel qui avait force de loi dans l'époque où il vivait. Pour nous, aussi bien que pour Boileau, notre jeune homme de dix-huit ans est si jeune, qu'il n'y a qu'hier qu'il a cessé d'aimer les bonbons, et encore les aime-t-il peut-être en cachette ; aujourd'hui, entre une foule de choses jadis à lui inconnues, c'est le cigare, le *chahut* et le drame qu'il adore ; — il y a là tant d'énergie ! Ennemi juré du juste-milieu en politique aussi bien qu'en morale, l'énergie est le cheval de bataille qu'il tient à honneur d'enfourcher à tout propos ; — dans le vice il croit l'énergie parfaitement admissible, et tout-à-fait probable ; — dans la vertu — nullement ! C'est une duperie, dit-il ; — vous vous doutez qu'il a trop d'expérience pour s'y laisser attraper. L'Hyppolite de *Phèdre,* il le tient pour un niais incomparable. Si on lui mettait un Grandisson sous les yeux il se pâmerait de rire. Buridan, le beau et téméraire scélérat, *Jeune France* l'aime bien ; Alfred de Rumigny, le monstre égoïste, *Jeune France* le prendra pour modèle à la première occasion ; n'a-t-il pas réussi ? Antony, le romanesque Tarquin de Paris, *Jeune France* en est enthousiaste. Dissolu en idée avant de l'être par l'action ; au fait des voluptés les plus raffinées, avant d'en avoir goûté

de véritables, ses désirs s'allument, s'embrasent aux feux des discours qu'il entend, aux feux de l'action qu'il voit. Esprit subtil
pour tout saisir, raison peu solide pour tout apprécier, l'objection
mentale lui manque ; — d'ailleurs la philosophie du drame est la
sienne ; et sa logique est si puissante ! Notez que chaque vers
qu'il entend agit d'autant plus fort sur lui, qu'il n'y a là aucune
fatigue d'imagination, vu que le sujet du poème tombe sous les
sens avec tous les accidens de la vie passionnée du drame ; son
tissu se déroule et les figures qu'il représente existent, vont,
viennent, parlent, souffrent, jouissent, meurent, tuent ou se
tuent. Partout la vie, partout l'incarnation du poème, partout le
visage de l'homme, le visage de la femme et son regard, partout
des aides, et quelques-uns puissans par le talent, captivans par
la beauté, les grâces et les talens réunis ! — Décalque imparfait de
la femme, pour délicatement sentir, homme fait pour vilement
désirer, partisan des extrêmes en mal, gobe-mouche en philosophie ; — il croit en ce qu'il est commode de croire. — C'est sur
lui que le drame pèse de tout son poids. Ici, la conspiration a
beau jeu, — elle triomphe.

Abordons maintenant l'homme du peuple. Pour celui-là, une
salle de spectacle c'est mieux que pain bénit, que tout ! Ceux qui
sont rangés dans leurs petites affaires et ceux qui ne le sont pas
y vont également. Les premiers y apportent en tribut les fractions
restantes de la caisse d'épargne, les seconds la plus grande partie
de leurs épargnes. Arrive dimanche, la poétique journée, la rose
journée, et notre Gaulois court à la Porte-Saint-Martin ou autre
part, et va demander qu'on lui baille du drame pour sa pièce de
vingt sous. Le cœur et l'esprit de l'homme du peuple y sont ex-
posés aux mêmes étonnemens, aux mêmes surprises, aux mêmes
tentations que ceux du jeune homme de tantôt, seulement la culture morale et religieuse du Gaulois étant infiniment plus négli-
gée que celle de *Jeune France*, sa nature étant plus âpre, et le
polissoir de l'éducation n'ayant pas passé sur ce qu'il y a de ro-
cailleux en lui, il est d'une intolérance extrême pour tout ce
qui choque ses opinions ou ses préjugés ; — il endure les

profanations faites à ces illusions avec moins de patience que
tout autre spéculateur élevé d'un cran plus haut que lui dans la
société; sa grosse bonne raison n'étant pas obstruée du pour ou
du contre de la dialectique universitaire, ni d'opinions innombrables et souvent contradictoires sur des questions élevées de
morale ; il croit à tout ce qu'on lui dit, et toute chose qu'il entend
il la prend fortement au sérieux. Qu'on juge par là si le drame a
les coudées franches avec l'homme du peuple ! Et il les a toutes
franches, et il le plie, le façonne, l'entame, le harcèle de tous
côtés. Cela étant, notre Gaulois mérite digression plus ample,
argumens plus démonstratifs, plus nets que ce que nous avons
déjà dit sur le sujet en question. Heureusement pour l'auteur,
cette tâche ardue, un hasard serviable la lui a fait éviter. Pour le
moment il ne sera que l'éditeur des aveux et confessions orales
que lui a faits un homme du peuple. On le nomme René, cet
homme du peuple; c'est le garçon de l'hôtel garni où l'auteur
s'était logé à son arrivée à Paris. Il en a déjà été fait mention
quelque part. Outre les gloses de René sur le drame, il va nous
donner aussi un échantillon de sa profession de foi politique et
religieuse, et à cet égard je le soupçonne être l'écho du reste de
ses confrères.

Ce que c'est que René, à part sa condition, je vais vous l'apprendre en deux mots.

René est un Avignonais à chevelure épaisse et noire, à
l'œil ardent et noir, aux gestes brusques et expressifs, à la
physionomie mobile ; — il est de plus consommateur infatigable de journaux et de livres, citateur à faux ou falsificateur
involontaire de ce qu'il a retenu de ses lectures, causeur par
excellence et pas bête du tout. Sa loquèle est un composé
d'idées des autres et des siennes, et ce qui est à lui vaut mieux
que ce qui est aux autres. Du reste, comme la plupart de ses
pareils, il n'a de respect ni pour les hommes ni pour les choses.
Rien ne l'étonne, rien ne lui impose ; il verrait venir le roi à
l'hôtel qu'il lui sifflerait la *Marseillaise* sous le nez. Lorsque dans
mes causeries avec lui, il m'arrivait de lâcher quelque plaisante

idée, il me donnait une tape sur l'épaule en me disant : « Ah !
vous êtes un fier farceur, allez ! » Pour probe, vous allez voir
s'il l'était. Des Anglais débarquèrent un jour à l'hôtel ; l'un d'eux
perdit une enveloppe de lettre qui contenait trois billets de mille
francs chacun. René la ramassa au bas de l'escalier, la remit avec
une simplicité charmante au propriétaire et fixa lui-même un prix
pour ce qu'il appelait sa peine ; ce fut de prendre un bol de punch
en la compagnie de deux lords et en la mienne. Ce qui fut accordé.
— Tel était René.

Un matin donc que j'étais assis à mon secrétaire et que je
tourmentais du papier comme d'habitude, René, qui achevait de
faire ma chambre, m'interrompit tout d'un coup par ces paroles :

— Monsieur ne trouvera-t-il pas mauvais que je lui fasse une
question ?

— Nullement ! voyons de quelle couleur est ta question (par
grâce spéciale M. René me passait le tu) ?

— De couleur tragique, monsieur.

— Oho ! fis-je en riant.

— C'est comme j'ai l'honneur de vous le dire. Je demanderais
donc à monsieur comme ça par manière de préface, monsieur fait-
il des livres tragiques ?

— Qu'entends-tu par faire des livres tragiques, René ?

— Mais j'entends par faire des livres tragiques, savoir écrire
des choses pour les voir représenter plus tard à la Porte-Saint-
Martin ou à la Gaîté.

— Non, René, non, je n'ai garde, et pour cause.

— C'est m'avouer que vous n'entendez pas le métier.

— Tu as deviné, mon garçon.

— Tant pis pour vous.

— Pourquoi ?

— Parce que vous laissez au bas de l'escalier votre fortune,
c'est sûr !

— Comment ?

— Ah ! comment ? Qu'il vous suffise de savoir que c'est moi,
René, qui vous l'annonce ; oui, ne vous en déplaise, monsieur

31

(vous souriez? — permis); c'est ce René, frotteur d'escaliers, épousseteur d'habits, cireur de bottes, enfin *canaille* comme vous dites vous autres, qui vous aurait appris, sans que cela vous eût coûté un centime, comment on empoigne la fortune par les cheveux.

— Diable, tu piques ma curiosité, René.

— C'est-à-dire, fit le garçon d'un ton goguenard, que les billets de banque vous trottent déjà par la tête.

— Tu fais de l'esprit, je crois?

— La Charte ne le défend pas.

— Allons, au fait, tais-toi ou explique-toi.

— Quand même je m'expliquerais, — à quoi cela servirait-il, puisque vous ne savez que tailler des plumes sans savoir dans quelle encre on les trempe?

Malgré l'impertinence du propos, je ne le relevai pas, poussé que je fus par le désir d'apprendre comment René ferait honneur à sa promesse, et je l'avoue, plus encore dans l'espoir de saisir quelque trait de caractère de la caste dont il faisait partie et d'augmenter par là le nombre des feuillets de mon livre sur Paris; en raison de ce calcul intéressé d'auteur, je ne reculai donc pas devant un innocent mensonge, et lui en débitai un effrontément en lui disant:

— Puisque tu me mets au pied du mur, je vais te le dire, mais entre nous; j'ai bien écrit des *livres comiques* dans ma vie et on en a ri, mais je ne sais pas si un livre tragique de mon crû ferait l'effet contraire.

— Vrai, vous auriez écrit, monsieur?

— Vrai.

— A la bonne heure, — v'là qui est parlé.

— Mais c'est mal parlé, selon ce que tu exiges de moi, puisque tu veux du triste et que je n'ai à t'offrir que du gai.

— Et cela vous arrête, monsieur?

— Un peu.

— Monsieur, me dit René après une minute de réflexion, j'ai ici entre les deux yeux une opinion à moi.

— Peut-on savoir?

— Oh! que si.... — Or, je pense comme ça que celui qui sent
des *élémens gais* dans son individu sait rire, et parfois jusqu'aux
larmes, et puisqu'il ne peut empêcher que l'eau ne s'échappe de
ses yeux lorsque l'envie lui prend d'être gai, il pleurera franc
lorsque son tour d'être triste viendra. Ce qui, en bon français,
veut dire que c'est un homme qui a du verjus de bonne qualité
dans le cœur, et pourvu qu'il connaisse la maçonnerie des phrases
(vous comprenez) et l'orthographe, il n'y a pas de bonne raison
pour qu'il ne sâche bâtir un livre tragique.

Cette drôle de définition de deux facultés antipodes, si rares dans
les auteurs dramatiques (et que René avait devinées sans se douter même de l'existence d'une tragédie comme *Othello* et d'une
comédie comme les *Merry Wives of Windsor*), me parut si bizarre, que ce fut pour moi un motif de plus d'apprendre où René
en voulait venir avec son livre tragique.

— Et après? lui dis-je.

— Et après, me répondit-il avec le ton d'un homme pénétré
de la vérité de ce qu'il allait dire, et après, au lieu des choses
plaisantes, écrivez des choses sérieuses comme celles de la Porte-
Saint-Martin, mais plus salées, voyez-vous. Quant à la façon,
ne vous embarrassez pas, — c'est fait; — il n'y a qu'un coup
de rabot à donner, v'là la chose. — Faites attention s'il vous
plaît.

J'étais tout oreilles.

Pour le commencement, continua René, il est bon que vous
sachiez, monsieur, qu'après le boire et le manger, ce sont les livres et le théâtre qui sont pour moi des besoins dont j'ai le plus
besoin, moi. J'en ai dévoré et j'en dévore des livres de quoi chauffer un bateau à vapeur. Quant au théâtre, j'y vais tous les *dimanches de la semaine;* j'ai découvert pourtant, par l'expérience
de la réflexion, que les choses qui sont imprimées ne valent pas à
beaucoup près les choses qui sont représentées sur la scène nationale. Tant que je lis le livre, c'est commode; mais une fois fermé,
j'ai l'honneur de te souhaiter le bonsoir! Ça part comme un bou-

31.

chon de Champagne ; — tandis que ce que je vois avec mes bons yeux et ce que j'entends avec mes bonnes oreilles sur le théâtre, je le possède à jamais! Cela est si vrai, que je vois souvent en songe des pièces entières avec toutes leurs drôleries, et que les aventures que j'ai lues ne me reviennent jamais en songe ; — ce qui me fait penser, monsieur, qu'on écoute ce que raconte le livre avec des oreilles *vulgaires*, et qu'on écoute ce qui se dit au théâtre avec l'ouïe du dehors et l'ouïe du dedans, comme je l'ai lu dans un crâne de livre plein de bêtises. Il est donc du devoir des messieurs qui écrivent pour les acteurs d'éduquer le peuple avec les compositions théâtrales, d'autant plus que le peuple lit peu ou pas du tout! Pour beaucoup de choses, on peut dire merci à ces messieurs; mais, pour beaucoup d'autres, n'y a pas de quoi. — Ils nous représentent, il est vrai, un tas d'aristocrates, hommes et femmes qui sont plus sales dans leurs actions que le plus sale chiffonnier, et auxquels individus le diable ne voudrait pas donner une poignée de main. De ce côté, ils sont en règle, car cela est vrai ; mais ils ne disent pas pourquoi. — C'est toujours de la mauvaise camelotte que tous ces gens qui vous ont du sang clarifié dans les veines et du bon argent dans leurs bourses ; or, il faudrait qu'ils nous donnent, dans une bonne pacotille de drames, le *philosophique* de la chose. Tout penseur que je suis, ajouta René en prenant un air capable, je vous avoue, monsieur, que je ne m'entends guère à besogne pareille. Quant à couper le sifflet à ceux qui ne sont pas de la religion du peuple, sapristie! comme je m'y entends et de quelle manière, je puis vous le dire, à vous, monsieur, qui êtes bon enfant et pas fier, parole d'honneur; vous êtes tout *comme ça*....; je ne sais comment, mais bien; d'ailleurs vous ne payez votre chambre que trente sous, et de ce côté n'y a pas malice de votre part; c'est pas fier trente sous, tout de même, convenez-en. — Mais, monsieur ne se fâche pas? ajouta-t-il en me regardant dans le blanc des yeux?

— Va toujours, va, lui dis-je en l'encourageant du geste.

— Tron de Diou! j'aime ça ; aussi serez-vous content de René.

— Or, je reprends, et pense que tout ce qui ne croit pas comme le peuple n'est pas Français. — Or, que faut-il faire pour rendre Français ceux qui ne veulent pas être Français ? fit René en mettant fièrement sa jambe droite en avant et en se croisant les bras. — Ah ! En v'là d'une question ! poursuivit-il en ouvrant la bouche haut et large et en faisant claquer sa langue d'une façon toute particulière ; il est plus facile d'avaler un œuf à la coque que de la résoudre, tron de Diou ! et je la *résolve*, moi, en soutenant que, pour donner une leçon de patriotisme aux gens qui sont en divergence d'opinion avec le peuple, et pour les rendre aussi vertueux que nous, peuple, *il faudrait leur reprendre ce qu'il y a de trop dans leurs bourses et nous le donner à nous.* C'est net comme l'arithmétique, ce que je dis-là. Sang de diable ! Ce n'est pas pour des prunes, je pense, que j'ai reçu ce coup de feu sur la place du Carrousel. — Tenez !

Et sans me donner le temps de lui en demander la preuve, il déboutonna soudain le collet de sa chemise et me montra, immédiatement au-dessous de la clavicule droite, une cicatrice ronde et rosée qui avait son vis-à-vis de l'autre côté de l'épaule, à ce qu'il assurait. — Et que me donna-t-on pour cette bagatelle ? reprit-il avec un accent où perçait la plus vive indignation ; que me donna-t-on ? mille tonnerres ! un lit à l'Hôtel-Dieu, sur lequel je me tordais de douleur physique comme un serpent qu'on fouette ! Et le gouvernement de la patrie a-t-il ôté à Raguse, a-t-il ôté à Polignac, à Charles X, un seul petit écu pour me le donner à moi ? Nenni, monsieur, rien, pas un liard ; et il m'en revenait, j'espère, des dommages-intérêts pour le sang avec lequel je teignis le pavé. Les journaux nous répètent : « Peuple ! tu es cela ; peuple ! tu es ceci ; peuple ! tu as fait cela. » — Les imbécilles ! mais ils oublient l'essentiel ; — c'est de nous dire en bon français : « Vous êtes cent mille contre un, et cet *un* ne travaille pas ; — cet *un* a de l'argent et vous n'en avez pas ; et cet *un* vous fait la loi, et vous obéissez, pleutres que vous êtes, comme l'âne du porteur d'eau attelé à la charrette, et vous êtes vertueux, et cet *un* est un scélérat. — Et tenez, pour ne pas aller chercher loin le vice titré, nous avons ici, dans la maison, une particulière qui le prouve.

— C'est madame ma très-excellente maîtresse qui fait de l'*inseste* avec son propre fils comme cette reine de la *Tour de Nesle*, avec la différence qu'elle sait ce qu'elle fait, et que l'autre ne le savait pas.

— Tu calomnies, René !

— Sauf respect, c'est vous qui me calomniez, monsieur. J'ai bien tué des Suisses au château ; mais je n'ai jamais menti.

— Cependant, ta maîtresse sort des rangs du peuple, René, si je ne me trompe.

— Excusez, monsieur ; elle est baronne incognito, bonne souche, faubourg Saint-Germain ; son défunt étant général de l'empire, quoi !

A toutes ces théories démagogiques, à toutes ces idées de nivellement il ne manquait que la liberté d'action, et René, le frotteur d'escalier, échangerait ses balais et ses brosses pour la faux révolutionnaire, et faucherait sans merci comme sans remords.— Je le regardai tout ébahi, et notai à l'aventure, sur une feuille de papier étalée devant moi, les principaux passages de ses révélations ; il le remarqua et me dit d'un ton enjoué :

— Vous taillez-là, monsieur, de la besogne pour l'imprimeur ? Bon, bon ! — Allez de votre côté, j'irai du mien ; c'est toujours dans les intérêts du peuple. Mais, je vous le répète, messieurs les journalistes et messieurs les *tragédistes* qui croient agir pour nous, ne mordent pas assez ferme dans leur cartouche littéraire. Nom de Dieu ! Il y avait Carrel, le saint martyr, v'là qui vous remuait les entrailles quand il se mettait à remuer les *quarante-quatre lettres* de l'alphabet français ! Aussi, si jamais un jour d'émeute je tiens son meurtrier sous mon pouce, je l'envoie dans un climat plus tempéré que le nôtre ; ça c'est sûr ! Mais plus de Carrel ! monsieur ; plus de Carrel ! Le ciel en a été friand, et il nous l'a escamoté. — Pour le reste, sauf M. Lamennais, — tout drogue.

— Les écrivains tragiques,... couci-couci, pas mal encore, mais pas très-bien non plus ; ils lésinent d'idées et de montre et ne jouent pas cartes sur table avec nous autres. Par exemple, est-ce agir en bons frères que de s'égayer sur notre compte comme ils le font dans la première scène de la *Tour de Nesle*, là, ousqu'il y a des bourgeois qui trinquent dans l'auberge de ce scélérat d'Italien,

que Dieu damne? Ils sont dix contre deux chevaliers, dont l'un
pire qu'un forçat, et l'autre bâtard. L'auteur fait bien lorsqu'il
met dans la bouche de Buridan ces mots : « Comment! dix manans contre un gentilhomme; c'est cinq de trop ! » Certes, il fait
bien de nous rappeler que nous sommes toujours en reste de haine
pour le mépris qu'on nous jetait anciennement à la figure ; — mais
il fait mal, lorsqu'il fait fuir comme des lapins les dix bourgeois
devant deux épées étincelantes. Sang de Satan ! des gens du peuple qui fuient ! s'écria René en serrant les poings avec force. Dans
toute cette scène d'auberge l'auteur fait mal , parce qu'il nous dé-
peints couards, vils et plats comme punaises. Ils font bien les
écrivains tragiques, lorsqu'ils nous montrent c'te chiffe de mari
de Louis XIV... que...

— De Louis X , interrompis-je.

— C'est égal! le numéro n'y fait rien... que le peuple de Paris
reconduit au palais, lequel animal de peuple s'égueule à crier : Noël!
Noël! vive le roi! et que lui, le roi, dit : « Je vais donner l'ordre
» qu'une taxe soit levée sur la ville de Paris à l'occasion de ma
» rentrée. » C'est farce ça, pas vrai, monsieur? Et je vous dis
encore qu'ils font bien les écrivains tragiques, parce qu'ils nous
rappellent que nous avons été de tout temps des moutons bons
pour la tonte; mais bernique pour le moment, messieurs les rois
de France ! On vous donnait le baptême royal à Rheims , et on
devait obéir, parce que c'était, à dire vrai, une chose diantrement
sainte qu'un sacre; je l'ai vu il y a quatorze ans, j'en avais quinze
alors, et j'étais catholique comme le pape , et, foi de républicain,
c'était une parade qui vous rendait bête de respect; mais vous savez
si le peuple y a mis bon ordre depuis? Le peuple a fait cela, dit
René en faisant un grand nœud à son mouchoir de poche ; — mais
le peuple peut faire aussi cela, et René défit le nœud. —
Vous comprenez?

Signe affirmatif de ma part.

— D'ailleurs, continua-t-il en reprenant le fil de ses idées,
quand même le sacre eût existé, — les catholiques existent-ils?—
Bah! qui est-ce qui est catholique par le temps qui court? C'est

mauvais genre! — Qu'est-ce que la catholicité? Un drame nous
l'explique clair. Minute, monsieur, je vais vous l'apporter ce
drame.

Cela dit, René s'élança hors de la chambre. En attendant son
retour, je me mis à remplir les nombreuses lacunes qui existaient
dans ma minute. — Et pendant que mon crayon faisait ses cor-
rections, René rentra; il tenait à la main un assez gros volume
in-8°, tout écorné.

— Tenez, monsieur, dit-il en l'ouvrant, — le *Moine*, drame
fantasma..., non, — fan...tas..., fantastique, etc., par M. Fon-
tan.

— Je connais.

— Tant mieux! Alors vous savez que le père Ambrosio, le
saint prieur des franciscains, tient près de sa personne une jolie
grisette qui porte froc comme lui;... mais c'est pas assez pour
lui. Sacré gourmet, va! il te convoite quelque chose de mieux,
et un jour qu'il est de mauvaise humeur il dit... il dit... ah! voilà
ce qu'il dit.

Et René posa son doigt sur la page et lut :

« Oh! malédiction sur ceux qui m'ont marqué ainsi d'un sceau
» ineffaçable, qui m'ont dit : tu éteindras en toi les plus tendres
» sentiments de la nature.... les plus vives émotions de l'âme....
» tu seras seul étranger au milieu de tes semblables. Ils jouiront
» des voluptés de ce monde, et tu t'en priveras; ils aimeront....
» (avec larmes), et tu n'aimeras pas. »

— Quand on entend cela, fit René en fermant le livre sur le
pouce, on se dit : Est-ce loyal de la part de dame Catholicité de
tromper de braves gens comme ce père Ambrosio?..... Enfin,
le pauvre homme n'en peut mais, — la chair l'importune trop, il
se donne bravement au diable, et alors il ne se gêne plus et il
dit :

— Et René de feuilleter prestement le livre, et de lire :

« Loin, bien loin de moi, le cloître et la solitude, les mome-
» ries de l'autel, les mortifications de la pénitence, aux vents le

» capuchon de bure, etc. » — **Et puis il redevient gai, et il**
chante :

> Quand un vin généreux fume
> Dans un cristal transparent,
> Quand une Andalouse allume
> Dans l'âme un feu dévorant,
> Quand un bal joyeux réclame
> L'emploi de quelques instans,
> Le vin, le bal, la femme
> Tout m'enivre en même temps.
> Vienne la fin de l'orgie,
> L'œil vif, la lèvre rougie,
> J'attends....

— Polisson de moine, comme il y va ! Mais écoutez, monsieur,
cet autre couplet :

> Si ce Dieu qui m'a fait naître
> Me condamne sans retour,
> S'il me défend de connaître
> Et les plaisirs et l'amour ;
> Puisqu'un prêtre ose paraître
> Avec des mots pénitens,
> Sous mes pieds, le D..., le prêtre,
> Je les foule en même temps.

— Et voilà, monsieur, cette religion qui est celle de la majorité
des Français (à ce que nous assure bêtement la Charte), religion
qui vous enrôle, qui vous fait des recrues pour le cloître ; et
puis, quand le diable s'en mêle, vite de cacher ses cornes comme
un colimaçon et de filer ! Merci, je sors d'en prendre, c'est trop
rococo !

Mais revenons, monsieur, à nos moutons, non pas au peuple
moutonnier de Paris des temps reculés, mais à ce que je voulais
vous dire ; attendez-donc.... Ah ! oui, je voulais vous dire que
vous essayiez de composer une tragédie où vous feriez à peu près
cela. D'abord, vous supposeriez une seconde Restauration avec
la vengeance en croupe, et vous mettriez en scène force barons,

comtes, marquis, ducs et autres voltigeurs de cette espèce. Mais
comme l'histoire de cette tragédie a un bon bout de queue et
qu'il prendrait peut-être envie au public de bâiller au nez de votre
machine de drame, il faudrait que vous *employiez* toutes ces manigances qui ont bon cours aux théâtres, comme intrigues d'a-
mour, jalousie, enlèvemens, par-ci par-là un verre de bon poison à avaler, un secret que l'on apprend, un inconnu qui tombe
de la lune, une lettre que l'on perd, et autres frimes semblables
qui vexent les uns et profitent aux autres. J'appelle cela endiman-
cher la pièce ; — ça ne me regarde pas ; c'est votre affaire. Quant
à la mienne, la voici : Vous aurez soin de munir chacun de messieurs les aristocrates de sa chacune ; puis vous ouvrirez les portes
de leurs belles habitations pour que nous voyions de près leurs
ménages ; seulement, il vous faudra aller souvent à la cour d'assises pour attraper quelques caractères parmi les gaillards du
banc des accusés, et vous leur en composerez de crânes aux aristocrates. En voyant l'intérieur de leurs ménages ainsi faits, nous
battrons des mains. Cependant, n'oubliez pas que c'est leur règne
que vous allez nous montrer, pas le nôtre ; en conséquence, il
est juste que vous leur fassiez faire à tous des farces pendables ;
— ne vous gênez pas ; — faites-en des vampires ; — n'y a pas
d'offense. Plus ils seront démons, mieux ça sera. Nous en rirons
bien ; mais nous apprendrons aussi à les haïr bien. Ici, changement de décoration, fin de la première partie du drame.

— Combien d'actes, René?

— Pour le moins cinq ! — Maintenant, seconde partie. — Décoration modeste ; — quartier Saint-Antoine ; — rusticité, bon-
nêteté et vertu ; — les enfans — des anges ; — les femmes — des
anges ; — les hommes — des anges, pas tout-à-fait à la crème
comme les anges du catéchisme, mais des anges auxquels il
n'est pas bon de toucher la barbe sans permission ; — et le peuple
morne, silencieux, les yeux bordés de rouge, les manches de
blouses mouillées de larmes, par la raison qu'on le vexe trop.
Puis, vous ferez venir des municipaux qui enlèveront nos femmes
et nos filles pour le service du château et du faubourg Saint-Ger-

main ; — mais ici, baste ! la moutarde monte au nez du peuple, il se fâche et s'élit un chef, un *Masanielle* cent fois plus soigné que celui de l'Opéra ; c'est convenu ; cela fait, — marche tambour battant et la *Marseillaise* chantant ! feu rose, feu bleu, pièces d'artifice, et grande friture de barons, comtes, marquis, ducs et..... (pourquoi pas ? cela ne coûte rien ;)... et banquiers ; enfin, bataille ! tableau ! Cependant, il ne faut pas qu'ils y passent tous, entendez-vous ? On pourra laisser la vie sauve à la moitié de la jeunesse pour ne pas leur ôter tout-à-fait la qualité de Français ; — mais on les dépouillera de tout, voire même de leurs chaussettes. Fin de la seconde partie ; — cinq actes, item.

Enfin, nous voici arrivés à la troisième partie. C'est ici qu'il vous faudra mettre en réquisition la cachette où reste votre génie.

— Mais, je n'ai pas de génie, René.

— Mais, j'en ai, moi, pour vous servir.

— Ah ! c'est heureux ! et où l'as-tu pêché ?

— Où ? dans les livres ; M. Victor, le fils de la bourgeoise, ne m'en laisse jamais manquer. Or, je vous dis qu'il faut fièrement du génie pour confectionner la troisième partie de notre pièce à deux, parce qu'il ne s'agira de rien moins là-bas que de donner pour étrennes au peuple français devenu son maître à lui, un gouvernement. Mais avant de traiter affaires, il faudra égayer les esprits pour qu'ils ne fassent pas de tristes affaires ; c'est pourquoi vous nous ferez faire ribote, comme on n'en a jamais connue une au paradis, — vous comprenez ? Des jolies filles nous n'en manquerons pas pardi ! ce seront les orphelines des nobles enterrés à la voirie de Montfaucon ; c'est elles qui nous verseront à boire, et le vin jaillira dans Paris haut comme les tours de Notre-Dame. La nuit venue, le bal fini, le bon peuple de Paris s'en ira dormir, la conscience nette et le vin léger. Mais pendant que tous les yeux sont fermés, il y a un sacré œil louche qui est ouvert, — il appartient à la trahison ; vous ferez votre possible, monsieur, pour le rendre beau et sublime, dramatiquement parlant, — vous comprenez ? Là-dessus, il y a trame sur trame, machination sur machination, allées et venues dans ce qui reste encore de la race des nobles et des prêtres. Tout-à-coup, ils te mettent le feu aux quatre coins de Paris , l'émeute crève, et le massacre des *innocens* commence ; mais les innocens se réveillent, fishtre! courent aux armes, gagnent la partie, et jettent au feu leurs ennemis comme qui dirait des marrons. — Fin de la troisième partie, cinq actes, item.

Si, au lieu de faire ribote, le peuple français se fût occupé de ses affaires, le malheur que j'ai imaginé à la fin de la troisième partie ne serait point arrivé ; — mais je suis malin, monsieur ! je l'ai imaginé exprès , et cela pour faire entendre au peuple premièrement, que c'est la sobriété des nations qui donne de la santé aux états ; — excepté les canards, personne n'avalait autant d'eau dans l'antiquité que les.... les *Spartes* , et quels gaillards ça vous faisait, saperlotte ! Secondement, j'ai amené le susdit malheur pour faire entendre au peuple qu'il ne doit jamais compter que sur son propre sang. Vous ferez précéder la quatrième partie d'une préface, où vous raconterez au public que tous les gouvernemens de l'Europe, fâchés de la bagatelle qui vient d'avoir lieu , se sont rués en masse sur la France , et qu'ils s'en sont revenus chez eux ne battant que d'une aile et la queue pendante entre leurs jambes ; mais qu'aussi la France est restée sans le sou et qu'elle a été molestée comme un champ de blé par des sauterelles. Alors vous ferez décréter une loi par la Convention nationale (je ne connais qu'ça , moi !) qui prescrirait le partage égal des terres , et que pour vivre vous nous ferez tous travailler, chacun à sa manière, — à quelle fin , vous n'oublierez pas de partager la nation en compagnies d'agriculteurs, d'artisans et d'artistes. S'il se trouve des individus et des compagnies qui sachent mieux faire et plus que le reste, on leur ôtera le *surplus du plus* et on le donnera à ceux-là, ce qui est de toute justice, vu que le bon Dieu n'a pas donné à chacun la même dose de cervelle et la même énergie de muscles. Le gouvernement sera républicain, c'est sous-entendu, — mais pur comme l'ambre ; — l'église dominante, le saint-simonisme ; les vertus à l'ordre du jour, et d'impôts, rien ;

comme aussi de gendarmes, de municipaux, de sergens de ville et autre vermine, pas de traces ; — de carrosses avec *armes et bagages* sur les panneaux, — prohibés ; — de livrée chaussée, chamarrée de galons, entortillée d'aiguillettes, item ; — rien qu'omnibus, fiacres et coucous. — Ah! j'allais oublier l'essentiel, — le grand président de la république. Il sera consul à vie ; — vous l'arrangerez, monsieur, en grand homme, — c'est une condition *quasi si non,* — je n'en démords pas, et vous lui ferez faire sur la scène des choses aussi grandes et aussi belles que l'Empereur a faites. Et puis, couronné de guirlandes de roses et de coquelicots, le peuple vivra, s'amusera, rira, et pratiquera les vertus domestiques, administratives, ecclésiastiques, scientifiques et industrielles. — Fin de la quatrième partie, cinq actes, item.

— Eh bien! monsieur, que dites-vous à cela?

— Mais.....

— Il n'y a pas de *mais* à placer ici, et je m'en flatte. Tenez, monsieur, reprit René avec une fatuité de tambour-major dans la pose, — plus je réfléchis à mon livre tragique et plus y aperçois-je de beaux et gros diamans comme dans une chose, —..... comme dans une Golconde ; étendez la main, monsieur, puisez, et soyez riche. Ce que l'on nous fait voir aujourd'hui sur les différentes scènes de la capitale n'est pas tout-à-fait du billon — faut être juste ; cela nous aiguise les sentimens, cela nous verse du chaud dans le cœur et de l'instruction dans la tête, surtout rapport à l'histoire ; mais mon drame ou plutôt mes drames seront plus profitables pour la majorité des Français !

René fit une pause.

Le poignet sur la feuille, le crayon entre mes doigts, je m'arrêtai, écoutant toujours, mais René avait cessé de parler. Comme la controverse qui s'établit entre nous deux après cette étrange dictée est totalement étrangère au sujet, je vous en fais grâce. J'ajouterai seulement que la trop grande dissidence qui existait dans nos opinions respectives me mit dès ce jour en état de suspicion auprès de l'ami René, et que désormais, il ne me fît plus l'honneur de me croire digne de la plus petite confidence, — ce que je regrette sincèrement, vu que cet incident me priva tout d'un coup d'un collaborateur consciencieux qui me fournissait de temps à autre des documens très-originaux sur les singularités de caractère, sur le tempérament, la marche des idées et le chaos des doctrines politiques et religieuses qui fermentent dans la tête de cette partie de la nation française que je me plais à appeler *gauloise* pour la marquer d'une sorte d'indigénéité à part.

Si vous n'aviez jamais eu l'occasion de causer aussi confidentiellement que moi avec un drôle trempé comme ce René sur le sujet qui vient de nous occuper, je serais charmé de me savoir être le premier offrant d'une primeur, cueillie dans le domaine du burlesque philosophique.

Quant aux aperçus qui précèdent ma causette avec René, il serait bien impertinent à moi de vouloir les faire passer pour neufs ou originaux; ils ne sont rien moins que cela, à telles enseignes que les grands prédicateurs du siècle de Louis XIV avaient déjà abordé ce thème dans leurs sermons, et que mille articles épars de mille journaux continuent encore cejourd'hui à faire de la métaphysique sur cette matière. Le peu de mérite que l'auteur pourrait revendiquer à ce sujet, c'est d'avoir fait coudre tout cela par le relieur dans un volume d'ampleur assez honnête.

Pour ce qui est des considérations finales sur le drame français, qu'il me prend la fantaisie de soumettre à votre critique, j'ignore, et j'ajoute, j'ignore, dans toute la pureté de ma conscience, si jamais elles ont été publiées quelque part que cela soit, et si jamais quelqu'un a osé courir plus follement les risques d'une huée à grand orchestre de voix humaines que ne le court l'auteur de ces considérations; — car, si deviser sur choses qui sont, il y a risque, à plus forte raison deviser sur choses qui seront, il y a risque plus grand. Placé au centre de cette alternative, vous vous doutez que la fatalité va me pousser du côté le plus chanceux. Juste! Ceci arrêté je n'ai rien de plus pressé que de tirer l'horoscope du drame — et lui annonce, dès le premier pas,

que la constellation sous laquelle il est né, pâlira aujourd'hui,
pâlira demain. Non, là, sérieusement est-ce possible qu'il y ait
une forte garantie de vitalité dans le drame français, tel que le
voilà constitué? C'est un funambule ivre qui se joue trop
long-temps des lois de l'équilibre moral pour qu'à la fin il ne
fasse pas une chute à mort. Oui, c'est fait de lui, il mourra.
Donc, mort! c'est immanquable! et lui mort!... mais lui mort, il
faut bien quelque chose qui naisse! La France est malade d'ennui, voulez-vous qu'elle s'ennuie à mort, et l'Europe avec?
Et lorsqu'on la verra péniblement éclore ici, l'idée de ce drame
à moi, on jugera s'il y a quelque peu de solidité logique en
elle; et, partant, s'il y a lieu à lui dire : « Demeure, ou,
va-t-en!

CHAPITRE XII.

UN DRAME DE LA FAÇON DE L'AUTEUR.

Combiner, supputer, deviser est si récréatif, si amusant, que ceux de mes compatriotes d'Europe qui me font l'honneur de me lire, appréciateurs intelligens eux-mêmes du genre de plaisir que procure une occupation semblable, voudront bien m'excuser, quand même ils y trouveraient toute autre chose que du plaisir.

Si, pour le moment, je viens de m'adresser aux Européens, en général, c'est que je les sais fainéans de corps, mais non pas d'esprit. Ce n'est pas être mauvaise langue que de se permettre une épithète aussi leste. Heureusement que l'histoire de la mécanique moderne, réunie à la vapeur, est là qui le témoigne; car au fond qu'est-elle? c'est l'introduction à une ère de repos physique parfait, et par cela même à un mouvement intellectuel violent.

Mais, au lieu de marcher par parenthèses, tenons-nous à l'*omnia recta brevissima* et cherchons à savoir à qui il sera donné de faire quelque chose de l'idée vague de ce mien drame qui, au moment même où je parle, rôde peut-être déjà dans les limbes de quelques imaginations toujours promptes à sortir de l'alignement général des esprits. Voici notre réponse à cette question, et en même temps notre entrée en matière. — C'est à ceux-là même qui ont causé beaucoup de mal en mettant sous les yeux des Pa-

risiens des tableaux monstres, et en leur faisant entendre un long
concert de syrènes, qu'il appartient d'y porter remède. — Comment? — Voilà qui paraît embarrassant. On dirait qu'il y a dans
cette fatale interpellation toute une montagne à remuer, et cela
de fond en comble. Pas tant qu'on se l'imagine, puisque récemment encore il s'est trouvé un homme qui s'est bravement mis à la
sape le premier. Cet homme, c'est M. Alexandre Dumas. —
Qu'est-ce que son *Caligula?* Je crois que c'est le premier bégaiement d'un repentir. M. Dumas, en matérialisant sur la scène un
premier soupir de chrétien dans *Caligula*, a acquis des droits à
une indulgence plénière, signée en concile de la chrétienté. Ses
innombrables péchés dramatiques lui sont remis; — il suffit d'avoir protesté pour être pardonné; — mais déplorons-le, il s'est
arrêté tout court, — il ne proteste plus, et après lui personne
ne proteste! — Est-ce un aveu d'impuissance? Je ne le crois
pas; c'est plutôt un aveu d'irrésolution. Les esprits s'essayent,
se mesurent en silence, tout en consultant l'horloge de l'âme
publique; — car il y a dans l'organisation morale de Paris civilisé
je ne sais quelle fibre très-intelligente et très-sensitive qui lui indique le moment précis où le règne d'une idée passe, c'est-à-dire
où elle commence à ennuyer, et alors ceux qui tiennent le gouvernail des idées virent de bord et poussent au large. — Attendons donc un peu, — et, dans l'intervalle, disons la bonne aventure à ceux qui auraient l'intention de pousser au large.

Mais, au nom de la charité chrétienne, veuillez ne considérer
ce peu qui nous reste à dire sur la question que nous avons si
légèrement amenée, que comme un passe-temps d'esprit, que
comme de simples conjectures faites sur une chose inconnue,
c'est comme si nous nous amusions à esquisser le plan du premier aérostat qui irait où l'on voudrait, mais non pas où il voudrait aller, comme c'est aujourd'hui le cas. Après tout, je suis
bon de tant m'alarmer! Quelle malencontre peut-il m'arriver, si
l'on n'aperçoit, dans tout ce qu'on va lire, que des mots séparés
par des points et des virgules?—Une bonne dose de ridicule, voilà
tout! Voyez le grand malheur! Tant d'honnêtes gens, tant de

32

galans hommes, tant d'hommes réellement supérieurs en ont eu
leur bonne part. Alexandre-le-Grand se croyait dieu; madame de
Staël se croyait le pied mignon, lord Byron couchait en gants
et en corset; sa Grâce le duc de Wellington était joliment ridicule
dans ses parties fines avec la Laïs anglaise, la fameuse Harriet
Wilson. Ces quelques exemples de grands et de petits ridicules,
appuyés du témoignage de l'histoire et de l'anecdote, me font sauter à pieds joints par dessus les verges d'orties du ridicule, et
cette bravade inouïe je la réalise séance tenante, et commence par
me mettre en opposition directe avec l'avis de la majorité, qui
soutient que le théâtre ne peut ni n'a jamais rien appris ni rien cor-
rigé. En effet la devise du *castigat ridendo mores* est une devise
fausse, en tant qu'elle essaie de corriger; mais s'agit-il de nuire,
elle le peut. Les pasquinades de Figaro aiguisaient la pique révolutionnaire de 89. Pour corriger, la devise est fausse, telle
que la voilà; mais elle peut ne pas l'être, telle que la voici :
Commota conscientia abhorret à malo. En remuant les consciences, on intimide le mal-faire. Au moins, il y a ici une probabi-
lité de châtiment pour les mœurs, tandis que vouloir en riant
faire peur à l'amour-propre et par là châtier les mœurs, c'est
donner des coups d'épée dans la lune. — Le diable se rit de nous,
parce que nous n'avons pas de queue; nous rions du diable,
parce qu'il a une queue; personne ne veut prendre le rire pour
soi. L'amour-propre a l'intelligence lourde et la conception pa-
resseuse; la conscience a l'intelligence délicate et la conception
prompte. — Je suppose un galant homme qui aurait commis, dans
les ténèbres, une action blâmable. Son secret n'est connu que
de lui seul au monde, et en vertu de cette non-révélation il jouit
du titre d'honnête homme; mais entend-il prononcer une phrase,
un mot, rencontre-t-il dans ses lectures une allusion qui lui rappelle sa faute, et sa conscience tressaille et son visage devient
pâle ou rouge, c'est selon le degré de sa secrète culpabilité; car
le remords n'est autre chose que le point d'honneur de l'âme, et
puisque l'individu n'est qu'une fraction de la masse, les lois morales qui la régissent doivent être obligatoires et pour l'un et pour

l'autre. Si la lettre, qui n'est que l'attitude de la pensée, est capable de gouverner puissamment les esprits ; — que doit-ce être du drame qui est le geste de la pensée ? — Ainsi, ne croyez pas votre jugement sans appel lorsque vous dites que le théâtre ne corrige rien et n'instruit personne. — Voulez-vous des pièces justificatives à l'appui de notre devise ? Il y en a foule ; en voici quelques-unes.

Tous les journaux proclamèrent, à l'époque de l'apparition de *Trente ans ou la Vie d'un Joueur*, l'influence salutaire que cette pièce exerçait alors sur les chalands des tripots ; — ce fut au point que, pendant un certain laps de temps, ce drame fut cause que les revenus de messieurs les fermiers des jeux de Paris en diminuèrent sensiblement. Pour se convaincre de ce fait, on n'a qu'à consulter les journaux de cette époque.

Deuxième exemple. Qui est-ce qui ne connaît pas le *Mariage d'inclination* de M. Scribe, cette jolie pièce que la critique, dans son superbe mépris pour ce genre de productions dramatiques, appelle *pièces à tiroirs*. Pièces à tiroirs tant qu'on voudra ! Mais réfléchissez sur ce que je vais vous raconter.

Une mère avec sa fille se trouve un soir au Gymnase. On donnait justement le *Mariage d'inclination*. La mère pleure, la fille pleure.

Arrivées toutes deux à la maison, la fille se jette aux pieds de sa mère et lui avoue qu'elle est sur le point de contracter un mariage clandestin avec un jeune homme qu'elle aime, mais qu'après s'être pénétrée des malheurs de Malvina, la femme de M. Barentin, elle a frémi en songeant au sort probable qu'elle se préparait, et que, dès ce jour, elle rompt toute liaison avec son amant. Après avoir rendu grâces à Dieu de leur avoir épargné ce malheur, la mère et la fille allèrent rendre grâces infinies à leur sauveur direct, à M. Eugène Scribe.

Si je mens, les journaux ont menti aussi ; — mais non, ni le premier fait, ni l'anecdote que je vous raconte n'ont jamais été démentis par personne, et en présence de la presse, il est difficile de faire long-temps le métier d'un arracheur de dents. Tôt ou

32.

tard on apprend la vérité ; la concurrence a bon œil et fine oreille.
Cette petite histoire, comme pièce probante, a une signification
tellement grave que j'ose présenter ici ma très-humble requête à
M. Scribe, et le supplie de vouloir bien confirmer ou nier ma citation par écrit. On dira peut-être que c'est espérer que M. Scribe
lira mon livre? Qui vous dit cela? J'aime à croire que vous ne le
pensez pas ! M. Scribe a bien autre chose à faire, — l'Europe en
est le témoin journalier ; mais quelqu'un pourra lire mon livre
et redire ce passage à un autre, et cet autre à un troisième ; —
c'est ainsi que de ricochets en ricochets ma requête pourra parvenir
jusqu'à M. Scribe. Et il fera ce qu'il jugera convenable. S'il dit :
« Oui, monsieur, ce que vous venez de citer est vrai, » je dirai
que ce n'est pas cent quarante mille livres de rentes, gagnées à
la sueur de son front, que mérite l'auteur de *Bertrand et Raton*,
mais des rentes à millions, et que tout ce qui a un cœur pour
sentir lui doit envier le moment d'extase dont il a joui, lorsque
cette mère et cette fille sont accourues lui offrir un triomphe
sans exemple dans les annales littéraires ! S'il me répond par un
non, il me reste toujours, comme refuge à mes précédentes assertions, l'officialité des *Trente ans ou la Vie d'un Joueur ;* si
celui-là me manque, ma foi je fais flèche de tout bois, j'abandonne
la France dramatique et me jette, en désespoir de cause, dans les
bras de l'Allemagne dramatique, où je trouve tout de suite sous
la main un *Nathan le Sage*, œuvre qui a porté de si rudes coups
aux beaux restes du fanatisme religieux dans cette contrée ; et
s'il ne me reste que cette dernière pièce justificative, elle militera
suffisamment en faveur de ma devise de *commota conscientia
abhorret à malo*, car s'il y a une seule possibilité de corriger
le mal, il n'y a pas de raison pour qu'il n'y en ait pas cent.

Tout essai de réforme de bien en mal ou de mal en bien est une
sorte d'impertinence faite à la société ; c'est comme si on lui disait : « Vous avez mal compris vos intérêts moraux, — regardez,
écoutez, apprenez, et profitez. » Le public, en oubliant *Caligula*,
a été plus impertinent que M. Dumas ne l'a été. Supposez que
déshabituer vis-à-vis *habituer* se trouve dans la proportion de

100 à 1, on se demande ce qui vaut le mieux : ou arracher violemment le public à ses vieilles affections en lui présentant le revers d'une médaille dramatique inconnue, ou arriver lentement et par d'heureuses transitions au même but ? En toute réforme, la parabole violente est la plus détestable des lignes ! — Nous optons donc pour la pente douce des transitions lentes.

Je ne me mêle pas de juger la tragédie de **M. Dumas**. Le premier essai d'un vœu chrétien qu'on y découvre doit agréablement bercer les vœux de tout chrétien. Le reste est affaire de polémique.

Cependant, je me figure le drame inconnu, venant au monde avec un caractère à peu près analogue au drame de **M. Dumas**, mais plus décidé; avec des contours à peu près semblables, mais mieux creusés. Je m'aperçois aussi que Rome et les Romains en sont bannis; c'est que sa mission étant propagandiste, il a tâché de se rendre accessible à toutes les conceptions, à toutes les éruditions; et cela d'autant plus que le Français n'est rien moins que Romain; c'est le dandy aristocrate Anglais qui est Romain, à sa sortie de l'Université d'Oxford. Cela peut être ainsi, cela peut être autrement ! mais à coup sûr il y aura quelque chose qui en approchera. Quoi qu'il en soit, vous comprenez qu'il est impossible de préjuger avec certitude sur la forme, sur la texture, et en général sur la physionomie philosophique du drame que nous rêvons; mais ce qui est d'une nécessité absolue, c'est qu'il soit marqué au front d'un type profond d'originalité; — ce n'est qu'à ce titre qu'il pourra venir tête haute, ce n'est qu'à ce prix que s'obtient une acclamation spontanée ou une acclamation de longue haleine; ce n'est qu'à ce prix qu'on établit l'empire d'une nouvelle idée. Bonaparte à Montenotte était original, car il a fait de l'inconnu. Napoléon, disant aux chimistes de son temps : « Je veux que la betterave soit sucre ! » — était très-original ; car il a conçu ce que nul n'avait conçu avant lui. Oui, il faut éblouir comme Bonaparte.

Supposons toutefois que le drame nouveau ait gagné ses éperons d'une manière aussi glorieuse, et vous allez voir ce qu'il

pourra par la suite. Un succès obtenu, mais c'est une renaissance, c'est l'éveil de la capacité, c'est l'instant où l'irrésolution
et la timidité rompent leur ban! C'est alors qu'un pauvre auteur
acquiert cet aplomb d'esprit, cet à-propos de jugement, cette
égalité d'humeur dans ses relations confidentielles avec le public, relations qui finissent par le rendre un besoin pressant
de consommation intellectuelle! Faisant lui-même les apprêts de
son triomphe, il met avec audace toutes ses ressources en
jeu. L'homme de lettres vainqueur, — c'est le général vainqueur, — et comme ce dernier il peut beaucoup oser. C'est nous
faire entrevoir que le drame de son côté osera une chose inouïe!
Oui, il osera s'attaquer au seul principe malfaisant qui s'oppose
à tout essai d'exorcisme moral.

Ce principe, qui étend de plus en plus son mal, n'est autre chose que l'esprit des décrétales philosophiques promulguées
sous le pontificat de Voltaire et consors. A Paris, lettrés et illet-
trés en sont infectés ; — les premiers par les livres et le dire, les
seconds par la parole et l'exemple pratique. A proprement parler
et à part l'argent, il y a deux puissances incontestables en pays
des Gaules : — la Charte et l'Encyclopédie. La nation tient à
l'une avec amour et jalousie, et la majeure partie de la société
tient à l'autre avec foi et obstination. Paris met surtout, à l'égard
de la dernière, un fanatisme presque judaïque.

En littérature, petits et grands ne taillent leurs plumes que
pour vivifier la lettre de l'Encyclopédie,— et elle est fraîche toujours. L'imprimeur ne fait fondre ses caractères que pour elle.
Si d'après nos prévisions, le drame inédit se prend un jour à bras-
le-corps avec l'Encyclopédie, ce n'est pas jeu d'enfant qu'il aura.
C'est tour à tour et à l'œuvre et à ses auteurs qu'il sera forcé de
tenir tête. En prenant position pour la lutte, le voyez-vous (sinon c'est moi qui le vois), comme il s'arme de deux intentions dramatiques fort distinctes, dont l'une aurait pour but de discré-
diter les choses, et l'autre les personnes. La première je l'appelle
Satire, la seconde je l'appelle Accusation. Y a-t-il danger que la
satire soit mesquine? — Loin de là! Elle ne pourra qu'être acé-

rée, pénétrante, anéantissante! car ce n'est que sous l'empire
d'une grande dépravation de mœurs et d'idées que le fiel de la
méchanceté fermente bien. Juvénal était né sous Claude, pourquoi
pas du temps de Régulus? Mais je n'entends pas qu'il chante, qu'il
rie, je veux qu'il critique comme Byron, comme Hoffmann, comme
Goëthe. Quant à l'accusation, soyez sûr qu'elle se montrera per-
sévérante, qu'elle sera riche en preuves et furibonde dans l'attaque! Parce que j'ai confiance grande qu'on va l'asseoir sur les
bases les plus solides de l'art; — sur la Conscience, et conscience
c'est Foi. Oui, telle sera la constitution morale sous laquelle le
Drame-accusateur peut espérer des jours prospères et de longs
jours. Le poète sans foi, s'il le touche, ce ne peut être que gauchement, que timidement ; le poète-croyant l'abordera avec grâce
et visière levée! et il n'oubliera pas non plus d'y faire pénétrer
un son de vraie douleur. Ce son sera saisi par chacun ; on y re-
connaîtra la plainte de la société française, qui souffre, et disons-
le, qui veut souffrir. Ce mot de plainte est d'un mauvais augure,
nous ne nous le dissimulons pas. En poésie, il est synonyme
d'élégie, qui n'est qu'une lamentation en rhythmes. De nos jours
c'est si drôle qu'élégie; il y a là un je ne sais quoi de pleurni-
cheur, partant un je ne sais quoi sujet aux moqueries, — et dans
cette positive France, sauf l'expression *avoir du cœur*, tout ce
qui part du cœur, on lui trouve son côté bouffon. Voilà d'où
viennent nos appréhensions. Mais qu'y faire? — Élégie est là, —
le mot nous a échappé ; — quoique ceux qui prendront l'initiative de la censure par la voie du drame, se garderont bien de
mettre sur l'affiche: *N. N, élégie en 5 actes*, etc. Elle n'ira
pas non plus, comme une petite fille, se plaindre devant une salle
comble et dire en se frottant le nez: « Oh! que je suis malheureuse! mon Dieu, Minette a mangé mon serin! » — Non, à Dieu
ne plaise! il ne faut pas que le drame-élégie se plaigne, — il suffit
qu'il se fasse voir, non pas la larme dans l'œil, mais la larme
dans l'idée.

Pour peindre, persuader, émouvoir, l'art dramatique dispose
de ressources très-variées, et possède des attributions infinies qui

lui sont toutes personnelles. Parmi ces divers privilèges, il en est un qui me paraît tout exclusif; il consiste à pouvoir revêtir d'un corps, à pouvoir douer d'une âme, d'une volonté, non-seulement une maxime, une vérité ou une erreur quelconque, mais même tout caprice d'esprit, toute lubie d'imagination. Or, usant de cette latitude de pouvoir, il est présumable qu'un beau jour les créateurs du drame sur le point de naître, mettront à l'exposition quelque sujet neuf calqué sur la philosophie du dix-huitième siècle, quelque *Compère Mathieu* sociable enduit d'un joli lustre moderne, chamarré d'étiquettes engageantes; et, le génie aidant, ils nous le montreront dans tout l'abandon de son charmant négligé. Mentors de leur poupon encyclopédique, ces messieurs le feront paraître en scène au moment où, déchaperonné et audacieux comme un jeune faucon, il s'élance dans le monde; puis après l'avoir fait passer par toutes les étapes d'une existence monstrueusement accidentée, ils nous le montreront faisant ses apprêts de départ pour le pays d'où nul ne revient. Mais, pour que ces apprêts, pour que ce moment enseignent, et pour qu'ils produisent sur les spectateurs ces suspensions momentanées de toute pensée fugitive, que l'on nomme Effet, il faut le contre-poids de ce dont Montécuculli ne se souciait pas trop, vu qu'il en était abondamment pourvu, savoir : du talent, du talent, et encore du talent!

Je le vois déjà ce *Compère Mathieu* de nouvelle création. Sa laideur est plus repoussante que la laideur de son devancier et homonyme, parce que celui-là n'était que le souhait énoncé du cynisme, et que celui-ci sera la conséquence vivante de ce souhait!

— Je vois aussi, dans cet illustre personnage, uniquement organisé pour le mal, un haut style de scélératesse. Chez lui, le cerveau, ce récipient du positif, déploie partout son action mathématique; — partout, — là où Dieu a voulu qu'elle se manifestât; là où Dieu n'a pas voulu qu'elle se manifestât. J'admets encore, dans *Compère Mathieu* équipé à neuf, une marche simple et aisée dans les moyens d'exécution, une marche sans nul effort ni saccade. — Toute force est poids, — et ce qui est pesant se meut, mais ne bondit pas. Profilé de la sorte, le parterre verra notre héros, et tout habitué qu'il est aux surprises, il s'étonnera, et tout brave qu'il est, il en aura peur, et tout crédule qu'il est, il ne pourra nier qu'il n'ait été dupe et martyr... Figurez-vous de quoi?... Des loisirs de quelques hommes de génie.

Dira-t-on que ce n'est là qu'un lambeau de tenture dramatique? Oh! ce serait de l'exigence pédantesque que ce jugement! N'est-ce pas là bien plutôt une immense et magnifique tenture de haute-lice à draper je ne sais combien de drames? — Fidèle à son système de persécution raisonnée, et s'appuyant sur la notoriété historique, le drame épiera l'idée-Voltaire, comme elle passe des individus aux multitudes, comme elle s'abat tantôt sur une caste, tantôt sur l'autre. Ce sera le premier jet de lumière de la lampe dramatique; graduellement elle va soulever l'ombrelle dont elle se couvre.

C'est dans les conversions soudaines, dans les conversions d'un seul élan des peuples à des idées nouvelles que gît la grande démonstration d'un théorème philosophique. C'est dans les dimensions à latitude large que resplendit la lumière d'un enseignement moral. Il faut le fait, il faut la conséquence. Or c'est précisément ce fait, cette conséquence, que très-probablement on va reproduire vivant dans une série de tableaux, où l'on verra le peuple français suivre la pente graduée des erreurs spéculatives qui, depuis près d'un siècle, ont cours en France. Grand et douloureux spectacle, qui dévoilerait la débilité morale d'une nation si saine de tête, si chaude de cœur, si séduisante de formes et si solide de fond, quoi qu'on en dise! Ne croyez-vous pas que ce serait intriguer les consciences que d'en agir ainsi; que ce serait habituer insensiblement Paris à jeter un regard lucide sur sa conduite passée et présente; que ce serait introduire du moins un certain sentiment d'inquiétude dans les esprits? Il serait peut-être prudent, même obligatoire d'éviter dans ces tableaux les chocs fréquens des opinions politiques. Dans les controverses les plus innocentes entre hommes, le « J'ai raison et tu as tort » remue souvent la bile; — mais le jette-t-on du haut d'une tribune ou dans la place publique, — il allume le sang. — Pour l'amour de l'effet, on pourrait toutefois avoir recours à quelques épisodes politiques où l'horreur de l'action se trouverait en connexion intime avec les principaux préceptes du volumineux Koran rédigé par Voltaire et compagnie.

C'est ainsi que le drame, après avoir harcelé les choses, se mettra en devoir de harceler les personnes ; ou , ce qui serait plus logique, il commencerait par la Satire et finirait par l'Accusation. Forcé d'être méchant par conviction, devenu méchant par devoir, nous le verrions s'attaquer à cent fois plus méchant que lui ; à ,... voyons, à qui donc ? — Mais cela va de soi-même, — à Voltaire, le grand doyen du sacré collège anti-chrétien.

Les grands hommes ont le privilège unique de la croissance infinie après leur mort , avec cette illusion d'optique, pourtant , que leurs vertus s'allongent en ombres gigantesques, et que l'ombre de leurs faiblesses ou de leurs crimes s'amoindrit à vue d'œil ; mais cette indulgence posthume ne va jamais au-delà d'un certain chiffre chronologique ; — lequel passé, la postérité devient impartiale, — et alors elle exige plus que du génie, — elle exige l'honnêteté du cœur , elle veut la grandeur morale ; ne les trouvant pas , elle admire toujours , mais n'aime plus. — Aujourd'hui même, le Paris vraiment policé , le Paris sérieux commence à devenir parjure à Voltaire ; quant au Paris frivole, au Paris brute, il lui garde sa foi ; et si l'épicier et l'ouvrier (je ne dis pas *Jeune France*) l'affectionnent encore, gagez que c'est parce qu'ils le savent couché au Panthéon! Il est si grand ami de l'étalage et de la pompe le peuple de Paris ! Et puis, il connaît Voltaire comme Résultat, mais il ne le connaît pas comme homme. Or , je crois qu'en reproduisant dans des pièces sérieuses, dans des pièces largement conçues, les côtés les plus sujets à récrimination du caractère de Voltaire et des autres chefs de l'école encyclopédique , on parviendrait peut-être à arracher à la foule idolâtre de Voltaire un déni d'adoration. Il s'agit donc, pour le drame-satire, de tracer le portrait de François Arouet.

Supposons qu'il est fait ce portrait , supposons-le en présence des Parisiens. Entendez-vous comme ils crient : « C'est donc là

Voltaire? notre idole, notre Messie, notre foi? Mais il est homme comme les autres hommes, et moins que tant d'hommes! Qu'il est petit, rampant, vain, envieux, intéressé, vindicatif! » Et en effet la chose est manifeste; car il était petit et rampant devant les *cotillons numerotés* de Louis XV, vain lorsqu'il exigeait le baise-main royal de quelques pèlerins enthousiastes qui venaient l'ado-rer à Ferney, sottement vain lorsqu'il écrivait sur le fronton d'une église : « *Voltaire à Dieu*; ou lorsqu'il disait :

« Je suis las de leur entendre dire que douze hommes ont suffi » pour établir le christianisme, et j'ai envie de leur prouver qu'il » n'en faut qu'un pour le détruire! »

Il était intéressé ce Voltaire, lorsqu'il acceptait des pour-boire de roi et faisait mentir l'histoire pour bonifier ceux qu'il exposait à ces dépenses; — envieux, lorsqu'il divaguait sur les grands gé-nies de l'Angleterre littéraire et qu'il conspuait Rousseau; vindi-catif, lorsqu'il s'acharnait comme une harpie à poursuivre ce pau-vre Fréron, à le molester jusqu'à ce qu'il le vît couché dans la tombe.

Mais c'est peu que cela, il faut mieux. Il faudrait que nous le vissions dans quelque œuvre immense, comme le *Faust* de Goëthe, avec Méphistophélès pour conseiller, Ahasvérus pour secrétaire et l'Ironie pour maîtresse; et le verre à la main, faisant groupe, gais, badins, quelquefois riant aux éclats, tous les quatre ils for-geraient leurs sanglans libelles contre D..., falsifieraient impu-demment les Saintes-Écritures, afin d'introduire le doute dans les cœurs qui croient, et de convaincre les cœurs qui doutent.

Mais c'est peu encore que cela; il faut mieux, vous dis-je! Comme charge de plus, il faudrait faire assister le spectateur à la naissance et à la croissance de l'idée qui a enfanté ce long et im-pitoyable pamphlet intitulé la *Pucelle d'Orléans*. Nous insistons particulièrement sur ce point, attendu que c'est par là qu'on jette-rait un témoignage des plus accablans sur Voltaire. Rappelez-vous donc, Français, que c'est lui qui a osé couvrir la France d'un atroce ridicule dans la personne de Jeanne-d'Arc; de Jeanne-d'Arc l'inspirée, la martyre, qui, son oriflamme à la main, était

la France, était le véritable symbole du courage et du patriotisme
français, — comme elle l'est encore aujourd'hui, comme elle le
sera à jamais. Le Gaulois surtout frémirait d'indignation : — celui qui rit avec esprit de ses travers, il l'applaudit; — mais
celui qui ternit sa gloire, — il l'exècre. En sa qualité de Français,
Voltaire mérite que chaque génération qui part redise son crime
à la génération qui reste; en sa condition d'homme, il est digne
du mépris de tous les hommes pour avoir couvert de fange le
plus noble, le plus idéal et le plus pur caractère que l'histoire
connaisse !

Cependant les charges deviendraient, s'il est possible, plus ag-
gravantes pour Voltaire si l'on mettait en parallèle son poème
obscène avec le chaste et beau poème de Schiller. Qu'on le
traduise donc à neuf, non pas tel que nous l'a donné M. Horace Mayer, avec sa prose insipide et son air bâtard, mais
tel que nous l'a donné Schiller, — fort, viril, harmonieux, gracieux et pathétique. Ne faisons pas injure à la haute critique française en supposant qu'elle ne veuille point faire cause commune
avec la pensée de l'auteur de *Don Carlos :* lors donc, elle opposera
la pensée de Schiller, un Allemand, à la pensée de Voltaire, un
Français, et l'on comparera la turpitude poétique de Voltaire,
un Français, à la poétique couronne d'immortelles de Schiller, un
Allema nd.

Mais, encore un coup, c'est peu que cela, il faut plus.
Il faudrait mettre en saillie la nature des trois péchés mortels qu'il
a commis de propos délibéré. Par le premier, il a isolé l'homme
de Dieu; par le second, il a isolé l'homme de l'homme; et, par
le troisième, il a ravi à l'humanité, une à une, ses plus chères
illusions ! A l'humanité, grand Dieu ! qui sans cela en perd tous
les jours comme ferait un vieux paon perdant ses plumes ! On
comprend bien que ce qui appartient à Voltaire appartient également à ses collaborateurs; partage de travaux, partage de salaire !
En somme, la Satire, dans le drame que je vois poindre, a été
intelligente, caustique, inexorable ! Tout ce qui touche les
mœurs et la vie privée des guides intellectuels du siècle dernier,

elle l'a lu, fureté, exploré et mis à profit. En même temps, elle
n'a pas cessé d'épier sans relâche l'arrière pensée de ces messieurs,
— elle n'a pas cessé de la suivre à la piste dans toutes ses ondulations de reptile.

Entre bien des objections auxquelles donnera ou ne donnera pas
lieu ce passe-temps d'un conteur peu économe du temps d'autrui,
il est possible qu'on aille chercher d'abord chicane au fond même
de ses théories. — Car, se demandera-t-on, ne reposent-elles pas
elles-mêmes sur une suite d'antithèses moralisantes que l'auteur
propose d'agrafer l'une à l'autre en marchant toujours ? Ne mena-
cent-elles pas l'œuvre inconnue de devenir une fade péroraison
académique sans couleur ni chaleur, et pour ainsi dire sans entrailles ?...

Je n'en sais rien ; mais je sais une chose ; c'est que toute idée est
larve avant que le feu du cœur et les feux de l'imagination n'y pénètrent. A ce titre, ne désespérons pas de l'œuvre inconnue, surtout avec les mille filons d'or de l'imagination qui serpentent dans
Paris. Je crois que si l'Académie fixait un prix pour la composition d'un drame dont le sujet serait une des sept propositions
d'Euclide, il se trouverait des gens qui sauraient l'utiliser poétiquement, qui sauraient le douer de tous les attraits du romantisme.
Qu'est-ce que le *Faust* de Goëthe ? Une idée ; l'avidité de la science
et son néant. Et qu'en a-t-il fait, Goëthe ? Un poème au-dessus de
tous les poèmes. Il est vrai qu'un second Goëthe n'existe pas ; —
mais la possibilité qu'un Goëthe surgisse tout-à-coup existe.
Tant que l'homme, nautonnier hardi, ne s'élance pas dans le vide
des abstractions, il peut tout, — il est à lui, il est son guide, il est
son maître. Mais il y a certaines régions enchantées qui éner-
vent la pensée ; dès qu'elle s'y transporte, les ailes lui tombent,
et cette pensée appartînt-elle à un Cuvier, à un Napoléon, ou au
cuistre d'un couvent d'Espagne ; dès qu'elle frôle les bornes de ces
régions, — il y a même résultat, — il y a défaillance ! Mais nos
théories dramatiques sont tout-à-fait dans les possibilités humaines, donc parfaitement exécutables.

Je parle, je parle, et quand j'y songe, je me dis à quoi bon tou-

tes ces excuses? Ne me suis-je pas fait voyant de mon chef? Donc
ne vois-je pas? Après tout, et si je vois mal, mon œuvre inconnue
s'en ira où va toute œuvre mal conçue, — au néant.

Cependant ne nous décourageons pas trop ; — nos affaires ne
sont peut-être pas en si mauvais train que nous l'imaginons.
Comme fiche de consolation, répétons-nous qu'on est à même
de mieux travailler, lorsqu'on travaille à neuf, et notre drame
dira mais ne redira pas. Je crois que la pensée ne développe toute
sa puissance d'action, que lorsque son horizon est ras. C'est
une vérité que constate au reste l'histoire. L'Iliade est un poème
monumental. — Pourquoi? C'est qu'avant tout il était le premier venu ; — il donnait pour ainsi dire au monde les douceurs
inconnues de la lune de miel de toutes les poésies à venir. A part
l'essence divine dans l'idée du christianisme, voyez ce qu'il a pu
faire ! Voyez aussi ce dont a été capable l'idée de l'islamisme !

Si la première partie de nos rêvasseries se réalise, et qu'à force
de savantes et de géniales combinaisons artistiques le drame sorte
à demi triomphant des métamorphoses qu'on lui fera subir, on
verra alors des hommes de conscience, des hommes de talent, se
donner la main et jeter le gant à l'un des plus sinistres symptô-
mes d'immoralité dont une communauté d'hommes, dite civilisée,
puisse être affligée, et qui, comme tout organe vicié, menace
de déranger à la longue l'économie morale qui maintient et con-
solide l'ordre, la paix et l'amour dans cette sphère de monarchies
absolues où les pères sont rois et les mères reines. Ces symptô-
mes que nous signalons se rattachent à l'esprit de rébellion qui
se manifeste si fréquemment dans l'obéissance passive des enfans,
dévolue de droit divin aux parens. Cet esprit a malheureusement
sa source dans l'impatience que trahit la jeunesse de participer au
plus vite aux biens temporels d'ici-bas; énormité sacrilége s'il en
fut ! et que M. de Balzac a déjà reproduit dans un conte glaçant
d'horreur. Vous l'avez lu ce conte : — c'est l'*Elixir de longue
vie*. Il vous souvient sans doute de l'instant où le vieux pécheur
Belvidéro, le père de don Juan, rend le dernier soupir. Vous vous
rappelez ce qui se passe plus tard : avec une goutte de l'infernal

spécifique, don Juan humecte la paupière close du cadavre, la paupière se soulève et l'œil regarde ; un rayon d'espérance, jeune et radieux en darde..... et puis... le doigt de don Juan s'enfonce dans l'orbite et écrase l'œil.

Certes, toute cette scène vous a trop affecté les nerfs pour qu'elle ne soit pas encore présente à votre mémoire. Il y a dans ce doigt une longue histoire divisée en trois parties dont chacune a une épigraphe : la première dit : « — Tu es mon père, mais la vie est à moi, puisque je suis jeune et que tu es vieux, toi. » La seconde dit : « — Tu es mon père — mais qu'est-ce que père ? — Un titre. Je suis ton fils, — mais qu'est-ce que fils ? — Un hasard d'amour physique. » La troisième dit : « Ote-toi donc de là, que je m'y mette. »

On a dit au Parisien, et on le lui répète sans cesse : « N'obéis pas, tu es homme — donc roi. » Cet aphorisme lui inculque de bonne heure un profond sentiment d'insubordination. Obéir comme citoyen, ou obéir comme fils, c'est toujours obéir ; citoyen, il ronge le frein des lois qu'il s'est imposées ou qu'on lui impose ; fils, il se rit de la dictature patriarcale que le père exerçait jadis sur ses enfans. On lui a dit encore, et on le lui répète sans cesse : « Jouis, tu as des sens, c'est le souverain bien ! » Et le génie de la civilisation et de l'industrie, avec son fastueux cortège, appuie ce conseil, en se mettant au service des sens ; — et le gouvernement et les chambres conspirent en se faisant courtisans des intérêts matériels. — Tout cela ne peut que douer la matière d'une irritante impatience de jouir. Aussi, arrive-t-il souvent que, lorsqu'un père riche s'obstine à vivre, le fils se morfond et se dépite, et c'est tout naturel ! — Il considère le don de la vie à lui transmis par son père comme une redevance non-amortissable qui passe de veine en veine, et dont le paiement est stimulé de plus par le sourire attractif d'un instant de volupté. Cet argument est encore bien simple ! Il est extrait de cette sentence de Voltaire : « Les parens dans leurs amours secrètes, a-t-il dit, songent au plaisir, et nullement à l'être qui en sera la conséquence possible. » Or, c'est l'oreille ouverte au révolutionnaire : *N'obéis pas*, et au cynique: *Jouis*, que la jeunesse française se croit autorisée à considérer le sens vaste et sublime du quatrième commandement de Dieu comme une de ces vieilles banalités, bonnes à tenir en respect des marmots, que tient en respect maître Croquemitaine de gourmande mémoire.

« Père et mère honoreras, afin que tu vives longuement, » De ce lingot d'or, tirez un fil, poètes, et brodez-en vos drames. En guise d'introduction, expliquez-y aux Parisiens ce que c'est que cette ombre lentement errante sur le cadran de la vie, que l'on appelle Vieillesse. Je me sers du terme *expliquer* parce que, si, à Paris, la vieillesse était comprise, on ne verrait pas dans ses rues pour un seul exemple de touchante portée morale, vingt autres exemples de froide indifférence ou d'inimitié choquante à la charge de la vieillesse.

Depuis que le théâtre existe, le drame sue sang et eau, pour surprendre les secrets du cœur humain, et ce qu'il a surpris, il l'a mis en œuvre, et ce qu'il a vu il l'a fait voir. L'homme jeune, avec ses passions tempétueuses, ses élans de paladin et ses instincts d'amour pour tout, le drame l'a copié dans toutes ses nuances microscopiques. L'homme sur le retour, avec ses passions en équilibre, son existence la sonde à la main et ses penchans d'amour pour lui seul, le drame nous en a fourni mille copies! Il n'y a que l'homme avec sa lourde besace d'années et les angoisses cachées de son cœur, qui n'a jamais été sérieusement patronné sur la scène. Pour en rire, oui, pour s'en apitoyer, non. Mais le drame inconnu a pleinement et noblement réparé l'oubli que nous venons de signaler; — il a fait subir ses volontés à la vieillesse, et la vieillesse a obéi. L'œil sec et le reproche dans le cœur, elle est venue nous dire combien elle souffre! Et voyez un peu comment elle souffre! Tantôt le cercle de solitude qui l'entoure — recule, et un mortel ennui l'accable. Tantôt le bras de ceux qui devraient la soutenir, se retire, et elle tombe. Demande-t-elle un peu de distraction, on lui montre son livre de prières; — veut-elle causer, on se sauve; — implore-t-elle, on est sourd. Bref, l'égoïsme du monde l'a mise à l'index. — Un aspect triste

et désolant règne dans ses pièces, précurseurs d'autres pièces!
Partout la présence de la vieillesse y répand cette atmosphère hi-
vernale, dont on ose lui faire un sujet de reproche, mon Dieu! et
cependant, physiologiquement même, ce vilain monde a tort envers la vieillesse, parce que le principe de froidure qui, à ce que
l'on prétend, lui fige les sentimens, n'est pas précisément inhé-
rent à cet âge. Tant que l'âme vague dans le corps, tant que
la mort n'a pas éteint le foyer des sensations, celles-ci brû-
lent, tant bien que mal; — qu'on se donne la peine d'attiser le
foyer et on y trouvera mieux que des cendres! Et que faut-il
pour cela? Un semblant de tendre intérêt, l'aumône de quelques
douces paroles. Mais vous les refusez, fringants Jeunes-France,
vous préférez fuir la vieillesse, poltrons égoïstes que vous êtes!
vous préférez en rire, hommes sans entrailles que vous êtes! Et
pourtant, gare à vous! la vieillesse précoce vous talonne, car
vous dévorez la vie, vous autres; — faites volte-face, et vous
vous verrez vieux! Mais à bas le lendemain et vive le aujourd'hui!
c'est votre cri de guerre.

Se bien pénétrer de l'état de désolation dans lequel gémit la
vieillesse, n'est pas chose aisée, lorsque soi-même on est loin des
ruines. Mais je connais une pensée de poète fixée sur la toile;
— c'est le *Bélisaire* de Gérard. Sauf meilleur avis, je pense que
si les dramaturges novateurs voulaient l'étudier avec assiduité et
amour, ils s'épargneraient bien des peines.

C'est une sublime élégie! A moins d'être un idiot parfait au
moral, on ne saurait la contempler sans attendrissement! Et les
dramaturges l'étudieront, moi voyant, je vous le dis. Oui, l'âme
de la poésie a soufflé sur la toile de Gérard, et, en l'imitant par la
parole et l'action, le drame a fait raison du mutisme éloquent du
peintre. Écoutez, — quels accens!... Voyez! quelles misères! —
Eh bien! vous, les jeunes, trouvez-vous un motif de rire dans
la pensée de ce tableau! — Nous vous rendons cette justice de
ne pas le croire. Foncièrement méchans, vous ne l'êtes pas, vous
n'êtes pas encore assez mûrs pour cela. Comme on est pris de vin
vous êtes pris de passions; vous n'êtes donc qu'ivres, et cela

33

passe! Rappelez-vous Narcisse don Juan : pour qu'il se pût trahir
il avait fallu l'abreuver d'enivrantes liqueurs.

Vis - à - vis le vieillard orphelin, le drame placera le vieillard
qu'entourent l'amour et la charité. Dites, ne voyez-vous pas que
l'un est déjà une chose et que l'autre est encore un homme? Celui-
ci se ménage comme une espèce d'avenir et pour lui et pour
les autres ; celui-là ne s'en ménage jamais ni pour lui ni pour
les autres.

Vienne, après ces drames, l'historique des vicissitudes de la
paternité, au moins n'aurez-vous pas de bonne raison pour être
aussi froidement ignares que vous l'êtes. Vous saurez qu'un refus
de compassion et de profond respect pour un vieillard, est une
basse et cruelle iniquité de l'égoïsme policé, et qu'un refus d'a-
mour et de respect illimité d'un fils pour ses vieux parens est une
conduite de bête fauve en mauvaise humeur !

Cependant, malgré la conception prompte qui siége au cœur
d'un poète, — créer est difficile! Se faire comprendre intimement
est plus difficile encore. Vous, les jeunes, qui ne pensez qu'aux
richesses de la vie, comprenez-vous bien un cœur appauvri de
père? Il serait triste de croire à une réponse négative de votre
part. Concevez-vous ce que c'est qu'un père ou une mère qui
ont le malheur de lasser l'attente de leurs enfans? Ce sont deux
créatures en dehors de toutes les infortunes connues!

Oh! croyez-moi, qu'il est difficile de créer, et surtout de créer
pour se faire comprendre de toute une fraîche et endiablée génération, qui caractérise hommes et idées en dissidence avec
elle, par le méchant sobriquet de perruque! — Ce que considérant, le drame a réfléchi : (chose plaisante, le drame qui réfléchit en 1839) — et là-dessus il se pose des questions très-
judicieuses. « Où faut-il frapper, se demande-t-il, pour que le
fils coupable, après avoir vu et écouté, éprouve dans sa conscience cette réaction douloureusement inquiète qui a ordinairement lieu après une rencontre face à face avec le reproche?
Comment, et de quoi forger ce lien invisible qui établit entre le
spectateur et la pièce jouée le nœud indissoluble de l'intérêt? Pour

résoudre ces questions, ici le procédé brutal d'Alexandre-le Grand ne servirait à rien. — Songeons, se dit encore le drame, que c'est particulièrement dans le peuple que les enfans coupables sont en majorité; — car, c'est bien là que les exemples de l'irrespect filial sont les plus fréquens! C'est là qu'ils ont un caractère d'âpreté et de sauvagerie qui fait peur; et comment ne ferait-il pas peur, puisque le scrupule de la remontrance religieuse y est sans force? Coûte que coûte il faudra néanmoins parvenir jusqu'à ces consciences frappées de surdité. Peut-être serait-il bien de les épouvanter d'abord par quelque image à tête de Gorgone? — Mais pourquoi pas? Et quoi de plus commode? Rue de la Barillerie, il y a le Palais-de-Justice; au Palais-de-Justice, il y a le greffe; — c'est celui-là qui est capable de fournir à qui veut une forêt de documens et de pièces authentiques! Quel luxe de condamnations pour parricides! Que de procès pour injures légères, offenses graves, voies de fait contre pères, mères, grands-pères, grands-oncles, grand'tantes, en un mot contre toutes ces inutilités qui foulent la terre du bon Dieu et usent, on ne sait pourquoi, leurs souliers. Toutes ces substances dramatiques entassées au greffe, sont capitaux morts, et tout capital mort, à Paris, est réputé homicide industriel. A l'œuvre donc, vous autres que le talent a rendus monopoleurs des droits d'auteurs. Au greffe, il y a de quoi faire cent drames, mille drames. Faites donc tête à l'asphalte-Seyssel, mes maîtres, autrement la poésie, n'en déplaise à M. Michel Chevalier qui la voit dans toutes les industries, sera enfoncée comme un pilotis qu'avale à jamais le bas-fond de la lagune de Venise.

Mais besoin n'était de nous préoccuper de tout cela; car tout est fait. Le greffe a été exploré, remué de fond en comble; — les matériaux en ont été tirés, puis moule sur moule en a été coulé, et le drame a fini par lancer sur la scène une tête de Gorgone monstrueuse. — Il a essayé, — et vive Dieu! il a réussi.

On va peut-être se récrier ici contre l'emploi des moyens surexcitans, et l'on n'aura pas tout-à-fait tort. — Mais il est des natures matériellement constituées, des natures épaissies par

33.

un vandalisme si crasse, qu'à moins que le drame ne les attaque d'estoc et de taille, jamais elles ne donneront signe de vie,
et tel est le Gaulois-peuple. Le sublime monologue d'Andromaque
glisserait sur lui comme grêle. Parle-t-on au Gaulois en scène,
il faut que cela brûle; — faut-il du sang sur la scène, n'épargnez pas le cinabre et faites que la lame de votre poignard étincelle. Cela est mal, mais cela est de rigueur. En ce sens, trop
de décence nuit, comme trop de paroles et peu d'action nuisent
également.

Mais voilà que, dans sa présomption, le drame vise plus haut;
il nous donne l'histoire d'un enfant maudit!.... Bien, bien! Oh!
c'est épouvantable! Grâce pour lui! — Grâce? — Non; la roue
qui brise l'existence d'un fils maudit n'est jamais assez lourde, et
le drame, dans ses tableaux variés, en augmente toujours le poids,
la laisse tomber, la soulève de nouveau, la fait retomber et la
soulève encore.

Cette tâche remplie, le drame pense qu'il serait peut-être opportun
de symboliser le devoir filial dans la personne de quelque créature
angélique, sans libre arbitre pour elle, mais avec toute sa respiration pour le père, avec la lumière de ses yeux pour la mère;
enfin, avec toute sa vie d'être organisé et toute son existence
d'être pensant pour la mère! — Ne dites pas que ce phénomène
soit introuvable, ne dites pas qu'on ne puisse au moins le créer.
Voyez le drame, — il a essayé, et il a créé! — Mais entre nous
il n'a pas tout-à-fait créé, — il a copié. Et cette espèce de plagiat
lui a été chose facile. Il s'en est allé étudier encore le tableau de
Gérard; et, usant largement de son pouvoir discrétionnaire de
poëte, il a ressuscité le jeune guide de Bélisaire qu'une couleuvre a tué. Et il a demandé comment on aimait un père? et
l'enfant lui a révélé les plus sublimes mystères de l'abnégation
filiale. L'enfant a été vrai, tout a été vrai; la critique a été même
sincère; il n'y a pas jusqu'à ce Saducéen de *Charivari*, qui n'ait
été sincère. Et qu'est-ce qui oserait ne pas l'être? Et quel cœur
ne murmurerait pas un hymne de gratitude et de louanges, pour
l'enfant-héros, divinement bon, stoïquement patient et qui, plus

est, modestement ignorant de ce qu'il fait, puisque, selon lui, ce qu'il fait il le doit faire.

C'est sous le bénéfice de cette expérimentation dramatique que de loin (et si notre sens nouvellement acquis ne nous joue quelque mauvais tour) nous voyons Paris rendre son décret d'absolution en faveur du Drame-Élégie.

Agréablement bercé de cette douce illusion, il ne me restait qu'à clore ce gros volume par quelque fanfare bruyante en l'honneur du haut fait d'armes dramatique accompli *à priori*, prouesse de moraliseur que n'eût pas désavouée, je pense, mon noble et excellent ami don Quichotte de la Manche, dans ses momens lucides. Après cet exploit, je n'avais qu'à faire un élan pour me trouver de plain-pied avec l'autre moitié de mes études, où il y a tant et plus à raconter sur Paris et les Parisiens, sur la France et les Français. La bienheureuse fin, le but, je le touchais déjà, lorsqu'en faisant mon calcul géométrique de format, de justification et de blancs à laisser entre les chapitres, mon échelle métrique se trouva tout-à-coup fausse, étroite, courte, que sais-je? comparativement à celle qui m'avait servi pour la première Partie; et s'il faut déjà tout vous avouer, pareil embarras date de bien plus loin, — du dernier acte du livre tragique de René, car c'était bien là que l'auteur avait résolu primitivement de planter ses piquets; ce que voyant, force nous fut de recourir à des moyens de tension qui ont donné naissance aux conjectures diverses, aux prédictions *ad hoc* que vous avez bénévolement écoutées et qui nous ont offert le nombre voulu de pages et au-delà. Oui, cher lecteur, c'est ainsi que maint livre arrive à son terme de maturité, bien qu'en réalité, le principe qui le féconde ait depuis long-temps manqué à l'auteur.

Il ne s'agit pourtant pas de vous donner le dessous des cartes du métier, il s'agit de la question préalable qui pour l'auteur se trouve circonscrite présentement dans l'engagement formel qu'il prend désormais avec vous de ne plus se donner des airs de devineur, de ne plus rien avoir de commun avec le diaphragme, siége de toute clairvoyance, comme c'est à votre connaissance, docte

lecteur, mais de s'en tenir chrétiennement et sagement à sa vocation d'aveugle-né les yeux à fleur de tête ; — et pour la seconde
qui suit la seconde écoulée, tout homme est un aveugle-né.
Prend-il position dans le présent, regarde-t-il la réalité, le
plus souvent ce qui lui paraît clair, est trouble, ce qui lui paraît un, est deux, ce qui lui paraît hors de doute, est doute. On
dirait que le grand Descartes en avançant son fameux « Je pense,
donc, j'existe ! » l'avait proféré dans un moment de dépit contre
le doute. Mais quand je dis : « J'ai une volonté, donc je puis désirer ! » j'avance là une vérité qui exclut le doute. Cependant,
voilà que ce perturbateur de nos allées et venues dans la vie, met
tout en question, dès qu'il s'agit d'accomplir ce qui nous tient le
plus au cœur, — ce que l'on désire. — Ainsi, rien au monde ne
saura m'empêcher de former un souhait pareil à celui-ci : « Je
souhaite à la France un retour vers les idées religieuses, comme
la seule voie de salut sociale qui lui reste : avec tout autre
moyen on ne bâtira que sur le sable, — et avec celui-là, sur roc :
— et je propose au drame d'allumer son flambeau poétique et de
guider la société française dans cette voie de salut. »

Le souhait est exprimé, cela n'a pas été long ! Mais y a-t-il
quelqu'un qui se sente de force à entreprendre la tâche ? Ici doute !
Et s'il s'en trouve même un, — en aura-t-il la foi ? — Doute encore ! et ma proposition restera un doute jusqu'à ce qu'on ait la
charité de trancher la question.

On suppose ordinairement que l'auteur d'une idée peut en
même temps en être l'ouvrier. Ce serait donc à l'auteur d'icelle
qu'appartiendrait la priorité de mettre la main au premier drame-
missionnaire. Oh ! que non pas ! — Agir ! voilà ce qu'il faut ici.
Mot puissant et que l'auteur abandonne aux puissans ! Il souhaite,
voilà tout.

C'est un rôle bien passif. Si l'on trouve qu'il n'y a pas lieu à
faire dépense de talens pour l'amour d'une idée extravagante,
mon germe de souhait me restera toujours en tête, — et de
plus belle je continuerai mes rêves debout ! Et Dieu sait si j'en
ais, et combien j'en ai déjà fait à ce sujet !... Vous pensez bien

que c'est une existence d'or et de pourpre que je lui file à ce mien drame-missionnaire, mon chérissime souhait! Mon imagination le couvre de caresses, j'esquisse ses traits, j'arrête ses formes, je le drape, je l'anime peu à peu! je l'*intelligencie*, si on peut le dire, enfin je lui prescris des conditions d'être, sous lesquelles son organisation morale puisse se trouver à l'abri de toute décomposition instantanée, lors de ses premiers débuts dans le monde. Jusque-là tout va à ravir, mais dès que ma plume se met de la partie (et elle s'y est mise la folle), elle devient purement article de cette section de l'histoire naturelle qui traite des oiseaux de basse-cour. Concevoir vaguement l'idée d'un drame religieux, il y a déjà bien des siècles qu'on l'a conçue, et que même on l'a exécutée. Mais alors on acceptait, on ne raisonnait pas. Le monde était auditeur et non questionneur. Aujourd'hui nous n'en sommes plus là; aujourd'hui c'est le règne de l'analyse; elle est plus impitoyable en questions morales qu'en chimie : — or, si quelque spéculateur arrivait avec une parade religieuse magnifiquement costumée, comme au treizième siècle, elle aurait peut-être un moment de vogue comme tout panorama, diorama, etc.; mais elle ne pourrait jamais faire tacitement avouer à la conscience du public français qu'il a long-temps péché comme chrétien.

Qu'on y regarde donc à deux fois, avant de toucher au chapitre des innovations; une tentative de ce genre peut tourner à mal pour son auteur; soit; celui qui vous entretient confidentiellement de ses projets est prêt à en subir les conséquences, pourvu qu'il s'en trouve d'autres qui sachent tourner son idée à bien, et au profit de cet immense groupe social qui fait bombance, entre le Rhin et les Pyrénées. Nous estimons que, concevoir un drame religieux, est moins que rien, mais en faire l'application pratique, est le beaucoup du beaucoup. C'est vous dire qu'il nous est impossible de lui servir de chaperon dans le monde, plus encore de lui communiquer des aspirations poétiques saines et viables, et de le douer de qualités solides et d'agrémens nonpareils.

Quoique nous ayons déjà beaucoup osé dans ce tout dernier

chapitre, à Dieu ne plaise que nous poussions la témérité jusqu'à vouloir imposer un régime dramatique de notre chef, à
ceux qui font la loi aux parterres de Paris, à ceux qui ont même
eu l'art de surprendre la religion du public éclairé de l'Europe.
Ces messieurs connaissent à fond la partie vitale du métier,
et certes, ils n'ont que faire de nos conseils; or, si dans l'exposé succinct de nos théories incultes il nous échappe quelque
chose en guise d'avis, c'est par pure façon de parler; vous savez
comme cela est d'usage dans la parlerie imprimée; c'est aussi afin
de vous épargner à vous qui avez acheté à bons deniers comp-
tans ces *Études*, tout effort d'esprit, et c'en est un grand
que de vous obliger, lecture tenante, à rédiger un plan où vous
auriez le joli plaisir de deviner, de préconcevoir, de deviser, de
rapprocher, de vous adresser des questions, d'y répondre et de
vous morfondre; c'est à moi, le subventionné, à me morfondre
en place de vous qui subventionnez.

Maintenant, entendez-vous les vives clameurs qui s'élèvent de
toutes parts contre notre proposition de réforme?

Comment! Le drame devenu prédicateur? Le drame qui a des
acteurs et des actrices pour apôtres, avec accessoires de toiles
peintes, de poulies, de fard, de tricot, etc.? Jolie école!.... Joli
enseignement,... joli moyen!!...

Mais un moment; mais écoutez-moi donc; mais laissez-moi
causer un brin; mais permettez-moi d'entrer dans quelques
considérations à ce sujet.

La révolution de juillet, en faisant un passe-droit politique à la
religion de l'état, a manifesté par là son mauvais vouloir long-
temps comprimé contre l'Église et le clergé. Si la France n'avait
pas été préparée de longue main à l'indifférence en matière de religion, elle n'aurait jamais souffert un acte pareil. Du reste on
peut dire que l'état permanent de fronde contre le besoin inné de
croire en Dieu, de prier et d'aimer Dieu, est une loi essentielle
de l'organisation physique du Parisien. C'est dans le sang. Par-
lez-lui religion, et soudain l'offense monte de son cœur à sa
langue. Si parfois il ne lui laisse pas tout son essor, c'est par

pure politesse. En attendre, soit crainte, soit vénération, soit amour, — est-ce bien possible?

Un homme célèbre, l'honneur du barreau français, porte un défi à l'un de ses collègues (ceci se passait sous la Restauration), et se fait fort de prouver, le Code à la main, que le fils de Marie n'était ni plus ni moins qu'un perturbateur du repos public, et comme tel, légalement condamné au supplice par Ponce-Pilate.

En plein parlement, cette église politique de la France, il y a des députés qui s'indignent de ce que le gouvernement envoie un évê-que à Alger. Ils disent que c'est manquer de respect à l'islamisme et à la nationalité arabe. — D'autres décochent des calembours contre l'Église et le clergé.

Craignant d'être prolixe, je m'en tiens à ces deux citations.

Voilà bien des faits qui trahissent ce je ne sais quoi de leste, d'irrévérencieux qui perce partout où, d'occasion, la littérature ou le journalisme se heurtent contre un point fondamental de notre foi à tous.

Religion à part, nous avons cru deviner dans le Paris progres-sif un instinct toujours prêt à repousser la moindre tendance à la vision extra-corporelle, quoique depuis un certain temps les gros bonnets de la presse périodique s'occupent à commenter sérieuse-ment les hautes abstractions métaphysiques des philosophes alle-mands qui, persifflés et accusés d'idéologie, n'en sont pas moins d'habiles ingénieurs de la pensée dans ses rapports avec le Grand Esprit qui anime la création. Voyez les corps savans, ils prennent l'alarme aussitôt qu'ils signalent quelque part un partisan des phénomènes situés en dehors de la sphère des sens (1). Selon mes-sieurs les philosophes de l'Académie des sciences, la matière est l'alpha et l'oméga de toute perfection possible pour l'humanité; selon eux, l'âme n'est autre chose qu'une sécrétion du cervelet, et le courant du calorique le seul principe de la vie organique de l'homme.

(1) Allusion à l'accusation de fourberie portée par l'Académie des sciences au préjudice de mademoiselle Pigeaire.

Il y a en France deux classes d'esprits-forts, une d'élite, l'autre vulgaire. — L'une l'est devenue par réflexion, l'autre par
imitation ; — quelques chances de conversion se présentent encore
pour la dernière ; quant à la seconde, la convertisse qui pourra.
— Mais toutes deux, en fuyant la superstition, ont fini par ne
croire en rien du tout. C'est peut-être par crainte qu'on ne leur
supposât le ridicule de croire plus qu'il ne faut.

Cependant, en dehors des causes qui ont provoqué ou accéléré
l'oubli des sentimens religieux, il en est une qui nous paraît d'un
caractère plus grave que le reste ; — savoir, le culte aveugle
qu'on paie à l'Intelligence. — C'est la religion, c'est la foi, c'est
le Dieu de la France ! Et pour Paris, c'est l'unique Dieu, l'unique
foi, l'unique religion. Paris est une colonie de Titans ambitieux ;
fier de pouvoir tout par lui-même, fier d'avoir déjà accompli
d'immenses travaux dans l'océan du savoir humain, et espérant
en accomplir encore davantage ; témoin journalier de l'éclat lumineux que jette l'esprit de l'homme partout où son besoin d'éternelle curiosité l'emporte, Paris, dans son orgueil, définit l'esprit, non comme une gouttelette imperceptible versée en nous
par la bonté céleste ; mais comme un pouvoir rival du pouvoir
sans rival qui se révèle partout dans l'immensité de la création ! Le fétichisme qu'on professe en France pour la mémoire
de Napoléon en est la preuve. Grand homme, demi-dieu ! disent-
ils. — Mais ils ne songent pas que le plus grand génie de la terre,
c'est celui qui aurait soupçonné vaguement le but d'une œuvre
de Dieu dans l'ordre universel.

Au résumé de tous les résumés, le Parisien est un païen de la
secte d'Épicure, homme d'esprit et poète. Entre l'Olympe et le
ciel du Christ, le Parisien n'hésiterait pas. Pensez donc que le
nectar est du crû de l'Olympe et que Vénus et Psyché y sont à
demeure. — Se tenir dans l'enclos du bercail de l'Église, Paris ne
le veut décidément pas ; — la province le veut à peine. C'est un
grand mal ! ce n'est raison pourtant de se croiser les bras et de
laisser bénignement aller les choses ; quant à les embarrasser au
moins dans leur marche, le drame-missionnaire ne pourrait-il pas y

contribuer de son peu ? — Ne disons pas non ; car, à mesure que le monde vieillit, les négations continuent à perdre tous les jours quelque chose de leur sens absolu.

Il se peut, pour ne pas dire il est même certain, que l'auteur de la proposition reste seul avec sa proposition comme le recéleur du gage touché aux petits jeux ; pour cela il ne fera pas pénitence grande. Aussi bien, ne la fera-t-il pas, si, en avançant pas à pas dans son entreprise, il ose mettre en contact direct le sacré avec le profane ; — et précisément il se trouve dans la dure nécessité d'oser, c'est-à-dire de parler église et théâtre, d'établir même une sorte de camaraderie entre église et théâtre, et de dire, pour qu'on l'entende et le comprenne bien : église, scène spirituelle ; théâtre, scène temporelle. D'un côté, les splendeurs du catholicisme ; de l'autre, les splendeurs de la poésie en action. Le premier, pieusement calculé pour élever l'âme à un certain degré d'excellence, et dans cet état la faire approcher de Dieu ; le second ayant pour but d'élever les idées selon le monde et d'enseigner aux âmes le sentiment du beau dans le beau, ou du beau monstrueux dans le monstrueux. Vous voyez, rien que régals pour la vue et l'ouïe ; organes que, soit dit en passant, on a un peu ravalés en les appelant sens tout court. C'est tolérable pour le goût, le toucher et l'odorat, qui ne sont, pour ainsi dire, que des fonctionnaires subalternes ayant la prosaïque destination de consommer la sensation sur place, sans dépasser le point de contact avec l'objet goûté, touché, odoré ; — mais pour la vue et l'ouïe, c'est injustice, puisqu'elles ont une mission infiniment plus noble et plus élevée. On dirait qu'elles sont comme des vigies séparées et alertes, placées au premier plan du monde extérieur pour tenir l'âme au courant de tout ce qui s'y passe, de tout ce qui s'y est passé. Il suit de là que l'âme, étant sans cesse alimentée par ces deux agens, dont l'un lui transmet la couleur, la forme et le mouvement, et dont l'autre lui transmet le son intelligent, l'âme reçoit sa dose plus ou moins grande du beau, du laid, du bien et du mal du dehors.

Ainsi, le grand peuple romain entend au cirque le murmure du sang, et le grand peuple romain prend goût au sang comme s'il eût pris goût au vin de Falerne, et le grand peuple romain applaudit à l'agonie coquette de ses gladiateurs. — Ainsi la France écoute parler Mirabeau, et la France, poussée par cette parole comme par une furieuse rafale, rase la mâture du vieux vaisseau de l'état. Ainsi, l'Espagne voit le bâillon dans la bouche des victimes des auto-da-fé, et l'Espagnol devient à la longue muet. Oui, on ne saurait nier que cela ne soit vrai ; on ne saurait aussi nier qu'il n'y ait des époques à part, de durée plus ou moins longue, époques où règnent des prédispositions générales dans les esprits, ou des préventions invincibles dans les esprits pour telles idées erronées, pour telles manies, pour tels caprices, mais tous sanctionnés par l'approbation de la pluralité. Soit vérité, soit erreur, il y a faveur ou défaveur, et presque toujours en sens moral inverse. C'est dans ces diverses températures psychologiques que les sens réagissent puissamment sur l'âme, et que la vue et l'ouïe font ce qui de droit revient à chacune d'elles. Or, au moment même où nous traçons ces lignes, Paris se trouve dans un de ces accès de mauvaise humeur qu'éprouve un hérétique incorrigible lorsqu'il voit des objets ou entend des maximes qui lui rappellent sa coulpe. Le hasard conduit-il le Parisien dans une église, soyez sûr qu'aussitôt qu'il en passe le seuil il se trouve de prime-abord en état d'hostilité flagrante contre tout ce que les deux sens par excellence y sont à même de moissonner pour lui. L'œil voit le baiser de Judas dans les baisers donnés à la patène ; il voit de la jonglerie dans chaque génuflexion, dans chaque pli régulier du linge avec lequel l'officiant essuie les bords du calice. Ouït-il les paroles du rituel, — il s'indigne ; — car, qu'est-ce que le rituel ? se demande le Parisien qui a un peu feuilleté l'histoire de l'Église ; un manuel de formes à observer, instituées par les conciles œcuméniques, et complété par Grégoire-le-Grand, — un homme ! Par qui est-il chanté ou parlé, le rituel ? — Par un homme, par un desservant de l'autel qui est stipendié, qui exécute une consigne d'après des ordonnances préfixes et traditionnelles. Est-ce le sermon que le Parisien entend ? — Mêmes griefs, — car c'est un

prêtre qui parle. Est-il jeune? oh! abomination,.. il ment; car, en
s'écriant: « Monde! tes joies te coûteront des larmes dans un autre
monde!... » il prend clandestinement part à toutes ces joies; —
il ne serait pas homme s'il n'était mu par les mêmes passions que
les laïques dont se compose son auditoire. Plus le prédicateur a de
talent et plus on l'accuse, parce que, se dit le Parisien, le prêtre
est un concurrent ambitieux qui veut établir la dictature du gou-
pillon sur les masses pour les exploiter à son compte, et uniquement dans des vues de domination temporelle. Pour tout dire, enfin, depuis l'*Introït* jusqu'à l'*Ite missa est* inclusivement, tout détail y est sujet à une critique amère. N'en soyez point étonné; —
cela vient de ce que l'éducation de la jeunesse française est encore
dirigée par les oukazes royaux signés Voltaire, contresignés Rousseau, Diderot, d'Alembert, apostillés par Grimm et d'Holbach,
chantés par Saint-Just et Parny. Ce mode de culture intellectuelle
et morale, parmi une foule de résultats affligeans, a fait naître une
idée fixe en France, — l'idée de l'imposture pour tout ce qui
porte froc ou soutane.

On a beau s'appeler Lacordaire, Géramb, Grégoire, Dreux-
Brézé, Ravignan, on est toujours assimilé aux augures de Rome
païenne, et conséquemment, on n'évite ni le mépris secret ni l'insulte mentale.

Je n'y peux rien; mais le fait est qu'à l'église, *Jeune-France*
pense comme nous venons de le faire penser. Enlacé maille par
maille dans le réseau compliqué des intérêts mondains, il tient
pour ennemi ou pour imposteur tout homme qui essaie de l'en dé-
senlacer.

Mais, au théâtre, il pense autrement, il juge différemment; ce
qui fait que de tout ce qu'il y voit sa vue se récrée, que de tout ce
qu'il y entend son ouïe se trouve flattée. Là, tout lui va; là, tout
est bien, tout est loyal, tout s'y dit la main sur le cœur, tout s'y
fait le cœur sur la main. Si, par extraordinaire, la vertu traverse
la scène, s'arrête et dit quelque chose d'aimable, le Parisien lui
souhaite une cordiale bien-venue; il la trouve humanisée, bonne
enfant, tout-à-fait vraie; et puis, chose très-agréable, il est per-

suadé qu'il ne risque pas que la vertu lui crie, comme du haut de la chaire évangélique : « Ressemble-moi, ou malheur à toi ! » En France on répond par un défi à la menace du fort, par un éclat de rire à la menace du faible ; et voilà le mal, et voilà le grand mal, que l'Église y étant moralement faible, menace, fulmine et menace sans cesse ! Comme si en France, au lieu de Chambres, il n'y avait que des conciles ; comme si, en France, au lieu d'un président du conseil des ministres, il n'y avait qu'un père Letellier. Mais la vertu se perd dans les coulisses et le vice arrive en scène. Oh ! le voilà le patron ! Pardieu, c'est bien là du vice, et du bon, façon de bagne, façon superbe ! Le public salue le bon apôtre par acclamation..... — Justice à qui de droit. C'est dans les rè-gles.

Ainsi, au théâtre, l'auteur, l'acteur et l'auditoire y vont à l'u-nisson dans leur manière de voir, de sentir, de comprendre, de croire. — L'auteur livre son idée travaillée à l'acteur, et ce der-nier, ayant une foi implicite en l'idée de l'auteur, la débite à mon-seigneur le public qui de même est le très-humble serviteur de cette idée ; — de sorte que, du public à l'acteur, de l'acteur à l'auteur, il y a accord parfait. Si, par hasard, un son discord se fait entendre dans cette triade harmonique, ceci n'a ordinairement lieu que pour raison d'incapacité dans l'auteur, ou pour raison d'incapacité dans l'acteur : et ce qui est très-commode et très-séduisant dans tout cela, c'est que, de mémoire d'acteur, le pu-blic dispose, au théâtre, du blâme et de la louange. Il exerce un pouvoir. Oh ! volupté, exercer un pouvoir ! Soit dit en passant et sans offenser personne, savez-vous pourquoi les domestiques mal-traitent généralement les chiens ? Parce qu'ils sont à même d'exercer un pouvoir, eux qui ne peuvent en exercer sur personne.—Pour en revenir donc au public, ses droits régaliens cessent entièrement à l'é-glise; jugez de la rancune grande qui doit animer l'habitant de Paris, lui, de tous les citadins de l'Europe, le plus impatient de réplique, le plus jaloux de ses priviléges constitutionnels de rectification, lorsqu'à l'église il est obligé de subir le despotisme du suisse, le despotisme des lois de la convenance et, par-dessus tout, le despotisme des vérités sur lesquelles d'avance il a passé condamnation. C'est bien impertinent ça, pense le Parisien ; — me donner des représentations en grand costume, mettre en scène des faits tirés d'une série de légendes de dix-neuf siècles de date, et vouloir qu'on y ajoute la même foi qu'à un fait récent publié dans le *Moniteur !* Et vouloir qu'on se sente pénétré de respect à tout cela, et vouloir qu'on se taise en présence de tout cela ! Sortons donc de l'église, n'y rentrons jamais ! Ah ! oui, pourtant ! Rendons quelquefois visite à Saint-Roch ; au moins, des femmes élégantes, de jolis minois y tombent souvent dans l'œil ; mais, réflexion faite, allons plutôt au théâtre ; — là point de cagots, point de momeries, point de saintes réticences, point de mercuriales à écouter ; — là, on est ce que l'on est ; — là, peu de contrainte, beaucoup de liberté ! — Aux gens qui pensent et parlent ainsi, l'Église oppose, tantôt l'attitude superbe qu'elle avait au moyen âge, tantôt l'anathème dont elle disposait à cette époque, tantôt la dialectique de ses zélateurs les plus célèbres.

On n'a jamais peut-être tant écrit en France sur des questions religieuses que depuis huit ans. Et qu'en résulte-t-il?... Rien. En vue des livres ascétiques qui s'entassent, la population d'Angoulême renverse et brise une croix plantée dans son cercle domanial. A Lyon, le peuple profane une procession ; — à Reims, il siffle les missionnaires et dévaste leur avoir, faute de pouvoir les pendre ; dans les campagnes, un jour de dimanche et même de grande fête, le soc du paysan creuse son sillon dans les champs. La rustique église est couverte de placards industriels. — Mais on écrit beaucoup, et non-seulement on écrit que c'est édifiant à voir ; mais on a même pensé à un moyen de séduction très-innocent ; on est allé jusqu'à flatter le goût enfantin du jour pour le mignon, pour le clinquant. Luxe typographique, culs de lampes, vignettes Johannot, vignettes Dévéria, reliûres charmantes et riches jusqu'à l'impertinence, — tout a été mis en jeu — et quel en est le résultat ? — Il est nul ! — Le sentiment religieux dort toujours du sommeil du juste. Quelques femmes magnétiques et rêveuses, avec lesquelles l'amour d'ici-bas a mal compté, s'obs-

tinent à croire aveuglément, et s'isolent catholiquement de tout,
dans l'espoir d'aimer en dehors de l'amour terrestre, et pauvret-
tes, et aimantes qu'elles sont, elles vivent ainsi au jour le jour,
dans l'attente de la grâce qui peut être un jour les fiancera à l'a-
mant divin de sainte Thérèse.

Quelques femmes encore qui sont tout mystère, tout silence
dans leurs pratiques de piété, vont là où peu se risquent remplir leurs devoirs de chrétiennes; femmes qu'on ne peut connaître à fond qu'en interrogeant la dalle sur laquelle elles s'a-
genouillent.

Viennent après quelques hommes grands ferrailleurs dans les
questions religieuses, mais en tant qu'une croyance politique s'y
lie; — ils écrivent dans les livres, et les livres se vendent. Ils
veulent bien apostiller les journaux de leur parti, et les apos-
tilles se paient. Puis, mettons en ligne quelques hommes très-
experts dans l'algèbre de la vie temporelle, mais l'épée haute
aussitôt qu'il y a lieu de défendre le grand dogme du catholicisme. « Méprisez la chair, elle est de fange! » Ceux-là parlent
beaucoup et écrivent beaucoup. Notre liste est grossie encore
par des hommes qui, quant à leurs opinions de morale, sont
en déshabillé indécent chez eux, et en toilette dévote près des
belles illuminées dont ils briguent la faveur béate. Ils n'écrivent
rien ceux-là, ils se confessent en parade et ils ne font que parler. Enfin, il y a de ces hommes (mais ils sont très-rares),
anomalies vivantes du siècle, qui pensent comme ils parlent,
qui parlent comme ils pensent, qui aiment Jésus et le prochain
comme Jésus veut qu'on l'aime, comme Jésus veut qu'on aime
le prochain. Ces derniers n'écrivent pas, ils n'en ont pas le
temps; mais ils ont un grand cercle d'action.

Voilà à peu près les élémens dont se compose la milice
spirituelle qui se tient sur la brèche de l'Église militante. Intérêt
ou non, vanité ou non, il est juste de dire que le zèle apostolique
de ceux qui combattent pour l'Église, la plume à la main, est
toujours louable, quoique en les accusant d'un égoïsme de caste,

notre conscience n'en souffrira pas le moins du monde ; car,
que sont à tout prendre leurs saintes croisades ? Des campagnes entreprises contre l'élite de la société, mais non pas contre
la pluralité dissidente. Le nombre — c'est le peuple ; — et le
peuple c'est le verbe devenu chair et croupissant en entier dans la
chair. C'est pour le peuple, c'est pour cette moelle de toute nation,
qu'il est besoin d'écrire, c'est lui qu'il est méritoire d'éclairer,
et personne que je sache ne s'en donne la peine. Il n'y a que
l'abbé de Lamennais, le fougueux archange du républicanisme,
qui écrive pour le peuple ; — mais celui-là, tout en disant au
peuple : « Soyez bons, soyez justes, aimez-vous comme des frères,
croyez..... » dit aussi : « Vous êtes pauvres ; — mais vous faites
nombre, — les riches sont peu et ils ont trop ; — reprenez leur
donc, mes frères, le trop ! » Le provençal René n'a que trop
bien compris la portée de ses paroles, comme vous avez pu l'observer lors de notre séance.

Quant aux paroles qui, toutes harmonieuses et riches, s'écou-
lent de la bouche des Chrysostômes français et qu'écoutent onc-
tueusement châtelains et châtelaines du noble faubourg, et qu'é-
coutent épiciers et épicières, ouvriers et ouvrières d'ignobles
faubourgs ; ces paroles, qu'un Bossuet et un Massillon n'eussent pas désavouées, devraient plutôt trouver une approbation
chaleureuse dans le peuple, et malheureusement c'est ce qui n'a
pas lieu, parce que c'est trop beau, trop fleuri, c'est trop suave,
et il y a certains parfums, voyez-vous, qui ne sont parfums que
pour certains odorats ; — d'ailleurs, ce qui est peuple, et ce qui est
un peu mieux que peuple, n'y voit que ressorts usés, que moyens
ordinaires, toutes choses qui sont incapables, non-seulement d'o-
pérer des conversions, mais même de forcer les incrédules à une
sorte de neutralité dans leur aveuglement. Or, l'outil neuf, le
moyen extraordinaire (et puissiez-vous garder votre sérieux encore une fois !), c'est le drame ! oui, le drame ! Donc, en classe,
Gaulois ! En classe, peuple ! C'est à toi, cadet de la civilisation,
qu'il faut penser d'abord ; — puisque aux plus beaux sermons tu
bâilles, tu t'endors et tu ronfles, puisque au plus insipide drame

24

tu restes éveillé, tu trépignes, il faut essayer de t'intéresser en
classe par le drame. La leçon y sera au moins palpable aux
sens, — et c'est gagner la partie à moitié; car le peuple, ce n'est
pas même un adulte, c'est un enfant; — il est distrait et inat-
tentif à la leçon parlée, mais il est susceptible d'être impressionné
par la leçon qu'animent la couleur, la forme et la vie. Vous dites
à l'enfant: « Le Vésuve est un volcan. » Pour qu'il comprenne
bien la signification de ces mots, il faut la lui expliquer cent fois;
mais élevez un petit mamelon en terre, percez-le d'un cratère,
déposez dans ses cavités quelques matières inflammables et explo-
sibles, mettez-y le feu, et soudain l'imagination du petit écolier
sera frappée du spectacle qui charme ses yeux et fait tressaillir
ses nerfs. Un seul coup-d'œil lui expliquera le phénomène géo-
logique dont il est le témoin; et le volcan, son nom, ses fréquentes
irruptions, sa physionomie, son histoire ne s'effaceront plus de
son souvenir; et ainsi de cet autre enfant qui se dit peuple.
Oui, je crois que si on lui présente la leçon fortement imagée,
il la comprendra et y prendra goût.

Après vous avoir ainsi donné une idée vague de l'état déplorable dans lequel se trouve la grande conscience religieuse de la
population hérésiarque de Paris, souffrez qu'on vous communique
encore les premiers dessins d'un plan théorique du premier drame-
missionnaire qui viendra se faire juger devant un public qui se dit
appréciateur des plus fins parmi les fins appréciateurs de l'Europe
civilisée. Le plan est simple; il aura l'esprit de l'idée chrétienne
pour fond de toile et la démolition de l'idée polythéiste pour cadre,
c'est-à-dire la conséquence majestueuse de cette idée. La première
partie de l'œuvre est le prologue, la seconde partie est la pièce.
L'histoire des premiers missionnaires — héros du christianisme y
sera fidèlement reproduite. Entourez ces êtres exceptionnels d'une
resplendissante auréole de poésie, vous qui allez peut-être disposer un jour de ce que je propose, qui vivez en si bons termes
avec l'éternellement jeune et l'éternellement bel Apollon. Si j'étais
ce que vous êtes, si je savais ce que vous savez, je ne vous cour-
tiserais pas, messeigneurs, comme je vous courtise; mais j'aurais

hardiment mis au jour mes rêves, sauf à garder l'anonyme en cas
d'insuccès.

Cependant il se présentera souvent une figure, sur le canevas du
prologue, que la pensée du poète se gardera de faire charnellement
apparaître sur la scène : — c'est celle du Frère céleste de l'humanité, du divin missionnaire qui a annoncé la loi de l'émancipation spirituelle. — Pour ne rien dire de l'idée de profanation qui
s'attacherait à une pareille familiarité de l'homme vis-à-vis le
saint, il serait même dans l'intérêt de la composition plastique de
l'œuvre d'éviter l'incarnation du Seigneur, car il n'y a pas de
sculpteur au monde qui sût aujourd'hui donner au marbre
un cachet surhumain; à plus forte raison dans cette époque anti-
poétique n'avons-nous pas de poète et encore moins d'acteur dont
l'un puisse sortir des conditions terrestres, et dont l'autre soit à
la hauteur des conditions vaguement senties, mais non exprimées.
Et quel est l'idiome que le Sauveur parlerait? Ainsi, la
moindre imperfection de ciseau, dans cette figure unique du
drame, amènerait infailliblement une croisade de feuilletons, et
ce que les novateurs se proposeraient de corriger par leur poème
reculerait peut-être à jamais devant la conviction de l'impitoyable critique.

Il résulte évidemment de l'avis que nous nous permettons de
donner, qu'il faudra uniquement se contenter de suivre les fortunes
augustes de la leçon chrétienne à travers le monde et de ne faire
agir devant les masses que les grands acteurs de l'Odyssée chrétienne.

Quoi qu'il en soit, les prologues me semblent d'urgence ; ne
vont-ils pas rappeler au Parisien qu'il est en quelque sorte chrétien de par le baptême; ne vont-ils pas communiquer aux Parisiens le grand secret, la nouvelle des nouvelles? Ne vont-ils
pas leur expliquer ce de quoi était capable une forte conviction,
une foi profonde, chez ces hommes qui baisaient la palme du martyre, comme vous, jeune et romanesque, vous baisiez jadis la
rose que votre première maîtresse vous lançait à travers les lames
d'une jalousie? C'étaient des âmes en peine que ces hommes, des

34.

âmes à l'étroit dans leur enveloppe charnelle; ils soupiraient
après le départ d'ici-bas. Le Gaulois qui, en fait de religion, se
trouve nanti d'argumens contre et non d'argumens pour, tombe-
rait de son haut en voyant chose pareille sur la scène. Il assiste-
rait à des phénomènes moraux connus de très-peu, inconnus de
tout le reste. Il apprendrait comment, par la foi, on remporte la
victoire sur cet ennemi secret qui fait corps avec notre corps, qui
fait cœur avec notre cœur, qui conspire avec la pensée impure
contre la pensée pure. Si ce n'est pas pour le convaincre tout de
suite, c'est pour le convaincre plus tard; c'est au moins pour
empêcher qu'il ne se moque, lorsque des situations semblables
viendront se présenter dans la seconde partie de l'œuvre; c'est
aussi pour qu'il se dise : « Ce qu'on me prêche-là n'est pas tout-
à-fait invraisemblable. » Aussi, dans le prologue, éludez, autant
que faire se peut, le côté miraculeux. Le culte de la déesse de
la raison est en trop grande vénération à Paris pour qu'on ose le
gêner en quoi que ce soit et dans quoi que ce soit. En finances
comme en morale, on ne regagne le crédit qu'on a perdu par abus
de crédit, qu'en faisant oublier, à force de droiture, sa conduite
passée. — Nos prologues demandent aussi des chœurs. Que la
masse d'harmonie qui s'échappera de leur sein soit chaste d'expression, mais large et belle d'énergie. Mainzer est à Paris,
— qu'on mette donc son éminent talent à contribution. Ce virtuose philosophe qui, comme nous l'avons déjà dit plus haut,
a conçu l'idée de moraliser les classes pauvres par les charmes
de la mélodie, s'empressera, j'en suis sûr, de mettre à la disposition des prologues le trésor de ses pensées musicales. Il faut
poésie, mélodie et pompe inouïe dans les mises en scène. Il faut
de ces agens, — ils concourront efficacement, je présume, à faire
rentrer en eux-mêmes ceux qui, inhospitaliers envers les autres,
le sont encore davantage envers eux-mêmes.

   Voilà l'ébauche du prologue; — voici maintenant l'ébauche de
la pièce.

   Pour en poser la première pierre il faut toucher à l'Évangile.
Croyez ou ne croyez pas, il m'en coûte pourtant de faire ce pre-

mier geste ; me sera-t-il pardonné ? — Je me plais à le croire !
Si je ne le croyais pas, j'aurais plutôt jeté tout ce grimoire
au feu. Mais je crois bien agir, et en conséquence je touche à
l'Évangile, je l'ouvre, et je prends au hasard ce verset .

« Ne vous faites point des trésors sur la terre, où la rouille et les
vers les mangent , où les voleurs les déterrent et les dérobent, mais
faites-vous des trésors dans le ciel , où la rouille et les vers ne
les mangent point, où les voleurs ne les déterrent ni ne les dérobent point ; car là où est votre trésor, là aussi est votre cœur. »

C'est le fond de la toile. — C'est la principale phrase dramatique du poème , c'est la pièce enfin. — Ne trouvez-vous pas
que voilà une riche étoffe pour un drame religieux que cette
maxime ? Et comme elle est susceptible d'être variée, d'être
épisodée, d'être romantisée même ! Oh ! l'Évangile est grand,
sa morale est miraculeusement substantielle ; — il a nourri des
milliards d'hommes qui ne sont plus, des millions d'hommes
qui sont encore. La mine est là. — Bêchez , et les veines métalliques vont étinceler. Il faut que cela soit ainsi, pas autrement,
car c'est principalement pour le Gaulois que vous allez travailler ;
il est enfant, vous le savez, et enfant maussade s'il en fut. Ré-
pétez-lui à l'église le verset de tout-à-l'heure , et dites-lui,
comme je l'ai entendu dire un jour à l'église de Pontoise (et notez
que les paroles que vous allez lire sortaient de la bouche d'un
prêtre , de bisques et d'ortolans nourri) : « Notre corps, mes frères , appartient à la terre ; nos bonnes actions appartiennent au
ciel : présentez-vous donc là-haut chétifs de corps, mais bien nourris de bonnes actions, et Jésus-Christ vous recevra dans sa grâce
parce que vous l'aurez imité. » Cet exorde et tant d'autres, que
sont-ils pour le Gaulois ? Une combinaison de mots qui , à peine
entendus, sont aussitôt oubliés. Mais qu'on mette en action l'idée
moralisante que renferment ces mots, et ils ne manqueront pas
de faire impression sur le plus grand nombre de ces Gaulois,
comme la leçon de géographie expérimentale de l'autre page ne
saurait manquer de s'emparer en entier de la vive imagination
d'un écolier.

34*

Pensez aussi, vous qui édifierez, que le succès ne sera probable pour vous qu'à condition que vous saurez ingénieusement graduer vos idées d'harmonisation religieuse, — car si vous tombez brusquement avec votre drame-missionnaire au milieu de la majorité inintelligente et athée, vous faillirez. Toute secousse violente veut être précédée par des secousses moins violentes. Pour cela, vous n'avez qu'à faire passer le spectateur par les trois degrés d'initiation que nous avons espacés plus haut, savoir : par le Drame-Censeur, le Drame-Satire et le Drame-Élégie ; — en d'autres termes : désaveuglez, désillusionnez, purifiez ; et au moindre signe de bienveillance que vous remarquerez chez tout ce monde qui vous écoute, apparaissez avec votre œuvre.

Il nous reste encore à préciser la couleur dramatique, tant pour les cadres que pour les tableaux. D'après ce que nous avons déjà dit, les premiers seront nécessairement une suite d'images vivantes d'une situation morale grandiose ; à ce titre, nous croyons que le beau classique ne pourra qu'ajouter une expression de plus à leur imposante physionomie ; comme aussi sommes-nous portés à donner raison au beau romantique pour certaines ombres du tableau même, parce que nous désirons qu'elles marquent les cadences passionnées de la désharmonie générale qui règne dans les cœurs et les esprits. Vouloir aller aujourd'hui sur les brisées d'un Corneille ou d'un Racine serait pure folie. Le sage régime qu'on fait observer aux convalescens ne saurait être prescrit pour la violente inflammation morale qu'éprouve dans ce moment même le corps de la nation française ; — et si, à plusieurs reprises, nous avons blâmé le faire du drame actuel, ce n'est pas précisément pour ce trop plein de vie qui le caractérise, mais pour les mille et une roueries scandaleuses qu'il se permet. Au surplus, l'art n'étant autre chose que la réfraction coloriée de la pensée intime de tous, formulée par plusieurs, à ce fait, déplorable ou non, il faut patiemment se soumettre. Cependant, pour qu'à la fin l'art puisse sortir peu à peu de sa condition de courtisan salarié, il faut qu'il adopte une opinion diamétralement opposée à l'opinion de tous, ce qui le mettra nécessairement en présence d'autres conceptions, d'autres règles, d'autres modes d'action ; — or, c'est précisément dans notre drame que l'art sera forcé de faire de l'opposition et d'adopter par conséquent un tracé tout nouveau. Par exemple : chaque fois que l'idée chrétienne se posera dans le drame-missionnaire, il faudra l'entourer de cette blancheur, de cette simplicité poétique qui fait le fond de sa normalité ; et chaque fois que viendront bondir et fumer les jeunes, convoitantes et insouciantes idées de 1839, qu'on les laisse bondir et fumer ! En un mot, nous souhaiterions qu'il y eût deux contrastes cardinaux dans notre drame. Ce que l'on est en ne croyant pas, et ce que l'on peut être en croyant : deux faces sociales, l'une présente et réelle, l'autre supposée et expectante. Je crois qu'en fractionnant l'axiome et en l'alternant avec le théorème, on parviendrait à la longue, et sans trop de grands risques, aux fins voulues de la proposition que nous avons nettement énoncée au commencement du présent chapitre, proposition qui, je le crains bien, court grand risque d'être excommuniée sans miséricorde par le clergé catholique. Mais imaginez mieux, mes pères, et imaginez si bien, que les fidèles infidèles reviennent à vous, se prosternent et croient.

Vous vous rappelez qu'il fut une époque, et vous ne sauriez le nier, où l'Église tolérait toutes ces saintes parades connues sous le nom de mystères, ainsi que certaines fêtes aux épithètes dégradantes, certaines cérémonies et processions très-bizarres et très-scandaleuses. L'église avait ses raisons pour en agir ainsi. Elle savait que, dans ces temps, la France catholique était une vaste métairie où se pressait un troupeau broutant auquel on ne pouvait faire aspirer le sentiment religieux que par la voie des sens. Depuis lors le temps a marché, la civilisation a marché ; et l'Église, considérant que les idées religieuses avaient proportionnellement subi des déblais notables, a cru devoir adopter un système d'instruction religieuse plus grave, plus élevé, plus digne d'elle. Mais parurent tout-à-coup, sur la scène des intérêts moraux, des hommes largement dotés par la nature ; et ces hommes dirent et redirent au Gaulois : « Qu'il n'y a d'autre monde que ce monde, qu'il n'y a de béatitude possible que

dans ce qu'on voit, que dans ce qu'on touche. » Ne nous éton-
nons donc pas qu'endoctriné de la sorte, le Gaulois-manant de notre époque ait instinctivement fraternisé avec la nature grossière
des Gaulois-manans de l'autre époque ; la seule différence qu'il y
ait entre ces deux êtres pétris de chair, d'os et de fibres, c'est
que l'un disait du prêtre : « C'est un saint », et que l'autre dit :
« C'est un industriel. » Conviction qui oppose au clergé de France
des obstacles infranchissables, chaque fois qu'il s'annonce comme
guide unique dans la voie du salut. Attendu le discrédit dans lequel il est tombé, pourquoi ne conférerait-il pas ses pouvoirs
d'apostolat à plus petit, à plus indigne que lui, mais à plus aimé
que lui? Dans cette conjoncture, ce dernier agirait comme le clergé
agissait dans le bon vieux temps où la leçon religieuse, pour
être comprise, avait besoin qu'on la matérialisât ; et on s'y prenait d'une façon qui, quoique décrétée très-orthodoxe, n'en était
pas moins très-cynique, c'est au su de chacun ; tandis que notre
drame, vu sa nature sérieuse, saura bien se tenir dans les bornes
du plus stricte décorum.

   Non, non, pasteurs de la *Jeune-France*, l'irreligion est plus
forte que votre saint zèle ; — pour l'abattre il faudrait l'épée
flamboyante de saint Michel, la parole tonnante d'un saint Paul,
les miracles du Sauveur; et vous êtes des hommes, et l'esprit saint
n'est pas en vous, et les faiseurs de miracles on les traduit aujour-
d'hui en police correctionnelle. Impuissance, impuissance et impuissance! Voilà ce qu'il y a ! — Et il se fait tard, le mal empire,
et personne ne songe au remède ; en attendant, Paris emplit gaie-
ment le plateau de la balance où vont être pesés un jour ses péchés. Qu'est-ce qui ne le voit pas, qu'est-ce qui ne le déplore pas?
L'auteur a vu sur les lieux mêmes, et il a déploré comme tant
d'autres, et après qu'il eut bien vu et bien déploré, il a saisi
la plume et a rédigé sa proposition. N'allez pas lui en garder
rancune énorme, évangélistes fashionables des salons de Paris,
et vous, pessimistes moqueurs et incorrigibles qui vivez là-
bas si bien et qui mourrez si mal, ne sévissez pas avec trop
de rigueur contre la proposition de l'auteur. Faites plutôt qu'elle

ne tombe pas dans la catégorie des ordonnances d'un empirique.
Vous pouvez lui dire : « Arranger vos théories pour la scène et
comme vous l'entendez, n'est pas faisable, mais voyez..... c'est
ainsi qu'il faut les arranger !... Bien, bien, merci, mes maîtres !
Merci et honneur à toi pauvre diable de poète, qui viens d'achever ton drame-missionnaire sur un escabeau à trois jambes, ou
merci et honneur à vous, monsieur le poète grand seigneur,
qui venez de créer tout comme votre pauvre confrère sur un secrétaire en bois de rose. Faites seulement part au plus vite de
votre grande découverte dramatique à ce Paris, si intelligemment
curieux, et, sur la foi de l'affiche, il fera presse à une première
représentation, soyez-en sûr, —ou (que sait-on ?) il couvrira l'affiche de boue à une deuxième représentation, ou (ce qui n'est pas
tout-à-fait improbable) il ira jusqu'à enfoncer portes et renverser
banquettes dans son avidité de se trouver face à face avec l'œuvre
nouvelle, l'œuvre originale, l'œuvre régénératrice, l'œuvre belle
et magnifique.

Mais, avant que Paris en vienne là, le drame compromis lui
en fera voir de belles ; il n'est pas encore à terre, il est debout.
C'est alors, qu'ivre et furieux il jouera son dernier va-tout. A
merveille ! C'est précisément là où nous l'attendions. Pour prouver, il fera tant qu'il fatiguera ; pour prouver il aura recours à
des moyens ultra-extrêmes. Tant mieux, il ne fera qu'accélérer le
moment de la chute. Pour beau, il ne le sera pas ; — mensonge
à lui seul semble avoir les formes correctes et gracieuses et la physionomie attachante ; — mensonge vis-à-vis vérité est monstre.
Le danger pour le drame-missionnaire n'est donc pas là ; — mais
savez-vous où il est ? — Il est dans la chanson ; Paris la reconnaît encore pour reine ; cela est vrai ; mais, il est aussi vrai que
Béranger, le roi de la chanson, a brisé son luth ; — il n'écrit plus,
il plante des choux près de Tours.

J'ai dit — et se dédire, il n'y a plus moyen. Ma proposition est
coulée sur la feuille ; — de là elle se risquera sur la platine de l'imprimeur, de là sur les balances de la saine raison du lecteur. Et
toi proposition, et toi livre, j'impose mes mains sur vous, et ainsi

chargés aventurez-vous dans le monde, et que la tombe du cabinet de lecture vous soit légère!

A MES LECTEURS DE PARIS.

Tout manuscrit qui passe livre — se lit, parce que tout corps
opaque tente la curiosité, comme tout corps transparent la satisfait. Si le couvercle de la boîte de Pandore eût été transparent, elle
n'aurait eu garde de l'ouvrir, la belle enfant qu'elle était : ce qui
revient à dire que la curiosité humaine n'est autre chose que le
mouvement nerveux de la cécité morale dont nous sommes tous
affligés. Aussi, depuis l'enfant qui éventre un insecte, jusqu'à
l'astronome qui s'évertue à lire dans les Genèses du monde pla-
nétaire, tout est curiosité.

Après ce préambule, on peut hardiment conclure, je pense,
que, grâce au rideau de papier colorié qui le recouvre, mon livre
aura une clientelle. Petite ou grande, désappointée ou non,
toujours est-il qu'il peut compter sur un pluriel, et c'est à ce
pluriel que l'auteur adresse l'épître ci-après.

Ceci réglé, il a grande hâte d'avoir le cœur net devant vous
d'une idée qui l'a obsédé dans tout le cours de cette longue
narration, et notamment celle d'avoir eu la coupable fantaisie
d'entreprendre des dragonnades d'aventurier en plein royaume
de la littérature française. Sur ce chapitre, on vous connaît sans
entrailles, Français, tant pour les vôtres que pour les étrangers.

Quand on se met à réfléchir sérieusement sur cet hommage
féodal que vous payez à votre charmante marquise de langue,
quand on observe ce contrôle sévère que vous apportez dans la
gestion de ses intérêts philologiques, on s'étonne vraiment de
cette constance loyale dont vous faites preuve; vertu si étrange et
si étrangère à votre caractère et à vos mœurs. Reviser et in-

nover les lois de Dieu, il y a tolérance large chez vous ; mais reviser et innover le code grammatical, il y a répugnance.

Il est remarquable que, de tous les idiomes collatéraux de la
langue latine, le français est le seul qui se soit imposé une juris-
prudence où il y a je ne sais quel cachet d'étiquette chambellanes-
que. Si Le Dante, Arioste, Shakspeare, Klopstock, Gœthe,
Byron, tous plus ou moins terroristes dans leurs idiomes respectifs, ne les forçaient pas à arborer leurs couleurs, nous n'aurions
peut-être pas eu de ces immenses résultats de leurs instincts bel-
ligérants sur la voie des méditations infinies. Il y a une logique immuable chez les nations qui ne parlent pas votre langue,
c'est celle de subir la loi du poète vainqueur. Lorsqu'il y parvient, soit par des retouches délicates et neuves de graveur, soit
par des percées violentes à travers la forêt lexigraphique de son
dialecte, honneur à lui ! Chez vous, au contraire, malédiction
sur lui ! Tout aigle qu'il soit, il faut qu'il subisse avant tout
les fiscalités chicaneuses de la grammaire ; et, attendu les difficultés que vous avez à vaincre, il y a de quoi vous admirer
d'avoir produit de si belles choses en littérature. En somme, la
différence qui existe entre quelques langues-mères du Nord et le
français, c'est que celles-là sont des corps solides, et que celui-ci
est un faisceau d'idiomes, le produit d'abondantes aumônes que
vous ont faites Romains, Grecs, Celtes, Gaulois, Francs, etc. ; et,
ceci reconnu, les appréhensions amoureuses que vous nourrissez
pour votre langue s'expliquent ; car c'est la crainte du démembre-
ment qui vous les inspire. Et, en effet, enfoncez des cylindres de
fer dans une matière compacte, les cylindres s'y maintiendront
fermes et inébranlables ; mais ces mêmes cylindres, introduits de
force dans une maçonnerie de briques de différentes cuissons, gâ-
teraient à la longue les assises régulières de tout le bâtiment.

Pour vous donner une idée de la licence infinie qui existe
dans le génie de certains idiomes d'origine slavonne, nous
vous dirons qu'il y a des poèmes, et des poèmes sublimes dans
ces idiomes, où l'audace a été poussée jusqu'à pourfendre des
noms propres qui obstruent la route de la rime et de la mesure.

C'est élevé dans le régime démocratique de sa langue maternelle, que l'auteur en trahit les mœurs tant soit peu révolutionnaires dans son livre, et voilà pourquoi vous vous formaliserez avec
justice de quelques profils de phrases peu réguliers, du jeu mimique des idées dans leurs costumes empruntés et, en général, du
maniement de la mécanique grammaticale. — Enfin, de manière ou d'autre, Paris dira : « Coupable. » — Je m'y rési-
gne. — Mais si, par hasard (et je m'étonne de n'y avoir pas déjà
songé), il me demande pourquoi je n'ai pas plutôt écrit ce livre en
la langue que je parle, je ne saurais autrement répondre à cette
question qu'en convenant que la langue que je parle est la langue
d'une seule famille, et qu'un pas au-delà du foyer domestique personne ne la comprendrait ; la vôtre au contraire a cours partout,
comme le ducat de Hollande. Et le souci vital de ce livre, c'est
d'annoncer, à tout ce qui n'habite pas la France et Paris, — ce
que c'est que Paris. Les clairons de la presse l'annoncent, il est
vrai, jour par jour, mais ce n'est là que des éclats de sons qui
nous parviennent tous plus ou moins faux. Sous le rapport des
révélations intimes sur la conduite de la France, je ne connais pas
de document contemporain sérieux, à moins que ce ne soit la *Gazette des Tribunaux*; mais elle ne fait pas corps ; de plus, elle
coûte le double à l'étranger de ce qu'elle coûte à Paris ; et plus
elle a de chemin à parcourir pour parvenir à ses abonnés peu nombreux, et plus l'attention de ses lecteurs s'éparpille.

Quant à l'auteur de ce document, ce qui lui a mis la plume à
la main, c'est une unique et affligeante idée qui dérive d'une conséquence de la civilisation actuelle, laquelle idée peut être résu-
mée par cette formule : l'ATELIER TYRANNISE LA CHAUMIÈRE. Il
y a mille et mille douleurs, mille et mille horreurs dans l'âme de
cette vérité. — L'auteur a commencé par Paris, — non qu'il soit
plus curieux que toute autre métropole, mais parce qu'il afflige
le plus ; non parce que ses habitans sont Français, mais parce
qu'ils sont chrétiens, par conséquent amis, frères, parens ; non
qu'il y ait la moindre arrière-pensée de mercantilité dans cette
œuvre ; car à quel titre? (Y a-t-il un titre dans le nom d'auteur

avec lequel elle est signée?) mais parce que la nature humaine étant perverse, il est à craindre que le schisme qui afflige la France ne devienne contagieux pour d'autres; — non que l'auteur ait saisi la plume dans un accès d'hypocondrie; mais parce que, contempler de loin en spectateur bénévole ce que vous faites, Parisiens, sans entreprendre une opposition chrétienne quelconque, eût été un égoïsme aussi stupide que celui de la bête, qui est égoïste faute de raison. Et, en définitive, je l'ai écrit ce livre, non que j'aie la colossale prétention de faire diversion aux préoccupations du moment; mais parce que plus il y aura de monde qui criera : « Au secours ! La France renie ses dieux, la France s'isole ! » plus grand sera le volume de voix, plus violemment, plus pesamment il tombera sur la conscience de la nation française. Et ce livre, voyez-vous, et les millions de lettres qu'il contient ne sont que comme le cri d'un homme faible (notez-le bien) qui verrait en danger de mort son voisin et n'aurait pas la force de le secourir. Et il ne faut pas cesser de crier au secours ! jusqu'à ce qu'il se trouve, autre part qu'en France, des hommes tout brûlans d'amitié évangélique, des hommes de conseil, des hommes au cœur sensible, à la parole puissante, qui, mettant tout-à-coup de côté la cocarde et les couleurs qu'ils portent, prennent en pitié les rivalités internationales qui divisent la famille humaine, et écrivent un livre qui soit en même temps avis et remontrance : — avis pour leurs concitoyens; — remontrance pour Paris et la France. — Mais, pour prétendre à pareil bonheur, il nous reste à répéter plus fort que jamais notre cri de détresse; — aussi nous proposons-nous, si Dieu n'en dispose autrement, de vous donner le second fragment de cette descente judiciaire dans Paris dans le courant de l'an 1840, auquel sa voisine, la page 1839 du livre de l'humanité, est sur le point de faire place.

TABLE.

www.ingramcontent.com/pod-product-compliance
Lightning Source LLC
Chambersburg PA
CBHW070351030726
47504CB00001B/141